谨以此书恭贺孟华教授70寿辰

The World Within and Without:
New Visions of International Literary and Cultural Relations

文本内外的世界
——中外文学文化关系研究新视野

顾 钧 马晓冬 罗 湉 编

图书在版编目(CIP)数据

文本内外的世界:中外文学文化关系研究新视野/顾钧,马晓冬,罗湉编.—北京:北京大学出版社,2014.10
(文学论丛)
ISBN 978-7-301-24912-3

Ⅰ.①文… Ⅱ.①顾…②马…③罗… Ⅲ.①比较文学—文学研究—中国、国外 Ⅳ.①I0-03

中国版本图书馆 CIP 数据核字(2014)第 228671 号

书　　　名:	文本内外的世界
	——中外文学文化关系研究新视野
著作责任者:	顾　钧　马晓冬　罗　湉　编
责 任 编 辑:	肖凤超
标 准 书 号:	ISBN 978-7-301-24912-3/I · 2818
出 版 发 行:	北京大学出版社
地　　　址:	北京市海淀区成府路 205 号　100871
网　　　址:	http://www.pup.cn　新浪官方微博:@北京大学出版社
电 子 信 箱:	zpup@pup.cn
电　　　话:	邮购部 62752015　发行部 62750672　编辑部 62759634
	出版部 62754962
印　　刷　者:	三河市北燕印装有限公司
经　　销　者:	新华书店
	650 毫米×980 毫米　16 开本　20.5 印张　335 千字
	2014 年 10 月第 1 版　2014 年 10 月第 1 次印刷
定　　　价:	48.00 元

未经许可,不得以任何方式复制或抄袭本书之部分或全部内容。
版权所有,侵权必究
举报电话:010-62752024　电子信箱:fd@pup.pku.edu.cn

目　录

形象学研究

"西人掠食小儿"传说之起源与流播 …………………… 李华川 3
《点石斋画报》中的西方女性想象 ……………………… 王　娟 20
理学家的西方
　　——曾纪泽《出使英法俄国日记》中的西方观 ……… 王晓冰 36
钱德明与中国音乐 ………………………………………… 龙　云 47
19世纪中叶至20世纪初法国传教士
　　与法国早期藏族文化研究 …………………………… 泽　拥 58
朝鲜朝使臣眼中的满族人形象
　　——以金昌业的《老稼斋燕行日记》为中心 ……… 徐东日 74

译介学研究

译本的选择与阐释:译者对本土文学的参与
　　——以《肉与死》为中心 ……………………………… 马晓冬 89
中国民众戏剧观与罗曼·罗兰(1921—1933) …………… 罗　湉 99
林纾与王庆骥
　　——被遗忘的法文合作者及其对林纾的意义 ……… 韩一宇 112
中国译者塑造的莫里哀形象 ……………………………… 徐欢颜 126
从《灰阑记》译本看儒莲戏曲翻译的思路与问题 ……… 李声凤 136
英汉对译中的"Faux Amis"
　　——也谈"封建／封建制"与"feudal／feudalism" …… 叶向阳 147
英语世界鲁迅译介研究三题 ……………………………… 顾　钧 170

跨文化研究

卡图卢斯61,189—198句的校勘问题 …………………… 李广利 185
莎士比亚的《凯撒》与共和主义 ………………………… 张　源 199
浅析林语堂武汉时期英语散文的过渡性 ………………… 苏明明 219

阮元及《积古图》：中国前现代化时期
　　私人收藏的代表性映射 …………………… 易　凯 231
《中国丛报》与19世纪西方汉学研究 …………… 尹文涓 248
俄属中亚政策对新疆建省的影响 ………………… 恽文捷 263
《日本国志》与《江户繁昌记》
　　——黄遵宪日本礼俗志的编纂考述 …………… 李　玲 308

后　　记 ……………………………………………………… 324

形象学研究

"西人掠食小儿"传说之起源与流播[*]

李华川

《明史》"佛郎机传"中有一段令人印象深刻的文字：

> 佛郎机，近满剌加。正德中，据满剌加地，逐其王。十三年，遣使臣加必丹末等贡方物，请封，始知其名。诏给方物之直，遣还。其人久留不去，剽劫行旅，至掠小儿为食。[①]

清朝官修的所谓"正史"中，竟包含西方人"掠食小儿"的离奇内容，不免使人好奇心大起，生出探求其缘起的兴趣，进而又使笔者联想起晚清时期盛行的"洋人吃小孩"传言，感觉其间或有某种关联。那么，"西人掠食小儿"这个传说何时、何地、因何而起？又何以能在明清400年历史中传承流播、延续不绝？这一传说难道是中国人独有的想象异族的方式？这些问题都值得我们深入分析。而随着史料搜集的扩展，我们会发现，传说的起源既有某种历史事实的影子，又掺杂了相当多的幻想成分。在其得以广泛流播之后，会凝成一种指向明确的观念，并在特定时期的历史事件中，发挥不可小视的作用。所以，在我们的研究过程中，既要参考通常意义上的史料，又须借助其他文献（如小说、神话等），以期解析作为一种历史观念的传说的复杂形成和流播过程。而且，问题的探讨也不能局限在明清史范围内，西方的相关文献，明以前的"食小儿"传说，也是我们无法回避的领域。事实上，这个传说凝结了文化传统、偶发事件、历史情境、虚构成分、排外心理、国人认知水平等诸多因素，是一个复杂而生动的历史现象。[②]

---

[*] 法国人文科学基金会Bourses Hermès基金资助笔者赴巴黎查阅资料，比利时鲁汶大学钟鸣旦教授邀请笔者赴欧研修，谨此一并致谢。

[①] 明时，佛郎机指葡萄牙。《明史》卷325《外国六·佛郎机传》，中华书局，1997年，第8430页。

[②] 有关问题，笔者尚未见有其他学者的专门探讨。不过，本文的研究思路，受到孟华先生《洋鬼子浅析》一文（收入氏著：《中国文学中的西方人形象》，安徽教育出版社，2006年，第1—30页）的启发。

一

在许多观念问题上，人类具有共同特征。无论西方还是中国，自古就不乏"食小儿"的传说。即使抛开那些战乱饥馑时期的"食小儿"事例不论，有关记载仍然屡见不鲜。

我们先看西方记载。在希腊神话中，著名的阿伽门农（特洛伊战争中的希腊统帅）家族就有烹食小儿的传统。阿伽门农的曾祖父曾经在神祇来其家中宴饮时，将自己的儿子珀罗普斯烹食，作为盛馔进献。而阿伽门农的父亲阿特柔斯又烹饪了自己两个幼小的侄子。这一举动遭到神谴。在《旧约》"创世记"22章，亚伯拉罕为要礼敬上帝，欲杀亲子作为燔祭的羔羊，最终为上帝所止；"士师记"11章，耶弗他将女儿献给上帝为燔祭。古代神话往往反映人世间的风俗，上古时期，希腊和西亚的现实生活中大概确实存在过"杀子祭神"的行为。

公元3世纪早期，基督教还不为罗马人民所接受，罗马帝国也流传着关于基督徒分食小儿的传说。教徒米努西乌斯在其对话体著作《屋大维》中，详细描述了当时的传言：

> 至于新教徒的入会仪式，被人们讲得丑恶之极。为使新加入者受骗时不生疑虑，有人在一个婴儿身上包上面粉，然后将其置于新来者身前。新教徒举起经过伪装的、因包裹面粉而看不到外界的婴儿，将其刺死。唉，真是罪孽啊！他们贪婪地舔舐孩子的血，又争抢尸体。这就是奉献给团体的祭品，犯罪的共谋使他们能遵守相同的秘密。这种祭祀的可憎程度要超过所有其他亵渎行径。①

这段情节也被18世纪的英国史家吉本所转引。在其巨著《罗马帝国衰亡史》中，吉本认为基督教不同教派之间，有时也会用此类言论相互攻讦，这使得一般罗马公众非常疑惑，难以分辨是非真假。②

在希腊神话和《旧约》的记载中，"进献小儿"的行为有时虽被谴责，却还意味着对神祇和上帝的敬爱与信仰，这反映了人类上古时期的观念。

---

① Minucius Felix, *Octavius*, Texte établi et traduit par Jean Beaujeu, Société d'édition (les Belles Lettres), 1974, IX. 5, p. 13.

② E. Gibbon, *The decline and fall of the Roman Empire*, Vol. 2, J. M. Dent and Sons Ltd, 1919, pp. 9—11.

在公元3世纪的罗马,"食小儿"已被公众视作一种丑恶残虐的怪异行为,并将之附会到基督徒身上。尽管不同时代有不同的表达方式,但是在上述三则材料中,孩子均被视为一种祭神的供品,也均含有宗教意味。①

中国古代文献中也不乏食小儿的记录。记录中有许多是关于战乱饥荒时期"易子而食"惨剧的,这类内容不是我们讨论的对象。我们要讨论的是那些非因饥饿而发生的"食小儿"传说。

先秦至两汉载籍中,关于"杀首子而食"的记载所在多有。②《墨子》"节葬下"曰:"昔者越之东,有輆沐之国者,其长子生,则解而食之,谓之宜弟。"③"鲁问"又曰:"鲁阳文君语子墨子曰:楚之南,有啖人之国者。桥(疑为衍文)。其国之长子生,则鲜("解"字之误)而食之,谓之宜弟,美则以遗其君,君喜则赏其父。"④《后汉书》"南蛮西南夷传"对于"啖人国"也有同样描述。⑤

当时,"易牙献子"的传说也很多。《韩非子》"二柄"篇曰:"桓公好味,易牙蒸其子首(即'首子')而进之。""十过"篇曰:"君之所未尝食,唯人肉耳,易牙蒸其子首而进之。"⑥此外,《管子》"小称"篇、《淮南子》"主术"篇也有相近记载。⑦

裘锡圭先生认为:"在古代中国的边裔地区似乎相当普遍地存在过杀首子的习俗,而且首子被杀后往往被分食,并被献给君主。估计在较早的时代,中原地区大概也存在过这种习俗。"⑧虽然我国边裔或邻国很可能确实存在过"杀首子"的习俗,但是我们从古人的描述中,仍能感到某种"华夏中心"的优越感,以及汉人对于异族风俗的贬抑态度。

唐宋以后的传说多与佛、道二教有关。初唐道世《法苑珠林》卷6"鬼神部"列饿鬼36种,其第24种为"食小儿鬼",注释为:"由说咒术,诳惑取

---

① 无可否认,后来也有一些西方"食小儿"传说并无宗教意味,比如格林童话中的"小红帽故事",仅是以之表现外界环境的危险和儿童的恐惧心理。
② 有关文献和论述参考了裘锡圭《杀首子解》一文,收入氏著:《文史丛稿——上古思想、民俗与古文字学史》,上海远东出版社,1996年,第122—133页。
③ 孙诒让:《墨子间诂》卷6,《诸子集成》第4册,上海书店,1996年,第115—116页。
④ 孙诒让:《墨子间诂》卷13,《诸子集成》第4册,第284—285页。
⑤ 《后汉书》卷86《南蛮西南夷列传》,中华书局,1993年,第2834页。
⑥ 王先慎:《韩非子集解》卷2、3,《诸子集成》第5册,第29、51页。易牙也被有些学者认为是狄人。参见杨树达:《积微居小学述林》,科学出版社,1983年,第246页。
⑦ 戴望:《管子校正》卷11,《诸子集成》第5册,第181页;高诱:《淮南子注》卷9,《诸子集成》第7册,第143页。
⑧ 裘锡圭:《文史丛稿——上古思想、民俗与古文字学史》,第125页。

人财物,杀害猪羊,死堕地狱,后受此报,常食小儿。"①这种对饿鬼的描述,只是佛教故事中惯用的恐怖手法,似乎并不含有多少风俗的意味,但食小儿与鬼怪的联系,值得我们注意。

宋以后,民间流传甚广的是"麻叔谋蒸食小儿"的传说,讲述隋炀帝命麻叔谋开掘卞渠,麻却喜蒸食小儿的故事。这在宋人传奇《开河记》中有所描述。而麻叔谋又被称为"麻胡",以鲁迅之博学,也曾误解其为胡人。② 可见,"食小儿"传说是作为"蛮夷"的习性在国人间流传的。

明清时期,更多的此类传说与道家的方术关联甚密。明吴承恩《西游记》中多记食小儿故事。其 47 回,写陈家庄向鲤鱼精贡献童男童女;78 回又写比丘国国君为延年益寿所需药引子:"单用着一千一百一十一个小儿的心肝,煎汤服药。服后有千年不老之功。"③两处描摹虽纯是小说手法,却也能体现当时人的思想。其实,明清现实生活中确曾发生过"食小儿"行为。明沈德符《万历野获编》卷28"食人条"引当时事云:

> 近日福建抽税太监高寀谬听方士言,食小儿脑千余,其阳道可复生如故。乃遍买童稚,潜杀之。久而事彰闻,民间无肯鬻者,则令人遍往他所盗至送入。四方失儿者无算,遂至激变掣回。此等俱飞天夜叉化身也。④

又清王士禛《池北偶谈》卷23"鹿尽心"也谈当时见闻:

> 顺治中,安邑知县鹿尽心者,得痿痹疾。有方士挟乩术,自称刘海蟾,教以食小儿脑即愈。鹿信之,辄以重价购小儿,击杀食之,所杀伤甚众,而病不减。因复请于乩仙,复教以生食乃可愈。因更生凿小儿脑吸之,致死者不一,病竟不愈而死。事随彰闻,被害之家,共置方士于法。⑤

与小说中虚构的人物不同,太监高寀、知县鹿尽心均为实有的人物,他们的行径表明当时民间有些人迷信小儿的药用功能。此类具有浓厚巫术色

---

① 释道世:《法苑珠林校注》卷 6,周叔迦、苏晋仁校注,中华书局,2003 年,第 183 页。
② 参见鲁迅:《二十四孝图》《后记》《朝花夕拾》,《鲁迅全集》第 2 卷,人民文学出版社,1996 年,第 251、321 页。
③ 吴承恩:《西游记》(下),人民文学出版社,1985 年,第 998 页。
④ 沈德符:《万历野获编》(下),中华书局,1997 年,第 725 页。
⑤ 王士禛:《池北偶谈》(下),中华书局,1997 年,第 563 页。关于鹿尽心,后人也有赞其为官清廉,且能为民请命者。(徐世昌:《大清畿辅先哲传》卷 30,北京古籍出版社,1993 年,第 1042 页。)

彩的行为，又不免令人联想到道家的修炼采补之术。由此可知，在明清人心目中，"食小儿"绝非遥远的天方夜谭，而是就发生在当时的日常生活中。

　　上引中西文献虽不完备，却已能说明一些问题。上古时期，"食小儿"行为在东西方均曾存在。在古人的观念中，"进献小儿"是对神祇或君主表达效忠和敬意的一种方式。3世纪的罗马帝国，天主教的某些仪式被罗马人所误解，引起教徒食小儿的传言，并且天主教内部不同教派之间也曾以此相互攻讦。中国秦汉以后，传说多被附会到"蛮夷"身上，且将"食小儿"定义为一种残虐异常行为。明清以后，"食小儿"多与道家的修炼采补之术有关，对此，无论是在现实中还是虚构文学中，都可以找到记录。可以说，食小儿传说在西方人从海路来华之前，就已在我国社会广泛流布。

二

　　葡萄牙航海家于15世纪末开辟通过好望角的欧亚航道之后，16世纪初，葡人（明人称"佛郎机"）就已来到中国。在与葡人接触不久，"佛郎机食小儿"的传说便在国人中间传播开来。这一传说的产生与葡人在东南沿海掠买儿童的行径直接相关。

　　正德十二年（1517），葡萄牙船队在佩雷·安德拉德（Fernao Perez d'Andrade）带领下，来到广东。当时的两广总督陈金对于这个陌生国度的船队尚能以礼相待，而佩雷·安德拉德也投桃报李，以克制和谨慎的态度处理与中国人的关系。可以说，双方最初交往的气氛还算友好。[①]

　　可是，佩雷·安德拉德于1518年返回马六甲，接替其位置的是其弟西蒙·安德拉德（Simao d'Andrade），此人"天性贪婪、褊狭而专制"[②]，与其兄的性格截然相反。西蒙于1519年8月抵达广东。从此时至次年9月，他以防范海盗为借口，在屯门建起木石城堡，架设火炮，掠夺其他国家的船只，并在附近小岛竖立绞架，滥施私刑。这些做法均属海盗行径，严

---

① 参见万明：《中葡早期关系史》，社会科学文献出版社，2001年，第37页；又见黄庆华：《中葡关系史（1513—1999）》（上），黄山书社，2005年，第100页。

② A. Ljungstedt, *Contribution to an Historical Sketch of the Portuguese Settlements in China*, Macao, 1832, p. 3.

重触犯了中国的法律。① 尤为恶劣的是,在被明军驱走之前,西蒙还干起了拐卖儿童的生意。

法国汉学家亨利·考狄(Henri Cordier)在其《葡人抵华考》一书中称:"1520年9月,西蒙不得不逃走。走时大概携带了许多战利品,其中包括卖做奴隶的儿童。"②中葡关系史家张天泽先生也认为:"更为残暴的是他们拐卖来大批的儿童,许多是从名门大族中拐骗而来的。这些儿童可能被带往别处成为奴隶。"③两人的研究都利用了16世纪葡萄牙历史学家巴洛斯(Joao Barros)的著作《亚洲志》,后者写道:"他们(中国人——引者)认为我们买了拐骗来的有名望的人家子女烤了吃掉,他们相信这种说法,是因为他们从来没有听说过我们。我们对整个东方来说,都是恐怖和可怕的,这不奇怪,因为无论是对他们,还是对其他遥远地方的民族,我们所知道的也同样寥寥无几。"④可见,当时的葡人也知道中国人奉送给他们的"掠食小儿"的恶名。

葡人"掠买儿童"行径之得以实行,是因为某些广东当地无赖利欲熏心、为之拐卖的缘故。严从简《殊域周咨录》记载此事:

> (佛郎机)遂退舶东莞南头,盖屋树栅,恃火铳以自固。每发铳声如雷。潜出买十余岁小儿食之,每一儿予金钱百……广之恶少掠小儿竞趋之,所食无算。居二三年,儿被掠益众。⑤

本来,在16世纪葡萄牙人殖民开发时期,贩卖非洲和亚洲奴隶是其聚敛财富的重要手段。西蒙初来中国,一有机会,也自然要做起这种利益回报丰厚的丑恶生意。至于葡人为何主要是收买十余岁小儿,大概是因为儿童较易管束,能够在东南亚卖出好价钱。正是因为葡人这种拐卖儿童的勾当,国人才附会出"西人掠食小儿"的传说。

目前我们所知国人最早提及葡人"掠食小儿"的时间,是正德十五年十二月己丑(1521年1月13日)。《武宗实录》记有此日监察御史丘道

---

① 参见张维华:《明史欧洲四国传注释》,上海古籍出版社,1982年,第7页。
② Henri Cordier, *L'Arrivée des Portugais en Chine*, Libraire et Imprimerie E. J. Brill, 1911, p. 38.
③ 张天泽:《中葡通商研究》,华文出版社,2000年,第41页。关于西蒙的暴行,此书还引用了另外两份西文档案,都可以作为辅证。
④ 转引自万明:《明代中葡两国的第一次正式交往》,中国社会科学院历史研究所编:《古史文存》(明清卷上),社会科学文献出版社,2004年,第343页。
⑤ 严从简:《殊域周咨录》卷9,中华书局,1993年,第320页。

隆、何鳌奏请驱逐佛郎机之事,①但所引文字十分简略,令人难以知晓奏疏具体内容。幸运的是,严从简《殊域周咨录》和顾炎武《天下郡国利病书》均引述了丘、何奏疏的部分内容,严书"佛郎机"传云:

> 满剌加王诉佛郎机夺国仇杀。于是御史丘道隆、何鳌言其悖逆称雄,逐其国主,掠食小儿,残暴惨虐,遗祸广人,渐不可长,宜即驱逐出境。所造垣屋尽行拆毁,重加究治,工匠及买卖人等坐以私通外夷之罪。诏悉从之。②

佛郎机"掠买小儿"当时在广东造成了一定的恐慌,民众无法理解葡人的行为,因而附会成"掠食小儿"传闻。丘道隆于正德十三年曾任顺德知县,何鳌本身就是顺德人,③他们对于广州发生的时事应相当了解,且二人对葡人的态度又都力主驱逐,所以会在奏疏中强调葡人的暴行。此时,这个盛传的流言写入丘、何的奏疏,也就不足为怪了。

在丘、何上书之后不久,明朝开始对葡人采取强硬态度。先是扣押葡使佩雷斯,又在经过两度激战之后,于1522年9月,④驱逐了葡人船队。此后一段时期,中葡关系在政府层面处于敌对状态;而在硝烟散去之后,葡船又以非正式的方式,在东南沿海重新开始了交易活动,所以在民间层面,两国的商贸往来并未中断。

"葡人食小儿"之事第二次在奏疏中出现是在嘉靖九年(1530)。本年10月,给事中王希文上《重边防以苏民命疏》。此前一年,巡抚都御史林富上书请开通市舶。⑤ 王希文反对林富,希文疏云:"正德间,佛朗机匿名混进,突至省城,擅违则例,不服抽分,烹食婴儿,掳掠男妇,设栅自固,火铳横行,犬羊之势莫当,虎狼之心叵测。"⑥此一奏疏距葡人在广东掠买小儿已有十年时间,"烹食婴儿"仍然被用来描绘葡人的行为。

如果说在丘、何及王希文的奏疏中,三人记录的还是正德时事,那么左都御史屠侨的上书,则是记录嘉靖时事了。嘉靖二十七年十月十六日,

---

① 《明武宗实录》卷194,"中央"研究院历史语言研究所,1964年,第3631页。
② 严从简:《殊域周咨录》卷9,第321页。
③ 戴裔煊:《明史佛郎机传笺正》,中国社会科学出版社,1984年,第11页。
④ 张天泽:《中葡通商研究》,第46页。
⑤ 关于林富上书时间以及奏疏内容,参见戴裔煊:《明史佛郎机传笺正》,第28—31页。
⑥ 印光任、张汝霖:《澳门记略》,赵春晨校注,澳门文化司署,1992年,第61页。此疏全文收入乾隆时期编成的《澳门记略》一书,但是我们检查《明世宗实录》中的文字,却将此段删除,只是简略地写道:"佛郎机匿名混进,流毒省城。"("嘉靖九年十月"条,《明世宗实录》卷118,"中央"研究院历史语言研究所,1965年,第2792页。)

屠侨奏："（佛朗机）先年侵轶广东，居民力拒，乃不复至，近年连至福建，地方甚遭陵轹。去年虏得郑秉义，支解剖腹，食其肺肝，掠取童男童女，烹而食之。"①这条史料说明，葡人很可能至嘉靖中期也还在福建干着贩卖儿童的勾当。

丘道隆、何鳌、王希文、屠侨均是政府官员，又在正式奏疏中将"葡人食小儿"作为事实加以认定，这一传说的巨大影响力可想而知。而嘉靖时期，除了上述奏疏之外，还有多种公私著述记录了这一传说，比如戴璟《广东通志初稿》②、黄衷《海语》③、黄佐《广东通志》④等。其中，李文凤《月山丛谈》中的一段记述尤为引人注意：

> 嘉靖初，佛朗机国遣使来贡。初至，行使皆金钱，后乃觉之。其人好食小儿，云在其国惟国王得食之，臣僚以下不能得也。至是，潜市十余岁小儿食之。每一儿市金钱百文。广之恶少掠小儿竞趋之，所食无算。其法以巨镬煎滚沸汤，以铁笼盛小儿，置之镬上，蒸之出汗，尽乃取出。用铁刷刷去苦皮，其儿犹活，乃杀而剖其腹，去肠胃蒸食之。居二三年，儿被掠益众，远近患之。⑤

李文凤是广西宜山人，嘉靖壬辰（1532）进士，曾先后任广东、云南按察司金事，所著《月山丛谈》"颇多奇闻异说"。⑥ 与此前诸书的"写实性"文字不同，李书将"葡人食小儿"之事大加演义，渲染"烹食小儿"的方式，描摹详尽，宛如亲见，读后令人触目惊心，难以释怀。后来的诸多文献纷纷转引此段文字，显然与此书的细致刻画有关。但李文凤也非向壁虚构，比较元人陶宗仪《南村辍耕录》卷9"想肉"的一段文字，两者之间应有直接或间接的关联："天下兵甲方殷，而淮右之军嗜食人，以小儿为上……或缚其

---

① 朱纨：《甓余杂集》卷6，《四库全书存目丛书》，齐鲁书社，1997年，集部第78册，第153页。

② 戴璟：《广东通志初稿》卷30"番舶"，嘉靖十四年初稿，收入《北京图书馆古籍珍本丛书》，书目文献出版社，1988年，第38册，第517页。

③ 黄衷：《海语》卷上，约在嘉靖十五年成书，《诸蕃志·外十三种》，上海古籍出版社，1993年，第121页。

④ 黄佐：《广东通志》卷7"事纪五"，嘉靖四十年成书，广东省地方史志办公室影印，1997年，第149页。

⑤ 《月山丛谈》一书笔者遍寻而不得，此段文字转引自顾炎武：《天下郡国利病书》第33册"交阯西南夷"，《四部丛刊三编》，上海书店，1985年，史部第26册，第48页。

⑥ 万历《广西通志》卷29"人物志三"，《中国史学丛书》之十五《明代方志选》，台湾学生书局，第593—594页。又见黄虞稷：《千顷堂书目》卷5"别史类"，上海古籍出版社，2001年，第137页。

手足,先用沸汤浇泼,却以竹帚刷去苦皮;或盛夹袋中,入巨锅活煮。"①中国历史中一向不乏食人的材料,而且食人之法花样繁多,②李文凤在想象中刻画佛郎机食小儿的场景时,不难找到依托的素材。在他是信手拈来,后人也亦步亦趋,信以为真。万历年间成书的严从简《殊域周咨录》和张燮《东西洋考》,均引此段文字。张燮在引用时还能加上一句:"然今在吕宋者,却不闻食小儿之事"③,略示怀疑;而严从简在对《月山丛谈》大加引用时,非但没有表示任何疑问,甚至还为佛郎机"食小儿"找到了依据:

  别有番国佛郎机者,前代不通中国,或云此喃勃利国之更名也。古有狼徐鬼国,分为二洲,皆能食人。爪哇之先,鬼啖人肉,佛郎机国与相对,其人好食小儿,然惟国主得食,臣僚以下不能得也。④

按照严氏的逻辑,因佛郎机与食人国为邻,近墨者黑,便沾染上食小儿的习气。在他眼中,佛郎机也与传统的南海诸岛国一样,属于禽兽鬼怪一类。⑤

  从嘉靖时期开始盛传的"佛郎机食小儿"传说,至晚明并无消退的迹象。崇祯时期成书的茅瑞征《皇明象胥录》⑥、陈仁锡《皇明世法录》⑦、何乔远《名山藏》⑧,均在延续这一传闻,有关记载不过剿袭旧说,了无新意。不过,许大受《圣朝佐辟自叙》一文,将"烹食小儿"与天主教相关联,为晚清时期以此传说反洋教之滥觞。许文曰:

  天主以孩童之无知为可取,故以此薄炼其原罪。罪毕出世,身量永不长大,而自在快乐,靡有穷期。若孩童生前,曾遇彼徒灌圣水者,其乐更倍。于是簧鼓蚩氓,幸其子之夭亡,而悼其不曾灌圣水也。余恨其簧鼓,诘曰:"所谓孩童以几岁限?"彼曰:"视黠痴。黠者既孩准长,痴者稍长准孩。"若是则人家生子,祝夭又祝痴,而耆颐明哲,反不

---

① 陶宗仪:《南村辍耕录》卷9"想肉",中华书局,1987年,第113页。
② 参见黄文雄:《中国食人史》,前卫出版社,2005年,第8—13页。
③ 张燮:《东西洋考》卷12,中华书局,2000年,第249页。
④ 严从简:《殊域周咨录》卷9,第320页。
⑤ 唐慧琳《一切经音义》中一段文字谈及南海夷人"爱啖食人,如罗刹、恶鬼之类也"(《一切经音义》卷81,上海古籍出版社,1986年,第3203页)。
⑥ 茅瑞征:《皇明象胥录》卷5,《四库禁毁书丛刊》,北京出版社,2000年,史部第10册,第619页。
⑦ 陈仁锡:《皇明世法录》卷82,《四库禁毁书丛刊》,史部第16册,第401页。
⑧ 何乔远:《名山藏》,"王享记,东南夷三",《四库禁毁书丛刊》,史部第48册,第268页。

如殇悼蔽蒙矣。有是理乎？且按《藜藿巵言》中言彼夷残甚，数掠十岁以下小儿烹食之，率一口金钱百文，恶少缘以为市。广人咸惴惴莫必其命。御史丘道隆、何鳌皆疏其残逆异状等语。此固其诱婴孩以速死之本意，而可令其易种于我仁寿之域乎？①

与其他多数明代史料不同，许文论烹食小儿，并未指明是佛郎机所为，而是用"彼夷"二字，将此行为泛化为全体西人，即明末来华的西班牙、荷兰、英国、意大利等国都包含在其所指范围之内了。许文还将天主教有关孩童原罪的解释，与烹食小儿的行为混杂起来，赋予"西人掠食小儿"传说"教理根据"，扩大了食小儿行为所涉及的范围。

综合上述材料，似乎可以认为，1519—1520年间，葡萄牙人在广东掠买儿童的恶行，使得广东民间出现佛郎机掠食小儿的传说。最早在1521年初，御史丘道隆与何鳌就在奏疏中正式提及此传说。嘉靖年间，传说已广为流播，多种官私著述都将其作为事实加以记录，李文凤的笔记《月山丛谈》又将其大加渲染、演义，引起后来更多著作家的关注。晚明的数种著作，在抄袭前人有关记录的同时，也在不断确认传说的"真实性"。许大受《圣朝佐辟自叙》将"食小儿"的佛郎机泛化为西方人全体，更首次将天主教与"烹食小儿"相关联，可视为晚清时期以传说反西教之滥觞。

三

从明嘉靖时始，佛郎机"好食小儿"已成定论，在底层民众和士大夫中广为传播。到了清初，文人学士对此传说也毫不怀疑地加以承袭。

顾炎武学问渊雅，为后世宗仰，其论地理、风俗、兵防、赋役之巨著《天下郡国利病书》，初稿成于康熙元年（1661）。② 在论及"交阯西南夷"时，顾氏引述了丘道隆、何鳌的奏疏以及李文凤的《月山丛谈》，均转引有关佛郎机"烹食小儿"的内容。对于这些内容，顾氏未作任何辨正，且又在后文写道："正德十二年，西海夷人佛朗机亦称朝贡，突入东莞县，火铳迅烈震骇，远迩残掠，甚至炙食少儿。海道奉命诛逐，乃出境。"③可见，顾氏对于"食小儿"传说并非只是简单转引旧籍，而是相信确有其事的。这种态度，

---

① 徐昌治编：《圣朝破邪集》卷4，《中国宗教历史文献集成》"藏外佛经"第14册，黄山书社，2005年，第581—582页。《藜藿巵言》为浙人余士𢢔所著，其书疑已佚。
② 顾氏《利病书序》称此书始于崇祯己卯（1639），康熙元年（1662）将"初稿存之箧中"。
③ 顾炎武：《天下郡国利病书》第33册"交阯西南夷"，第58页。

当时非但并不足怪,且势所必然,因为顾氏毕竟与西人实际接触极少,对其缺乏了解,有关内容只能依赖前人的著述。明人的多种官私著作,又对传说几乎众口一词地认定,让人很难力排众议,独加质疑。

与顾氏同时,另一位著名文人尤侗曾于康熙十八年参与《明史》的修纂,他后来自己编了一部十卷的《明史外国传》,其中也说佛郎机"掠食婴孩"。① 尤著与万斯同《明史稿》、王鸿绪《横云山人史稿》,以及最后官修《明史》的"佛郎机传"之间因袭去取之迹,前人已有详尽比对。② 但无论措辞上有哪些微妙差异,"佛郎机食小儿"的记载都在各种稿本中保留下来。所以,乾隆四年(1739)成书的《明史》包含"佛郎机食小儿"的内容也就成了顺理成章之事。于是,就有了本文开头引用的文字。

作为官方的所谓"正史",《明史》收入佛郎机食小儿的内容,绝非撰述者随意为之,而是代表了清初学者一种普遍的看法。回溯前面的文献,可以看到,从正德十五年至乾隆四年,这个关于"食小儿"的传说从萌生、流播直至得到"正史"的确认,经历了二百余年。西蒙·安德拉德一定不会想到,他的行为一直保存在中国人的集体记忆中,屡被提起,并且还将在后来的某些时刻,被不断强化,产生更大的灾难性后果。

清代中期,中西关系相对平静,中国与西方国家并未发生政治、军事冲突,可是传说并未绝迹,仍在一定范围内延续。这一时期的文献,如《澳门记略》(乾隆十六年)③、《广州府志》(乾隆二十四年)④等,依然沿袭旧说,载有佛郎机食小儿的内容。在民间,类似的传言也时有发生。雍正时期,一则反天主教文书对此有所记录:

> 天主堂西洋鬼子阴坏正教,煽惑愚民。积朽贯之金,奇奸有济;流滔天之毒,酿祸无穷。服其教者,木主为煨尽之尘;为其徒者,闺门作砧中之肉。其最惨者,假育婴之名、行采生之计。凡有抱送到门者,厚偿以招来之。于是一倡百随,数十年来,有入无出者,不知几千百矣。⑤

无独有偶,乾隆十二年,苏州发生教案,两位西方神父被控告的罪状中也

---

① 尤侗:《明史外国传》卷4,台湾学生书局,1977年,第117页。
② 张维华:《明史欧洲四国传注释》,第177页。
③ 印光任、张汝霖:《澳门记略》,第61、97页。
④ 乾隆:《广州府志》,卷60《杂录二》,乾隆二十四年(1759)刻本,第44页。
⑤ 罗马传信部档案馆藏档 SOCP(Scritture Originali Della Congregazione Particolare dell'Indie e Cina),卷33,1727—1728年,第360页。此条材料承黄晓鹃博士赐教。

有"以胎儿炼金"的内容。① 值得注意的是,乾隆、嘉庆时期成书的几种官修文献,如《皇朝文献通考》(乾隆十二年)、《清朝通典》(乾隆三十二年)、《续通典》(乾隆四十八年)、《续通志》(乾隆五十年)、《大清一统志》(嘉庆二十五年)在谈到佛郎机时,均未包含掠食小儿的内容,这说明传说在当时并未被普遍认可,其影响范围比较有限。

可是,到了晚清,中西关系的格局发生了根本的改变,对于国人来说,如何应对西方列强在外交、军事、贸易、传教等问题上咄咄逼人的攻势,忽然之间,变成了紧迫的事情。与此同时,西人食小儿传说也渐渐大行其道。

道光十九年(1839)六月,有官员向道光帝奏陈,广东夷船"收买幼孩",甚至以"左道戕其生命"。于是,道光帝命时任钦差大臣的林则徐核查。经过一番认真访查,林则徐认为或许有夷船私卖一二幼孩"作为子女,或供驱使","而断无收买多人,更无戕其生命之事","且粤省华夷交接,声息自通,果有幼孩在口外戕生,断无日久不知之理"。访查的最终结果当然是"实无此事"。② 中国最高统治者对此传言将信将疑,固然由于认识的浅陋,但也折射出其对西方列强疑惧的态度,同时也说明传说影响之深远。

19世纪40年代问世的两部著名地理著作,魏源的《海国图志》(1842)和徐继畬的《瀛环志略》(1848)也都提及这一传言。魏源对此并未十分留意,只是在"佛兰西国沿革"中引用了《明史》的说法。③ 与《海国图志》"文献汇编"的形式不同,《瀛环志略》虽也借鉴前人材料,却是出于作者的精心撰著。在"食小儿"的问题上,徐继畬没有人云亦云,而是以常理推度,做了认真的探讨。《瀛环志略》卷7评论《天下郡国利病书》云:

> 至烹食小儿,非人类所为,即有献媚之易牙,未必遂沿为故事。

---

① 参见徐允希:《苏州致命纪略》,土山湾慈母堂印行,1932年,第39页。又见张泽:《清代禁教期的天主教》,光启出版社,1992年,第73页。

② 中山大学历史系中国近代现代史教研组编:《林则徐集》(奏稿中),中华书局,1965年,第680页。又,道光帝上谕为:"有人奏,闽、广两省海口停泊夷船,往往收买内地年未及岁之幼孩,少者数十数百不等,多者竟至千余,其中男少女多,实堪骇异。……且该夷收买幼孩,断非因人口缺乏藉为生聚之计,设或作为奇技淫巧,致以左道戕其生命,尤堪悯恻,不可不严加禁绝。著林则徐、吴文镕分查广东、福建两省,如果有其事,并著查明该夷收买幼孩回国是否祇供驱使,抑有别项情弊,据实详细奏闻。"(中国第一历史档案馆编:《嘉庆道光两朝上谕档》,第44册,广西师范大学出版社,2000年,第216页。)

③ 魏源:《海国图志》(中),岳麓书社,1998年,第1198页。

佛国之在西土,称雄已千余年,果有此事,诸国当视为豺虎,谁甘以牛耳相让。又我朝通市二百年,佛人每岁来粤,何以不闻有此。似当时之传闻,亦未必尽确也。①

在国人著作中,这也许是第一次公开对"西人食小儿"传说加以否定,非常难得。惜乎,这样的论调在当时和者寥寥,更多的士人和底层民众还是愿意相信且散布这一传说。

从 19 世纪 60 年代开始,传说以揭帖的形式,在全国成蔓延之势。传说之所以能在此时腾于众口,深层次的原因在于经历两次鸦片战争,中国与西方列强之间发生激烈冲突,民众反抗殖民侵略情绪高涨。但西方传教士广设育婴堂所造成的误解,也是一个直接的诱因。本来,传教士在华设置育婴堂,收养弃婴,是很大的善举。然而由于中西风俗迥异,对于教堂之壁垒森严,教士为婴儿洗礼,甚至对濒死之弃婴洗礼,修女大量收养弃婴,甚至出钱收买女婴这一类举动,国人一时不能理解,很容易造成严重误会,进而加以丑化歪曲,以发泄对洋人、洋教的敌视情绪。一时间,传教士"取小儿脑髓心肝"②、"育婴以采生折割"③、"育婴堂为食小儿肉而设"④、"传教士拐骗儿童,剖心挖眼以配药方"等谣传层出不穷,⑤五花八门,愈传愈奇,愈传愈盛。可以看出,与以往相比,这一时期的传言内容更为复杂多端,体现了国人传统观念中的多个层面,即除了道家采补术外,还有道家的炼金术⑥和民间宗教的"采生折割"邪术⑦。这类方术是当时人们感到神秘而又非完全不可理解的东西,西人具有多种"奇技淫巧",那么,人们容易相信他们也掌握着上述技能。夏燮在其《中西纪事》(1865)一书中写道:

---

① 徐继畬:《瀛环志略》卷7,道光戊申刻本,《续修四库全书》(743),上海古籍出版社,2002年,第143页。徐继畬此处将佛郎机误认为法兰西,清人一直沿袭这一错误,甚至民国时期成书的《清史稿》也未能避免。

② 王明伦编:《反洋教书文揭帖选》,齐鲁书社,1984年,第9、15页。

③ 同上书,第117页。

④ 中国第一历史档案馆、福建师范大学历史系编:《清末教案》(1),中华书局,1996年,第611、615页。

⑤ 张力、刘鉴唐:《中国教案史》,四川省社会科学院出版社,1987年,第402页。

⑥ 当时民间盛传西方教士之所以富有,是因其精通炼金术的缘故。其法是在铅中加入中国人的眼睛,便能炼成白银。

⑦ 所谓"采生折割",本是中国的一种民间邪术。行术者将生人肢体及耳目脏腑,分割拆解,用以合药,期望达到某种修炼滋补的效果。明清以来,屡有行此邪术者。明清律例也都对犯者处以极刑。"食小儿"传言与"采生折割"相联系,是一种非常方便的解释。

> 西人自弛禁之后,传教入中国者,佛郎西之人尤多。近年来始有传其取婴儿脑髓、室女红丸之事,播入人口。盖又于天主堂后兼设育婴会也。道家修炼,其下者流入采补,此固邪教中必有之事。①

像夏燮这样当时研究中西关系的学者,尚且深信食小儿为"邪教中必有之事",说明当时相当一批士人对于传说是信以为真的,至于底层民众,就更易受到传说的鼓动了。

一旦某种观念在民众中广泛而热烈地流播,那么它很快就会在实际行动中体现出来。同治七年(1868)七月发生的扬州教案,便由食小儿传言所引发。教案发生前,扬州曾有西医剖验死胎,贮于酒精瓶中,于是谣传西人以婴儿身体充作药材。② 当年六月,英国内地会教士戴德生(Hudson Taylor)等来扬州租房传教,引起当地士绅的反对。很快,散布教士"开堂育婴,暗将婴儿烹食"③、"吸食婴儿脑髓"谣言的揭帖就遍布街衢。④ 而事实上,戴德生根本没有开办育婴堂。七月初,扬州绅民数百人围攻教士住宅,殴伤一名教士,又劫掠焚烧房屋。戴德生及其眷属侥幸逃生。事件发生后,英驻沪领事麦华陀(W. H. Medhurst)带军舰四艘赴南京,要挟两江总督曾国藩满足其要求。最后,曾国藩只得将扬州官员撤职,赔偿教士损失,并在教堂立碑,申明保护传教,才算了结了这桩外交纠纷。扬州教案是第一起由"西人食小儿"传说引发的教案,但它仅是个开端。

同治九年五月,发生了在晚清史上影响巨大的天津教案。这次教案酿成民众烧毁法国领事馆及英、美、法教堂多处,杀害包括法国领事和十位修女在内的二十余名西方人以及中国教民之惨剧。清政府为了平息西方列强的怒火,处死了24名"暴民",又将天津府县官员充军流放。教案的起因是当年早些时候,天津时疫流行,在法国修女所办育婴堂中,死亡儿童三四十人,童尸埋于义冢之间,被野狗挖出,引起士民流言。加之当时发生了数起迷拐幼童案件,疑犯武兰珍诬指教堂人员,于是四处传言"天主教迷拐幼童,挖眼剖心"。⑤ 天津道府县前往教堂勘察,毫无所得。之后法国驻津领事丰大业(H. V. Fontanier)处事急躁,当众枪伤一名中

---

① 夏燮:《中西纪事》卷2,文海出版社,1962年,第29页。
② 王文杰:《中国近世史上的教案》,协和大学中国文化研究会出版,1947年,第35页。
③ 中国第一历史档案馆、福建师范大学历史系编:《清末教案》(1),第616页。
④ 同上书,第615页。
⑤ 同上书,第776、798、801页。

国仆役。引起围观民众愤怒,造成惨剧的发生。可以看出,"西人食小儿"传说在这次教案中充当了重要诱因,当时相当多的士民深信这一传说。在直隶总督曾国藩奉命查办案件的过程中,内阁学士宋晋、河南道监察御史长润等,都在奏折中指传教士确将中国幼童挖眼剖心。① 为此,曾国藩当时查办案件的首要任务就是专门调查传闻是否真实。薛福成1891年在《分别教案治本治标之计疏》中论及此事,写道:

> 愚民之莫释疑忿者,信迷拐幼孩之说也。按旧说谓天主教徒迷拐幼孩,挖眼剖心,用以制药。此论不知始于何时?前儒顾炎武所著《郡国利病书》,亦已有烹食小儿之说。彼时中外悬隔,偶得传闻,并非事实。然是说之流传也久,则人心之笃信者众。犹忆同治八[九]年,天津案起,前大学士曾国藩初闻挖眼盈坛之说,亦欲悉心查办。比入津境,拦舆递禀者,纷诉此事。询以有无实据,则辞多惝恍。迨严加讯究,而其事益虚,所以专疏特辨此说之诬。臣于当时列在幕僚,颇知梗概。②

然而,尽管曾国藩等官员已将"食小儿"传说辨析明白,但流言仍以不可遏止之势传遍南北。其后,1883年的南溪教案③,1888年的兖州教案④,1891年的芜湖、无锡、丹阳、武穴、宜昌、热河等地教案⑤,1895年的成都教案⑥,1898年的南充教案⑦,以及1900年的义和团运动⑧。在这些事件中,我们都能看到传说对事件的发展所起到的推动作用。

从清代有关西人食小儿的史料来看,可以说,清初文人完全沿袭了明代的神话,无论是顾炎武、尤侗还是万斯同,对此传说都未加质疑。佛郎机"好食小儿"的传说由此堂而皇之地进入了《明史》,确立了其"真实性"。

---

① 如内阁学士宋晋、河南道监察御史长润的奏折。分别见中国第一历史档案馆、福建师范大学历史系编:《清末教案》(1),第800页;王明伦编:《反洋教书文揭帖选》,第284页。
② 薛福成:《出使奏疏》卷上,光绪甲午刻本,收入沈云龙主编:《近代中国史料丛刊》第1编(809),文海出版社,1972年,第876—877页。
③ 当地传言传教士食小儿脑髓,引发攻击教堂事件。参见秦和平、申晓虎编:《四川基督教资料辑要》,巴蜀书社,2008年,第163页。
④ 参见《兖民揭帖》,廉立之、王守中编:《山东教案史料》,齐鲁书社,1980年,第223页。
⑤ 参见张力、刘鉴唐:《中国教案史》,第433—439页;中国第一历史档案馆、福建师范大学历史系编:《清末教案》(2),第509页;王文杰:《中国近世史上的教案》,第96—99页。
⑥ 王文杰:《中国近世史上的教案》,第69页。
⑦ 张力、刘鉴唐:《中国教案史》,第503页。
⑧ 中国社会科学院近代史研究所、《近代史资料》编辑组编:《义和团史料》,中国社会科学出版社,1980年,第4、505页。

清朝中叶,由于中西关系相对平静,传说流布的范围还比较有限。到了晚清,由于中西关系的格局发生改变,国人的排外仇洋情绪急剧增长,西方传教士开办的育婴堂又易授人以柄,食小儿传说得以广泛流播。虽有徐继畬基于常理而进行的冷静辨析,如空谷足音,弥足珍贵,但毕竟和之者寡,无以阻挡其在全国的蔓延之势,以致这一传说成为晚清多起教案的诱因,天津教案是其中最为惨痛的悲剧。

作为历史传说,"食小儿"并非中国所独有。无论东方还是西方,都在上古发生过带有某种仪式意味的"食小儿"行为。在西方,这种仪式逐渐被赋予宗教含义,这与中世纪以后西方社会的特点颇有关系;而在中国,"食小儿"的巫术色彩逐渐显现出来,作为某种修炼养生方术一直被少数人所迷信。但在总体上,东西方都还是将此视作残暴、怪诞的行为,普遍加以谴责。

国人"华夏中心"的观念,使之在文化层面,有时将"非我族类"的"蛮夷"视作禽兽鬼怪。正史"四夷传"中向来不乏"噉人国""狗国"等无稽之谈,[①]汉以来的各类文献中,也不乏对"好食小儿"异族的记载。而早期葡萄牙人来华时,在广东确有掠买儿童的恶行,国人由此而附会出"掠食小儿"传说。从我们的文化传统来看,这也不足为怪。经过明代士大夫认可,而后又被文人大加渲染,这个传说引起广泛注意。清初学者承袭旧说,也普遍相信佛郎机"好食小儿"。在官修的《明史》中,传说被不加怀疑地作为事实写入,由此而确立为"史实"。

晚清时期,由于中西之间军事、外交冲突在国人心理上引发的强烈排外情绪,传教士所办育婴堂又易授人以柄,在此种情势下,西人掠食小儿传说得以腾于众口,大行其道。且传说不胫而走的范围,超出一般的想象,不仅在国内南北喧阗,近乎尽人皆知,甚至远播于东邻,成为朝鲜大规模排外事件的一个重要引信。[②] 在国内,以"西人掠食小儿"传说为诱因,19世纪60年代之后发生了一系列相关教案,造成了严重的悲剧性后果。此时,虽然也有少数士大夫从逻辑上和现实中都否认了传说的真实性,可是,西人是否真正"掠食小儿"已不重要,重要的是这个传说最能激荡反洋教情绪,达到强烈的宣传效果。与明中后期及清中前期相比,晚清时期传

---

① 欧阳修描述其国曰:"狗国,人身狗首,长毛不衣,手搏猛兽,语为犬嗥,其妻皆人,能汉语,生男为狗,女为人。"(欧阳修:《新五代史》卷73"四夷附录",中华书局,1992年,第907页。)

② 19世纪80年代,朝鲜亦盛传天主教徒"烹食小儿",以致激起民变,攻杀教徒。参见丁中江:《北洋军阀史话》(1),中国友谊出版公司,1992年,第20页。

说的流布范围要远甚于之前。400年中,国势愈蹙,排外愈烈,传说愈盛。

　　西人一种略带偶然性的行为所引发的传说,经历400年的酝酿,如滚雪球般放大,威力渐增,在晚清特定的土壤中,迸发出巨大的能量,产生了严重的后果。而这似乎只是表面的因果,在深层的意义上,这一传说既是人类共同的排外心理的折射,也与国人传统的华夷观念及修炼方术脱不开干系。数千年来,食小儿的观念一直在我们的历史中若隐若现地延续,直至今天,仍是我们无法完全摆脱的梦魇。① 而一旦复杂的观念凝结成这样一个生动的传说,其在现实环境中所生成的一系列行动,反过来也将影响并进而改变我们原有的观念。

---

① 近年来,尚有某些商人在广东以"婴儿汤"进补的报道及传言。

《点石斋画报》中的西方女性想象

王 娟

平民视野中的西方女性

西学东渐的相关话题一直是学术界的热门,但关注普通民众西学观的研究却颇为鲜见。周振鹤、熊月之等学者都曾谈及西学传播的影响问题,然而仅限于知识分子与精英阶层,对西学在一般民众中的影响仍未免失察。[①] 造成这种状况的原因,或许在资料层面:普通民众没有著作,没有较为可靠的文字材料。即便有一些可代表民间大众的史料,也大多以谚语、歌谣、平话、说唱以及传奇戏曲等口传形式流传,而在传统的研究思路下,口传内容是无法用来作为史学研究依据的。但或许也在观念层面,不少学者便认为:平民的声音往往是纷乱无序的,难以达成某种一致。既然民众对西学的态度和认知并无体系可言,自然也就难以成为研究的对象。近年来,随着学术观念、角度和方法上的发展和变化,学者开始认识到,民众在认识、理解和接受西学上,有着特定的心态和模式。如果把晚清社会和文化作为一个整体来看的话,普通民众这个层面是绝对不能忽略不计的。此外,在年鉴史学派的影响下,不少学人对"史料"也有了新的认识:图像资料、口传资料都成为了宝贵的研究资料,而对文字资料也可以予以重新认识和解读。于是,研究普通民众的西学态度和认知逐渐成为可能。

《点石斋画报》创刊于1884年5月8日,终刊于1898年8月16日。[②] 刊行时间长达15年之久,其间共发表了4653幅新闻图画。《点石斋画

[①] 参见周振鹤:《晚清营业书目》,上海书店出版社,2005年;熊月之:《西学东渐与晚清社会》,上海人民出版社,1994年。

[②] 对于《点石斋画报》的创刊日期,1884年5月8日已是一个不争的事实,但终刊于何时尚有疑点,尽管中外很多学者,包括陈镐汶、陈平原、瓦格纳等,根据各自的考证,都一致认为《点石斋画报》终刊于1898年8月,但是,《点石斋画报》亨十二(1897年末)中,出现了一幅描述1900年法国巴黎万国博览会的报道,1897年末怎么会出现两年后事件的报道呢?由此看来,《点石斋画报》终刊于何时,还有待于进一步考证。

报》的出现给我们提供了一个研究晚清普通民众西学认知和接受的平台。

首先,《点石斋画报》属于新闻画报,这是一种19世纪初期产生于欧洲的全新传媒形式,它的出现标志着图像作为信息和娱乐载体的重要性的迅速上升①。作为《申报》的附属刊物,《点石斋画报》避免风格定位与《申报》重合,采用了新闻画报的形式,走的是媚俗路线,以追求受众群的最大化。这样的定位,决定了其目标受众为普通民众。

其次,与当时广为流传的传教士、商办、民办的报刊相比,《点石斋画报》明显的平民色彩还表现在画师的挑选,以及画报绘画表现方式的确定、西学信息来源等方面。例如,《点石斋画报》虽说是由英国商人美查创办的,但其主要创作人员都是传统的、平民阶层的中国人,如吴友如、张志瀛、金桂生、马子明、田子琳等。他们的背景比较单纯,对西方人及其文化没有很多的接触经历。

第三,《点石斋画报》创刊以后,曾通过《申报》刊登广告,征集画稿,招募画师:

> 本斋印售画报,月凡数次,业已盛行。惟外埠所有奇怪之事,除已登《申报》者外,未能绘入图者,复指不胜屈。故本斋特告海内画家,如遇本处有可惊可喜之事,以洁白纸新鲜浓墨绘成画幅,另纸书明事之原委。如果惟妙惟肖,足以列入画报者,每幅酬笔资两元。其原稿无论用与不用,概不退还。画幅直里须中尺一尺六寸,除题头空少许外,必须尽行画足,居住姓名亦须示知。②

这就是说,在晚清上海地区众多的新闻报道中,图画撰稿人(平民画师)可以自己选择对他们来说"可惊可喜"的内容。他们选择什么样的"新闻"(包括外洋新物、新知,西方女性婚姻及教育、生活等),又是怎样解释和表现这些"新闻"的,拥有相当大的自由度。这样的一个作者群,这样的一种创作自由,决定了《点石斋画报》所表现出来的趣味和取舍是可以代表大众的,因而也是可以由它来反观晚清民众的观念的。

《点石斋画报》的影响相当广泛。首先,作为《申报》的附属刊物,《点石斋画报》随《申报》一起发行。借助《申报》的背景与力量,加上其更为通俗化,故易流行与受欢迎也可想而知。其次,《点石斋画报》在发行过程中

---

① 参见鲁道夫·G·瓦格纳:《进入全球想象图景:上海的〈点石斋画报〉》,《中国学术》,2001年第四辑,第3页。
② 《请各处名手专画新闻启》,《申报》,1884年6月7日。

曾经一再重印,这一点也不容忽视。关于重印问题,一些学者以为,《点石斋画报》于1897年秋第一次重印,1910年第二次重印。① 但是,根据陈镐汶的考证,《点石斋画报》1892年出版第300号后全部重印了一次,1895年出版第400号后再全部重印了一次,到1897年点石斋易主之后删去附录,重新编定全部新闻画为36卷,以后又补进续出的8卷为44卷本,仍由点石斋书局继续翻印。② 如此频繁的重印,其影响力之大也就不言而喻了。③

在题材广泛的新闻图像中,《点石斋画报》对西方妇女也进行了较为全面的报道。在将近六百篇涉及西方的图文中,有五十多篇与西方女性有关,内容涉及西方女性的婚姻、家庭、职业、性情以及日常生活的方方面面。基于该报在当时的发行量和影响力,我们可以说,在传播西方两性关系方面,《点石斋画报》起了相当积极的作用。在其编者和画师们笔下所表现的西方两性关系,也是晚清时人西方女性观的缩影。本文将就《点石斋画报》中关于西方妇女婚姻家庭的图文报道,探讨晚清民间视野中的西方女性。

众所周知,女性意识的觉醒,女性话题的出现,乃至女性解放运动的发生是清末民初中国社会变革的标志性事件之一。因此,在学术界,关于晚清女性的生存状态,女性观念的变化,女性解放思潮的发生、发展过程,一直是学者们重点关注的话题,研究也取得了相当的成果。但是,晚清报刊传媒中的西方女性形象却较少有人关注。事实上,谈到晚清女性解放,一个不可或缺的"参照典范"应该是晚清报纸、杂志中的"西方女性"。设想一下,如果时人的观念中没有一个"自由""尊贵"的西方女性做榜样,国人何以知道自己地位的"卑下",何以判断自己权利的"缺失",何以"觉醒"并逐步走上独立、自主的路程呢?实际上,晚清的报纸、杂志上不仅有许多关于西方女性的婚姻、家庭、教育和职业的图文报道,而且这些报道还突出宣扬了西方社会中的男女平等,甚至"女尊男卑"的社会现实,并用以

---

① 参见鲁道夫·G·瓦格纳:《进入全球想象图景:上海的〈点石斋画报〉》,《中国学术》,2001年第四辑,第55页注137。
② 参见陈镐汶:《〈点石斋画报〉探疑》,《编辑学刊》,1994年第5期,第70页。
③ 《点石斋画报》的初刊本现在已很罕见,一些图书馆收藏了部分初刊本,包括国家图书馆、上海图书馆、伦敦的亚非学院(School of Oriental and African Studies, SOAS)和大英图书馆(the British Library)、剑桥大学图书馆、牛津大学波德里恩(Bodleian)图书馆和东方研究所、海德堡的波尔特海姆基金会博物馆(Portheim Stiftung)、哈佛燕京学社、哥伦比亚大学东亚图书馆、加州伯克利大学图书馆,以及日本的一些图书馆。

反衬中国女性地位的低下。

西方女性的婚姻是晚清时期女性话题的一个关注点。《点石斋画报》自然也少不了此类报道。该报主要是从"择偶方式""婚娶仪式""婚姻生活""离婚"等几个方面进行了描述。

西方女性的择偶权

根据《点石斋画报》的报道,西方妇女在婚姻方面具有绝对的择偶权。他们无须听凭"父母之命,媒妁之言",也无须理会门当户对的俗律。对婚姻对象的选择完全在于个人的喜好。在"花骰为媒"①中,西方妇女的大胆显露无遗:

法人某甲,旧家子也。家道衰落,骨肉凋零,既鲜交游,亦无亲戚,自叹终年如此,何以度日。心生一计,作告白登日报,自称青年美貌,欲聘妻室,如有待字女子,愿赋于归者,请先致书,约日相会。此信一出,数日之间,致书者不下数十人。甲一一答以会期。届时香车宝马,络绎奔赴。阅其貌,则红颜者有之,白发者有之;计其年,则破

---

① 《点石斋画报》大可堂版,第1册,上海画报出版社,2001年,第238页。

瓜者半焉，拱木者半焉。甲悉款以茶点。移时，谓众女子曰：今日之会，一似园里看花，无朵不鲜。既不能择其一而弃其余，又不能一网兜进，消受艳福，奈何？沉吟半晌，曰：得之矣，请以骰子角胜负，如摇会然。以色之最高者为花冠，余请返璧。众允诺，再进茶点。挨次三摇，而夺标为二九丽人，随嫁妆奁亦丰厚。甲真喜出望外哉！但不知不入选者之嗒焉若丧，其扫兴又当何如也。

在这篇报道中，法人某甲既没有钱财，又没有显赫的地位，只凭一纸广告，居然招来那么多的名媛淑女，这给我们传递出这样的信息，即在择偶方面，西方妇女是开放的、自由的、勇敢的，甚至还可以说是盲目、愚笨的。西方社会没有丝毫的"门当户对"观念，婚姻全凭个人好恶，见到心仪的男子便蜂拥而上，竞相"抢夺"。"花骰为媒"与其说是在报道西方妇女的择偶习俗，不如说借以表达了男性择偶的幻想。

广告征婚之事，最早出现在英国。现知最早的征婚广告见于1695年7月17日的《每日公报》①，广告文如下：

  绅士，三十岁，家道富有，愿与拥赀约三千镑的年轻女士结缡，并愿为此订立适当的合同。

  年轻男子，二十五岁，事业有成，其父将拨赀一千镑，愿与地位相当者结为伴侣。自小从父母受非国教宗教教育，待人接物清醒冷静。②

征婚广告最初在报刊上出现时，英国舆论大哗，社会上一片声讨之声。但是，由于经济等方面的利益驱使，报纸自然不会放过这个赚钱的机会。后来，随着社会的发展，广告征婚也逐渐普及。但是，舆论对于广告征婚仍持否定态度。因此，广告征婚的现象在英国不具有普遍性，或者说，民众几乎不采用这种方式缔结婚姻。而《点石斋画报》对西方广告征婚的报道带有明显的猎奇倾向，内容也不无夸大和虚构的成分，显然在报道西方婚俗时加进了自己的想象。

此外，《点石斋画报》对于西方广告征婚习俗的报道，还有"择配奇

---

① 报刊也产生于18世纪中后期，1779年截止，英国《每日公报》的印数在两万份左右。参见傅克斯：《欧洲风化史：风流世纪》，辽宁教育出版社，2000年，第275—276页。
② 傅克斯：《欧洲风化史：风流世纪》，第276页。

闻"①"争慕乘龙"②两则。《争慕乘龙》更加突出了竞争的激烈性。据图像的文字介绍,德国商人征婚的广告见报后,不久就收到了两百多封不同年龄、身份的女性的回信,而且每封信中都有征婚者的玉照。在这些征婚者的来信中,有的人强调自己的美貌,有的人强调自己的财富。据说她们的年龄大都在25岁至35岁之间,有未婚妇女,也有新寡、旧孀,其中更有尚未离婚的和已经多次出嫁的。

"争慕乘龙"和"花骰为媒"的题图文字没有对西方妇女的应征举动给出明确的价值判断,但是在后面的"择配奇闻"中,却表现出了明显的批判意识:"男女居室,人之大伦。在中国则重之以父母之命,媒妁之言,非可造次苟合也。西人不然。……以婚姻大事竟同买卖招徕,滥登告白,奇矣。"此外,更为奇怪的是,广告中的男方择偶条件往往非常苛刻,例如,女方还必须擅长"弹琴跳舞","此岂名门淑女所擅长哉!抑彼国所谓大家闺范者,固非四德所能该欤?"文字说明道出了异国衡量"淑女"标准与国人的不同。在时人看来,"弹琴跳舞"非淑女、闺秀所为,所以,西人的女性道德标准显然与我们相异。而且将婚姻大事寄托在一纸广告上,如同儿戏,真是不可思议。

"别有会心"③讲述了一个美貌的美国女子,丈夫过世后,很多人给她写来求爱信。女子没有再婚之意,但是,她将所收到的求爱信,按照时间次序,粘贴在卧室墙壁上。信件张贴分上下两层,上层为信封,下层为信纸。每当身心疲惫之时,女子就会浏览来信,以纾解身心。在这篇报道中,图画部分描绘了女子观看墙壁上张贴的信件场景,而文字说明在讲述此事之前,先交代了西方国家的婚姻习俗。

> 西国通俗,凡男女结婚,必先订交,以窥习尚性情。若果两小无猜,然后再以书札往来,藉通情好。两皆甘愿,始得结为夫妇。故其琴瑟常调,从无反目之事者,由其慎于始也。

这里介绍了西方人的婚姻状况,认为西方社会与中国社会中男女缔结婚姻的方式不同,西方男女在结为夫妻之前,都有一个相互交往、相互认识的阶段,这为婚姻和情感的稳定奠定了基础,所以夫妻婚后反目的情况非常少见。从画面配文的言辞中,我们可以看出作者对西方婚姻的赞赏态

---

① 《点石斋画报》大可堂版,第5册,第25页。
② 《点石斋画报》大可堂版,第5册,第136页。
③ 《点石斋画报》大可堂版,第8册,第307页。

度,向往那种纯粹的、以情感为基础的结合方式,而对全由父母包办、没有婚前感情交流的中国婚制的疑虑也已隐含其中。

此外,《点石斋画报》还有西方妇女"打弹招亲"①"跳舞结亲"②的报道。"打弹招亲"叙说的是一位法国富豪有个十分美貌的女儿。这个女儿擅长打桌球,想嫁一个同样擅长桌球的夫君。于是就在家里布置了两间桌球室,宣称将挑选能百发百中的人为夫君。很多人都前来比赛,最后,胜利者竟是一位年过四旬、满脸黑毛的美国人。女孩虽有些后悔,但还是勉强嫁给了这个人。婚后,夫妻感情竟然越来越好,作者认为,这应该就是人们常说的情趣相投。由此可见,时人认为西方婚姻中,女性有自由挑选丈夫的权利。

"跳舞结亲"也介绍了西方婚姻的习俗,即男方举办舞会,邀请女方参加。通过跳舞,"男抱女腰,女搭男肩",青年男女获得了相互认识和了解对方的机会。在文字说明中,《点石斋画报》对于某些报纸提出中国也可以借鉴这种婚姻方式的说法表示质疑,认为其涉嫌对女性的"玩亵",只能是一种异俗,我们也就是听听而已。

总之,在时人的眼中,西方人的婚姻表现为自由、平等,甚至是随意的,女性对待婚姻的态度是开放的,没有丝毫顾忌,与中国传统的"父母之命,媒妁之言"大相径庭。西方妇女可以积极参与婚姻竞争,也可以在众多的求婚者中,挑选胜利者为夫。西方妇女的再婚也没有任何障碍,因为《点石斋画报》关于广告征婚的图文报道中,应征的妇女很多是新寡和多次再婚的,而附带的文字说明并没有指出新寡和再婚者参与征婚的不妥。此外,西方的婚姻多表现为男女之间的个人行为,而不是中国传统社会中的家族和社会行为。

西方人的择偶方式真的就像《点石斋画报》所言吗?以法国男女的婚姻为例,包办婚姻是非常普遍的。至少在20世纪之前的法国,女性通常被视为父母的私有财产,父母对子女的婚姻拥有当然的决定权。父母在决定子女的婚姻时,主要考虑的是婚姻能否给家庭带来新的利益。1556年,亨利二世宣布,未得到长者同意的年少者的婚姻属无效。此后,一直到1907年,25岁以下的男子和21岁以下的女子结婚也需要得到父母的同意,妇女没有婚姻自主权。在选择婚姻伴侣的过程中,女性始终处于被

---

① 《点石斋画报》大可堂版,第4册,第289页。
② 《点石斋画报》大可堂版,第6册,第155页。

动的地位,太过主动的表示意味着女性在男人眼中地位的下降。即便是某一女子对某一男子情有独钟的话,她们一般也不会主动示意,而是选择依赖母亲来完成"挑选"丈夫的任务。相对来说,年轻男子在物色自己中意的女子时则有一定的主动性。青年男女只有在订婚后,才可以在年长妇女的监视下,相互见面、聊天,然后再举行重大的婚礼。父亲会亲手把女儿交给未来的女婿,这样,女人才有了生活下去的依靠和资本。① 可见,在法国社会中,女性在婚姻中没有绝对的自主权。

18—19世纪之间,英国人的择偶行为也并非如《点石斋画报》所描述的那样,充满了随性、自由和平等。人们择偶的标准,尽管因地位和阶层的关系有所不同,或者完全由父母做主;或者由父母先选择,最后让孩子决定;或者在父母的建议下,由孩子做主;或者完全由孩子自己决定,然后仅将结论告知父母。但是,无论是哪个阶层的哪种情况,女性相对于男性来说,基本上处于不自主的地位。② 直到19世纪中后期,英国人的择偶标准,除了爱情以外,经济、政治、文化、宗教、社会地位、嫁妆、年龄等因素也依然起着重要的作用。

实际上,《点石斋画报》中刊登的西方妇女缔结婚姻的行为无论是否真的曾经发生过,都不影响我们的结论。可以肯定的是,《点石斋画报》中所描绘的结婚方式,在西方即便曾经发生过,也只是个案,不具有普遍意义。因为每一种文化对婚姻都有自己的定义,而且每一种文化中的婚姻都与自己的文化体系交织在一起,起着稳定社会、规范和约束人们行为的作用,绝对不是当时国人所想象的那样不严肃、不慎重和儿戏化。但是一旦西方人缔结婚姻的"游戏"方式频繁出现在《点石斋画报》中,传递给我们的信息便是西方人婚姻观的"不严肃"和"不慎重"。按照《点石斋画报》的报道,西方社会中会有那么多如花美女不计较男方的性情、相貌、财富,无条件地"送上门来",等待男子挑选,这似乎更像是童话故事里的场景,所以我们说,《点石斋画报》对西方婚姻的报道,也寄托了男性编者与画师对婚姻的一种想象。

---

① 郭河兵主编:《图说法国女性》,团结出版社,2005年,第81—83页。
② 王晓焰:《18—19世纪英国妇女地位研究》,人民文学出版社,2007年,第6页。

西方的妻权

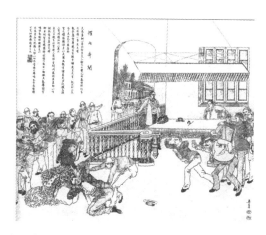

《点石斋画报》中的西方妇女多表现为性情豪放,与中国妇女的温婉贤淑相对立。其中报道最多的是西方的"悍妇"。例如,"鹜夫息争"①"胭脂虎猛"②"惧内奇闻"③"狮吼笑谈"④等等。在夫妻关系上,西方女性处在一个"奴役"和"虐待"丈夫的位置上。她们动辄殴打丈夫,稍有不顺,便怒上法庭,请求离婚。而西方家庭中的丈夫,面对妻子,只有挨打、受气的分,毫无还手之力。"胭脂虎猛"描述了这样一位妻子:

---

① 《点石斋画报》大可堂版,第5册,第180页。
② 《点石斋画报》大可堂版,第7册,第134页。
③ 《点石斋画报》大可堂版,第2册,第147页。
④ 《点石斋画报》大可堂版,第9册,第290页。

西国的沙士地方有妇人焉,年六十,精神矍铄,力可拔山,身重二百四十余磅。其夫素有季常惧,一闻河东狮吼,即俯首帖耳,以乞其怜。土人名之曰胭脂虎,盖效中国语也。日者甲因事逮案,经官讯明判罚。妇在旁闻之,大肆咆哮,将问官及状师、原差等饱以老拳,而官等皆虎头蛇尾,莫敢与争,相与退避三舍。妇遂扼守该署大门,作负嵎之势,见者相顾色变。后有黠者用调虎离山之计,始得挥之使去。夫娘子军之勇猛,世常有之。然未有若此妇之使人辟易者。安得官法如炉,俾将雌虎之毛燎尽也。

　　文中这位年逾六十的老妇人,不仅身宽体重,力可拔山,而且蛮横无理,丈夫对其无可奈何,甚至连法官也不知如何对付。此篇报道对西方妇女的"悍"夸大到了极点,无论是其身体特征,还是其性情。而在"惧内奇闻"中就有这样的说法:"夫为妻纲,以妻而控其夫,人伦之大变也,而泰西则恒有之。"由此可见,时人对西方妇女的家庭生活带有一种普遍的观点,即西方妇女是妻为夫纲的,在家庭中,女性明显比男性更有权力。

　　"狮吼笑谈"记述了一个美国妇女,外貌美丽,但性情却凶悍泼辣。一个农夫不知底细,娶了这个妇人,谁知婚后妇女把丈夫当作奴隶,横加虐待。有一次,农夫忍不住和这个女人顶了几句嘴,此女一怒之下,竟然把丈夫告上了法庭。开庭那天,丈夫刚一出现,妇人便冲上前去,对丈夫拳打脚踢。哪知妇人装的是假腿,稍一用力,假腿便飞了出去。法官笑着说:"你在这里都敢这样,平日在家的凶狠就可想而知了。"

　　《点石斋画报》中的西方女子不乏凶悍泼辣者,尽管大多数女性都有着美丽、优雅的外表,但是,由于"女贵于男"的社会现实,使得西方女性骄横跋扈。而且,《点石斋画报》中西方男性的懦弱和惯纵更加突出了西方女性的强悍。

　　西方婚姻家庭中"悍妇"形象的塑造和想象,也是建立在与中国传统婚姻家庭观中"贤妻"的对立上。从"相异性"的角度出发,我们的标准是"贤",是"夫为妻纲",那么西方一定是"泼",是"妻为夫纲"。在我们的想象中,西方妇女的"泼"是一种普遍现象,而且,西方人并不认为女性"泼悍"是一种"恶习"。

　　晚清时期,西方妇女是作为中国妇女的对立形象出现的,所以,在画师们的眼中,西方的价值观念也与我们有着很大差异:我们以为恶的,西人就应该认为是美;我们以为是不合道德的,西方就应该认为合乎道德。但是,西方妇女真的如《点石斋画报》所言,是"妻为夫纲"吗?

以英国为例,18世纪前后,妻子在家庭中的地位实际上比较低。社会规范赞成男子拥有权威,丈夫是"有权支配妻子的人",对妻子来说,丈夫是天然的统治者,或者说,在婚姻中,丈夫和妻子成为了一个人,而这个人就是丈夫。丈夫的统治地位为法律所支持,妻子需要按丈夫的意愿调整自己的行动,除此之外,别无选择。① 19世纪中下叶,男尊女卑,男人是女人的主宰和统治者,女人是男人的附属品,而且没有独立的身份和地位,诸如此类的观念充斥着西方。② 我们不排除在英国社会中有"虐夫"的悍妇存在,其实在很多民族中,具体到每个家庭,夫妻之间的关系不可能完全与纲常伦理和意识形态的要求相一致,但是,《点石斋画报》将"妻为夫纲"作为西方社会的一种普遍现象来介绍,应该说是加入了时人的想象。

西方女性的离婚权

在离婚问题上,按照《点石斋画报》的报道,西方女性同样具有自由和自主权。"丑夫被控"③讲的是一个美国妇女向法官提出离婚的请求,原因是丈夫的鼻子上长有一个肉瘤,丑陋不堪。法官问女人当初为何要嫁呢?女人回答说:"眼素短视,当相亲时朦胧浑过耳。"本篇报道对此加以谴责,认为随意离弃丈夫是一种非常恶劣的行为。"离婚奇断"④也叙述了一则离婚的消息。一位西方妇女到法庭起诉,要求离婚。法官问原因,妇人嫌弃丈夫年老齿落,相貌丑陋。法官判离之前,让妇人做了很多不可思议的事情:

> 田舍翁多收十斛麦便思易妻,有是说者讵必有是事。乃近来泰西有一妇赴衙门控告,请与其夫离异,则真事之相反而适相对者也。官讯其所以,曰:"年老头童齿豁,面目可憎。寔不能与偕老。"官召其夫至,以酸牛乳灌其顶,令妇舐之,并饬人牵一驴,命妇倒骑于背而策之,乃准离婚。岂此邦之法律使然与?抑问官之心裁别出与?然断案之奇,未有奇于斯者也。夫鹿车共挽,鸿案相庄,坤道成女,以顺为

---

① 舒小昀:《分化与整合:1688—1783年英国社会结构分析》,南京大学出版社,2003年,第255—256页。
② 王晓焰:《18—19世纪英国妇女地位研究》,第57—58页。
③ 《点石斋画报》大可堂版,第4册,第211页。
④ 《点石斋画报》大可堂版,第1册,第102页。

正,该妇或未之前闻。而此老之所遭,当可与冯敬通、刘孝标一流人同慨,遇人不淑者已。

在《点石斋画报》的很多报道中,西方妇女可以随意以任何理由起诉自己的丈夫,要求和丈夫离婚,尽管有的时候离婚的理由非常简单。在编者的文字中我们看出,对于女性蛮横无理的离婚诉讼,法官根本没有办法阻止。这些报道传递给我们一些这样的信息,即西方社会中"离婚"相当普遍,而且实际上不需要任何理由。社会对于离婚也是普遍接受的,男性的再婚和女性的再嫁都不会有障碍。那么,西方妇女真的具有"抛夫权"吗?

以法国婚姻习俗为例,19 世纪初的《拿破仑法典》①对离婚的规定是:妻子必须服从丈夫,丈夫可以因通奸将妻子单独监禁,提出和她离婚;而如果丈夫当场捉奸并把她杀死,法律也可以赦免他。而对妻子来说,她们的权利十分有限,要忍受巨大的羞辱,只有丈夫把姘妇带到家里,丈夫才会受到法律的惩罚,妻子才有权提出离婚。② 由此可见,离婚虽说有法可依,但是具体实施和操作起来,仍是相当困难。也即是说,西方女性不像《点石斋画报》所报道的那样,可以随心所欲地与自己的丈夫离婚。另外,从宗教的意义上讲,离婚也是不被接受的,除非一方具有"铁石心肠",离婚才被认可。③

在英国社会中,社会对离婚的态度经历了反对、按特殊情况处理离婚个案和通过离婚法三个阶段。起初,人们对离婚普遍持反对态度,根本不管自己的婚姻是否美满,也不管他人的婚姻生活是否幸福。在 12 世纪,教会确立了裁决婚姻的权利,婚姻可以被宣布无效,不允许离婚,但是可以分居。17 世纪末,婚姻的控制权被转移到民事机构,有效的婚姻只能用特别的形式批准离婚,每批准一桩离婚案,议会就需要专门讨论一次。据统计,在 1715—1825 年间,仅有 244 对婚姻按这种方式解除了。可见并非人人都能如愿离婚,尤其是下层民众,根本不可能将离婚请求提交议会。④ 在英国,离婚法于 1857 年颁布,其法令承认离婚为婚姻解体的方

---

① 《法国人的民法典》于 1804 年 3 月 15 日由立法院通过,1807 年,这部《民法典》被命名为《拿破仑法典》。参见沈炼之主编:《法国通史简编》,人民文学出版社,1990 年,第 221 页。
② 郭河兵主编:《图说法国女性》,第 45—46 页。
③ 黑格尔:《法哲学原理》,第 180 页,转引自舒小昀:《分化与整合:1688—1783 年英国社会结构分析》,第 208 页。
④ 舒小昀:《分化与整合:1688—1783 年英国社会结构分析》,第 207—208 页。

法。该法保留了议会离婚的一些基本原则,如只承认一个离婚理由:通奸。它要求离婚妇女必须首先证明丈夫的通奸情节特别恶劣,这种把通奸作为离婚的唯一理由的规定仍然没有体现婚姻的自由,仍然没有把婚姻看作是自觉自愿的、可以解除的契约。① 正如一些学者所言,1857年立法的依据是宗教思想,没有体现强调个人自由的痕迹。实际上,直到一战以后,因为妇女在战争中的巨大贡献,英国离婚法才发生了巨大的变化。而在此之前的英国,几乎不可能如《点石斋画报》所言,妻子可以随便找个理由跟丈夫离婚。

《点石斋画报》中对于西方女性婚姻的图文报道带有明显的"猎奇"和"想象"色彩。由于东西方文化长期以来的隔绝,晚清时期普通民众对西方的婚姻应该是没有什么知识的,但这似乎并不妨碍人们去谈论和评价西方。

晚清时期,西方妇女是作为一个独立、自由、受尊崇的形象出现在国人视野中的。那么,西方妇女的"尊贵"地位是如何被时人所知的呢?西方传教士们谴责中国妇女"裹足""纳妾"和"缺乏教育"的画外音之一,自然是西方女性并没有遭受到如此不公正的待遇,因此也就从某些方面证明了西方妇女的"尊贵"地位。《万国公报》上就刊登了许多介绍西方妇女的文章,如"美国女医外出",英国"女子从军"等等,宣扬西方妇女在接受教育和参加社会工作方面所享有的自由和权利。

除了传教士以外,一些出洋人员的海外游记也向时人传递了西方"女尊"的社会现实。19世纪后期,张德彝(1847—1919)的《航海述奇》《再述奇》,王韬(1828—1897)的《漫游随录》,李圭(1842—1903)的《环游地球新录》等,都对西方女性有过详细的介绍和描述。例如,张德彝在他的《航海述奇》《再述奇》中,对西国妇女接受教育、社会交往、婚姻、家庭生活、参政议政等情况均有描述。在婚姻上,西人"不待父母之命,不需媒妁之言,但彼此说合,便可成双"②。而且"外邦有贱男贵女之说。男子待妻最优,迎娶以后,行坐不离,一切禀承,不敢自擅。育子女后,所有保抱携持,皆其夫躬任之,若乳母焉。盖男子自二十岁后,即与其父析产,另树门墙,自寻匹配。而女子情窦初开,即求燕婉,更数人而始定情。男子待妻最优,迎娶以后,行坐不离,一切禀承,不敢自擅"③。在对美国进行考察期间,李

---

① 王晓焰:《18—19世纪英国妇女地位研究》,第44页。
② 张德彝:《三述奇》卷五,稿本。
③ 张德彝:《再述奇》卷一,稿本。

圭参观了1876年在美国费城举办的世界博览会,其中的"女工院"让李圭深有感触,他认为,"泰西风俗,男女并重,女学亦同于男。故妇女颇能建大议,行大事。……故外国生男喜,生女亦喜,无所重轻也。若中国则反是矣……倘得重兴女学,使皆读书明理,妇道由是而立,其才由是可用,轻视妇女之心由是可改,革溺女之俗,由是而自止。"①李圭对西方妇女要求参政、议政权的行为非常赞叹,认为这是国家强盛的一个重要因素。王韬《漫游随录》中的很多内容是作者漫游欧洲时的所见所闻,其中有多处谈到了西方妇女的受教育问题。例如:

> 英人最重文学,童稚之年,入塾受业,至壮而经营四方,故虽贱工粗役,率多知书识字。女子与男子同,幼而习诵,凡书画、历算、象纬、舆图、山经、海志,靡不切究穷研,得其精理。中土须眉,有愧此裙钗者多矣。国中风俗,女贵于男。婚嫁皆自择配,夫妇偕老,无妾媵。②

此外,西方妇女的社交、婚姻、职业、外貌、性情、才学、日常起居等也都频繁出现在《漫游随录》中。例如,在社交场合,"名媛幼妇,即于初见之顷,亦不相避。食则并席,出则同车,觥筹相酬,履舄交错,不以为嫌也。然皆花妍其貌而玉洁其心,秉德怀贞,知书守礼,其谨严自好,固又毫不可以犯干也"③。妇女们可以自由出入于公共场合,甚至是海滨浴场,"每至夏日,男女辄聚浴于海中,藉作水嬉,拍浮沉没,以为笑乐,正无殊鸥鹭之狎波涛也"④。西方妇女们还常常身着盛装,参加各种各样的舞会。在职业方面,根据《漫游随录》所记,各行各业似乎都能看到妇女的影子,如纺织、绘画、教育、音乐、商贾、戏剧表演、文学创作等。

而王韬与《点石斋画报》有着密切的关系,从1888年6月开始,《点石斋画报》便连续刊登了王韬的《漫游随录》,该报画师张志瀛也特为其配画了插图。因此,《点石斋画报》对西方女性的关注和介绍,《漫游随录》的影响是不能忽视的。《点石斋画报》中很多关于西方女性的图文,与王韬的取材和态度相当一致,例如,西方妇女普遍接受教育,可以从事各种各样的职业,她们的生活无拘无束,优雅自在,性情豪爽等等。

一个值得我们思考的现象是,同样是进入到异文化中,看到了异文化

---

① 李圭:《环游地球新录》,卷一《美会纪略》,清光绪刻本。
② 王韬:《漫游随录图记》,社会科学文献出版社,2007年,第89页。
③ 同上书,第113页。
④ 同上书,第116页。

中女性们完全不同的生活方式,西人来到中国,感受到的是中国女性受到了极端的歧视和压迫,而国人却将西方妇女描绘成一种"贵"于男性,有着完全独立的自尊和生活、工作空间的社会群体。王韬在游历西方的时候,西方的很多事物对王韬来说都是陌生的,从饮食、建筑、绘画、服饰、教育到宗教、政治、社会生活、人际交往等等,并不是西方所有的事物都能引发王韬的联想。以饮食为例,初到香港的王韬,对西方文化表现出了浓厚的兴趣,但是,谈到西餐,王韬却很不认可:"所供饮食,尤难下箸,饭皆成颗,坚粒哽喉;鱼尚留鳞,锐芒蜇舌;肉初沸以出汤,腥闻扑鼻;蔬旋瀹而入馔,生色刺眸;既臭味之差池,亦酸咸之异嗜。"[①]同样是异文化,国人对西方的饮食和性别观在理解上有明显的差异。因此,在对于西方文化缺乏较为充分的理解和认识之前,我们对于异文化的认知带有明显的主观想象成分。从某种意义上说,王韬等人笔下的西方妇女多少带有一定的主观倾向,其中不乏想象的成分。因为王韬等人眼见的西方妇女的一切,未必能够说明西方男女平等,甚至"女贵于男"这样一种社会现实,相反,一直到现在,西方妇女仍然在争取自己的各种权利。

以法国妇女为例,尽管从启蒙时代开始,妇女们就一直在争取自己的权利,尽管她们在历次革命运动中起到了重要的作用,但令人遗憾的是,他们的平等要求并没能如愿实现。在法国的社会观念中,男女差异根深蒂固地存在着。[②] 在西方女权主义者的眼中,西方妇女也从未得到过真正意义上的男女平等。但是,晚清时期的国人从自己的价值观念出发,将西方社会想象成为"女贵于男"的社会。基于这种先入为主的西方"女尊"观念,《点石斋画报》在报道和描述西方女性时,更偏重于表现西方女性的自由和随性,因此,才会有《点石斋画报》中的西方人缔结婚姻过程中的自由、自主、个性化、情绪化,甚至儿戏化。

《点石斋画报》中的西方女性形象是"概念化""模式化"的,是国人"想象"的结果。古代中国人对异域人的认知往往侧重在其肢体、外形、道德人伦上的不同,如《山海经》中的"结胸国""羽民国""奇肱国""厌火国""贯胸国""长臂国""丈夫国""女子国""交胫国""三身国""一臂国""不死民"等等。一个重要的原因是,古人没有更多的机会接触和了解异域人,所以,古人的想象更多地偏向于异域人的肢体外形。但是,明清时期,西方

[①] 王韬:《弢园尺牍》,中华书局,1959年,第71页。
[②] 郭河兵主编:《图说法国女性》,第45页。

人迅速走入了我们的生活,其肢体、外形已无需再多作描述。因此,人们开始关注东西方文化之间在风俗习惯方面的差异。在面对异域文化时,我们的态度或者是从"相异性"的角度观察异域,或者是从"相似性"的角度描述异域。在对西方女性的婚姻进行报道时,《点石斋画报》采取的态度显然是"相异性"的角度,因此,在西方妇女"女贵于男"的概念之下,我们制造出了一个尊重女性的西方社会,以反衬东方不同的性别观。笔者以为,时人对于西方妇女的认知只停留在"女贵于男"的概念层面,但是支撑此概念的是国人的想象。从我们的传统出发,如果说我们缔结婚姻的基本原则是"父母之命,媒妁之言"的话,那么西方肯定是反过来的,即自由选择婚姻和伴侣,不必考虑家庭和家族的态度。这是处理婚姻大事的两种极端行为:我们在一个极端,西方在另一个极端,二者构成一种对立。

总之,《点石斋画报》中关于西方妇女婚姻的图文报道并非是西方女性家庭生活的真实写照。在西方"女贵于男"的概念下,想象出来的西方婚姻和家庭生活,应该说比真实的再现,对晚清时期的国人更有意义。时人根据传统的妇女观,为自己构造出了一个未必理想的参照物;而且,正是这种想象中的西方妇女,为国人提供了"改变"和"革新"的可能方向。所以,异域想象在文化交流和社会变革的过程中,可以发挥重要的作用。

理学家的西方
——曾纪泽《出使英法俄国日记》中的西方观

王晓冰

异质文化之间的交流,往往自器物层面始,如中国之丝绸于西方,观念层面则很难渗透,"在商业上输出西方的一种新技术,这是世界上最容易办的事。但是让一个西方的诗人或圣人在一个非西方的灵魂里也像在他自己灵魂里那样燃起同样的精神上的火焰,却不知道要困难多少倍。"①同样,让一个深受儒家精神浸染的中国士大夫真正在灵魂中燃起西方精神的火焰,也是异常困难的。但是,让一个士大夫的科学精神在西方的感召下得到升华,是相对容易的。这样的例子在明末及清朝的例子很多,如徐光启、李善兰、华蘅芳等等,这里,我们谈的是晚清"使才"曾纪泽(1839—1890)。②

曾纪泽生于道光十九年(1839),字颉刚,其父为"同治中兴"的名臣曾国藩。曾国藩家教甚严,勤俭自持,习劳习苦,为将儿子培养成一个气象平和、熟谙经史的士大夫,要求其多读经史,韬光养晦。同时,曾国藩也是晚清"湘乡理学派"的领军人物,而湘乡学派的另一领军人物刘蓉恰是曾纪泽的岳父,曾纪泽成为湘乡理学的成员之一,也就不足为奇了。湘乡理学集团人格的重要特征是"以天下兴亡为己任"的献身热情和"知其不可而为之"的拼搏精神,强调"变通",强调实践。③ 曾国藩倡导兴办洋务,创办军事工业,这也使曾纪泽有条件较早接触、了解西方文化,学习外语,年轻时,就掌握了数学、天文、地理等科学知识,同时注重了解经世致用之学。1878年,曾纪泽被派驻英法两国公使,1880年兼驻俄公使。1884

---

① 阿诺德·汤因比:《历史研究》,曹未风等译,上海人民出版社,1986年,第50页。
② 李鸿章曾与沈桂芬书云:"颉刚略通英文语,机警健拔,洵属使才。惟体气稍弱,似于西北未宜。"李鸿章:《李文忠公全书朋僚函稿卷十八》,转引自朱尚文编:《曾纪泽先生年谱》,台湾商务印书馆,1975年,第19页。
③ 参见陆草:《湘乡理学集团的人文品格——湘乡人文研究之三》,《周口师范学院学报》,2003年第20卷第3期。

年,因其在中法战争期间的强硬态度,得罪了法国政府,被免去驻法公使,1886年卸任回国,1890年病逝,赠谥"惠敏"。《出使英法俄国日记》①记录了他持节海外的所见所闻所感。

作为外交官,曾纪泽的外交成就,在晚清外交官中是颇为突出的;②作为一名西方文化的观察者,曾纪泽的观点也颇具代表性。这一方面是因为时代给予了曾纪泽一展身手的机会,另一方面,我们也要关注曾纪泽的两个特点:

其一,前揭,曾纪泽对西方"格致之学"的兴趣其源有自,并且对洋务、自强有自己的看法。

晚清的所谓"西学",指的就是西方的器物之学,格致之学。曾纪泽对西学的兴趣,是从摸索数学开始的。咸丰十一年十一月初四日(1861年12月5日),曾国藩家书提到,"泽儿要算学诸书",已派人带去云云。曾国藩聘请李善兰"教其二子"。③ 曾国藩处理天津教案时,曾纪泽给父亲写信,分析士大夫的心态。他说,当今官僚士大夫中,有一种人不顾时势,一意排议和局,目的在于"拒绝通商摒斥洋货",以为"修德力政",外国自会慑服,乃迂腐之谈;另一种人,不过稍识洋情,就"挟以自重,助夷而猾夏",如某些洋商、翻译中就有"左祖洋人不闻有赤心为国者",造成诸多祸患。因此,他提出,自强的关键是"得人",就是需要合适的人才。究竟是何种人才呢?曾纪泽认为应该是"忠孝气节之士",即能了解外情,通达外国语言文字,有见识、有民族气节的人。④

可见,曾纪泽在出使前,已经具备了一定的西学基础,对西方的科学技术比较了解,并对办理洋务有自己的想法。

其二,曾纪泽懂外语。

1870年,曾纪泽在致曾国藩的信中,表达了自己学习西方语言的决心,"男近每思学问之道,因者难传而创者易名,将来欲摒弃一二年工夫,专学西语西文。"学习西语西文的最终目的是学习西方富强之策。曾纪泽自始至终坚持自学英文,即使是丁忧期间也不例外。英人马格里是他的

---

① 本文所讨论的曾纪泽出使日记,以岳麓书社1985年版《出使英法俄国日记》为主要文本,除非特殊说明,皆以此本为准。

② 佚名:《清代之竹头木屑》:"自中西通好,吾华大臣奉命出洋者不少,然其中惟曾惠敏公颇为西人所服。"孟森等:《清代野史》,中国人民大学出版社,2006年,第601页。

③ 参见张立真:《曾纪泽本传》,辽宁古籍出版社,1997年,第46、47页。

④ 《湘乡曾氏文献》十,台湾学生书局,1965年,第6019、6020页。

第一任英文教师。① 此外,他还与外国人广泛交往,提高自己的外语能力。出使期间,还教家人学习英语,也曾试图学习过法语,遗憾的是,对其法文程度,我们不得而知。

今人也对曾纪泽的外交成就和才能给予了相当中肯的评价:"总括曾纪泽对于国际政治和欧洲文明的认识,我们可以得到这样的一项概念:他是光绪中期中国高级官员中最具现代知识的人,也是清廷显贵中对世界局势和西方文明最清晰了解的人。自然,曾纪泽对于国际政治的了解,还是相当肤浅。"②

曾纪泽任清政府驻三国公使期间,西方世界向他敞开。他拥抱西方世界的同时,也以自己的眼光审视着这"富强"之地。他初到欧洲时写下的诗句,就预示了这段不平凡的旅程给他的冲击:"九万扶摇吹海水,三千世界启天关;从知混沌犹馀言,始信昆仑别有山。"他也在与友人的通信中表达了西方给他的震撼:

"纪泽自履欧洲,目睹远人,政教之有绪,富强之有本,艳羡之极,愤懑随之。然引商刻羽,杂以流徵,属而和者几人,只能向深山穷谷中一唱三叹。"③

虽然,这里曾纪泽仍然称西方为"远人",亦取"怀柔远人"之意,艳羡与愤懑交织的情绪传达出这位先觉者的孤独与感慨。曾纪泽亲眼目睹了西方的富强与文明,感觉到了"数千年未有之奇局":"伏念西洋大小各邦,越海道数万里以与中华上国相通,使臣来往于京城,商舶循环于海上,是为数千年未有之奇局也。交涉愈久,历练滋深……庶几九重因应,酌轻重以咸宜;四裔扰驯,仰恩威而胥服。"④倾诉出使艰难的低回曲折之中,难掩"中华上国"观念支撑下的"倔犟"的文化根性。在"弱国无外交"的环境下,兴趣加上能力,再辅以为国尽职的忠臣心态,加之对西方科技的热爱,使曾纪泽真正办理外交变得可能,也更加现实,但我们必须注意的是,其背后的支柱仍是"办洋务"的理想,这是我们讨论这位理学家身份的晚清外交官之西方观时不能舍弃的立足点。

---

① 参见张立真:《曾纪泽本传》,第41页。
② 李恩涵:《曾纪泽的外交》,台北"中央"研究院近代史研究所专刊,第15辑,1966年,第51页。
③ 《三星使书牍》卷二,曾纪泽:《伦敦致丁雨生中丞》(庚辰二月十五日),广智书局,1908年,第17页。
④ 曾纪泽:《改定俄约办事艰难情形疏》,《曾纪泽遗集》,喻岳衡点校,岳麓书社,1983年,第51页。

到达西方后,作为第二任外交官,又是曾国藩之子,曾纪泽受到了普遍关注。*le temps* 1879 年 1 月 18 日(星期六)给予了这样的报道:

  和蔼而不失威严,如果我们不对中国在选派出使法国和英国的特使时所作的出色选择表示赞美,我们就是彻底的失职。实际上,曾侯是带着在北京的外国使团中获得的高度好评抵达欧洲的。与其前任郭大人一样,曾侯极大限度地具有那种完美适合于大使身份的特殊才干,我们在法国称之为"使人喜爱的艺术"。的确,他完全不懂法文,但是,他以英文表达自己则比法国人一般做的要好得多。不过,要是他有机会与我们的外交部长交谈,他就会在这一规律中发现一个令人愉快的例外。

  唯一陪伴曾侯的外国人是我们的一位同胞,翻译学生、法国驻北京领事馆随员法兰亭(Frandin)先生。他从总理衙门或外交部得到了这个职衔,对这个没有政治职权的头衔,我们或可用"私人顾问"这个词来更清楚地定义。

这里固然有礼节性的赞美,但也从中能感受到曾纪泽初到法国有着愉快的开始,吸引了他足够的注意力。1890 年曾纪泽逝世,*le temps* 又发布了讣告。[①] 曾纪泽不仅在西方世界留下了足迹,后者也在前者的思想世界打上了烙印。

曾纪泽的出使日记,以士大夫平实冷静的方式记载了在西方文化冲击下的心路历程。此日记,毋宁说是日程表,类似于"起居注"。他在其中很少羼杂个人感受,在异国他乡仍保持着士大夫固有的生活方式,对西方文化议论较少,千篇一律,以日常絮语的方式,从天气情况、温度开始,按照时间顺序记载一天的工作、生活、娱乐,浸淫西方文明的种种表现,学习英文、法文的过程,饮食起居,使用洋器,交结洋友,钻研洋科技,阅读洋小说,赴茶会、宴会、跳舞会,参观,晤谈,忙碌的公务,遇见的人物,参观的景物,观看的戏剧,他读的书籍及家庭琐事,他的健康状况,他们夫妇之间的对话应答,女儿表现,甚至包括捕捉老鼠!在国外,他仍大量阅读中文书籍,吟诗作画,往来应酬,继续吟风赏月的士大夫生活,对于自己所从事的政治活动,也存而不论。他很少提及公务。毛子水先生在《曾惠敏公手写日记影印本序》中就曾说道:"他的日记,骤然看去固是日常生活的流水

---

① *le temps*, samedi 18 janvier 印支通讯: 中国派遣的特使大臣, 1879; 讣告见 Lundi 14 avril, 1890。

账,但我们若想到这是一位事无不可对人言的君子所手写的,则这本流水账亦便可当一部理学家的自传读。我们从这种自传里固可以看出这个理学家用功的过程,亦可以悟得许多自修的方法",并称其为"一代哲人"。①

所以,我们姑且按照毛先生的思路,将其日记看作理学家的日记,以这样的眼光,看到是怎样的西方文化,在西方世界的冲击面前,中国文化如何作为其强大的心理基础使他从容应对。

在曾纪泽心中,"天朝上国"的观念根深蒂固,中华文明显然高于西方文明,对本土文化的自豪不言而喻,这是我们此前强调他"办洋务"的理想的原因。与另一位使臣薛福成一样,他也是晚清西学东源论的鼓吹者之一,他认为西方文明出于老子,天主教与佛教有渊源关系。在此前提下,他平静地对待西方的"高明"之处,讳莫如深,与前任郭嵩焘的日记遭遇毁版有关,是为明哲保身之举措,同时,也与其人格修养有关,显示的是雍容的士大夫气质。

从曾纪泽对林则徐的评价,就可对其人格一窥端倪,他在日记中认为林则徐"非纯臣气象","伦敦有蜡人馆,以蜡塑各国闻人之像。林文忠之像,实守门户。自有中国公使,英人乃撤其像而藏之。闻英人之讥议林公,以其讳败为胜,犹有称誉之者,则亦以焚埋烟土一事。然则英人固非以其私怨而讥之也。"但是,实际上,曾纪泽自己也很难做到"纯臣",1885年12月11日,德国新闻报曾函曾纪泽论中法之事。当日曾纪泽复书,中有法得北圻山西,"举国手舞足蹈,如收回麦次及土塔士布情状。新闻报又言,须与中国索赔兵费,或占取华地为质。此不过吓诈中国,使其任法人在东京为所欲为耳,中国不惧也。盖中国此时,虽失山西,尚未似十年法失守师丹之故事也。"曾纪泽此举,使法国人极为恼怒,就连德国外部也表示:"函内不应将往年德法交战麦次,师丹法人之败,比今日之中国。岂不知法人师丹一役,君虏国亡,为大耻辱事。今山西北宁,不过属邦之一小城,不但拟于不伦,且必激法廷之怒,又徒辱中国国体,为使臣所大忌。"②曾纪泽此次显露了"中庸大臣"外表下的一颗赤子之心。

曾纪泽对西方文化没有太多的评价,他的出使日记减少了"述奇"③

---

① 毛子水:《曾惠敏公手写日记影印本序》,吴相湘主编:《曾惠敏公手写日记》,台湾学生书局,1965年。
② 《清光绪朝中法交涉史料卷十三》,转引自《曾纪泽先生年谱》,第66页。
③ 晚清张德彝的出使日记即以"述奇"命名,他的第一本使西日记名"航海述奇",嗣后出访七次,日记成"八述奇"。

的色彩,语态平实,可以代表传统士大夫面对西方世界时的表现。在曾纪泽这里,西人、西方、西洋经常出现,笼统地指称西方。他英文水平较高,可以阅读原文,并可以进行翻译。他经常提到他草拟英文信,阅读英文的《三字经》,用英文给其女阅读小说、圣经及莎士比亚的戏剧,还教妻女学英文。他将阅读戏剧及惠特曼(Whitman)的诗歌当作消遣。1886年在回国之前,曾纪泽在《亚洲评论》上发表《中国先睡后醒论》,承认西方的先进之处。

通过他的出使日记,我们可以了解到他的人格、对西方文化的了解,及他的英语程度,他购买油画……他的女儿演奏钢琴。我们知道,他本人也是音乐爱好者,曾谱写《华祝歌》作为清朝的"国歌",可惜已经失传。

在外交官中,曾纪泽日记的风格与内容都是最现世,也是最现实的。这种风格,使他集中于对西方科技的介绍,较为保守地推重西方。

我们以一天的日记为例,可以感受一下他的日常生活:

> 阴,微雨。辰正起,茶食后,看小说,清捡书籍。饭后,看小说。清臣来,一谈。热梅尼来,一谈。至夏干处一坐。倭良嘎里暨外部亚细亚股总办吉诺叶甫来,久谈。驻俄之英国参赞铿乃狄来,谈甚久。饭后,编电寄译署,看小说,至湘浦室谈颇久。夜饭后,至庆锡安室一谈,听八音合数折,看小说甚久。丑初睡。
> ——《出使英法俄国日记·光绪九年四月十一日》

以天气开始,饮食、杂事、阅读、送往迎来、娱乐,以最节俭的笔墨来论述一天的生活,这似乎也与其"科学精神"相呼应。曾纪泽一方面批评西国徒供耳目玩好,"巴黎为西国著名富丽之所,各国富人巨室,往往游观于此,好虚縻巨款,徒供耳目玩好,非尽能抟心壹志以攻有益之事也。"这是理学家对物质世界的一种批判,但同时,他又津津乐道于其中,频繁照相,频繁出入于商场街肆。① 他由衷地赞叹巴黎市肆"真伟观也",对于一个从封闭的农业社会来的清廷官员而言,巴黎的一切都是新鲜的、值得赞赏的,在心满意足地"耳目玩好"之后,曾想起要"抟心壹志以攻有益之事",于是发一番议论,抨击其如郑卫之音,"虚縻巨款",以表明自己没有忘记圣人之训,没有忘记要清醒地批判,这就是理学家面对西方的体用分离的二元观:中国文化是体,西方文化仅仅是用,他剥离出西方文化的物质外壳,介绍西方的先进技术,期望能为我所用,但是其精神世界仍是中国传

---

① 据笔者不完全统计,曾纪泽照相116次之多,游市肆达177次。

统的理学在支撑。

西方生活的点滴,都被添加上了本土文化的色彩。曾纪泽对西方最主要的印象是西方富裕、繁华、重视商业,"西人奢丽胜吾华";欧洲"屋式富丽",抱怨欧洲房屋太窄,房价太贵。曾国藩一向主张节俭,节制人的物质欲望也是理学家"修身"的一个准则,曾纪泽对西方有这样的抱怨就不难理解了。曾纪泽称呼西方之事物皆冠以"洋",并且自觉比较英法两国,认为他们皆好自誉其国,而讥议他国之俗,但另一方面,都能做到与民同乐,这又与儒家的"仁政爱民"思想发生关系。舞会也是一种"礼",在光绪五年一月二十八日的日记中记载"始见男女跳舞之礼",这里的"礼",不单纯是一种礼节,而更是一种道德规范,因为在理学家曾纪泽的概念中,任何事情都不应该是单纯的娱乐,而应该有裨于风俗教化。同年二月初二日又强调"跳舞会为男女婚配所设",所以这种"华人乍见,本觉怪异"的举动,也就有了正当的目的。

在异国纷繁的现实生活中,曾记叙最多的,竟然是异国的市肆、大"杂货店",光怪陆离,而对所感受到的异域文化冲击语焉不详。究其原因,曾纪泽在骨子里,仍然是一名"文人",他的文化根基是固定的,在此层面上,没有什么可以动摇儒家文化在其心目中的经典地位,他着墨较多的,就是这些细枝末节。此外,他对机器也情有独钟,描述得较为细致。首先因为机器是西方科学技术的具体展现;其次,前揭,重视实践是"湘乡理学派"的人格特征之一;最后也与他的个人爱好有关,他收藏了许多西洋器物。"机器"一词在曾纪泽的笔下频繁出现,虽然郭嵩焘提及机器的次数更多①,但是,曾纪泽对机器的兴趣是有现实意义的。他不仅购买机器,还亲自制作、试验,包括削笔机、切纸机,日记中常有类似的记载,"试演在俄所制磨墨机器"。光绪五年三月十二日的日记:"午初三刻,偕清臣至伦敦画报局,观印书画各种机器。器之灵巧,工程之捷速,不胜纪述。最奇者,能取中国字迹,照影上板,而后刷印,亦能毫忽无差,形神毕露,印千万纸如新落笔者。又有整幅纸,长逾中国十二里,卷为一筒,径二尺许。以筒登架,则机器自印自切,而自订成册。鬼斧神工,真可怪诧。"

曾纪泽阅读郭嵩焘的《使西纪程》,并对其记载深以为然。西方给予曾纪泽的是对古圣先贤的印证,因为抽离了西方的文化内核,他笔下的西方,是缺乏生命力的西方,因其文化是"源于中国"的。

---

① 郭嵩焘有 598 次之多。郭嵩焘:《伦敦与巴黎日记》,岳麓书社,1984 年。

晚清讨论中西文化，最流行、最有市场的观点就是西学中源论。这种观点认为，西方的科学技术，大部分源自中国。西学中源论是曾纪泽少有的大加笔墨论述的观点。曾纪泽对西方政治教化与《周礼》有渊源关系的观点表示赞同，他就此也大发议论：

  余谓欧罗巴洲，昔时皆为野人，其有文学政术，大抵皆从亚细亚洲逐渐西来，是以风俗文物，与吾华上古之世为近。……此虽戏语，然亦可见西人一切局面，吾中国于古皆曾有之，不为罕也。至于家常日用之器物，无一不刻镂绘画，务求精美，则亦吾华尊、罍、盎、桵、禁、玷、洗之遗意也。或者谓火轮舟车、奇巧机械，为亘古所无。不知机器之巧者，视财货之赢绌以为盛衰。财货不足，则器皆苦窳，苦窳，则巧不如拙。中国上古，殆亦有无数机器，财货渐绌，则人多偷惰而机括失传。观今日之泰西，可以知上古之中华；观今日之中华，亦可以知后世之泰西，必有废巧务拙，废精务朴之一日。盖地产有数，不足以供宇宙万国之繁费，则由精而入粗者，势使然也。

——《出使英法俄国日记·光绪五年二月廿三日》

西方的现在，就是中国的过去，"今日之泰西，可以知上古之中华；观今日之中华，亦可以知后世之泰西"，我们的文化已经历尽了"繁费"，开始返拙入粗了。

在与理雅各（James Legge）等人探讨中西学问时，曾纪泽更详细地阐述了这一理论：

  可见西洋人近日孜孜汲汲以考求者，中国圣人于数千年已曾道破。如西人不信五行，而言水、火、气、土以为创论，不知《易》以乾、坤、坎、离为四正，即水、火、气、土也。革之象曰："泽中有火，革，君子以治历明时。"即大地全体，中心皆火，火力相摄，斡旋不息，故得自转以成昼夜，绕日以成岁之说也。"云雷经纶"，圣人预言电线之理。"出入无疾，七日来复"，圣人预存西医之说。蛊言"先甲三日，后甲三日"，巽言"先庚三日，后庚三日"，震丧贝言"七日得"，既济丧茀亦言"七日得"，然则礼拜之数，亦圣人之所前知也。西人纪数码号，九与六颠倒相背，当时制字必有意义。《易》则九为老阳，六为老阴，凡爻之阴阳皆以九六别之。水火既济、火水未济二卦，皆言"曳其轮"，皆言"伐鬼方"；未济又言"利涉大川"，则火轮汽机，以制舟车，以勤远略，圣人亦于数千年前烛见之矣。《易》于中国学问，仰观天文，俯观地理,形而上者谓之道,形而下者谓之器,探赜索隐,钩深致远,诚未易言。即西学而论,种种精巧奇奥之事,亦不能出其范围,安得谓之无关学问哉!

——《出世英法俄国日记·光绪五年五月廿一日》

西方人今天苦心经营的科学技术,我们的圣人早就知道了。物理学、西医,乃至西方计时方式,古人早已预见了。总之,西方的科学技术与文化风俗大部分源自中国,这种理论如此有说服力,以至于理雅各听后都"心折"了!

这里,也应该注意到,曾纪泽有意地区别"华学""西学",进行中华、西人的对比。时时用"圣人"的语言,来解释西方的富强,用中国的古代来置换现实的西方,用中国的过去与西方的现在相比附,发现西人的政教与周礼相合。西学中源论有心理学的起源,这是民族文化心理所致。当时的大部分外交官都有类似的想法,一方面,他们确实是真诚地相信这一点;另一方面,也是传播西学的策略问题。同时,西学中源论也反映了中国士大夫的循环论的历史观。在科学方面,文人不肯承认中国处于劣势,这样学习西方就是"不忘本",也可以坦率地说西方并不是蛮夷,因为他们也是我们祖先的信徒,我们可以学习西方,但是为了不失去自信,引经据典地证明西方的科技应该已经被自己的祖先所掌握。"礼失而求诸野",换句话说,就是我们失去了科技,就要在野蛮的西方寻找。[①]

几乎所有的民族,都为自己过去的辉煌而骄傲,倾向于认为自己的所有都是好的,世界上的好东西都来自他。中国人有同样的心理。他们不愿意坦率地承认在科技和物质文明方面的落后,但是事实又如此明显,又无法否认,于是就在经典中寻找与西方科学相类似的起源,以保持民族尊严。有了这一理论基础,向西方学习就名正言顺了。比如,曾纪泽在伦敦老城裁缝会宴会上的发言:

中国为保守成法之国,本爵既为中国使臣,与兹会诸绅,气谊相孚,是以隔数万里而可以联结友谊也。本爵颇好留心西学,志欲使中国商民,仿效欧洲富国强兵之术,格物致知之学。若使中国有公堂、保堂之分,则本爵宜列于公堂。然在中国,虽列于公堂,却与伦敦保

[①] 参见柳诒徵:《中国文化史》(中国人民大学出版社,2012年,第913、914页),张之洞和刘坤一的奏折,《两江总督刘坤一、湖广总督张之洞第一次会奏变法事宜疏》:中国不贫于财而贫于人才;不弱于兵而弱于志气……今泰西各国学校之法,犹有三代遗意,"礼失求野",或尚非诬。

堂绅士意见适能相合。窃欲吾华士大夫、商民孳孳汲汲以成一切利益之事,庶成法可以长保也。

——《出使英法俄国日记·光绪五年四月》

曾纪泽首先向西方声明,中国是一个遵守传统的国家;也向国人介绍了伦敦老城裁缝会,并涉及英国的政党制度:保堂与公堂,即保守党与工党。同时也表达了向西方学习,"仿效欧洲富国强兵之术,格物致知之学"的渴望,但也仅限于此,这一切的背后是"庶成法可以长保也"的心愿,通过改良的方式保留现有格局,仍旧是"中学为体,西学为用"的翻版。

基督教是西方文化最重要的组成,提及西方必然要涉及基督教。几乎所有的外交官都表示了对教士的厌恶感,并且,在中国的外国传教士对中国士大夫阶层也绝无好感,因为中国士大夫的"道德领袖"地位于他们的福音传播者的身份相抵触。曾纪泽也不例外:

> 余闻昔者法皇拿破仑之后,最重教士,故当时教案最为棘手。自更民主之后,教士之势渐衰,诋毁之者渐不乏人。余在"阿马松"舟次,有法国水师副将白某,诋教堂中无一正人,兰亭与船主提叠皆责其言之太过。既而兰亭私语余曰:教堂中善男信女诚不多觏,惟白公于稠人广众中斥言其恶,座上英人太多,故吾辈不得不驳其说。其实教士之可恶,吾法人皆能知而恶之矣。

——《出使英法俄国日记·光绪五年正月十九日》

曾纪泽出使西方之际,正值教案频繁发生,西方列强,尤其是法国,借口教案屡屡滋事,令清政府感到十分棘手。曾纪泽通过他人之口表达出了对教士的憎恶,也侧面反映了对基督教的态度。在给威妥玛(Thomas Francis Wade)的信中,曾纪泽也毫不掩饰地表达了类似的看法。①

在与西方的接触过程中,曾纪泽意识到不同文化间交流时语言的重要性,努力学习西方语言。但是又对西方研究中国学问的人不以为然,有

---

① 1885年,曾纪泽致英国使臣威妥玛书信,谈论通商传教两事,更强烈地表达了对基督教的反感:"尧舜禹汤文武周公孔子,此数圣人者,未尝执迷人而语之曰,尔必从教。自天子至于庶人,自古至今,无不从者。出乎尧舜禹汤文武周公之教外,即入乎禽兽之中。而不欲为禽兽者,则必从尧、舜、禹、汤、文、武、周公、孔子之教。仁之至,义之尽,天理人情之至,无一矫强于其间。夫是以不言而信,不待勤而自成也。天主一教,西土教士,奔走四方,学习国语,开设讲堂,不过劝人一信字,故其教名曰信天主。必其中有不可信之道矣,即返之于己心,亦必有不堪自信者矣。夫不可信而求信,已不能信,而强使人信,则必不能信也。"《湘乡曾氏文献》九,第5582、5583页。)

着浓厚的文化自豪感与文化本位主义。他主张中西各自兴办学校，分别教习"华学"与"西学"，互相学习语言。但是这种观念仍然是为了国家富强，对西方文化的认识仍是停留在"技"的层面上。曾纪泽之所以注意考究西国"政事语言文字风俗之不同"，是因为他看到了中国正面临着变局。因此，对于"中西通商互市"之事，认为"中国不能闭门而不纳，束手而不问"。

综观曾纪泽的出使日记，在西方世界里，他的科学精神被点燃。他对西方的认识是零星的、感性的，没有深入思考。他心中想的是实现国家的富强，停留在技术的层面上，集中于对西方器物的介绍。他的出使日记只是为了完成日记这一形式，而不看重内容；他有意识地区分中西，具有强烈的爱国心，但是，又喜欢轻易地下判断；他思考中西之间的差异，目的是为了更好地与西方打交道，处理中西事务，而不是为了了解西方文化，这也反映出他是洋务派代表的身份。可见，曾纪泽对西方是实用主义的赞赏，是在理学思想的关照下，以"西学中源"为理论基础，以"体用观"为实践方式，号召学习西方的先进技术，希望从对西方的赞赏中，令国人学习到自强的方法。光绪五年十月初五日曾纪泽在使馆撰自箴之联："濡耳染目，靡丽纷华，慎勿忘先子俭以养廉之训；参前倚衡，忠信笃敬，庶可行圣人存而不论之邦。"可见，无论身处何地，曾纪泽的内心都怀着一个理学家修身养性齐家治平的理想。

钱德明与中国音乐

龙 云

如果说钱德明(Joseph-Marie Amiot，1718—1793)在今天的西方世界依然具有知名度，这在很大程度上得益于他在音乐方面的成就。近年来，他在音乐方面的翻译著述成为西方学者关注的一个重点，一批原始手稿[1]、音乐学研究著作[2]以及音乐作品相继出版。其中，《华乐西传法兰西》[3]较系统地研究了钱德明在中国音乐方面的著译，以及在法国的接受情况。一些论文重新发掘了钱德明的未刊手稿[4]，将研究导向了民族音乐学的范畴。[5] 近作《钱德明之中国礼仪舞》重点考察了他所参照的中文文献，力求廓清其创作时期的历史文化背景。这些著作或论文的相继发表，从一种新的深度挖掘了钱德明在音乐方面的研究工作，即从单纯的西

---

[1] Fr. PICARD et P. MARSONE, «Le cahier de musique sacrée du Père Amiot; Un recueil de prières chantées en chinois du XVIIIe siècle», dans *Sanjiao wenxuan* : *Matériaux pour l'étude de la religion chinoise*, 3, 1999, pp. 13—72.

[2] B. Didier, *La musique des Lumières*, Paris, PUF (coll. Ecriture), 1985, pp. 61—87; Fr. PICARD, *La musique chinoise*, Paris, Minerve, 1991; Fr. PICARD, « La musique catholique en Chine du XVIe au XVIIIe siècle», livret d'accompagnement du CD, *Messe des Jésuites de Pékin*, pp. 9—15; Fr. PICARD, «Music», dans N. STANDAERT, *Handbook of christianity in China*, t. 1 : 635—1800, Brill, Leidon - Boston - Cologne (coll. Handbook of Oriental Studies. Handbook der Orientalistik, section 4 : China, numéro 15—1), 2001, pp. 855—860.

[3] Y. TCHEN, *La musique chinoise en France au XVIIIe siècle*, Paris, Institut des Langues et Civilisations orientales (coll. Publications orientalistes de France, numéro 702), 1974.

[4] M. BRIX et Y. LENOIR, « Une lettre inédite du Père Amiot à l'abbé Roussier (1781)», dans *RAHAL*, 28, 1995, pp. 63—74; M. BRIX et Y. LENOIR, «Le Supplément au Mémoire sur la musique des Chinois du Père Amiot. Édition commentée», dans *RAHAL*, 30, 1997, pp. 79—111.

[5] 该处的资料可参见 Michel Hermans, «Joseph-Marie Amiot, une figure de la rencontre de l'autre au temps des Lumière», Yves Lenoir, Nicolas Standaert, *Les danses rituelles chinoises*, *d'après Joseph-Marie Amiot*, Presses universitaires de Namur, 2005, pp. 11—12.

文文本转向了中西文材料并重的比较研究路数。

音乐是钱德明到中国之后最早接触的领域之一,他研究中国音乐前后时间跨度很大,其成果在当时也多被论及并产生了一定的影响。本文将更多地关注钱德明的文化媒介人身份,注意考察文化传播过程中其自身身份的细微变化,从而更好地理解他在中西文化交流史上的地位和作用。我们将通过历时性研究来洞悉其文化身份和接受心态的转变,进而分析导致这种心态转变的内外原因。以下从三个时间段来进行梳理:一是来华之前法国对中国音乐的接受情况,二是来华初年与中国音乐的初次接触,三是来华二十多年后对中国音乐的深入研究。

一、18世纪上半期法国关于中国音乐的社会集体想象

利玛窦以降,来华耶稣会士大都秉承"适应策略",以科学和技艺为宫廷服务,从而为天主教在华的传播争取生存空间和发展契机,这是主流耶稣会士的不二法门。法国传教士是其中的代表,他们通过对中国文化的适应和研究不断地推进这一传统。诚然,法国最初派遣耶稣会士的计划具有多元的目的,既有科学考察的需要,也有传教的意图,同时还有建立一个常设性使团的初衷,所以被选来华的传教士"或通晓天文学、数理化,或身怀绝技,这就保证了他们能够沿着利玛窦开创的道路走下去,也保证了他们能完成法国国王委以的科学、宗教、外交这三大任务"①。作为早期来华法国耶稣会士中晚辈的钱德明,音乐方面的艺术才能正是他被派来华传教的原因之一,他自己也清楚地意识到了这一点,他说"尤其是在我受上级之命来到的(中国)首都和宫廷,科学和艺术是最有效的手段"②。

至于钱德明在音乐方面的造诣,费赖之(Louis Pfister,1833—1891)称他为"非常好的音乐家"③。而他自己在谈到音乐方面的素养时则谦虚地说:"我马马虎虎懂音乐,会吹横笛和演奏管羽键琴,我运用所有这些小才能让自己被(中国人)接纳。"④这是他对自己音乐才能的评价,其中并

---

① 孟华:《伏尔泰与孔子》,新华出版社,1993年,第23页。
② Amiot, *Mémoires concernant les Chinois*, t. 6, Chez Nyon l'aîné, 1780, pp. 1—2.
③ Louis Pfister, *Notices biographiques et bibliographiques sur les jésuites de l'ancienne mission de Chine*, Changhai, 1934, p. 851.
④ Amiot, *Mémoires concernant les Chinois*, t. 6, p. 2.

没有更多地谈及在法国学习音乐的情况。那时候,他的故乡土伦并没有音乐家,但当时很多耶稣会学校都开有戏剧音乐课,进行音乐方面的基础教育,如他曾经就读的里昂三一学院①。

钱德明来华之前,中国音乐在法国的介绍和传播几乎是空白,因此他缺少对中国音乐进行了解的媒介。在欧洲提到远东音乐是很晚的事情了,直到 1681 年,法国耶稣会士梅纳斯特里埃(Claude-François Ménestrier,1631—1705)才在《古今音乐的演奏》(Des représentations en musique anciennes et modernes)中谈到中国人的音乐。该书认为中国人自古以来就有通行于欧洲的大部分东西,中国人把法律及政府的政治准则称为"乐",只有统治世家才掌握这种音乐的奥妙和演唱方法②。在 18 世纪前半期备受关注的《中华帝国全志》中有关于中国音乐的少量内容,这是经过杜哈德(Du Halde,1674—1743)神父加工改编而成,编者自身缺乏生动的调查经验,对中国音乐进行了比较负面的评价:"按照他们(中国人)的说法,是他们自己创造了音乐,他们吹嘘自己过去曾经把音乐发展到了完美的极致。如果他们所说不假,需要说的是它还处于原始的状态,因为现在有那么多缺陷,只勉强够得上音乐这一称谓而已。"③有研究者指出,该书中给出的中国曲谱"错误百出","中国音乐被一种最怪异的方式横加扭曲,如果说这让欧洲人大为震惊的话,那可能会让中国人更加目瞪口呆。"④在 18 世纪前半期,通过他传递给西方的中国音乐形象是滑稽而浅薄的,与西方人对音乐的理解和认知存在较大的差距,这也是当时法国人对中国音乐的一般认识。直到钱德明离开法国的前一年(1748),也没有其他介绍中国音乐的著作面世,法国人对中国音乐的了解还大致停留在杜哈德的只言片语之上,"谈到中国音乐,我们发现几乎还是对……《中华帝国全志》中关于音乐的文章的原版复制"⑤。

---

① 参见 Michel Hermans,《Joseph-Marie Amiot, une figure de la rencontre de l'autre au temps des Lumière》,p. 26; P. GUILLOT, *Les jésuites et la musique. Le collège de la Trinité à Lyon 1565—1762*, Liège, Editions Mardaga, 1991 (sur l'éducation musicale dans la pédagogie jésuite, pp. 147—159); T. Fr. KENNDY,《Les jésuites et la musique》, dans G. SALE (éd.), *l'Art des Jésuites*, Paris, Editions Mengès, 2003, pp. 297—308.

② 参见陈艳霞:《华乐西传法兰西》,第一章"最早的论述"。

③ Du Halde, *Description géographique, histoire, chronologique, politique et physique de l'Empire de la Chine et de la Tartarie chinoise*, t. 3, La Haye, Chez Henri Scheurleer, 1736, p. 328.

④ Y. TCHEN, *La musique chinoise en France au XVIIIe siècle*, p. 34.

⑤ Ibid., p. 41.

从比较文学形象学角度来看,"形象因为是他者的形象,故而是一种文化事实;此外,我们说的也是文化的集体形象。它应被当作一个客体、一个人类学实践来研究。它在象征世界中占有一席之地,且具有功能,我们在这里把这一象征世界称之为'集体想象物'。它与一切社会、文化组织都无法分开,因为一个社会正是通过它来反思自我、书写自我、反思和想象的。"①在18世纪前半期的法国,由于没有更多专业介绍中国音乐的著作,杜哈德神父那些简略而贬低中国音乐的文字几乎成了独家材料,加之这部作品在当时影响较大,所以一般法国人建构中国音乐形象的素材大都出自这部作品。这种相对负面的中国音乐形象植入了当时法国人的大脑,逐步纳入到社会集体想象物之中,并且开始发挥它的"功能"。在社会集体想象物"这个张扬互文性的场所"中,保存或传递着《中华帝国全志》中关于中国音乐的"只言片语、序列、整段文章",成为一个将这种形象不断"现实化的场所"。脱胎于这个注视者文化语境的钱德明受到该社会集体想象物的影响,而那些从杜哈德神父作品中分离出来的话语渐次成为"套话"融入了他个人的想象空间。这时候的钱德明相对于中国音乐这个"相异性"元素来说,他只是一个简单的注视者,还不具备进行深入自我反省、思考、对比、修正的客观条件。

如果说钱德明在来华之前对中国音乐有一鳞半爪的了解,那不过是对杜哈德作品的匆匆一读,获得的只是从这位神父笔下经过多重接受效果之后所生发的观念,认为中国音乐原始而低级,与西方音乐相比几乎不能称为音乐。钱德明来华之前对中国音乐的了解是间接的,他只是多重接受链中靠近尾部的一环,中国音乐在经过多重媒介之后在某种程度上也就成了"误读"和"变形",而不再是一种真实的、客观的、直接的认识,它迎合了18世纪上半期法国人对中国音乐的集体想象。但这种集体想象为钱德明的个人想象提供了原始的依托和框架,为他在与他者进行"亲密"接触之前准备了比较的素材(杜哈德的中国曲谱,杜哈德论及的中国音乐史),虽然他个人关于中国音乐的形象还脱不了当时"套话"的窠臼,但他将带着这种集体想象话语的简单复制而前往中国,开始自己历时数十年的中国音乐之旅。

---

① 孟华:《比较文学形象学》,北京大学出版社,2001年,第124页。

二、初逢中国音乐(1751—1763)

1751年到达北京之后,钱德明开始按照利玛窦的道路学习中国语言文化,努力进行"汉化适应"。他说,"来到中国后,我第一等关心的大事就是学习他们的语言和风俗,以便向他们成功地宣讲我们圣教的真谛。"① 要从来华耶稣会士的传统中去寻求传教的突破口,音乐才能是一个可资利用的捷径,他希望用西方音乐去吸引和感染中国文人,从而达到使他们皈依天主的目的。他不遗余力地介绍西方音乐,不错过任何可以利用的场合。"在我刚来北京的初年,一切可以利用的机会,我都不会忘记去征服听我演奏的中国人,希望让他们相信我们的音乐要比当地的音乐高出一等。而且这些都是有教养和判断力的人,往往是朝中的一品大员,经常来法国传教会谈论中国科学与艺术,他们能够做出相应的比较。"② 但希图用西方音乐去打动中国人的初衷并未实现,他的努力未能取得预期效果。"拉莫(Jean-Philippe Rameau,1683—1764)的名曲,最动听的奏鸣曲,最婉转的长笛曲,布拉韦(Michel Blavet,1700—1768)的长笛奏鸣曲,这些都丝毫不能对中国人产生影响,我看到他们脸上只有冷漠的表情,显得漫不经心,说明我压根就没有打动他们。"③

面对中国人对西方音乐的无动于衷,他开始接触和研究中国音乐。正如他自己所说,"在中国文化多方面有着深入研究的宋君荣(Gaubil,1689—1759)神父鼓励我接触(中国音乐方面的)著作,并且给我尽可能的帮助。"④ 他开始用西方记谱方式收录中国歌曲,并且寄给英国王家学院。宋君荣神父在给伦敦王家学会的信中写道:"钱德明神父刚刚来到这里,他交给我了几首中国歌曲,正如您希望的那样,我把他们寄给您。该神父说他想学习中国音乐方面的相关内容。如果他继续学习的话,在这方面您还会收到新的东西。"⑤ 1751年11月,钱德明寄出了10首中国曲子,这些曲子于1753年寄达伦敦,其中第一首曲子是《柳叶锦》⑥。同时,他决

---

① Amiot, *Mémoires concernant les Chinois*, t. 6, p. 1.
② Ibid., t. 6, p. 2.
③ Ibid..
④ Ibid., t. 6, p. 3.
⑤ 转引自 Michel Hermans 文第 27 页。Gaubil, Lettre du 30 octobre 1751 adressée au secrétaire de la Royal Society de Londres, Cromwell Mortimer, *Correspondance*, p. 644.
⑥ 参见 Michel Hermans 文第 27 页。

定翻译李光地的《古乐经传》(Kou-yo-king-tchouen, *Commentaires sur le Classique touchant la Musique des Anciens*)。翻译完成之后,钱德明将手稿寄给德拉杜(de la Tour,1697—1766)神父,并答应每年都寄送其他关于中国音乐的补充材料,并请他将该手稿转交美文与铭文学院常任秘书布甘维尔(de Bougainville,1722—1763)。①"我多次直接寄给德拉杜神父的材料最终到达了法国,等最后一次寄出去之后,布甘维尔先生已经过世,而德拉杜神父也于1763年和我们断了联系",从此他对这部手稿的命运了无所知,开始"转向其他更值得学者们关注的领域"②。钱德明对中国音乐的初期努力也就告一段落,等到1770年代之后,他才重新拾起中国音乐研究。

钱德明到达中国仅两三年就开始翻译《古乐经传》,这时候他对汉语的掌握明显不足,对中国文化和中国音乐的整体理解也还有限。当二十多年后回忆起当年的翻译时,他自己也承认:"在我写作中国古代音乐时,我对这方面的了解远远赶不上现在,对整个国家的风俗习惯和经典著作的了解也远不如目前,各方面所能得到的帮助也非常有限,在我早期的作品中免不了要出现无数的错误……"③今天,钱德明的这部翻译手稿已经无迹可寻,我们不能一睹它的面貌了,但这一未经出版的手稿在18世纪却被多次引用④,钱德明认为那些引用经过了随意的篡改,"我完全有理由认为我的手稿经历了很多人手,遭到了无数次改头换面的篡改。"⑤尽管如此,我们仍可以从某些片断来解读他早年对中国音乐的认识。

当时,他对中国音乐的概念还比较模糊,对"律"等重要观念有些一知半解,对所谓中国上古的确切概念也不甚了了。他认为中国古代音乐里面包含着很多秘密,虽然"我们努力地希望洞穿中国古代音乐的晦涩性,消除包裹着中国音乐的隐晦成分,但这些都无济于事。……唯一的结论……就是中国古代音乐……和季节、月份、五行以及自然有着联系"⑥。由于对中国音乐缺乏深入的研究,他的某些观点现在看来让人觉得荒谬。"他们(中国人)的听觉器官很迟钝,或者说不灵敏。……我们最美妙的音

---

① 参见 Michel Hermans 文第 29—30 页。
② Amiot, *Mémoires concernant les Chinois*, t. 6, p. 5.
③ Ibid., t. 6, p. 12.
④ 关于该手稿在法国的详细接受情况可参见陈艳霞著《华乐西传法兰西》第二章"钱德明与李光地《古乐经传》"。
⑤ Amiot, *Mémoires concernant les Chinois*, t. 6, p. 11.
⑥ 转引自陈艳霞著作第 69—70 页。

乐,最细腻感人的曲子……意大利和法国最好的音乐家,由最精湛的大师来演奏……有着所有能够想象出来的精确、轻松、惬意、微妙……但是他们都少有反应。"①他试图找到这种差异的原因,认为中国人的听觉器官与西方人迥然不同。在他看来,中国人的耳朵"长、宽、垂、厚、开、软",因此不能像西方人的双耳那样感受音乐的无限妙处。另外,他还试图从气候角度上去探寻中国人听觉迟钝的原因,他以北京当地的气候为依据,认为这里冬夏温差和湿度较大,气候条件影响了中国人听觉的灵敏性。②他对中国音乐的认识还不深入,还存在一些明显的错误,尚未能从本质上去认识中国音乐,而是从中国人听觉器官的生理特征上去寻觅与西方人的区别,从而堕入了简单主义的泥沼。

在这种早期的比较意识里,他对中国语言文化的了解还不深入,还没有能完全"适应"和内化到中国文化之中。他刚刚来到中国,对中国这个他者还停留在初步接触的层面,远未放下自己以欧洲文化为中心的心态,在音乐研究中的身份定位还受到欧洲文化的作用,在审视中国音乐时还带着西方人的立场和色彩,其评价也受到相应的影响。他这样写道:"我们上面所涉及的所有乐曲在中国都非常受欢迎,大家可以评价一下看值不值得我一听再听,可以说它们已经让我非常厌烦,我希望它们不要对去破解它们的人产生同样的效果。这里还有其他几首曲子,我用西方记谱方式记录了下来。从我掌握的乐曲中,我得出的结论是——而且你们也许会和我得出一样的结论,中国在音乐方面太滞后了,而这门艺术在我们法国已经达到了最完美的程度。"③

如果说来华之前他对中国音乐的了解基本上受当时社会集体想象物的左右,来华初年他已经在空间上和他者进行了直接接触,已经具备了将自己头脑中的形象进行具象化和现实化处理的初步条件。但他仍然坚持

---

① Amiot, *De la musique moderne des Chinois*(《中国现代音乐》), Rés. Vmb. Ms. 14, Département de la musique, BNF. 根据 Michel Hermans 文第 28 页注 82 认为,《中国现代音乐》的写作时间大致为 1751 至 1760 年间。该文被 Arnaud 部分刊登于 *Journal étranger* 杂志 1761 年 7 月 10 日号第 5—49 页。因此,似乎该文最晚到达法国的时间应为 1760 年,从中国寄出的最晚时间应为 1759 年。据笔者考察法国国家图书馆音乐部手稿,钱德明在该文开端处说:"在尽可能准确地介绍古代音乐之后,很自然现在应该介绍当今的音乐。"可见该文的写作不应早于翻译《古乐经传》,而《古乐经传》推定的大致完成日期为 1753 年。因此,笔者推断此文的写作日期应当为 1753 年至 1759 年之间。

② Amiot, *De la musique moderne des Chinois*.

③ Ibid..

以欧洲文化为中心的态度,西方的文化身份依旧强势地在他身上发挥作用,因此他认为西方音乐比中国音乐更加臻于完美,中西音乐的发展程度远非同日而语。在面对他者的时候,他更多地抱着一种"居高临下"的态度,抱着一种优越的心态想以我去征服他者。他更多地凸现出了自己西方人的文化身份,在中西文化交流碰撞中,他将我者与他者割裂开来,强调自己的注视者文化,对被注视的异质文化抱着一种瞧不起的心态。

当然,在和中国音乐相遇的过程中,钱德明也并不是故步自封的,如在西方音乐碰壁之后,他已经改变了策略,开始去主动了解中国音乐,并且与之靠近。另外,正如我们前文所说,此前法国的集体想象物给他提供了形象的基本构架和比较的最初素材,他来华之后寄回欧洲的第一首曲谱就是杜哈德神父曾经刊出的《柳叶锦》,他纠正了其中的大量错误,以一种准确得多的方式进行了记谱。在直接的调查和研究成为可能之后,虽然此前的集体话语还在发挥主要的作用,但是接受者不再是被动的、消极的、简单的,而是主动、积极、创造性地参与到了形象的重新建构之中,虽然他系统的中国形象还在草创之中,但我们已经隐约窥见了这种我与他者的互动关系和能动作用,这就是钱德明与中国音乐的最初对话。

三、中国音乐专家(1774 之后)

1774 年,法国王家图书馆馆长彼尼翁(Jérôme-Frédéric Bignon,1747—1784)将鲁西埃(l'abbé Pierre-Joseph Roussier,1716—1790)所著《古代音乐》(*Mémoire sur la Musique des Anciens*)一书寄给了钱德明,促使他重新开始了对中国音乐的研究,并撰写了《中国古今音乐篇》(*Mémoire de la Musique des Chinois, tant anciens que modernes*,1776)。他亲自抄录两份手稿分别寄给彼尼翁和贝尔坦(Bertin,1720—1792)。彼尼翁 1777 年回信说:"我浏览该书的内容,发现您一定花了很多心血,广泛的研究,大量的计算,对不懂音乐的人来说简直非常困难。"[①]在该书中,他介绍了中国音乐体系、传统、音律、乐器。著作共三部分,勾勒了中国音乐的历史发展脉络,展现了中国音乐发展的主要趋势,论述了上古音乐的产生和特点。介绍中国古乐器这一点非常重要,这是确立中国音乐

---

① 参见 Michel Hermans 著作第 52 页。Archives jésuites, fonds Henri Bernard, JBM n° 69: Copie d'une lettre de M. Bignon au P. Amiot, novembre 1777.

体系以及进行历史定位的基础工作,是支持中国音乐体系独立于古代埃及音乐体系的佐证。当然这还不是一部系统和深入的专著,他自己也说:"这是一篇论文,而不是一部正式的中国音乐专著。在这世界的尽头,我不能获得必要的知识,也不能得到我所需要的帮助,从而来完成一部完整的专著,对我来说,我认为能够为欧洲学者提供材料让他们从中受益已经足够了。"①

他开宗明义地提出了结论:"我的结论是——我希望我们的博学家也能和我得出一样的结论,埃及人没有传递给中国人音乐体系……必然的结果是,中国人就是这个古老的民族,从他们的身上,不仅是希腊人,就是埃及人自己也吸取了很多科学和艺术的养分,而后又传递给了西方的蛮族。"②他不仅认为中国音乐具有世界上历史最悠久的体系,而且还是西方音乐的源头。在谈到这个民族的时候,他充满了崇拜和欣赏的口吻,与早期谈论中国音乐时那种情形大相径庭。钱德明得出的主要结论是:中国音乐与中国历史一样具有绵长的延续性,领先于其他任何文明;中国人自己发明了音乐体系,史籍中的记载早于其他所有民族;中国音乐体系中包含所有希腊和埃及音乐中所具备的内容,他们都是从中国人那里借鉴了各种音乐要素;毕达哥拉斯可能来中国学习过音乐,返回希腊之后对音乐理论进行了修订,从而创立了毕达哥拉斯音乐理论。

这个结论可能让很多人吃惊,但如果我们从钱德明与整个西方学术界的交流中去把握这个问题的话,就对其思路的形成和发展不会奇怪了。在18世纪关于中国人与埃及人起源的问题上,钱德明已经批驳过中国人起源于埃及的论断,而且认为中国人的文明是在自己的独立系统中发展起来的,中国的历史也远比其他民族的历史要悠久。来华二十多年之后,钱德明已经成为名副其实的"中国通"和汉学家,看待中国的视角发生了彻底的转换。他已经系统地建构起了自己的中国形象,尤其是中国历史形象,在1770年和1775年完成的《中国通史编年摘要》(*Abrégé chronologique de l'histoire universelle de l'empire chinois*)和《由载籍证明中国之远古》(*Antiquité des Chinois prouvé par les monuments*)中,钱德明将中国历史上溯到了黄帝时期,并且将黄帝之后的历史列入信史时代。在认同中国上古历史之后,他形成了一整套中国古代的认识体系,

---

① Amiot, *Mémoires concernant les Chinois*, t. 6, p. 20.
② Ibid..

中国音乐体系是中国历史形象大框架下的一个副产品，其历史沿革和传承吻合和支持着他塑造的中国历史形象。另外，鲁西埃的著作是他重新研究中国音乐的动因，因为鲁西埃在提到埃及人时，认为他们是音乐的缔造者，认为埃及人发明了大部分艺术和科学。而钱德明在论证中国历史时已经宣布，中国历史直接起源于大洪水之后的诺亚子孙，否定了中国人是埃及人后裔的说法。他坚持认为中国人具有自己独立而悠久的音乐体系，否认中国人从埃及人那里继承了音乐传统，这是对自己建构起来的中国历史形象的发展和对中国上古赞美态度的深化。

钱德明希望全方位地统一和协调自己的中国形象，他笔下的中国音乐体系受制于和支持着整个中国古代形象架构。钱德明说："这一（关于中国音乐的）结论放在了我论及《由载籍证明中国之远古》时得出的结论之后，这最后的结论将支持我的观点。我觉得，在我看来已经证明的大量有关中国的事实，对于那些带着偏见的人来说可能觉得是异想天开。……这种能力和这种审视、感觉和判断问题的方法，只能通过长时间才能获得，要经历很多痛苦，还必须在这个国家之内，但我至少将给他们介绍主要的史籍，由此他们可以运用自己的洞察力和批评方法。""如果涉及著作要被欣赏、要被理解的话……需要阅读者长期的关注，尤其是这一类著作，人们一般认为它们本身没有多少意思，无非是干涩的事实，至于细节没有任何愉悦想象力的地方。我在这本《音乐篇》中所要讲述的通常都是这类东西。有些内容需要很多注意力，需要耐心，有时候还需要高兴的心情，尤其是需要顺应中国人的观点，可以说是设身处地按照他们的口吻来说话——如果要理解这些内容的话。"[①]

他希望按照中国人的思维和情感来讨论有关中国的问题，对中国音乐的接受态度可以看出其身份的演变过程，从刚开始看不起中国音乐到现在对中国音乐的赞扬，这一历时性态度变化体现了他在汉化过程中的身份转换，他已经站在中国人的角度来看待和宣扬中国文化，抛弃了那种以欧洲文化为尊的心态。在写作《中国古今音乐篇》时，连他自己都说："在谈及中国古代圣人的时候，我经常都操着一种该国作者的口吻。"[②]这一身份转化过程的实现是抛弃固有偏见、通过长时间经历各种痛苦并且在实地了解之后完成的，这是一种田野调查式的结果，而不是在远离中国

---

① Amiot, *Mémoires concernant les Chinois*, t. 6, pp. 16—17.
② Amiot, *Mémoire sur la musique des Chinois, tant anciens que modernes*, BNF, Fonds français 9089, 1776.

的土地上带着偏见的想象。在与他者的接触过程中,他逐步完成了从我向他者文化身份的过渡,逐渐颠覆了原来禁锢自己的社会集体想象和传统套话,主动地介入到中西文化交流中去,用自己塑造的新形象去影响西方注视者的想象,希望建构起一种更加接近于他眼中的"真实的"他者形象。这种过程是汉化和适应的结果,是投身异质文化产生的变异过程。

通过上面三个阶段钱德明对中国音乐的态度可以看出,在接触、了解和发现他者的过程之中,"他者"对"我"的作用非常明显,已经将"我"进行了改造。钱德明逐渐改变了自己的身份,吸取了相异性的文化因素,从某种程度上达成了身份认同。钱德明也不再是一个被动的中国文化的接受者,他成了一个积极的中国文化的传播者。从"我"到"他者",从被动到主动,从消极到积极,从欧洲文化中心论到中国文化中心论,这种历史的发展过程体现在了他的创作活动之中。作为第一接受者的钱德明,其文化心理在这种变化过程中清晰地折射了出来,来华二十多年之后,他的立足点也更多的是中国文化,这种文化身份不再是孤立的、外在的"我"的反应,而更多的是经过长时间被"他者"所感染和同化之后的"我",这种变化源于他对中国文化长时间的接受反应,即一种倾向于"他者"身份的文化立场,从而自觉不自觉地偏向于从"他者"的角度出发来塑造异国形象。如果说他刚来中国还是个完全的法国人,适应策略和氛围影响成了他身份改变的催化剂,正是这种"我"与"他"之间的互动作用在不断地改变着他,影响着他的研究活动,最终塑造出了他笔下的中国音乐形象。

19世纪中叶至20世纪初法国传教士与法国早期藏族文化研究

泽 拥

18世纪法国就出现了零星的关于藏族语言文本的解读,但法国与中国藏族地区及其文化之间的接触从19世纪才真正开始。无论在两者之间的历史交往还是文化交流方面,传教士都发挥了相当重要的作用。①

一、19世纪中叶至20世纪初法国传教士的在藏活动

为了向中国藏族边地传教,19世纪中叶法国传教士开始探察进入该地的道路,直到20世纪初部分传教士进驻到包括四川、云南在内的藏族聚居区,这一过程复杂而艰难。其中,传教士与法国政府的关系、欧洲旅行者的游历活动、英国人入侵西藏以及川边地方内乱等都成为影响传教士活动的重要因素。笔者将以这些因素为线索,对法国传教士半个多世纪的在藏活动进行勾勒。由于天主教自始至终都遭到维护藏传佛教的西藏地方政府的抵制和反对,因而几十年间身在藏族地区的法国传教士被持续不断的冲突所包围。②

(一) 19世纪60年代中期法国政府暂时放弃对西藏传教会的支持

19世纪中叶,法国天主教势力从北部、东部和南部开始进入中国藏族地区,最初的探察收获颇丰。但与此同时,传教士、藏族地区各地方寺

---

① 本文采用19世纪中叶至20世纪初这一时间段的理由在于:法国传教士从19世纪中叶开始入藏,并有书信、文章及游记等反馈到法国本土,一直到20世纪30年代法国才开始出现现代意义的藏学研究,因而本文主要涉及法国藏学发展的"史前史阶段",即法国早期关于藏族文化的研究。

② 以下史实主要参阅 Adrien Launay, *Histoire de la mission du Thibet*, (i, ii), Lille-Paris, Société Saint-Augustin Desclée, de Brouwer et Cie, 2001; Francis Goré, *Trente ans aux portes du Thibet interdit 1908—1938*, Hong Kong, 1939.

院、西藏地方政府、清政府及其官员以及法国政府之间也出现了多重紧张关系。为了维护自己在中国的最大利益,法兰西第二帝国政府采取了放弃保护在藏传教士的举措,这对刚开展工作不久的西藏传教会造成了第一次冲击。

19世纪40年代以后法国传教士就从蒙古、四川和印度三个方向开始了向藏族地区的进发。在蒙古方向上有1844—1846年遣使会士古伯察(Évariste-Régis Huc,1813—1860)及其上司秦噶哗(Joseph Gabet,1808—1853)的活动,他们曾到达拉萨并居住了近两个月。① 在四川方向上有巴黎外方传教会传教士、在藏传教事业的开创人之一罗勒努(Charles René Renou,1812—1863)②,于1847年9月初到打箭炉(今四川省甘孜州康定)后便开始学习藏语,并逐步深入到巴塘、察木多(Tchamouto,今西藏自治区昌都)③等地探察适合传教的地方。他通过书信将其考察的结果(诸如路况、各地的官员驻守情况等)向上级汇报,并点明了在此地传教的关键:避免同清朝官员接触以展开探察传教地点的工作④。此外,还有从印度方向企图深入藏区的传教士。这是一条相对容易的路线。外方传教会在征得孟加拉传教区主教的同意后得以在阿萨姆邦(Assam)驻足并开展活动。1849年外方传教会派出了三个传教士,拉邦(Julien Rabin,1819—1876)、克里克(Nicolas Michel Krick,1819—1854)⑤和贝尔纳(Louis Noël Bernard,1821—1888)⑥,他们以印度的高哈蒂(Gowahatty)为驻地,相继进入米什密(Michemi)⑦、阿波(Abor)⑧等居住区,并向不丹方向探察入藏的可能性。后因为有传教士被杀,外方传

---

① 他们经过热河、蒙古等地,一路旅行并传教,于1846年1月到达拉萨,2个月后被清廷下令驱逐,后从四川、湖北等地到澳门。关于此事的中文文献参阅吴丰培编辑《清代藏事奏牍》(上)(赵慎应校对,中国藏学出版社,1994年)第293—295页;西藏研究编辑部编《清实录藏族史料汇编》(八)(西藏人民出版社,1982年)第4099、4103—4104页;文庆等纂《筹办夷务始末·道光朝》卷七五(文海出版社,1966年)第6270—6273、6322—6327页,卷七十七,第6415—6421、6457—6460页。古伯察著有游记《鞑靼西藏旅行记》记载此旅行的经过。

② 汉文文献中亦称"罗启桢""罗勒拿"。

③ 清末赵尔丰在川边实行改土归流,宣统二年(1910)改察木多为昌都府,设昌都县。

④ 直到1860年《天津条约》签订,外国人才被准许进入藏族地区。

⑤ 克里克著有游记《1852年藏区行》。

⑥ 三人于1850年1月到达加尔各答。

⑦ 传教士德告丹将"Nahon"与"Michemie"并称,参见l'Abbé Desgodins,《Thibet oriental, Vocabulaire de plusieurs tribus des bords du Lan-tsang-kiang ou haut Me-kong, Lou-tsé-kiang ou haute Salouen et haut Irraouaddy》, Annales de l'Extrême-Orient, 1880—1881, p. 43.

⑧ 德告丹将"Lo"与"Abor"并称,参阅l'Abbé Desgodins, op. cit., p. 43.

教会又向该地区增派了布里(Augustin-Etienne Bourry,1826—1854)①和德告丹(Auguste Desgodins,1826—1913)②。

到19世纪50年代,传教士的工作打开了最初的局面。1846年3月在原"西藏和印度斯坦宗座代牧区"(Vicariato Apostolico del Tibet e Hindustan)③第三任宗座监牧(Præfectus Apostolicum)波尔伊(Mgr. Joseph Anthony Borghi)的请求下,教皇格列戈里十四世(Grégoire XIV)同意建立拉萨宗座代牧区(Vicariat apostolique de Lhassa)④,并赋予该区主教同其他代牧主教相同的权利。1857年法国人杜多明(Jacques Léon Thomine-Desmazures,1804—1869)被任命为第一任宗座代牧主教⑤,从此法国传教士在藏族地区的活动得以有组织地展开。此外,1855年罗勒努和肖法日(Jean-Charles Fage,1824—1888)在云南博木噶(Bonga)地区获得居留权,建立了西藏传教会的第一个传教点。西藏传教会也因此有了一个开展工作的基地。到60年代初,罗勒努、顾德尔(Jean Baptiste Goutelle,1821—1895)⑥、肖法日、吕项(Gabriel Pierre Marie Durand,1835—1865)和德告丹齐聚博木噶,他们周围有四十多个成年人,三十多名孤儿,开办了一所学校,同时有成年人受洗。

由于传教士与西藏地方势力之间在发展教徒、地产租用及缴纳各种费用等问题上不和,1858年传教点博木噶遭到袭击和破坏,1863年传教士被驱逐。传教会希望法国政府出面解决这些问题。经过长时间的周旋,法国政府利用1860年签订的条约为传教会取得了一些补偿,同时也为传教士争取到了入藏通行证。

但到60年代中期情况发生了变化,法国政府宣布放弃对在藏传教士的保护⑦。这一意向在60年代初法国驻华公使哥士耆(Michel

---

① 1852年11月出发,1853年3月到达印度高哈蒂。
② 1855年7月出发,1856年1月到达加尔各答,5月到大吉岭。1859年1月25日离开加尔各答,1860年6月到达主教驻地梨坪(Ly-pin)。
③ 创建于1820年,是阿格拉宗座代牧主教区的组成部分。前两任宗座监牧分别为Mgr. Maria Zenobio Benucci和Mgr. Anthony Pezzoni。
④ 参阅 Adrien Launay, *op. cit.*, (i), pp.66—67。
⑤ 在此之前曾有帕斯科(Ignalius Camillus William Mary Peter Cardinarl Persico)于1856年被指定为西藏地区传教会的宗座代牧主教。
⑥ 其汉姓有不同说法。有称此人汉姓"古",参见房建昌著《西藏基督教史(下)》(《西藏研究》1990年第2期)第98页;有称此人名"顾德尔",参见刘鼎寅、韩军学著《云南天主教》(宗教文化出版社,2004年)第17页。
⑦ 此段史实参阅 Adrien Launay, *op. cit.*, (i), pp.417—424。

Alexandre Kleczkowski，1818—1886）①在任时就显现出来。一方面他向清政府表明"法国与英、俄不同，不但无相害之心，且有钳制别国之意。盖别国欲有所图，若法人在彼，别国不得独行其志"②，希望能够保护传教士的利益。但另一方面，基于清政府的无力和英俄对法国传教士入藏的不满，哥士耆对此也无能为力。之后驻华公使柏尔德密（Jules-François-Gustave Berthemy）③同清政府交涉对传教士的赔偿问题，而后者表示无力对其进行保护，因为时值藏族地方内乱④，清廷也是鞭长莫及。这样，一方面考虑到同英俄之间的利益协调，另一方面为了避免更多的外交冲突，1864年3月柏尔德密致信顾德尔，提出公使馆不能保证为传教士提供足够的保护，建议他们回到汉族地区，等待更有利的时机再返回。同时，法国政府也致信外方传教会神学院院长（directeur du Séminaire），请他们不要再派传教士入藏。1864年6月法国外交部长吕义（Édouard Drouyn de Lhuys，1805—1881）⑤致信再次要求传教士撤出藏族地区。法国政府放弃对传教会的保护和支持使传教士面临困境，但他们仍然滞留在这些地区。外方传教会神学院理事会会长阿尔布朗（Conseil du Séminaire，le Supérieur）在1864年6月29日给法国政府的回信中表明传教士会在没有保护的情况下继续活动。

尽管法国政府在1864年宣布放弃对在藏传教士的支持，但此乃一时之举。基于法国通过实施天主教文化影响、及以在藏传教士为借口以同英俄争夺利益的考虑⑥，60年代以后的驻华公使和外交部长等人仍然在为维护传教士的利益同清政府周旋。我们可以看到，时任法国驻华公使

---

① 1862—1863年任职。
② 转引自秦和平著《基督宗教在西南民族地区的传播史》（四川民族出版社，2003年）第489页。
③ 1863—1865年任职。
④ 1863年瞻对（新龙）地区发生了部落纷争，影响很大，到1865年才逐渐得以平息。参见恰白·次旦平措、诺章·吴坚、平措次仁著《西藏通史——松石宝串》（陈庆英等译，西藏社会科学院、《中国西藏》杂志社、西藏古籍出版社联合出版，1996年）第864—868页。
⑤ 1862—1866年任法国外交部长。
⑥ 1896年法国外交部大臣哈诺德（Gabriel Hanotaux，1844—1853、1896—1898年任外交部大臣）在同驻法公使庆常的交谈中说："藏事日变，必须早运教士回巴（巴塘），倘藏中不能支，他国干预，敝国尚可帮中国说话。缘我国通商传教均无在藏境邻近地方，只有巴塘一处，相去不远。如教士并不在巴，我国即欲说话，他人必谓与我无干，无从帮助。故此举关系两国甚大，不可耽延也。"转引自秦和平著《基督宗教在西南民族地区的传播史》第31页。

团参赞的伯洛内(Claude-Henri-Marie de Bellonet)①、公使兰盟(Marie-Charles-Henri-Albert de Lallemand)②、法国外交部长德喀斯(Louis Decazes, duc de Glucksberg, 1819—1886)③、原驻华公使团参赞赫捷德(Georges Emile Guillaume de Roquette)④、1887年在外交部长弗鲁昂(Emile Flourens, 1841—1920)⑤缺席期间负责的苏阿尔(Fernand Arthur Souhart)⑥、公使李梅(V. G. Lemaire)⑦和他告假期间接管工作的法国驻津总领事林椿(P. Ristelhueber)⑧、公使施阿兰(Auguste Gérard, 1852—1922)⑨,这些人都参与到为在藏传教士解决教案纠纷的事务中。此外,1897年西藏传教会主教毕天祥(Félix Biet, 1838—1901)被法国政府授予五等荣誉骑士勋位⑩,此事也可以看出法国政府对在藏传教事业的支持。

（二）欧洲旅行者的游历活动

19世纪50年代末以后欧美各国通过各项条约的签订取得了限制性地进入中国内地的权利⑪,游历者们开始向各地深入⑫。长期以来由于宗教观念的对立及在地产等问题上引发的矛盾,传教士的活动激起了藏族地区人民的反对情绪,而旅行者的纷纷涌入使之更加激化,直接引发了西藏地方政府发布阻止外国人进入的严正声明,原本处境不妙的传教会也受到直接影响。

1868年英国人库贝(Thomas Thornville Cooper)、1877年英国陆军

---

① 在柏尔德密离开的间隙主持工作,于1865—1867年任驻华公使。相关史实参见Adrien Launay, *op. cit.*, (ii), pp. 32—33.
② 1867—1868年任职。相关史实参见Adrien Launay, *op. cit.*, (ii), pp. 51—54.
③ 1873—1877年任法国外交部长。相关史实参见Adrien Launay, *op. cit.*, (ii), pp. 104—105.
④ 相关史实参见Adrien Launay, *op. cit.*, (ii), pp. 112—118.
⑤ 1886—1888年任法国外交部长。
⑥ 相关史实参见Adrien Launay, *op. cit.*, (ii), pp. 258—259.
⑦ 1887—1890年、1891—1894年两度任驻华公使。
⑧ 1890—1891年任驻华公使。
⑨ 1894—1907年任驻华公使。相关史实参见Adrien Launay, *op. cit.*, (ii), pp. 302—307;A. 施阿兰著《使华记,1893—1897》(袁传璋、郑永慧译,商务印书馆,1989年)第174—176页。
⑩ 参见A. 施阿兰著《使华记,1893—1897》第176页。
⑪ 如1858年中英、中法《天津条约》,1860年中法《北京条约》,1876年中英《烟台条约》等。
⑫ 1861年苏淞太道吴煦禀称,1860年底接到英、法、美等国领事馆要求到内地(包括西藏)游历的申请达四十余件。参见文庆等纂《筹办夷务始末·道光朝》(卷七十五)第2791页。

中尉吉尔（William Gill）和贝德禄（Edward Colborne Baber，1843—1890）、1878—1879年匈牙利伯爵贝拉（Bela Széchinyi）、生物学家罗兹（M. De Loczi）及地理学家克莱内（M. Kreitner）、1870年以来进行了三次考察的俄国陆军上校普热瓦尔斯基，他们都企图深入西藏腹地，但均在半路被阻拦。① 这一系列欧洲人的入藏事件因为对巴塘等地方势力及西藏地方政府造成了威胁，因而直接导致了他们的抗议。此外，法国人德拉格雷（Doudart de Lagrée）于1866年带领印度支那探险队进入澜沧江探察，此事也成为引发沿江藏族居住地人民反欧的导火线之一。②

1880年2月26日西藏地方政府向巴塘地方官致信，在指责当地官员姑息欧洲人的同时，对天主教更是予以严厉谴责。③ 他们在信里指出，正是这一外来宗教给巴塘带来了饥荒、病痛和不幸。官员们本该驱逐外国人，禁止人接近他们，但官员却与其为友。西藏地方政府认为，如果不赶走欧洲人，西藏将被毁灭。欧洲人如果使用武力，藏族人民将同其决一死战。尽管有皇帝的命令允许这些旅行者入藏，但藏族人民决不应允他们踏入一步。西藏地方政府希望巴塘的两位官员不要同欧洲人沆瀣一气，并规劝他们信奉佛教。④ 同时，他们还颁布了一项声明，内容主要是西藏地方政府及各大寺院已经起誓决不允许天主教这一外来宗教进入本地。声明中称传教士为"异域宗教之魔"（les démons d'une religion étrangère），称欧洲人为"欧洲恶魔"（démons européens）、"西鬼"（diables d'Occident）、"可耻的人"（hommes scandalaux）、"邪恶的人"（hommes pervers）、"世界上最卑鄙的无赖"、"来自地狱"等，⑤ 憎恶之情溢于言表。

---

① 80年代之后还有很多游历活动被阻止。俄国地理学会从1870—1895年间派遣过11支西藏考察队，均未能进入西藏腹地，1893年卡什卡罗夫到达巴塘但被阻，1899年的科兹洛夫也未成功。参见王远大著《近代俄国与中国西藏》（三联书店，1993年）第148页。

② 参见陈三井著《近代中法关系史论》（三民书局，1994年）第5—7页。

③ 此前西藏地方政府就曾有类似的禀文。咸丰十一年（1861）七月二十七日驻藏大臣满庆奏折中附有掌办商上事务慧能呼徵阿齐图呼图克图阿旺伊喜楚称嘉木的禀文，主要内容是反对西方人入藏。"西藏地方素称瘠苦，且来游之人及所传之教，皆与地土不宜，佛教不合……更兼地面褊小，与内地不同，饬令英国、法国、美国并天主教，不必来藏游历传教。即或借道，亦不必由藏经过。如伊等心中不愿，仍要前来，小的人等祇得会合同教部落，帮同竭力阻止，非势穷力尽，万不敢弃佛教之宗源，失众生之素志。"参见秦和平著《基督宗教在西南民族地区的传播史》第17页。另，同治元年（1862）十二月二十四日驻藏大臣景纹函文中也附有达赖喇嘛的咨文，内容相似。参见秦和平著《基督宗教在西南民族地区的传播史》第26页。

④ 参见Adrien Launay, *op. cit.*, (ii), pp.151—154。

⑤ 同上。

过了几天，西藏地方政府颁布了一项更重要的声明，此声明发布到包括西藏各地、所有汉地和在拉萨权限以外的藏地的藏传佛教寺院，内容同样是反对欧洲人，尤其是传教士，并再次声称一定要将其赶出去。①

西藏地方政府的反欧声明由入藏的欧洲旅行者引发，但却直接指向传教士及其宗教，这是因为：传教士入藏及其传教等活动引发了土地租赁等利益之争；他们所建立的传教点可以成为欧洲人活动的根据地、接待站和中转站②，并由此不断向新的区域扩散；传教士对天主教的宣扬与藏族的宗教信仰相对立。以上几个因素均对西藏地方政府造成了威胁，从而引发了他们的强烈抗议。

旅行者的入藏活动使传教士恐慌不安③，他们的境况更加恶化。巴塘等地的传教士有的被杀④，有的离开驻地躲避袭击。打箭炉也有传言说要联合周围的喇嘛和群众驱逐主教。一些信徒被安置到云南地界，但那里的传教士也遭到驱逐。

19世纪60至90年代传教会历经丁硕卧（又名舒吾，Joseph Pierre Chauveau，1816—1877）⑤和毕天祥⑥两位主教的领导，尽管有新的传教士加入，但由于宗教上的冲突，他们企图归化藏民族的传教工作仍进展缓慢。传教区域分为打箭炉、巴塘和云南地区三个组。除了巴塘外，其他两个传教区都建立了新的教堂和传教点。同时，传教士们还于90年代建立了学校、孤儿院和药房等。80年代，主教丁硕卧在印度和中国西藏边界

---

① 1884年印度高级行政顾问英国人马科蓄（Colman Mac-Aulay）的入藏事件再次引发了西藏地方政府的抵抗。"宗教之敌""佛教之敌""外国邪愿者""邪见者"是西藏地方政府发布的抵御英国人的通令中对他们的称呼，藏族一方在强调抵御欧洲人入藏的重要性时始终宣扬"深明宗教之大义""识大体、顾念佛教""为宗教之荣，牺牲个人"。相关史实参阅中国社会科学院民族研究所、西藏自治区档案馆合编《西藏社会历史藏文档案资料译文集》（中国藏学出版社，1997年）"西藏人民抗英斗争"部分。

② 根据许多游记的描述，尽管各国之间存在竞争，但在多数情况下，进入藏族地区的欧洲人其国家差别在某种程度上已经被淡化。

③ 1879年7月主教毕天祥（Félix Biet）给外方传教会川东教区传教士梵索（Jacques-Pierre François Vinçot）的信中希望后者劝说匈牙利伯爵一行放弃从四川入藏，而选择印度，称那里更接近拉萨。毕天祥认为如果他劝说成功，则是对传教士的帮助，也是对西藏传教事业的帮助。参见 Adrien Launay, op. cit., (ii), pp. 145—146。

④ 如梅玉林（Jean Baptiste Honoré Brieux），他于1881年7月15日从巴塘前往盐井的途中，在今朱龙巴乡的萨温地方被杀。参阅保罗、泽勇《盐井天主教史略》《《西藏研究》，2000年第三期》。

⑤ 1864年接任主教。

⑥ 1878年接任主教。

重新建立了西藏传教会的第二分部（称为藏南或喜马拉雅传教会）以后，其中心巴东（Padong，也作 Pédong）传教站发展了二十多个教徒，1898 年建了一个小医院，Maria-Basti 传教点也加快了发展。整个传教会归化和施洗人数有三千多，建立的学校有十几个，从业人员发展到一千多。①

（三）英国入侵西藏

英国在中亚的竞争中一直保持着优势，曾发动多次对西藏地区的入侵活动，并不断参与到中国中央政府同西藏地方政府之间的政治与经济事务中。由于本国力量有限，法国传教士一直希望借助英国人的力量达到进入西藏首府拉萨的目的。但英国人的行动所引发的巴塘等地藏族地方势力的反抗使传教士遭受的损失更大。

英国自 19 世纪 60 年代以来就派人秘密潜入西藏腹地②，其主要目的是勘测地形、绘制地图，以确认入藏路线。80 年代以后英国希望再次展开同西藏地方建立贸易联系的谈判，但其作为掩饰的旅行活动遭到西藏地方政府的反对。③ 1888 年英国向喜马拉雅山地区派遣军队攻击藏军要塞，并最终进驻到西藏地区的春丕谷地。德告丹神甫在得到英方谈判代表保罗（A. W. Paul）的同意后，派传教士萨洛尔（Claude Adzir Louis Saleur，1861—1890）前往，在英军中履行教士义务，但其最终目的是希望借助英国人的进攻达到进入拉萨的目的。这次行动并未成功④。

传教士与英国人的合作使他们也成为藏族人民的反击对象。1887 年所有传教点都被当地人破坏，打箭炉、巴塘等地的教堂和孤儿院被烧毁，西藏地方政府下令各地驱逐传教士。法国旅行者进入西藏腹地的旅

---

① 参见 Adrien Launay, *op. cit.*, (ii), pp. 290—301.
② 如英国上校蒙哥马利曾派遣印度班智达辛格（Nain Singh）、克里什纳（Krishna）入藏。
③ 这是指印度高级行政顾问英国人马科蕾的活动，参阅《西藏研究》编辑部编《清实录藏族史料》（九）（西藏人民出版社，1982 年）第 4472、4473 页；Adrien Launay, *op. cit.*, (ii), pp. 217—219. 与此同时及稍后入藏的其他旅行者有美国人柔克义、英国上校保尔（Bower）和医生多尔多（Thorold），参阅《清季筹藏奏牍·升泰奏牍》（卷 4）第 4—12 页；中国第一历史档案馆藏档案，光绪十七年（1891），50—7—7。中国内陆传教会成员英国人戴如意（Annie Taylor）夫人、俄国人波塔迈（Potamine）夫妇和彼斯卡洛夫（M. Raskharoff）、利特代尔（Saint-George Littledale）夫妇及弗莱切尔（A.-L. Fletcher），这些人的旅行活动均遭到阻止。
④ 参见 Adrien Launay, *op. cit.*, (ii), p. 266.

行也被阻截于半途。①

1900年义和团反洋教运动也蔓延到川藏边界,加之1903年英国人再度入侵西藏地区,并于1904年侵入首府拉萨,藏族人民掀起了多次反抗斗争,川边形势危急,法国传教士所在之地也受到直接冲击。② 从打箭炉到巴塘的道路被严重损毁,传教士遭到抢劫,并在驻地遭到围攻和囚禁,教堂、住所和孤儿院相继被烧毁。1905年驻巴塘的驻藏帮办大臣凤全因为开垦土地及实施的其他措施与当地地方势力发生冲突,并在冲突中丧命。这促使清政府采取治理措施以稳定局势。随之赵尔丰入川,严厉打击藏族地方势力,并实施一系列治边方案。法国传教士从中获利,纷纷回到各传教点。但由于他们的存在及其活动终究是激发各种矛盾的隐患,所以他们同样遭到赵尔丰及各地官员的冷遇。③

尽管遭到各种挫折,传教会依然继续自己的工作。1901年易罗多(Pierre-Philippe Giraudeau,1850—1941)成为宗座代牧主教,他领导着18个传教士和1个本地教士,打箭炉地区有8至10个讲授教理者和6个修女,天主教从业人员达到1736人。传教会所包括的10个区域根据地理位置分为5组:打箭炉、巴塘、茨菇(Tse-kou)、巴朗(Balhang)和巴东。打箭炉有磨西和查巴(Cha-pa),巴塘包括亚海贡(Yaregong)和上盐井(Yerkalo),茨菇包括小维西,巴东带有玛利亚-巴斯蒂(Maria-Basti)。与当地交好的传教士可以开垦土地并做植物研究等,其他则建立住所和礼拜堂以发展教徒。

(四)川边地方内乱

英军撤离拉萨后,清政府开始推行新的对藏政策,这加深了中央政府同西藏地方政府之间的矛盾。尤其是辛亥革命爆发后,中国陷入内乱,川

---

① 邦瓦洛特(Bonvalot)、奥尔良王子(Prince d'Orléans)和比利时传教士德·德肯(Dedeken)一行于1889—1890年的旅行中到达过川边打箭炉等地。参阅《西藏研究》编辑部编《清实录藏族史料》(九)第4525页;中国第一历史档案馆藏档案,光绪十六年(1890),50—202—11。邦瓦洛特为此行著《勇闯无人区》。奥尔良王子等人于1895年到过云南藏族居住地,并著《云南游记》。此外,马丁(Joseph Matin)、吕推和李默德(Grenard)也有入藏活动,参阅中国第一历史档案馆藏档案,光绪二十年(1894),50—202—12。
② 此间去世的传教士有苏烈(Jean André Soulié)、牧守仁(Henri Mussot)等。
③ 参阅冯有志编著《西康史拾遗》(周光钧校订,中国人民政治协商会议甘孜藏族自治州委员会文史资料委员会编印,1992年);Francis Goré, op. cit.。川

藏边界也动荡不安。这一时期有法国旅行者入藏①，而传教士仍然胶着于不断的打击与补救工作之间。他们的命运与地方冲突紧密相关，在成为内乱牺牲品的同时，也利用内乱的间隙发展自己的势力。

四川的里塘(今四川省甘孜州理塘)、乡城等地及西藏的昌都均发生了川军(也有滇军)与藏军之间的激烈对抗，赵尔丰对巴塘等地方寺院和头人收取钱财以免去其差役的做法激起了他们的反抗，各地方寺院始终保有对传教士的敌对情绪，汉族官员及士兵占用传教士驻地，饥荒造成游民作乱，这些事件都直接影响着传教士的生存。② 教堂及驻地几经修复，传教士及其教徒遭到围攻并被驱逐，传教士长时间离开传教点使其传教工作遭受了更大的损失③。

这一时期尽管形势非常严峻，但传教士仍然在继续他们的活动。打箭炉建立堂区已经五十多年，北门和南门都分别建立了教堂，方济各会修女自1911年来后还建立了医疗站和孤儿院。冷碛被并入查巴地区，有七百多个天主教从业者。打箭炉北边新建立了三个传教点——道孚、虾拉沱(Charatong 或 Kiakulong)和丹巴，已经有了小教堂和学校，天主教徒也在增长。上盐井有三四十户教徒，并有新学校建立。1936年华朗廷(Pierre Sylvain Valentin，1880—1962)④被选为打箭炉传教会(Mission de Tatsienlu)主教。传教士还在怒族(Loutse)和傈僳族(Lissou)中传教。

跟跟跄跄地走过50载，法国传教士维系着法国同中国藏族地区之间的历史交往。不能忽略的是有关藏族的历史文化信息也随着传教士传递到法国，并混同旅行者的收藏和学者的研究共同启发了法国人关于藏族文化的理解和认识。

---

① 如多隆(D'Ollone)上校领导1906—1909年考察团进入四川等地，著《彝藏禁区行》；巴科(Jacques Bacot)于1906—1908年和1909—1910年在云南、四川等地游历，分别著《在竹卡山口的藏族边地》(1909)和《骚动的西藏》(1912)；大卫·妮尔(David Néel)从1912年至1924年5次入藏，著《一个巴黎女子的拉萨历险记》《西藏的巫术和巫师》等。
② 参见喜饶尼玛著《近代藏事研究》(西藏人民出版社、上海书店出版社，2000年)；冯有志编著《西康史拾遗》；Francis Goré, *op. cit.*.
③ 此时去世的传教士有 J.-T.·孟贝易(Jean-Théodore Monbeig)、雷阿尔(Antoine Léard)等。
④ 关于该主教的任命时间还有其他说法：1926年(据 Francis Goré, *Trente ans aux portes du Thibet interdit 1908—1938*)；1931年(据甘孜州宗教事务局编《甘孜藏族自治州志》(宗教分志)(送审稿)，1995年)。

二、法国传教士与 19 世纪中叶至 20 世纪初的法国藏族文化研究

尽管法国传教士在中国藏族地区的活动障碍重重,但他们的各类记述却在旅行游记、展览会和报告会以外,成为当时法国认识藏族文化的重要途径之一。法国人同藏族语言的接触始于 18 世纪上半期,涉及的大多是只言片语的译文或小词典的编撰。较为自觉地关于藏族文化的介绍和专门研究到 19 世纪初才开始出现,巴黎亚洲学会成为先导并形成了自己的传统。而传教士的工作在此之外构成了法国关于藏族文化研究的非常鲜活的一面,本文将以巴黎外方传教会传教士德告丹和古纯仁(Francis Coré)为主来探讨传教士的工作之于法国藏族文化研究的意义。

19 世纪 40 年代以前,我们可以在巴黎亚洲学会会刊《亚洲学报》(*Journal asiatique*)上看到如下一些文章:有关某个藏族村寨的情况介绍,对流经藏区及其毗邻地区的大河流及其支流走向的考察,包括藏语在内的多种语言文本的对照研究,英藏语言词典的编撰等。这些文章或是对其他刊物如《加尔各答亚洲学报》所刊载文章的翻译,或是对其他国家有关藏族文化研究状况的介绍。但同当时法国的梵、蒙、汉学等研究相比,藏族文化研究的整体力量较为薄弱。

40 年代以后学者们因其对藏语的掌握而使研究状况有所改变。福科(Philippe-Edouard Foucaux)作为欧洲第一位藏语教师一直引导着以藏语佛典翻译为主的研究,在他之后有其学生费尔(Léon Feer)继承其事业。他除了教授藏语外,主要从事多种语言文本佛典的对照解读。

同样从 40 年代开始,入藏传教士的文章始以刊登在《亚洲学报》上。首先刊登的是前文提及的古伯察和秦噶哔的文章。1847 年该学报有秦噶哔关于六字真言的文章"佛教祈祷语唵嘛呢叭咪吽"("Notice sur la prière bouddhique Om Mani Pad Mé Houm")①,选择该主题的想法显然来自于秦噶哔对藏民族日常生活的仔细观察和体验。此文并未解读其佛学含义,而是对比较典型的与六字真言有关的藏族生活现象进行了描述。他提到凡有藏族居住的地方这一真言无处不在,任何东西都是传达它的工具,念珠、经筒、玛尼石等都是最常用的物品。这在此后成为西方人谈论藏族文化的经典话题。此外,两位传教士还共同从俄文翻译了《四十二

---

① *Nouveau journal asiatique*, T9, 1847, pp. 462—464.

章经》("Les quarante-deux points d'enseignement proférés par bouddha")①,发表在 1848 年的《亚洲学报》上。据古伯察游记的包士杰(Jean Marie Vincent Planchet)注释本所载,此后《四十二章经》的节译本由德经(Guignes)发表于《北狄通史》(Histroire des Huns)(第 2 卷第 1 册),1852 年被谢夫纳(A. Schiefner)译作德文(《圣彼得堡皇家科学院院报》),1878 年由毕尔(Samuel Beal)译为英文,由费尔译为法文,而它本身的汉、藏、蒙文手抄本于 1868 年在巴黎出版。传教士们在推动西方认识东方佛教经典文化的历史进程中功不可没。

此后,我们可以在不同时期的《亚洲学报》上读到与藏族文化相关的文章,当然福科和费尔是最主要的作者,对佛典的译介和解读也是主要的研究方向。但令人生疑的是,19 世纪后半期随着更多的传教士入藏,《亚洲学报》却再没有出现他们的身影,尽管 1872 年有关藏区的涵盖面非常广的《西藏传教会,1855—1870》(以下简称《西藏传教会》)出版。

该书是 C. H. 德告丹先生(C. H. Desgotins)根据其兄传教士德告丹的书信整理和编辑出版的,内容分为两个部分:第一部分以德告丹神甫的入藏经历为线索,勾勒了 1855—1870 年间巴黎外方传教会传教士的入藏和在藏活动情况;第二部分从地理、政治与行政、人口、宗教、文学、工业与各类艺术、商业七个方面对藏族地区的情况进行了介绍。从各方面来看,该书在当时都是一部关于藏族文化的具有总结性质的力作。1872 年的《天主教传教会》(Les missions catholiques)周刊在发布该书的出版消息时,尤其强调该书第二部分的重要性和价值。也正是在该周刊上,我们看到了《西藏传教会》中的部分内容,有"清朝最初对藏族边地的治理"②、"驻军和赋税"③;"藏民族的外形及服饰"④(附戒指、耳环照片);"城内建筑之一桥梁"⑤;"武器制造中的石头、燧石及配件"⑥(附武器照片);"农业"⑦(附农耕工具照片)。同样,在 19 世纪后半期的许多非教会刊物如

---

① *Nouveau journal asiatique*, T11, 1848, pp. 535—557.
② 《Le Thibet》, Les missions catholiques, I, 1868, pp. 95—96.
③ 《Le Thibet, suite et fin》, Ibid., pp. 102—104.
④ 《Variété du Thibet, I. Portrait et costume des thibétains》, Ibid., IV, 1872, pp. 485—486.
⑤ 《II. Architecture civile. -Ponts-et-chaussées.》, Ibid., pp. 486—487.
⑥ 《Variété du Thibet, suite, III. Armes en usage, sabres, fusils et accessoires.》, Ibid., pp. 498—499.
⑦ 《IV. Culture. Instruments aratoires.》, *Ibid.*, pp. 499—500.

《地理学会会刊》①(Bulletin de la Société de Géographie)等地理学杂志、《政治与文学集》②(Revue Politique et littéraire)、《印度支那集》③(Revue Indochinoise)、《宗教集》④(Revue des religions)上,我们也可读到德告丹的文章。他凭借其认识和理解藏族文化的独特优势活跃于《亚洲学报》之外的刊物报道中。

《西藏传教会》第二部分的内容充分反映出德告丹在面对藏族文化时所具有的探究意识,尽管他的某些说法不太准确。他对藏区地理位置的描述一方面沿袭了之前研究者们的写法,在亚洲广袤的土地上勾勒出布拉马普特拉河、伊哈瓦蒂河、萨尔温江、湄公河、金沙江、黄河等各大河流,藏族聚居区在这些大河之中影影绰绰地显露出来;同时作为早期探索入藏路线并见证第一个传教区崩卡建立的传教士,德告丹又谙熟川滇藏边各主要传教点的路线,所以从打箭炉到察木多、从察木多到崩卡、从察木多到拉萨以及从江卡到维西(云南)的路线图也呈现在读者眼前。早期克拉普洛特(Klaproth)只能通过汉文书籍才能获得的信息⑤,现在已由德告丹补充得非常详细,从每条线路的长度、所需要的时间到所经过的小站名称,无不在其描述之列。

除地理环境外,藏族地区的政治格局、宗教、文字等内容之前都有人

---

① 《Lettre de M. Desgodins à Francis Garnier. Dôle, Jura, le 20 Déc. 1869.》 *Bulletin de la Société de Géog*raphie, 5e Série, XIX, 1870, pp. 227－231;《Extrait d'une lettre de l'abbé A. D., Gunra, 30 Octobre, 1866.》, Ibid., pp. 231－235;《Itinéraire de Pa-tang à Yer-ka-lo, et description des vallées du Kin cha kiang (fleuve bleu) et du Lan-tsang-kiang (Cambodge) entre le 30e et le 29e parallèle environ. Extrait d'une lettre de l'abbé D. à F. Garnier. Yer-ka-lo, le 13 Déc. 1870.》, Ibid., 6e Série, II, 1871, pp. 343－368;《Lettre de l'abbé D. à F.G., Yer-ka-lo, le 4 Janvier 1872.》, Ibid., IV, 1872, pp. 416－423.

② M. Auguste Desgodins,《Du Bouddhisme, Yerkalo, 5 janvier 1876. Réponse à un article de M. Léon Cahun sur le cours de Tibétain et de Mongol de M. Léon Féer》, *Revue Politique et Littéraire*, 16 janvier 1875, p. 684. 相同的内容另见:Les *missions catholiques*, VIII, 1876, pp. 378－380, 391－393, 404－407.

③ M. l'abbé Desgotins,《Notes ethnographiques sur le Thibet. —Extraits d'une lettre communiqué à la Société académique Indo-Chinoise dans sa séance du 30 Novembre 1878, par M. C. H. Desgodins, ancien inspecteur des forêts.》*Annales de l'Extrême-Orient*, II, pp. 10－12.

④ A. Desgodins,《Bouddhisme thibétain.》, *Revue des Religions*, 2e année, No. 7, -Mai-Juin 1890, pp. 385－410; No. 10, -Nov. -Déc. 1890, pp. 291－297.

⑤ 参见 M. Klaproth,《Description du Tubet, traduite du chinois en russe par le père Hyacinthe, et du russe en français par M***, revue sur l'original chinois et accompagnée de notes》, *Nouveau journal asiatique*, T6, 1830, pp. 161－246, 321－350.

或多或少涉及过,但德告丹神甫将其分门别类地进行了比较集中的总结。在清朝同藏族边地之间的关系上他追溯到顺治皇帝时期,并回顾了与康熙发兵西藏后清政府开始设置驻藏大臣以介入对藏地的行政管理相关的事件。关于藏地的历史,除了对部分藏王有所涉及外,对达赖喇嘛相关情况的介绍是比较详细的,包括他们所处的地位及从第一世到第十一世传承者的简单情况。此外,我们还可以重温福科1841年在开设藏语课程的演讲词中所提及的佛教从印度传入藏族地区的简史,所不同的是对包括苯教、红教和黄教在内的各教派的介绍①已经详细很多。文字方面,福科的恩师、著名的梵文教授布尔努夫(Eugène Bournouf)曾在20年代从《加尔各答东方杂志季刊》转译过有关藏语字母及发音的文章②,而德告丹不仅提到被他视为印度人的藏族吞米桑布扎这一位与藏文的创制密切关联的人物,还介绍了几本藏语词典。书籍方面,除了对天文、医药、数学、自然史等书籍有所介绍外,谈论的中心是最重要的、也是被西方人研究最多的藏文佛经,包括108卷甘珠尔、255卷丹珠尔和十万颂。

还有一些内容是首次被论及的,人口方面他除了交代一些基本数据外,还谈到地理位置、风俗习惯、僧人比例等影响人口增长的因素以及包括官员、僧人、商人、劳动者、牧民和乞丐在内的社会群体的基本情况;民情方面主要分析了藏民族的性格和体貌特征;工艺方面谈到了军事、城市、宗教建筑、桥梁、武器、纺织、舞蹈和乐器;有关商业的内容丰富,藏区内部、藏区与内地以及藏区同蒙古、俄国和印度之间的贸易方式、商品价格,包括农产品(米、青稞、蔬菜等)、畜牧产品等在内的商品交换都有所涉及。同时德告丹还期待着法国同中国藏区的贸易来往,但十分明晰其中的困难,并对此做了分析。

也许正是福科等人所坚持的"学院式"的、"文本"的正统与传教士所获得的有道听途说嫌疑的信息相抵牾,虽然这些信息在当时的历史条件下更加鲜活,且对填补长期以来欧洲所绘制的世界地图上的空白有重要的意义,但毕竟来自对象国的既定文本更实在更可靠,更有源可查、有迹可寻,所以我们才难以在《亚洲学报》这样的学者型刊物上再看到传教士的文章,尽管19世纪后半期传教士笔下所记述的藏族文化远比古伯察时代更深更广。不过,也正因为有传教士的工作,我们才在《亚洲学报》所开

---

① 神甫将苯教作为佛教的一个派别。
② 参见 M. E. Burnouf, 《Sur la littérature du Tibet, extrait du n° VII du Quarterly Oriental magasine de Calcutta.》, *Journal asiatique*, T10, 1827, pp. 129—146.

创的相对单一的以语言为基础的佛典翻译研究之外,形成了另一种综合性研究,它的目的在于利用自己的优势地位尽可能地向本国传达对象国民族的信息,既展示了传教士工作的部分成果,也促成了双方在文化上的认识和理解,为处于起步阶段的欧洲人类学、民族学和宗教学等的发展提供了很好的参考材料。

直到 1923 年,我们再度看到传教士的著作《川滇藏边笔记》(*Notes sur les marches tibétaines du Sseu-Tch'ouan et du Yun-Nan*)出版,作者是巴黎外方传教会传教士古纯仁(Francis Goré)。该书在内容上仍然由对游历情况的记述和对藏地文化的概述两类构成,继续发挥了传教士身处异地前沿的优势,承继了德告丹的综合性研究视角,而作者以其汉语的功底,用汉语拼写地名,这样大大方便了读者的对照和阅读。

全书分为四个部分:一、川藏边境的情况。在对该地区的地形、与清朝的历史关系、人口、农业等进行综述后,作者分别对西藏传教会总部所在地打箭炉地区、关外、理塘和巴塘地区进行了介绍。二、滇藏边境的情况(主要是维西地区)。除了交代该地区与清朝的历史关系、地理位置外,作者还记述了他于 1920 年和 1922 年在萨尔温江与金沙江河谷地带的考察情况。三、从 1921 年开始的在擦绒(Ts'a-rong)地区的游历情况。最后,作者从家庭、婚姻、节日、财产和宗教几个方面对藏区文化进行了概述。

与德告丹不同,古纯仁笔下的藏区总是活灵活现的。他的视点立足于藏民族的日常生活,从而他关于藏族文化的概述便由一幅幅细碎的生活画面拼接而成,其间没有历史的考证,也没有理论性著述,读过之后藏族人民的生活形貌栩栩如生地展现在眼前。

古纯仁对藏区地理位置的介绍虽然还带有 19 世纪念念不忘的对亚洲大环境进行勾勒的痕迹,但对藏区细部的描述已经做到细致而周全,从四川、云南等地的入藏路线也更加详细和清晰,不像德告丹时代视角只能限于传教会所建立的几个据点。

围绕着家庭和日常生活,我们可以看到藏区房屋的布局、外观色彩及房间内的陈设,成天忙碌的妻子和长期外出的丈夫,孩子的出生、成长及婚嫁等内容。一妻多夫的婚姻一直以来都是欧洲人关注的一个问题,同大部分人一样,古纯仁认为这种婚姻形态的存在主要是由当地的经济形势所决定的。一夫多妻也是较为普遍的婚姻形式。而已经缔结婚姻的双方只要达成协议,离婚也是可行的。经商、服差役、放牧、朝圣或乞讨这些基本的生活形态使人长期漂流在外,正是这种生活塑造了藏民族乐观无忧的性格。

宗教仍然是古纯仁感兴趣的部分,他的描述涉及藏族宗教生活的重要方面,远比德告丹丰富。我们可以了解到藏民家里每天早晚的祈祷仪式,用于避邪的细绳、小皮袋、项链、嘎乌等各类型的护身符,替代各尊佛像的圆形或圆锥形的小塑像——擦擦,人们竞相朝拜的灵塔和梅里雪山、墨尔多山等位于川滇藏交界区的主要神山。我们也能再次读到与秦神甫文章里相似的对满眼皆是六字真言的感叹。此外,作者尤其对处于社会活动中心地位的藏传佛教寺院进行了介绍,包括它的建筑布局,寺院僧房及其周围附属建筑的功用及陈设,不同流派寺院的管理者及僧人的情况,僧人之外的其他修行者如巫师、隐修者,诵经、供奉等寺院的日常活动,为老百姓驱病消灾及丧葬举行的各种祈祷活动,新年及纪念释迦牟尼诞辰等的节庆活动。除了宗教活动外,寺院在经济、商业方面的特权也受到作者的关注。①

以上我们对19世纪中叶至20世纪初法国传教士的在藏传教历程及他们关于藏族文化研究的情况进行了粗浅的勾勒,可以看到,传教士以天主教福音传播为己任,这必然会与有着深厚佛教文化传统的藏族地区人民发生矛盾,所以两者之间的交往是以冲突为其基本特点的。尽管如此,我们也应该看到,冲突中的交往关系同时也延续了两者间的文化交流,使其成为我们跨文化研究领域不可忽视的一个方面。

---

① 以上相关内容参阅 Francis Goré, *Notes sur les marches tibétaines du Sseu-Tch'ouan et du Yun-Nan*, 1923.

朝鲜朝使臣眼中的满族人形象
——以金昌业的《老稼斋燕行日记》为中心

徐东日

金昌业(1658—1721)是朝鲜朝中期的著名学者,其家庭是当时最高的名门望族,因而他从小就接受了良好的家庭教育。他在23岁时,就已经高中进士,然而由于金昌业素性淡泊,时有归隐山林之思,再加上金昌业所生活的朝鲜朝中期,朝局震荡,党争不绝,因而,金昌业就拒绝仕途,毅然废举务农,寄情松菊,放浪于山水之间。1712年(清康熙51年,朝鲜朝肃宗38年,时昌业年54),金昌业的长兄金昌集以冬至兼谢恩正使的身份赴燕京,金昌业也有幸作为"子弟军官"随行。安东金氏与中国素有渊源,其家族中有许多人都曾出使过中国,金昌业的曾祖父、父亲、叔父以及长兄都曾以正使的身份出使过中国。这样的家庭背景,使得金昌业从小就对中国十分向往。在赴华之前,他已经从父兄的谈话以及前辈的"朝天录"和"燕行录"中多少了解了中国的实情。因此,他是带着对中国的"前理解"去考察中国的。由此可见,老稼斋金昌业对中国的认识,除了朝鲜朝历史的与时代的语境之外,还带着强烈的家族的独特色彩。

金昌业此行撰写的游记是《老稼斋燕行日记》,其中记载了金昌业一行自朝鲜都城汉阳出发一直到中国都城燕京、再由燕京返回汉阳途中的所见所闻,记载了他在燕京逗留期间所考察到的清朝的各种制度、方物以及与清朝文士交往的情况。其作品悉数描摹了中国的地理风光、风土人情、历史人物、文物制度、外交关系等。尤其对当时满族人的形象更是勾勒得相当生动、逼真,为后人留下了大量鲜活且少为人知的重要资料。在此,笔者将重点论述金昌业笔下的满族人形象。

1. 满族人的形象首先体现在其种种怪异的体征方面。
在金昌业的"燕行录"作品中,有不少描述满族人怪异外貌的文字:

兀喇总管睦克登……为人小而眼有英气,语时如笑,甚慧黠,亦非雄伟人。①

  五阁老在后殿月廊,余随裨将辈往见,清阁老二人同坐于北边一炕,汉阁老三人设椅炕下一带坐焉,各前置桌子,叠积文书。清阁老一松柱,一温达。温达短小,容貌古怪而有猛意,面赤黑须,髯少,一目眇;汉阁老一李光地,福建安溪人,容貌端整,眉目清明,须髯白;一萧永祚,奉天海州人,身短面长,前一齿豁;一王琰,江南太仓人,有文雅气而容貌丰盈,精彩动人。温达、松柱相与语,汉阁老三人皆阅视文书,或俯而书字。李光地戴眼镜,左右无人,只一胡在前……尚书清瘦而身小,眼有精神,举止轻率。侍郎在右者汉人,容仪魁伟,沉静有威,不轻瞻视。左者容貌平常,清人云。有一官过去,身大面黑,颇雄壮,问之乃工部尚书,清人也。又有黄衣官入来,体大几十围,举止异常,问之乃蒙古王,为皇帝婿者也。此处天下人皆会,而形容各异,使汉人、清人、蒙古、海浪贼、喇嘛僧及我国虽同服色绝不相混,而惟清汉或不能分矣。②

  阁老松柱过去,视之,身长面瘦,颐长须髯疏,眼有神采。此人以沈阳将军入为礼部尚书,为阁老云。译辈过沈阳时有识面者,进前谒见,松柱举手而去。又有一大官自后庭出来立于余辈所坐阶下……其人身短而容貌清明,有文雅气,官户部尚书,姓名张鹏翮也,乃汉人。③

以上三则引文在描述满族人的形象时,基本上是比照汉族人而加以描述的。即在描述"李光地""王琰""侍郎在右者""户部尚书张鹏翮"等汉族官员时,使用了"容貌端整,眉目清明""有文雅气而容貌丰盈,精彩动人""容仪魁伟,沉静有威,不轻瞻视""容貌清明,有文雅气"等肯定性的语汇;而在描述"睦克登""松柱""温达"等满族人时,更多的是使用了"甚慧黠""亦非雄伟人""容貌古怪而有猛意""举止轻率""容貌平常"等否定性的语汇。在以上褒贬色彩十分鲜明的语汇对比中,金昌业毫不隐讳地表明了自己的情感立场。

---

① 金昌业:《老稼斋燕行日记》,《燕行录选集》第四卷,韩国民族文化促进会,1989年,第120页。
② 同上书,第119页。
③ 同上书,第116页。

当然,金昌业在描述朝鲜朝语境中满族人形象时,也掺入了一些新的形象元素,譬如,他在描述满族人形象时,常常对满族人的"眼部特征"表现得尤为突出。譬如:"兀喇总管睦克登,……为人小而眼有英气""尚书清人而身小,眼有精神""阁老松柱过去,视之,身长面瘦,颐长须鬓疏,眼有神采"。

我们对满族人形象的研究最终都要落实到对其诸多文本的比较分析,而要比较完整地理解具体文本中的满族人形象,只有在其对话阐释过程中才能得到实现。"从这个意义上讲,金昌业对满族人的某些肯定性描述,实际上反映了18世纪上半叶朝鲜朝燕行使臣在塑造满族人形象时在某种程度上背离朝鲜朝主流意识形态或曰'官方真理'的真实状况。"①

比金昌业晚8年赴燕的朝鲜朝使臣李宜显,在自己所撰写的《庚子燕行杂识》中,更加集中而突出地描述了满族人的形象:

> 清人大抵丰伟长大而间有面目极可憎者。膻臭每多袭人,言辞举止全无温驯底气象。……路中见男胡率是疏髯,虽累十百人须髯多少一皆均适,绝无胡髯披颊者。岂头发既尽剃,故髯亦剪繁略存,只以表丈夫。②

在作者笔下,"男胡率是疏髯",他们"须髯多少一皆均适,绝无胡髯披颊者",而且头发"尽剃""髯亦剪繁略存",从而"只以表丈夫"。这是满族人区别于汉族人的一个典型的体表特征,可以说,这种怪异性是他者化的一个显著标志,也可能是被描述为"面目极可憎"的重要因素。

这是因为,金昌业等朝鲜朝燕行使臣长期生活在农耕文化的生产、生活环境中,多方面地接受了中国儒学"华夷"观的影响,认为人们只有束发戴冠才是文明的,才具有"礼仪"。所以,也习惯于用发式来划分"华夷",将"披发"视为夷狄的表征,视为一种落后、不文明的文化现象,从而大加贬斥满族人剃头辫发的习俗,而且通过他者化,极力夸大满族人的"怪异性"或"异类性",使之最终被刻画成"丑类"的形象。

实际上,每个民族有每个民族的习俗,应该尊重各民族的习俗,发式并不分贵贱,也不代表文明与不文明。剃发原本是女真人的一种风俗习惯,即"男子将头顶四周的头发剃去寸余,只留顶后中间长发,编成辫子,

---

① 刘广铭:《朝鲜朝语境中的满洲族形象研究》,延边大学博士学位论文,2006年,第146页。

② 李宜显:《庚子燕行杂识》下,《燕行录选集》第五卷,韩国民族文化促进会,第31—32页。

垂于肩背,除父母丧和国丧百日内不剃外,四周头发不得蓄长,要时时剃除,所以叫做剃发或剃头"①。薙发垂辫这种发式源于满族的原始宗教——萨满教的宗教意识。萨满教认为,发辫生于人体顶部,与天穹最为接近,是人的灵魂所在,所以发辫为其族人所重视。古代时,满族在战场上捐躯的将士,其骨骸如无条件带回故里,其发辫则必须带回,俗称"捎小辫",这是满族天穹观的一种反映。尤其是他们头发"尽剃",与他们所处的地理环境和社会生产发展的状况密切相关。满族长期以来生活在白山黑水之间,他们的吃穿用都出自山林。一年四季,满族男子常结伙进山,进到森林深处,十几日或几十日采集狩猎。在深山生活的自然环境是相当恶劣的,至于头发梳成什么式样,自然要放在其次,并且要服从生产和生活的需要,即山势陡峭,林木遮天,在这里与野兽搏斗并采集山货,就需要剃头辫发,以减少树枝的刮扯;同时,前部不留发,还可以避免在跃马疾驰时让头发遮住眼睛。他们颅后留一条大辫子,在野外行军或狩猎时,又可以枕辫而眠。所以,负责外出狩猎或耕种的男子大多不披发,而在家从事家务和织布的妇女大多披发,也就是情理之中的事情了。于是,满族所处的自然环境及生产生活方式就决定了形成其剃头辫发的习俗。其发式可以用"金钱鼠尾"这四个字来概括,这种发型是将四周的头发全部剃去,仅留头顶中心的头发,其形状如一金钱,而中心部分的头发则被结辫下垂,形如鼠尾。

随着满族的兴起和努尔哈赤的向外扩张,满族薙发垂辫的风俗就逐渐转化成了汉满两个民族间的政治斗争问题。实际上,满族也是过分看重了"薙发"的作用,认为只要汉人"薙发"就能顺从满族的统治,而实际上这更是加深了两个民族间的内在矛盾。

在《庚子燕行杂识》中,李宜显不仅将满族人描写成"面目极可憎"的人物形象,而且将他们描述为"膻臭每多袭人""言辞举止全无温逊底气象"的"野蛮人"形象。他尽管没有借助满族人的外貌特征直接把满族人比喻为"兽类",但在他的意识当中,显然是没有把满族人视为同类。在这里,作者所描写的满族人的生活习惯还是基本符合历史实际的。在历史上,满族是一个以狩猎、饲养为业兼事农耕的民族,由于其社会经济发展缓慢,其饮食习俗简单古朴。他们的饮食以肉类为主,不同场合有不同的肉食"食谱"。如女真平民日常饮食中的肉食品类有:肉粥,"止以鱼生、獐

---

① 郑天挺:《探微集》,中华书局,1980年,第81页。

生,间用烧肉"。灸股烹脯,"以余肉和菜捣臼中,糜烂以进,率以为常"①。女真贵族们的肉食品类则更多,常以木盆"盛猪、羊、鸡、鹿、兔、狐狸、牛、驴、犬、马、鹅、雁、鱼、鸭等肉,或燔或烹或生脔,多芥蒜渍沃续供列。各取配刀,脔切荐饭"。② 女真人招待宾客肉食的情景曾载于《三朝北盟汇编》卷20所引许亢宗的《宣和乙巳奉使金国行程录》一文中:第二十八程至咸州,"赴州宅,就坐。……胡(女真)法饮酒,食肉不随盏下,供酒毕,随粥饭一发致前,铺满几案。地少羊,惟猪、鹿、兔、雁……之类";"以极肥猪肉或脂润切大片,一小盘虚装架起,间插青葱三数茎,名曰肉盘子,非大宴不设"。除了"多畜猪,食其肉"之外,满洲人也经常食用各种野兽。譬如:鹿、熊、貂、狍、獾、野猪、狐狸、水獭等。其制作方法与食用方法也相当简便、粗陋,尤其是"他们惯常吃半生半熟的肉"③。而且他们常喝的所谓热锅汤,是"以羊、猪、牛、鸡卵等杂种乱切相错烹熬作汤,略如我国杂汤,素称燕中佳馔而膻腻之甚,不堪多啜"④。所以,在他们身上存在"膻臭每多袭人"的现象也是不足为奇的。关于这一点,荷兰人纽霍夫曾在游记《从荷兰东印度公司派往鞑靼国谒见中国皇帝的外国使团》一书中,也毫不留情地挖苦了满族糟糕的饮食:在礼部的招待宴会上,摆上来的肉看起来又黑又脏;在饮食过程中又"散发出一股令人闻之欲呕的可怕气味"⑤。

另外,李宜显还指出:满族人"言辞举止全无温逊底气象",这与金昌业所说的满族人"为人少文"如出一辙,都是指满族人"文明程度"相对低下。在他们看来,当时的普通满族人依然是"蠢兹野人",他们对"他者"满族人的蔑视,也不过是这种民族情感的表现形式之一。而且,朝鲜朝在文化上对满族人的这种居高临下的态度,笔者以为内含着朝鲜以小中华自居的成分。朝鲜习得中国文化之后称为"礼仪之邦",因此,朝鲜君臣就反过来以一种轻蔑的口吻称清朝为"腥膻""腥秽"之国。正宗三年,国王李祘曾下教曰:

噫!夷狄乱夏,四海腥膻。中土衣冠之伦,尽入于禽兽之域。惟

---

① 徐梦莘:《三朝北盟汇编》卷三,《女真传》,文海出版社,1962年。
② 徐梦莘:《三朝北盟汇编》卷四,《茅斋自叙》,文海出版社,1962年。
③ 杜文凯编:《清代西人见闻录》,中国人民大学出版社,1985年,第50页。
④ 李宜显:《庚子燕行杂识》下,《燕行录选集》第五卷,韩国民族文化促进会,1989年,第32页。
⑤ Johannes Nieuhof, *An Embassy from the East-India Company to the Grand Tartar*, London, 1673, p. 168.

此东土一隅,崇祀三皇,春秋之大义数十,赖是而不绝如线,于乎休哉!①

由此可见,在朝鲜君臣看来,满族人是没有礼义且不懂得礼义的民族,他们只是以严格的纪律维持着其群体,而一旦其纪律懈驰,满族人就肯定不会长久地统治中原了。但时至18世纪上半叶,尽管朝鲜朝君臣仍然坚信"胡无百年之运",却没有迹象表明清朝要衰落败亡,相反的,清朝却日益走向了繁荣富强。

因此,尽管李宜显指出满族人"言辞举止全无温逊底气象",不过,他同时也言明:

> 清人②……少文故淳实者多。……清人亦入中国久,皇帝又崇文,故其俗寝衰矣。清人皆能汉语,而汉人不能为清语,非不能也,不乐为也。然不能通清语于仁路有妨,盖阙中及衙门皆用清语,奏御文书皆以清书翻译故也。同巷则满汉皆用汉语,以此清人后生少儿多不能通清语,皇帝患之,选年幼聪慧者送宁古塔学清语云。③

由此可见,李宜显等人通过在中国的细心观察,也深切地感受到:满族人入关后,在坚持使用"国语"(即满语)、继续保持本民族文化的基础上,积极学习汉语以及汉族的先进文化,不断克服满族落后、愚昧的文化习俗,从而实现了汉满两种语言、两种文化有选择的优化融合。譬如,入关前的满族并不像汉族或朝鲜民族那样具有严格的礼节要求:亲旧相见者,必抱腰接面,虽男女间亦然。即,满族人没有严格的男女之别,他们之间也是行抱见礼的。只是入关以后,满族才逐渐循从了汉俗:

> 凡相见之礼,揖而不拜,致敬则鞠躬,致谢则叩头,语必作手势。若遇相亲之人则就前执两手而摇之,致其欢欣之意,女人不然。④

对此,周虹指出:

> 在后金及清朝的史料当中,可以发现妇女行跪拜礼的记载逐渐替代了行抱见礼的记载,而在经过康熙、乾隆时代修撰的官书实录

---

① 吴晗:《朝鲜李朝实录中的中国史料》第十一册,中华书局,1980年,第4679页。
② 朝鲜人通常以胡人、满洲人、清人来指称满族人。
③ 金昌业:《老稼斋燕行日记》,《燕行录选集》第四卷,韩国民族文化促进会,1989年,第11页。
④ 同上。

中,早期抱见礼的记录基本上被修改和隐讳掉了。这个变化多少反映出清代的满族统治者逐渐接受封建礼教观念,认为妇女行抱见礼不大符合男尊女卑或"男女授受不亲"的伦理规范。①

实际上,正是像"抱见礼"这些逐渐被人们所遗弃或被隐讳掉的传统礼俗,才真正体现着满族有异于汉族及朝鲜民族的礼俗观念、情感表达方式以及男女间原始自然的纯朴关系。而我们从另一种角度也可以说,满族人这些礼俗的变迁,正是受到汉族礼俗及儒家伦理道德观念长期影响的必然结果。

而满族的礼俗之所以会受到汉族礼俗及儒家伦理道德观念的深刻影响,就是因为清兵入关、定鼎中原以后,满族的主体也随之移居到了具有悠久农耕文明的广大中原地区。迁居后的满族尽管以八旗的组织形式聚族而居,形成了相对封闭的小社会,但从总的态势看,他们已经处于汉文化的包围之中。这种情形不仅与昔日满族的发祥地白山黑水一带的自然、地理、经济、人文环境不可同日而语,而且迥然不同于此前在辽东地区以八旗来同化当地及前来归附的汉人、蒙古人、朝鲜人的社会结构。满族虽说是征服者,但他们已经脱离了自己的根,与被征服的汉人相比,在人数上处绝对劣势;在文化上则往往陷于恐惧和钦羡、有心抵拒却又难于摆脱其诱惑的尴尬境地。因此,他们入关以后,就遇到了空前巨大而严峻的挑战。而他们解决这种困局的方法就是采取二元文化战略,这就是如前所说的在刻苦研读汉文化的同时,努力保持本民族的语言及文化。

2. 满族的形象还体现在他们凶狠、顽劣的行为上。

我们还应看到,长期以来,朝鲜民族一直把女真人当作迥异于朝鲜人的"饥来饱去"的"兽类"进行描述的。他们"向背无常""见利忘耻",既不讲信义,也毫无礼仪可言,这是毫无掩饰的具有贬斥意义的形象。这里所指的"人面兽心"且"饥来饱去,见利忘耻""不识事理,不惯风教"的品格并不是特指个别女真人,而是当作整个女真人的民族品格来概括的。

出于这种"社会总体想象",不少朝鲜朝燕行使臣在自己的作品中塑造了一些"凶狠""顽劣"的满族人形象。这一点,充分体现在金昌业所撰写的《老稼斋燕行日记》中。金昌业在燕行途中,就曾遇到过使团的人员与"胡人"争吵的场面:

---

① 周虹:《满族妇女生活与民俗文化研究》,中国社会科学出版社,2005年,第212页。

朝饭行，主胡嫌房钱少，执申之淳不放，余以一扇与之始免。①

主胡出来有所言，而不可解，令书之文，亦不可解。见其大意，欲加得房钱也。副使裨将两人先入此家，余来而移住他处，故主胡以此归咎于余，欲以两人所许房钱并讨于我也。……主胡深怀恨怒，喃喃不已，遂锁房门入去，不复出，烛为风所灭，求火，而亦不应，狠狠。②

这里所记述的是朝鲜朝燕行使臣在往来于汉阳与燕京之间时所遭际的几次不愉快的事情。当时，朝鲜朝使团指定的留宿地是朝鲜馆，但金昌业等人觉得其内部条件不够好，所以就改投到了民家，而这个民家的主人又偏偏是"胡人"。其结果，这些"胡人"为了多得到房钱而与作者以及其他使团人员发生了口角。以上的引文，描写了这些"胡人"耍无赖甚至锁上房门、不提供给金昌业一行火种的贪婪、狡诈的负面形象。实际上，"胡人"的负面形象是金昌业在来到中国之前就已经形成的先入之见，而一旦踏上中国的土地遇上"胡人"，他就在无意识中按照前代人现成的思想套装，对"他者""胡人"进行了价值判断。

金昌业在作品中，更是描述了使团人员与"胡人"之间的一场冲突：

有一醉胡自殿内出来，面目甚顽，见余睨视，若将相侵。……醉胡又来，执元建缠带，探出所盛之物，大枣也，遂夺取，其胡却跳工龟头，手杖挥之，使不得见碑。……其胡又追至，以先夺大枣还之，又与一大柏，余皆却而不受，其胡固与之，意欲寻闹。……其胡又执元建带不放。……顾见其胡挥杖而来……其胡以刀割其囊而走，追至大路南边小巷中，入一人家，仅推还其囊，而囊中所置银子四钱，竟为所夺，视者皆言，此人素行本如此，此处人亦畏之云，盖光棍之流也。③

金昌业在这里详细描述了一个喝醉酒的"胡人"对自己同伙寻衅闹事的情形。当时，这个"胡人"一路尾随金昌业一行并且不断胡搅蛮缠，在作者看去，他"面目甚顽""见余睨视"，而且"若将相侵""意欲寻闹"，可见是一个十足"悍戾"④的胡人泼皮，即一个"凶狠""古怪""顽劣无耻"的人物

---

① 金昌业：《老稼斋燕行日记》，《燕行录选集》第四卷，韩国民族文化促进会，1989年，第31页。
② 同上书，第141页。
③ 同上书，第134—135页。
④ 同上书，第53页。

形象。

正因为在金昌业看来满族具有凶悍、无耻的一面,所以,一旦他在睡觉时被偷去了腰带,他就马上联想到这是"胡人"所为:

> 宿汉人李桂枝家,自是甲军辈操纵渐缓,夜失所带系条,盖杂胡出入者偷之也,遂出革带带之。①

其实,他的房东是一位汉人,而不是"胡人",在这种情况下,最大的嫌疑对象应该是房主及其家人,但作者却一反常理地将"胡人"视为嫌疑对象。可见,在作者看来,懂得礼义的汉人是根本不会去偷别人的东西,而只有野蛮、贪婪的"胡人"才会去偷盗他人的东西。这正如李宜显所言:

> 满汉不同:满人硬狠者多,专尚武刀利欲为主;汉人文质兼优,专无骗诈之气,容貌举止颇有威仪。②

由此可见,作者对胡人充满了否定性想象。

这种对满族人的否定性想象,实际上是源于朝鲜民族悠久的"社会总体想象"。长期以来,朝鲜人就认为:满族人具有"虚伪狡猾""撒谎偷盗""残暴肮脏"的一面。朝鲜民族对满族人这种沉重的"集体记忆",始终影响着金昌业对满族人的认知态度。如果说,在金昌业之前的燕行使臣始终依据朝鲜民族关于满族及其先民女真人的"社会总体想象"塑造满族人的形象,那么,从金昌业开始,随着朝鲜朝关于满族及其先民女真人的"社会总体想象"与金昌业等燕行使臣的中国观感的相脱节、相分离,朝鲜朝燕行使节在塑造满族人形象时,就不得不"用离心的、符合一个作者(或一个群体)对相异性独特看法的话语塑造出"③满族人的形象。

3. 在前面,笔者曾经说过,自从经历了两次"胡乱"之后,朝鲜民族开始有意将"胡人"这个朝鲜民族针对其他少数民族的泛称专门加注到满族人身上,即对满族人大量地、特殊地使用"胡"或"胡人"这样一种具有单一形态和单一语义的具象并使之成为一种"套话",从而在朝鲜人的意识深

---

① 金昌业:《老稼斋燕行日记》,《燕行录选集》第四卷,韩国民族文化促进会,1989年,第27页。

② 李宜显:《庚子燕行杂识》(下),《燕行录选集》第五卷,韩国民族文化促进会,1989年,第230页。

③ 孟华:《试论文学形象学的研究史及方法论》,载孟华主编:《比较文学形象学》,北京大学出版社,2001年,第35页。

处,满族人即"胡人"就等同于一个"野蛮而残暴"的民族。

而朝鲜民族一旦谈到"胡人",又会马上联想到他们骑马狩猎的场景,不论这种"套话"和场景是包含着否定意义,还是体现着一种彪悍的生活方式,都是浓缩着几个世纪以来朝鲜民族对满洲人(或清朝)的社会总体想象。

关于这一点,在金昌业的《老稼斋燕行日记》中有着充分的体现。下面譬举几例加以论述:

> 胡五六骑引两犬驰野中,乍近乍远,不知逐何兽也。①

> 路中遇四胡骑马,各臂一鹰过去。②

> 有两胡一路同行,忽有兔起路下,两胡抽矢欲逐之,兔截路而走,望之如飞,两胡度不可及,勒马而回。③

以上引文,是金昌业在1712年12月的12日与14日所写的日记,其内容都描述了"胡人"即满族人骑马狩猎的场景。其中,狩猎的"胡人"都是成群结队地去狩猎,绝少单独前行。正如文中所言,或"两胡",或"四胡",或"五六胡";狩猎的工具主要是弓箭,同时辅之以猎犬和猎鹰;而狩猎的对象,则是野兔等。这幅画面,实际上展示了满族人生产、生活的生动场景。在历史上,满族先民长期从事以采集和狩猎为主的经济生活,游牧经济发展较晚。如《大金国志·初兴风土》记载:女真人"善骑射,喜耕种,好渔猎,每见野兽之踪蹙而求之,能得其潜藏之所。又以桦皮为角,吹呦呦之声,呼麋鹿而射之"。

据一些朝鲜朝边将在明正统十一年(1446)七月对女真人狩猎情况的描述,我们可以了解到,女真人狩猎之时"人数多不过三十,少不过十余",或"率以二十余为群,皆于郁密处结幕,一幕三四人共处"。白天出幕"游猎",晚间归来"困睡"。④ 同时,猎景也十分可观,所谓"猎机渔梁,幕宇马迹,遍满山野"。⑤ 由此可见,骑射是女真人的文化特征,他们以善于骑射

---

① 金昌业:《老稼斋燕行日记》,《燕行录选集》第四卷,韩国民族文化促进会,1989年,第41页。
② 同上书,第38页。
③ 同上书,第41页。
④ 《朝鲜李朝实录·世宗》卷113,第526页。
⑤ 《朝鲜李朝实录·中宗》卷49,第88页。

而生存,也以擅长骑射而立国。在满族形成时期乃至以后相当长的时间里,他们一直强调和坚持骑射,并使之成为满族最具特色的文化特征之一。

正因为骑射是满族人的文化特征,所以在狩猎之余利用空闲时间练习骑射之术,也成为满族人生活的一项重要内容。金昌业对此曾记述道:

> 出门外,群胡聚路上习骑射,置一球于地,大如帽,驰马射之,衣马皆鲜华,盖城中富贵子弟习武艺者也。其中一少年最善射,屡中,又有小胡亦能射,问其年十二云。①

由上文不难看出,满族人不论老幼,都很喜欢骑射,时常不忘进行骑射练习。他们从幼年时起就进行尚武教育,以培养他们的骑射技能。就清代而言,满族儿童从六岁起就开始用木制的弓箭练习射箭,并且学习骑马;十二岁开始吊膀子②;十三四岁开始随父兄参加行围射猎。上文中所记的"亦能射"的十二岁"小胡"就是一个明证。

由于骑射是满族人的生产方式和练武手段,所以,他们在现实生活中就须臾也离不开手中的弓箭:

> 有三四胡佣剑踞长凳,以枪槊插于架,弓袋矢服皆挂门旁。③

不仅如此,满族人连小孩子也都手拿着武器:

> 路遇乘车胡,谓是沈阳户部郎中。……骑一人前行,又有十余岁小儿,带弓箭骑马者,似是其子也。④

在这里,金昌业透过"剑""枪槊""弓矢"等武器所构成的具有威胁性的场景,向读者有效地传递了他心目中已经形成的具有好战性、攻击性的"胡人"形象。在此,金昌业所描述的"胡人"形象,也有意无意地受到了历经两次"胡乱"之后在朝鲜民族心目中所形成的对"胡人"的社会总体想象的制约。

事实上,金昌业的这种担心并不是多余的,满族作为一个尚武的民

---

① 金昌业:《老稼斋燕行日记》,《燕行录选集》第四卷,韩国民族文化促进会,1989年,第90页。

② 吊膀子,就是将少年的双臂绑上扁担,吊在树上,每天吊一次,坚持不断,这样可以练出甲字形健美体魄,练出有力的双臂,可拉硬弓。

③ 金昌业:《老稼斋燕行日记》,《燕行录选集》第四卷,韩国民族文化促进会,1989年,第70页。

④ 同上书,1989年,第164页。

族,自入关那天起,其统治者对汉人"庸懦、腐朽、文弱、贪鄙"等缺点都深有感触,因为担心满族人也染上这些恶习,步契丹、女真、蒙古衰败的后尘,所以就把懈废骑射视作国家衰亡的根本原因,转而努力加强全民族的骑射训练。他们为了保持强大的军力,不仅购置与驯养了大量优良的战马,穿着适于作战的马褂,而且以大规模狩猎的方式提高军队的战斗力。其结果,满族人长期保持了较强大的战斗力。对此,意大利人卫匡国在他所著的《鞑靼战纪》中述及满族人的军旅生活道:

> 他们(满族八旗军)的行军速度很快,因为他们从来不带行李,也不注意运输粮草,碰到什么就吃什么。他们惯常吃半生半熟的肉。假如找不到东西吃,就吃自己的马和骆驼。在有空的时候,就带着专为打猎用的良种猎狗和猎鹰去捕获各种野兽。他们围住一座山头或大片草原,把野兽赶入包围圈,然后缩小包围圈,愿意捕猎多少就捕猎多少,把剩下的放掉。他们把马衣铺在地上当床铺,有没有房子都无所谓。而不得不住在房中时,就必须和马住在一起,在墙上打上很多窟窿。他们的帐篷十分漂亮,可以用灵巧敏捷的方法进行安扎和迁移,这样从不耽误军队的快速行军,鞑靼人就是这样为战争训练自己坚强的士兵。①

由此可见,对满族士兵而言,行军训练和围猎活动是统一的,即骑射对整个满族的社会生活及战争形式都起着十分重要的作用。

正因如此,金昌业就能够转换一种视角来看待清朝皇族或者贵族的围猎活动,他觉得,满族人的骑射活动不单纯是一种休闲游乐活动,它更是一种变相的军事训练。究其原因,就是因为在朝鲜民族的"集体记忆"中,女真各部就是利用他们的士兵善战、马匹精良的优势,不断寻找一切有利的时机,常常以突袭的方法侵入朝鲜的。女真各部进攻朝鲜的目的,就在于掠夺朝鲜的牛马,以充实自己的畜牧业;并把大量的马匹用来骑乘,从而充实自己的兵力。等到女真人的经济有了较大的发展,军力有了较大的提升,又反过来以其强大的冲击力向朝鲜军队展开进攻。金昌业生活的年代虽然距离以上所述的战争年代相去半个世纪,但在他的头脑里,却深刻地镌刻着朝鲜民族对女真人(满族人)的"集体记忆"。所以,一旦他在中国看到骑马并且佩带弓箭的"胡人",也就在有意无意间将满族人描写成具有攻击性与侵略性的形象。

---

① 杜文凯编:《清代西人见闻录》,中国人民大学出版社,1985年,第50页。

总之,18世纪上半叶,随着清朝统治的日益巩固,以及清朝社会经济、文化的持续发展,金昌业等"朝鲜朝士大夫对清朝的认识发生了较大转变,即他们在很大程度上已经摆脱了'华夷观'的传统思维模式,客观地肯定了中国社会所发生的巨大变化"[①]。即,"他们在描述满族统治者时并没有完全褪去其否定的色彩,但毕竟在朝鲜人的文本中,已经很少使用'奴酋''汗''胡皇'等语汇"[②],所以,受到这种朝鲜朝"社会总体想象"的影响,金昌业等朝鲜朝的燕行使臣就塑造出了"丑陋""悍魔"但又勇武过人的满族人的形象。由此可见,"妖魔化的形象多是作者从优越的本土文化着眼,观看处于劣势的异域文化,并将他者文化中优秀的一面归并为本土文化之下,简化为本民族的成分,同时排斥他者文化,将其边缘化。"[③]

[①] 徐东日:《朝鲜朝燕行使节眼中的乾隆皇帝形象》,《东疆学刊》,2009年第4期,第50页。

[②] 同上书,第14页。

[③] 朴玉明等:《〈瞧瞧谁是英雄〉中妖魔化的"异国形象"》,《东疆学刊》,2010年第1期,第50页。

译介学研究

译本的选择与阐释:译者对本土文学的参与
——以《肉与死》为中心

马晓冬

翻译研究中的文化转向作为一种复杂的跨文化交际行为,翻译与译入国文化语境的关系是相当复杂、值得学者们关注的。它一方面受到译入语文化语境与文学规范的制约,表现为对本土传统和主流意识形态的某种顺从,另一方面则主动地通过对域外文本的引进与阐释加入到更新本土文学和质疑主流话语的进程当中。如果说,前者鲜明地表现出本土文化语境诸因素对译本的操控,那么后者则往往被理解为一种输入相异性的过程。不过,Gentzler 和 Tymoczko 在《翻译与权力》一书的序言中提醒我们,"在翻译研究中文化转向的早期阶段,其弱点之一就是有时未加批判地应用二项对立的权力观念。学者们在考察翻译时倾向于看到一种非此即彼的状况:译者或者维持现状,生产出流利、自我抹除的译文;或者使用异化的策略把新鲜的、陌生的观念输入到接受者文化中,以其对抗霸权。"[①]对翻译史的深入考察特别有利于我们从这种二元对立的模式中挣脱出来,理解译者所处的复杂的"中间"状态。本文试图以对翻译个案的研究表明,即使在一种以明确输入相异性为目标的翻译过程中,由于译者希望参与本土文学对话的动机,他也必须调动一切资源,在译作生产中注入本土文学的信息,使一部域外文本契合本土文化的迫切需要。

在下文中,我们将以曾朴(1872—1935,笔名"东亚病夫""病夫")在新文学时期发表的一部重要译作《肉与死》(1928 年上海真美善书店出版,原作为 Pierre Louÿs, *Aphrodite : moeurs antiques*[②])为中心,集中探讨译本选择与阐释背后译者的诸种策略与动机,并综合考察曾朴这一时期的其他文学活动,以透视译者对本土文学的参与。

---

① Tymoczko and Gentzle, *Translation and Power*, University of Massachusetts Press, 2002, p. xviii.

② 该作品 1895—1896 年连载于《水星杂志》,1902 年成书,直译标题为《阿弗洛狄德:古代风俗》。

一、《肉与死》的翻译背景

曾朴的翻译实践始于晚清。在他的著名小说《孽海花》问世的同一年,也即 1905 年,他在自己创办的小说林社翻译出版了法国小说《影之花》(*Fleur d'ombre*)①,并从此先后翻译介绍了大仲马、雨果、左拉、莫里哀、皮埃尔·路易等十几位法国著名作家的作品。

1908 年,小说林社停办,曾朴进入仕途,离开了出版和文学道路。1926 年 9 月,时任江苏省政务厅厅长的曾朴辞职结束了官宦生涯。一年后,他和其子曾虚白创办真美善书店,《真美善》杂志也于同年问世。可以说,真美善书店与杂志正是曾朴希望重返文坛,加入新文学建设的立足之地。在给胡适的信中,曾朴本人的叙述最形象地反映了他当时的处境:"我这时代消磨了色彩的老文人,还想蹒跚地攀登崭新的文坛"②。从杂志创刊号开始,曾朴就表明姿态:"这杂志是主张改革文学的,不是替旧文学操选政或传宣的。既要改革文学,自然该尽量容纳外界异性的成分,来蜕化他陈腐的体质,另外形成一个新种族。"③通过这样的方式,曾朴特别强调了杂志与旧文学的距离以及建设新文学的目的,更明确提出输入域外资源对本民族文学革新的意义。

因此,在创办真美善书店和杂志期间,曾朴不仅修改旧作《孽海花》,创作新式小说《鲁男子》,而且还将大量精力投入到外国文学译介事业之中。真美善时期,曾朴最成功的译作当属他与儿子虚白合作译介的法国作家边勒鲁意(Pierre Louÿs,1870—1925,今译皮埃尔·路易)的小说《肉与死》。这本书是病夫父子用 9 个月的时间译成的,1929 年出版,并很快再版。在真美善出版的所有书籍中,只有曾朴创作的《鲁男子》和此书发行了编号本,足见曾朴本人对这部译作的重视④。

---

① 此书原作者为法国作家 Charles Foley,小说林社分别于 1905、1906 年出版了《影之花》上卷和中卷,下卷未出,署名竞雄女史译,东亚病夫润词,但在曾朴本人编订的"曾朴自叙全目"(见器俄著,曾朴译,《九十三年》,真美善书店,1931 年)中指出这是他本人的翻译作品。
② 病夫:《复胡适的信》,《真美善》1 卷 12 号,1928 年 4 月。
③ 病夫:《编者的一点小意见》,《真美善》1 卷 1 号,1927 年 11 月。
④ 此书曾朴本来打算独自翻译,但因时间紧张,选择与虚白合译。真美善时期曾朴共出版了 8 本译作,只有此书发行了再版本。尽管《肉与死》是父子合作,但其序言和后记均为曾朴本人撰写。此书 1929 年由曾朴创办的真美善书店出版,署"边勒鲁意著,病夫、虚白合译",本书引文参考的是岳麓书社的旧译重刊丛书。

二、"把肉感来平凡化"

《肉与死》的原作者皮埃尔·路易是活跃于19世纪末20世纪初法国文坛的一位作家,他的诗集《碧莉娣之歌》(Les chansons de Bilitis)、小说《阿弗洛狄德:古代风俗》(即《肉与死》)以及《女人和玩偶》(La femme et le patin,1898)都使他获得了相当的知名度。他出身名门,精通希腊文化。在他的作品中,常常以高雅和精细的笔致表现和颂扬他理想的色情文化,其中不乏放纵和狂烈,而主导的却是一种颓废的风格。在作家笔下,体现这种色情主义的则是他所熟悉并加以想象的古代希腊文化。特别是在他的两部代表作《碧莉悌牧歌》[①]和《阿弗洛狄德》中,与对古代文化的旁征博引同样令人注意的正是对肉欲的张扬。

和许多译者一样,曾朴的翻译行为也不仅仅限于语言文字的转换,狭义的"译"的行为总是与广义的"介"的行为联系在一起的。而广义的"介"正是译者希望参与本土文学建构的表现。在译介过程中,译者往往通过各种因素来表达其特定的思想观念或文学立场,实现其向目的语文学输入、介绍某一部或某一类作品的目的。译本选择与阐释即是其中的重要一环。而曾朴之所以会隆重地推出在新文学界不被特别关注的一位作家及其作品则与原作的肉欲主题不无关系。

《肉与死》情节并不复杂:故事主要涉及两位主人公——亚历山大埠最美的妓女葛丽雪和王后的情人、被无数女人爱慕的雕塑家但美眺。但美眺爱上了葛丽雪,因受激情控制,他冒险满足了葛丽雪提出的要求,要送给她三样赠品:他偷盗了一个妓女珍爱的银镜;杀死了大祭师夫人,得到了她头上的细雕牙发梳;渎神地拿走了阿弗洛狄德神像上的珍珠项圈。当葛丽雪知道他已经完成了自己的要求,向但美眺示爱时,后者却称自己已在睡梦中占有了葛丽雪,舍不得因接受现实而破坏自己梦中完美的记忆。最终,因迷恋但美眺,葛丽雪毅然服从了他的要求,穿戴起这三样赠品,现身在愤怒的万众前,并因而被处以死刑。

在这一情节框架中,路易借助于古代的舞台,淋漓尽致地展示了他对去除禁忌的肉体的崇拜以及一种神秘、颓废的色情主义。从这部小说的

[①] 曾朴曾在《真美善》上发表过选译的《碧莉悌牧歌》,分别见1927—1928年间《真美善》1卷1号、1卷2号、1卷3号、1卷6号。

情节不难感受到,对皮埃尔·路易来说,激情对人的控制是远比肉欲与色情更为可怕的。当曾氏父子把这样一部"满纸是肉的香味"(见《肉与死》出版广告,刊于《真美善》5卷1号)的作品介绍到国内时,首先针对的就是当时文坛性文学泛滥的现象。

五四新文化运动以后,随着对个人主义和个性解放的张扬,批判传统性道德的现代性爱观开始萌芽,文学中也出现了质疑旧的婚姻观、贞操观,抒发个人性苦闷的作品。以郁达夫、丁玲为代表作家的此类小说创作能得到广大青年的共鸣,也显示出新文学读者在个性解放思潮下性意识的觉醒。1926年,宣扬"性解放"的张竞生出版《性史》,此书大获成功,牵引了一连串盗用张的名义出版的续集①,而张资平式三角、四角恋爱的色欲小说在20年代末也风行一时。当时上海大量出版的性爱文学中,既包含着对现代人心灵的深入关注以及传播现代性爱观的动机,同时也夹杂大量迎合小市民口味的庸俗化著作。对此,曾朴深有所觉。在《真美善》创刊号"编者的一点小意见"中,曾朴在陈述了他对"真、美、善"的理解后,实际上又针对当时上海的文坛现象作了一些特别的解释:

> 譬如一个时髦的中国人,穿了西装,明明语言相通,却偏要在中国话里,夹杂着几句外国腔,未免太不真了;譬如开了一爿旧货铺,可发卖的货色很多,却偏要拿些妓女,女学生,荡妇的淫脂浪粉,破裤旧衣,一样样陈列出来,这未免太不美了;譬如立个医院,原是救济人类,替人类求健全幸福的,却拿来做毒害人的机关,还有借着病来逼勒人家银钱,这未免太不善了;人事上是如此,文学上只怕也有这种毛病,我们这个杂志,决不沾染这种气习,这就是编者要表明的第一种意见。②

苏雪林在回忆真美善书店时指出,《真美善》杂志反对把妓女荡妇的淫脂浪粉、破裤旧衣拿出来陈列,就是针对文学作品中下流猥亵、纵恣肉欲的一类文字而言的。③

在这样的背景下,我们或许会更容易理解曾氏父子翻译此书的动机:

---

① 据彭小妍《张竞生的〈性史〉:性学还是色情?》一文所述,仅东京大学图书馆就收藏有当年出版的十种不同的《性史》续集,见《读书》2005年8月,第156页。
② 病夫:《编者的一点小意见》,《真美善》1卷1号,1927年11月。
③ 苏雪林:《〈真美善〉杂志与曾氏父子的文化事业》,《苏雪林文集(第三卷)》,安徽文艺出版社,1996年,第395页。

我们觉得肉感的文艺，风动社会，要和解这种不健全的现象，用压迫的禁欲主义是无效的。惟一的方法，还是把肉感来平凡化。只为肉感的所以有挑拨性，根本便是矜奇和探秘。如果像边勒鲁意书中所叙述的，根据了希腊的古风俗，——他书中描写的种种，没有一样是幻想，全是当时的事实，从古籍里搜集而成——赤裸裸地把大家不易窥见底整个人举动和肢体的隐秘，展露在光天之下，万目之前，看得像尘羹土饭一般的腻烦。无视了肉，安得有感？我们来译它，就想把它来调和疯狂的肉感。①。

正是由于此一翻译动机，曾氏父子的译文相当忠实地呈现出原作中的色欲描写。以曾朴这位曾经被胡适称为"老新党"的旧小说家，在文坛推出一部如此大胆的作品，其令人震惊是可想而知的。但是译本"非原创"的"异国身份"却赋予了它一种"知识"性质，从而缓和了其在本土文化中惊世骇俗的程度。原作对古希腊文化和城市生活的展现使其在很大程度上弥漫着异国情调。曾朴还特作《阿弗洛狄德的考索》长文介绍这位女神的神谱及传说，先刊登于《真美善》杂志，后附入译作，不仅回应了原作者对希腊文化的迷恋，而且更进一步强化了其异国面目和知识特征。

不过，如果说原作者希望借助希腊文化对肉体的崇拜来反对基督教文化对肉体的贬抑，那么曾朴选择这样一部赤裸裸地描绘肉感的小说，却绝非为反对禁欲主义，而是希望以此来对抗国内性文艺的泛滥。换言之，实际上是以"此"肉感攻"彼"肉感，如此说来，二者之间的差别何在呢？

三、唯美的文学观

作品内容具有的针对性固然是曾朴决心翻译此书，将肉感来平凡化以对色情文学风气进行矫正的原因之一。但如果仅专注于色情内容，就失去了曾朴对国内性文学泛滥的批判意义。正是通过褒扬这部作品独特的艺术美，曾朴阐发了自己的译作对国内文坛有所裨益的价值，同时传达了个人唯美的文学观。

在《肉与死》译本的代序"复刘舞心女士书"中，曾朴运用尼采《悲剧的诞生》中提出的日神精神和酒神精神来理解皮埃尔·路易的这部小说："自从尼采发明了这个梦和醉是希腊艺术的原素——也就是一般艺术的

---

① 比埃尔·路易：《肉与死》，曾孟朴、曾虚白译，岳麓书社，1994，第231页。

原素,边勒鲁意就利用他文学的技巧来实现在这部小说里。我读了之后,没有别的感觉,只觉得一章一节,都是梦的缥缈的美,一句一字,都是醉的倘恍的美;我便常常醉它醉的美,梦它梦的美,机械地想迻译出来和有心人共同欣赏了。"①也就是说,路易将一切幻化为美的技巧深深地触动了曾朴,投合了曾朴此时重视作品艺术表现美的倾向:

> 我们相信艺术的本身,只是美,不美的便不是艺术。不用说古典派,浪漫派固然是美,便是向来号称专为丑恶的自然派,试问得到成功的作品,哪一样不是结晶到美。娄曼德说:"拿一件美的事材写成了美,还不是纯全艺术的美,因为事材本身先美了。只有把极丑恶的事材,写得令人全忘了它的丑,但觉得它的美,那才是真正艺术美的表现。"这几句话,原是娄曼德批评伊士曼作品的名言,我却要把它移赠给边勒鲁意的这部杰作。你看吓,那里面活现着的变态性欲,卖淫杂交,狂乱,蛊惑,杀害,盗窃,仇恨,愚妄,哪一件不是人类最丑恶的事材!然而在他思想的园地里,细腻地,绮丽地,渐渐蜕化成了一朵珍奇璀璨的鲜花。我们只觉得拍浮在纸面上的只是不可言说的美。我们译这部丑恶美化的作品来证明我们艺术惟美的信仰,不使冒牌的真丑恶,侵袭了艺术之宫。②

在曾朴看来,原作者以笔下的"肉感文艺"向我们展示了艺术之美。这是它区别于国内文坛那些性爱小说的本质所在。曾朴从高扬作品艺术性的角度来理解原作,确实契合了原作者唯美的艺术观。不过,当曾朴以"丑恶美化的作品"来定位皮埃尔·路易的小说,并标榜其艺术价值时,也同时在某种意义上更改了原作的价值体系。因为对原作者来说,他所描写的一切事材根本就不是丑恶的,他所希望的是"借助于一种丰富的幻觉,复活古代的生活","那时人类的裸体——我们能够认识和构想的最美的形式(因为我们相信那是上帝的形象)——可以以一个献身的妓女的身体显现出来,在那时最色情的爱,即我们由之而生的神性的爱,是完全没有污迹、没有耻辱,没有罪的。"③

对曾朴而言,人类的色情本身并不具备在原作者那里所具有的天然

---

① 比埃尔·路易:《肉与死》,曾孟朴、曾虚白译,岳麓书社,1994年,第10页。
② 同上书,第231—232页。
③ Pierre Louÿs, *Aphrodite : moeurs antiques*, Gallimard, 1992, pp.39—40,译文由笔者提供。

价值,相反它是粗糙甚至丑恶的,仅仅由于作家的艺术加工,它才因此得到了升华,"点石成金"的秘密就是"美"。因此,他竭力强调原作内容和艺术表现两方面的反差,由此凸显了艺术"美"的价值,将评价重心完全置于这部异国小说的唯美表现之上,以此批评新文学创作中的粗制滥造倾向,从而参与到本土文学场的对话之中。

前引曾朴告白中的那段话和曾虚白此前发表的论文《美与丑》中的观点异曲同工:"作者为爱美而创造,受者为爱美而欣赏;换句话说,美是艺术的动机,是艺术的灵魂,是艺术的目的。扔掉了美,什么都是不值钱的废物。"[1]由此看来,曾朴父子并不反对作品中的色欲描写,不过译者却并非与原作者一样希望以此张扬肉欲,而是借此强调艺术美的价值和魅力。

如果说创办真美善书店的目的之一就是要通过翻译的努力,吸收西方文艺的精华,补充中国文艺的不足,那么皮埃尔·路易这部将种种放荡、狂乱、肉欲、死亡表现为梦与醉,升华为美的作品,就不仅是其针对国内泛滥的性文学提供的一种补救方向,也包含着希望提升新文学艺术价值的动机。

通过对译本的如此解读,译作实际上偏离了原作张扬肉欲的方向,而被赋予了"化丑为美"这一原作在源语环境中不曾被表达的含义。曾朴强调翻译对完成新文学事业的重要性——"我们既要参加在世界的文学里,就该把世界已造成的作品,做培养我们创造的源泉。"[2]因此,他自己的此时的翻译实践也以输入域外文学资源为旨归。但我们看到,恰恰是原作的"域外性"使它不具备与本土文学情境的天然亲和。于是,译者就通过个性化的阐释、为作品重新定位等多重方式来解决这一矛盾,使译本能更具针对性地服务于本土文学。

四、对功利主义文学的潜在批判

不过,在二三十年代之交那样一个文学派别林立、各种文学口号相互争夺主流位置的时代,曾朴对作品的上述解读以及对艺术唯美立场的强调,其背后还隐含着对当时各种文学口号以及功利主义文学的不认同。虚白曾说:"本来文学不必分什么派别,不论它为的是什么目的,标的是什

---

[1] 虚白:《美与丑》,《真美善》4卷1号,1929年5月。
[2] 病夫:《复胡适的信》,《真美善》1卷12号,1928年4月。

么旗帜,凡是成功的作品,都有它不朽的价值。"①如果艺术作品的价值不在它所标举的口号和旗帜上,这个不朽的价值中就包含着曾氏父子所倡导的美。

曾朴的另一篇译作支持了我们的判断,在《真美善》5卷3号(1930年1月)上,曾朴发表了一篇题为"民众派小说"的译作,原作者是法国小说家 Léon Lemonnier。在这篇文章中,作者批评了把小说当作宣传工具的道德家,曾朴的译文如下:

> 最困难的是不完全的道德家,道德小说的作家。②
>
> 最有害小说的,最使它受毒的,就是论文家。这些论文家,所以要不得的缘故,就为他们常把轻蔑的眼光来看小说。只把他当作宣传目的的工具。那些人,出动了一个抽象思想,创造了许多论证,装饰在人物身上。那就算他们书的开场了。
>
> 造作小说,为的是要给予人生的具体影象,并非为了解决人生里发生的一切问题而造作。
>
> 小说是个艺术,正为它全用不着推理思想,它只有一个目的,用字句来创造生活,犹之乎用颜色来创造画图一样。

在"革命文学"的口号被提出及其论争非常热烈的氛围中翻译这样一篇文艺批评文章,曾朴的立场是显而易见的。当"大众""民众"等概念成为革命文学的关键词时,曾朴特别引入了法国批评家对民众文学的理解。译者虽然使用与革命文学相同的语汇,显示出他对革命文学论争的关注和兴趣,但内里却希望由此表达与革命文学相异的文学观念。在这篇文章中,原作者批评了那种以小说解决人生问题的创作观,其背后的立论基点是小说的"艺术"属性。曾朴通过对这篇文学批评作品的翻译来表明艺术独立的非功利倾向;同时又选择翻译《肉与死》这样一部远离现实问题的作品,沉醉于它的梦与醉的美,来显现文学作品艺术美的价值,表达自己的唯美文学观。这些选择的背景就是20年代末包括"革命文学"在内的各种文学倾向的斗争。也同样是这种标举"美"的立场使曾虚白在《民族主义文艺运动的检讨》一文中,既批评了普罗文学的观点,也对以《前锋

---

① 虚白:《给全国新文艺作者的一封公开信》,《真美善》2卷1号,1928年5月。
② 此句曾朴错译,原文是"Plus embarrassants sont les moralistes manqués, les auteurs de romans moraux"(Mercure de France,1929—11—15,p.6),应译为"最令人尴尬的是平庸的道德家,道德小说的作者"(笔者译)。

周报》为代表的"民族文艺"派提出了抗议,因为在他看来,他们都"以为文艺是可以当作一件工具用的"①。

显然,对曾朴而言,艺术需要独特的修炼和锻造,仅有抽象的思想和创造的热情是不够的。这一唯美倾向的艺术观使他在日记中表达了对当时革命文学的鄙薄之意:"谁能说文学不先由仿模而后创造。只有现在不知轻重的一班小'囝'……一团茅草的革命文学可以一切不顾。"②因为创造社的几位主将是革命文学的主要倡导者,所以曾朴强调没有凭空的创造,需要对各种文学营养的汲取,是有感而发的。虽然曾朴对革命文学的评价颇有偏见,但我们至少可由此感知他在高扬作品的艺术和美学价值时潜在的对话者和对话环境。

富有意味的是,同时期这部法国作品《阿弗洛狄德》的另一位译者鲍文蔚在他的译者小序中所高扬的也正是小说的艺术性:

"我以为,凡是有勇气的,非懒惰的人,既经动到文艺,不问你是努力那一方面,都应该正视艺术;你想宣传,你想作革命文学,更要正视艺术。

我再重复一遍,不问你作革命文学亦好,作'肉的描写'的文学亦好,缺乏艺术,总是不行的。因为只有艺术才能唤起我们的想像,只有艺术才能激动我们的情感;所以艺术是最好的宣传,从艺术才能产生最好的革命文学。……我现在在万里外猜想,见识过两三年前'肉的描写',又看饱了今日的革命文学的读者,或不讨厌一读如这一篇的纯艺术的作品吧。"③

翻译同一部作品的这两组译者,在阐释他们的译作时,使用了极其相似的语汇来表达他们推重作品艺术价值,从而抵制功利主义文学的立场。这种重合绝不是偶然的,它凸显出译者在多大程度上利用译作来言说本土文学,并通过翻译行为参与到本土文学的对话之中。

小 结

从曾朴对《肉与死》的翻译出发,我们梳理了当时文学场内的相关因素。可以说,对译本的选择与阐释既反映着译者个人的审美观念,同时也透露出他对目的语文学现实需求的判断和特定的输入目的。在这个意义

---

① 虚白:《民族主义文艺运动的检讨》,《真美善》7卷1号,1930年11月。
② 普林斯顿大学东亚图书馆所藏曾朴日记手稿,1928年9月11日。
③ Pierre Louÿs:《美的性生活》,鲍文蔚译,译者小序,北新书局,1930年,此书1930年1月初版,同年2月即再版。

上,译者实际上通过翻译行为进行了与现存文学场的对话;作为一种包含译者主体性的创造物,译作不仅向这一文学场输入了新的因素,而且经由与本民族文化或文学环境的对话,译作——这一本源于异质文化的产品也因此与目的语文学场有了错综复杂的铰接关系。而且,恰恰是译者希望输入异国资源来建构本土文学的目标,使译本作为一个跨文化产品,既呈现出异国面目,又被赋予了原作所并不具备的目的语文化场的诸种话语痕迹。

中国民众戏剧观与罗曼·罗兰(1921—1933)

罗 浠

20世纪20年代开始,"民众戏剧"一词为中国戏剧人所认识,戏剧民众化的努力贯穿了中国现代话剧发展始终,与此相关的种种讨论持续至今。民众戏剧所涉及的问题大体可分为三类:界定"民众"含义、研究戏剧本体以及探讨民众与戏剧的关系类型。三类问题个个驳杂繁复,难以概观全揽。本文仅立足于罗曼·罗兰"民众戏剧"概念在中国的传播与接受,厘清中国早期戏剧人对于这一概念的认知思考,以此呈现中国戏剧民众化发展的困境与探索。

(一) 概念引入

在中国,罗曼·罗兰被尊为民众戏剧的创始者。欧阳予倩曾言:"自从罗曼·罗兰的民众艺术论出世以来,民众剧的建设便为许多人所注意。"[①]众所周知,1921年的民众戏剧社虽由沈雁冰命名,最早对罗曼·罗兰的民众戏剧理念进行转述的却是沈泽民。民众戏剧社成立之初,创办《戏剧》月刊为之宣传。1921年("民国"十年)5月31日出版的《戏剧》第1卷第1期发表沈泽民文章《民众戏院的意义与目的》。文章开头沈雁冰特地声明:"……文章虽是他做的,可以说我对于这个题目的意见——尤其是末了对国内戏剧界情形的意见——也不外乎如此。"[②]而后来茅盾在回忆录中也提到,沈泽民的文章"虽转述罗曼·罗兰的见解,但登载杂志第一期,列为第一篇,就等于是'民众戏剧社'的纲领……"[③]至此看来,罗

[①] 欧阳予倩:《民众剧的研究》,苏关鑫编:《欧阳予倩研究资料》,中国戏剧出版社,1989年,第245页。

[②] 沈泽民:《民众戏院的意义与目的》,《戏剧》,第1卷第1期,1921年5月31日,民众戏剧社编辑,中华书局发行,第1页。

[③] 茅盾:《复杂而紧张的生活、学习与斗争》,《茅盾全集》第34卷(回忆录1集),人民文学出版社,2001年,第204页。

曼·罗兰的民众戏剧概念之引入,主要是沈雁冰、沈泽民两兄弟的功劳。而民众戏剧社之得益于罗曼·罗兰的,不仅是一个称谓而已,更是词语所承载的戏剧理念。

何种理念?权且不论沈泽民对于罗曼·罗兰的转述是否准确全面。从内容选择上可以看出,虽然他对罗曼·罗兰民众戏剧条件的精神部分转述相当具体,物质条件部分却十分敷衍,可见在他心目中,精神部分,即民众戏剧的理念部分更重于实践手段。他指出,从莫里哀到穆莱,虽然在民众戏剧的创作实行方面有所成就,但是"于精神一方面——就是民众戏院应该抱着怎样的宗旨——太缺略了,这一层罗兰提出他的意见来补足"①,并提出民众戏剧理念建设方面,罗曼·罗兰应当是第一个。这也应和了《戏剧》杂志偏重理论探讨的创建目标:"发表我们的主张,介绍西洋的学说,并且想国人讨论……"②可见借助罗曼·罗兰,民众戏剧社开辟了中国民众戏剧理念研究的先河。

沈泽民文章最核心的内容讲道:"罗兰以为民众戏院主要的目的是:一、娱乐(Joy),二、能力(Energy),三、知识(Intelligence)。"随后解释道:"罗兰解说娱乐这两个字的意义,就是要使得辛苦一天的劳工们能得到道德上与体力上的休息。……其次讲到什么是能力。……就是民众来看戏不是来消磨精力,是来休息,使精力再生;劳工们一天到晚工作之后,应该想个法子,使他们的精力能够再旺盛起来,预备明天上工……再次要讲什么是知识。……因为劳工们在做工的时候一定不能同时也思索。在知识一方面一定不能发展,如果没有指导,民众戏院就要来弥补着一个缺憾。应该帮助劳工们能自己观察事物自己下断决。"③

沈泽民的转述都引自罗兰《民众剧院》第二部分《新戏剧》的第二章《新戏剧——物质与精神条件》(*le théâtre nouveau-conditions matérielles et morales*)。进而对于这三个概念的解释也莫不出自罗曼·罗兰的文

---

① 沈泽民:《民众戏院的意义与目的》,《戏剧》,第1卷第1期,1921年5月31日,民众戏剧社编辑,中华书局发行,第1页。
② 《民众戏剧社宣言》,《戏剧》,第1卷第1期,1921年5月31日,民众戏剧社编辑,中华书局发行,第95页。
③ 沈泽民:《民众戏院的意义与目的》,《戏剧》,第1卷第1期,1921年5月31日,民众戏剧社编辑,中华书局发行,第1页。

字。① 文字虽然简短,却触及了"民众戏剧"理论的某些核心问题。首先是"民众戏剧"的功能性问题:戏剧的功能是取悦民众,令民众放松,精力充沛,同时有意识地激发其思考,培养其独立判断力;其次是民众与戏剧人的关系问题:戏剧人与民众的身份是割裂开的,在两者关系中戏剧人采取着主动的姿态,影响力是单向的。② 无论就戏剧的功能说还是关系论而言,罗曼·罗兰和沈氏兄弟的言说都存在着矛盾缺憾,难以自圆其说,注定造成了其后中国戏剧人理解与阐释上的分歧。

无论沈泽民的对罗曼·罗兰观点的转述如何粗陋,"民众戏剧"的概念对于当时的中国来说依然过于超前,并未得到热烈回应。《戏剧》杂志维持一年,改版后"民众"二字已杳无踪迹。蒲伯英接手杂志后一再声明,要扩大参与的人群,重视实行部的活动,似乎民众戏剧之说可姑且搁置。这样做其实不无道理,与其侈谈民众戏剧,不如先让中国有戏剧。戏剧存在的紧迫性胜过民众性,倘若连戏剧的存在与否都成问题,还谈什么民众不民众呢。这种态度显然得到不少人默许。随后数年间,文学界对罗曼·罗兰翻译和介绍的力度不减,有关民众戏剧的介绍却零星寥落。③ 1924年("民国"十一年)4月,《小说月报》的《法国文学研究》专号刊载胡愈之根据美国人 L. Lewisohn 的著作《现代戏剧》(*The Mordern Drama*)编译的《近代法国写实派戏剧》,其中只字未提罗曼·罗兰;王统照的《大战前与大战中的法国戏剧》,仅在开篇罗列了罗曼·罗兰的名字,冠以"大勇主义"称号;④ 就连沈泽民的《罗曼·罗兰传》也只字未提民众戏剧。仿佛随着民众戏剧社的关张,民众戏剧之说也被打入冷宫了。

事实上,这样的悬置只能是暂时的,民众戏剧的概念虽然不够清晰完善,但确乎指向了戏剧人无法回避的核心问题:戏剧如何获取最大数量的观众群——这与戏剧的基本生存问题直接相关。故此我们毫不惊讶地看

---

① 沈泽民懂英文,1920年7月至1921年1月也曾留学日本,但并无法文背景。他对罗曼·罗兰的认识应该从英文或日文渠道得来。但英文的可能性更大,因其译文中的西文标注皆使用英文词汇。资料来源最有可能是当时在商务印书馆编译所英文部工作的沈雁冰获取的杂志或罗兰著作英文本。1918年纽约 H. Holt and Company 请 Barrett H. Clark 将罗曼·罗兰的《民众戏剧》翻译成英文出版(该书在中国国家图书馆收藏)。故此这个版本很有可能成为沈泽民的参考资料。(此处有待进一步考据)

② Romain Rolland, *le Théâtre du Peuple*, Librairie P. Ollendorff, 1913, p. 115—116.

③ 这个问题往往不是作者要涉及的核心问题。譬如1923年8月,《文学》杂志第83期刊登了署名路易的小文章《谈戏剧》,借罗曼·罗兰的民众戏剧说抨击中国当下的戏剧状态。

④ 王统照:《大战前与大战中的法国戏剧》,《小说月报》之《法国文学研究》号外,1924年4月,第23页。

到,20 年代末,"民众戏剧"一词再次频繁重现于各类文学戏剧刊物:1926年,《莽原》刊登鲁迅翻译、中泽临川与生田长江合撰的《罗曼罗兰的真勇主义》,介绍了罗曼·罗兰的民众戏剧说;同期发表了赵少侯的《罗曼罗兰评传》,对其民众戏剧说亦有评述;1928 年 11 月初,杨人梗翻译,剌外格(Stefan Zweig)原著的传记《罗曼罗兰》的第二编《早年剧作家时的著作》中,充满激情地描绘了一个青年戏剧改革者的形象;同年,田汉在《时事新报》和《南国》相继发表文章,引罗曼·罗兰学说阐释自己的民众戏剧观;1929 年广东戏剧研究所发行的《戏剧》杂志中多篇文章述及罗曼·罗兰的民众戏剧说;1929 年 7 月出版的马彦祥的《戏剧概论》,第三章《戏剧与民众》几乎专章论及罗曼·罗兰的民众戏剧观……

民众戏剧概念的再次兴起,既源于民众意识在中国的崛起,又与中国戏剧的发展态势密切关联。20 年代中后期,中国国内革命运动爆发,群众的力量开始为知识分子阶层所察觉,掌握占据人口绝大多数的工人农民成为政治斗争中的王牌,学者朱卫兵曾言:"这是世纪群众政治的普遍特征。这一时代症候反映到戏剧领域,就是所谓'新的民众的戏剧运动'的兴起。"①与此同时,新戏剧的建设在中国蓬勃开始,对此陈白尘亦有记述:"1927 年秋,田汉在上海艺大办戏剧科。一九二八年更自办南国艺术学院,一时戏剧运动颇现蓬勃之概。……继之,欧阳予倩创办戏剧研究所于广州,上海更有艺术剧社、摩登社与辛酉剧团及改组之后之戏剧协社的相继的努力,各大学又纷纷组织学校剧团,于是造成中国戏剧运动的黄金时代!"②此时民众运动的兴起与戏剧艺术的蓬勃注定要相互吸引,彼此作用,聚合在"民众戏剧"的理念之下,籍此酝酿艺术与社会的革新。

然而,罗曼·罗兰的民众戏剧说再次被提起之时,由于中国知识界对法国作家的认识更为全面,戏剧实践也多了些积累,已不再对其"民众戏剧"理论顶礼膜拜或生搬硬套。罗曼·罗兰作为民众戏剧的早期倡导者之一,其学说自身并不完善,戏剧实践亦不成功,更与中国戏剧生存环境存在差异。故此,对罗曼·罗兰的宣传中不可避免地包含了质疑。1928年杨人梗翻译,剌外格(Stefan Zweig)原著的传记《罗曼罗兰》虽然大力赞扬罗曼·罗兰戏剧改革的热情与高尚,却也直言其努力的无望:"他们工

---

① 朱卫兵:《新的民众戏剧运动——左翼戏剧大众化的历史反思》,《文艺争鸣》,2002 年第 1 期。

② 陈白尘:《中国民众戏剧运动之前路》,《山东民众教育月刊》,第 4 卷第 8 期,1933 年 10 月,转载自董健编:《陈白尘论剧》,中国戏剧出版社,1987 年,第 3—4 页。

作,凭的是无望的希望之领袖的热情。罗兰便是他们的首领。"①这种悲壮的情怀,显然能使倍感孤独的中国戏剧人既惺惺相惜,又内心惶然。难怪田汉1928年11月在《上海戏剧运动协会宣言》中再次提到罗曼·罗兰时表示:"我们在戏剧上所处的环境和安妥昂、勃朗所处的一般"②,或许正是这种相似性,使得田汉屡屡以罗曼·罗兰为楷模,并豪言:"南国社此后想竭其全人力与物力尽瘁于'民众的'艺术运动。"③与此同时,一些负面评价也适时出现了。1930年春冰编译了美国Philip Garr原著的《现代法国喜剧概观》,其中有言:"……罗曼罗兰(Romain Rolland)……对于剧场的影响,总是属于过去的时代了。"④罗曼·罗兰不仅已经过时,还是常败将军。杨译刺外格著《罗曼罗兰》也说道:"罗兰的工作,似乎是没有结果。他的剧本没有演过几晚的。大部分只演了一次便埋没了,为批评的敌意和群众的漠视所弃绝了。罗兰和他的朋友为民众剧场的努力,也是无效……"⑤故此,中国戏剧人虽然在精神上普遍认同罗兰的高尚追求,在实践上却都想避免其"无望"和"无效",也是非常自然的事情。这就出现了对于"民众戏剧"理念更为广泛和深入的思考。

1929年《戏剧》杂志第1卷第2期,欧阳予倩发表小短文《法国的民众剧运动》,文中说道:"法国的民众剧场运动,本来比哪一国都早。可是现在退化了。……罗曼罗兰的民众剧场论出版以后,演了一个戏《但登》。结果在民众剧运动上影响甚微,法国政府也不过略表赞许。并没有加以切实的帮助。运动者的意见也不一致,所以收效甚少。老实说,所谓民众剧运动不单是票价便宜就算了事,要看喜剧的本身适不适于民众。法国如今的戏剧还是在上层阶级手里,这也是不可讳言的事。"⑥赵少侯《罗曼罗兰评传》亦言:"民众的戏剧方有点生气,演罗兰剧本的戏园因物质方面的阻碍突然停演。罗兰受了这个打击,虽未灰心,但是知道不迎合听众情感的戏剧是无法使民众容受。他于是益尽力于他的民众戏园计划,他将

---

① 刺外格:《罗曼罗兰》,杨人楩译,上海商务出版社,1928年,第87—88页。
② 田汉:《上海戏剧运动协会宣言》,原载上海《时事新报》,1928年11月13、20、27日,转引自《田汉全集》第15卷(文论),花山文艺出版社,2000年,第7页。
③ 田汉:《南国对于戏剧方面的运动》,原载1928年12月出版的《南国》,不定期刊之第6期,转引自《田汉全集》第15卷(文论),花山文艺出版社,2000年,第8页。
④ Philip Garr:《现代法国戏剧概观》,春冰译,广东戏剧研究所:《戏剧》,第1卷第6期,1930年4月1日,第55页。
⑤ 刺外格:《罗曼罗兰》,杨人楩译,上海商务出版社,1928年,第116页。
⑥ 欧阳予倩:《法国的民众剧运动》,广东戏剧研究所:《戏剧》,第1卷第2期,第228页。

他历来对于这计划的希望,长时间的尽力及失望一一记下来,陆续登在《戏剧杂志》上。——一九零三年由半月刊社收集起来,成了那部民众的戏剧。——但是我们知道民众的戏园是始终未实现。"①这些文字不仅在陈述罗曼·罗兰的失败,亦在试图分析其失败的实际原因:譬如戏剧要推向民众,不能只压低票价,更要找到适合民众的剧本和演出;戏剧本身要迎合民众情感趣味;还需要有物质甚至政府支持……这些问题的提出,说明一些人已经不单纯把"民众戏剧"视为理想主义的口号、纯粹的理念产品,而是与戏剧事业的具体操作联系在了一起,是一种从戏剧本体出发的较为务实的态度。类似的思考实际上与法国后来的民众戏剧推行者遥相呼应,然而并没有成为当时的主流。

(二) 何谓民众

罗曼·罗兰本人曾言:"一些人相信戏剧的力量,其他人则对民众满怀期望。"②在"民众戏剧"一词中,罗曼·罗兰侧重戏剧。而在20年代的中国,更多人则仍然倾心于他民众化的呼喊。1926年鲁迅翻译了《罗曼罗兰的真勇主义》,其中大段引用了罗曼·罗兰1903年所发表的《民众剧》宣言的内容,"中流人的艺术,已成了老人的艺术了。能使它苏生,康健者,独有民众的力量。我们并非让了步,于是要'到民间去';并非为了民众,来显示人心之光;乃是为了人心之光,而呼喊民众。"③这里呼喊民众的意义与"人心之光"的彰显等同起来,意味着围绕"民众"的探讨超过了纯粹的戏剧视野,也使得其抽象意义更甚于实践意义。

类似的探讨首先指向"民众"的具体含义。由于欧洲较早实现了工业化、城市化进程,故而罗曼·罗兰的民众多指城市工人阶层。然而这个阶层当时在中国仍不够众多,故此不能完全满足中国人对民众的概括。1929年4月,正在广东办戏剧研究所的欧阳予倩痛感中国戏剧改革的堕落之余,提出了中国戏剧精神要朝着"平民的""整个的""中国的""世界

---

① 赵少侯:《罗曼罗兰评传》,《莽原》,1926年12月合刊,北京未名社发行,第300页。
② "les uns croient au Théâtre, les autres espèrent dans le Peuple". 参看 Romain Rolland, *le Théâtre du Peuple*, Librairie P. Ollendorff, 1913, p. 3.
③ 中泽临川、生田长江:《罗曼罗兰的真勇主义》,鲁迅译,《莽原》,1926年12月合刊,北京未名社发行,第255—256页。

的"方向发展。① 这四个词莫不与"民众"的概念界定密切相关。而其中"平民的"一词排在首位,可见其重要性和紧迫性。然而何谓平民的戏剧? 1929年9月,欧阳在《民众剧的研究》中作了回答。他引用了罗曼·罗兰的话说:"我们要使平民的力与健康加入在艺术里,使无血气的艺术有生气,使瘦弱的胸膛挺出来。吾人不是为平民而使用其智慧的荣誉,是要使平民和我们一齐为这荣誉而劳动!"②在欧阳予倩看来,"平民"一词的含义并不等同于一国的全体人民,而是等同于民众,一国之民中的特定群体。正如其所言:"如果民众剧作为人民的戏剧解,就无论什么戏剧都是民众的,没有特称为民众剧的必要。于是可以断定民众剧是应当做'平民剧'解。"他又言:"罗曼·罗兰说:'近代戏剧家的奇迹,就是发现了民众。'这个民众,也是作平民解。"③然而,欧阳予倩对"民众"和"平民"这组同义词到底确指哪些社会群体并未进一步阐释。

如果说在欧阳予倩笔下,平民的意义并不比民众更为清晰,另一些阐释则显得愈发立场鲜明。冯乃超言曰:"这里所谓民众不是以前的奴隶的民众,他们不能不是有了革命的自觉,同时,客观的形势课他们以历史的使命。"④这就在欧阳予倩的基础上对于民众进行了二次筛选,民众仅是平民或下层百姓中的一部分人,是有自觉的革命意识和反抗意识的下层人群,这样的定义显然过于狭窄,使得"民众"难以成为社会中的大部分人群。

还有一些人则直接把民众与无产阶级画上了等号。1930年《民众半月刊》曾言:"平民文学又称普罗列塔利亚(Proletarian)文学,亦称民间文学。"⑤把民众等同于"普罗列塔利亚"的观点在左翼知识分子中不在少数。沈起予虽然留学日本,却对法国文化情有独钟,翻译介绍了不少法国文学作品。⑥ 1928年8月1日,他在《创造月刊》第2卷第1期发表的论

---

① 欧阳予倩:《怎样完成我们的戏剧运动》,原载广州民国日报《戏剧研究》第8期,1929年4月8日,转引自苏关鑫编:《欧阳予倩研究资料》,中国戏剧出版社,1989年,第239页。
② 欧阳予倩:《民众剧的研究》,原载《戏剧》第1卷第3期,1929年9月5日,转引自苏关鑫编:《欧阳予倩研究资料》,中国戏剧出版社,1989年,第245页。
③ 同上书,第246页。
④ 冯乃超:《中国戏剧运动的苦闷》,《戏剧论文集》,神州国光出版社,1930年6月1日,第37页。
⑤ 王淑琨:《为什么要提倡平民文学》,《民众半月刊》第6期,1930年7月1日,河北省立实验城市民众教育馆出版,第4页。
⑥ 参看朱佑红:《沈起予1928—1951年译著年表》,《现代中国文化与文学》,2008年01期,第272页。

文《演剧运动之意义》①中说道:"人道主义者的罗曼罗兰,现在亦高唱其民众剧底高调,但他却反对普罗列塔利亚特用革命手段来变更社会,所以他的'préparons pour le peuple à venir de fêtes du peuple'的嘶叫,只好落到革命成功后底俄罗斯拿去作标语实行。法兰西则仍是关着少数人在黑暗底剧场内,行她底资本主义式底营业演剧。"②这段话充分反映了当时的左派知识分子对于罗曼·罗兰的批判态度。欧阳予倩曾言,罗曼·罗兰的理想社会难以实现,而沈起予则直言其人道主义的不可取,以及行动上的滞后,取法罗曼·罗兰的苏俄才是他们的真正仿效对象。沈起予又言:"罗曼罗兰既有那样宏大底思想,但看他底实行计划,则简直忘却了去变更社会底组织,而乃行其仁慈之心,虽把普罗列塔利亚特开恩地放到剧场内去,不被他人看着底座席上(Ces plans lui permetteraint de voir sans êtres vu)。一方面主张民众剧,一方面仍然要使民众当中存在一种阶级形式——好个不彻底的人道主义者底典型啊!"③沈起予的结论是:"正在社会转型期底时候,只有从事'政治批判',即一切艺术若不与政治合流,则皆系徒然。卢梭,迭德罗,罗曼罗兰,以及日本之欲克服歌舞伎及剑剧而遭重重失败者,即是我们底印鉴。"④左派对于罗曼·罗兰戏剧观的批判充满了政治性。从政治变革的彻底性以及实际操作的经验来说,罗曼·罗兰已经成为失败的教训,不复为尊崇的对象。戏剧的楷模已经转换成苏俄。然而,在具体讲到如何操作具有"武器性"的戏剧时,虽然以苏俄为例,却仍然大量引用了罗曼·罗兰的概念和语汇:energy,mélodrame(63—64页)。而后者正是罗曼·罗兰提倡的民众剧类型。这无疑透露了激进的理念与戏剧手段之间仍然存在巨大的落差。

而谷剑尘也为罗曼·罗兰进行了某些辩解:"像罗曼罗兰的那样宏大的思想,仁慈的心肠,由娱乐,能力,知识综合的演剧内容看来,当然根本和鼓吹阶级斗争者合不拢。鼓吹阶级斗争的戏剧正需要忧愁和苦闷去刺激他们而引起他们注意力的行动。而罗兰却不主张使他们有忧愁和苦闷的机会的;这样绝对的见解自难怪有攻击的现象。"⑤由此看出,谷剑尘与沈起予等宣扬无产阶级与资产阶级对抗的武器性戏剧的人持对立观点,

---

① 这篇文章收入1930年6月1日神州国光出版社出版的《戏剧论文集》之中。
② 沈起予:《演剧运动之意义》,《戏剧论文集》,神州国光出版社,1930年,第59页。
③ 同上。
④ 同上书,第60页。
⑤ 谷剑尘:《民众戏剧概论》,民智书局,1933年,第162页。

对于罗曼·罗兰予以了肯定和赞扬,对沈起予之流进行了挖苦讽刺。从平民、有了革命自觉的民众到无产阶级,以上这些解释都或者模糊或者过于排他。直到1932年,谷剑尘明确地把戏剧的民众按照其生存模式划分为都会和乡村两类:"都会的民众的戏剧把握着全体工人的意识而乡村的民众的戏剧把握着全体农人的意识……所以民众的戏剧应分为工人剧和农民剧两种。"①这样的结论无疑是中国特定社会经济条件下的产物,使得对民众戏剧的概念进行了本土化改造,有利于拓宽民众的覆盖面,也为民众戏剧提供了更为灵活的生存方向。

(三) 创造民众

在"民众"概念的探讨之外,另一个重心则是如何处理民众与戏剧的关系。早在1921年民众社始创之时,陈大悲在《戏剧》杂志上便提出"戏剧指导社会还是社会指导戏剧"的问题。这一问题的提出与罗曼·罗兰的戏剧启智说其实同属一类。罗曼·罗兰的态度是辩证的,他认为创作戏剧艺术不是为了自上而下地教导民众,但是要给民众提供锻炼思考能力的机会;民众本来就具备思考能力和判断能力,只是很少操作,故而迟钝了,戏剧的任务就是把这种能力重新激发出来。在这一点上蒲伯英的观点相当接近。1921年他在《戏剧》第2期发表《戏剧之近代的意义》,文中说:"我们要提倡戏剧,也就是要用他来进行这一种教化。……所以对于民众最高的教化,不是具体地教训他做什么事不好,更不是制订一种两种做人的方法教他去死学,是要借着戏剧对社会的反应,养成他促动他的创造的向上的精神,使他凭着这个精神,自己去发现光明的路和自由的我。这种教化要靠课室底讲授和书本上底教训,是不能完全实现的。惟有借娱乐底机会和艺术底功能才能够完成这个使命。"②

然而这种启迪民智的态度并没有得到所有中国戏剧人的认可。陈大悲在文章中便说道:"何谓戏剧指导社会呢?就是将来的戏剧家必先要有充分的修养,愿望与魄力,方能常常立在社会之前,负指导社会的责任,不要受社会底指导。因为前番实演底失败就失败在服从社会底指导。"③这

---

① 谷剑尘:《民众戏剧概论》,民智书局,1933年,第163—164页。
② 蒲伯英:《戏剧之近代的意义》,《戏剧》1921年第2期,第3页。
③ 陈大悲:《戏剧指导社会与社会指导戏剧》,《戏剧》,第1卷第2期,1921年6月30日,第3页。

无疑是把戏剧家的地位置于社会与民众之上了。中国戏剧人之所以认为戏剧高于民众,归根结底在于他们对中国民众的不信任和极度失望。

1921年9月10日汪仲贤致洪深信中说:"中国戏剧已经堕落到不可收拾的地步,我们集了三五同志要想挽救于万一,无奈力量太弱,虽曾试演几种较高的剧本,因为观众的程度太低,屡遭失败。我们发行这《戏剧杂志》,一则是鼓吹新剧,想造成一个高尚的观剧阶级;二则是借此做一个研究戏剧的公开机关。怎奈现在国内既无真的新剧演给人看,所谈的西洋剧,在国人看来俱是些空中楼阁,不觉得有何需要,所以出版了几期,社会对之颇为冷淡……我们已精疲力尽了。"①由汪仲贤的陈述,可见追随罗曼·罗兰民众戏剧纲领的民众戏剧社成员面临着极大的困境,而"空中楼阁"一词或许道出了其中的真相。新剧其时全无观众基础,何从侈谈"民众"。民众的力量在社会变革中似乎逐步觉醒了,然而他们的关心还远远没有投注到戏剧之上。欧阳予倩也直言:"但是我们要问民众的力量何以永久这样沉潜着好像睡晕了头,扶都扶不起呢?要知道民众本身的弱点,足以阻遏自己的力量。习惯的缺点,因袭的惰性实在比帝国主义的毒性不在以下。今后的民众剧应当把这些因袭的恶毒痛加扫除。"②虽然他也提到了民族的美德,但是明显对于民众抱有哀其不幸、怒其不争的态度。

出于对民众的深刻失望,提倡"民众戏剧"的人们开始认为,一切都要从头开始,首先必须要建设一个民众,这才是当务之急。1929年马彦祥《戏剧概论》介绍了罗曼·罗兰的戏剧说之后,问道:"在现代社会中,民众的感受力是这样的薄弱,鉴赏力是这样的浮浅,我们的戏剧是不是应当降低了自身的价值去俯就他们呢?"③他指出,民众艺术发展远远超过民众鉴赏力,故而"补救的方法,只有提倡教育——尤其是艺术教育——以助长一般民众鉴赏的能力,使他们能感受艺术的功效;同时,艺术运动也应当继续地进行,决不可因为要俯就民众而将自己已建筑起来的根基抛弃,不然,这就是艺术的自戕!"④故而,马彦祥明确提出了戏剧家高于民众,并且提出了教育民众、培养观众、绝不能迎合顺应民众当下趣味的观点。

---

① 洪深:《现代戏剧导论》,《洪深文集》第4卷,中国戏剧出版社,1959年,第62—63页。
② 欧阳予倩:《演"怒吼罢中国"谈到民众剧》,《予倩论剧》,广东戏剧研究所丛书,泰山书店,1936年初版,第73页。
③ 马彦祥:《戏剧概论》,光华书局,1929年,第18页。
④ 同上书,第20页。

在确认了戏剧家高于民众,负有指导教育民众的职责之后,中国戏剧人实际上背离了罗曼·罗兰的观点,并且面临了随后出现的众多实际问题。其中具有代表性的就是职业戏剧人是否有存在必要,也就是到底让民众成为戏剧的实践者、参与者,还是仅仅作为戏剧的接受者的问题。这可以说是"戏剧人与民众孰高孰低"的矛盾的延伸。认为职业戏剧人有必要存在,也就是同意戏剧内部出现明确职能划分和分工不同。戏剧的分工似乎毫无阶级性,然而"分工的规律就是阶级划分的基础"。戏剧一旦进行了戏剧专业人士与观众(即民众)的分工划分,似乎又出现劳心与劳力者的对立,从而背离了民众戏剧初创的目的。

从民众与戏剧孰高孰低而转引出的戏剧人身份问题,其实意味着在戏剧审美和操作层面,戏剧人和民众是立场一致还是对立的,双方各自争取最后的话语权和判断权,即谁是戏剧艺术的真正拥有者。其后出现的各种实践运动其实都是从这种关系的思考中引发而来。

到底怎样才会有真正的民众戏剧产生,熊佛西曾提出了天才创造、时间锻炼以及教育基础这三项条件,并明言没有好的戏剧观众便不会有好的戏剧产生。这就把民众戏剧创立的主要问题放在了观众群的培养之上。[①] 民众戏剧的推崇者们最终将解决办法推向了民众教育和观众培养。中国戏剧面临一个难解的问题:先有好的民众才有好的戏剧,还是先有好的戏剧才有好的民众?戏剧人一直在其中纠缠不休。出现了一个逻辑:戏剧要民众化,民众要革命化。最后都归结为要进行民众自身建设和教育。1931年熊佛西所谓"革命何时成功,就靠平民教育何时完全普及。艺术何时发达,就看我们民众何时有了鉴赏艺术的知识"[②]。显然把戏剧艺术的兴盛与否完全归责于民众鉴赏力的水平。

(四)余论

1933年谷剑尘在《民众戏剧概论》中评价道:"罗曼·罗兰虽是新英雄主义者,人道主义者,却不能称他为彻底的民众戏剧的提倡者。"[③]可见在20至30年代追求文学社会使命的中国现代文人看来,罗曼·罗兰的民众戏剧说竟是有些落后了。他仅被视作一个先驱者,却没有达到他们

---

① 熊佛西:《佛西论剧》,新月书店,1931年,第113页。
② 同上书,第110页。
③ 谷剑尘:《民众戏剧概论》,民智书局,1933年,第159页。

所期望的高度。对于罗曼·罗兰所构想的戏剧理想,以及提出戏剧最终消亡的观点,中国戏剧人虽未见得反对,却仍然感到不满足。在《民众戏剧的研究》一文中,欧阳予倩视野所及仍然是最紧迫的实务:"我们希望能这样,可是这个乌托邦在哪里?"①他提出:"戏剧到将来会变成什么样?那时不得而知。不过戏剧会跟着那种摩荡而永存,是可以相信的。只要人类的爱和死不消灭,戏剧总存在的。现在我们相信戏剧是精神的避难所,但也是精神的培养场。"因此"将来戏剧亡不亡,我们不管,无论如何,现在我们要戏剧,尤其平民要戏剧!赶快创造民享民有的新戏剧,尤希望以最短期间,有民治的戏剧!"②

欧阳予倩在批评了法国民众剧运动的失败之后,紧跟在短文《欧洲之国际戏剧运动》中提到了另一个美妙的前景:"国际演员联盟运动还没有成熟,影响虽小,将来必定有很好的成绩。我们很希望中国的剧界同人开放眼界,打破一切困难,成一个大组合,以建立戏剧上坚固的基础,将来也好参加这类的世界运动。尤其在中国,就是联合世界戏剧家作个民众运动也不是难事。"③

可以说,最先受到法国民众戏剧理念影响,进而吸收了俄、日、英、美、德等国戏剧大众化运动的经验而产生的中国现代民众戏剧运动影响范围之广、志向之高远并不亚于其他国家。罗曼·罗兰是中国民众戏剧思想的源泉,以之为发端,在十几年间,中国戏剧人的讨论和实践都离不开他的启发。但是,戏剧民众化的方向是确定了,方法却仍然没有找到。

1931年熊佛西仍言道:"究竟什么样的戏剧才算民众化,这问题太复杂,决非一人之思想能计划到的,更非短时期能实现的……"④熊佛西说此话之时,"民众戏剧"之说已传入中国十年,然而他显然认为民众戏剧的含义并未得到澄清。⑤ 概念虽然仍未明晰,信念却为多数戏剧人所共有。在对概念的思考也在逐步深入全面。以熊佛西为代表的某些戏剧人把民众戏剧的实现寄托于民众的培养之上,把民众作为新戏剧胚芽的培养液,遵循着罗曼·罗兰所言的"培养一个人民",投入到了真正的民众戏剧实

---

① 欧阳予倩:《民众剧的研究》,苏关鑫编:《欧阳予倩研究资料》,中国戏剧出版社,1989年,第255页。
② 同上。
③ 同上书,第229—230页。
④ 熊佛西:《平民戏剧与平民教育》,《佛西论剧》,新月书店,1931年,第112—113页。
⑤ 此时他还没有开始自己与平教会合作的农民戏剧运动(1932年)。

验中去。此后,中国对民众戏剧思考探索的初级阶段告一段落。中国戏剧实演的规模甚至超越了法国,1932年谷剑尘《民众戏剧概论》的出版正与1931年熊佛西的《佛西论剧》相呼应,也与熊佛西等人农村戏剧试验之后的一系列讨论相唱和,构成了30年代初民众戏剧实践的和声。

林纾与王庆骥
——被遗忘的法文合作者及其对林纾的意义

韩一宇

林纾是人所共知的不懂外文的翻译家,他的翻译成就作为合作的产物,在清末民初翻译文学中占有独特的地位。其独特不仅在于他是清末民初翻译文学繁荣首屈一指的代表,还因为,他是在口述笔译这种合作方式已经基本进入历史之时,以这种方式获得成功的唯一译者。但是,林纾的合作翻译只在事实上成就了林纾,口述者却处于尴尬的地位。也许由于林纾文名太盛,而他的合作者却大多不是文学界人士,所以,人们记住的只是林纾和"林译",对扮演重要角色的合作者,则不论当时和日后都不甚重视。

王庆骥就是这样一个几乎不为人所知的合作者,他的名字虽然总是出现在与林纾有关的书目和其他资料中,可是除此之外,几乎一无所有。所以,对他的考察,必须从最基本的材料挖掘开始,希望对他的某些发现,有助于对林纾以及作为翻译现象的"林译"的认识。

一、王庆骥与林纾的合作

王庆骥是林纾主要的法文合作者之一,虽然合作翻译的文学作品仅有两部,却在林译中别具一格。他为林纾、并通过林纾给中国读者介绍的,是森彼得(Bernardin de Saint-Pierre,1737—1814,今译贝尔纳丹·德·圣皮埃尔)的《离恨天》(*Paul et Virginie*,1787,今译《保尔和薇吉妮》)和孟德斯鸠(Charles de Montesquieu,1689—1755)的《鱼雁抉微》(*Lettres Persanes*,1721,今译《波斯人信札》)。我们注意到,两部作品均产生于 18 世纪,这与当时翻译文学选题的主流时代有一定距离。而且它们在"林译"中占有重要地位,在研究者列数"林译"中所包括的世界名著时很为林纾增光。不过,对合作者的研究,并不首先在意他是否译介了世界名著,而在于对合作翻译所具有的独特内在机制的关切。所以,这里并不打算作深入的文本分析,而更关注文本选择以及周边文本提供的、反映合作者双方在翻译活动中应激状况的信息。

林纾与王庆骥共同翻译的《离恨天》由商务印书馆于1913年6月出版,书中有林纾写于当年春天(癸丑三月三日)的"译余剩语",出版情况比较清晰。而他们二人合作翻译的《鱼雁抉微》则分期连载于商务印书馆出版的《东方杂志》第12卷第9号(1915年9月)至第14卷第8号(1917年8月)①,始终无单行本问世,因而关于它的译本状况有一些问题需要澄清。

在《鱼雁抉微》首次刊于《东方杂志》时,刊有林纾作于当年("岁在乙卯",即1915年)的序,文中提到因口译者离去,尚有"三十余翰"未译,"今先录其前半篇,出版问世"②。据此可见,在林纾作序并送商务印书馆发表时,译文尚未完成。而且,在连载的大约两年中,也未发现关于补译、完成的说明载于《东方杂志》。但是,对连载作品的追踪阅读发现,经过两次停顿(1915年10—12月,1916年8—12月),《东方杂志》刊出的《鱼雁抉微》最终是完整的③,只是在第二次、也是较长的停顿(1916年8月,第13卷第8号)前,仅刊出第79翰,而在此后,1917年第14卷第1—8号则未经中断地刊完了其余82翰。所以,一般认为《鱼雁抉微》为未完成译本的说法④,是不准确的,可能是受了林纾序文以及期刊连载有较大停顿的影响,而且林纾序文在后世被收录时,也有时题作"《鱼雁抉微》前编序"⑤,似可为一证。

在查证《鱼雁抉微》是否全译的过程中,对照林译、法语原文和2000年前仅有的另一译本、罗大冈译《波斯人信札》,发现林译与罗译也有不少差异。在直观上,林译与罗译的明显不同在记录其时代翻译观念的同时,或许也反映了口述笔录合作翻译的某种特点:原文的段落划分在林译中

---

① 《鱼雁抉微》在《东方杂志》连载的具体情况是:第12卷9—10号,第13卷1—4、6—8号,第14卷1—8号,共17次刊出。全书161封信(译为"翰"),共121页,为全译本。一般认为未完,盖由于林序中有合译中断的介绍,而且在连载过程中,未见补译完成的说明。

② 林纾:《〈鱼雁抉微〉序》,《东方杂志》,第12卷9号,1915年9月,第16页。

③ 最后一期(第14卷第8号)刊出第145—161封信,而且在目录中《鱼雁抉微》题名下和正文后均注明"完",而以前各期则始终有"未完"字样。

④ 如罗大冈先生在《波斯人信札 译者序》结尾时说,"在我国,'波斯人信札'过去曾由林琴南与口译者王庆骥合作,译成文言,题为《鱼雁抉微》,连载在一九一六年的《东方杂志》。林译只完成了八十多封信,因口译者他去而中止。"(罗大冈:《波斯人信札 译者序》,人民文学出版社,1958年,第23页。)

⑤ 如林纾弟子林仲易之女林薇选编《畏庐小品》(北京出版社,1998年)。

完全消失,每一封信无论长短均为一段,以林纾特有的语言一气呵成。

两者差异中有一些则是由于所采用原本之不同,比如信的总数,林译"161 翰",罗译则是 160 封。林译未提供原本信息,而罗译则在序中介绍了有关该书"附录"方面法文不同版本的各有千秋,并交代翻译所据原本"以 Henri Barckhausen 的考订本为主,同时参考了 Belles Lettres、Pléiade、Bordas 等出版社刊行的版本"①。

查阅手边找到的两种法文原本,可知各有千秋的不仅是附录部分,正文方面也有不一致之处,而这就使林译与罗译的不同得到了解释。

首先,信的总数不同:两个原本(简称 Nelson 版和 Livre de Poche 版)均包括 161 封信,收在罗译"附录一:信件残稿"中的"郁斯贝克寄***"在这两个原本中均为正文第 145 信,林译与此相同,这是罗译 160 信而林译 161 信的原因所在;第二,信的排列次序不同:Livre de Poche 版的第 129 信"Usbek à Rhédi"在 Nelson 版中是第 79 信,这一点罗译与前者同,而林译则同于后者;第三,信的发送与接收人不同:Livre de Poche 版第 74、第 144 两信为"Usbek à Rica",而 Nilson 版同是这两封信则均为"Rica à Usbek",发信人与收信人位置互换,这一点,罗译同于 Livre de Poche,而林译同于 Nelson,而且,从信的内容看,有时似乎后者更为合理②。

在考察比较中发现,罗译所据与此二原文本均互有异同,而林译则在所考察的几方面均同于 Nelson 版。所见的 Nelson 版 *Lettres Persanes* 未注明版年,但在封面有原藏者"Pékin, mai 1921"的签字,据此推测其出版时间至少应早于 1920 年。王庆骥与林纾合作翻译《鱼雁抉微》大约是在 1913—1914 年上半年,现在虽不能据此认定王庆骥口译的是 Nelson 版《波斯人信札》,但至少可知,林译本与现行通译本在内容方面的某些差异是各有依据的,而不涉及翻译方式与翻译态度的问题。

在林纾与王庆骥的合作成果中,至少有两点值得注意:第一,仅有的两部译本均选择了 18 世纪的法国作家;第二,林纾为两个译本都写了内

---

① 罗大冈:《波斯人信札 译者序》,人民文学出版社,1958 年,第 23 页。
② 信中有以呼语形式出现的对方名,Nelson 均是 Usbek 而非 Rica。(Montesquieu, *Lettres Persanes*, Edition Lutetia, Nelson, (avant1920), p.164, p.309);Livre de Poche 第 144 信标为"致 Rica",而呼语为"mon cher Usbek"。(Montesquieu, *Lettres Persanes*..., Le Livre de Poche, Librairie Générale Française, 1984, p.285,罗译第 259 页。)

容丰富的序跋文字①,发表自己的感言的同时,介绍了原作者和口述者。译本的选择显示了口述者——原本与林纾之间的媒介——对18世纪的偏爱,这种偏爱,透过林纾序文的接受与传递,使我们面对凝固的文本时,可以追拟合作者之间口授笔述所伴随的丰富的情感流动与理性冲突,感受口授人与笔述者之间可能发生的共鸣与误读。因为,两个合作者各自不同的文化准备与情感资源,毕竟会在合作中构成双重主体的呼应与背离。

　　林纾在两部作品的序跋文中对原作者及其作品的评论颇能体现口译者的媒介意义与林纾本人的参与。《离恨天 译余剩语》对原作者的介绍突出了其与卢梭的关系:"著是书者,为森彼得,卢骚友也。其人能友卢骚,则其学术可知矣。"②这里,一方面传递了口译者对18世纪法国文学的整体把握,强调了森彼得创作思想与卢梭哲学思想的内在联系;另一方面,也可看到,对林纾所代表的接受者语境来说,卢梭已有其特殊的文化含义,是西学东渐以来已经相当为本土文化熟悉的法国思想家。在此,卢梭似乎已成为某种标志,使林纾确信可据以知其友森彼得的"学术"。因而,林纾虽提及此书与《茶花女》一样多伤心之语,但他所关注的更是其"颇能阐发哲理":"读此书者,当知森彼得之意,不为男女爱情言也;实将发宣其胸中无数之哲理……"③继续传递了口述者借译本传达的18世纪法国文学特征。而在林纾进一步诠释"书中所言"时,则不断以自己的古文修养为依托,调动自己浸润其间的本土文化资源回应法国思想家对人生的思考,在对森彼得的阐释中渗透个人的性情与观念,为其"天下文人之脑力,虽欧亚之隔,亦未有不同者"(为本序文中语)的宝贵发现作了个人化注脚④。

　　《鱼雁抉微》的序言从另一方面为我们展示了口译者与林纾之间的情感、理念的呼应与错离。在对原作者的把握上,林纾的定位颇有意味:"孟

---

① 众所周知,林纾是乐于也善于为自己的译本写作序跋的。但正如钱钟书先生指出的,那是翻译盛期的林纾借以发挥自己的天地。在翻译法国文学方面,《茶花女》的翻译在林纾还只是偶然性事件,仅以三言两语交代缘起。而在《离恨天》之后,长篇的序跋文则比较少见。
② 林纾:《离恨天 译余剩语》,商务印书馆,1981年,第1页。
③ 同上书,第2页。
④ 在林纾对森彼得的阐释中,不断引用了孔子、郑所南等典籍、故事,并联系辛亥以后本土现实,使森彼得成为引发其道德思索的媒介。

氏者,孤愤人也。"①这一方面表现了他对作者创作动机、写作特点的理解,传达了来自口译者的信息;另一方面则突出了他本人对"孤愤"蕴涵的现实批判精神的强烈认同。在此方面,林纾特别注意到,"实则孟氏之意,于波俗法俗,一无惬也";而且,更重要的是,"孟氏口干笔钝,而法俗之奢淫,至今无变"。事实上,林纾以孟氏之中国同事自命,"病现实之敝"而不得救治的"孤愤"也是译者自况,透露着经历了辛亥前后之动荡现实的林纾与"孟氏"的深刻共鸣。

还需看到,在序文结尾,林纾以"巴黎跳舞会"之近闻的引入,在某种程度上,使口述者成为"缺席的在场",见证林纾对"见闻"的接受与变形。可以说,林与王有一定意义上的共同敏感点:对异域的关注。而当这种异域观照由王所带来的巴黎近闻结合时,则又显示二人兴奋点同一中的差异:巴黎的舞会对王可能意味着另一种生活的记忆,与现实的对照,或只是给同乡先辈介绍异域的谈资;对林纾则意味着感知法国、以自己的经验与理念塑造法国的基本素材,而且是在强烈的道德对比中、在现实变化的关注下可以不断被加工整合的素材。所以,对巴黎跳舞会上女性装饰的细腻描述在第一叙述者王庆骥那里可能是给先辈介绍异域的一幅风俗画②,而在第二叙述者林纾那里则成为谴责奢淫世风的标本、激发道德情感的介质。

林纾的序跋文的价值因此是双重的。因为,在合作翻译的活动中,他的地位是先被动而后主动的——如果我们确信笔述者也可以有创造的权利。显然,他对原作者的介绍在传递了第一读者/口述者的接受的同时,也加入了自己的理解甚至阐释,而林纾造就于旧学的"自我"在异域之"新"的激发与启迪下,总是顽强地参与其间;因而,全部林译译文本身事实上也都是这种渗透着口述者与笔译者双重自我的传递与再造的结果。

二、王庆骥其人及其与民国初期林纾的一段因缘

那么,作为林纾合作者的王庆骥究竟是谁,他对18世纪的选择是出

---

① 林纾:《鱼雁抉微 序》,《东方杂志》,第12卷第9期,1915年9月,第16—17页,本段内引文均同。
② 在林纾发表于《平报》的笔记体小说"铁笛亭琐记"中,还可见根据王庆骥介绍的法国生活片影写的《电机室》,据此可以追拟二人之间曾有的关于异域的种种话题。(《平报》,1913年2月9日第7版。)

于偏爱还是偶然,他与林纾的关系对林纾翻译活动的意义如何?回答这些问题是困难的。在任何有关翻译家的记载中看不到王庆骥的痕迹,甚至林纾本人在所见唯一的翻译家专门词典中也被列入"古代"部分①。正是"合作"这一特殊时代的特殊方式使口述与笔译双方均被已然规范的翻译世界列为"另类"。而事实上,这种信息的缺失,在一定程度上,让我们看到追求完美的现代规范本身,会怎样在不觉之间制约了人们认识对象复杂与丰富的可能,甚至导致在历史叙述中为了某种后起的规范而牺牲历史的宝贵赠与,从而错失在繁茂芜杂中体味原生态、触摸真性情的机缘。

在林纾研究中,对合作者的了解主要以林纾本人言论提供的信息为基本依据②,我们对王庆骥其人的追问也必须从林纾提供的线索起步。在《离恨天 译余剩语》中,林纾给读者以王庆骥的重要信息:"及门王石孙庆骥,留学法国数年;人既聪睿,于法国文理复精深……因忆二十年前,与石孙季父王子仁译《茶花女遗事》……然则法国文学之名家,均有待于王氏父子而传耶!"③这里我们得知,王庆骥,字石孙,是林纾的学生,也是林纾的友人、第一位合作者王寿昌(字子仁)的子侄,曾多年留法,精通法文。而且,林纾与其合作之初颇有故旧之思,并对"王氏父子"介绍法国文学名著寄予希望。《鱼雁抉微 序》则再次提供新的线索:"及门王生庆骥,居法京八年,语言文字,精深而纯熟。一日检得是书,同余译之。王生任外务,日奔走于交涉。今又随使者至绝域,议库伦事,译事遂中辍……"④从这段叙述里,可知合作翻译《鱼雁抉微》时,王庆骥在外交部工作,在作序时(1915年春)王庆骥则已随使节参加中俄蒙谈判,远赴"绝域"。根据这些线索,查检各类清末民初人物辞书,所得甚少,在可见的一两部录有王庆骥之名者,也仅提到曾与林纾合作译《离恨天》⑤,别无其他任何信息。

然而,林纾提供的信息还是为追寻王庆骥其人打下了基础。正是"及门王石孙"所点明的师生关系,使林纾弟子朱羲冑编辑、世界书局1949年出版的《林畏庐先生学行谱记四种》之四《林氏弟子表》正面进入视野,并

---

① 林辉主编:《中国翻译家词典》,中国对外翻译出版公司,1988年。
② 比较早总结此方面内容的寒光《林琴南》(中华书局,1935年)提供的材料不时被后人引用,但未有补充。
③ 林纾:《离恨天 译余剩语》,商务印书馆,1981年重印,第1页。
④ 林纾:《〈鱼雁抉微〉序》,《东方杂志》,第12卷第9号,1915年9月,第16页。
⑤ 如陈玉堂编著《中国近现代人物名号大辞典》(浙江古籍出版社,1993年),第35页。

给予了出人意料的关键信息。林纾一生以各种形式执教师业,有弟子逾千①。在《林氏弟子表》中,收录了他各时期受业弟子三百余名。表中列名在前者许多都是与林纾有密切关系,尤其是在不同阶段与他合作译书的"弟子",如陈家麟、林凯、王庆通、林骃、李世中、力树薰、陈器,而"王庆骥"之名并未出现。这种反常使人不得不对各名项下小字注解内容加以细读,于是,终于发现"字石荪,福建闽侯人"在弟子"王景歧"项下,并有如下记载:"通英法文学,著有英文《不平之鸣》。曾于北京大学教授中国国际关系各种条约,及政治学。公子琮曰,景歧曾与先公译孟德斯鸠所著《鱼雁抉微》,先公称其不让乃叔晓斋主人也。其名初曰庆骥。按先生《鱼雁抉微》序曰……"②不期而然在此遭遇的"王景歧"在某种意义上并不陌生,因为在找"王庆骥"而不得时,在各类人物词典的王姓长河中屡见此名,却不知已与"王庆骥"多次对面不相识。

因而,对"王庆骥"的追寻以查得"王景歧"而发生转折。对后者的查检,其结果与对前者的追寻显然不同却又有某些极其一致:在几乎各种相关时期的人名辞书中,都可见到或详或略的王景歧小传,但没有一次把他与为林纾翻译法国文学的王庆骥联系起来。极端的例子在上文注释提到的陈玉堂书,第35页收"王庆骥",第52页录"王景歧",给人印象完全是两个人。③

至此,这位对我们来说总是林纾合作者"王庆骥"的王景歧其人,终于可以说是浮出水面。在所见小传中,以《民国人物大词典》所录最为详细,其所叙事实提供了王景歧生平活动的基本曲线,以下综合所见其他资料对此略作勾勒:

王景歧(1882—1941),字石荪,亦作石孙,号流星,别号椒园,福建闽侯人。早年入武昌方言学堂法文班,1900年赴法,研习政治,1903年回国,任京汉铁路秘书。1908年再度留法,入巴黎政治大学,并兼驻法公使馆翻译,1910年毕业,转入英国牛津大学专攻国际法,1912年回国,任北京政府农林部编纂。1914年初任外交部主事,9月任中俄蒙恰克图会议

---

① 林纾曾自言:"余居京师十四年,其挂名弟子籍者,千七百余人。"(林纾:《赠王、林二生序》,朱羲胄:《林氏弟子表 序》,上海书店,1992年,第1页。)
② 朱羲胄:《林氏弟子表》,《民国丛书》(影印)第四编94册,上海书店,1992年,第6页。
③ 所见仅有曾锦漳《林译的原本》一文提到王庆骥后改名景歧,但未涉其生平;可惜最初的阅读并未注意到此节,否则寻找王庆骥可能会少许多波折。曾文节选收在《林纾研究资料》,原文刊载于香港《新亚学报》(1966—1967)。

参赞。1915年任外交部参事,1916年兼北京大学法科讲师。1917年任驻意大利使馆二秘,1918年任巴黎和会中国团参事,参加巴黎和会。1920年回国,任外交部和约研究会会员,同年任中德通商条约谈判代表。1921年出任驻比利时公使,1929年3月回国,免公使职,聘为外交部顾问,曾任上海劳动大学校长,并接受比利时鲁文大学赠名誉博士学位。1936年任驻瑞典并挪威公使,1938年转任驻波兰公使。同年,德军入侵后,辗转比利时、法国,于1940年到达瑞士,1941年8月25日病逝于日内瓦。并有诗文等著作《流星集》《椒园诗稿》《不平之鸣》《通商史》《波德战争记》等多种。①

王庆骥(王景歧)一生活动极其丰富,是学有专攻的外交家。他以职业身份活跃在1912至1941年间,30年见证的不仅是民国历史,而且因置身于大动荡中的外交事业而牵连起20世纪前半期的世界风云。在开始寻找王庆骥时,完全无法设想这一山重水复的过程,更没有预料文学研究者眼中时隐时现、可有可无的合作者"王庆骥"背后掩盖着远非文学所能言说的人与历史。而这样一位口译者与林纾翻译活动的遇合,似乎有可能提供重新认识林纾翻译合作活动及其成果的契机,也可以展示合作者在林译中的重要意义。

从上述生平大事勾勒可见,王庆骥与林纾翻译活动的曲线相切仅在有限的几年:1912年回国至1917年赴任意大利之前。正是在此期间,产生了"王庆骥口述、林纾笔译"的两部法国文学作品《离恨天》与《鱼雁抉微》。而且,仔细梳理这一时期林译活动,可以发现,法国归来的王庆骥出现在民初困守京师的林纾生活中,带来的可能远不止是出于政治学专业背景对18世纪哲理小说的选择。

在林纾翻译活动中,有一重要现象尚未得到足够的关注:1912年11月至1913年9月期间,北京出版的《平报》上,出现了林纾的文学专栏"铁笛亭琐记""讽谕新乐府",并在"文苑"中发表诗作的同时,在"译论""海外通讯""时论"等栏目上连续刊登了56篇"翻译外论"、2篇"翻译外国通讯"、9篇"时局评论"。此时的林纾与报章文体发生密切直接关系,其活动大大超出一般意义的文学翻译。而且,这时林纾的文字更多带有时代

---

① 这些著作的出版及存世状况,在初步调查中仅见一本法文著作,"La Voix de la Chine",中文题名《不平之鸣》为作者手书,初版于1927年,1929年增补再版,出版地均为布鲁塞尔。该书是作者任驻比利时公使期间出于公务所作的演说、访谈、书信等的合集。此见可知朱羲冑书说"英文《不平之鸣》"不确(见前引文)。

政治因素,颇多对民初混乱政局的回应。"译论""时论"则更凸现媒体特色,有非常直接的时事性。这些对民初林纾的文学活动,无疑是新的、值得关注的因素。尤其引人注目的是,有关的翻译文字涉及面广、视野开阔,而且在外论选择中透露了很强的民族内审精神和现实忧虑。而这些言论发表时署名"畏庐",均未提及口译者及原作者,大多也未注明原报,给林纾研究留下一大空白。①

阅读中可见,这些"译论"多与中国有关,是西方报纸对中国方方面面的言论,如《论中国铁路新政策》《论中国借款事》《论中国时局之危》;也有一些关注世界局势,如《论巴尔干之更起争端》《论日本陆军学堂许外国兵参入练习》,内容相当丰富。可是,林纾在《平报》发表的其他作品,此后不同时期或多或少都有选择地结集出版或被收入各种文集,唯有这些非文学类文字始终任其散佚,林纾本人似乎也未提及,这本身也给研究带来不便。而且,对林纾合作者的普遍漠视,事实上使《平报》译论及其对林纾翻译的意义无法得到真正理解。王庆骥身份的澄清,他与林纾密切交往期与《平报》"译论"出现在时间上的重合,为林纾《平报》"译论"的重新"发现"提供契机,也为进一步认识合作者的意义提供新的角度。

王庆骥与林纾《平报》时期翻译文字的关系,由于王庆骥知识结构与文化身份所具有的独特条件,由于二者活动曲线相切的事实,可以说显得相当醒目。如果不嫌过早,甚至可以大胆推定王庆骥就是这些署名"畏庐"的翻译文字的选择、提供者,口述者,甚或某种程度上的执笔人。对二人的相关考察发现,有多方面的条件可以支持这一推断。

第一,林纾《平报》"译论"的出现与王庆骥在京,并与林纾密切交往、合作翻译法国文学作品同期。

据林纾传记资料,林纾1912年农历九月结束天津避难,返回北京。此前避居天津时,也为了生计,频繁往返于津京之间。《平报》创刊于1912年11月1日,一开始就有林纾的文字出现,但翻译文字要到12月初才开始出现。王庆骥1912年回国的具体时间尚无查证,但林纾11月前的缺席使这一时间并无更多意义。二人可能在林纾往返津京之间时已经重逢,但二者的密切交往据其合作成果看,应开始在1912年的冬天。《离恨天 译余剩语》写于1913年4月,并说一系列翻译开始于自己避难返京

---

① 对《平报》林纾"译论"等文字,收入《林纾研究资料》的《林纾年谱简编》《林纾著译系年》予以记载,并作了基本调查,为研究者提供了重要线索,但在林纾研究中,未见专门讨论。

之后,可为一证。以王庆骥个人经历看,与林纾主要交往发生在其就职农林部编纂和外交部期间,1914年秋开始的有关库伦(今乌兰巴托)的中俄蒙会议曾中断了二人对《鱼雁抉微》的翻译,并从此打破了稳定的合作关系。①

关于二人的密切关系,林纾留下了相对丰富的言论。大致写于1914年夏秋之际的《赠王生序》,回忆了对幼年王庆骥"神宇颖异"的深刻印象,记录了20年后重逢京师对其"长而能文"的赞叹,并提及王庆骥"请师余治昌黎韩氏之学",体现了二人情感、学术上的认同。该文是为了送王庆骥"万里之行"而作,结合《鱼雁抉微 序》可以得知,此时王庆骥参与库伦谈判,将赴恰克图。而林纾作于同时期的另一篇赠序则侧面展示了林王二人亲密关系。《送陈任先赴哈(恰)克图》是陈籙(字任先)②托王庆骥请林纾写的。陈本人也是林纾同乡晚辈,也列名《林纾弟子表》,而且1914年春,曾邀请林纾同游泰山,应是交谊不浅。此行赴库伦会议他是中方首席代表,王是随员,论资历地位均高于王庆骥,而求书林纾却转托于王,可见王与林之关系自有家世渊源,非寻常同乡弟子可比。从林纾及王寿昌留下的文字中,均可见对马江时期友情的系念,并保持终身的联系。关于此时期林与王密切往来、合作翻译,林纾文字还有其他重要记载,如大约作于1913年前后的致五子"祥儿"的信③,在反复提及时局不稳,大学薪水不足,《平报》每月200元收入的意义时,还提及"幸与铭盘、石荪、秀生三人译书,亦可得百余元";又如上文提及的、于《平报》发表的《电机室》等也可作为林王二人在此阶段密切交往、同事翻译之旁证。

第二,王庆骥在文化修养、个人经历、职业及交游特点等诸多方面具有作为译论合作者的有利条件。

浏览"译论"及"翻译外国通讯",可见其大多译自法文。少数篇章提

---

① 中俄蒙会谈开始于1914年9月,最终在1915年6月签订了《中俄蒙协约》据《鱼雁抉微 序》以及作于1914年10月的《云破月来缘 序》等,知王庆骥随使库伦,中断译事。林纾的其他文字及谈判首席代表陈籙的奉使日记《止室笔记》均可为此旁证。

② 陈籙(1877—1939),字任先,闽县人,曾就学于福州船政学堂。1903—1907在法国留学,后曾任驻法国公使馆秘书。1912年任外交部外交司司长,1914年为出席恰克图会议首席代表。1914年前后在京期间与林纾交游,林纾作有《送陈任先赴哈克图》及《游泰山记》。

③ 收入李家骥等整理《林纾诗文选》的《畏庐老人训子书》(选20通),编辑注明作于1921年前后,但据信的内容看,应作于1912—1913年间,因提到南方不靖、大学薪水、宋教仁被刺、大哥卸职、高子益来访等均应在1913年,而非1921年(其中高子益是林纾、王寿昌共同的朋友,1919年去世),而且信的编排次序似乎也较混乱。下文所引为第15信。李家骥等整理《林纾诗文选》,商务印书馆,1993年,第373页。

供了原报信息,如1912年12月8—9日的《论中国铁路新政策》,1913年4月《论意大利之增兵》《记列强处置巴尔干之态度及联邦议和条款》等都标明"译自法文报"或"译自法国时报";更多的则在内容或视点方面透露了其法国来源,如1912年2月13日《论日本陆军学堂许外国参入练习》,中心是法国人对赴日留学的自我反省,译文保留了通篇的法国人视点,并在正文前的按语中说,"此文论留学日本之弊病甚详,吾华留学东者逾法千倍……不能不译以告留东之学者",凸现了译者服务本土、以法国为参照的比较观念。而这种在外报阅读中,有意识或不自觉地对本土现实的观照,体现了既了解外部世界、又关注自身弊端的,有直接域外经历的人所常有的态度,同时,也显示了"译论"选择者较强的理论素质和自审精神,以及对法国言论界的熟悉与敏感。

另一方面,各类文章涉及的领域、所关注的话题符合王庆骥职业范围及教育背景(国际关系、世界局势);而且,王庆骥任职与交游也可能为外报来源提供方便。综观56篇"译论",直接关涉中国的占绝大多数,约30篇,涉及铁路、矿山、农林物产,选举、借款、海军、外交等众多领域;此外比较集中的话题是世界局势,尤其是日益紧张的巴尔干问题,以及围绕和平危机所产生的各国军备状况。王庆骥时任农林部编纂,并保持与外交界的联系,可能有机会接触较多的域外言论,也有较多的从事笔墨活动的时间和兴趣。而且,当时距其法国归来不久,他对欧洲局势自然有较近的了解和不断关注的热情,他的专业背景和个人经历也使他有较强的反观自身的意识,而内外局势的对比也会加剧其对世界大局中国命运之迫切忧思。《平报》"译论"的选择基本反映了这样的个人与时代因素,在"畏庐"署名之后显示了一位精通西方语言,有世界全局眼光,又执著于本土现实的现代知识人所具有的素质。如果说林纾翻译活动自来与其中某些方面有暗合因素甚或一脉相承,也须看到,从根本上,"译论"所达到的开阔视野与职业理念在某种程度上超出了林纾的文化准备,主要是合作者的贡献。

第三,"译论""时论"的语言与林纾其他文字风格有较大差异,带有明显的报章体色彩,并运用了大量的新词,在"林译"中别树一帜。

在此方面,如果不对文本及其词语使用作细致的梳理分析,仅以印象推测是很靠不住的。但是,如果看到,印象本身是阅读伴生的直觉与已有知识数据综合的结果,那么,直觉也许很有可能更逼近现象的本质。仅以词汇使用为例,"译论""时论"中出现了许多林译少有的双音节新词语,如祖国、政府、纳贿、舞弊、集权、专制、记者等,使文风整体上比较现代化。这在一定程度上,或可视为新领域、新媒体、新内容给"林译"带来的变化,但也极有可能暗含口述者的更直接参与——王庆骥直接译为文稿,林纾予以一定润饰,因而保留了更多合作者的文字因素,或者就是借"畏庐"之名出现的王庆骥译文。上文所说王庆骥不仅可能是口述者,还有可能是执笔人,原因正在于此。

民初动荡中的林纾,生计负担很重,译书作画多为稻粱之谋,常常几个合作者同期开工,分别运作。《平报》时期稍后,林纾致英文合作者之一、弟子陈器的信件中对此曾有逼真记载:"订星期二晚间到舍开译,王生莲中译法文,订单日,吾弟以双日惠临可也。""……后此吾弟可自译抄好交来,愚为改删(王庆通亦然)……钱较多而工较省,愚亦省费时日,吾弟以为如何?(以弟之笔墨,经愚一改,必可成。万万勿疑)"①这两封信大约写在1915年或稍后②,用来说明1913年的情况也许并不完全合适,因为1913年,林纾报章之外的翻译产品并不多,也可能并未实行后来的做法。不过,从王庆骥传记材料和林纾的言论,可以看到,王庆骥本人善于写作,很受林纾的欣赏,而二人关系非比寻常,加之《平报》"译论"甚至"时论"的文字更接近王庆骥而不是林纾的文化风格和思维习惯,考虑到一般"林译"显示的林纾语言独特的化入能力,他完全可以用其他词语笔达自如;所以,也许并不能完全排除1913年已有直接出自口译者之笔的"林译"文本,而《平报》议论文字就最具有这样的可能。

尽管有以上种种梳理,材料掌握方面的很多空白还是突出的。由于《平报》史料缺失,我们对它的创办与停刊都缺少了解,也未知林纾与《平报》人事的具体关系;还由于王庆骥本人写作的文本情况尚未明了,关于他所受的教育,他的外交、教育生涯等许多方面也有许多问题有待进一步考察③,以上关于王庆骥与林纾文字关系的讨论受到极大限制。但对它的关注无疑在重新认识林纾民初翻译活动乃至整个合作翻译生涯的诸多方面具有独特意义,值得引起深入探讨。

---

① 林纾:《与陈献丁书(九通)》,收入李家骥等整理《林纾诗文选》,商务印书馆,1993年,所引者分别为第四通、第九通(见该书第382—384页)。
② 信中提到的法文合作者王庆通与林纾的合作开始于1915年。
③ 如据载其就学于武昌法文学堂,但在可见的该时期法文班学生名单未见其名,倒是德文班有一王姓闽籍学生(高时良编:《中国近代教育史料汇编——洋务运动时期教育》,上海教育出版社,1992年)。

在一定意义上,也许可以说,林纾及"林译"是"成也合作,败也合作"。但是,传统的林译研究对其中"败"的一面关注较多,而对合作者在成就林纾的意义方面则比较淡漠。人们尽管不满于林纾后期的衰钝或顽固、守旧,甚至反动,但大致总是赞赏林纾的才力,以林纾的文才文气为"林译"成功的根本;而且,对林译的不满,又往往转变为对合作者的否定,似乎林纾吃亏在"遇人不淑",没有更好的口述者为他选择、替他把关,使"林译"中名作比例更大一些,使他的译文更忠实、更完美一点。

事实上,任何人应该都不会否定,没有"合作"这样独特的形式,就不会有翻译家林纾,不会有数以百计的"林译":正是产生于特定时代的"合作"造就了特殊的翻译家林纾和"林译"。合作给了林纾以接触广泛的文本以及丰富的外部世界的机会,合作也给了他大量高产的可能。可以说,每一个合作者都以其独特的方式,带给林纾某种他个人所不能完全拥有,甚至根本不能拥有的文化资源与个人经验,使他即使足不出户,也因此牵连着方方面面的社会与人生,为他的翻译活动提供了深厚的基础,也使他的翻译成为更具有研究价值的独特现象。还要看到,口述者水平导致的"林译"良莠不齐也是"合作"时代并生的特色,当日的选择更多地受制于本土语境对外界的认知程度、对自身与外界关系的把握,对读者兴趣的揣摩,以及每个合作者各自的局限等等多种条件,芜杂本身就是时代特点;如果简单地以后人对文学的审美标准、价值判断来裁判特定时代复杂因素作用下的"选择",只能以否定和遗憾忽略了本可以从中得到的"历史"的信息,造成自身的贫弱与偏颇。

另外,也应该看到,所以能够有众多合作者参与"林译",与林纾在特定时代,由于其个性与文化积累所形成的个人魅力密不可分。这魅力的一面是人,是林纾个性中的狷介、热诚在茫茫人世的有力辐射,另一面是文——是负载于其文体、文风,及其为人立言中的传统文化的底蕴,而不仅仅是作为载体的文字功夫。动荡中人们对某种文化根脉的不自觉依恋与寄托使林纾成为特殊媒介,一方面自觉不自觉地引导着"新",另一方面则执著而骄傲地维系着"旧",形成某种吸引多方因素的漩流。他的合作者大多都有直接或至少间接的域外接触,是应有更多向"新"因素的,也正是他们的"新"在某种意义上造就了林纾的"新";然而如王庆骥其人,在多年欧游之后,归国不久,就投入林门请教"昌黎韩氏之学",也许正体现了一批人出于这种时代的、文化的断裂而对安身立命之所的深刻追求与林纾固守文化传统立场之间的契合。这些较早体验了文化边缘状态的现代人,或多或少经历着更复杂更深刻的内心冲突,他们对自身的反观和内省更具清晰的跨文化视角,他们的追求也直接影响着林纾对现实的态度。在一定意义上,他们的存在支撑了民初林纾的"孤愤",是其孤傲甚至"顽固"植根的土壤;而林纾与合作者之间的"新"与"旧"的碰撞与糅合,既造就了林译的丰富独特,也积累了林纾本人的矛盾变化,有非常深刻的时代的精神内涵。总之,林纾与"林译"是近代中国社会转型期蕴涵丰富的文化现象,作为这一现象之重要组成部分的合作者不应长期被苛责或被忽略,而且,对它的深入研究有助于进一步理解这一独特现象,并进而理解历史的真意。

中国译者塑造的莫里哀形象

徐欢颜

在近现代中外文学交流史上,常常有这样的情况:有些作者在本土并非享有盛誉的大作家,但是他的某些作品契合了中国当时的时代氛围和社会语境,经过中国译者的翻译之后在异国的读者那里意外获得声名,例如法国作家都德(Alphonse Daudet)凭借《最后一课》在中国广为人知。然而,还有一些早已在其母国的文学史上占据重要地位的作者,中国译者往往是由于其享有的历史地位和文学成就而选择翻译其作品的,莫里哀(Molière)在中国的译介就属此类情况。中国译者由于莫里哀在法国文学史和世界文学史上所享有的声誉而开始译介他的戏剧作品,同时也借助中译本的前言、后记等周边文本为中国读者塑造了一个独特的莫里哀形象。本文试图勾勒中国译者笔下呈现出来的莫里哀形象,同时尝试探究这一形象塑造背后的深层动因。

一、莫里哀的中国形象

陈季同 1886 年在法国出版了《中国人的戏剧》(Le théâtre des chinois)[①]一书,这部著作是用法文写作,目的在于向法国读者介绍中国戏剧。他在此书前言的开篇之句就是对莫里哀的赞颂:

> 莫里哀,这位人类中最伟大者,堪称勇敢者的头领,他让所有无知做作、高傲自负、硬充才子的腐儒无地自容,他用讽刺取得的进步胜过多次革命的成果。[②]

这段话可能是中国人对于莫里哀形象的最早评价了。作者强调了莫里哀的斗争精神,此后的中国译者也格外看中莫里哀的这一品质。但此

---

① Tcheng-Ki-tong, Le théâtre des chinois, étude de moeurs comparée, Calmann Lévy, 1886.

② 陈季同:《中国人的戏剧》,李华川、凌敏译,广西师范大学出版社,2006 年,第 1 页。

书的言说对象却是法国读者,此时莫里哀的名字对于中国读者来说几乎全然陌生,因为晚清时期的中国人主要是通过译作来接触外国文学的,没有译作的发表,无论原作者在自己所处的历史文化传统中占据如何重要的地位,也很难被异域的中国读者了解。

五四时期,文学革命者激烈反对中国传统旧戏,提倡借鉴外国话剧以建设中国现代新剧。在陈独秀、宋春舫等人的文章中都提到了莫里哀的名字和剧作,但只是简单提及,没有过多的详细介绍。到了20世纪20年代以后,随着莫里哀喜剧翻译的增多,介绍莫里哀的文章也逐渐见于报刊。① 这些文章不仅介绍了莫里哀的生平与创作,而且介绍了西方学界对莫里哀戏剧的评价和莫里哀在法国乃至世界戏剧史上的重要地位。

要认识一个无论从时间上还是从空间上来说都与中国读者相距甚远的外国人物,在起初阶段人们往往只能描述其大概的轮廓。20年代的大部分文章乃至30年代的部分介绍文章中,对于莫里哀的描述文字大多数都是西方文学史著作中的转述和摘抄。这些文章中频繁出现的两个词语就是"大戏剧家"和"古典"。这种话语策略实际上是要借助作家的"文学声誉"以招徕读者。虽然称其是"大戏剧家",当时却没有更多的中文译作可以证明其戏剧天才体现在何处;将他摆在"古典"的位置,在文学进化论兴盛的五四前后,无疑是"落后""保守"的代名词,虽然值得敬重但是对中国当时正在进行的文学革命意义不大。直到焦菊隐、曾朴、陈治策以及李健吾这几个中国译者的出现,莫里哀形象才逐渐从一个空洞的"能指"具体化、实体化,具有了丰富的"所指"。分析这几位译者对于莫里哀的评述,可以发现他们所塑造的莫里哀形象有以下三个不同侧面:

1. 形象之一:悲剧人生

在介绍莫里哀的生平和创作时,几位中国译者都提到莫里哀既是伟大的喜剧创作者,同时还是优秀的喜剧表演者,但是莫里哀的一生却充满了悲剧色彩:幼年丧母,因从事戏剧和父亲反目以至离家,欠债入狱,外省流浪,成功后遭人妒忌中伤,婚姻生活不幸,51岁就凄凉死去。早期的莫里哀喜剧译者如曾朴、焦菊隐、陈治策等人都对莫里哀的悲剧人生寄予了极大的同情,当读者在阅读这些中译本序跋中对于莫里哀身世饱含同情

---

① 参见郑振铎:《现在的戏剧翻译界》,《戏剧》,1921年第1卷第2期;张志超:《法国大戏剧家毛里哀评传》,《文哲学报》,1923年第3期;王瑞麟:《茉莉哀与悭吝人》,《世界日报》,1926年11月22日;哲民:《莫里哀及其剧》,《世界日报》,1927年6月26日、7月12日;衍昌:《关于毛里哀的杰作悭吝人》,《世界日报》,1929年8月17日。

的文字的时候,不知不觉间就拉近了与悲剧主人公的距离。曾朴1927年翻译出版了《夫人学堂》,在译文后不仅节译了法贼(Faguet)《法兰西文学史》中关于莫里哀的部分,而且还根据当时他所掌握的材料写作了《喜剧大家穆理哀小传》。曾朴笔下的莫里哀生平显得格外悲情:

> 氏(指:莫里哀)自公布《夫人学堂》、《假面人》(注:即《伪君子》最初的版本)后,仇敌伺隙,同业操戈,几有四面楚歌之慨……①

> 氏得意之时代,始于四十岁时,而其不幸之命运,亦于其时来袭,所谓不幸者,即娶妇一事也……②

1928年,焦菊隐为自己翻译的《伪君子》译文写了一篇长篇序言,发表在《北平晨报》的副刊上。焦菊隐在序言中将莫里哀喜剧与中国古代喜剧进行对比,认为两者在喜剧的假面下骨子里都是悲的。这种"似喜实悲"的特点不仅是莫里哀喜剧的特点,同时也是莫里哀这个人物的特点。焦菊隐认为,莫里哀"生来虽是富裕,但是自己所赚的钱随手花掉,娶妻又不满意,演剧多受人压迫。即以其《伪君子》而论,不知费了多少努力,委曲求全,将剧本改作,埋没自己的意志,才得表演。他可以说到死也没有完全发挥他的天才"③。

在塑造莫里哀的悲情形象方面,最具有代表性的是陈治策。他在《戏剧与文艺》期刊上主持一个小专栏"艺术趣话",主要谈些文学名人的趣谈逸事。在他翻译莫里哀喜剧《伪君子》《难为医生》的前后一段时间里,他在此杂志上接连发表了一系列与莫里哀相关的文章:《莫利哀的惟一悲剧》《莫利哀的婚恋》等。他认为《没病找病》是莫里哀仅有的一部悲剧,这一论断不是基于悲剧、喜剧的戏剧类型来划分的,而是因为莫里哀带病演出《没病找病》,戏剧结束当晚旋即病重死去。④ 此外,在谈论莫里哀婚恋的时候,陈治策将现实生活与莫里哀戏剧作品中的婚恋联系起来,认为莫里哀的《妇人学堂》可以看作是他婚恋生活的写照。⑤ 老夫少妻不甚和谐的婚姻状态,妻子的红杏出墙和丈夫的无奈气恼,在中国译者的笔下趣味横生。"以意逆志"这一中国文学批评原则在这里得到充分体现,戏剧作

---

① 东亚病夫(曾朴):《喜剧大家穆理哀小传》,《夫人学堂》附录,真善美书店,1927年,第4页。
② 同上书,第6页。
③ 焦菊隐:《论莫里哀(三)》,《晨报副刊》,1928年4月18日。
④ 陈治策:《莫利哀的惟一悲剧》,《戏剧与文艺》,1930年第6期。
⑤ 陈治策:《莫利哀的婚恋》,《戏剧与文艺》,1930年第10、11合期。

品中虚构人物的台词在中国译者那里几乎被当作莫里哀本人亲口说出的历史话语。在这类"艺术趣话"的文章中,写作者和读者都不会去强求历史事实的准确无误,而是"趣味先行",只要能够吸引读者的注意力,就算与历史事实有些出入也无所谓。文章短小精悍,故事讲得曲折动人,仿佛为年代久远的古典主义塑像注入了生气,莫里哀变得有血有肉,和常人一样有弱点、有烦恼,让读者觉得人物可亲可近。这些介绍性的文章,一方面强调莫里哀的"古典"或"经典",将对象放置在不可企及的高度,与20世纪的中国观众拉远距离,这样才有助于将莫里哀塑造成中国现代喜剧必须学习、模仿的榜样,为莫里哀的译介输入奠定合法的"正名"依据。另一方面描写历史人物身上发生的种种趣事,又在某种程度上拉近莫里哀与中国读者的距离,为中国读者接受莫里哀铺设心理前提。而且,喜剧职业与悲剧人生所形成的鲜明对比,震撼强烈,容易使人过目不忘。

2. 形象之二:战斗精神

早在陈季同那里,就称呼莫里哀为"胆大的班头"[①],这很容易使我们联想到《录鬼簿》中对于元杂剧作家关汉卿的定位。从这个称谓来看,这两位大戏剧家的共同之处就是强烈的斗争精神。曾朴在陈季同的指导下阅读过众多法国文学书籍,其中就包括莫里哀戏剧。在曾朴撰写的莫里哀小传中很明显继承了陈季同的观点,对于莫里哀顽强的斗争精神大加赞赏。他之所以选择翻译《夫人学堂》,也是因为莫里哀时代围绕这部剧作有众多的争论和斗争,莫里哀的这部剧作本身实际上就是一份战斗宣言。20世纪二三十年代,莫里哀的剧作《伪君子》先后出现了朱维基、焦菊隐、陈治策和陈古夫等数个中译本,这部剧作之所以被多次重译,与它所具有的社会斗争意义是有很大关系的。

20世纪40年代末期以来,李健吾致力于莫里哀戏剧的翻译。1949年,他在开明书店出版了8部莫里哀译作,在这8个中译本的序跋和译文题记中他一再强调莫里哀的战斗精神。李健吾在《可笑的女才子》序言中认为,"莫里哀攻击的不是运动,不是女才子,而是风气",并总结莫里哀喜剧的任务是"要观众笑,但是要笑得有意义,最有意义莫过于让他们体味自己或者自己一群中的言行是非:作品本身是艺术,用意却为服务"。[②]李健吾还从现实主义的角度来理解莫里哀本人及其剧作的战斗精神,

---

① 陈季同:《中国人的戏剧》,李华川、凌敏译,广西师范大学出版社,2006年,第2页。
② 李健吾:《可笑的女才子·序》,《可笑的女才子》,开明书店,1949年,第12页。

《吝啬鬼》不仅是一出普通的风俗喜剧,而且正如巴尔扎克在小说里面所描绘,成为一出社会剧"[1],因为"莫里哀的深厚刻画,向来具有强烈的现实的敏感"[2]。他称赞莫里哀的大无畏精神,认为"像莫里哀这样以进步的姿态攻击他应当侍候的主子们的,勇气应当分外足"[3]。莫里哀偏爱下等人,在剧作中贵族、资产者往往受到仆人的捉弄,对于这种情况,译者李健吾结合当时中国的社会现实有感而发:"中国自来多的是道学先生,前进的,落伍的,都看不惯笑剧式的捣乱胡闹。"[4]在50年代中期,李健吾专门写作了《战斗的莫里哀》一书,系统阐述莫里哀的战斗精神,以及莫里哀喜剧对于中国现实的借鉴意义。

1963年,李健吾翻译的莫里哀《喜剧六种》出版,在译本序中,他再次强调莫里哀的斗争性。李健吾把莫里哀与西班牙剧作家维迦和英国的莎士比亚进行比较,认为:

"洛贝·台·维迦和莎士比亚都曾写出造诣非凡的喜剧,但是把力量全部用在这一方面,把它的娱乐性能和战斗任务带到一种宽阔、丰盈而又尖锐的境地的,到底还是莫里哀。"[5]

70年代末,《喜剧六种》再版,在序言中李健吾仍然坚持莫里哀的战斗性。80年代初李健吾翻译出版的《莫里哀喜剧》四卷本,在序言中他以简洁凝练的语言重申并发展了对于此前对于莫里哀的定位和评价:

莫里哀是法国现实主义喜剧的伟大创始人。他的喜剧向后人提供了当时的风俗人情,向同代人提出了各种严肃的社会问题。这里说"现实主义",因为这最能说明他的战斗精神。它又是法国唯物主义喜剧的第一人,他以滑稽突悌的形式揭露封建、宗教与一切虚假事物的反动面目。他不卖弄技巧,故作玄虚,而能使喜剧在逗笑中负起教育观众的任务。[6]

可以说,战斗精神一直以来构成了莫里哀形象的内核。李健吾坚持不翻译莫里哀的《凡尔赛即兴》等5部剧作,是因为那些都是宫廷消遣的玩意儿,没有太大的意义。莫里哀依附王权的身份与其战斗精神是存在

---

① 李健吾:《吝啬鬼·序》,《吝啬鬼》,开明书店,1949年,第5页。
② 李健吾:《向贵人看齐·序》,《向贵人看齐》,开明书店,1949年,第3页。
③ 李健吾:《党璜·序》,《党璜》,开明书店,1949年,第8页。
④ 李健吾:《德·浦叟雅克先生·序》,《德·浦叟雅克先生》,开明书店,1949年,第5页。
⑤ 李健吾:《喜剧六种·序》,《喜剧六种》,上海文艺出版社,1963年,第2页。
⑥ 李健吾:《莫里哀喜剧·序》,《莫里哀喜剧》,湖南文艺出版社,1982年,第1页。

一定矛盾的,为了强调战斗精神,就势必要限制翻译那些应王权要求创作的定制剧目。对于"定制之作"的排斥,也是中国译者翻译时的策略考虑。

3. 形象之三:为艺术献身

莫里哀一生中最惊心动魄的一幕就是戏剧式的死亡,最能引起中国现代知识分子共鸣的就是为艺术牺牲的献身精神。30年代,陈治策在《莫利哀的惟一悲剧》这篇文章中聚焦莫里哀天鹅绝唱般的死亡:

> 莫利哀一生所作的戏剧无一不是喜剧,他的最后一出笑剧名叫《装病》(Le Malade Imaginaire),出演时,他担任剧中主要脚色,在台上大装病而特装病,弄得台下笑得不亦乐乎。演完,到了后台,他对一友人说道:"我刚才在台上只是假冒病人,可是现在我真病了。"他的友人还以为他是在开玩笑,哪知他的一个血管破裂,在演剧后一点钟内,他便与世长辞了。这是他一生的惟一悲剧。[①]

莫里哀带病演出《没病找病》,把戏剧看得比自己生命还重要,最终可以说是死在舞台上的。陈治策致力于改译、导演莫里哀的戏剧,无论30年代在北平大学艺术学院戏剧系还是40年代在南京国立剧专时期,都和莫里哀一样同时具备编、导、演的三重身份,痴迷于戏剧。陈治策导演了莫里哀的《伪君子》,并使之成为全国各地戏剧院校和业余剧团的保留剧目。甚至陈治策的死亡方式也与莫里哀如出一辙——他死在西南人民艺术学院的排演场上,也为中国的话剧艺术贡献了自己的毕生精力。

焦菊隐的《伪君子》序中对于莫里哀的艺术人生和艺术家气质也有涉及,例如关于莫里哀"静观人"绰号的来历:莫里哀描摹刻画人物栩栩如生,入骨三分,所以时人认为莫里哀总是细心观察生活中的人事,并记在随身的小本子上,为喜剧创作做准备。由于莫里哀在生活中沉默寡言,所以得了"静观人"的绰号。译者通过这些文字说明了莫里哀身上浓厚的艺术气质以及对于追求艺术灵感的勤勉不倦。焦菊隐对于莫里哀的死亡更是给予了无限的同情和哀挽:

> 他(注:指莫里哀)一生不倦地努力戏剧,到最后的生命,也是为戏剧活的。一六七三年二月他那剧团演出《幻病》(注:今译《没病找病》),他扮主角。他是已经患肺病的了,他拼命地表演。当时往看此剧的非常之多,一连演了四次。在第四次的时候,正在演到行礼的一

[①] 陈治策:《莫利哀的惟一悲剧》,《戏剧与文艺》,1930年第6期,第198页。

幕,他刚刚说出"Turo"一个字,忽然身上抽起筋来,大家把他抬回了家。他自己觉得不能延长生命了,就去请牧师来祝福,但没有人肯来为这个嘲骂人的戏剧家祈祷。后来还没有等到牧师来到,他的血管已经破裂而死了。那正是一六七三年二月十七日,他正活了五十一岁零一个月。当时巴黎的大主教,下令各教区不准给莫里哀的遗体以基督教的葬仪。后来还是路易十四的命令,强迫着他们下葬遗体,他们要求下葬必须要在夜晚,并不能给遗体祈福或举行仪式。到下葬的那晚,二百多莫里哀的朋友来执拂,伴随着棺材。民众去送葬的成千成万。①

焦菊隐的叙述,同时掺杂了历史和传说,但无论真实还是虚构,都灌注了中国译者强烈的感情倾向。

李健吾在自己的文章中更是大加赞扬莫里哀对于艺术的纯粹痴迷,对于莫里哀的死亡也有相当文学化的记述:

> 他(注:指莫里哀)在公演三场(注:指《没病找病》一剧)之后,感觉异常疲惫,他对他的夫人和一位青年(由他培养后来成为大演员的巴隆 Baron)讲:"我这一辈子,只要苦、乐都有份,我就认为幸福了。不过今天,我感到异常痛苦。"他们劝他身体好了再主演,他反问道:"你们要我怎么办?这儿有五十位工作者,单靠每天收入过活,我不演的话,他们该怎么办?"他不顾肺炎,坚持继续演出。他勉强把戏演完,夜里十点钟回到家里,咳破血管,不到半小时或三刻钟,就与世长辞了。这一天是1673年2月17日。②

李健吾的记述与焦菊隐的叙述有所出入,但更加注重细节的渲染,这得益于他对莫里哀各种研究资料的熟稔。关于莫里哀死亡的描写,他显然受到了拉格朗日(La Grange,约 1639—1692)的《1659—1685 莫里哀剧团账簿与大事记》和1682年版《莫里哀全集》序言的影响。李健吾在中国早期译者言说的基础上,不断重言莫里哀戏剧化的死亡过程,并以其生命重演了这一幕。李健吾作为中国的莫里哀研究专家和莫里哀喜剧翻译者,他最终也是在伏案工作时与世长辞的,真正实现了为学术、为艺术献身。作为艺术工作者,陈治策、焦菊隐和李健吾这几位中国译者都服膺于莫里哀为艺术牺牲的献身精神。

---

① 焦菊隐:《论莫里哀(二)》,《晨报副刊》,1928 年 4 月 17 日。
② 李健吾:《莫里哀喜剧·序》,《莫里哀喜剧》,湖南文艺出版社,1982 年,第 9—10 页。

二、莫里哀中国形象建构的成因

莫里哀形象本身就是丰富多彩的,形象的不同侧面在不同历史时期或隐或显。在他自己所处的时代,他的朋友布瓦洛(Nicolas Boileau Despreaux)、拉封丹(Jean de la Fontaine)等人赞叹其戏剧天才,他的敌人则对他嫉恨中伤,而在国王看来,也许莫里哀只是供奉宫廷、逗笑凑趣的戏子。莫里哀作为一个历史人物,几个世纪以来的历史记述为我们留下了莫里哀的一些点滴事迹,不同的历史记述也因记述人立场角度的不同而各有差别。莫里哀作为一个喜剧作家和戏剧表演家,人们往往倾向于从他的艺术作品中找寻他藏在喜剧面具之下的真实面目,有时他被描述成《夫人学堂》中阿尔诺勒弗(Arnolphe)式的人物,有时他被描述成《愤世嫉俗》中阿勒赛斯特(Alceste)式的人物。无论是喜剧性人物,还是悲剧性人物,莫里哀的形象都显得与他那个时代格格不入。中国译者塑造的莫里哀形象同时融合了历史事实和艺术虚构,经过他们的翻译和阐释,莫里哀的这一形象打上了中国文化的烙印。

中国译者译介莫里哀时所处的历史文化语境制约着莫里哀形象的塑造。对于莫里哀悲剧人生这一形象的凸显,集中在早期译者笔下。20年代末30年代初,曾朴、焦菊隐和陈治策等中国译者在翻译莫里哀喜剧的时候,读者对于莫里哀其人其事还是相当陌生的。中国译者在介绍莫里哀的时候,可以借鉴的资料也仅限于几种文学史和英译者对于莫里哀的介绍。在有限的史实面前,中译者以情起文,充分发挥文学的想象力和创造性,塑造了一个天才戏剧家命运多舛的一生。莫里哀戏剧化的死亡是其悲剧人生的终点,在早期中国译者那里得到浓墨重彩的渲染。到了20世纪中后期,随着莫里哀研究的逐渐深入和资料的日益丰富,李健吾对于莫里哀生平的叙述较之先前的译者更加客观、准确,但对于莫里哀死亡的记述反而更加文学化。这种为艺术献身的精神随着历代译者的重复言说,也逐渐内化到中国译者的人生实践之中,陈治策、李健吾等人的死亡方式在精神实质上与莫里哀的死亡一脉相承,都是为戏剧而活。莫里哀的中国形象中,在20世纪一直延续不断的是其战斗精神的塑造。

自晚清以来,中国知识分子往往倾向于"别求新声于异邦",输入外国文学以咨借鉴,建设中国新文学。对于中国的传统旧戏,文学革命者批评尤为严厉,创建中国现代话剧的希望只能在西方。新知识分子们的留学经历为此种学习提供了可能性。介绍哪些剧作家,翻译哪些剧本,都是经过精心挑选的,因此剧作家和翻译剧本都是被赋予了重大使命走进中国的。五四以来的社会问题剧,"以人生观为前提虽足号召一时,然一旦出现于舞台之上,则鲜有不失败者"①。宋春舫在自己开列的《近世名剧百种》的书目中,认为在中国观众水平尚还"幼稚"的情况下,为让观众切实感受戏剧的娱乐性,舞台应当上演滑稽戏。他推崇英国19世纪斯可里布(Scribe)的佳构剧和法国腊皮虚(La Biche)的轻喜剧,但这两位作家的剧作娱乐成分居多,而社会意义稍显不足。② 力图创建中国现代喜剧的新知识分子们在寻求一个有足够号召力的榜样,以便开展戏剧运动。莫里哀的喜剧戏剧性和社会性兼胜,而且莫里哀本身声誉极高,有较高的号召力。但文学革命的主流是"厚今薄古"的,茅盾等人就认为当务之急需要输入的是欧美的新思潮、新理论,至于古典主义之类的作品可以稍缓译介。为了使莫里哀剧作的翻译切合时代氛围,就有必要强调莫里哀与中国现实的契合,因此莫里哀的战斗性在每个时期都会加以强调。唯有如此,莫里哀的正面光辉形象才符合主流意识形态的需要,才能保证其剧作的合法译介。尤其自20世纪50年代以来,莫里哀的战斗精神与现实主义结合在一起的阐释方式,显然受到当时苏联戏剧界对莫里哀及其喜剧定位的影响。在苏联当时的《法国文学史》中,将莫里哀定位成一个"通过严格的、层层限制的古典主义诗学而为描写客观世界和人物的现实主义方法勇猛地开辟了道路的艺术家",一个"从欧洲民间剧艺创作的宝库中深入地吸取滋养料来丰富自己、并善于运用生动的人民语言的伟大喜剧作家"。③ 莫里哀的战斗性和现实主义特性在50年代凭借着苏联强势的文化资源成为中国话剧界的阐释基础,直至80年代还具有持续的生命力,余响未绝。

  莫里哀形象的塑造同时受制于译者的个性。这几位中国译者除曾朴外,大都具有留学的经历。陈治策留学美国,从英文转译莫里哀的剧作;焦菊隐、李健吾曾留学法国,而且都与戏剧结缘甚深,一个是戏剧导演,一个创作戏剧。陈治策以趣味性的口吻谈及莫里哀的悲剧人生,实际上对于莫里哀本身是相当隔膜的,仅限于一般了解。他所翻译的莫里哀戏剧完全中国化了,你很难从译作的字里行间去想象莫里哀是17世纪的古

---

① 宋春舫:《中国新剧剧本之商榷》,《宋春舫论剧》(一),商务印书馆,1923年。
② 宋春舫:《我为什么要介绍腊皮虚?》,《宋春舫论剧》(一),商务印书馆,1923年。
③ 普什科夫:《法国文学简史》,盛澄华、李宗杰译,作家出版社,1958年,第55页。

典主义作家。焦菊隐曾创办中华戏曲学校,在巴黎求学研究的也是中国传统戏曲,基于对中国戏曲的体认,当他在论及莫里哀剧作的时候,往往在与中国戏曲的比较中分析总结莫里哀剧作的民族特色。在他那里,莫里哀"寓喜于悲"的精神气质与中国传统的文人气质是一脉相通的,由于这种共同的心理基础,莫里哀的悲剧人生和喜剧艺术在中国具备了被接受的前提。李健吾从事莫里哀剧作的翻译时间最长,他对于莫里哀形象的塑造也更细致,更全面。他总结吸取了此前中国译者塑造的莫里哀形象,以上三个方面无不详细描述。而且他以自己的翻译加强、固定了中国的莫里哀形象。他选择翻译的剧作兼有艺术性和社会性,在具体翻译时,通过序跋、题记和注释,展现莫里哀生活其间的法国17世纪的社会文化,减轻作品和作者对于中国"读者"的"陌生化"程度,提升了译作的可接受性,也使中国读者更加了解莫里哀,更加认同译者塑造的莫里哀形象。

当代形象学研究并不过分关注异国生成的形象的相似性,而更着眼于形象的相异性。研究的重点也从形象本身转向形象塑造者的主体。[①]文学翻译具有"操纵"和"改写"的权力,译者选择翻译哪些作品,有意排斥哪些作品,并通过译本序跋、题记和注释等周边文本参与塑造异国文学形象。莫里哀中国形象的建构是在历史文化语境和译者个性的合力作用下产生的。特定的时代氛围和社会语境决定了莫里哀在中国只能以某一种形象出现,而不能以其他面貌出现。中国的译者基于自己的知识场和审美趣味,根据记载莫里哀事迹的历史事实和艺术创作,参与到莫里哀异国形象的创造过程中。莫里哀形象的塑造是个历时的衍进过程,这一形象体现了新文化运动以来中国知识阶层对于莫里哀这位古典主义戏剧家的社会总体想象。

---

① 孟华:《比较文学形象学论文翻译、研究札记(代序)》,《比较文学形象学》,北京大学出版社,2001年,第6页。

从《灰阑记》译本看儒莲戏曲翻译的思路与问题

李声凤

19世纪前半期,随着清廷禁教日严,中西往来较之17、18世纪出现了明显的减退。不过,欧洲本土汉学的兴起使中西间的文学文化交流得以借助另一种形式继续向前发展。欧洲各国中,法国率先以学院模式开展汉学研究,在古典文本的翻译与研究方面取得了较多成绩,戏曲翻译正是其中一个重要的组成部分。这些戏曲翻译活动虽源于此前长久的酝酿与筹备,但其真正实现,实始于1832年儒莲《灰阑记》译作的出版。本文希望通过《灰阑记》译文,对汉学家儒莲(Stanislas Julien,1797—1873)这一阶段戏曲翻译的思路与问题进行一些探讨。

一、为诗歌语言"解码"——儒莲对戏曲翻译的解决之道

兴起于19世纪初期的法国学院汉学以语言学研究为其重要依托。鉴于在《灰阑记》译本问世前,欧洲已有的几种戏曲译作均采取了大体上保留对白、舍弃唱段的做法。因而,当儒莲秉承其师雷慕沙(Jean-Pierre Rémusat,1788—1832)的观点,以"完整的毫无删减的翻译"为目标开展戏曲翻译时,将唱段部分定为试图攻克的核心与难点也就是顺理成章的事了。在发表于1867年的一份汉学工作回顾报告中,儒莲曾这样写道:

> 1829年,若干名中国基督徒来到巴黎,儒莲先生与其中之一建立起了持久的联系。他名叫李若瑟[①],学识比他的同伴们更高,并且能说一口流利的拉丁语。儒莲尝试与他一起阅读一部中国喜剧,却发现这个年轻人不理解夹杂在散文中的诗行,并证实在他的家乡,只有不到一两个读书人能达到理解中国诗歌的水平。儒莲先生于是想起马若瑟神父,这位从前耶稣会传教士中最出色的汉学家也由于未

[①] 关于李若瑟及1829年旅法的其他几位中国人情况,可参阅笔者所写《道光九年四华人旅法事考》,《清史论丛》2012年号,第283—294页。

能理解而省略了《赵氏孤儿》中所有的诗句。还有德庇时先生，尽管得到若干名读书人的帮助，仍然放弃了翻译悲剧《汉宫秋》中的诗体片段。儒莲先生被这种困难本身所吸引，决心要读懂中国诗歌，并且取得了成功。①

尽管马若瑟（Joseph de Prémare，1666—1736）与德庇时（John Francis Davis，1795—1890）很可能并非因能力所限而在译作中舍弃唱段，②不过，应当承认，此前法国有关中国诗歌的翻译与研究都相当有限。《诗经》虽曾为部分来华传教士所关注，但仅仅作为儒家经典被探讨，其文学性并非人们着眼所在。更何况作为一部上古诗集，《诗经》无论在词汇或是格律上与中古以降的诗体作品间都存在着巨大的差异。除此以外，当时的法国读者所能见到的仅有《中华帝国全志》中所录若干位诗人的简短生平，以及《好逑传》《玉娇梨》等小说中附带的诗歌。1829年英国汉学家德庇时所著《汉文诗解》（*Poeseos Sinensis Commentarii*，*On the Poetry of the Chinese*）③一书，似乎是此时仅有的中国诗歌概要。此书对中国诗歌的韵律对仗等形式规范作了总体上的介绍，参照欧洲诗歌的分类介绍了中国诗歌的不同类别，并以英汉对照的形式收录了数十首中文诗歌，这无疑使欧洲读者得以初窥中国诗歌概貌。但不得不说，在19世纪二三十年代的法国，中国诗歌研究就总体而言仍是一片有待开垦的土地。

那么，解读中国诗歌的核心问题何在呢？儒莲在《灰阑记》的前言中认为，是一套诗歌专属的语汇：

---

① Stanislas Julien, "Langue et littérature chinoises", *Recueil de rapports sur les progrès des lettres et des sciences en France, sciences historiques et philosophiques, progrès des études relatives à l'Egypte et à l'Orient*, Imprimerie impériale, 1867, p. 182.

② 实际上，儒莲本人对马若瑟和德庇时删节原因的说法在不同时期也发生过微妙的变化。在1832年《灰阑记》译本中，他肯定马若瑟和德庇时都具有翻译唱段的能力，并辅以例证；1834年《赵氏孤儿》译本中，他虽未直斥马若瑟读不懂中文，但已改称他舍弃唱段是因为"似乎没有做过中国诗歌的专门研究"（参阅(Trad.) Stanislas Julien, *Tchao-chi-kou-eul, ou l'orphelin de la Chine*, Moutardier, 1834, p. ix）；而在1867年所撰写的这份报告中，儒莲才言之凿凿地说马若瑟和德庇时都读不懂唱段。这显然可以视为儒莲因身份地位的改变而带来的一种心态变化。

③ 《汉文诗解》的内容最初全文发表于1829年《英国王家亚洲学会会刊》(*Transactions of the Royal Asiatic Society of Great Britain and Ireland*)第二卷，同年在伦敦出版了单行本(Printed by J. L. COX, printer to the royal asiatic society, 1829)，1834年，澳门东印度公司出版社将此书再版。1870年，伦敦阿谢尔出版公司出版了增订本，改名 *The Poetry of the Chinese*。参阅王燕、房燕:《〈汉文诗解〉与中国古典诗歌的早期海外传播》，《文艺理论研究》，2012年第3期，第45—52页。

向公众展示围绕中国诗歌的诸多障碍究竟是什么也许非常有意思。它们可以说构成了一种与散文截然不同的语言,它有自己的结构,自己特定的短语,自己的句法,以及,如果我可以这么说的话,自己的词汇……中国诗歌有着大量的多音节词,它们完全没有存在于我们的词典中。如果按照字面来翻译这些词的组成部分,是无法产生意义的。①

这就是说,在儒莲看来,中国的诗体作品与散文间的巨大差异建立在一整套诗歌所特有的"代码"基础之上。解读诗歌,就意味着要解密这套"代码",而其中最为核心的是一系列诗歌专用词汇。既然唱段是戏曲翻译的难点所在,专属词汇又是解读诗歌的核心,因此,作为戏曲翻译的准备,儒莲首先进行的就是诗歌词汇的整理工作。他称自己相当于编了一本"词典"。在《灰阑记》的前言中,儒莲刊出了该"词典"的部分,篇幅约为15页。这使我们可以大致了解到儒莲所编诗歌词汇的状况。

按照儒莲本人的分类,这份词汇表主要包含形象化短语(expressions figurées)、常用比喻(des métaphores les plus fréquentes)、与寓言或神话相关的故事(des faits relatifs à la fable et à la mythologie),以及主要的历史典故(des principales allusions historiques)。② 如果将其与中国习惯的分类相对应的话,大致涵盖的是诗歌中的常用比喻和修饰语,以及典故中的"事典"。词典固然一直充当着翻译的辅助工具,但将词汇的重要性提高到如此程度,希望能以一种完全"科学而系统"的方式来处理文化传递中复杂情况的思路,表明儒莲深受19世纪欧洲实证主义哲学的影响。当然,在文学领域中,作者或译者的思考往往与其写作实践并不完全一致,儒莲的情况也不例外。尽管根据其构思与理解,他只是在制作一部诗歌语汇词典,但从《灰阑记》译本前言中所刊发的局部来看,该"词典"的内容似乎早已超出了他的预设。例如,这份汇总告诉人们:中国有一种茶叶名叫"龙井"(Jets de dragon: espèce de thé),"羊城"(La ville des brebis: Canton)是广州的别名,也记载了皇帝的外甥女婿叫作"郡马"(Cheval du distinct: celui qui épouse une nièce de l'empereur),道士服用的延年益

---

① Hoëi-lan-ki, l'histoire du cercle de craie, drame en prose et en vers, traduit du chinois et accompagné de notes, par Stanislas Julien, John Murray, 1832, p. xii.

② 参阅 Stanislas Julien, "Langue et littérature chinoises", Recueil de rapports sur les progrès des lettres et des sciences en France, sciences historiques et philosophiques, progrès des études relatives à l'Egypte et à l'Orient, Imprimerie impériale, 1867, p. 182.

寿之物叫"金丹"(L'or et le rouge, ou vermillon: le breuvage d'immortalité, composé par les sectateurs de Lao-tsee),扫墓活动叫作"踏青"(Fouler le vert: visiter les tombes, le six avril),婚俗中有"纳雁"的礼仪(Recevoir l'oie:recevoir les présents de mariage)。再如中国将世俗生活称为"红尘"(La poussière rouge: les jouissances, les pompes monaines, le monde, par opposition à la vie religieuse),把妓院叫作"青楼"(L'étage bleu: En latin, fornix, lupanar),而皇族族谱称为"玉牒"(Le livre de jade: le livre généalogique de la famille impériale)等等。这些词如追根溯源,在构词上的确运用了借代、比喻等手法,但经过长期使用,这些引申义已经成为了它们的第一义项。因而对中国人来说,其中所包含的文学手法已不再具有新鲜感,这些词也并不被视为诗歌的专用词汇。不过,这些词语中的确包含了中国文化中有别于欧洲的许多独特观念。在这份词汇表中,儒莲分出了许多小类,并以简短的文字对这些小类予以概括。而这些总结其实同样越出了词汇层面,触及汉语词汇中蕴含的某些文化因素。例如他在将包含"玉"字的词语归为一类时,就写道:

> 中国人对玉石的"玉"字使用相当频繁,甚至可以说到了滥用的程度。他们用这个字来表达珍稀、珍贵、出色、视觉上的愉悦,品味上的高雅,或是璀璨的白色等等特性。①

因此,与其说这是一份诗歌用语汇总,不如说这是一本中国文化常识小词典。②

据儒莲本人的说法,这份词汇表是通过对大量诗体作品的阅读编制而成。从刊发部分的注解来看,参阅的书籍除诗歌、戏曲、小说作品外,主要是德庇时的《汉文诗解》与马礼逊的《英华字典》。这是否表明在词条的选择与释义的编撰上,儒莲仅仅以这些著述为依托呢？其实不然。从实际释义的情况来看,对儒莲的理解产生影响的,除了他直接的参考资料外,很可能还包括诸多17、18世纪来华传教士的中国著述。

---

① Hoëi-lan-ki, l'histoire du cercle de craie, drame en prose et en vers, traduit du chinois et accompagné de notes, par Stanislas Julien, John Murray, 1832, p. xiii.

② 儒莲在含"玉"字的小类中,收录了"玉牒"一词,该词法文直译正是35年之后,朱迪特·戈蒂耶(Judith Gautier, 1845—1917)编译的诗歌集《玉书》的法文标题"livre de jade"。尽管戈蒂耶为此书所拟定的中文书名是"白玉诗书",这表明,她所选择的并非"玉牒"的本意,而是"玉书"这一富有诗意的形象,不过,该书名的文字表述及其所显示出的对于中国玉文化的喜爱与关注,却很可能源于儒莲的这份词汇表。

例如"雁塔题名"这个典故，在儒莲的词汇表中是这样呈现的："雁塔"

法文直译：La tour des oies（中文回译：雁①的塔）

法文意译：la liste de ceux qui ont obtenu le grade de docteur（中文回译：获得博士（指进士）级别人员的名单）

儒莲发现"雁塔"一词与科举上榜有着密切关联，显然是对的。但大雁塔作为一座著名的佛教建筑，所能引起的联想并非只有科举考试，因而须加"题名"二字的限定，才能指向科举得中、金榜题名的含义。而儒莲将该词条定为"雁塔"，认为这就直接意味着考取进士者的名单，显然是缩小了该词的涵盖面。

与之相似的一个更明显的例证是"青云之志"。

法文直译：Le désir des nuages bleus（中文回译：青色②云朵的愿望）

法文意译：le désir d'acquérir une grande réputation par les succès littéraires（希望通过科举考试来获得巨大声誉的愿望）

虽然科举的确是古人实现"青云之志"的重要途径，但汉语中"青云之志"却只是指远大的志向，并未与具体的实现方式相挂钩。儒莲将其释为"通过科举成功而获得的巨大声誉"，实际上以限定的方式缩小了词义的内涵。有理由认为，此类情况的反复出现，是因为儒莲在潜移默化中受到了18世纪传教士的影响。科举考试对中国来说，并不是一项始终存在的制度，它虽然在唐代便已出现，但真正推广并成为文人的主要上升渠道要晚至宋代。然而，由于耶稣会传教士长期以来对中国科举制度的大肆宣传和高调赞美，欧洲不论是在时间上还是在力度与覆盖面上，都不免高估了科举对中国的影响。儒莲在释义中缩小语义场，正是由于受此话语影响，不自觉地夸大了科举考试在中国社会生活中的重要性。

尽管在儒莲看来，以词汇的方式，借助字典，以及文本的上下文解读，应当可以获得一种完全"客观"的对应释义，然而今天人们已经认识到，文化是无法被完全"客观"解码的。正如以上考察所反映的那样，任何一种解读在"揭示"对象特征的同时，也无可避免地要受到解读者头脑中的前理解的局限。

---

① oie 一般指鹅，不过法文中"雁"译为 oie sauvage，即野鹅。

② bleu 一般译为蓝色。由于法文中并没有中文那么细致的颜色区分，所以儒莲只能用 bleu 来涵盖青色。

二、信息的流失、增加与文化前理解——以《灰阑记》译文片段为例

儒莲本人对这一通过词汇归纳来解决唱段翻译问题的方案给予了高度评价,并将其应用于不同诗体作品的翻译实践。① 而在认为诗歌解读的困难已从此得到一劳永逸的解决后,他甚至在 1834 年之后暂时中断了文学翻译,将这些工作转交给他的学生大巴赞(Antoine Bazin,1799—1863)与德理文(Marquis d'Hervey de Saint-Denys,1822—1892)。然而,文化因素的不自觉渗入终究有别于译者自觉的、有意识的关注。儒莲在词汇表中无意带入的文化因素,其实并不足以应对戏曲作品中广泛涉及的各类文化现象。这种完全依托于语言研究、严重脱离社会文化背景的翻译理念所带来的误读,反映于译作的不同层面,以下试以《灰阑记》第一折中的【点绛唇】【混江龙】两支曲子为例。

【仙吕·点绛唇】:月户云窗,绣帏罗帐。谁承望。我如今弃贱从良,拜辞了这鸣珂巷。

【混江龙】毕罢了浅斟低唱,撇下了数行莺燕占排场。不是我攀高接贵,由他每说短论长。再不去卖笑追欢风月馆,再不去迎新送旧翠红乡。我可也再不怕官司勾唤,再不要门户承当,再不放宾朋出入,再不见邻里推抢,再不愁家私营运,再不管世事商量。每日价喜孜孜一双情意两相投,直睡到暖溶溶三竿日影在纱窗上。伴着个有疼热的夫主,更送着个会板障的亲娘。

演唱这两支曲牌的是女主角张海棠。她家祖上原是科第出身,但张海棠父亲去世后,家中失去经济来源。张海棠为赡养老母,不得已沦为娼妓。后来幸遇马员外与她情意相投,愿纳她为妾,她才终于得以告别倚门卖笑的生涯。嫁入马家后,张海棠又得一子。这两支曲子便是张海棠在即将为儿子过五岁生日之时的欢乐心情中所唱,描绘了这个善良而不幸的女子回望当年的艰辛,对当下生活的无限满足感。

先来看【点绛唇】一曲的译文:De ma fenêtre, où pendent des

---

① 据笔者所见,除《灰阑记》《赵氏孤儿》这些包含曲牌体唱段的作品外,儒莲尚译有民歌《木兰辞》("Romance de Mou-lan, ou la fille soldat")、《小尼姑思春》("Ni-kou-sse-fan, ou la religieuse qui pense au monde")、《鳏夫怨》("Kouan-fou-youan, élégie sur la mort d'une épouse",此标题系根据儒莲法文直译所得)以及杜甫的五言古诗《羌村三首》("Le village de Kiang"),均附录于 1834 年出版的《赵氏孤儿》译本中。

rideaux de soie, ornés de riches broderies, je puis contempler l'éclat de la lune et les formes variées des nuages. Aurois-je espéré d'abandonner un jour cette avilissante profession, pour prendre un parti honorable, et dire adieu à cette rue qui est le séjour du vice?①

中文回译：我从那悬挂着纹饰华美的丝绸帘幕的窗口向外观望，能看到月亮的光芒与云朵纷繁的形状。我何曾想到有一天能抛弃这耻辱的职业，嫁一个体面的丈夫，永远告别那条为罪恶所流连的街道。

如果说，后三句译文与原文尚大致接近，那么，前两句在最表层就与中文原意出现了较大偏差。"绣帏罗帐"一词原本说的是床，但在儒莲的译文中却变成了窗帘。而"月户云窗"这个描写环境的名词性词组，则演化为叙述女主角行为的动词。这两句话的问题看来出于同一个源头，即儒莲没有意识到"月户云窗"乃是一个典故，出于向子湮（宋）《清平乐·奉酬韩叔夏》词："薄情风雨，断送花何许。一夜清香无觅处。却返云窗月户。""月户云窗"指的是"华美幽静的居处"。因此，原文中"月户云窗""绣帏罗帐"是两个并列的名词短语，既是描写女主角眼前的景物，也是对以下抒情部分的铺垫。如前文所述，儒莲之所以认为，所谓"诗歌词汇"需要进行专门整理，是因为他发现有些词是一个固定的搭配组合，而该组合的意义是经过引申的，因而无法通过单字意义的叠加来获得。但事实上，儒莲对这些词的发掘与判定仍然受到他所掌握的中国文化背景知识的限制，并非所有的典故、隐喻等特殊词汇都可能被察觉，而那些相对生僻的典故则尤其容易被忽略。儒莲很可能正是在没有意识到"月户云窗"为典故的情况下，为了将"月""云""窗""帏"等事物连缀在一起，于是将"绣帏罗帐"理解成了绣着华美纹饰的窗帘，并根据自己的想象，构造出了女主角从窗口向外望看到了月亮与云朵的情景。

不过，因文化背景知识不足造成的典故失察仅仅是《灰阑记》译本中误读的一个层面，译文中更多意义的偏移发生得更为细微而隐蔽。例如儒莲译文中对"弃贱从良"一词的处理。表面上看，妓女"弃贱从良"的确指的是以嫁人的方式告别卖笑生涯，但其包含的意义显然并不只是"抛弃耻辱的职业，嫁一个体面的丈夫"。在中国的乐籍制度下，"贱"与"良"不仅仅是一种对品质的描摹，更是实实在在的社会等级上的现实。据学者

---

① Hoëi-lan-ki, l'histoire du cercle de craie, drame en prose et en vers, traduit du chinois et accompagné de notes, par Stanislas Julien, John Murray, 1832, p. 12.

研究,乐籍制度是从古代罪犯家属没籍为奴和奴隶世袭制度发展而来。①汉代已有世袭乐户存在,北魏时以法律形式作出明确规定,自隋代起作为制度实施,此后历经唐宋元明未改,直到清雍正年间方被革除。而像张海棠这样的官妓,便是隶属乐籍,她们的社会身份类似于"贱民",近于奴婢,而远远低于普通的良民。宋元明清历代法律都规定,乐籍之内的乐户只能与同为乐户的人婚配。而"从良"便是妓女脱离乐籍仅有的少数几种可能之一。因而,"弃贱"并不仅仅是丢弃一份不名誉的职业,"从良"也不仅仅是嫁得一个体面的丈夫,而是以婚嫁的方式改变自己所属的社会阶层。这种改变对张海棠而言的珍贵与不易,是这支曲牌所传递的复杂而百感交集心情的基础。而儒莲由于背景知识的缺乏,显然未能准确把握到原文中的这一感情基调。这使得该曲牌的译文除文义上存在的偏差外,所传递的人物感情也与原文出现了较大的差异。窗口观云赏月的闲情,将张海棠的心情由今昔对比的满足与感慨,简化为一种对富足雅致生活的惬意与欢乐。因而,这种在人物情绪上的把握偏差虽然细微,却在不知不觉中改变了剧本对人物形象的塑造。

同样的情况在紧接着的【混江龙】中体现得更为明显。鉴于这支曲牌较长,以下仅以前两句为例。

中文原文:毕罢了浅斟低唱,撇下了数行莺燕占排场。不是我攀高接贵,由他每说短论长。

儒莲译文:

C'en est fait : plus d'orgies, plus de chansons licencieuses. J'ai rompu pour toujours avec ces compagnie d'amants et de maîtresses, et je leur abandonne sans regrets le théâtre du plaisir. Qu'il me poursuivent, s'ils veulent, de leurs railleries et de leurs injures; ce n'est pas moi qui irai faire des avances aux riches, ni présenter aux nobles une main séduisante. ②

中文回译:结束了:不再有狂欢纵饮,不再有放荡的歌曲。我与那成群的情人情妇永远断绝,我毫无留恋将他们抛弃在寻乐场上。随他们用嘲笑与侮辱追逐着我,那对富人勾引挑逗,或向权贵伸出诱

---

① 以下有关历代乐籍制度及官妓生活的内容,均参阅武舟:《中国妓女文化史》,中国出版集团东方出版中心,2006年。

② Hoëi-lan-ki, l'histoire du cercle de craie, drame en prose et en vers, traduit du chinois et accompagné de notes, par Stanislas Julien, John Murray, 1832, p. 12.

惑之手的人，都将不再是我。

中文原文在这短短的两句话中，其实包含了若干不同的层次："浅斟低唱"是迎来送往的日常应酬，"数行莺燕占排场"是同行姐妹之间为崭露头角而持续进行着的技艺竞争，"攀高接贵"是竞争结果在来客身份上的体现，而"说短论长"则是即便在表面的胜利之后，她仍然需要面对的压力。这既是对张海棠以往各个生活侧面的描绘，也是对她各种痛苦与艰辛来源的陈述。而儒莲译文所描绘的内容，却基本只有"放荡"两个字。纵饮、狂欢、寻乐、诱惑，似乎这种生活唯一的问题只在于其不道德。而"嘲笑"与"侮辱"的来源，也只是因为女主角抛弃了这种不道德。很明显，这短短两句的译文中，出现了诸多语义上的缺失。其根源仍然在于儒莲对乐籍制度的背景知识欠缺。如果说，"弃贱从良"四个字主要强调的是乐籍制度中"籍"，也就是户籍层面的意义的话，"浅斟低唱""数行莺燕占排场"则反映了乐籍制度之"乐"。乐户，是女乐、倡优等歌舞艺人的户籍。而官妓作为高级妓女，其主要职能并非以色事人，而需要承担更多的歌舞表演任务，尤其是公筵与私宴上的歌舞。"浅斟低唱"主要描摹的是小型宴饮场合上唱曲的情形，而"数行莺燕占排场"则更像是较大筵席上的舞蹈场景。元明时官妓承应官府，参拜或歌舞，以姿艺最出色的排在行列最前面。这位妓女便是所谓"上厅行首"，该词后来也作为名妓的通称，可见歌舞技艺对于妓女的重要性，妓女间以技艺进行的竞争显然也是相当激烈的。而技艺出众的妓女，自然多得达官贵人的青睐。《琵琶行》中的琵琶女自述"曲罢常叫善才服，妆成每被秋娘妒。五陵年少争缠头，一曲红绡不知数"，正是对此状况的生动描绘。而《灰阑记》的主角张海棠过去便是一位"上厅行首"，因而她对以往生活的回忆中，并非如儒莲译文那样，只有以色事人的部分，而是更多地包括了日常歌舞侍宴的忙碌、为在众人间的技艺竞争中名列前茅的艰辛，以及一朝获得达官显贵青睐时招来的妒忌。如果【点绛唇】对"弃贱从良"的感慨主要表达了她对摆脱低贱身份的满足，那么【混江龙】中的这些描述，则更多地表达了她对摆脱以往生活种种辛劳与压力的轻松感。

然而在儒莲的译文中，这些与官妓歌舞生涯相关的信息几乎完全消失了，唯一出现的歌唱也变成了"放荡的歌曲"，强调的不在演唱，而在于这些歌曲的"放荡"。描绘舞蹈场面的"数行莺燕占排场"演变成了"成群的情人情妇"，演变成了"寻乐场"，同样成为对纵情作乐场面的描绘。而原先的"攀高接贵"，只是名声在外情况下的被选择，此刻却转为积极主动型的"勾引"与"挑逗",甚至还有"伸出诱惑的手"这样具体的形象。如果说,信息的缺失或许源于对中国特定文化的不了解,那么信息的增加,则很可能源自儒莲对于人物的某些想象和期待。为什么如此浓墨重彩地渲染以往生活的热烈与放荡,很明显是为了烘托"告别"这种生活的激烈冲突。当主人公对昔日的狂欢毫无留恋,对他人的嘲笑与侮辱置若罔闻时,她的形象就变得决绝而勇敢,她的情绪就显得高亢而激烈。因此,当人物被塑造为顶住狂欢的诱惑、无视他人的压力、坚决告别不道德的生活这样一种形象时,道德的感召力即成为作品的实际主题。但事实上,从中文原作的剧情与人物设定来看,张海棠个性善良懦弱,并不富于斗争性。对她来说,脱籍从良并不需要什么心理上的斗争或抉择,只需要出现一个能够在经济上和感情上都可以依靠的人,所以即便在做决定的那一刻,她也并未表现出多少激情与决绝。更何况这两支曲子安排在她嫁到马家多年以后,这种慷慨激昂更是没有必要和不合情理的。在度过了相当长时间的宁静与安详生活之后,她回想起过去的艰辛,主要是苦尽甘来的感叹,负担不再的轻松。

那么,儒莲为何将此种心情转化为善恶交战的慷慨激昂与不道德生活决裂的胜利喜悦呢?这很可能与他对中国戏剧的想象密切相关。在来华传教士的影响下,法国人自17、18世纪起就相信中国是一个道德至上的国度,而中国的戏剧更以颂扬道德、引导向善为己任。这一文明中国的形象或许让儒莲完全没有想到中国还有"乐户"这一类似"贱民"群体的存在。而对于中国戏剧热衷于进行道德训诫的想象,则很可能让他将《灰阑记》中从良的妓女张海棠与基督教传统下的妓女受感化忏悔向善的主题联系起来。因而,他的译文才会不知不觉将原作中善良而无力抗争的苦命女子,改造成为一个有着高雅的品味和追求、勇敢决绝地与不道德生活告别的人物。显然,这种人物情感与作品基调把握上的偏差,虽然也受到当时汉学家语言水平的局限,但更多还是源于译者对社会文化因素的关注缺失。

19世纪的欧洲在科技上取得了重大进展,科技发展对人文社科的研究产生了深远影响,孔德的实证主义成为当时占据主导地位的哲学,而自然科学的研究方法也被广泛应用于社会科学领域,为人文社科研究带来了新的面貌。在这一社会背景下建立发展起来的法国汉学,对"客观"与"原貌"的追求实际上带有某种科学主义的倾向,同时,将东方文明视同古代文明的观念,也使得汉学家对中国的现实漠不关心,将文本与实践截然割裂。这些研究理念都深刻渗透于当时开展的戏曲翻译工作之中。因而,儒莲的戏曲译作看似有着对"客观"的严谨追求,却因对社会文化的忽略而出现了从主题到人物的重大偏移。虽然从文化研究的角度来看,文学作品在经译者处理后都会发生不同程度的"变异",作为文化"变异体"的译作自有其合理性与价值所在,然而,这种"变异"发生的缘由、过程及结果,作为不同文化间交流碰撞的集中反映,却仍然值得人们关注和审视。

英汉对译中的"Faux Amis"①
——也谈"封建/封建制"与"feudal/feudalism"

叶向阳

"封建"这个词语在现当代中国的话语中可谓俯拾即是。从学术上看,只要打开史学经典《简明清史》的目录,我们就会看到一系列的"封建",如"封建制""封建农奴制""封建化""封建专制主义""封建皇权"(以及将以上两词合并的"封建专制主义皇权")"封建租赋制度""封建的土地占有""封建剥削形式""封建政权""封建统治阶级"。② 不仅是描述清朝时如此,其实长期以来,我国文化学术界把先秦的春秋战国以及秦代至清代的传统社会均称为"封建社会",在此期间所创造的文化称作"封建文化"。③ 于是,"封建"就成为中国两千余年传统社会一切物质与精神现象的限定词。因此,我们还将上述时期的帝王称作"封建帝王",其统治下的制度当然就是"封建制度",其中央集权或称皇权的统治形式就被称作"封建专制主义"。在那个时期,若有人靠自己掌握的武力占据部分地区以对抗中央政权,就称之为"封建割据"。④ 这种话语不仅流行于学界,而且深入到民间,如称迷信为"封建迷信",落后的思想为"封建思想"或"封建脑

---

① 原为法文,意为"假(伪)朋友",有时引申为双语转换中字面意义相同而文化内涵不同或不尽相同的词语,如"个人主义"与"individualism","人文学科"与"liberal arts/humanities","现代"与"modern","农民"与"peasant"等等对应词。
② 戴逸主编:《简明清史》,人民出版社,1980年,第3—6页。
③ 参见陈惇、刘象愚:《比较文学概论》,北京师范大学出版社,2010年,第73页。原文如下:"到后期,【"五四"前后展开的东西方文化】争论则转入对**封建文化**、资本主义文化、社会主义文化这三种不同文化关系等至关重大问题的讨论。"(黑体为笔者所加,下同。)在此,"封建文化"大致相等于我们常说的"传统文化"。
④ 参见冯天瑜:《"封建"考论》(第二版),武汉大学出版社,2007年,第263—264页。

筋",包办婚姻是"封建婚姻",个人崇拜是"封建遗毒"等等。①

目前,我们在英汉互译中大都将"封建"与"feudal"实行对译(尤其用在偏正词组的搭配中)。例如在《汉英词典》(第三版,姚小平主编,2010)中,有关"封建"的词条,除了第一条的第一点属"封建"本义外,其他都被译成了"feudal"及其派生词"feudalism"和"feudatory":

> 封建 1. system of enfeoffment(分封制)2. feudalism 3. feudal; feudalistic 头脑封建:feudal-minded 封建主:feudal lord 封建把头:feudal gangmaster 封建割据:feudal separationist rule 封建领主:feudatory 封建社会:feudal society 封建主义:feudalism 封建专制主义:feudal autocracy 反封建:anti-feudal, against feudalism。②

另外,该词典把"皇朝"译为"(feudal) dynasty",基本上认同了中国自秦至清各皇权专制主义朝代均属"封建"性质。③ 笔者同时查对了《汉英词典》(第一版,吴景荣主编,商务印书馆,1979)及其修订版(危东亚主编,1995),发现这个词条的举例略有不同。第一版有"封资修(feudalism, capitalism and revisionism)",后两版都给删除了。另外,修订版及第三版都增加了"封建领主(feudatory)"与"封建专制主义(feudal autocracy)"两个词条。看来,第一版的编者并不认同"封建专制主义"的提法,虽然他们编纂该词典时正处于"封建"受到滥用的"文革"中后期。

---

① 参见冯天瑜:《"封建"考论》(第二版),第 263—264 页。但这种对"封建"的偏爱甚至狂热在台湾地区的史学著作中似并不多见。笔者查阅了在台湾大学使用较广的教科书《中国现代史》(增订本)(张玉法著,东华书局,2005)中最有可能较多出现"封建"一词的"启蒙运动"(即大陆所称的"五四运动"或"新文化运动")一章(第 211—300 页),发现仅在"对中国社会史的讨论"(第 269—271 页)一节出现比较多的"封建"词语,如"封建社会""封建势力"与"封建制度"。但这些"封建"词语并非出自该书作者的自主叙述,而是转述当时参与中国社会史讨论的一些历史人物(如郭沫若、陶希圣、胡秋源、朱其华等)的观点。在大陆史家学者很可能用到"封建"词语时,张玉法一般冠以"专制""传统""固有""旧"等比较中性的词,而且在提到"反军阀""反迷信""反帝制""佃农"等历史概念时,从不加上"封建"。参见同上书,第 215、219、220、232、234、240、247、262、264、266 页。

② 参见姚小平主编:《汉英词典》,外语教学与研究出版社,2010 年,第 397、354 页。该词典专门设有"分封制"词条,译为"the system of enfeoffment (of the Western Zhou Dynasty, c. 11th century—771 BC., investing the nobility with hereditary titles, territories and slaves)"。参见同上书,第 386 页。

③ 参见同上书,第 569 页。此处与危东亚主编:《汉英词典》(修订版)(外语教学与研究出版社,1995 年,第 424 页)相比,第三版在"feudal"一词两边加了括弧,表示该词可用可不用,或者有时用有时不用。

在《英汉大词典》(陆谷孙主编,第二版,2007)中,"feudal"及其派生词除了第三条外,也都全部被翻译成了"封建":

> feudal:1. 封建的,封建制度的:the feudal era 封建时代 a feudal lord 封建主 feudal law 封建法律 a feudal monarchy 封建君主国 feudal system 封建制度 2. 封建时代的:the ruins of a feudal castle 一座封建时代城堡的遗迹 3. 封地的,采邑的:a feudal estate 封地 feudal tenure 封地所有权 feudalism 封建主义,封建制度。①

该部分还有其他派生词,如 feudalist、feudalistic、feudality、feudalize、feudalization 等,均以"封建××"作为汉语对应词。

其实,将"封建"与"feudal""feudalism"实行对译不仅频频出现于中国内地出版的辞书,还见于像林语堂主编的《当代汉英词典》(香港,1972)、梁实秋主编的《远东英汉辞典》(台北,1977)等词典。② 汉语中的"封建"与英文中"feudal"或"feudalism"果真有这样的一一对应关系吗?这必须从三个层面进行探讨,即本义(狭义)、引申义(广义)与"泛化义"。首先我们来考察一下"封建"及英文中的"feudal/feudalism"在各自历史文化语境中的本义究竟如何。

我们知道,"封建"一词在汉语中古已有之,最早见于先秦的经典,如《诗经》《左传》等。唐宋八大家之一的柳宗元著有《封建论》。该文大致把"封建"限制在先秦时期。他说:"然则孰为近?曰:有初为近。孰明之?由**封建**而明之也。彼**封建**者,更古圣王尧、舜、禹、汤、文、武而莫能去之。盖非不欲去之也,势不可也。势之来,其生人之初乎?不初,无以有**封建**。**封建**,非圣人意也。"③据《辞源》(1988)的解释,"封"指"帝王分给诸侯的土地,也指帝王把土地或爵位赐给臣子"。该词典专设"封建"条目,指"古

---

① 参见陆谷孙主编:《英汉大词典》(第二版),上海译文出版社,2007年,第688页。
② 《现代汉英词典》列"封""封建"词条:封 establish fiefdoms for nobles,princes;封建 feudalism;封建制度 feudal system;封建社会,思想 feudalistic society,ideas。同时,该词典还把与"封建"有关的"封邦""封邑"分别译为"feudal state"和"a manor estate granted by a monarch"。但该词典不列"皇朝""反封建"两个词条。参见林语堂主编:《当代汉英词典》,香港中文大学出版社,1972年,第208、160页。《远东英汉辞典》同样列有 feudal、feudalism 及其诸多派生词,其汉语释义均以"封建"打头。与《英汉大词典》(第二版)相比,多设了"feudal baron 封建贵族、诸侯、藩侯""industrial feudalism 工业的寡头制度"两个例句词组。参见梁实秋主编:《远东英汉大辞典》,远东图书公司,1977年,第763页。
③ 柳宗元:《新刊增广百家详补注唐柳先生文》(全八册),上海古籍出版社,2013年,第170页。

代帝王把爵位、土地赐给诸侯,在**封**定的区域内**建**立邦国[即"封土建制""封邦建国"的简称——笔者]。旧史相传黄帝建万国,为封建之始;至周(约 1100 B.C.)制度始备。……及秦(221－206 B.C.)并六国,统一境内,遂废封建而置郡县。"① 这就是汉语里"封建"的本义或历史义。

那么,"feudal"或"feudalism"在英文中又是怎样一个概念呢?

按《简明牛津英语词典》(*The Concise Oxford Dictionary of Current English*, Eighth Ed., 1990)的释义,"feudal"是"feud (a fief, or a piece of land held under the feudal system or in fee 采邑、庄园)"的形容词形式,意为"of (according to, resembling) the feudal system",即"采邑或庄园制度的"。那么,什么又是"feudal system"呢? 同样按该词典的解释是:the social system in medieval Europe whereby a vassal held land from a superior in exchange for allegiance and service(中世纪欧洲的社会制度,封臣以效忠与提供服务为交换条件从领主那里获得土地)。该词典并不专列"feudalism"词条,仅将其作为"feudal"的派生词列在该词条里面。② 我们再查美国权威的《韦氏第三新国际英语词典》(*Webster's Third New International Dictionary of the English Language*, unabridged, 2002),发现上面单独列有"feudal""feudalism"等十多个与"封建"相关的词条。该词典对"feudal"列出了五大义项,其中第一个义项为本义:"a. 关于采邑或领地的:基于封地土地专有权之上的领主与附庸的关系。b. 关于封建制度的。""feudalism"有三个义项,其中第一、二项属本义或直接引申义:"1a. 盛行于欧洲 9－15 世纪的体制,基于自国王以下领主与附庸之间通过土地持有形成的关系,佃户须向领主表忠诚,并通过服兵役等形式来换取保护。b. 基于封建体制之上的原则、习俗。2 大地主或世袭领主从土地里获取赋税,并在自己的领地实施政府职能的任何社会制度。"③《新大英百科全书》(*The New Encyclopaedia Britannica*,

---

① 《词源》(修订本),商务印书馆,1988 年,第 470－471 页。
② R. E. Allen, ed., *The Concise Oxford Dictionary of Current English*, Eighth Edition, Clarendon Press, 1990, p. 432.
③ Philip Babcock Gove, ed., *Webster's Third New International Dictionary of the English Language*, unabridged. Merriam-Webster, 2002, p. 283. 以上两段定义的英文原文如下:"a: of, relating to, or having the characteristics of a feud or fief: founded upon or involving the relation of lord and vassal with tenure of land in feud 〈~rights and services〉〈~tenure〉〈~polity〉—distinguished from *domanial* b: of, existing in, characterized by, or relating to the feudal system 〈the ~era〉 his~lord〉〈the ~ states of medieval Europe〉〈a volume of ~ studies〉 c: of feudal times 〈ruins of a ~castle〉〈a map of ~England〉";"1 a: the system of polity(转下页)

15th ed.,1985)专门列有"feudal land tenure(封建土地专有权)"与"feudalism(封建主义)"两个词条。关于"封建主义",有如下的定义:"一种以土地占有和人身关系为基础的关于权利和义务的社会制度。在这种制度中,封臣以领地的形式从领主手中获得土地。封臣要为领主尽一定的义务,并且必须向领主效忠。在更广泛的意义上,封建主义一词指'封建社会',这是特别盛行于闭锁的农业经济中的一种文明形式。在这样的社会里,那些完成官方任务的人,不管这些任务属于民事还是军事的,并非为了'国家'或者公务这种抽象的概念而为。由于同他们领主有私人的和自愿的联系,接受以领地形式给予的报酬,这些领地可以世袭。因为各种公共功能与领地而非与领地的持有者密切相关,公共权力分散,无法中央集权。封建主义的另外一个方面是采邑制或庄园制,在这种制度中,地主对农奴享有广泛的警察、司法、财政和其他权利。世界几大文明的历史都经过一个封建时期。"① 概括以上关于"封建"的三种权威来源,欧洲的"封建"基本性质有三:采邑/庄园体制、封臣效忠于领主以获得领主所提供的保护、权力分散而非集权。诚然,一提起欧洲的中世纪,我们就会联

(接上页)flourishing in Europe from the 9th to about the 15th centuries, based upon the relation of lord to vassal with the holding of all land in fee (as of the king), and having as its principal incidents homage, service of tenants under arms and in court, wardship, and forfeiture b: the principles or relations and usages on which the feudal system was based 2: any social system in which great landowners or hereditary overlords exact revenue from the land and also exercise the functions of government in their domains."

① *The New Encyclopaedia Britannica*, Micropaedia, 15th edition, Encyclopaedia Britannica, Inc., 1985, p. 755. 原文为:"Feudalism, a social system of rights and duties based on land tenure and personal relationships in which land (and to a much lesser degree other sources of income) is held in fief by vassals from lords to whom they owe specific services and with whom they are bound by personal loyalty. In broader sense, the term denotes 'feudal society,' a form of civilization that flourishes especially in a closed agricultural economy and has certain general characteristics besides the mere presence of lords, vassals, and fiefs. In such a society, those who fulfill official duties, whether civil or military, do so not for the sake of an abstract notion of 'the state' or of public service but because of personal and freely accepted links with their overlords, receiving remuneration in the form of fiefs, which they hold hereditarily. Because various functions are closely associated with the fief rather than with the person who holds it, public authority becomes fragmented and decentralized. Another aspect of feudalism is the manorial or seigniorial system in which landlords exercise over the unfree peasantry a wide variety of police, judicial, fiscal, and other rights. Several of the great civilizations of the world have passed through a feudal period in the course of their history." 中译参照《简明不列颠百科全书》(第三卷),中国大百科全书出版社,1985年,第132页。笔者参照原文有所修订。

想到其著名的庄园体制及其骑士风范。最近,英国《每日电讯报》(*The Daily Telegraph*)谈及一部古书时,还将此二者相提并论:"The handbook was published at a time when **feudal structures** and **codes of chivalry** were receding, and the developing Renaissance concept of civility was taking shape."(该手册出版的时代恰逢封建的[社会]结构及骑士准则正在隐退,文艺复兴的民权观念正在形成。)

关于中、欧封建制之异同,历史学家冯天喻指出:"西欧的'feudalism'本为一个契约形态的法律术语,含义包括强权者对弱者的'保护'和弱者为强权者'服役'两个方面。因此,西欧的'feudalism'可称之为'契约封建制'。与之相比照,中国西周的封建制,是作为军事征服者的周天子将土地与人民封赐给子弟及功臣,臣属继续往下作'次分封',领主与附庸间没有契约可言,而是由宗法(patriarchal or tribal)关系相维系,通过血缘纽带及血亲伦理实现领主对附庸的控制,可称之为'宗法封建制'。"①这二者之间到底有多大的差异,兼通中西历史的齐思和先生认为,中国西周时代的"封建制度","与西洋中古社会具有根本相同之点。其不同者,仅枝叶问题"。② 西方学界的主流认识也持类似的观点,认为在"封土建国""主权分散"含义上,中国殷周的封建制度与西欧中世纪的"feudalism"有类似之处。例如,法国史学家布洛赫称:"他[指伏尔泰]写道:'封建主义不是一个事件;它是一种有着不同运动形式的古老的社会形态,存在于我们所在半球的四分之三的地区。'现代学术界总体上接受伏尔泰的观点。埃及封建主义、希腊封建主义、中国封建主义、日本封建主义——所有这些形态和更多的形态如今是人们熟知的概念。"③当然,布洛赫对于典型的欧洲封建主义的几大要素或基本特征非常清楚:依附的农民、附有役务的佃领地(即采邑)、专职武士、服从—保护关系、权力分割、家族和国家的

---

① 冯天喻:《"封建"考论》(第二版),第164页。

② 齐思和:《中国史探研》,河北教育出版社,2000年,第132页。转引自冯天喻:《"封建"考论》(第二版),第165页。但东北师范大学的林志纯(日知)教授曾撰《"封建主义"问题》(《世界历史》,1991年第6期)与《论中西古典学之现阶段》(《传统文化与现代化》,1998年第3期)两文,提出了"feudalism"与"封建"百年来的误译问题,认为中国先秦时期的"封建"与欧洲自公元9世纪至15世纪的"feudalism",其内涵不同,无从类比,当然也就不能用来互译了。因此,他提出"今后,翻译中国古典文献时,并注意不再用外来的属于欧洲中世的 Feudalism 去对译",甚至呼吁"把拂特[feudalism——笔者]或封建从古典时代免除出去(古典时代本来没有)"。参见上引《"封建主义"问题》,第40页。

③ 马克·布洛赫:《封建社会》(下卷),张绪山等译,商务印书馆,2004年,第697页。

存留。① 然而,他同时意识到"封建主义并不是'在世界上只发生过一次的事件'。像欧洲一样,日本也经历了这一阶段,尽管带有一些必然的、根深蒂固的差别"。而且,即便是在欧洲,其"封建化的程度并非全部一致,节奏也不完全相同。而且最重要的是,任何地方都不是完全封建化了"。②

不过,早期的汉学家也许是因为意识到中国西周时期的"封邦建国"与西欧中世纪普遍推行庄园制基础上的"feudalism"不完全是一码事,于是他们起初一般不将汉语里的"封建"译为"feudal"或"feudalism"。例如,19世纪曾长期定居香港的英国汉学家理雅各(James Legge, 1815—1897)在翻译中国经典《诗经》《左传》时每遇到"封建"都按其本义进行灵活处理。他把《左传·僖公二十四年》中的"昔周公吊二叔之不咸,故**封建**亲戚,以藩屏周"译为"Thus the Duke of Chow, grieved by the want of harmony in the concluding times [of the two previous dynasties], **raised the relatives of the royal house to the rule of States**, that they might act as fences and screens to Chow"③;把"周之有懿德也,犹曰:'莫如兄弟',故**封建**之"译为"When Chow was distinguished by admirable virtue, it still said that none were equal to brothers, and advanced them **to the rule of States**"。④ 他还把《诗经·商颂·殷武》中的"命于下国,**封建**厥福"一句译为"So was his appointment [established] over the States, / And he made his happiness grandly secure"。⑤ 然而,理雅各在为上述两个诗句所做的注解中用了"封建国家/ feudal state"这个词:"L. 5—'Being appointed (i.e. by Heaven) over all the **feudal States**.' L. 6. 封=大,'grandly,' 'on a great scale.' 'His happiness' will mean his firm possession of the throne, and the prosperity of the country."⑥[以上黑体均为笔者所加] 从以上例证可见,译者在英译上述中国典籍时抓住了

---

① 马克·布洛赫:《封建社会》(下卷),张绪山等译,商务印书馆,2004年,第704—705页。
② 参见同上书,第703、706页。
③ 参见 James Legge trans., *The Chinese Classics*, 2nd ed., Vol. V, The Ch'un Ts'ew with The Tso Chuen,华东师范大学出版社,2011年,汉语原文,第189页,英文译文,第192页。
④ 参见同上。
⑤ 参见 James Legge trans., *The Chinese Classics*, 2nd ed., Vol. IV, The She King,华东师范大学出版社,2011年,汉语原文、英文译文均见第645页。当然,这里的"封建"非"封邦建国"之意,指的是"大立其福"。
⑥ 参见同上书,第646页。

"封建"本义为王族血缘亲属建立诸侯国的本质。不过,他偶然也会引入"封建"的概念。除了上述的注解外,我们还发现理雅各在译《左传·昭公九年》里的"文武成康之建母弟,以蕃屏周,亦其废队是为"时,用了"fief"(领地、采邑)这个与欧洲中世纪"feudalism"相关的词语:"When Wān, Woo, Ch'ing, and K'ang granted fiefs to their own brothers, that they might be fences and screens to Chow, it was also as a precaution against weakness and losses [in the future]."① 同时,我们注意到在他所译《左传》的自序中还写道:"From the narratives of Tso there may be gathered as full and interesting an account of the history of China, from B. C. 721 to about 460, as we have of any of the nations of Europe during the Middle Ages."(《左传》收集了公元前 721 年至约公元前 460 年间既翔实又有趣的一部中国历史,比之欧洲中世纪的任何国家毫无逊色。)② 这说明他此时已意识到中、欧历史的这两个阶段之间的社会性质同大于异。于是,在后来的翻译中,较多地使用"feudal"来对译"封建"了。

例如:在译《易经》的屯卦、比卦、豫卦时,理雅各用"feudal princes"或"feudal ruler"来译"建侯":

屯,元亨,利贞;勿用有攸往,利**建侯**。

Kun (indicates that in the case which it presupposes) there will be great progress and successs, and the advantage will come from being correct and firm. (But) any movement in advance should not

---

① 参见 The Chinese Classics, Vol. V, The Ch'un Ts'ew with The Tso Chuen, pp. 624, 625. 但理雅各在该书的"襄公二十六、二十七年"两节的译文中,用"city""town"而非用易产生欧洲中世纪"feudalism"联想的"fief"来译"邑""封地"这样的中国"封建"词汇:郑伯赏入陈之功,三月,甲寅,朔,享子展,赐之先路三命之服,先八邑。赐子产次路再命之服,先六邑。子产辞邑曰:"自上以下,隆杀以两,礼也。臣之位在四,且子产之功也。臣不敢及赏礼,请辞邑。"公固予之,乃受三邑。(The earl of Ch'ing was rewarding the good service done in entering the capital of Ch'in, and in the third month, on Këah-yin, he feasted Tsze-chen, and gave him a first [-class] carriage, and the robes of a minister of three degrees, along with **8 cities**. He [also] gave Tsze-ch'an a second [-class] carriage, and the robes of a minister of two degrees, along with **6 towns**. Tsze-ch'an declined the **towns**, saying, 'The rule is that from the highest rank downward the amount of gifts conferred should diminish by two each rank; and my place is only the 4th. The merit, moreover, belonged to Tsze-chen. I dare not assume that I ought to be rewarded. Allow me to decline the **towns**.' The earl, however, pressed them upon him, and he accepted **three**. 参见同上书,pp. 519,524.)

② The Chinese Classics, Vol. V, The Ch'un Ts'ew with The Tso Chuen, Preface, p. v.

be (lightly) undertaken. There will be advantage in appointing **feudal princes.** ①

初九，盘桓，利居贞，利建侯。
The first line, undivided, shows the difficulty (its subject has) in advancing. It will be advantageous for him to abide correct and firm; advantageous (also) to be made a **feudal ruler.** ②

雷雨之动满盈。天造草昧，宜建侯而不宁。
By the action of the thunder and rain, (which are symbols of Kǎn and Khan), all (between Heaven and earth) is filled up. But the condition of the time is full of irregularity and obscurity. **Feudal princes** should be established, but the feeling that rest and peace have been secured should not be indulged (even then). ③

豫，利建侯行师。
Yü indicates that, (in the state which it implies), **feudal princes** may be set up, and the hosts put in motion, with advantage. ④

豫顺以东，故天地知之，而况建侯行师乎？
In this condition we have docile obedience employing movement (for its purpose), and therefore it is so as between heaven and earth; how much more will it be so (among men) in 'the

---

① 参见 James Legge trans., *The I Ching*, 2nd edition, Dover Publications, Inc., 1963, p. 62. 从版权页上可知，该版本为"an unbridged and unaltered republication of the second edition of the work, first published by the Clarendon Press in 1899 as Volumn XVI of 'The Sacred Books of the East'..."，即出版于1899年的理雅各译《易经》第二版的原版。
② 参见同上。
③ 参见同上书，pp. 215—216.
④ 参见同上书，p. 91.

setting up of **feudal princes** and putting the hosts in motion!'①

由以上译例可见,理雅各在翻译先秦典籍《易经》时,把"建侯"都理解成了"封建诸侯"。此时,译者显然倾向于将中国先秦社会与欧洲中世纪社会画上等号。《易经》译文是理雅各翻译巨著《中国经典》(*The Chinese Classics*, in seven volumes)的最后一卷。虽然其完成第一稿的时间早在1854年,但据该译著的前言(Preface)讲,后来又推倒了重译,最后定稿的时间已是近三十年后的1882年了。译者还说:"[在翻译《易经》时]我没有获得本土学者的帮助,而当我在东方翻译其他经典时,这种帮助节省了时间,有很大价值。"②笔者认为,以上情况有可能对理雅各的译文产生一些微妙的影响,其中包括将先秦典籍中的"封建"与欧洲中世纪的史学术语"feudal/feudalism"实现对译。当然,在西方持类似看法的其实远非理雅各一人。先理雅各一个多世纪的法国启蒙思想家伏尔泰(1694—1778)就曾指出过封建主义以多种形态存在于"我们这个半球四分之三的地区"。后来的英国汉学三杰之一的韦利(Arthur Waley,1889—1966)在翻译《论语》(该作未见有"封建"词汇出现)时,也将"诸侯""邑"(或者隐含的同类指称)译作"feudal princes"与"fief":

崔子弑齐君,陈文子有马十乘,弃而违之。

(Tzu-chang said) When Ts'ui Tzu assassinated the sovereign of Ch'I, Ch'ên Wên Tzu who held a **fief** of ten war chariots gave it up and went away.③

对曰:"非曰能之,愿学焉。宗庙之事,如会同,端章甫,愿为小相焉。"

(Kung-his Hua) answered saying, I do not say I could do this; but I should like at any rate to be trained for it. In ceremonies at

---

① 参见 James Legge trans., *The I Ching*, 2nd edition, Dover Publications, Inc., 1963, p. 227. 理雅各用"prince"来译"诸侯"。例如:在"比卦"中有"地上有水,比;先王以建万国,亲**诸侯**。"译文为:(The trigram representing) the earth, and over it (that representing) water, form Pî. The ancient kings, in accordance with this, established the various states and maintained an affectionate relation to **their princes**. (参见同上书, p. 277.)

② 参见同上书,Preface, p. xx. 原文为:"I have not had the help of able native scholars, which saved time and was otherwise valuable when I was working in the East on other classics."

③ 《论语》,Arthur Waley 译,"公冶长第五",外语教学与研究出版社,1998年,第56、57页。

the Ancestral Temple or at a conference or general gathering of the **feudal princes** I should like, clad in the Straight Gown and Emblematic Cap, to play the part of junior assistant.①

宗庙会同，非**诸侯**而何？赤也为之小，孰能为之大？

The business of the Ancestral Temple and such things as conferences and general gatherings can only be undertaken by **feudal princes**. But if Ch'ih were taking a minor part, what prince is there who is capable of playing a major one?②

在汉字文化圈里，将"封建"与"feudalism"实现对译的，首创者有日本人与我国近代时期著名翻译家严复（1854—1921）。日本学者于19世纪70年代正式以"封建"对译西方史学术语"feudal/feudalism"，严复则在20世纪初翻译甄克思（Edward Jenks）的《社会通诠》（*A History of Politics*, 1st ed., 1900, 译本出版, 1904)时，将"feudalism"音意相混译为"拂特封建"乃至于直接译作"封建之制"。③

不过，严复在 1897—1900 年翻译亚当·斯密（Adam Smith, 1723—1790）的《原富》（*An Inquiry into the Nature and Causes of the Wealth of Nations*, 2 vols, 1776, 译本出版, 1902）及 1903 年译穆勒（John Stuart Mill, 1806—1873）的《群己权界论》（*On Liberty*, 1859）时，对"feudal"取音译为"拂特"④，并用"拂特之制"或"拂特之俗"来指称欧洲中世纪"feudalism"的概念。他在译著《原富》涉及欧洲"feudalism"社会体制的按语中指出：

---

① 《论语》，Arthur Waley 译，"先进第十一"，外语教学与研究出版社，1998 年，第 140、141 页。

② 同上书，"先进第十一"，第 142、143 页。该译本中还有多处的译文用词让人联想起欧洲中世纪的"feudalism"，如将"士"译作"knight（骑士）"（参见第 20 页），将"家"译作"baronial family（男爵之家）"（参见第 50 页）以及将"周公""昭公""祭于公"分别译作"Duke of Zhou""Duke of Chao""ducal palace"等（参见第 78、90、98 页）。

③ 甄克思：《社会通诠》，严复译，目录，商务印书馆，1981 年，第 74 页。英文原文见 Edward Jenks, *A History of Politics*, 4th Edition, "Contents", 1906, p. 78. 严复在《译者序》里，四次用到了"封建"。（参见《社会通诠》，第 ix 页。）

④ 拂特为"feud"的音译。Feud(fee, fief, an estate in land held of a lord or superior by a tenant or vassal on condition he render certain services to the lord or superior.)意为封土、领地、采邑、食邑等。

> 希腊之制为合众，罗马有藩镇而无建侯。至于中古宋元之代，国相并灭，于是论功行赏，分壤而食其租，盖若汤沐食邑矣。顾分土因而分民，于是乎有**拂特**之俗。**拂特**者，众建之末流也。一国之地，分几**拂特**，分各有主，齐民受尘其中而耕其地，则于主人有应尽之职役，而莫大于出甲兵应调发之一事。用**拂特之制**，民往往知有主而不必知有王。①

严复在此先对比了中欧社会体制的差异，提到了罗马"无建侯"，而"建侯"恰是先秦中国"封建"的特征。然后，他分析了欧洲"feudalism"的特点及其在欧洲几个主要大国废止的状况。严复用音译而不用意译的方式来处理这种在一定的程度上中外都经历过的社会体制，说明了其强调的是两者的异质性。在本章后面的篇幅里，严复用"拂特律"对译原文的"feudal law"，用"拂特之敝"对译原文的"institution of feudal subordination""feudal institution"，始终未见"封建"一词的出现。②

在1903年，即《原富》出版的次年出版的《群己权界论》，也是用"拂特"来对译"feudal"的派生词"feudality"："稽于历史，方吾欧三古之时，乃至**拂特之世**，人欲自见其特操，尚无难也。使其人而有才，抑其地望，为其群之具瞻，则左右其群之力，固甚大也。"③

然而，严复在1904年译英国法学家甄克思的《社会通诠》时，开始将"feudalism"意译为"封建之制"（有时也音译为"拂特"或音意合璧译为"拂特封建"）。该书英文原版分3部分共15章，其中的第三部分第一章（总第八章）即为"The State and Feudalism"，严译为"拂特封建"，本章专设一节"Feudalism"，严译为"拂特之制"。④ 在该节中，严复将"拂特"与"封建"并用，但前者的出现频率更高，属于见到"feudal"和"feudalism"即用"拂

---

① 亚当·斯密:《原富》,严复译述,商务印书馆,1902年,第405—406页。
② 同上书,第406—408页。原文参见: Adam Smith, *An Inquiry into the Nature and Causes of the Wealth of Nations*, Vol. I, Second Edition, At the Clarendon Press, 1880, pp. 413—414.
③ 约翰·穆勒:《群己权界论》,严复译,商务印书馆,1981年,第72页。该段的英文原文为: In ancient history, in the Middle Ages, and in a diminishing degree through the long transition from **feudality** to the present time, the individual was a power in himself; and if he had either great talents or a high social position, he was a considerable power. 参见 John Stuart Mill, *On Liberty*, Hackett Publishing Company, Inc., 1978, p. 63.
④ Edward Jenks, *A History of Politics*, 4th edition, London, 1906, pp. vii, 78. 甄克斯:《社会通诠》,严复译,目录,商务印书馆,1981年,第73页。

特"对译,①而后者一般出现在严复自己添加的内容(但未加"按"以示区别)或为点明指代词所指代的内容(即 feudalism)时。如:"**封建之制**,其根苗实伏于游牧之时""盖**封建之俗**固如此""则**封建时代**于社会天演为何等阶级而已""**封建者**,宗法、军国而社会之闰位也"。② 后两个例子的英文原文与严译分别为:

> We shall see more, as we go on, of the nature and consequences of **feudalism.** Here it is sufficient to notice **its** place in the History of Politics. **It** is the connecting link between purely patriarchal and purely political society.③
>
> **欧洲拂特之制**,其纲要粗具于此,至其纤悉,与其制及群之效果,行将进而论之。不佞乃今所与学者言,则**封建**于社会天演为何等阶级[段]而已。**封建者**,宗法、军国二社会之闰位也。④

这说明了严复等早期的译家在译介西方社科经典时慎择汉字词与外来术语对应,常常经历了从音译到意译的转变。但与严复在《社会通诠》正文的译文中慎用"封建"来译"feudal/feudalism"相比,他在《译者序》中就较为大胆地使用"封建"而不用"拂特"了。严复在该序里,四次用到了"封建"。按严复的理解,社会的进化分三步走:始于图腾,继以宗法,成于国家,而封建是宗法到国家的过渡阶段。至于中欧"封建"的时代差,严复明确地指出:"至其他民族,所于今号极盛者,其趾**封建**,略当于中国唐、宋间。及其去之也,若法,若英,皆仅仅前今一二百年而已。何进之锐耶?乃还观吾中国之历史,本诸可信之载籍,由唐、虞以讫于周,中间二千余年,皆**封建**之时代,而所谓宗法,亦于此时最备。"接着,严复更大胆地断言:"此一期之天演,其延缘不去,存于此土者,盖四千数百载而有余也……乃世变之迁流,在彼则始迟而终骤,在此则始骤而终迟。"⑤显然,严复此时(撰序时值 1903 年 11 月)将先秦的两千余年及秦汉之后直至明

---

① 例如,"拂特之规"对译"feudal aspect","拂特之制"或"拂特"对译"feudalism","拂特公田"对译"fief","拂特制度"对译"feudal society",惟有"the old tribal and clan chiefships in a **feudal** dress"意译作"罗狄族酋之变形",未将"feudal"直接译出。参见《社会通诠》,第 74、75 页;Mill, *op. cit.*, pp. 79, 80.

② 参见《社会通诠》,第 74、75 页。

③ Mill, *op. cit.*, p. 80.

④ 《社会通诠》,第 75 页。

⑤ 《社会通诠》,第 ix 页。

清均算作"封建时代"了。其实,严译的这种转变,正体现了进入20世纪后,严复受西方古典进化论的影响,将欧洲的"feudalism"抽象化、普世化,按照诸如《社会通诠》这样的西方政治制度史所提出的历史分期模式来解读、对应中国的一种努力。

到了五四时期,更有新文化运动的倡导者陈独秀(1879—1942)将封建制延至辛亥革命以后。冯天瑜指出:"陈独秀却将'封建制'与'宗法制'相重合,又认为封建制与君主专制贯穿中国古史,一直延至当下……"①后来,到了1929—1933年的中国社会史论战时期,郭沫若(1892—1978)等唯物史观派成为了周末至明清封建社会说的有力推动者。到了1945年,"郭氏遵从了'五种社会形态'说,全然摆脱了'封建'本义(封土建国、封爵建藩),也同'封建'所对译的西语feudalism的含义(封土封臣、领主采邑)大相径庭……由于封建制被赋予了新的意义,中国历史的宏大叙事相应发生剧变。"②直至当代,上述"封建说"的影响不绝。《辞海》(1980)的"封建制度"词条基本就沿袭了郭氏的说法,而且更是把中国的封建制拉长到了1952年底土改结束时:"以封建地主占有土地,剥削农民(或农奴)剩余劳动为基础的社会制度……一般认为中国在春秋战国之交进入封建社会。1840年鸦片战争后,外国资本主义侵入中国并和封建势力相勾结,使中国逐步沦为半殖民地半封建社会。中国共产党……推翻了帝国主义、封建主义和官僚资本主义在中国的统治,于1949年建立了社会主义的中华人民共和国。建国后,在全国范围内开展了土地改革运动,最后消灭了封建剥削制度。"③《中国大百科全书(精粹本)》(2002)的"封建社会(feudal society)"词条是从世界史的视野进行解释的:"人类社会发展必经的一个独立的社会形态。几乎世界上所有的国家、民族都经历过。它在世界史上的时间,一般认为起自公元5世纪,到公元17世纪中叶结束。但由于人类历史发展的不平衡性,许多国家的封建社会比这要长得多。中国约在春秋(前770—前476)、战国(前475—前221)之际进入封建社会,至20世纪初封建社会方结束。"④中国的封建社会被纳入全球"封建社会"的体系之中,其特殊性仅在于它绵延了数千年,直至中国的近代甚至现代时期,这已成为了关于中国历史叙述的主流话语。难怪由中

---

① 冯天瑜:《"封建"考论》(第二版),第243页。
② 同上书,第303页。
③ 辞海编辑委员会编:《辞海》,上海辞书出版社,1980年,第715页。
④ 《中国大百科全书(精粹本)》,中国大百科全书出版社,2002年,第396页。

国社会科学院近代史研究所编、2007年出版的《中国近代通史》(十卷本)第六卷第四章的"五四运动与时代转换之发端"照样充斥着"传统的、封建的、专制的种种事物概念""封建礼教""封建专制制度""封建社会的意识形态""反封建精神"等等我们几十年来早已耳熟能详的"封建"话语。①

与现、当代中国人很喜欢用"封建"词语进行历史叙述与现实批判不同的是,西方人现在却较少用它。著名美国历史学家斯皮瓦格尔(Jackson J. Spielvogel)在其《西方文明简史》(*Western Civilization a Brief History*, 3rd edition, 2005)中就指出:"封建主义从不是一种制度[原文如此],而且今日许多历史学家往往避免用它。"②为了核实斯氏的说法,笔者分别阅读了法国学者、美国学者、中国学者关于以反"封建"、反特权为旗号的法国大革命的历史叙述。笔者首先查看了法国著名历史学家米盖尔(Pierre Miquel)著《法国史》(*Histoire de La France*, 1976)的《革命时辰》("L'heure de la Revolution")即"法国大革命"一章,结果发现在35页的篇幅中仅有四处出现"封建"字样。第一处为"des droits 'féodaux'(封建权力)"③,同时指出这些特权基本属于税赋方面的。虽当时农民已不再交直接地租,但贵族照样享有其他的好处。简言之,这些"封建权力"属于"残余性"的权利。第二处为"les 'feudistes'",其意义显然非我们通常望文生义的"封建分子",因其前面有个同位语"des specialists des texte anciens",我们可理解为"古代文献专家"。④ 当然,这

---

① 中国社会科学院近代史研究所编:《中国近代通史》,第六卷,汪朝光:《民国的初建(1912—1923)》,凤凰出版集团,2007年,第251—309页。当代著名中国哲学研究者汤一介先生在其为外研社"大师经典文库"《论语》双语版所作的《序言》中习惯性地沿用了当代的"封建"说:"生活在春秋末期的孔子,并不像后来我国**封建社会**的统治者们所吹捧的那样,似乎是什么不食人间烟火的'文宣王'、'大成至圣先师'等等……"(参见《论语》,序言,外语教学与研究出版社,1998年,第3页。)

② 斯皮瓦格尔:《西方文明简史》(影印本),北京大学出版社,2006年,第143页。该句原文为:"But feudalism was never a system, and many historians today prefer to avoid using the term."

③ 该句全文为"La noblesse possédait en effet vingt-cinq pour cent des terres cultivées du royaume, sur lesquelles elle avait encore la prétention de percevoir des **droits 'féodaux'**"(事实上,贵族占有了王国可耕土地的四分之一,对于这些土地贵族仍然享有"封建"权力)。参见Pierre Miquel, *Histoire de la France*, Librairie Arthéme Fayard, 1976, p. 255.

④ 该句全文为"Elle engageait des specialists des texts anciens, les **'feudistes'**, qui exhumaient les archives seigneuriales, les vieux parchemins où étaient consignés les contrats entre les seigneurs et leurs paysans."(贵族邀请了古代文献专家来挖掘[封建]地主的档案,上面有地主与其土地上的农民签订合同的古老的羊皮纸)。参见Pierre Miquel, *Histoire de la France*, p. 256.

里的"古代"指的是法国的"封建时代",而非古罗马帝国时代。第三处为"survivances du passé feudal(已逝的封建残余[势力])"①。此处说明了一个道理,即在法国史学家眼里,专制主义与封建势力是相对立的,至少不是一码事。第四处为"l'abolition des droits féodaux(废除封建权利)"②。除了以上四处直接使用了"封建(féodal 及其派生词)",本章还至少有两处使用了与封建制直接相关的"农奴(les nerfs)"与"农奴制(servage)",一处使用了 corvée(劳役),一处使用了 cens(土地租金)等与"封建制"密切相关的关键词。③ 该章论述到了以当时法国国王路易十六为代表的"旧政权"的特点:"为了让第三等级最终获得应有的位置,旧政权的两大支柱必须摧毁:排斥人民代表体制的专制主义,以及把第三等级排除在国家之外的特权。"④因此,我们似乎可以说法国大革命竖起的大旗是"反专制"与"反特权","反特权"显然包括了反对某些"封建[残余权利]",但特权并非"封建"的专利,却往往是"专制"的标签。

笔者另外查看了斯皮瓦格尔的《西方文明简史》(第三版)的《革命的政治:法国大革命及拿破仑时代》一章,⑤发现有四处直接用到"封建(feudalism)":"relics of feudalism(封建残余)"两处、"abolition of feudalism(废除封建制)"两处。⑥ 在一些我们中国学者常用"封建"的地方,这位美国史学家却用了"monarchical system(君主制)""monarchical regime(王权)""eliminating traditional privileges(废除传统特权)""symbol of triumph over despotism(战胜专制的象征)""aristocratic privileges(贵族特权)"等等比较中性的说法。

相比之下,中国的法国革命史专家在叙述这一段历史时,"封建"一词出现的频率就大大增加了。如张芝联先生在其《法国大革命对马克思革

---

① 该句全文为"La théorie de l'absolutisme eût été parfait, sans les survivances du **passé feudal.**"(专制制度的理论已相当完美,毫无已逝的封建残余势力)。参见同上书,p. 257.
② 该句全文为"Dans la 'nuit du 4 août', deux nobles libéraux, Noailles et d'Aiguillon, demandèrent solennellement l'abolition des **droits féodaux.**"(8月4日夜晚,两位自由主义贵族郑重要求废除封建权利)。参见同上书,p. 269.
③ 参见同上书,pp. 253, 261, 269.
④ 参见同上书,p. 266.
⑤ "Revolutionary Politics: The Era of the French Revolution and Napoleon", in Jackson J. Spielvogel, *Western Civilization: A Brief History*,北京大学出版社,2006年影印出版,pp. 340-358.
⑥ 参见同上书,pp. 343, 344, 345, 352.

命理论形成的作用》①一文中就先后用了十个带"封建"的词语：封建势力、封建权利、封建等级（出现两次）、封建的桎梏、封建主义、封建政治、封建遗迹、封建统治、封建的财产关系，②而且，其中还多次出现"封建等级和君主专制""封建主义的专制权力""封建统治、专制君主国"等把"封建"与"专制"并列的用法方法。在另两篇论文《从高卢到戴高乐——法国历史概述》与《阿尔贝·索布尔对法国革命史研究的贡献》中，除了出现上文已有或内涵相近的"封建专制统治""封建制度""封建主义""封建性质""封建关系"外，还出现了"封建榨取""反封建斗争""封建还是资本主义"等词汇。③ 由此可见，相对于法国、美国学者对"封建"的较谨慎使用，中国学者已把它作为叙述该阶段法国史的最重要关键词，且有超越西欧"feudalism"本义的趋势。

概括起来，长期以来（包括时下）我们所说的"封建"，尤其是由此派生的一些短语（暂称之为"泛封建短语"），表达的基本是两个意思：一、不仅直截了当地把中文的"封建"与西文的"feudal/feudalism"进行对译，还把中国的封建制无限拉长直至明清甚至民国时代；二、"封建"这一中国古代史/西方中世纪史的概念，继而被妖魔化，成为了与近现代文明相对立的陈腐、古旧、落后、反动、专制甚至非人道的制度及思想的代名词。④ 显然，这既不合乎中国历史上的"封建"旧名，也不合乎从"feudal""feudalism"等西文中翻译过来的"封建"本义，尤其是后一种只能说基本上是中国近现代政治中为宣传方便而无限扩大使用的一个政治术语。恰如美国著名汉学家费正清（John King Fairbank，1907—1991）所说："这个西方术语（指 feudal）用于中国，价值很少。在中国，'封建'成了骂人的

---

① 该文及下面即将涉及的两文均收入其有关法国史研究的论文集《从高卢到戴高乐》（张芝联著，三联书店，1988 年）
② 参见同上书，第 81、90、93、94、96、97、98 页。
③ 参见同上书，第 8、212、216、217、220 页。
④ 冯天瑜认为，"将'封建'指称中国的落后属性，首见于新文化运动倡导人之一的陈独秀的言论"，并引其所编《青年杂志》（第一卷第一号）的《敬告青年》一文，"固有之伦理、法律、学术、礼俗，无一非封建制度之遗"等等。参见冯天瑜：《"封建"考论》（第二版），第 241—242 页。另外，早在中国社会史论战前的 1928 年，郭沫若即在《创作月刊》上撰文《文艺战线上的封建余孽》，指责鲁迅是"资本主义以前的一个封建余孽"。平时绝少使用"封建"一词的鲁迅，后在《辱骂和恐吓决不是战斗》一文中予以了驳斥："当时曾有人评我为'封建余孽'，其实是捧住了这样的题材，欣欣然自以为得计者，倒是十分'封建的'的。"参见鲁迅：《南腔北调集》，人民文学出版社，2006 年，第 38—39 页、第 41 页注 6。因此，我们似乎可以认定，陈独秀、郭沫若就是"妖魔化"封建概念的先驱。

字眼,可是它缺乏明确的意义。"①

作为英语工作者或者中国历史文化的海外传播者,我们应该关注的是,当面临诸如此类的"封建"频密出现在各类国人著述、官方文件或"feudal"和"feudalism"常被使用的有关欧洲 11 至 15 世纪的西方史学著作时,该如何进行既基本等值又合乎中英语言习惯的翻译呢?这里应该从两个方面进行讨论——历史学上的"封建说"与"泛封建短语"。

一、历史学上的"封建"的译法

1. 虽然中国先秦的"封建"是以血缘为纽带建立起来的"封建亲戚"制度或称"宗法封建制",在西欧从未发生过,与西欧"feudal/feudalism"(该词源自通俗拉丁文 feodum［采邑］,可直译为"采邑制度"或"采邑社会")的"契约封建制"也有本质的区别。然而,在"封土建国""主权分散"含义上两者毕竟还是有相通之处。这就是为什么像《韦氏词典》《简明大英百科全书》以及布洛赫的专著《封建社会》这样的权威论述均认为"feudalism/封建主义"具有在多种文明、不同时期中普遍存在的特质。考虑到中国人更习惯于借用汉语旧名对译西洋术语,同时考虑到用"封建"对译"feudal"已经约定俗成,一时难以更改,笔者建议,在我们寻求到一个更合适的对译词前,暂且沿用旧译。林志纯先生呼吁的"不让西欧中世之 FEUDALISM 说强加于古典中国的'封建'"②,以及侯建新提出的退回到百年前严复曾经使用过的"拂特制"音译英文的"feudal/feudalism",同时用汉语拼音"fengjian"来译先秦时代的封建或封建制,③笔者认为两者似乎均不大妥当。不过,在翻译汉籍或史书时若遇有论述中国先秦的"封建"或"封建制",最好还是能像理雅各早期译介中国经典时那样尽量将其本义表述出来,或者加注说明此两个中、欧术语的内涵区分,而非词汇表(glossary)式地一概把"封建/封建制"与"feudal/feudalism"进行对译了事。

2. 秦汉以后"废封建置郡县",建立中央集权的专制体制,这几乎是中外公认的中国专制一统的"中华帝国"时期,不应再称封建社会,若再译作"feudal society/feudalism"更会引起西人理解上的歧义甚至误解。我

---

① 费正清:《美国与中国》,商务印书馆,1987 年,第 33 页。转引自冯天瑜:《"封建"考论》(第二版),第 448 页。
② 日知:《"封建主义"问题(论 FEUDALISM 百年来的误译)》,《世界历史》,1991 年第 6 期,第 41 页。日知即当时东北师大历史系教授林志纯先生。
③ 参见侯建新:《"封建主义"概念辨析》,《中国社会科学》,2005 年第 6 期,第 22 页。

们在汉语中可暂且称之为皇权专制主义。若中规中矩,英文似可译为"imperial autocracy",历史学家李慎之先生(1923—2003)自造的英文词"emperorism"也不失为一个较好的译法。① 即使退一步说,若认为把这两千年称作"封建"已成为我们的"标准术语",不可轻易废弃,在译文中则也应该改过来,因为西文中的"feudal""feudalism"确实不含有我们秦汉以降直至明清的社会特性。因此,我们在翻译像本文开头所举例的《简明清史》那样的"封建"词汇满目皆是的著作时,应摆脱原编著者对中国传统社会的定性之囿,淡化"封建"的概念,甚至要另辟蹊径。译者似可以考虑学习西方史学著作的一般叙述模式,即采用较中性的以时段称谓(如古代社会、中古社会、近现代等,ancient or classical,medieval,early modern and contemporary societies)或者兼以朝代更迭分述历史的办法。②

二、"泛封建短语"的译法

所谓"泛封建短语"指的是那些以"封建"作为落后、腐朽、反动事物总名的贬义短语。这些短语是我们在翻译时要特别留意的,是在翻译中 faux amis("假朋友")最多、埋伏得最深的地方,而且主要是汉译英的问题,因为半个多世纪以来"封建"在中国渐被滥用。其实,西文中的"feudal"并非没有派生词、引申义,但在实际使用中较为罕见,③尤其是很少有像汉语中那样的"feudal X"的无限制搭配,并成为了人人讨厌、普遭詈骂的专用词的。下面我们来具体参看《韦氏第三新国际英语词典》

---

① 转引自冯天瑜:《"封建"考论》(第二版),第479页。
② 例如,英国著名历史学家、牛津大学历史学教授肯尼思·摩根(Kenneth O. Morgan)主编的《牛津英国史》(The Oxford History of Britain,2001)就是以时代与朝代进行编排:1. Roman Britain (c. 55 BC-c. AD 440);2. The Anglo-Saxon Period (c. 440−1066);3. The Early Middle Ages (1066—1290);4. The Later Middle Ages (1290—1485);5. The Tudor Age (1485—1603);6. The Stuarts (1603—1688);7. The Eighteenth Century (1688—1789);8. Revolution and The Rule of Law (1789—1851);9. The Liberal Age (1851—1914);10. The Twentieth Century (1914—2000)。参见 Kenneth O. Morgan 主编:《牛津英国史》(2001年原著的重排本),"Contents",外语教学与研究出版社,2007年。
③ 例如,据笔者的统计,in An Enquiry into the Nature and Causes of the Wealth of Nations (by Adam Smith)中,"feudal"共出现了五次,其中三处为"feudal law",一处为"feudal government",一处为"feudal anarchy",均特指欧洲中世纪"国家组织结构松散,与中央极权相对"的政制,并无上述的"泛封建"的意义与搭配。笔者还查了《牛津英语搭配词典》(Oxford Collocations Dictionary for Students of English,2001)与日本研究社(Kenkyusha)的经典辞书《英语搭配大词典》(The Kenkyusha Dictionary of English Collocations,市川繁治郎主编,外语教学与研究出版社,2006年),发现均不收"feudal"或"feudalism",说明该词在英文中属搭配不活跃、引申义较少的一类。

(*Webster's Third New International Dictionary of the English Language*, unabridged, 2002)的"feudal"词条，发现除了第一个本义义项外，其他四个（从第二到第五）义项均为其引申义，兹分述如下：

2：resembling that of a medieval lord in imperiousness or impressiveness：characterized by a grand style or manner 〈lived in almost ~**ease** among devoted retainers and entertained with a lavish hand〉, imposing 〈owner of the ~**railroad** had built his ~**castle**〉 中世纪老爷式的专横跋扈或光彩夺目：排场宏大、富丽堂皇[老爷式的舒适悠闲、一望无际的铁道、**富丽堂皇的城堡**]

3a：marked by or upholding the domination of a privileged class：OLIGARCHIC 〈replace the ~ **bureaucracy** with an equitable civil service〉〈strongly ~ by instinct, he led the opposition to...demands for equal electoral privileges〉; 少数人垄断的、寡头政治的[少数人垄断的官僚习气] *specif*：controlled absolutely by and for the benefit of an individual or small group (as of landowners) 代表少数人利益的〈the Arab governments, representing largely ~**societies** in which the masses are incredibly poor〉精英社会〈textile-mill towns are ~**empires** with their own stores...courts...police, and jails〉[独立王国] b：of, belong to, or constituting a ruling class [占据统治地位的]〈the ~ **bourgeois type**...represented a coalition of the army, the bureaucracy, and the owners of the large estates and factories for the joint exploitation of the state〉[占据统治地位的资产阶级] *specific*：ruling absolutely within a limited domain 在一个小范围内实行个人统治的〈the last survivor of the ~**tribal chieftains**〉[享有统治权的氏族酋长]

4：of or marked by division into independent often absolutely ruled domains 各自为政的领地〈where no central government has replaced the ~**structure of tribal society**〉[各自为政的氏族社会结构]

5：characterized by reciprocal and contractual relations between members (as of a society) 成员之间互助的或契约式的关系〈monarchial and democratic societies, ~ **or caste-divided ones**, priest-ridden and relatively irreligious ones...evolve〉[互助/契约社会或种姓等级制社会]

另外，该词典还在 **Feudalism** 词条里列出了一个引申义：3. Control by an entrenched minority esp. for its own benefit：social, political, or economic oligarchy 为了自身利益由少数人顽固控制，社会、政治、经济寡头〈he was a pioneer of **industrial** ～，a benevolent despot〉[工业寡头，一位乐善好施的专制者]①

当然，在英文中"feudal"还有个引申义为"outdated"，即"过时的"，如had a feudal attitude——"老脑筋、死脑筋、认死理"。② 这可能是从西方人一般认为欧洲中世纪属"黑暗的时代（the dark ages）"而来的，似乎是唯一与我们"泛封建短语"中所谓的"封建"含义有相似之处的一个义项。

同样，在法文中"féodale／封建"一词也有本义与引申义。就法国而言，其本义为："在加洛林王朝（公元 8—10 世纪）末期到中世纪末期（14 世纪）之间，在欧洲部分地区维持政治与社会秩序的法律与习俗的总和。其隐含的两个特点是：一方面武士阶级占主导地位，另一方面保持着人身的依附关系，如农奴制。"③其引申义为："让人们联想起封建组织的经济与社会权利（贬义）。如封建财政。"④

总之，我们发现上述"feudal/feudalism"的引申义基本由西欧封建制的一些特征规定的，如中世纪、贵族特权、封地相对独立、封臣在封地享有统治权、不同封地之间各自为政、领主与封臣为契约/互助关系，而且与"feudal"组成的词组很少是固定的贬义词。

由以上可见，在"封建/封建制"与"feudal/feudalism"的使用上，中英（推而广之可称为中西）有巨大的差异。因此，在中英对译两者的引申义甚至贬义的"泛化封建短语"时，恰如笔者在试译上述英文词典中"feudal/feudalism"的引申义时那样，先要按其具体情况辨析词义，然后选择适当

---

① Webster's Third New International Dictionary of the English Language，p. 842. 黑体为笔者所加。汉译文为笔者对其中重要信息的试译。同时我们还发现，在陆谷孙的《英汉大词典》（第二版）的"feudal"与"feudalism"词条，仅列出该词语在英文中的本义，未列出引申义。这很可能是因为编者认为该词的诸多引申义在英文的实际使用中并不常见。参见《英汉大词典》，第 688 页。

② 参见 R. E. Allen, ed., *The Coincise Oxford Dictionary of Current English*, Eighth Edition, Clarendon Press, 1990, p. 432.

③ 参见 *Larousse Compact Dictionnaire de la Langue Française*, Larousse, 1995, pp. 648－649. 原文为"Ensemble des lois et coutumes qui régirent l'ordre politique et social dans une partie de l'Europe de la fin de l'époque carlingienne à la fin du Moyen Âge et qui impliquaient d'une part la predominance d'une classe de guerriers et, d'autre part, des liens dependence d'homme à home. [servage]."

④ 参见同上。原文为"puissance économique ou social qui rappelled l'organisation féodale (péjor). Les féodalité financiers, pétrolières."

的表达法。因此,在该类词中,"封建/封建制"与"feudal/feudalism"的能指与所指有时相距甚远,恐不能直接单词表式地予以简单处理。下面我们来辨析一下汉语中的一般为贬义的上述"泛封建"短语,并探讨应该如何将它们用英文较合理地表达出来。

"封建专制主义"——"封建"义为"封土建国",贵族分权、政权分散,是"封建"的特质。也就是说,是封建的就不是专制的,封建是对专制权力的一种分散和控制。"封建地主阶级"——既然是"地主",土地便可以自由买卖,而"封建"义为土地由封赐而来,不得转让和买卖。"封建官僚"——"封建"义为权力、爵职由封赐所得并世袭继承,而官僚却是朝廷任命的官员。因此,把"封建"与"专制主义""地主""官僚"放在一起,就是相互矛盾。在英译时就需要灵活掌握,或者将赘词"封建"删去不译,或者用某些更能表达其意思的较中性的限定词。同样组合错位的短语还有"封建帝王""封建皇权""封建礼教""封建迷信""封建包办婚姻""封建性糟粕、民主性精华"("民主"的对应词是"专制",而非"封建")等等。鲁迅先生在其小说与杂文的相关描绘中从不滥用"封建",但目标所指,尽人皆知,且极为生动,可供我们翻译时的借鉴:"吃人"的"礼教"、"仁义道德"、"人分十等"的"阶级社会"、"长者本位"的"孝道"、"男子中心,戕害女性"的"节烈"、反科学的"鬼话"、使人精神沉沦的"中国书"等等。因此,我们将这些"泛封建短语"译成英文时,就应该让"封建"这个限定词的含义具体化,而非全装到"feudal/feudalism"这个"大箩筐"里。例如,"封建专制"其实指的就是"帝王专制"(absolute monarchy)、"反封建"即"反专制"(anti-autocracy / absolutism)、"封建思想"即"保守、陈腐、反动"的思想(conservative, outworn or reactionary thinking)、"封建文人"即"传统文人"(traditional literati)、"封建包办婚姻"即"旧式婚姻"(old-style marriage)等等。

由"封建/feudal"一词在中国近现代时期的逐渐对译及其语义的不断衍伸泛化,不由得让我们想起一种被赛义德(Edward Said,1935—2003)称作"理论旅行"(traveling theory)的现象:"一种理论抑或一种世界观,当它适应于一个不同于其诞生地的场所后,可能不只是改变某些特点,她也许会被用于一个和其创始人初衷全然不同的目的。"[①]在此,我们似乎

---

① Edward Said, *The Word, the Text, and the Critics*, Harvard University Press, 1983, p. 227.

可以对赛义德的表述略作修订,以更切合我们上述所集中讨论的"封建"话题:一种概念,当它适应于一个不同其原生时代或诞生地的场所后,可能不只是改变某些特点,它也许会被用于一个和其创始人初衷全然不同的目的或语境中。这种概念的跨时空旅行可视作是其生命周期的一个自然过程,而具体到"封建/feudal"从原义到引申义乃至于到泛化"封建"用法,我们似乎可以说这就是一种在文化间借鉴与交流而频繁出现的创造性背叛(creative treason)或者故意误读(misreading)的典型案例。

英语世界鲁迅译介研究三题

顾　钧

　　鲁迅去世之前，他的名字和作品就开始在英语世界传播开来，此后则更加兴旺发达，在这一历史进程中出现的众多译本和译者均值得做细致的研究。本文拟就下列三个问题进行初步的讨论：一、鲁迅作品在英美出版的译本；二、在早期鲁迅译介中作出重要贡献的王际真（Chi-Chen Wang）；三、英语世界各种中国现代文学选集中的鲁迅作品，特别是入选频率最高的《孔乙己》。

一

　　综括多年来鲁迅研究成果的《鲁迅大辞典》（人民文学出版社2009年12月版）一书中有"纪念附册"，其中"鲁迅著作的外国译本"（按国家分类，按出版年代编排）之"英译本"条下列出一种：

　　　　《无声的中国——鲁迅作品选》（英文本）　英国伦敦牛津大学出版社1973年出版。戴乃迭译。32开平装本。封面上有毛泽东录鲁迅《戌年初夏偶作》手迹。正文前译者写了一篇序言，详细介绍鲁迅生平及作品。本书虽以鲁迅《三闲集》中一篇杂文《无声的中国》为书名，但收入的作品除了杂文、随笔十三篇以外还有选自《呐喊》、《彷徨》、《故事新编》的小说五篇，选自《朝花夕拾》的回忆散文四篇、《南腔北调集》等的散文诗和杂文十二篇，是一本综合性的选集。（第1204~1205页）

又"美译本"条下列出四种：

　　　　《鲁迅诗选》（英文本）　美国亚利桑那国立大学亚洲研究中心1988年出版。陈颖译。选鲁迅诗六十八首。
　　　　《狂人日记及其他故事》（英文本）　美国夏威夷大学1990年出版。威廉·莱尔译。

《中国小说史略》（英文本） 美国康涅狄格州韦斯特波特海波里翁出版社1990年出版。

《鲁迅文选》（英文本） 美国耶鲁大学远东出版社出版。威廉·莱尔编译。（第1206页）

这里说得既不够全面，也不尽准确。据笔者所知，鲁迅作品在英美出版的译本有如下一些（按出版时间顺序）：

《阿Q及其他：鲁迅小说选集》（*Ah Q and Others: Selected Stories of Lusin*, Columbia University Press, 1941）。这个选集是由当时在美国哥伦比亚大学执教的华裔学者王际真（Chi-Chen Wang）翻译的，1941年由哥伦比亚大学出版社出版。该书收入了鲁迅的11篇小说，除《阿Q正传》外，还有：《狂人日记》《头发的故事》《风波》《故乡》《祝福》《在酒楼上》《肥皂》《孤独者》《伤逝》《离婚》。在翻译鲁迅之外，王际真还翻译了张天翼、老舍、巴金等人的作品，1944年他将这些作品结集成《当代中国小说选》（*Contemporary Chinese Stories*）一书出版，由于此前他在1941年已经出版过专门的鲁迅小说选集，所以《当代中国小说选》只收了鲁迅的《端午节》和《示众》两篇小说——这两篇是先前没有翻译的。

《鲁迅小说集》（*A Lu Hsun Reader, Far Eastern Publications, Yale University*, 1967）。这部由美国学者威廉·莱尔（William A. Lyell）编选的集子（耶鲁大学远东丛刊1967年版）收入了《呐喊自序》《狂人日记》《随感录三十五》《肥皂》《随感录四十》《阿Q正传》《孔乙己》7篇作品。编排方式是先中文原文，其后是对每一篇中的字词做详细的英文注释。编者之所以没有给出一字一句的翻译，是因为"学生们一旦明白了关键词语的意思，他们可以从字典中找到最合适的翻译"①。所以这个集子不能算是严格意义上的译本，只是帮助美国学生了解鲁迅和学习中文的一个读物。《鲁迅大辞典》将此书列入译本自无不可，但应做出必要的说明；又《大辞典》将这个集子称为《鲁迅文选》，也有一点问题，因为这本书封面上的中文名称是《鲁迅小说集》，尽管其中所收的并不都是鲁迅的小说。

《无声的中国——鲁迅作品选》（*Silent China: Selected Writings of Lu Xun*, Oxford University Press, 1973）。该书由戴乃迭（Gladys Yang）编辑和翻译，牛津大学出版社1973年出版，共分四个部分：第一部

---

① William A. Lyell, "Foreword", *A Lu Hsun Reader*, Far Eastern Publications, Yale University, 1967, p. iii.

分小说(stories)，收入《狂人日记》《阿Q正传》《白光》《在酒楼上》《出关》；第二部分回忆散文(reminiscences)，收入《狗·猫·鼠》《阿长与山海经》《五猖会》《父亲的病》；第三部分诗和散文诗(poems and prose poems)，收入《哀范君三章》《复仇（其二）》《希望》《狗的驳诘》《失掉的好地狱》《立论》《这样的战士》《聪明人和傻子和奴才》《淡淡的血痕中》《惯于长夜》《悼杨铨》《无题》（万家墨面没蒿莱）《亥年残秋偶作》；第四部分散文(essays)，收入《我的节烈观》《娜拉走后怎样》《论"费厄泼赖"应该缓行》《无声的中国》《再谈香港》《中国无产阶级革命文学和前驱的血》《帮闲法发隐》《论秦理斋夫人事》《倒提》《中国人失掉自信力了吗》《几乎无事的悲剧》《答托洛斯基派的信》《死》。戴乃迭在序中说，她希望"通过这个选集展示鲁迅各个方面的文学才能，但是由于篇幅所限，以及有些文章如果不了解其背景便很难理解，所以一些重要的作品没有选译，如论述文学与革命关系的文章"[①]。需要特别提出的是，该书封面上毛泽东手书的鲁迅诗作是《无题》（"万家墨面没蒿莱，敢有歌吟动地哀。心事浩茫连广宇，于无声处听惊雷。"），而非《戌年初夏偶作》——鲁迅没有写过这个题目的诗。

《中国小说史略》(*A Brief History of Chinese Fiction*，Hyperion Press，1973)。这是一个翻印本，由海泼里翁出版社于1973年出版。原本是外文出版社(Foreign Languages Press)1959年的杨宪益、戴乃迭译本。《鲁迅大辞典》将这个翻印本的出版时间说成是1990年，不确，正确的时间是1973年。

《鲁迅：为革命而写作》(*Lu Hsun: Writing for the Revolution*，Red Sun Publishers，1976)。该书由旧金山的红太阳出版社于1976年出版，分八个部分收录了鲁迅的文章和"文革"当中一些关于鲁迅的评论文章，鲁迅本人的文章如下：《三闲集序言》《二心集序言》《且介亭杂文序言》《对于左翼作家联盟的意见》《文学与出汗》《文学与革命》《中国无产阶级革命文学和前驱的血》《论第三种人》《看书琐记（二）》《记念刘和珍君》《为了忘却的记念》《全国木刻联合展览会专辑序》《白莽作孩儿塔序》《未有天才之前》《流产与断种》《一八艺社习作展览会小引》《娜拉走后怎样》《关于妇女解放》《礼》《不知肉味和不知水味》《在现代中国的孔夫子》《庆祝沪宁克复的那一边》《论"费厄泼赖"应该缓行》。

[①] Gladys Yang, "Introduction", *Silent China: Selected Writings of Lu Xun*, Oxford University Press, 1973, p. xii.

《鲁迅小说选》(Selected Stories of Lu Hsun, Norton, 1977)。这是诺顿出版社 1977 年翻印杨宪益、戴乃迭 1954 年的译本(外文出版社)。共收入鲁迅作品 19 篇:《呐喊自序》《狂人日记》《孔乙己》《药》《明天》《一件小事》《头发的故事》《故乡》《阿 Q 正传》《社戏》《祝福》《在酒楼上》《幸福的家庭》《肥皂》《孤独者》《伤逝》《离婚》《奔月》《铸剑》。1994 年位于旧金山的中国书刊出版社(China Book & Periodicals)又再次翻印了此书。

《鲁迅小说全集》(Complete Stories of Lu Xun, Indiana University Press, 1981)。该书由美国印第安纳大学出版社 1981 年出版,分《呐喊》(Call to Arms)和《彷徨》(Wandering)两部分,收入了鲁迅的 25 篇小说。译者是杨宪益、戴乃迭夫妇。这个译本是印第安纳大学出版社联合外文出版社一起推出的。

《鲁迅诗歌全译注释》(Lu Hsun: Complete Poems, Center for Asian Studies, Arizona State University, 1988)。该书由美国亚利桑那州立大学亚洲研究中心 1988 年出版,收录了鲁迅的全部诗作:旧体诗 49 首、白话诗 14 首、其他诗作 5 首。译者为华裔学者陈颖(David Y. Chen)。关于翻译的缘起和特点,陈颖在"中文自序"中这样写道:"鲁迅非以诗鸣者,然每以感时愤世之长愁,撰即兴应酬之短韵。警句奇篇,世多传诵。编集梓行已数数矣。晚近复有二三英译选本问世,其文则沿袭现代西方自由诗体,虽行式犹在,而韵叶阙如。盖中诗乃有韵之文。韵之为用,如鸟振翼,如弓鸣弦,腾声飞响,悦耳动心。斯汉字之特征,亦中诗之要素也。爰酌采英诗韵律,迻译鲁迅各体诗歌全目,并详加诠译,缀以导言。藉飨同好,就正大方。"①从这篇"中文自序"我们知道,陈颖给这本书确定的中文名称是《鲁迅诗歌全译注释》,《鲁迅大辞典》称之为《鲁迅诗选》,是不确切的。另外,美国没有国立大学,只有州立大学,《鲁迅大辞典》所谓亚利桑那"国立"大学应为亚利桑那"州立"大学。继陈颖之后,美国学者寇志明(Jon Eugene von Kowallis)1996 年在夏威夷大学出版社出版了《全英译鲁迅旧体诗》(The Lyrical Lu Xun: A Study of His Classical-style Verse, University of Hawaii Press, 1996)。此书收录的旧体诗共 49 首,按时间顺序排列,以 1900 年 3 月的《别诸弟三首》开始,1935 年 12 月的《亥年残秋偶作》结束。这与陈颖的安排有所不同,陈颖将鲁迅的 49 首旧

---

① David Y. Chen, Lu Hsun: Complete Poems, Center for Asian Studies, Arizona State University, 1988, p. 10.

体诗分成古体(ancient style)和律诗(regulated style)。其中古体 6 首:《祭书神文》《替豆萁伸冤》《哈哈爱兮歌三首》《赠冯蕙熹》《湘灵歌》《教授杂咏四首》,其余为律诗,也是按时间顺序,从《别诸弟三首》至《亥年残秋偶作》。

《狂人日记和其他小说》(Diary of a Madman and Other Stories, University of Hawaii Press, 1990)。该书由夏威夷大学出版社 1990 年出版,收录了《呐喊》《彷徨》中所有的 25 篇小说,以及鲁迅最早的一篇小说《怀旧》,是鲁迅小说的一个非常完整的译本。关于这个译本,威廉·莱尔在"序言"中这样写道:"这个集子中的所有小说此前都被很好地翻译过(就我所知,由我第一个翻译的只有《兄弟》一篇,刊登在 1973 年《翻译》的创刊号上)。在美国,第一个广为人知的鲁迅小说译本是王际真的《阿 Q 及其他》(1941 年),收入了 1 篇导论和 11 篇小说。王将这些故事翻译成流畅的美国英语。此后是杨宪益和戴乃迭翻译的四卷本《鲁迅选集》,这煌煌巨译由外文出版社于 1956 至 1960 年推出,这是第一次系统地将鲁迅的作品译成英文。第一卷收入了 18 篇小说和一些回忆散文和散文诗,后三卷则全部是匕首投枪式的杂文——鲁迅十分擅长的关于政治和文化问题的评论。1981 年杨宪益夫妇又出版了《呐喊》和《彷徨》的全译本,但他们所使用的是英国英语(British English),所以我可以不谦虚地说我是第一个把鲁迅的全部小说译成美国英语(American English)的人。"[①]

《阿 Q 正传》(True Story of Ah Q, Cheng & Tsui, 1990)。这是 1990 年波士顿一家出版社翻印杨宪益和戴乃迭的译本,杨宪益夫妇译本由外文出版社出版,有 1953,1955,1960,1964,1972 等多个版本,是《阿 Q 正传》的一个经典译本。

《阿 Q 正传和其他故事》(The Real Story of Ah-Q and Other Tales of China, Penguin, 2009)。这是 2009 年由企鹅书店推出的鲁迅小说全集的英译,已被列入企鹅书店经典丛书(Penguin Classics),译者是英国汉学家蓝诗玲(Julia Lovell)。与以往杨宪益、戴乃迭、威廉·莱尔等人的译本相比,这个新译本的语言风格是更加"简明"和"润畅"[②]。

---

① William A. Lyell, "Introduction", Diary of a Madman and Other Stories, University of Hawaii Press, 1990, pp. xli—xlii.
② 详见宫泽真一:《鲁迅翻译杂感》,《鲁迅研究月刊》,2011 年第 2 期。

二

1939年，王际真撰写的《鲁迅年谱》(Lusin: A Chronological Record)是英语世界第一份鲁迅年谱。1941年，王际真翻译的《阿Q及其他——鲁迅小说选集》(Ah Q and Others: Selected Stories of Lusin)由美国哥伦比亚大学出版社出版，这则是英语世界最早的鲁迅小说专集。

王际真1899年生于山东省桓台县，其父王寀廷是清朝光绪二十九年（1903）的进士。1910年，11岁的王际真进入清华附中学习，毕业后考入清华学堂，1921年毕业；1922年王际真赴美国留学，先在威斯康辛大学念本科，1924—1927年在哥伦比亚大学学习。哥大毕业后，王际真本想回国就业，但由于种种原因，滞留在美国靠卖文为生。1928年，由于在杂志和报纸上的文章广受好评，被纽约大都会博物馆聘请为东方部的正式职员。1929年，王际真节译的《红楼梦》出版后好评如潮，时任哥大东亚研究所主任的富路特(L. C. Goodrich)激赏之余，立即邀请他到哥大任教。此后王际真一直在哥大教授汉语和中国文化，直到1965年退休。2001年，王际真在纽约去世。

王际真毕生致力于将中国文学介绍给西方。在古代文学中，他最喜欢《红楼梦》(1958年又再次翻译)；在现代作家中，他最推崇鲁迅。

1939年1月，王际真编写的《鲁迅年谱》发表在位于纽约的中国学社(China Institute)的通讯(Bulletin)上。王际真说他之所以采用年谱的形式，固然是想让西方读者知道中国的年谱是怎么一回事，更主要的还是因为资料的缺乏，而年谱是利用现有材料的最简便可行的方法。他编写年谱利用的材料主要是鲁迅本人的作品和周作人发表在《宇宙风》上的两篇纪念文章：《关于鲁迅》和《关于鲁迅之二》(1936年11月—12月)。

年谱将鲁迅的一生分为9个时期：青少年时期、南京求学时期、日本时期、辛亥前后、北京前期、北京后期、厦门广州时期、上海时期、最后的日子。在这9个时期之内王际真逐年介绍了鲁迅的活动，并就他的创作和思想做出简短的评论，其中颇不乏洞见。如在1918年条下评介《狂人日记》道："这篇小说可能是斯威夫特将人说成是最卑劣顽固的动物之后，对于人类社会最猛烈的攻击。……鲁迅对于同胞的尖锐批评是出自对他们的爱。"①这确实道出了鲁迅的特色之一,在他身上,辣手著文章和铁肩担道义两者得到了完美的结合。

除了评论,王际真还在几处介绍了鲁迅作品已有的英文译本,为感兴趣的西方读者提供进一步阅读的线索。比如在1921年条下指出,《阿Q正传》"目前已有三个英译本。第一个是梁社乾的译本,1926年由上海商务印书馆出版,英文题目是 *The True Story of Ah Q*,这是一个没有任何删节的完整的译本。第二个译本是根据敬隐渔的法文译本转译的,收在1931年日晷出版社(Dial Press)出版的《〈阿Q正传〉和其他现代中国小说》(*The Tragedy of Ah Qui and Other Modern Chinese Stories*)一书中,这个译本没有翻译第一章。第三个译本是我本人的,分三期连载在《今日中国》(*China Today*)杂志1935年11月号至1936年1月号上"②。《阿Q正传》是王际真翻译的第一篇鲁迅小说,此后他又翻译了多篇,并于1941年结集出版。

王际真编写年谱的时候,抗日战争正处于相持阶段。王际真虽然远在美国,但时刻关注着祖国的命运,他在编年正文之前的导论中写道:"中国对日宣战的决定虽然是政府做出的,但如果中国还是由阿Q精神主导,那么中国也不能够坚持抵抗这么久。即使阿Q未死,阿Q精神也不再是中国精神的主导。相反的,中国现在由一种新精神主导着,这种精神便是自由与勇气;中国由一种新的信仰主导着,这便是:与其在屈辱中活着,不如在反抗中死去。而鲁迅在这一转变中扮演着最重要的角色。"③这里虽然是联系当下借题发挥,但无疑表现了王际真对于祖国的信心和对于鲁迅的敬仰。

在导论的开头,王际真对鲁迅有一段精彩的总评,值得全文引用:"鲁迅是中国现代文学最重要的代表人物。他常常被人称为中国的高尔基、或是中国的伏尔泰、或是中国的斯威夫特,这样的称呼不无一定的道理。他和高尔基一样一生都处于革命运动的漩涡中;他像伏尔泰一样不知疲倦地写作,作品中充满了隽永的幽默和辛辣的讽刺;他和斯威夫特一样痛心疾首于人类的堕落和愚昧,并施之以猛烈的攻击。但是细细考察,就会发现这类比较只流于表面,只会误导读者,而其中的欧洲中心主义也是显

---

① Chi-Chen Wang, "Lusin: A Chronological Record", *China Institute Bulletin*, Vol. 3, No. 4 (January, 1939), p. 112.
② Ibid., p. 115.
③ Ibid., p. 100.

而易见的。鲁迅不同于高尔基,他来自不同的背景,采用了不同的表达方式,面对的也是不同的读者。他不同于伏尔泰,他隽永的幽默和辛辣的讽刺不仅针对别人,也针对自己,而伏尔泰则以攻击别人为乐,有点过于爱出风头。他也不同于斯威夫特,他从来没有政治野心,也从来不会自怨自艾,更不会以统治阶级自居。鲁迅如果出身于无产阶级家庭,或许他会更像高尔基;如果中国像法国和英国一样独立自由,鲁迅可能会像伏尔泰那样漫不经心或像斯威夫特那样自我中心。中国的国情使鲁迅摆脱了伏尔泰的轻浮和斯威夫特的自私,对于中国的屈辱和中国人的痛苦,鲁迅始终保持着清醒的认识,就这一点来讲他更像高尔基——如果我们一定要做比较的话。而就他的社会背景和批判风格来看,他则更接近于伏尔泰和斯威夫特。"[1]在英语世界里,首先将鲁迅和高尔基、伏尔泰等人进行比较的是斯诺(Edgar Snow)。[2] 这样的比较并非毫无价值,特别是在西方读者还不知道鲁迅为何许人的时候还是有一定意义的,人们总是要借助于已经知道的东西去了解不知道的东西。但是一旦知道以后,显然不宜长期停留在简单比附的阶段,而必须不断深入下去。

《鲁迅年谱》发表两年后,王际真又于1941年出版了《阿Q及其他——鲁迅小说选集》。这是鲁迅小说在英语世界最早的专集。该书收入了鲁迅的11篇小说,依次是:《故乡》("My Native Heath")、《肥皂》("The Cake of Soap")、《离婚》("The Divorce")、《在酒楼上》("Reunion in a Restaurant")、《头发的故事》("The Story of Hair")、《风波》("Cloud over Luchen")、《阿Q正传》("Our Story of Ah Q")、《孤独者》("A Hermit at Large")、《伤逝》("Remorse")、《祝福》("The Widow")、《狂人日记》("The Diary of a Madman")。

鲁迅小说的艺术成就甚高当然是王际真首先选取鲁迅作品来译介的原因,而更重要的还在于鲁迅小说的社会价值和认识价值。王际真在导言中做了这样的说明:"在鲁迅的这几篇小说中,读者将通过中国现代最伟大的一位文学家的锐敏和透彻的目光观察中国。这里,读者找不出故作姿态的怜悯(它的骨子里多半是屈尊俯就的傲气),也看不到作为阿Q主义标记的自我辩解和自卑感,鲁迅并不努力显得高雅,他也不着意于粉

---

[1] Chi-Chen Wang, "Lusin: A Chronological Record", *China Institute Bulletin*, Vol. 3, No. 4 (January, 1939), p. 99.

[2] 参看斯诺为《活的中国:现代中国短篇小说选》所写的序言、《中国的伏尔泰——一个异邦人的赞辞》(1936年11月25日《大公报》)等文章。

饰中国的弱点或者掩盖甚至抹杀她身上的创伤。"①对于西方人来说,了解现代中国固然可以有多种途径,而阅读鲁迅的小说无疑是最为简便易行并且会大有收获的途径。

王际真的译本出版后,其上乘的翻译质量立刻得到了广泛的好评。一篇发表于美国《远东季刊》(*The Far Eastern Quarterly*)上的评论是这样写的:"《阿Q及其他》不仅是鲁迅的,也是王际真的。……王际真是中国文学优秀的传播者和介绍者。他的每一篇作品都译出了原作的精髓,同时又能够为英语国家的读者所理解。他的这册鲁迅小说选集虽然部头不大,却填补了中文书架上一个巨大的空隙。"②

除了以上的11篇外,王际真还翻译了《端午节》("What's the Difference?")、《示众》("Peking Street Scene"),稍后收入王际真的另外一部小说译文集《当代中国小说选》(*Contemporary Chinese Stories*,1944年哥伦比亚大学出版社出版)。

王际真1940年代出版的这两本英译小说选集对此后美国的中国现代文学翻译和研究产生了深远的影响。夏志清称赞王际真是"中国现代小说翻译的先驱者"(pioneering translator of modern Chinese fiction),并将自己1971年翻译的《20世纪中国短篇小说选集》(*Twentieth-Century Chinese Stories*)题献给这位可敬的先行者。

三

在英语世界,鲁迅的作品除了专门的译本之外,还和其他人的作品一道收入了各式各样的译本。特别是他的小说,更是多次被选译。分析一下这些译本的选目,颇有助于我们从一个新的视角观察鲁迅在海外的接受。

1936年斯诺编选的《活的中国:现代中国短篇小说选》(*Living China: Modern Chinese Short Stories*)收录了鲁迅的六篇作品:《药》《一件小事》《孔乙己》《祝福》《风筝》《离婚》。

1970年英国学者詹纳(W. J. F. Jenner)在牛津大学出版社推出了

---

① Chi-Chen Wang, tr., *Ah Q and Others: Selected Stories of Lusin*, Columbia University Press, 1941, pp. vii—viii.

② George Kao, "Review of *Ah Q and Others*", *The Far Eastern Quarterly*, Vol. 1, No. 3 (May, 1942), p. 281.

名为《现代中国小说》(Modern Chinese Stories)的选本,其中收录了鲁迅的三篇小说:《孔乙己》《故乡》《祝福》。

1974年伊罗生(Harold R. Isaacs)编选的《草鞋脚:现代中国短篇小说选》(Straw Sandals: Chinese Short Stories)收录了鲁迅的五篇作品:《狂人日记》《药》《孔乙己》《风波》《伤逝》。

1981年,华裔学者刘绍铭、夏志清、李欧梵合作编译了《中国现代中短篇小说选》(Modern Chinese Stories and Novellas),其中选录了鲁迅的六篇小说:《孔乙己》《药》《故乡》《祝福》《在酒楼上》《肥皂》。

1995年方志华(Fang Zhihua 译音)编译的《20世纪中国短篇小说英译》(Chinese Short Stories of the Twentieth Century: An Anthology in English)收录了鲁迅的《狂人日记》《祝福》《孔乙己》。

1995年,哥伦比亚大学出版社推出了《哥伦比亚中国现代文学读本》(The Columbia Anthology of Modern Chinese Literature,2007年出第二版),读本分小说、诗歌、散文三个文类,在第一部分"小说,1918—1949"中鲁迅首先入选,共有三篇:《呐喊自序》《狂人日记》《孔乙己》。

在所有这些选本中,鲁迅总是排在第一位并且是被选篇目最多的作家,鲁迅作为20世纪中国最伟大的作家特别是小说家的地位是众望所归、无可置疑的。詹纳在他那个选本的编者"前言"中说:"在短篇小说创作上,鲁迅远远高于其他作家,陈独秀、胡适只是从理论上倡导新文学运动,只有鲁迅作为这一运动的领导者写出了至今仍然粲然可观的小说作品。"[1]鲁迅的小说不仅思想深刻,而且艺术技巧也十分高超。詹纳"前言"一开头便敏锐地指出:"虽然1930和1940年代西方出版了一些中国现代小说的选本,北京的外文出版社在过去的若干年中也出版了一些选本,但中国现代文学对历史和文化背景迥异于中国的西方世界没有产生什么实质性的影响。除了鲁迅之外,没有一个中国作家能够在小说的形式和技巧上为那些寻求文学创新的西方作家提供借鉴。"[2]其实鲁迅小说的很多艺术技巧也是从西方学来的,但经过自己的消化吸收,再加上他对中国传统文学有着深厚的修养,中西结合,多有创新,因此能够对西方作家进行"反哺"。鲁迅是20世纪中国唯一能够做到这一点的作家。

从以上列举的选目来看,《孔乙己》的入选率最高,其因缘除了思想的

---

[1] W. J. F. Jenner, "Introduction", Modern Chinese Stories, Oxford University Press, 1970, p. x.

[2] Ibid., p. vii.

深刻之外,主要还是由于技巧的高超。夏志清在《中国现代小说史》(*A History of Modern Chinese Fiction*)中高度称赞这篇小说用笔的简练,① 美国学者韩南(Patrick Hanan)则十分欣赏其中反语(irony)的运用:"反语的对象是那个被社会抛弃的读书人,反语要素则是在酒店里当伙计的那个12岁的孩子。这种反语是我们称为描述性(presentational)的一类,是通过一个戏剧化的叙述者之口讲出来的。虽然这故事是事隔近30年之后的回忆,却没有让成年人的判断来控制孩子的天真。在孩子的心里,被所有主顾当做笑柄的孔乙己不过是单调无聊的工作中一点快乐的来源,我们也正是通过孩子朦胧的意识看清这个可怜人生活中那种随时出现的残酷。"② 就国内学者来看,李长之在《鲁迅批判》中选出的他认为最佳的八篇小说中,《孔乙己》也是第一入选的。③

鲁迅本人最满意的作品也正是《孔乙己》。据著名编辑家、鲁迅的同乡晚辈孙伏园说,《呐喊》出版后,他曾经问过鲁迅其中哪一篇最好,鲁迅回答说自己最喜欢《孔乙己》,再加追问,则又说其好处是"能于寥寥数页之中,将社会对于苦人的冷淡,不慌不忙地描写出来,讽刺又不很显露,有大家的作风"④。关于这一话题后来孙氏还有更详细的回忆与分析:"《孔乙己》的创作目的就在描写社会对于苦人的凉薄,那么,作者对于咸亨的掌柜,对于其他顾客,甚至对于邻舍孩子们,也未始不可用《药》当中处理康大叔、驼背五少爷、红眼睛阿义等的方法来处理他们。一方面固然是题材的关系,《药》的主人公是革命的先烈,他的苦难是国家民族命运所系,而《孔乙己》的主人公却是一个无关大局的平凡的苦人;另一方面则是作者态度的'从容不迫',即使不像写《药》当时的'气急虺隤',也还是达到了作者描写一般社会对于苦人凉薄的目的。鲁迅先生特别喜欢《孔乙己》的意义是如此。"⑤ 这里拿《孔乙己》与《药》做一对比,道出了前者的高明之处。

从思想性上来说,鲁迅的第一篇白话小说《狂人日记》无疑比第二篇《孔乙己》更能震动人心,但和《药》一样,存在思想先行、戏剧性不够的问

---

① 夏志清:《中国现代小说史》,刘绍铭等译,复旦大学出版社,2005年,第31页。
② Patrick Hanan, "The Technique of Lu Hsun's Fiction", *Harvard Journal of Asiatic Studies*, 34 (1974), p. 80.
③ 这八篇小说是:《孔乙己》《风波》《故乡》《阿Q正传》《社戏》《祝福》《伤逝》《离婚》。详见李长之:《鲁迅批判》,北京出版社,2003年,第56页。
④ 孙伏园:《关于鲁迅先生》,《孙氏兄弟谈鲁迅》,新星出版社,2006年,第146页。
⑤ 孙伏园:《孔乙己》,《孙氏兄弟谈鲁迅》,新星出版社,2006年,第173页。

题。《阿Q正传》同样存在艺术上的瑕疵,由于不是一气呵成写出来的,结构显得比较松散,小说的叙述者也有前后不一致之处。① 另外,《阿Q正传》是鲁迅最长的一篇小说,在选本篇幅有限的情况下有时只好割爱。斯诺的观点具有代表性:"我还发现中国有些杰作篇幅太长,无法收入这样一个集子中去。许多作品应列入长篇,至少也属于中篇,然而它们的素材、主题、动作及情节的范围,整个发展的规律,本质上只是短篇小说。鲁迅的《阿Q正传》就属于这一类。还有茅盾的《春蚕》和沈从文那部风行一时的《边城》。"②这三篇从篇幅上应该属于中篇小说(novella)。从鲁迅作品的翻译史来看,《阿Q正传》是最早被译成英文的小说,继1926年梁社乾的译本之后,英国人米尔斯(E. H. F. Mills)和王际真在1930和1940年代陆续出版了自己的译本。由于《阿Q正传》的译本较多,所以有些选家在考虑选目时,出于平衡的考虑,就会倾向于那些较少被翻译的作品。夏志清在1971年编译的《20世纪中国短篇小说选》(*Twentieth-Century Chinese Stories*)一书中,一开始选的就是郁达夫的《沉沦》,而完全没有选鲁迅的作品。因为夏志清为该选本定下了这么一条标准:"不收此前选本中已经选译的作品,也不重译已经有英译文的作品。"③鲁迅的小说于是没有选入。这大概是英美出版的以中国现代文学(小说)为主题的译本中唯一没有收录鲁迅作品的一部。

关于选本,鲁迅曾深刻地指出,它们所显示的,"往往并非作者的特色,倒是选者的眼光"④。他又说:"凡选本,往往能比所选各家的全集或选家自己的文集更流行,更有作用。册数不多,而包罗诸作,固然也是一种原因,但还在近则由选者的名位,远则凭古人之威灵,读者想从一个有名的选家,窥见许多有名作家的作品。……凡是对于文术,自有主张的作家,他所赖以发表和流布自己的主张的手段,倒并不在作文心,文则,诗

---

① 如第一章以第一人称叙事,其后改为第三人称叙事;叙事者一开始表现得像一个新旧交替时代的文人,后来又采用未庄村民的视角。详细的分析参见刘禾《语际书写》(上海三联书店1999年版)一书第三章《国民性理论质疑》,特别是第92—97页。

② Edgar Snow, "Introduction", *Living China: Modern Chinese Short Stories*, Reynal & Hitchcock, 1936, p. 16.

③ C. T. Hsia, "Preface", *Twentieth-Century Chinese Stories*, Columbia University Press, 1971, p. ix.

④ 《且介亭杂文二集·〈题未定〉草(六)》,《鲁迅全集》第6卷,人民文学出版社,2005年,第436页。

品,诗话,而在出选本。"①从英美出版的多部中国现代文学(小说)选本来考察其"选者的眼光"并加以分析,是一件很有兴味的事情,对于鲁迅研究界的同道来说尤其是如此。

---

① 《集外集·选本》,《鲁迅全集》第7卷,人民文学出版社,2005年,第138页。

跨文化研究

卡图卢斯 61，189—198 句的校勘问题*

李广利

一、引言

拉丁诗人卡图卢斯（Gaius Valerius Catullus，约公元前 87 年—前 54 年）为友人曼利乌斯（Manlius）及其新婚妻子尤尼娅（Iunia）创作的贺婚歌在现代通行的版本中被标为第 61 首，其中的第 194 句在各种古代抄本中均违背格律，显然有脱文。早在 1481 年，意大利人文学者卡弗尔努斯（I. Calphurnius）就将该句中公认的错讹 remorata（抄本 X[①] 的异文）改为 remoratus；大约一百年后，古文献学家斯卡利杰罗（G. Scaligero）又调换了包含 194 句在内的相邻两个诗节的顺序，更明确地说，现代通行版本中标号为 189—193 和 194—198 的两个诗节在抄本 V 中原本是 194—198 句在前，189—193 句在后。本篇论文将集中讨论这两处校改。[②] 为明晰起见，我们在此称 189—193 句为诗节 A，194—198 句为诗节 B，并分别按照斯卡利杰罗改动后的顺序（包括卡弗尔努斯的校改）和抄本的顺序给出 184—198 句的原文：

---

* 本篇论文原题为"Catullo 61, 189 – 198"，发表于意大利古典语文学杂志 *Maia*, 58 (2006)：473—485。现由笔者本人译成中文，有改动。笔者于梵蒂冈图书馆参阅了包括代号 R 在内的多种卡图卢斯诗集的古代抄本，在此谨向该馆致以诚挚的谢意。

① 现存的卡图卢斯诗集的古代抄本中真正有校勘价值的主要有三种，分别为牛津抄本 O (Oxoniensis Canonicianus class. lat. 30)、巴黎抄本 G (Parisinus lat. 14137) 和罗马抄本 R (Vaticanus Ottobonianus lat. 1829)。学界普遍认为，三个抄本的源头均可追溯到同一个已失传的祖本 V。O 很可能直接抄自 V，G 和 R 则有可能是从 V 的另一个过录本 X（已失传）转抄而来的。所以，我们用 V 表示 O、G 和 R 的文本相互一致，用 X 表示 G 和 R 的文本相互一致。

② 除了 197 句中的异文 cupis 和 capis 之外，189—198 句中的其他校勘问题不在本文的讨论范围之内。卡图卢斯作品的引文均据迈诺斯校订的牛津版《卡图卢斯诗集》(R. A. B. Mynors, ed., *C. Valerii Catulli Carmina*, Oxford University Press, 1958)。

文本内外的世界

斯卡利杰罗

184 iam licet uenias, marite:
    uxor in thalamo tibi est,
    ore floridulo nitens,
    alba parthenice uelut
188 luteumue papauer.

抄本

iam licet uenias, marite:
uxor in thalamo tibi est,
ore floridulo nitens,
alba parthenice uelut
luteumue papauer.

诗节 A

189 at, marite, ita me iuuent
    caelites, nihilo minus
    pulcer es, neque te Venus
    neglegit. sed abit dies:
193 perge, ne remorare.

诗节 B

194 non diu remorata es:
    iam uenis. bona te Venus
    iuuerit, quoniam palam
    quod cupis cupis, et bonum
198 non abscondis amorem.

诗节 B

194 non diu remoratus es:
    iam uenis. bona te Venus
    iuuerit, quoniam palam
    quod cupis cupis, et bonum
198 non abscondis amorem.

诗节 A

189 at, marite, ita me iuuent
    caelites, nihilo minus
    pulcer es, neque te Venus
    neglegit. sed abit dies:
193 perge, ne remorare.

下面我们姑且按照斯卡利杰罗改动后的顺序试译如下:

184 现在你该来了,新郎:
    新娘正等你在洞房,
    姿容娇美光彩悦目,
    宛若洁白的雏菊花
188   又如粉红的罂粟。

189 可是新郎啊,愿众神
    帮助我吧!你的英俊
    丝毫不逊他人。爱神
    也不会冷落你。日光
193   在流逝,别再延迟!

194 你并没有延迟良久:
　　　你已经来到。美善的
　　　爱神会保佑你。因为
　　　你想要就要,不掩饰
198 　　正当情爱的欢愉。

无论是按照 X 本的读法 remorata es,还是 O 本的 remota es,194 句都不合格律。卡弗尔努斯把 remorata 改为 remoratus,就很好地解决了这一问题。但是,他所改动的并不仅仅是一两个字母而已:remorata 是阴性分词,所以在抄本中 194 句以及整个诗节 B 都是唱给新娘尤尼娅的;将 remorata 改成阳性分词 remoratus 之后,诗节 B 中的"你"就和诗节 A 一样,都指的是新郎曼利乌斯。这样一来,"你并没有延迟良久"(non diu remoratus es)在先,"别再延迟"(ne remorare)在后,就似乎有悖情理,因此斯卡利杰罗在接受卡弗尔努斯的校改的同时将抄本的顺序 B－A 改为 A－B。四五个世纪以来,一代又一代的拉丁学者和卡图卢斯的版本家们几乎都毫无保留地接受了这两处校改。古典语文学大家韦斯特(M. L. West)更是将其作为经典范例写进了他的专著《文献校勘理论与版本编辑技巧》:

　　194－198(即诗节 B)[在抄本中]位于 184－188"现在你该来了"(iam licet uenias)等句之后,还是相当通顺的,但是 189－193(诗节 A)在 194－198 之后则毫无道理:不仅"你的英俊丝毫不逊他人"(nihilo minus)一句失去了[对上文夸赞新娘美貌等语句的]呼应,而且"别再延迟"(ne remorare)位于"你并没有延迟良久"(non diu remoratus es)之后也不妥当。斯卡利杰罗的调整重新理顺了三个诗节之间的承接关系,所以毫无疑问是正确的。①

二、思考与质疑

尽管卡弗尔努斯和斯卡利杰罗对抄本所做的校改几百年来得到了学界的普遍认可和高度赞扬,我们依然有理由认为,这两处校改其实是很值得商榷的。

---

① M. L. West, *Critica del testo e tecnica dell'edizione*, trad. di G. Di Maria, L'Epos, 1991, p. 139.

如上所述,卡弗尔努斯将阴性分词 remorata 改为阳性分词 remoratus,整个诗节 B 就与新娘尤尼娅无涉,而是关乎新郎曼利乌斯。可是,将诗节 B 放在整首贺婚歌中去考察,反复揣摩诗意之后,我们意识到,这个诗节如果唱给新娘尤尼娅会更合情理。在诗人笔下,195—198 这几句诗应该是对新娘的安慰和鼓励之辞,与上文"引领新娘"(deductio)的过程中唱给尤尼娅的诗节在文意上是一脉相承的。32 句中的"渴盼新郎的女主人"(coniugis cupidam noui)早已向我们一语道破了新娘对爱情生活的期待和渴望;① 诗人很可能在尤尼娅已经步入洞房、等待新郎来临的关键时刻,通过敞开的房门最后一次安慰了她,告诉她说"美善的爱神会保佑你",因为从今以后她的爱情生活是合法的、正当的、神圣的;她可以解下衣带(参见 53 句),大大方方地享受夫妻之爱。这些鼓励之辞新郎曼利乌斯应该并不需要,因为他在婚前已经有了相当的性经验。诗中穿插的"淫词"(Fescennini uersus,参见 119—143 句)清楚地告诉我们,新郎连宠幸娈童这样的行为也从不掩盖,那就更不必偷偷摸摸地享受夫妻间正当的鱼水之欢了。所以说,195—198 句对新郎而言可能是多余的,但却正是新娘所需要的。我们还注意到,"美善的维纳斯"(bona Venus)和"正当的情爱"(bonus amor)这样的表述在 44—45 句中就已经出现了,当时合唱队正站在新娘家的大门前准备呼唤尤尼娅出阁,称婚姻之神许墨奈俄斯为"美善的维纳斯的引导者,正当情爱的良媒"(dux bonae Veneris, boni / coniugator amoris)。在稍后的 56—59 句中,合唱队请求婚姻之神把如花的处女交到她的新婚夫婿手中(fero iuueni in manus / floridam ipse puellulam / dedis a gremio suae / matris)。恰恰是婚姻之神引领和陪伴新娘走向神圣合法的夫妻之爱,而夫妻之爱的合法性恰恰对新娘更具有意义。

韦斯特认为,如果按照抄本的顺序,即诗节 B 在前,诗节 A 在后,"你的英俊丝毫不逊他人"(nihilo minus pulcer es)这句话就失去了对上文夸赞新娘美貌等语句的呼应(参见 186—188 句),这个所谓的文气不连属的瑕疵在我们看来是完全可以解释的。我们知道,诗人在创作贺婚歌时,总是把自己假想为歌队长,他指挥着两个合唱队,一个由童男组成,一个由童女组成。某些诗节由两个合唱队共同演唱,而与新郎有关的诗节则

---

① 我们请读者注意 32 句 cupidam 和 197 句 quod cupis cupis 之间可能存在的呼应关系。

由童男合唱队单独演唱，反之亦然①。从内容上分析，184—188句组成的诗节和诗节 A 毫无疑问是由童男合唱队演唱的。在抄本中这两个诗节的确被诗节 B 隔开了，但既然我们认为诗节 B 与新娘有关，那就应该由童女合唱队演唱，换言之，184—188句和诗节 A 与诗节 B 分属两个不同的"阵营"，所以，童男合唱队的两个诗节之间文气的连贯性并不会受到诗节 B 的多大影响。韦斯特还认为，"'别再延迟'位于'你并没有延迟良久'之后也不妥当"。可是如果诗节 B 并不是唱给新郎，而是唱给新娘的，那么抄本中这两句诗之间所谓的矛盾根本就是不存在的。

　　反复揣摩全诗尤其是184—198句的文意之后，我们得出的结论是：诗节 B 中的"你"，正如抄本显示的那样，指的应该是新娘尤尼娅而不是新郎曼利乌斯；如果是这样的话，两个诗节在抄本中的 B—A 顺序就没有任何问题，根本不需要改动。但是，194句不合格律却是一个不争的事实，而毛病恰恰就出在 remorata 一词的阴性词尾上。从古文书学（palaeography）的角度来看，卡弗尔努斯的校改的确是很高明的，无怪乎后世的版本家们无一例外地都接受了 remoratus。难道这个词真的是两千年前罗马诗人笔下的原文吗？

　　我们认为，这个校改虽然巧妙地解决了格律问题，却有一个很大的漏洞。细心的读者可能已经注意到了，在184—198这段引文里，维纳斯的名字出现了两次：分别在诗节 A 的191句和诗节 B 的195句中。根据抄本，诗人不偏不倚地同时为新郎和新娘两个人呼唤了爱神的保佑。卡弗尔努斯的校改使得曼利乌斯独占了维纳斯的恩惠，而尤尼娅却被冷落在一旁。我们不禁要问，在新婚夫妇即将洞房相会的这样一个特殊时刻，难道新郎和新娘不应该同时获得爱神的祝福吗？可以想见，此时此刻新娘的内心充满了激动、期盼和对新婚之夜的几分恐惧，更需要爱神保护的恰恰应该是柔弱的尤尼娅，而不是大男子汉曼利乌斯。现藏于梵蒂冈图书馆的那幅名为《阿尔多布兰第尼婚礼图》(Le Nozze Aldobrandine) 的古罗马壁画非常形象地揭示了这一点，可以说是诗节 B—A 的一个极好注脚："画面中央，年轻的处女穿戴着厚重的婚礼服饰，面孔隐藏在头巾下面……她已经坐在了婚床边上，神情不安地低垂着眼帘，正在倾听一位半裸的女神鼓励的话语"。这位女神可能是"说服女神（Peithō）,也可能就

---

① 参见 M. Bettini, ed., *Cultura e letteratura a Roma: profilo storico e testi*, La Nuova Italia, 2000², p. 230.

是维纳斯"①。法国拉丁学者格利玛尔(P. Grimal)在论述古罗马婚俗时说:"[罗马人的]婚礼[在拉丁文献中]多有记载,它有很多独特之处,比如礼仪等……这些仪式大多是出于'保护'新娘的目的,因为这是她人生中极其重要的时刻。"②可是,两性中的弱势方尤尼娅在抄本中本来拥有的爱神的援助却被我们的人文学者一笔勾销,直到500年后的今天依然没有"物归原主"。从这个意义上说,卡弗尔努斯的校改不仅仅是可疑的,甚至可以说是不人道的,很难为我们所接受。

卡图卢斯是一位积极从希腊文学中广泛汲取营养,并深受其影响的拉丁诗人。这一点早已为学界所公认,在此无需赘述。具体到贺婚歌的创作,我们援引欧里庇得斯(Εὐριπίδης,约前480年—前406年)和忒奥克里托斯(Θεόκριτος,约前315年—前260年)的两段文字,与卡图卢斯的作品做一番对照。

在欧里庇得斯的《特洛亚妇女》③一剧中,被迫下嫁阿伽门农的特洛亚公主卡珊德拉为自己唱起了贺婚歌:

> 前来接我吧,至高无上的许门,
> 请赐福于高贵的新郎,
> 请赐福于我——新娘,
> 阿耳戈斯的君主就要把我抱上婚床,
> 前来接我吧,许门,至上的婚姻之神。

(欧里庇得斯:《特洛亚妇女》,310—314)

忒奥克里托斯的《牧歌》第18首④则是献给海伦的贺婚歌。歌中唱道:

> 你好,新娘! 你好,伟大君王之子!
> 愿多产的勒托保佑你们儿女成群,

---

① P. Veyne-F. Lissaragne-F. Frontisi-Ducroux, *I misteri del gineceo*, trad. di B. Gregori, Laterza, 2003, p. 40.

② P. Grimal, *L'amour à Rome*, Payot, 2002, p. 83.

③ 我们依据的是帕芒提埃和格里高尔校订的版本(L. Parmentier-H. Grégoire, ed., *Euripide. t. iv: Les Troyennes. Iphigénie en Tauride. Électre*, Les Belles Lettres, 1959, p. 41 bis),希腊语原文从略。

④ 我们依据的是勒格兰校订的版本(Ph.-E. Legrand, ed., *Bucoliques grecs. t. i: Théocrite*, Les Belles Lettres, 1960⁵, p. 162 bis),希腊语原文从略。

> 愿爱神维纳斯点燃你们内心相互
> 渴望的烈焰……
>
> （忒奥克里托斯：《牧歌》，18，49—52）

在这两段引文中，当诗人呼唤婚姻之神许门、多产之神勒托和爱神维纳斯赐福于新人的时候，受惠的都是新郎和新娘两个人，绝无某一方独沐神恩之理。面对卡图卢斯视之为榜样的前辈诗人欧里庇得斯和忒奥克里托斯的诗句①，我们实在无法想象，以文思细腻著称的苦吟诗人卡图卢斯在新郎新娘即将洞房相会之际，竟然会两次为曼利乌斯送上爱神的保佑和祝福，而将尤尼娅弃之不顾。在我们看来这不仅有违诗艺，更有悖人之常情。

除了我们刚刚分析的这一重大疑点之外，尚有两个问题值得讨论。第一个问题与194句中的时间副词"良久"（diu）有关。经过卡弗尔努斯和斯卡里杰罗的校改，"你并没有延迟良久"不仅指的是新郎曼利乌斯，而且紧随"别再延迟"之后。这两句诗相邻如此之近使我们很难理解"良久"一词的使用：如果说新郎有"延迟"的可能，却早早来到洞房门口的话，那么我们可以假设，诗人如此落笔也许是为了更好地刻画曼利乌斯对鱼水之欢急不可待的男性心理。但是通读全篇贺婚歌，我们看不到任何人或事会绊住新郎奔向洞房的脚步。在迎亲队伍把尤尼娅迎进洞房之际，曼利乌斯早已焦急地等候在中庭（atrium）了（参见166，169—171等句），距洞房咫尺之遥。在童男合唱队的催促下（参见184句），他在转瞬之间就应该抵达洞房门口。既然如此，诗人何必要用"良久"一词呢？诗人又何必去刻意否定一件根本不可能发生的事情呢？可如果我们按照抄本的文本，在"引领新娘"和洞房"安顿新娘"（collocatio）这一上下文中考察"良久"，就不难发现，该词出现在194句中以及用在尤尼娅身上都是非常恰当的：从76句到113句描写的是迎亲队伍在新娘家门口呼唤尤尼娅的场景，紧随其后的就是由娘家前往夫家的"引领新娘"（参见114—183句）。这两个仪式已经持续了相当长的时间（共计108句，约占全诗的一

---

① 关于卡图卢斯对希腊诗人尤其是欧里庇得斯和忒奥克里托斯作品的模仿与借鉴，参见 D. Braga, *Catullo e i poeti greci*, G. D'Anna, 1950, p. 93; F. Cantarella, ed., *Caio Valerio Catullo. Carmi scelti*, Società Editrice Dante Alighieri, 1996⁹, pp. 173—174; G. Lafaye, *Catulle et ses modèles*, Imprimerie Nationale, 1894, pp. 63—77; G. Williams, *Tradition and Originality in Roman Poetry*, Oxford University Press, 1968, pp. 199—202.

半篇幅)。而在与新娘有关的诗节中,已经多次出现了表示行进、延宕以及时间流逝的语句(参见 90,91,92,96,105,106,112,113,176,181 等句):新娘根据传统习俗要故意表现出哀伤、拖延、与故居和亲人难割难舍等举止,但内心对即将开始的爱情生活的渴望推动着她,她又怎能停下迈向新郎家的脚步呢?① 尤尼娅在婚礼的行进过程中的的确确地"延迟"了,但是并没有延迟很长时间,因此说"(新娘啊,)你并没有延迟良久",这样解读原文不是更合情合理吗?

另一个问题与 191 句中的否定连词"也不"(neque)有关。诚然,"也不"一词呼应的可以是上句的另一个否定词"无人"(nihilo),但是,如果我们按照抄本的顺序将"美善的爱神会保佑你(尤尼娅)"(bona te Venus iuuerit)和"爱神也不会冷落你(曼利乌斯)"(neque te Venus neglegit)两句前后对照起来,仔细玩味,就不难发现"也不"的含义更能落到实处。这两句诗就像对称的"姊妹句"(pendants)相互呼应,通过其含义和音韵的对偶形式尤其是连词"也不"把诗节 B 和 A 紧紧地联系在一起。再者,抄本的文本能更好地折射出古罗马人的世俗观念:童女合唱队向新娘保证了维纳斯对她的佑助,因为这位爱和美的女神更是女子的保护神;对古罗马男子而言,人们首先想到的神祇则是战神马尔斯——婚姻对于女子的重要性正如战争对于男子的重要性一样——尽管"爱神也不会冷落你(新郎)"。遗憾的是,这些在抄本中体现出来的语言风格和人类学方面的细腻与丰富,经两位前辈学者校改之后,已经荡然无存了。

三、我们的校改建议

通过上述思考和分析,我们确信诗节 B 中暗含的主语"你"应该是新娘尤尼娅,而不是新郎曼利乌斯。那么,如何使尤尼娅重新获得维纳斯的保佑,同时又要使 194 句合乎格律呢?我们首先想到的是设法保留抄本中的阴性分词 remorata(这样一来人物的性别就一目了然了),将 es 改成 sis,或者改成 si,同时在 remorata 后面添加逗号,也就是说,non diu remorata, si / iam uenis。但是如此修改,很难解释虚拟式 sis 的使用或助动词 es 的省略。经过反复斟酌,我们拟提出按如下方式校补脱文:

---

① 关于新娘在出嫁之际的双重心理活动,参见 G. Paduano-A. Grilli, ed., *Gaio Valerio Catullo. Le poesie*, Einaudi, 2004³, pp. 220—221, 235—236.

>   non diu remoraris et
>   iam uenis [...]

对于动词 remoraris，可参看 90 句中的 moraris，这两个词的变位相同，都是第二人称单数直陈式现在时，也都与尤尼娅有关。对于连词 et，则可参看 226 句（bene uiuite et），在该句中 et 一词也是出现在句尾。在 93，197，204，215 和 217 句中诗人也使用了 et 一词来连接人称、性属、时态和语式完全相同的两个动词，我们校改的"remoraris et / ... uenis"与之相较如出一辙。通过检索诗人笔下相同或相似词语的使用情况，即所谓的"本校"，我们认为 remoraris et 是一个可以成立的假设。

现在我们再从格律和文本诠释的角度论证 remoraris et 的可能性。经我们校改的 194 句和 195 句之间（... remoraris et / iam ...）出现了一个跨行（enjambement），这在目前通行的版本中是没有的（... remoratus es, / iam ...）。我们在上文说过，"爱神会保佑你（尤尼娅）"和"爱神也不会冷落你（曼利乌斯）"这两句诗由"也不"一词连接起来，是对称的"姊妹句"；其实，分别唱给新娘的诗节 B 和唱给新郎的诗节 A 可以说是两个对称的"姊妹诗节"。请看：经我们校改的诗节 B 中的前四句诗都有跨行，而诗节 A 也正是如此（192 句是唯一的例外）。在这两个诗节中，前两个跨行的句读都出现在第二和第三句诗的第三个音节之后；如果我们接受阿旺提乌斯（Avantius）等版本家①的句读法，在 197 句的第一个 cupis 之后加一个逗号，那么两个诗节第三个跨行的句读也同样是位于第四句诗的第三个音节之后。可以说诗节 B 和 A 音韵完美，节奏和谐，紧密呼应。这一对称关系不仅体现在格律上，也同样体现在内容上。我们根据抄本的文本做一对照：1）诗节 B 唱给新娘，诗节 A 唱给新郎；2）在诗节 B 中"爱神会保佑你（尤尼娅）"，在诗节 A 中"爱神也不会冷落你（曼利乌斯）"；3）诗节 B 的第一句说新娘已经安置在洞房，诗节 A 的最后一句催促新郎火速赶到洞房；4）诗节 B 的第一句告诉我们新娘以何种方式来到洞房（你并没有延迟良久），诗节 A 的最后一句则告诉新郎以何种方式赶到洞房（别再延迟）；5）这些在意义上完美对应的词句都是以同样完美对应的节奏和韵律分别从童女和童男两个合唱队的口中唱出的。所有这一切绝不可能是偶然的，而是构思巧妙、文笔细腻、用词讲究的卡图

---

① 其他版本家还有 Muretus, Statius, Scaligero, Vulpius, Noël, Doering, Nisard, Denanfrid 和 Glücklich 等人。

卢斯苦心经营的结果。行文至此,我们更加确信,既然诗节 A 毫无疑问是唱给新郎的,那么与之完美对应的"姊妹诗节"B 就只能是唱给新娘的。在诗人笔下,诗节 B 和诗节 A 可以说就是尤尼娅和曼利乌斯本人,在现实生活中由婚姻的神圣纽带,在贺婚歌中则由卡图卢斯高超的诗歌技巧紧紧地结合在一起。所以说,我们不仅不能像卡弗尔努斯那样把阴性的 remorata 改为阳性的 remoratus,而且也无需像斯卡利杰罗那样改动两个诗节 B 和 A 的顺序。① 这两位前辈的校改对诗旨的歪曲以及对抄本传统的"戕害"不能不说是巨大的。

四、关于异文 cupis 和 capis

197 句在 O 本和 R 本中读作 quod cupis cupis et bonum,在 G 本中则是 quod cupis capis et bonum。在上下文里 cupis cupis 和 cupis capis 两通,在卡图卢斯诗集校勘史上也各有各的支持者。由于学界长期接受卡弗尔努斯和斯卡利杰罗的校改,认为诗节 B 和 A 都与新郎曼利乌斯有关,所以并未对这处异文予以足够的重视。但是,如果诗节 B 是唱给新娘尤尼娅的,那 capis 一词的重要性就凸显出来了。该词意为"取""获得",但它有一个法律层面上的特殊词义,"合法地接受某物"②;尤尼娅不正是从曼利乌斯那里"合法地接受"正当的夫妻之爱吗?此外,如果我们把 quoniam 理解为时间连词,两个现在时变位动词 capis 和 abscondis 就可以具有将来时的意义:用现在时表示将来以强调动作须臾之间就要发生。这样看来,capis 的可能性就大大增加了:在洞房之门关闭以后(参见 224 句),尤尼娅不应该只满足于在头脑中"渴望你所渴望的"(cupis cupis),而是应将渴望付诸行动,"(合法地)接受你所渴望的"(cupis capis)。如此理解 capis 和 abscondis 的将来时意义,变位动词 iuuerit(保佑)就应该是纯粹的先将来时③,诗句中蕴含的对新娘的关切与鼓励之意就更为

---

① 斯卡利杰罗是杰出的古典语文学家,由他编订的卡图卢斯诗集在校勘史上占有重要地位,但也早有学者指出,他有时过于主观臆断,不仅在校改字词上比较武断,而且太过频繁地怀疑抄本有错简的情况,任意改动文句的顺序。参见 A. Salvatore, *Edizione critica e critica del testo*, Jouvence, 1983, p. 41.

② 参见 F. Gaffiot, *Dictionnaire illustré latin-français*, Hachette, 1934, p. 259.

③ 有些学者认为 iuuerit 等同于一般将来时(参见 M. Lenchantin de Gubernatis, ed., *Il Libro di Catullo*, Chiantore, 1933, 1988, p. 118),或将其理解为具有祈愿意义的虚拟式完成时(参见 M. Bonaria, ed., *Catullo. I carmi*, Mursia, 1995, p. 113)。

明显:啊!尤尼娅,你一路上并没有耽搁太久,你已经端坐在洞房之中等待新郎的来临。房门关闭以后,你就要一个人面对激情难耐的曼利乌斯了。柔弱的姑娘啊,不必惶恐!在此之前,爱神维纳斯就已经为你送上了她的保佑和祝福。在她关切的目光注视之下,你可以大大方方地接受新郎的爱情,也不必再掩饰自己内心对性爱的渴望,因为你们的夫妻之爱是受法律保护的,是正大光明的。

通过以上文法分析和文本诠释,我们认为 cupis capis 更有可能是出自诗人之手。现在,我们将 remoraris et 和 cupis capis 纳入原文,还原抄本中两个诗节 B—A 的顺序,并把从 184 句开始的三个诗节分派给童男合唱队和童女合唱队,请大家再欣赏一遍古罗马杰出的抒情诗人卡图卢斯的华彩篇章(诗节 B 的译文略有改动):

pueri ad Manlium   童男合唱队致新郎

184   iam licet uenias, marite: 现在你该来了,新郎:
       uxor in thalamo tibi est, 新娘正等你在洞房,
       ore floridulo nitens, 姿容娇美光彩悦目,
       alba parthenice uelut 宛若洁白的雏菊花
188   luteumue papauer. 又如粉红的罂粟。

uirgines ad Iuniam (*stropha B*)   童女合唱队致新娘(诗节 B)

194   non diu remoraris et (新娘啊),你并未延迟良久:
       iam uenis. bona te Venus 你已经来到。美善的爱神
       iuuerit, quoniam palam 会保佑你。既然内心渴望,
       quod cupis, capis, et bonum 就大方接受吧,正大光明的
198   non abscondis amorem. 爱欲你不必再隐藏。

pueri ad Manlium (*stropha A*)   童男合唱队致新郎(诗节 A)

189   at, marite, ita me iuuent; 可是新郎啊,愿众神
       caelites, nihilo minus 帮助我吧!你的英俊
       pulcer es, neque te Venus 丝毫不逊他人。爱神
       neglegit. sed abit dies: 也不会冷落你。日光
193   perge, ne remorare. 在流逝,别再延迟!

五、抄本错讹产生的原因

现在我们从 remorata（X）和 remota（O）的拼写区别入手，结合上文提出的校改建议 remoraris et，推测一下抄本错讹产生的原因。

祖本 V 历来被学界认为是一个错漏百出的本子，有可能因为材质的破损或墨迹的漫漶，remoraris 一词的词尾 -ris 或者佚失不见，或者面目全非。面对祖本的 remora□□□，O 本和 X 本的抄写者可能采取了不同的处理方法。我们知道，O 本抄写者的拉丁文水平相当有限①，在遇到祖本的文字有疑问的时候，这位颇有自知之明的抄写者大多依葫芦画瓢，不做任何增删，因此照录了他所看到的 remora。相反，X 本的抄写者轻易地判断出 remora 有误，并认为诗节 B 与新娘尤尼娅有关——这与我们的观点暗合——所以他忽略了格律问题，妄加阴性单数的分词词尾 -ta，于是祖本的 remora□□□在他的笔下就错误地演变成了 remorata，这也是 X 本比 O 本多出一个音节的原因。我们现在回过头来再看一下 O 本：其抄写者虽未臆改祖本的文字，却不慎将字母 r 错认成了 t，所以 remora□□□就变成了 remota。同样的抄写错误在 O 本中并不少见，比如在和 194 句相距不远的 208 句中，ingenerari 就被抄成了 ingenerati；从相反的方向说，228 句中的 exercete 则误作 exercere。祖本材质的破损很可能使紧随 remora□□□一词的 et 也模糊不清。X 本和 O 本的抄写者依据下文的第二人称单数变位动词 uenis，误以为 remorata 或 remota 之后应该是助动词 esse 的第二人称单数的变位形式 es，故此为我们传下了 remorata es 和 remota es，双双"背叛"了诗人可能写下的 remoraris et。②

六、结语

在西方古典语文学研究中，对作为校勘底本的抄本所做的任何改动都必须有极其充分的理由，在方方面面经得起推敲质疑，才能被认可和接受。卡弗尔努斯和斯卡利杰罗两位前辈学者的校改从格律角度看亦不无

---

① 参见 G. Lafaye, ed., *Catulle. Poésie*, Les Belles Lettres, 1923, p. xxxi.
② 在卡图卢斯诗集的抄本中位于词尾的两个字母 t 和 s 相混淆的错误还有很多，比如 7, 4: iacet: iaces (O), 68, 2: mittis: mittit (X), 68, 10: petis: petit (G), 88, 1: facit: facis (R), 110, 7: officiis: efficit (V) 等等。

道理，却很有可能严重歪曲了作品的原意，在我们看来应该是一处因小失大的败笔。我们提出的 remoraris et 也同样很好地解决了格律问题，且没有调换两个诗节 B—A 的顺序，最大程度地尊重了抄本，但由于没有其他可信的抄本异文作为佐证，也只能是一个具有可能性的假设罢了。因此，我们认为，当前最为稳妥的处理方法应该是将 194 句中抄本的 remorata（remota）es 姑且存疑，不校校之①，同时保留抄本给出的 B—A 两个诗节的顺序，在文本的诠释上把爱神维纳斯的保佑（即诗节 B）归还给新娘尤尼娅。

参考书目

一、卡氏诗集古代抄本（均藏于梵蒂冈图书馆）：

R = Vaticanus Ottobonianus lat. 1829

Va = Vaticanus Lat. 1630

Pal. Lat. 910；Urb. Lat. 641；Urb. Lat. 812；Vat. Lat. 1608；Vat. Lat. 3219；Vat. Lat. 7192.

二、卡氏诗集抄本影印本：

G = *Manuscrit de St-Germain-des-Prés（Bibliothèque Nationale，n° 14137）*，Paris，1890.

O = *Catulli Codex Oxoniensis Bibliothecae Bodleianae Canonicianus class. lat. 30*，Lugduni Batavorum，1966.

m = *Liber Catulli Bibliothecae Marcianae Venetiarum（cod. lat. lxxx classis xii）*，Venetiis，1893.

B = *Catulli Codex Bononiensis* 2621，Bononiae，1950.

Q = *Catulli Codex Brixianus A vii* 7，Bononiae，1954.

三、卡氏诗集现代版本：

I. Calphurnius（Vicentiae，1481）；A. Parthenius（Venetiis，1488）；Palladius（Venetiis，1496）；H. Avantius-A. Manutius（Venetiis，1502）；A. & B. Guarini（Venetiis，1521）；M.-A. Muretus（Venetiis，1554）；A. Statius（Venetiis，1566）；I. Scaliger（Lutetiae，1577）；A. Vulpius（Patavii，1710）；F. Noël（Paris，1803）；F. G. Doering（Aug. Taurinorum，1820）；M. Nisard

---

① 在西方古典语文学研究中通常的做法是将错讹用十字架号（†）标出，即† remorata es †。

(Paris, 1843); M. C. Denanfrid (Paris, 1845); T. Heyse (Berolini, 1855); M. Haupt (Lipsiae, 1861); L. Schwabius (Gissae, 1862); R. Ellis (Oxonii, 1867); Æ. Baehrens (Lipsiae, 1876); A. Riese (Leipzig, 1884); G. Lafaye (Paris, 1923); M. Lenchantin de Gubernatis (Torino, 1933, 1988); R. A. B. Mynors (Oxonii, 1958); H. Bardon (Stutgardiae, 1973); H.-J. Glücklich (Göttingen, 1980); W. Eisenhut (Lipsiae, 1983); M. Bonaria (Milano, 1995); F. Cantarella ([Roma], 1996^9); D. F. S. Thomson (Toronto-Buffalo-London, 1997); F. Della Corte ([Milano], 2003^{10}); G. Paduano-A. Grilli (Torino, 2004^3).

四、其他原始文献：

1. Ph.-E. Legrand (ed.), *Bucoliques grecs. t. i: Théocrite*, Les Belles Lettres, 1960^5.
2. L. Parmentier-H. Grégoire (ed.), *Euripide. t. iv: Les Troyennes. Iphigénie en Tauride. Électre*, Les Belles Lettres, 1959.

五、研究专著与论文：

1. M. Bettini (ed.), *Cultura e letteratura a Roma: profilo storico e testi*, La Nuova Italia, 2000^2.
2. D. Braga, *Catullo e i poeti greci*, G. D'Anna, 1950.
3. F. Della Corte, *Personaggi catulliani*, La Nuova Italia, 1976.
4. P. Fedeli, *Catullus' carmen 61*, Gieben, 1983.
5. F. Gaffiot, *Dictionnaire illustré latin-français*, Hachette, 1934.
6. P. Grimal, *L'amour à Rome*, Payot, 2002.
7. G. Lafaye, *Catulle et ses modèles*, Imprimerie Nationale, 1894.
8. R. Muth, *Imeneo ed epitalamio*, in C. Calame, ed., *Rito e poesia corale in Grecia: guida storica e critica*, Laterza, 1977.
9. A. Salvatore, *Edizione critica e critica del testo*, Jouvence, 1983.
10. P. Veyne-F. Lissaragne-F. Frontisi-Ducroux, *I misteri del gineceo*, trad. di B. Gregori, Laterza, 2003.
11. M. L. West, *Critica del testo e tecnica dell'edizione*, trad. di G. Di Maria, L'Epos, 1991.
12. G. Williams, *Tradition and Originality in Roman Poetry*, Oxford University Press, 1968.

莎士比亚的《凯撒》与共和主义*

张 源

一

群氓初为布鲁图斯的演说
所动:凯撒确是野心勃勃;
当雄辩的安东尼讲述凯撒的美德,
此时除了布鲁图斯,谁复为恶?
人的记忆,得新,忘旧,
一个故事不错,直到开讲下一个。

——约翰·维伏尔,1601 年①

1599 年秋,莎士比亚的第一部悲剧《朱利斯·凯撒》(*Julius Caesar*)在环球剧场(the Globe Theatre)首演,约翰·维伏尔 1601 年这段评论,显然是就剧中著名的广场一幕(Act III, Scene II, the Forum scene)而发。学者理查德·威尔逊对这段评论,复有非常有趣的发挥:"这一关于《凯撒》一剧最早的评论,现代得令人震惊,不,这一评论甚至是后现代的","维伏尔所说的'群氓',始而为布鲁图斯鼓掌、继而又受到安东尼蛊惑,这不仅仅是指环球剧场舞台上的群众演员,还包括台下的观众","在维伏尔看来,历史是在观众——那些在伊丽莎白时代末期去环球剧场观看莎士比亚戏剧的观众——的头脑中塑造的,此后这一历史又被接下来的一代代人所重塑。'在舞台上塑造历史',乃是莎士比亚同时代人在他的罗马剧(Roman tragedy)中所发现的主题,而直到今天,历史在欧洲仍旧以莎

---

* 本文得到"万人计划"中组部全国首批"青年拔尖人才支持计划"资助,刊载于《北京大学学报》(哲学社会科学版)2014 年 6 月第 3 期。

① John Weever, *The Mirror of the Martyrs*, 1601, Stanza 4, reprinted in *The Hystorie of the Moste Noble Knight Plasidas, and Other Rare Pieces*, Roxburghe Club, 1873, p. 180.

士比亚式的力度得到书写与重写。"①

不错,莎翁神乎其技,在舞台上塑造了历史:自莎士比亚的《凯撒》登上舞台之日起,"凯撒"又再次获得了新的生命。我们不妨先来看看,莎士比亚是如何"重写"历史的。

公元前 509 年,卢修斯·布鲁图斯(Lucius Junius Brutus)驱逐了暴君塔克文(Tarquin the Proud),终结了王政时代(前 753—前 509),建立共和。布鲁图斯死后,执政官普布里乌斯·瓦勒留斯(Publius Valerius)为了维护共和制度,制定法律,其中有将"图谋称王者"处死并没收财产的条律,深受人民欢迎,被尊奉为"人民之友"(Poplicola)。② 由建国英雄布鲁图斯创立并由"人民之友"普布里乌斯加以巩固的共和传统深入人心,此后近四百年中,无人试图恢复王制。共和末期,爆发了长达百余年的内战(前 146—前 27),其间苏拉(Lucius Cornelius Sulla)胜出,公元前 82 年自任终身独裁官,尽管后来又突然引退,自动放弃了最高权力,③其军事独裁还是令罗马共和制遭到了重创。古罗马历史上第二位担任终身独裁官的,便是朱利斯·凯撒(Caius Julius Caesar)。内战后期,凯撒称雄,建立新的独裁,人们对他敬畏空前,称他为祖国之父,元老院任命他为终身独裁官和执政官,并规定最高行政长官就职时应立刻宣誓不反对凯撒的任何命令,他的身体被宣布为神圣不可侵犯的,同时在祭祀、赛会、神庙和公共地方为他竖立雕像,享有神一般的光荣。④ 共和末期长达百余年的

---

① Richard Wilson, *Penguin Critical Studies：Julius Caesar*, Penguin Books, 1992, p. 1.
② Titus Livius, *The History of Rome*, translated by George Baker, London, 1797, Volume I, Book II, VIII, p. 120. 普鲁塔克的版本是,普布利科拉为图谋称王者制定了非常严酷的惩罚,"任何人有野心要成为一个僭主,可以不经审判合法取他性命,只要对他的罪行提出证据,杀人者无罪赦免"——这一条可视为日后布鲁图斯等人刺杀凯撒的合法性基础。见普鲁塔克:《希腊罗马名人传》,席代岳译,吉林出版集团,2009 年,"波普利珂拉"传(通译"普布利科拉", Poplicola),第 190—191 页。
③ 普鲁塔克的"苏拉传"(Sulla)简述了苏拉"公开宣布自己是狄克推多",之后又"辞去了狄克推多的职位",《希腊罗马名人传》,第 854—856 页;阿庇安的《罗马史》更为详尽地讲述了苏拉使独裁官成为终身制,后来他又"令人惊异"地自动放弃了最高权力的经过,见 *Appian's Roman History*, translated by Horace White, Harvard University Press, 1964, Volume 3, Book I, Chapter XI, 98. 99. 100. 103, pp. 181—185. pp. 191—193.
④ *Appian's Roman History*, Book II, Chapter XVI, 106., p. 423. 苏维托尼乌斯在凯撒传中,更是历数凯撒所接受的"过多的荣誉头衔",以及拥有自己的神殿、祭坛、神像和专属祭司等"只有神才配享用的东西",凯撒"为了满足自己的私欲",对此统统接受云云,见《罗马十二帝王传》,张竹明等译,商务印书馆,2000 年,"神圣的朱里乌斯传",第 37—38 页。按凯撒神庙始建于公元前 42 年,虽然当时很多公共神庙都宣布献给凯撒,但兴建凯撒本人的神殿乃是他遇刺两年之后的事,凯撒自己不可能"接受"。苏维托尼乌斯的《帝王传》本就有秽史的成分,其说法或有误。

内战时期,史家称之为"共和制帝国",至此罗马共和国已名存实亡。

公元前44年,凯撒由于"图谋称王",被马库斯·布鲁图斯(Marcus Junius Brutus)——罗马共和国创立者卢修斯·布鲁图斯的后裔——等共和派击杀。① 凯撒死后,群雄起而争胜,又经过十余年的内战,凯撒的继承人屋大维(Gaius Julius Caesar Octavianus)统一罗马,开创帝制。号称延续了近五百年的古罗马共和国(前509—前27)覆灭,走向帝国。

我们知道,莎翁的《凯撒》一剧取材于普鲁塔克《名人传》(The Lives),使用了托马斯·诺斯爵士的英译本。诺斯译本文字优美,本身就是非常好的散文,在本国影响甚巨。② 莎翁在剧本中多处"照抄"了诺斯的译文,莎剧"阿登本"(The Arden Shakespeare)对此注解甚详。③ 对这样一个国人耳熟能详的文本,莎翁不由分说拿来便用,这是他不拘小节之处;而唯其国人耳熟能详,剧中那些原本之外"从天而降"的情节,不但对莎翁同时代的观剧者更具冲击力,也更加值得研究者关注。

《凯撒》一剧最受诟病的,便是剧中"凯撒"这个形象了。作为主人公的凯撒,在剧中仅出现了三场:第一幕第二场,凯撒吩咐妻子在逐狼节(Lupercalia)庆典中,站在安东尼(Antonius)的跑道上,以治疗不孕症,④ 是为迷信;此后无视卜者"当心三月十五日"(Beware the Ides of March⑤)的预言,是为固执;之后凯撒和安东尼叙话,我们得知他有"一只耳朵是聋的";最后凯斯卡(Casca)向布鲁图斯和凯歇斯(Cassius)转述节日庆典现场的情形,据说凯撒竟然当众昏厥。实际上,普鲁塔克的传记并未记载凯撒让自己的妻子在逐狼节去接受鞭打,包括"耳聋"以及凯撒在庆典当日

---

① Appian's Roman History,Book II, Chapter XVI, 107.108.111.,pp. 425—427,p. 431. 阿庇安在这里暗示说:人们希望凯撒能和苏拉一样,在取得最高权力之后,为罗马人再造共和,但是"他们于此失望了";普鲁塔克则在"凯撒传"中多次明言凯撒有"颠覆罗马共和国的念头","他想成为帝王的愿望,使得别人对他产生明显而深刻的愤恨",从而在普鲁塔克这里凯撒"图谋称王"似乎已成定论,见普鲁塔克:《希腊罗马名人传》,第1272、1317页。

② Sir Thomas North, The Lives of the Noble Grecians and Romanes, 1579. 诺斯爵士的译本并非译自希腊原文,而是转译自法国阿米欧主教(Jacques Amyot)的法译本(1559),但这并不妨碍诺斯译本大受国人欢迎,在17世纪结束之前,此书已印行七版。

③ The Arden Shakespeare: Julius Caesar, edited by T. S. Dorsch, Methuen & Co LTD, Sixth edition, 1955.

④ 逐狼节是古罗马重要节日,在庆典中年轻的贵族和官员脱去上衣奔跑,用皮鞭轻轻抽打路人,据说经过这种仪式之后,怀孕的妇女可以顺利生产,未曾生育的妇女可以尽快受孕,因此许多妇女都故意站在道路中间,伸手接受鞭打。见普鲁塔克:《希腊罗马名人传》,"凯撒传",第1318页。

⑤ Ides系古罗马历中三月、五月、七月、十月的第十五日,其余各月份的第十三日。

昏厥等情节均属于莎翁杜撰。迷信而又固执,年老体衰而兼有残疾,这便是凯撒在剧中的第一次亮相。

　　第二幕第二场,在三月十五日前夜,那个雷电交加、气氛紧张的夜晚,凯撒——令人难以置信的是——穿着英式睡袍(night-gown)上了场!这是一件颇为有名的睡袍,曾经引发观者的惊叹:"在《凯撒》这部悲剧中,莎士比亚让他的主人公穿着睡袍上了台,而那个时候凯撒正在罗马大权独揽,处于权力的巅峰。"①无论如何,莎翁为何要让凯撒大帝穿着睡袍站在观众面前,着实耐人猜度。在这一场中,凯撒不听妻子的劝阻,无视"天象示警"与占卜的凶兆,执意要在三月十五日这天去元老院。有趣的是,当凯撒在此终于表现出"勇敢"特质的时候,突然开始用第三人称"凯撒"来指称自己:"不,凯撒绝不躲在家里","凯撒比危险更危险",且前后连说三次"凯撒一定要出去",语言生硬,仿佛是演员在讲述别人的故事,台上的"凯撒"和传说中的"凯撒"顿时间分离开来——不知伊丽莎白时代后期熟悉凯撒故事的观众在台下将作何感受。

　　接下来,第三幕第一场,凯撒开场第一句话是"三月十五日到了",而卜者则回答"是的,凯撒,但这一天还未过去",紧接着凯撒进入元老院,众人围了上来。可以想见,熟知这段故事的观众此刻屏息凝视,等着观看这一历史上著名的一幕。然而,就在这个一触即发的时刻,凯撒突然大段地演讲起来:"我像北极星一样坚定,它的不可动摇的性质,在天宇中是无与伦比的。天上布满了无数的星辰……只有一颗星卓立不动。在人世间也是这样……只有一个人能够确保他不可侵犯的地位,任何力量都不能使他动摇,我就是他。"②这段话的虚妄性质不证自明,因为凯撒话音刚落("不可侵犯"),众人便扑了上来;莎翁在这当口羼入如是一番话,除了反讽,真不知还有什么其他用意与效果?特别是,凯撒遇刺这一古典历史上最具戏剧性的一幕,在莎翁的剧中,全无普鲁塔克笔下的惊心动魄,③反倒呈现出一种反高潮的(anti-climatic)乃至反戏剧的(anti-dramatic)场景:众人刺向凯撒,凯撒辄高呼那句著名的"*Et tu, Brute?*"("也有你吗,布鲁图斯?")说完这句拉丁文后,随即又讲了一句英语:"Then fall Caesar!"("那么,倒下吧,凯撒!")言毕倒地而亡。仓促而又怪异,《凯撒》

---

①　Sir Richard Steele, from the *Tatler*, 10 August 1709, in *The Critical Heritage: William Shakespeare*, V, ii, edited by Brian Vickers, Routledge, 1974, p. 205.
②　此系朱生豪译文,见《莎士比亚全集》(卷5),朱生豪译,译林出版社,1998年。
③　参看普鲁塔克:《希腊罗马名人传》,"凯撒传",第1322—1323页。

一剧的同名主人公就这样完成了全部的戏份。

一反人们熟悉的凯撒大帝的传统形象,莎士比亚的"凯撒"衰老、耳聋、迷信、虚妄,并且在名为《凯撒》的五幕剧中,在第三幕第一场就死掉了。难怪批评家们对此大为不满,自本·琼生以降,或讥讽莎翁不通古典,厚诬古人,①或认为布鲁图斯才是真正的主角,凯撒只是名义上的主人公,②甚至还有凯撒一剧无真正英雄一说。③ 不过,所有这些并不妨碍英国的观众深为喜爱这一剧本,此剧自从第一次上演以来,连年搬演不衰,乃是莎士比亚剧团近四十年来的保留剧目,成为当时最受欢迎的戏剧之一。④ 问题在于,莎翁为何要如是"篡改"历史?何以这样明显有违"史实"的版本,仍能得到观众的热爱?学者 T. S. 多什在"阿登本"《凯撒》那篇著名的"导言"中说:尽管莎翁"强调了凯撒不那么高贵和令人敬畏的特质,然而却无损其本来的伟大","《凯撒》一剧中的人物,无论是主人公还是次要人物,都像真实存在的人那样具有了生命"。⑤ 此系强为之说。衰老,耳聋,兼迷信而虚妄,人物便"真实"了么?关键在于,莎翁为什么要杜撰(而不是"强调")凯撒"原本"所无的"不那么高贵和令人敬畏的特质",这才是问题所在。

二

撒路斯特(Sallust,前86—前35)、李维(Livy,前59—17)与塔西陀(Tacitus,55—120)并称古罗马三大史家,他们或曾亲历,或记述了凯撒

---

① 其中最为尖刻的一种,当数 Thomas Rymer 的批评:"在此他(莎士比亚)不仅对自然与哲学犯了罪,而且对最为人知的历史和对最为高尚的罗马人的回忆犯了罪,而这些对所有后人来说都是神圣的。……他给凯撒与布鲁图斯披上了傻子的外衣(Fools Coats),使他们成为穿着莎士比亚戏装的小丑,这简直是亵渎神明"云云,见 *A Short View of Tragedy*, 1693, in *The Critical Heritage: William Shakespeare*, V, ii, p. 55.

② 这几乎已成为主流意见,在此仅举几个有代表性的例证:Charles Gildon, "Shakespeare's Life and Works", 1710, in *The Critical Heritage: William Shakespeare*, V, ii, 1974; William Farnham, from *Shakespeare's Tragic Frontier*, 1950, in *Shakespeare: Julius Caesar—A Casebook*, edited by Peter Ure, The Macmillan Press, 1969; T. S. Dorsch, "Introduction", in *The Arden Shakespeare: Julius Caesar*, Sixth edition, 1955; Ernest Schanzer, "The Tragedy of Shakespeare's Brutus", in *Journal of English Literary History*, XXII, 1955; etc.

③ *York Notes: Julius Caesar*, notes by Sean Lucy, York Press, 1980, p. 14.

④ Peter Ure, "Introduction", in *Shakespeare: Julius Caesar—A Casebook*, 1969, p. 12.

⑤ *The Arden Shakespeare: Julius Caesar*, T. S. Dorsch's "Introduction", p. xv.

遇刺事件。撒路斯特是凯撒同时代人，在政治上对凯撒寄予厚望，后者遇刺之后，希望破灭，于是退隐著书，其中《喀提林阴谋》一书（发表于公元前43前，凯撒去世一年之后）中曾着力描写凯撒的仁慈，①有人认为其中有为凯撒辩护的意图，《喀提林阴谋》一书的中译者曾就此提出了反对意见。②但无论如何，从书中那段著名的凯撒与加图的对比描写来看，我们可以感受到作者对凯撒的雄才大略与不朽功业一唱三叹的意思。③

李维与塔西陀对凯撒的态度显然不同于撒路斯特。据我们所知，李维与塔西陀都是坚定的共和派，有着鲜明的政治倾向，尽管李维与屋大维过从颇密，其历史叙事在大多时候是克制而含蓄的，但他在《罗马史》中仍直言凯撒由于其"傲慢自大"而"招致公众的愤恨"，终于被杀。④ 据说李维还发出了这样激烈的一问："凯撒的出生，对人们来说是一项福祉，还更是一个诅咒？"⑤至于晚于李维三十余年出生的塔西陀，言论则更加大胆："独裁者凯撒的被刺在一些人眼里是极为可怕的罪行，而在另一些人眼里却是极其光荣的功勋。"⑥按塔西陀生于尼禄统治时期，仍属于屋大维开创的尤利乌斯-克劳迪乌斯王朝治下，他敢于这样直言不讳，真有史官"秉笔直书"的风骨。塔西陀之后的史家，几乎无一例外，都继承了这一传统。从而，"罗马第一位真正的历史学家"撒路斯特，留给我们的对凯撒的描述，几乎成了古罗马史学著作中全从正面书写凯撒的唯一例证。不过，我们不要忘记，撒路斯特追随凯撒，乃是以光复共和的名义：他热切地期盼凯撒"重建共和国"，建议他"将共和国建立在最为有效且永恒的基础上"，并以"不朽的神明"的名义，吁请凯撒"照拂共和国"，因为"只有凯撒才能

---

① 撒路斯特：《喀提林阴谋 朱古达战争》，王以铸、崔妙因译，商务印书馆，1996年，第51节，第136—141页。
② 同上书，"撒路斯提乌斯及其作品"，第43—45页。
③ 同上书，第53、54节："罗马的丰功伟绩""完全是由少数公民的突出功业所成就的"，罗马"腐化"之后，再无这样的人物，然而，此后出现了两位"功业非凡的人物"，一位是加图，一位是凯撒，"在精神的伟大方面他们旗鼓相当"云云，第43—45页。
④ *The History of Rome* by Titus Livius, translated by George Baker, Harper & Brothers, 1836, Volume V, Contents of the Lost Books, Book CXVI, p. 404.
⑤ 转引自 Richard Wilson, *Penguin Critical Studies：Julius Caesar*, p. 11. Wilson 在此未注明原始出处。
⑥ 塔西陀：《编年史》（上册），王以铸、崔妙因译，商务印书馆，1981年，第一卷，第9—10页。

治疗共和国的伤痛","凯撒就是为治理共和国而生的"。① 也就是说,包括撒路斯特在内,古罗马历代史家有个一以贯之的"共和情结",实际上,在曾经代表着共和国的元老院沦为屋大维个人统治工具之后,是史家们以笔为剑,延续和维护着罗马人民心中的共和理念。公元前27年屋大维获得"元首"与"奥古斯都"称号后,事实上已成为帝国的皇帝,但他仍小心翼翼地表示拥戴共和,致使名义上的共和制仍然存在,这一方面大概是因为凯撒遇刺,殷鉴不远,另一方面从中亦可看出"史官"传统的威慑力。

与史学传统相映成趣的是,在凯撒的继承人屋大维统治期间,文人们争相为凯撒及奥古斯都歌功颂德,谀辞如潮,将所谓的古罗马文学"黄金时代"(前100—17)推向了高潮:当时的著名诗人无一得免,都写有谄媚的"应制"文学,例如大诗人贺拉斯(前65—前8),本来是激烈的共和派,并且曾任布鲁图斯对阵屋大维时的军团长官,在布鲁图斯兵败自杀后投靠屋大维,转而开始歌颂凯撒及"凯撒的复仇者"奥古斯都。② 诗人奥维德(前43—前8)亦不甘人后,在其名作《变形记》的末尾,写有如是令人不忍卒读的文字:"凯撒的武功文德并茂,后来成为天上的星宿;但他成为天上星宿,并非完全由于征战得胜,政绩昭著,光荣立就,而主要是由于后继得人。凯撒最大功业在于是当今皇帝之父。……朱庇特统治天堂;奥古斯都统治大地。二者都是既为父又为君",奥维德并且请求"一切值得诗人吁请的神祇:千万把奥古斯都放弃他统治的世界而登天、在天上倾听我们的祷告的日期推迟到遥远的将来,推迟到我们的身后"。③ 甚至还有维吉尔,在其伟大的罗马史诗《埃涅阿斯纪》中,主人公来到地府见到父亲,父亲指示给儿子看他们等待投生的后代,其中包括凯撒和奥古斯都·凯撒,由于凯撒被封为神,奥古斯都在此被称为"神之子","在他还未降世的时候,听到神的预言,里海和迈俄提亚湖周围各国也在发抖,有七条出口的尼罗河也骇怕得慌作一团",他将"重新建立多少个黄金时代,他的权威将越过北非和印度,直到星河之外,直到太岁和太阳的轨道之外"。④ "最是文人不自由",生性羞涩而忧郁的维吉尔亦不得不如此,真真是"万事都

---

① *The Works of Sallust, translated from the Original Latin*, by Henry Steuart, Philadelphia, 1824, "The First Epistle", p. 65, p. 76, "The Second Epistle", p. 80, pp. 85—86.
② 见贺拉斯献给奥古斯都的"颂诗", *Horace's Odes and Epodes*, translated by David Mulroy, University of Michigan, 1994, Odes Book I, No. 2, pp. 53—54.
③ 奥维德:《变形记》,杨周翰译,第十五章,人民文学出版社,1984年,第219—224页。
④ 维吉尔:《埃涅阿斯纪》,杨周翰译,第六卷,译林出版社,1999年,第166—168页。

堪落泪"。据说维吉尔临死前在遗嘱中要求自己的朋友将此书焚毁,而奥古斯都转而命令他的朋友编辑整理此书,使之传诸后世。① 这一内情,或许便是维吉尔在书中留给我们的"象牙门"之谜的正解。② 塔西陀在其《编年史》开篇曾经很醒目地批评了一种风潮:奥古斯都时代的"阿谀奉承之风",③指的就是这个文学的"黄金时代"。总而言之,凯撒(及其所代表的帝制)的造神运动,是在彼时的文学中开始的。回想当年,文人维吉尔不得自由,遗命焚书而未得;而史家李维不曾阿谀帝政,留下了无愧于心的《罗马史》。文学与史学,于此形成了两套传统,开出了两条路径。

  凯撒遇刺百余年后,时代已与当年的历史现场拉开了一段距离,时间走到了"秉笔直书"的塔西陀可以出现的年代。这时出现了两部著名的凯撒传记,一部见于普鲁塔克(Plutarch,46—120)的《名人传》(*Parallel Lives*,约出版于105—115年间),另一部见于苏维托尼乌斯(Suetonius,69—122)的《十二帝王传》(*History of Twelve Caesars*,约出版于120年)。

  "凯撒死后立即被奉为神,这不仅是经由正式法令作出的决定,而且公众对此也深信不疑":"他死后天空出现最奇特的现象","在奥古斯都庆祝他被尊为神而举行的首次赛会期间","名为'朱利斯星'的大彗星""一连光辉耀目出现七夜"——普鲁塔克和苏维托尼乌斯在各自的《凯撒传》中都对此言之凿凿加以了记载。④ 这也是莎翁笔下的凯撒大段台词("我像北极星一样坚定,它的不可动摇的性质,在天宇中是无与伦比的。天上布满了无数的星辰……只有一颗星卓立不动。在人世间也是这样……只有一个人能够确保他不可侵犯的地位,任何力量都不能使他动摇,我就是他。")的指涉来源。

  公元前42年罗马兴建凯撒神庙,凯撒成为第一位被神化并获得祠庙

---

  ① 维吉尔:《埃涅阿斯纪》,杨周翰译,第六卷,译林出版社,1999年,"译本序",第5页。

  ② 据该书第六卷末尾(第171—172页)所述:埃涅阿斯行将离开地府,来到睡眠神的两扇大门前,一扇是牛角门,真正的影子从这扇门出去,一扇是象牙门,幽灵们从这扇门把假梦送到人间。令后世读者百思不得其解的是,维吉尔刚刚在前文用夸张的语气讲述了奥古斯都未来的丰功伟绩,随即让老父亲安奇赛斯把儿子"送出了象牙门"。这道"象牙门"耐人玩味,或许维吉尔因此并不必焚书。

  ③ "著名的历史学家已把古老的罗马共和国的光荣和不幸载入史册。甚至奥古斯都当政的时期也不乏出色的作家为之执笔,但阿谀奉承之风一旦盛行起来,历史学家便不敢再动笔了。"见塔西陀:《编年史》,第一卷,第2页。

  ④ 普鲁塔克:"凯撒传",第1324页;苏维托尼乌斯:"神圣的朱里乌斯传",第45页。

尊崇的罗马公民。不但凯撒的义子与侄孙屋大维继承了他的名号,自罗马帝国第一位皇帝奥古斯都以下,历代君主都以"凯撒"作为皇帝称号,此后德意志帝国及俄罗斯帝国君主亦均以"凯撒"为号。"凯撒"一词逐渐成为君主的总称,以及王制、帝制,乃至君主专制的代码;这一代码进而在各种文学—历史叙事的包裹之下,滚动成为"凯撒神话"(Caesar Myth)。这个神话在君主制盛行的时代曾席卷了整个欧洲,而其内核便是凯撒遇刺事件。回到奥古斯都时代,那正是"凯撒神话"被有意识地制造与生产出来的年代,流风所及,普鲁塔克与苏维托尼乌斯的传记也留下了"造神"的痕迹。

我们都知道,当论及共和理想与价值,"普鲁塔克"这个名字意味着什么。他的《道德论集》(Moralia)在伊丽莎白时期的英国要比《名人传》更为著名,①两部作品中所展现的对共和德性的认肯,以及对承载着这一德性的人物的生动刻画,曾打动无数思想者,至今读来仍扣人心弦。从某种意义上来说,普鲁塔克已成为共和精神及其政治文化的代表与象征。然而,一反我们的预期,普鲁塔克在传记中对凯撒的描述是客观而引人入胜的,他对凯撒最后的评价,明显带有悲悯与叹惋的意味:"他一生冒险犯难,扩展帝国疆域,追求政治权柄,最后总算如愿以偿,出了虚名和受人猜忌的荣誉,并未得到实质的收获";还有他对凯撒最终大仇得报的描写,用两个词来形容,便是快意与冷峻:"那位伟大的守护神,在他生前一直对他百般呵护,等到他被害以后还为他的死难复仇,访遍天涯海角去寻觅那些谋生的凶手,终于法网恢恢不容一人逃脱,所以曾经动手行刺和出谋划策的人士,全部都受到惩罚";最后,他还认真记录了这样一些**不见于正史**的凯撒的"神迹":"天空出现最奇特的现象,大彗星在凯撒亡故以后一连光辉耀目出现七夜,然后消失不见。太阳变得暗淡无光,在那一年中始终晦暗,升起以后没有发出夺目的光芒,辐射的热力也甚为微弱。……水果缺乏热力都无法成熟,没有能够按照季节生长,很快就萎谢凋落。总而言之,出现在布鲁图斯面前的幽灵,让大家知道谋杀的行为使神明极其不悦"。②——普鲁塔克对这些超自然现象似乎深信不疑,或者,他愿意取信于这些传说本身,便透露出了某种讯息;他的同情显然并不在布鲁图斯等人一侧,同时他的传记亦是构成"凯撒神话"的重要文本之一。不错,莎

---

① *Shakespeare's Roman Plays—The Function of Imagery in the Drama*, by Maurice Charney, Harvard University Press, 1961, p. 215.

② 《希腊罗马名人传》,"凯撒传",第 1324—1325 页。

翁的《凯撒》"取材"于普鲁塔克,然而文章意味却相去甚远,此节我们将在后文再谈。

再看苏维托尼乌斯,据说他是不谙世务的一介"书生",《罗马十二帝王传》一书的中译者评论说,他"在史学的严肃性方面比不上塔西陀,也没有普鲁塔克统驭全书的伦理主题","着意搜集的似乎是正史不传的东西","其中不少奇闻轶事,类似秘史"。① 不过,当我们认真来看他所写的凯撒传本身,就会发现他的政治立场十分鲜明,至少可以说部分继承了罗马共和史学传统。《罗马十二帝王传》中记述的第一位"凯撒"便是"神圣的朱利斯",而苏维托尼乌斯似乎对这位"神圣的朱利斯"全无敬意,先是明确道出凯撒"夺取了君权",并引述时贤加图的话("凯撒是唯一一个清醒地颠覆共和国的人")来佐证自己的判断,特别是,在苏氏的传记中,我们看到凯撒竟然亲口说"共和国只是一个没有内容的空名",此后作者历数了凯撒一系列傲慢僭越的行为,最后得出的结论是,凯撒"恶多于善","他的被杀是罪有应得"。不过,作者在文中仍然兴致勃勃地记录了诸多"天象示警"的"怪事",特别是"彗星连续七天在天上出现"的奇迹。② ——在文学中形成的"凯撒神话"牢牢占据着这两位传记作家的想象,他们所宣扬的共和理念就这样奇特地包裹在神话当中:这两部传记是文学,也是历史,更重要的是,在此文史两支传统实际上合流了。

进入中世纪之后,人们对于凯撒的想象依旧分为两个路径。一方面是基督教史学传统,基督教式的二元思维——"上帝的归上帝,凯撒的归凯撒"(这是又一类型的"神话")——左右了第一位教会史家阿非利加纳(Sextus Julius Africanus)③以下的中世纪史学;另一方面,凯撒的名字在世俗世界重获魔力,他在中世纪成为"九伟人"(Nine Worthies)之一,④并随之衍生出了诸多传说与故事,各国皇帝与历代教皇都自命是凯撒的后代,并吹嘘自己与其相似之处。⑤ 终于,到了文艺复兴时期,凯撒的形

---

① 《罗马十二帝王传》,"译者序",第 ii、viii—ix 页。
② 同上书,"神圣的朱里乌斯传",第 17、27、37、38 页。
③ 不同于古典时期的史家,阿非利加纳引人注目地将凯撒遇刺的那一年定为罗马帝国的起始年代,见 *Iulius Africanus Chronographiae: The Extant Fragments*, "Introduction", p. XXVII.
④ 他们分别是古典时期的赫克托、亚历山大与凯撒,希伯来故事中的约书亚、大卫与犹大·马加比,以及传奇故事中的亚瑟王、查理大帝与布永的戈弗雷。
⑤ 详见 Geoffrey Bullough, "Attitudes to Caesar Before Shakespeare", 1964, in *Shakespeare: Julius Caesar—A Casebook*, 1969, pp. 86—87.

象在但丁与彼得拉克的文学巨著中迎来了全面的"复兴"。在但丁的笔下,凯撒依循"罗马的意志",攫取了代表统治权力的罗马鹰旗,他战绩辉煌,声名远播,无论用口还是用笔都无法尽述,①此外,但丁还在地狱中"严惩"刺杀凯撒的凶手,将其打入九重地狱的最底层,在那里三个头的魔王撒旦口中分别咀嚼着史上最为罪大恶极的三个人:犹大,布鲁图斯与凯歇斯,②也就是说,如此宝贵的名额,但丁竟让刺杀凯撒的凶手尽占其二,足见其对凯撒的尊崇。彼得拉克也写过一部关于伟人们的作品,其中凯撒传记仅完成了一半,不过,这部传记在文艺复兴时期广为阅读、翻译与传抄,作者对凯撒的敬畏与崇拜尽在其中,不但为凯撒传说提供了诸多考究的细节,也为这一传说带来了更多的新的崇信者。③ 总而言之,到了文艺复兴时期——这也是伟大君主的时代(特别是英国正值历史上最辉煌的王室、都铎王朝统治时期),凯撒成为了君主们的样板,一如马基雅维里在其献给君主的书中所说:君主应该"研究历史上伟大人物的行动","最重要的是他应当像过去那些伟大人物那样做,他们要选择某一个受到赞美和尊崇的前人作为榜样,并且经常把他们的举措和行动铭记心头,据说亚历山大大帝就是效法阿基里斯,凯撒效法亚历山大,西奇比奥效法居鲁士"。④ 我们只需稍加联想,就会明白马基雅维里在《君主论》中一再颂扬的新君主的典范切萨雷·博尔贾(Ceasare Borgia),即教皇亚历山大六世(罗德里戈·博尔贾)的私生子,为什么会被野心勃勃的父亲取名为Ceasare 了——Ceasare 在意大利语中正是 Caesar(凯撒)。《君主论》的另一汉译者则名从主人,直接把 Ceasare Borgia 译作了"凯撒·博吉亚"。⑤)有趣的是,布克哈特在其名作《意大利文艺复兴时期的文化》中早已告诉我们,教皇的这个叫做 Ceasare 的孩子,正是以"凯撒"自居的:"1500 年的狂欢节上,凯撒·波几亚(译者在此亦将 Ceasare 译回了凯撒)大胆地把自己比喻为朱里乌斯·凯撒,用十一辆辉煌的凯旋车组成的游行队伍来庆祝后者的胜利",从而"引起了前来参加节日的参拜者的物议"

---

① 但丁:《神曲》,王维克译,《天堂》,第六篇,人民文学出版社,1980 年,第 356 页。
② 同上书,《地狱》,第三十四篇,第 151—152 页。
③ Geoffrey Bullough, "Attitudes to Caesar Before Shakespeare", 1964, in *Shakespeare*: *Julius Caesar—A Casebook*, p. 87—88.
④ 马基雅维里:《君主论》,潘汉典译,第十四章,商务印书馆,2010 年,第 71 页。
⑤ 见《君主论》阎克文译本,辽宁教育出版社,1998 年。

云云。①

  这是文艺复兴走向全盛时期的主流趋势,莎翁的《凯撒》要在这个脉络中去看。此时我们发现,莎翁的《凯撒》是一个"逆流而动"的文本。它不仅有违文艺复兴时期的主流,进而有违"凯撒神话"自诞生以来的整个文学"造神"传统。这是我们为什么会说,莎翁的《凯撒》"取材"于普鲁塔克,然而文章意味却与其相去甚远。莎翁的"文艺"不曾当真"复兴"古典,而是在"现时代"开出了新的局面。在莎翁这里,那个年老体衰、兼有残疾与性格缺陷的"凯撒",冷不丁被剥去了英雄的铠甲,套上了家常的英式睡袍——一言以蔽之,他被"去神话"了,并从"身后声名"的天顶一下子跌到了历史的最低点,莎翁的《凯撒》就是这样一个具有坐标意义的文本。

三

  1579 年,诺斯爵士翻译的普鲁塔克《名人传》在英国出版;就在同一年,法国出版了"反暴君派"作家用拉丁文(当时的国际通用语言)写就的《论反抗暴君的自由》(*Vindiciae contra Tyrannos*)。两个文本的出版都可以说构成了"事件",而将这两个"事件"联系起来看,是格外有趣的一件事情。

  1572 年法国新教徒胡格诺派在圣巴托罗缪节大屠杀中惨遭清洗,布鲁图斯变成了胡格诺派英烈祠中受宠的神灵。② 此前法国大法官拉博埃西于 1570 年代出版的《论自愿的奴役》(*Discours de la Servitude volontaire*)一书在此时开始激起广泛的共鸣:"凯撒将他们的法律和自由一扫而空","他的品格没有任何可敬之处","比历来最残酷的暴君都要害人"。③ 这些对"凯撒"的质朴的控诉,到 1579 年《论反抗暴君的自由》出版之时(除继续抨击"凯撒们"的暴政之外),已发展成为用心颇深的"反抗理论":"拿奥古斯都·凯撒来说,整个罗马都在他的强权与暴力的奴役之下","由于元老院不敢直接称奥古斯都为暴君,所以称他可以免于服从任何法律,这实际上等于在宣布他是一个失去法律保护的人(outlaw)",而

---

① 布克哈特:《意大利文艺复兴时期的文化》,何新译,第八章,商务印书馆,2013 年,第 461 页。
② 拉博埃西、布鲁图斯:《反暴君论》,曹帅译,"历史性引言",译林出版社,2012 年,第 93 页。
③ 《反暴君论》,"论自愿的奴役",第 52 页。

符合逻辑的结果便是,"如果他们执拗地滥用权力","当美德与公正手段无能为力时,就要使用武力和恐怖来加以强迫"。① 颇令人兴味的是,《论反抗暴君的自由》这部"反暴君派"经典,其作者署名即是"布鲁图斯"。我们发现,"布鲁图斯"的名字已经成为一个抗暴符号,进而构成了与整个"凯撒神话"此消彼长的一个富有张力的侧面。其实,早在意大利佛罗伦萨人那里,每当他们试图驱逐美第奇家族时,普遍采取的方法就是诛戮暴君的方式,而最受欢迎的就是小布鲁图斯(以别于罗马共和国建国者老布鲁图斯)的榜样,例如1513年参加暗杀美第奇家族活动的巴斯卡利便是布鲁图斯的狂热崇拜者。② 更有趣的是,《论反抗暴君的自由》这部作者署名为"布鲁图斯"的法国"反暴君派"经典,在一个世纪当中曾分别于1581年、1588年、1589年③、1622年、1631年、1648年、1660年、1689年**在英国**出版不下八次,而且出版的每一个年份都有着与文本直接相关的特殊含义。20世纪英国思想家拉斯基(Harold Joseph Laski)对此有一个很厉害的断语:那个时期的思想不是民族的,而是欧洲的——实际上17世纪的英国思想家乃是法国"反暴君派"真正的继承人,等到约翰·洛克的《政府论》终于出现,他所做的无非是使《论反抗暴君的自由》中的教义变得适应英国当时的环境而已。④

回到同于1579年出版的普鲁塔克《名人传》,这部书让伊丽莎白时代的英国人对古罗马形成了这样一种理解:古罗马人充满了炽热的共和精神;学者理查德·威尔逊结合前人的研究指出,在这种观念(共和制度被历代凯撒所摧毁)的影响下,"新专制主义时代的剧作家们很快意识到,古代的历史为他们所处时代的问题与纷争提供了一个合理的平台","凯撒的专制成为他们时代的君主集权专制的原型";实际上,这些剧作家成了始自意大利共和国时期的欧洲传统(即将暗杀凯撒的刺客尊崇为"自由斗士")的传人,刺杀故事成为王权批判者得心应手的代码。⑤ 在莎翁所处的时代,英国专制王权正处于全盛时期,共和主义如同一股潜流,在地表之下奔腾,寻找着自己的突破口。学者哈德菲尔德甚而认为,在伊丽莎白

---

① 《反暴君论》,"论反抗暴君的自由",第215、275页。
② 《意大利文艺复兴时期的文化》,第64页。
③ 到莎翁的时代,此书已连印三版,对比普鲁塔克的《名人传》,则印有1579年、1595年两版,由此看来《论反抗暴君的自由》在当时似乎比《名人传》还要流行。
④ 《反暴君论》,"历史性引言",第120—121、127—128页。
⑤ Richard Wilson, *Penguin Critical Studies*: *Julius Caesar*, p. 12, p. 15.

统治末期的英国,时代的最高成就不是莎翁的戏剧,而是此时涌现出来的对共和主义以及非君主制权威(non-monarchical forms of authority)的强烈兴趣。根据哈德菲尔德的解读,就在这一时期,莎士比亚逐渐把自己塑造成了一个共和派作家:《鲁克丽丝受辱记》(1594)引入了罗马共和国的建国神话,《泰特斯·安德洛尼克斯》(1594)讲述了"腐败的共和国的最后的日子",《亨利六世》(1592)乃是莎翁对卢坎(Lucan)①的《内战记》(*Pharsalia*)这一共和史诗的戏剧再现,《凯撒》(1599)则是对共和价值发生贬值这一事实的思考;甚至在这一"共和时刻"(republican moment)——作者用这个词精彩地指称(终身未婚、无有子嗣的)伊丽莎白一世充满了政治不确定性的统治末期——过去之后,莎翁仍旧对共和主题保持着兴趣,完成了《安东尼与克里奥佩特拉》(1608),对政体更迭以及罗马共和国的覆灭做了最后的思考。② 在莎翁这里,一如此前在普鲁塔克和苏维托尼乌斯的传记当中文史传统开始合流那样,文学与思想史合流了。就《凯撒》一剧而言,与此前的文学传统相较,它无疑是"逆流而动"的,但若从思想史的趋向来看,则与时代潮流符合若契。莎翁的不朽剧作是伟大的文学,也是伟大的思想史文本。

在都铎与斯图亚特王朝时期,罗马帝国是王朝的榜样,而戏剧则是时代的镜子。③ 莎翁的"罗马剧"映照的是罗马,也是英国;观众在台下观看罗马,也反观着自身。在新历史主义批评家看来,文艺复兴时期的戏剧不仅是"意识形态力量的反映物",事实上伊丽莎白时代的剧场"本身就是社会事件"。④ 学者理查德·威尔逊在其关于莎翁《凯撒》一剧的独到研究中,向我们展示了《凯撒》"上演事件"与伊丽莎白时代"埃塞克斯叛乱"事件的"互文"关系:"当时的英国人对罗马的狂热是有其社会根源的",这可以"准确地追溯到"伊丽莎白女王的宠臣埃塞克斯伯爵那里,在伯爵叛乱

---

① 卢坎(39—65),古罗马诗人,作拉丁史诗《内战记》,怀念罗马共和政体,反对暴政,参与密谋刺杀罗马暴君尼禄,事败自杀。

② Andrew Hadfield, *Shakespeare and Republicanism*, Cambridge University Press, 2005, p. 100, p. 159, p. 189, p. 205. 按《安东尼与克里奥佩特拉》一剧绝非莎翁对共和国的"最后的思考";莎翁最后一部罗马剧《克里奥兰纳斯》(1608)向我们展示了罗马共和国建立之初贵族与平民之间的阶级冲突;何以这一从自然时序上来说最早发生的事件,在莎翁的系列罗马剧中最后得以展现,就此我们亦有饶有趣味的发现与解读,且留待它文再作解说。

③ *Early Modern Drama and the Eastern European Elsewhere*, by Monica Matei-Chesnoiu, Teaneck Fairleigh Dickinson University Press, 2009, p. 17, p. 62.

④ Richard Wilson, *Penguin Critical Studies: Julius Caesar*, p. 55.

的前夜,他所领导的贵族小团体"狂热地阅读古罗马历史学家的著作,并以此作为贵族的权利与自由的根据",贵族对罗马共和国的尊崇无疑对王权具有颠覆性,而"吸引英国剧作家的也正是罗马共和主义"。1599 年 9 月 7 日,埃塞克斯伯爵决定谋反,9 月 21 日(根据一位瑞士游客的记录),《凯撒》一剧在伦敦环球剧场上演;9 月 24 日,在这部关于弑君的戏上演之后三天,埃塞克斯伯爵发起了叛乱,9 月 27 日,伯爵的叛军攻入了伦敦。"在伊丽莎白统治末年的十多年的暴乱与反叛之后,《凯撒》如同一部大戏的高潮终曲,戏剧性地再现了这个时期几近狂乱的政治不稳定性。"①

将埃塞克斯伯爵的叛乱与莎剧的演出联系起来并非牵强附会。1601 年 2 月 6 日,伯爵的党羽发动二次叛乱,就在反叛的前一天,伯爵的朋友到环球剧院邀请莎士比亚剧团演出《理查二世》(1595)这部关于废黜君王与弑君的戏,以营造气氛、"激起民众的情绪"。而剧团之所以"遵行如仪","四十先令额外报酬"只是外在的借口。要知道,这部戏在伊丽莎白女王时代属于一桩极大的"政治禁忌":1570 年罗马教皇下令将伊丽莎白逐出教外,1596 年更下令号召英国臣民起来叛乱,这个时候上演《理查二世》,其所蕴含的政治寓意昭然若揭。伊丽莎白对此心知肚明,曾向大臣说:"朕就是理查二世,你不知道么?"有趣的是,这部"禁忌"剧大受民众欢迎,甚至成了"莎剧中最受欢迎的剧目之一",不但"在莎士比亚在世时出现的四开本有五个之多",女王更是亲口说过"此剧在大街上、在剧院里已经演过了四十次"。② 莎翁胆大包天,竟敢在这个时候创作这种剧目;而观众则公然叫好,理直气壮以脚投票,到剧院来好生观看台上的理查如何被杀——通过《理查二世》演出的盛况,真可窥见当时的民意。无论如何,在叛乱这种敏感的时期,"顶风"演出这等叛逆的剧目乃是生死攸关的事情。事后剧团奇迹般地并未受到"牵连",但其"罪无可赦",明眼人一望可知:要知道,莎翁及其剧团的赞助人、著名的南安普顿伯爵(Earl of Southampton),正是埃塞克斯的骑兵队长,此外伯爵的党羽发起二次叛乱,信号就是在环球剧院发出的!③ 单凭此节,便可坐实莎翁与叛党的关系了。然而,"慧眼只具"的威尔逊至此意犹未尽,他看到,莎翁的母系与

---

① Richard Wilson, *Penguin Critical Studies*: *Julius Caesar*, pp. 15—17, p. 28, p. 37.
② 《莎士比亚全集》(16),梁实秋译,《理查二世》,中国广播电视出版社,远东图书公司,"译者序",第 3、10、12 页。
③ Richard Wilson, *Penguin Critical Studies*: *Julius Caesar*, p. 37, p. 46.

父系均为天主教徒(1570年女王被教皇革出教外,便是因为反天主教的缘故),特别是莎翁母系一侧的一位表兄弟,曾因涉嫌反对伊丽莎白而被处决;更"令人吃惊的是",莎翁子女的命名亦均与"反抗暴君者"相关:朱迪斯(Judith),砍掉了赫罗弗尼斯(Holofernes)的头颅,苏珊娜(Susanna),曾斥责道德败坏的士师(judges),Hamnet,乃是弑君者"哈姆雷特"(Hamlet)的变体,而 Hamlet 这个词的挪威词根 Amleth 乃是"愚者"的意思,这正是拉丁文 Brutus(布鲁图斯)的本义!①

事实俱在,莎翁的《凯撒》(及其他罗马剧与英国历史剧)与其共和主义政治倾向难脱干系。也正是由于这一倾向,莎翁在其罗马剧中所处理的政治主题与其英国历史剧是一脉相承的,例如《凯撒》与《理查二世》两剧的关系。莎剧研究者查尔尼进而发现,莎翁的罗马剧与英国历史剧还分享了同一套政治意象:政体的"疾病"与"失序",②而都铎王朝关于"国王的两个身体"(King's Two Bodies)的信条,使君王的人身(physical body)与政体(the body politic)获得了一种象征性的关联:王者身体的"疾病",直接隐喻了政体的"疾病"与"失序"。学者威尔逊敏锐地看到,莎翁在《凯撒》一剧当中所展现给我们的主人公,乃是一个身体与道德力量都在衰败之中的暴君③——专制君主(凯撒—伊丽莎白)正在老去,王政处于"衰败之中",这反过来恰可解释莎翁笔下的"凯撒"何以是年老体衰、迷信虚妄,兼有残疾这样一副形象。

——凯撒吩咐妻子在逐狼节庆典中,站在安东尼的跑道上,以治疗不孕症。

凯撒无嗣,伊丽莎白无子。凯撒宠爱安东尼,伊丽莎白宠爱埃塞克斯。凯撒迷信,都铎与斯图亚特王朝的君主每年都要以手碰触瘰疬症(此病名为 king's evil,旧时迷信此症经国王一触即能痊愈)患者,以治愈他们的顽疾。④

——凯撒有"一只耳朵是聋的",并用第三人称"凯撒"来指称自己。

学者查尔尼发现,"在凯撒本人与作为公众大人物的凯撒之间,存在

---

① Richard Wilson, *Penguin Critical Studies: Julius Caesar*, p. 36.
② Maurice Charney, *Shakespeare's Roman Plays—The Function of Imagery in the Drama*, p. 41.
③ Dover Wilson, *Introduction to N. C. S. Julius Caesar*, p. xxv. 转引自 *The Arden Shakespeare: Julius Caesar*, T. S. Dorsch's "Introduction", p. xxvii.
④ Ibid., p. 29.

着反讽式的对比,而这一对比,通过以下这个例子,最为有效地展现了出来:他向安东尼评价凯歇斯时说,'我是告诉你什么样的人可怕,并不是说我怕什么人。因为我永远是凯撒。'这一宣告言犹在耳,而接下来凯撒的话,对我们来说响若雷霆:'到我右边来,因为这一只耳朵是聋的,实实在在告诉我你觉得他这个人怎么样。'左侧耳聋这一细节不见于普鲁塔克以及其他古典出处。……这是对整个文本当中宣称凯撒具有全能的、超人力量之说法的点评与反讽,而整个刺杀一幕也充斥着同样的反讽。"①

其实,爱德华·道登早在1875年所作的精彩评论对此解说得更为透彻,并通过解释"凯撒的耳聋"进而解决了"第三人称"问题:"凯撒说,'到我右边来,因为这一只耳朵是聋的'。也就是说,如果人们想让凯撒听到他们,就要到他的'右耳'/'正确的耳朵'(right ear)边来。同样地,只要他们想说的话对他来说是适合的,那么不论左耳还是右耳,他自会听到。当莎士比亚这样塑造凯撒这个人物的时候——这确实令他的批评家们迷惑不已,诗人的用意可能是:一个人要和事实(即他当前这个个体及其个性)保持联系,否则他对于自己来说都将是一个神秘的传说。'真实的凯撒'(the real man Caesar)在伟大的'凯撒神话'面前消失无踪。他忘记了自己事实上是怎样的,只知道那个名为凯撒的巨大的传说中的力量。仿佛出自某种超越或在其意识背后的力量,他用第三人称谈论着凯撒,他成了自己的'守护神'(numen)。"②当我们"坐实"莎翁的政治倾向之后,回头再看学者们的精彩评论,就会发现莎翁在该剧中的讽刺意味愈发显豁:君主和我们一样信奉关于君主的神话,而他承载着那个神话的"身体"只是会腐朽的凡胎,这个凡胎除了会穿英雄的铠甲,有时也会穿睡袍的。

——凯撒遇刺之前关于"北极星"的大段演讲

之前我们曾经提到,在"凯撒遇刺"一场,正当一触即发的时刻,凯撒突然大段地演讲起来:"我像北极星一样坚定,它的不可动摇的性质,在天宇中是无与伦比的。天上布满了无数的星辰……只有一颗星卓立不动。在人世间也是这样……只有一个人能够确保他不可侵犯的地位,任何力量都不能使他动摇,我就是他。"这段话的虚妄性质不证自明,因为凯撒话音刚落("不可侵犯"),众人便扑了上来;莎翁在这当口羼入如是一番话,

---

① Maurice Charney, *Shakespeare's Roman Plays—The Function of Imagery in the Drama*, p. 73.

② Edward Dowden, from *Shakespeare: A Critical Study of his Mind and Art*, 1875, in *Shakespeare: Julius Caesar—A Casebook*, p. 33.

除了反讽,真不知还有什么其他用意与效果。不过,据"慧眼只具"的威尔逊看来,莎翁在此果然尚有"其他用意":不错,莎翁的《凯撒》取材于普鲁塔克的《名人传》,但英国的政治背景与这个素材合力将凯撒塑造成了一个"无情而顽固的角色"——"像北极星一样坚定",那么,这颗星的随之陨落,或将对"星室法庭"(Star Chamber)①构成极大的冒犯吧。② 或许威尔逊"深文周纳"、穿凿太过,但无论如何,这个严重"失实"的文本,却与《理查二世》一道深受民众欢迎,这确是不争的事实。台上的"凯撒"在衰败之中,在位的王者(伊丽莎白)正在老去;都铎王朝也许后继无人,民众对此拭目以待。民众对君主的态度,在向历史低点滑动。到底是莎翁在迎合民意,还是反映民意,已经难以分晓。莎翁之"莫名其妙"的"杜撰",真是神来之笔。

1599 年"凯撒"在台上被象征性地诛戮,仅四年之后,"凯撒"又"回来"了——1603 年,詹姆斯一世"以帝王之尊"被迎入伦敦,伦敦竖起一道道凯旋门,饰以罗马诸神的塑像和拉丁铭文,此外各种纪念币与纪念章、各种颂文与宫廷假面剧中都将他描述为"英国的凯撒",③英国进入了斯图亚特王朝统治时代。不过,根据当时十分有限的演出记录来看,莎翁的《凯撒》也随之重新登台了。令人意外的是,斯图亚特王朝显然对之警惕不足:1613 年,在詹姆斯一世统治下(1603—1625),此剧竟然在宫廷演出(对比《理查二世》一剧,此剧则于 1608 年在环球剧院上演)④;1636 至 1637 年 1 月 31 日,在查理一世治下(1625—1649),此剧更是在圣詹姆斯宫(St James's Palace,自亨利八世以来的君主宫邸,亦是王廷所在地)献演,此外还有 1638 年 11 月 13 日在斗鸡场上演的记录。⑤ 今天我们回看这样的记载,对君王的大意疏忽不由得倍感心惊。而当年无所用心的查理一世,十余年后头被砍掉,可以说早已在圣詹姆斯宫埋下祸根。1649

---

① 星室法庭:1487 年由都铎王朝开国之君亨利七世创立,因位于西敏寺一个屋顶有星形装饰的大厅而得名。它是英国历史上最严酷的专制机器之一,以秘密审讯为手段,以专断暴虐而著称,乃是英国专制制度的象征。1641 年英国资产阶级革命前夕,由长期议会通过法案予以取缔。
② Richard Wilson, *Penguin Critical Studies: Julius Caesar*, p. 14.
③ Coppelia Kahn, *Roman Shakespeare: Warriors, Wounds, and Women*, Routledge, 1997, p. 5.
④ 《莎士比亚全集》(16),梁实秋译,《理查二世》,"译者序",第 10 页。
⑤ 《莎士比亚全集》(30),梁实秋译,《朱利阿斯·西撒》,中国广播电视出版社,远东图书公司,"译者序",第 6 页。

年查理一世被处死,这回"凯撒"果真被杀了。据说他死前神色如常,在狱中仍在读莎剧,从他的页边批注来看,他读的是关于"君王之死"的"悲伤故事",其中包括《理查二世》《凯撒》与《哈姆雷特》①——莎翁以剧杀人,君王人生如戏。查理一世当时的心理活动无人得知,生死界上回首前尘,临死前选择品读这几部戏剧,或许有所觉悟也未可知。

然而世事难料,又是四年之后,"凯撒"再次归来——这一回是克伦威尔于1653年就任"护国公",成了实际上的专制君主。其间"共和派"哈林顿写就《大洋国》(The Commonwealth of Oceana,全称"大洋共和国",1656年)一书以献,其中有这样的文字:"凯撒的武功""窒杀了自由","罗马帝国历代皇帝的统治""受人唾骂",甚至还有这样醒目的词句:"苏拉或凯撒登上元首的宝座,都是通过内战达到目的的。"②无怪乎书稿曾遭到克伦威尔的扣留,不予印行。③《大洋国》一书中最引人注目的,是结尾处关于"凯撒悲剧"的来信,信中说,菲比陛下把元老们聚集到戏院中,"在这儿,他让独裁者凯撒上台",接着又让凯撒家族"所生的无数后裔都上台来",他们的悲惨经历在"凯撒眼中是最可悲叹的事情","他看到他那奇特野心不以自身血迹斑斑的幽灵为满足",对自己"无辜的后代"也造成了"极大的灾难",最后"全家都毁灭了",这时凯撒"四肢扭曲,面色如土",而元老们亦不能无动于衷,全都"掩面而泣"——哈林顿显然有感于戏剧与剧场的强大力量,竟然赋予那封关于"凯撒悲剧"的来信这样一种关键性的作用:在读完这封信"之后不久","典章制度就公布出来了"。④《大洋国》最后还有一段十分有趣的文字:"马基雅维里提出一个很中肯的警告说:文人们夸张凯撒的光荣,大家千万不要上当","这种暴虐作风使这一批文人的自由换成了谄媚"。⑤哈林顿进而请大家对比后人给凯撒的恶评,以及对布鲁图斯、普布利科拉等人的赞誉,其褒贬爱憎之分明,令我们想起批评奥古斯都时代"阿谀奉承之风"的"共和派"史家塔西陀。如今英国的"共和派"作家哈林顿批评历史上的"文人",却高扬"凯撒悲剧"这种文学—剧场样式的崇高作用,这是对都铎-斯图亚特王朝时代"文人"的最高褒奖。

---

① Richard Wilson, *Penguin Critical Studies: Julius Caesar*, p. 18.
② 哈灵顿:《大洋国》,何新译,商务印书馆,1981年,第 6、46、61 页。
③ 《大洋国》,"出版说明",第 2 页。
④ 《大洋国》,第 250—252 页。
⑤ 《大洋国》,第 261 页。

《大洋国》出版两年之后,"独裁者"克伦威尔病逝。又过了两年之后,查理二世于1660年继位,斯图亚特王朝复辟。新君甫一上台,署名"布鲁图斯"的《论反抗暴君的自由》当年便出了第七版。王朝虽然复辟,民意却不曾歇息。正如我们所料,复辟之后,《凯撒》一剧"仍是经常上演的几出莎士比亚戏剧之一"。① 国王不死,莎翁的"凯撒"便阴魂不散,牢牢缠住了每一个在位的君王。

1689年英国终于发生光荣革命,实现虚君共和;同年《论反抗暴君的自由》印行了第八版。次年洛克的《政府论》(下)出版,书中已经在很自然地讲着"反暴君派"的语言,作者直接吁请人们,面对强权专制时应像士师"耶弗他"(Jephthah)那样"诉诸上天"——此系洛克指称"人民"暴力革命之权利/权力的独特代号——投入战斗、杀死暴君!② 而这一切,已在莎翁的舞台上一再预演。"历史在观众——那些在伊丽莎白时代末期去环球剧场观看莎士比亚戏剧的观众——的头脑中得以塑造,此后这一历史又被接下来的一代代人所重塑。"不错,莎翁神乎其技,在舞台上塑造了历史,也用舞台塑造了历史。

光阴荏苒,1689年之后的英国仍间或出现王权与议会间的各种博弈与起伏分合,待到沃尔特·白哲特(Walter Bagehot)出版那部著名的《英国宪政》(*The English Constitution*,1867)的时候,书中已在见惯不惊地谈论着英国这个"隐蔽的共和国",仿佛这是一个人所共知的事实③——到底还是莎翁赢了。

---

① 《莎士比亚全集》(30),梁实秋译,《朱利阿斯·西撒》,"译者序",第6页。
② 洛克:《政府论》(下),叶启芳、瞿菊农译,商务印书馆,1996年,第14—16、150页。
③ 沃尔特·白哲特:《英国宪制》,李国庆译,北京大学出版社,2005年,第201、204页。

浅析林语堂武汉时期英语散文的过渡性

苏明明

　　1927年4月,林语堂"弃学从政",加入武汉国民政府,在陈友仁领导的外交部担任英文秘书,直到9月离职前往上海,在武汉度过了他一生中唯一的、短暂的从政生涯。这半年时间,也就是本文所谓的"武汉时期",林语堂的主要工作是主编国民党"中央"机关报《中央日报》的英文版和外交部机关报《民众论坛》(People's Tribune)。由于这两份英文报纸已难觅踪迹,我们无法确知林语堂自己在两报上总共发表了多少作品。好在他两年后选编、出版了自己武汉时期的英语文集——《林语堂时事述译汇刊》(Letters of a Chinese Amazon and War-Time Essays)①,共收录25篇散文和1部译作,让我们得以一窥作者这一时期的文学风貌。从目录上看,作者将其26篇作品分为四个部分:首先是译作——英译谢冰莹《从军日记》;其次是一篇"铁军礼赞"(A Tribute to the Iron Army);再次是以"语言与政治"(Language and Politics)为主题的三篇文章;最后是"解释与批评散文"(Essays Interpretative and Critical),共21篇,其中有的阐述国民革命的理论问题,有的点评国内外时事,有的为国民革命事业建言献策,有的抒发作者对于社会、人生的感想等等。总之,所有文章的内容都与作者在武汉的从政生活密切相关。关于这次"汇刊",林语堂在写于1929年底的序言中说,"由于众所周知的原因","许多直接批评国内政治的文章没有收录"。大概因为这些文章大都是当年站在武汉政府的立场上批评南京政府的,而"汇刊"时作者身处南京政府统治下的上海,只好忍痛割爱,让全书看上去"比实际上更'爱国'"。②虽有遗珠之憾,但是

---

① Lin Yutang, *Letters of a Chinese Amazon and War-Time Essays*, The Commercial Press, 1930. "林语堂时事述译汇刊"是作者自定的汉语书名,原英书名直译为"一位中国女战士的文学作品和(我的)战时散文"。"一位中国女战士的文学作品",即林语堂英译谢冰莹的《从军日记》,约占全书四分之一的篇幅;此外都是林语堂写于武汉时期(正值北伐战争期间)的"战时散文",共有25篇。

② Lin Yutang, "Preface", *Letters of a Chinese Amazon and War-Time Essays*, p. viii.

《汇刊》中的这批英语散文,对于考察林语堂在武汉时期的思想与创作情况、弥补林语堂研究中因汉语资料缺乏而造成的这一薄弱环节,具有无可替代、不可多得的重要价值。本文即以《汇刊》所收英语散文为主要依据,对照作者此前的汉语散文,简要分析一下林语堂武汉时期英语散文风格特色的变化及其承前启后的转向性意义。

在写于1929年底的《汇刊》序言中,林语堂以冷静而审慎的态度评价了他的第一部英语散文集对于自己人生的特殊意义及其文学特征:

> 这些文章……对我来说,主要是作为往日激情似火、不谙世故的年轻心灵的纪念品。而这,或许可以用来解释一些篇章中常常出现轻率无礼的语调的原因。如果作者在写作过程中能为读者着想的话,那么其中的一些话题无疑会有完全不同的、更加妥善的处理。当然,也有相当一部分文章是本着随笔散文的精神、而非报纸社论的原则构思写作的。(These papers, ... will serve, in my mind, chiefly as a reminder of that erstwhile fire and enthusiasm of young and inexperienced hearts. And this, perhaps, may be offered as an apology for the often flippant tone of some of the articles. Had the author been writing with a book-reading public in mind, undoubtedly some of the subjects would have received a different and fuller treatment. Still, A considerable number of them were originally conceived in the spirit of casual or interpretative essays rather than of newspaper editorials.)①

这些散文既是那段历史的记录与见证,也是林语堂英语散文写作起步阶段的产物,在整体上尚未形成自己独特的文学风格。主编的职务要求林语堂更多以"报纸社论的原则"代表官方就一些重大事件发言表态,但他更愿意"本着随笔散文的精神"、自由地挥洒自己的激情与意见,以致"行文中常常出现轻率无礼的语调"。实际上,《汇刊》中的文章大多属于政论性质,主要功能是对外宣传,主题之一是从实践的和理论的层面宣扬武汉国民政府领导的国民革命运动,反驳敌对媒体对革命事业的诬蔑,寻求国际社会对中国革命的理解与支持;主题之二是澄清外国人对中国文化的误解,寻求跨文化的理解。作者由此走上了面向世界为中国辩解、推介中国文化的道路。不过,由于重视自我观点的表达而较少"为读者着想",一

---

① Lin Yutang, "Preface", *Letters of a Chinese Amazon and War-Time Essays*, p. vii.

些文章长篇大论,喋喋不休,可读性较差。就总体面貌而言,作者武汉时期的"慷慨激昂"的英语散文,与其北京时期(1923—1926)"浮躁凌厉"的汉语散文有一脉相承之处。

在《汇刊》出版一年之前,作者已将自己此前发表的汉语散文选编成他的第一部汉语散文集——《翦拂集》,由北新书局出版。在写于1928年9月(离开武汉一周年之际)的《翦拂集序》中,他称自己在北京时期那些"思想激烈""零乱粗糙"的文字为"不合时宜的隔日黄花",只是留作"既往的热烈及少不更事的勇气"的"纪念品"。① 对比考察这两种"纪念品",可知无论在思想内容还是表现手法方面,《汇刊》都可以说是《翦拂集》的继承与发展,虽然它们是在两个不同的时期、在两种不同的环境下、用两种不同的语言写作的。

林语堂北京时期汉语散文的一个突出特色是其战斗精神与批判锋芒。他特别强调作者要敢于表达"自己的思想","不说别人的话",不怕"讲偏见",必须"有诚意",对于那种"自号为中和稳健、主持公论"的虚伪言论深表厌恶:

> 我们每每看这种人及这种报的自号中和,实益以见其肉麻,惟有加以思想的蟊贼的尊号,处之与"耗子、痨虫、鳄鱼"同列而已。因为我们宁愿看张勋的复辟而不愿看段祺瑞之誓师马厂,宁愿见金梁的阴谋奏折而不愿闻江亢虎的社会主义宣传,宁愿与安福系空拳奋斗而不愿打研究系的嘴巴,于政治如此,于思想界亦如此。因为最可怕的就是这种稳健派的议论,他们自身既无贯彻诚意的主张,又能观望形势与世推移,在两方面主张之中谋保其独立的存在,"年年姐姐十八岁",其实只是思想之蟊贼而已。因为虎狼猛兽我们可以扑灭,蟊贼、狐狸、耗子、痨虫我们却是无法提防。所以张勋可以一蹶不振,段祺瑞却反要变为民国功人,安福系可一攻则破,而研究系却仍旧可以把握政权。我们听张勋的大谈复辟尚觉得其有些人气,若说段祺瑞张起捧张冯起捧冯、忽而命孙督苏忽而命郭督奉的执政府,实在无聊已极无话可说,简直与苏扬妓女的倚门卖笑伎俩无异,分不出谁是娼妇谁是政府。其实政界如此,言论界亦如此,野鸡生涯实不限于野鸡也。②

---

① 林语堂:《翦拂集序》,《翦拂集》,北新书局,1928年,第Ⅰ—Ⅵ页。
② 林语堂:《论语丝文体》,《翦拂集》,第74—75页。

这段迹近骂街、无所顾忌的批评文字,充分体现了林语堂所推崇的"骂人的艺术"。在他看来,"凡有独立思想、有诚意私见的人都免不了多少要涉及骂人";"骂人本无妨,只要骂得妙。何况以功能言之,有艺术的骂比无生气的批评效力大得多。"他提倡言论界该骂就骂,"绝对要打破'学者尊严'的脸孔","绝对不要来做'主持公论'这种无聊的事体"。① 就"骂得妙"而言,排比句式的熟练使用,对比、比喻等修辞手法的信手拈来,使得文章既显得理直气壮,又能够击中要害,具有一种难以辩驳的力量。

对于言论界那些以"绅士""学者"自居而不能仗义执言的所谓"正人君子""当代名流"们,林语堂极为鄙夷,用聊聊数笔为他们描绘了一幅狼狈不堪、可笑可憎的漫画:

> 现在的学者最要紧的就是他们的脸孔,倘是他们自三层楼滚到楼底下,翻起来时,头一样想到的还是拿起手镜照一照看他的假胡须还在乎,金牙齿没掉么,雪花膏未涂污乎,至于骨头折断与否,似在其次。②

这些人为了保持其"中和稳健"的"学者脸孔",遇事和稀泥、做和事佬,不敢说想说、该说的话,不敢维持良心上要维持的主张,"因为要尊严,所以有时骨头不能不折断","终必为脸孔而忘记真理"。更有甚者,"自己无贯彻强毅主张,倚门卖笑,双方讨好",相机而动,"将真理贩卖给大人物",虽然"斤斤于其所谓学者态度",实则"失其所谓学者","去真理一万八千里之遥"。所以,林语堂主张真正的学者应该像"没有脸孔可讲"的"土匪傻子"一样放言无忌,"为真理喝彩,祝真理万岁"。③ 实际上,《翦拂集》中的大部分文章都是本着这种精神写成的。而且,林语堂将《祝土匪》列为集中第一篇文章,又以土匪用语"翦拂"名集,表明了自己以作"学匪"、说"匪语"为荣的反抗姿态。④

加入武汉国民政府后,林语堂由"草莽"入"官府",主要面向西方读者,用英语写作。他的身份变了,原来"土匪傻子"般的粗率与直露,不得不收敛起一些,但他笔下文字的批判性并未明显减弱,只是矛头所指的对象有所变化而已。例如,在《韦克菲尔德博士为抵制行动作辩解》("Dr.

---

① 林语堂:《论语丝文体》,《翦拂集》,第75—78页。
② 林语堂:《祝土匪》,《翦拂集》,第2页。
③ 同上书,第3—5页。
④ 参见张毓茂:《从"翦拂集"说开去》,《社会科学辑刊》,1981年第1期。

Wakefield Explains Away the Boycott")一文中,林语堂批评美国来华传教士韦克菲尔德(Arthur P. Wakefield,1878—1947)对于中国反日运动的评述表面上是为中国人民的抵制行动作辩解,实际上却在蔑视中国人("头脑简单")并嫁祸于人(苏联人的"教唆")。在大段引述韦克菲尔德的虚假的、荒谬的言论之后,林语堂以反讽的口吻斥责和嘲笑这位自以为是的"福音贩子"企图愚弄中国人民反而暴露出自己人云亦云的"弱智":

> 但是,对于这位韦克菲尔德博士在其上述言论中展现出的原创性,我们一直心生疑问;可以肯定的是,这个福音贩子就像其他许多福音传教士一样,由于"久居中国"而变得弱智了。(But, all the time, the question continuously crops up in our minds as to the actual amount of originality which the Dr. Wakefield in question seems to have displayed in the foregoing effusion, it being a well-ascertained fact that the gospel peddler is handicapped, like so many other evangelists, by a "long stay in China".)①

《我们的主日学校式的"外交政策"》("Our Sunday-School 'Foreign Policy'")一文充分体现了林语堂在武汉时期由狂放恣肆转向冷静深刻的批判艺术。针对南京政府首任外交部长伍朝枢(1887—1934)宣布的修改不平等条约的外交政策,林语堂从其"死气沉沉、按部就班"的表述中揭示出南京政府将与帝国主义列强相勾结,"那些不平等条约将会继续长存"的"本质内涵"。林语堂相信法国文学家布封(George-Louis Leclerc de Buffon,1707—1788)的名言"风格就是人本身"(The style is the man himself),他从"这位'外交部长'的主日学校式的平和安详的风格"入手,层层深入,批评其"柔弱的语调"暴露出"内在自信与坚定意志"的匮乏,指斥其妥协退让的指导思想"绝对与国民党的精神相左",与"革命的中国""极不相配"。南京政府对帝国主义列强摇尾乞怜的外交政策,与武汉国民政府在陈友仁主导下坚决废除不平等条约的强硬的"革命外交"形成了鲜明的对照。林语堂以龙角设喻,形象地展现了当时的政治局面与外交形势:

> 即便我们必须同时拥有两个政府、两个外交部长——这是我们目前不承认的,我们也该希望国民革命的巨龙(费森登先生对此曾有颇具英雄气概的表述)头上的南京那支角至少能更坚挺些。然而,事

---

① Lin Yutang, "Dr. Wakefield Explains Away the Boycott", *Letters of a Chinese Amazon and War-Time Essays*, p. 191.

实证明这只角只是一个长高了的小脓包而已。我们可以预言,如果它也可以被称为"角"的话,那也将是帝国主义者不难躲闪的一支角。(Even if we must have two governments with two foreign ministers, which we don't for a moment admit, we must at least hope that the Nanking horn of the Nationalist dragon, to which Mr. Fessenden once made a heroic reference, be made of sterner stuff. Instead, it has turned out to be only an elongated pimple. And we predict it will be a horn, if "horn" it is, by no means difficult for the Imperialists to dodge.)①

林语堂站在武汉政府的立场,讥讽南京政府只是"革命的中国"这条巨龙头上的一个软弱的"小脓包",与武汉政府这支坚硬的"角"不可同日而语。他进一步指出,南京政府"对外国列强祈求、期望"的外交政策"不会冒犯任何人、却对国民党的事业构成真正的危害",那些"官方的废话"表明南京方面还处于"思想上的糊涂状态"——"依然想象着帝国主义列强会在乎他们自己在道义上'应该'或'不应该'做什么、会考虑中国的'简单而合理'的'请求'"。所以,他认为南京政府根本没有吸取"历史的教训",正在重蹈"对外国列强叩头"的覆辙。这是《林语堂时事述译汇刊》中收录的唯一一篇专论外交问题的文章,表达了作为外交部秘书的林语堂对当时中国外交事务的基本思路和立场,也透露出他在"宁汉合作"后不愿供职于南京的思想端倪。

几年后以"幽默大师"名闻上海的林语堂,在武汉时期的英语散文中尚未表现出足够的幽默才华。其实,早在1924年五六月间,林语堂已将"humour"译为幽默,并开始"提倡幽默",主张"替社会开点雅致的玩笑","在道学先生跟前说些顽皮话",以改变中国文学"太正经""太庄严""板面孔"的逼人"寒气"。② 但是在随后的几年里,不管在北京还是武汉,林语堂都积极投身于文学文化与社会政治的激烈斗争中,下笔难免"专门挑剔人家",说出许多"奚落、挖苦、刻薄人家"的话来,没能摆脱他本来厌恶的"板起面孔""刻薄讥讽的架子"。《翦拂集》中没有收录作者最早提倡"幽默"的两篇文章,而且其中唯一一篇"不大正经"的文章——《写在刘博

---

① Lin Yutang, "Our Sunday-School 'Foreign Policy'", *Letters of a Chinese Amazon and War-Time Essays*, pp. 157—158.
② 林语堂:《征译散文并提倡"幽默"》,《晨报副刊》,1924年5月23日;林语堂:《幽默杂话》,《晨报副刊》,1924年6月9日。

士订正中国现代文学冤狱表后》,在品评现代作家时也明显地失之轻浮与刻薄。《论泰戈尔的政治思想》一文尽管使用了"幽默"一词,其意义却是否定性的:

> 你想想在人家谈论如何使印度成为独立强国时,泰氏也不讲武力抵抗,也不讲不合作,也不讲宪法革命,却来讲"与宇宙和谐"、"处处见神"为救国之基础,幽默不幽默?等到你修到"处处见神"的工夫(最速以一千年为期),印度早已不知道成个什么了……①

这里的"幽默",其实意同"荒谬"。同样的情况也出现在武汉时期的英语散文《游击心理》("Guerrilla Psychology")中。林语堂在此文中批评驻华英军借口北伐军没有归还其一架坠机的机翼而出兵占领一些重要军事据点、蓄意阻挠北伐军统一中国的野蛮行径,同样在否定的意义上使用了"幽默":

> 通过接二连三的这类行动,英国人已将反英的仇恨不断灌输到中国人民的头脑之中。英国人应该做好准备,以良好的幽默感去面对其后果。(Britain has, in repeated acts like these, deliberately inculcated anti-British hatred in the Chinese minds, and Britain should be prepared to take it with a good sense of humour.)②

这里的"幽默感",显然是在反讽英国人必将自食其果的窘境。总的来说,在林语堂武汉时期的英语散文中也很难发现他早先提倡的那种轻松、有趣的幽默,只是在《中国人的姓名》("Chinese Names")一文中严肃论述了自己提出的便于西方人掌握的汉语姓名拼写方案后,在文末显露出一点略显生硬的幽默的尾巴:

> 有了这个方案,我们让专业的统计员计算一下,看看西方公众受益于此而节省的智力能量和避免的神经损伤转换成美元会有多少元多少分。(With this, we leave the professional statisticians to figure out in terms of dollars and cents how much the public will thereby gain in saved mental energy and averted nervous ruins.)③

---

① 林语堂:《论泰戈尔的政治思想》,《剪拂集》,第183页。
② Lin Yutang, "Guerrilla Psychology: 'The Rape of the Broken Wing'", *Letters of a Chinese Amazon and War-Time Essays*, pp. 187—188.
③ Lin Yutang, "Chinese Names", *Letters of a Chinese Amazon and War-Time Essays*, p. 89.

总之，林语堂武汉时期的英语散文具有或明或暗、或深或浅的论战性质，延续了北京时期汉语散文的批判性，在很大程度上是作为宣传工具与斗争武器来运用的，自然没能给需要平和、宽容心态的"幽默"留下多少生存的空间。作为曾与鲁迅等人并肩作战的文坛斗士，武汉时期的林语堂仍然笔带"杀气"与"寒气"，只是由于言说对象的改变，他的文章中少了些粗率的论断，多了些理性的论证。

此外，由于从事对外宣传工作，林语堂在批评帝国主义列强的同时，开始运用自己的英语写作主动寻求西方社会对中国的理解，致力于面对他者的自我言说，这是林语堂在武汉时期出现的重大文学转机，为他整个后半生的文学文化活动开辟了新的、更广阔的天地。而且，他在对外言说的表述策略方面的一些尝试，比如以西释中、中西对比等，为他后来有效地对外传播中国文化开创了先路。

林语堂尝试引用西方文学文化典故来叙事说理，塑造形象，以便更好地与西方读者沟通。例如《国民革命中的波旁主义》("Bourbonism in the Nationalist Revolution")一文，将混入革命队伍里的那些腐朽的官僚主义政客指斥为法国历史上极端保守的"波旁分子"(Bourbons)：

> 我们借用"波旁主义"一词……来描述这一大批政客的精神状态：他们在精神上属于满清时代，内心里并不赞同革命的理想，而且先天地、本质地无法赞同革命的理想，但是他们视官场为自己天生的职业，必须攀附其上，尽管革命可能潮起潮落，他们只在乎自己的官位。……波旁分子的本质就是，不问世事变化，但求保住身份。(We borrow that term "Bourbonism," ... to describe the mental state of that large class of politicians who mentally belong to the Manchu times, and who are inwardly not in sympathy, and congenitally and constitutionally incapable of being in sympathy, with the ideals of the revolution, but who look upon officialdom as their natural profession, and must hang onto it, though revolution may come and revolution may go, for all that these Bourbons may care.... The essence of a Bourbon is that he keeps his class and does not know that is going on in the country.)[①]

---

① Lin Yutang, "Bourbonism in the Nationalist Revolution", *Letters of a Chinese Amazon and War-Time Essays*, pp. 164—165.

林语堂指出,这些"波旁分子"不但腐化了革命队伍,而且疏远了民众对革命的感情,动摇了民众对革命的信心,形成了革命肌体上的"一种寄生病"(a form of parasitism),与反动军阀同为国民革命必须消灭的敌人。

在《塞壬的召唤》("The Call of the Siren")一文中,林语堂将国民政府要"迁都南京"的消息比喻为希腊神话中海上女妖塞壬的致命诱惑:

> 我们接到通知,国民政府将按今年早春原定的决议迁往南京。顺江而下之际,我们似乎听到了塞壬的歌声……最近一位记者告诉我们,在南京,来自北京的一些蹩脚诗人和"绅士学者"正在自我标榜为革命者,正在享受眼下歌舞升平的快乐生活。我们身上突然打了个冷颤。如果我们一定要去那儿,也许有必要像古希腊的冒险家一样,用蜂蜡把我们的耳朵密封起来。否则,我们会有什么样的结果?(We are going down the river, so we are told, and the seat of the Nationalist government is going to be transferred to Nanking as originally decided upon early this spring. We seem to hear the song of the siren... In Nanking, we are informed by a recent correspondent, some of the Peking poetasters and "gentlemen-scholars" are calling themselves revolutionists and enjoying the gay dance of life at present. A silent shudder creeps over our body. For go we must, but it may be necessary to have our ears stopped with bee's wax as the Greek adventurer did long ago. Otherwise what is going to become of us?)[①]

林语堂用"塞壬的歌声"表达了自己对南京政府的忧惧之情和不愿与那帮见风使舵的"蹩脚诗人""绅士学者"同流合污的决绝态度。他将"顺江而下",但目的地不是南京,而是上海。

告别武汉之际,林语堂用另一个西方典故"佩欣丝"(Patience)塑造了一个令人感动的武汉国民政府形象:

> 这几个月以来,武汉就像佩欣丝一样坐在那儿,微笑着面对悲伤,平静中透露出伟大。经过这些日子的种种考验与磨难、诬蔑与歪曲,在经济封锁、财政困难和被国内外敌人包围的情况下,武汉坚持了她矢志不移的目标。……她白天辛勤劳作,夜晚在饥饿中做梦,靠

---

① Lin Yutang, "The Call of the Siren", *Letters of a Chinese Amazon and War-Time Essays*, pp. 199—200.

自己的双手获取维持生命的食粮,还能把自己辛劳得来的少量食物散发给纠缠不休的邻居们。她赢得了奇迹般的胜利,把胜利的果实慷慨地分发出去,而她尚未觉得自己贫困。这就是武汉国民政府在过去半年中所体现的国民党精神的形象。(And through these months, Wu-Han has sat there like Patience smiling at grief itself, with a serenity that is suggestive of greatness. Through days of trials and tribulations, of calumny and misrepresentation, in the midst of an economic blockade and financial distress, and surrounded by internal and external foes, Wu-Han has held on to her firm, resolute purpose... She has toiled by day and dreamed dreams of starvation by night, working by her own hand for the bread of sustenance, and still having enough to dispense a few crumbs earned by her own labor to some of her importunate neighbors. She has won miraculous victories and distributed generously the proceeds thereof, and she has not found herself in entire want. Such is the picture of the spirit of the Kuomintang that has been embodied in the Wu-Han Nationalist government in the past half year.)①

"佩欣丝"(Patience)是基督教文化所推崇的"七大美德"之一"忍耐"(patience)的人格化形象。林语堂用这一坚毅、顽强、博爱的宗教性女性形象来比拟武汉国民政府,既有利于引发西方读者对武汉政府的理解与同情,也充分地展示出作者对于自己致身其中并为之辩护的武汉政府的特殊情感。当然,他把"宁汉合流""迁都南京"的结局美化为武汉政府"赢得了奇迹般的胜利"、又"把胜利的果实慷慨地分发出去",未免具有某种自我合理化的"精神胜利法"之嫌。

林语堂还将"历经考验与磨难而坚忍不拔"的武汉国民政府比之于"熬过第一次世界大战"的德国人民:

在我们看来,这半年中的武汉与大战期间的德国,二者的相似性绝非出自随意的类比。人的想象力所能创造的、用来抹黑日耳曼民族的那些最荒谬的事情,也被用来诋毁武汉国民政府的声誉。……

---

① Lin Yutang, "Farewell to Hankow", *Letters of a Chinese Amazon and War-Time Essays*, pp. 203—204.

武汉政府笼罩在杜撰的神话与扭曲的事实之中,显然几乎成为国人的眼中钉,就像德国在大战期间成为那个一度对其满腔热情、后来却不幸幻灭的国际社会的肉中刺一样。(That parallel between Wu-Han in the last half year and Germany during the Great War is in our opinion by no means a merely haphazard analogy. The most absurd things that have been created by the imagination of man to blackmail the German nation have been said of Wu-Han to bring this Nationalist government into disrepute. ... Out of the midst of this régime of myth-making and fact-twisting, Wu-Han has apparently become almost like a *bête noire* of China, as Germany was the *bête noire* of the once enthusiastic and later sadly disillusioned world during the Great War.)①

以第一次世界大战期间日耳曼民族之被"抹黑"比拟武汉国民政府之被"诋毁",以德国之"被世界厌弃"类比武汉政府之"被国人厌弃",字里行间流露出强烈的悲情与感染力,更便于西方读者领会武汉政府的历史处境与悲剧命运。

在武汉时期的英语散文中,林语堂也开始尝试通过个性化的独特视角向西方读者介绍中国传统文化。《一座消失的乐园》("A Vanished Pleasure Garden")就是这样一篇游记散文。文章篇幅不长,记述了作者与同事在三伏天发现一座无人看管的私家园林、结伴进入其中避暑游玩的经过,比较详细地描绘了园中"迷宫般"丰富多彩的美景。作者在文中简要总结了中国园林的艺术特色:

  中国园林之美,在于每座园林都有自己的个性,虽然均由人造的山、桥、湖、池构成,却像大自然本身一样变化无穷。(Now the beauty of Chinese gardens is that each has an individuality of its own, and being made of artificial hills, bridges, ponds, and moats, the possibility of variety is as infinite as nature itself.)②

在这座名为"琴园"的中国传统园林中,巧夺天工的"自然"环境让林语堂

---

  ① Lin Yutang, "Farewell to Hankow", *Letters of a Chinese Amazon and War-Time Essays*, pp. 201—202.
  ② Lin Yutang, "A Vanished Pleasure Garden", *Letters of a Chinese Amazon and War-Time Essays*, p. 208.

得以"呼吸新鲜的空气,感受完整的自我",体会到了中国传统建筑艺术的"人性关怀"(a human care)。这是林语堂首次在作品中明确表示他对中国传统文化的好感,表明作者此前激烈的、反传统的文化立场开始松动和调整。文章以游踪为线索,引领读者移步换景,远观近察,既展示了作者体味中国园林的山桥湖池、亭台楼阁之美的过程,也为西方读者提供了一种身临其境般的了解中国文化的方式。

这篇"琴园游记"未必是林语堂在武汉时期写的最后一篇散文,作者在行文过程中也未必想要寄寓某种特别的意义。但是,当作者将此文编为《林语堂时事述译汇刊》的最后一篇时,其中应该是别有用意的。从第一篇散文"铁军礼赞"到最后一篇"琴园游记",清晰地反映了林语堂在武汉期间的英语散文写作由革命宣传到文化评述的转向,也透露出作者的精神取向与文化认同出现转机的消息。从高歌猛进的革命精神到游园避暑的文人雅兴,作者不期然转入了这座被人废弃的中国文化园地之中。于是,"琴园游记"似乎具有了某种文化象征意味,而"异常炎热的夏天""枯燥乏味的工作"流露出作者真切的从政体验,"与世无争""静默自处"等词语则传达了作者精神追求的新向度。林语堂选择这篇"琴园游记"作为武汉时期的"结束语",似乎预示和象征了作者此后以其个性化的方式对外言说中国、带领西方读者在中国文化的古老园林中游览观光的文化交流生涯。

林语堂武汉时期的英语散文,是我们今天所能见到的作者早期的英文作品,在作者一生的散文写作历程中具有承前启后的转向性意义。一方面,这批英文作品与作者北京时期的汉语散文一脉相承,慷慨激昂的论战性与理直气壮的批判性有所延续,是为承前;另一方面,这些对外言说为他后来面向西方世界传播中国文化开辟了新路,是为启后。担任外交部英文秘书的林语堂,在对外宣传国民革命事业的过程中,自觉不自觉地走上了面向世界为中国现实和中国文化做辩解、推介工作的道路。正是从此开始,林语堂与对外言说中国、自塑中国形象、传播中国文化、寻求西方理解的国际文化交流事业结下了不解之缘。

阮元及《积古图》：中国前现代化时期
私人收藏的代表性映射

易 凯

从收藏史的角度来看，中国在亚洲艺术范围内堪称代表性范例。在此，收藏作为一种文化活动，历史久远，门类多样，史料翔实。据《周礼》的记载，古代皇室所从事的收藏活动甚至可以追溯到周朝。宋代则出现了配有插画的藏品名录，直观呈现了青铜器和玉器的外在形态，也反映了中国人收藏观的及早成熟。除刊行出版的藏品目录外，书画收藏者更有在藏品上加盖私人印鉴或书写题跋的习惯。这些都为中国收藏史的研究提供了极为丰富的素材。关于皇室的收藏活动，已有不少研究成果相继面世，相关展览也屡有举行，这些都印证了研究素材的丰富性。[②]

随着时间的推移，皇室收藏在改朝换代时多经散佚及二次收集，在收藏史上起到了整理与归类的作用。到清代时，皇室收藏已是包罗万象。[③]其藏品之丰，盘点归类工作之巨，几乎掩盖了私人收藏的影响。实际上，从清初开始，个人藏家就一直发挥着重要作用，皇室收藏的增多也有赖于前者对朝廷的贡奉。到嘉庆年间推行廉政，嘉庆皇帝终止了其父乾隆曾推行的较为铺张的收藏活动。主动权再次回到私人藏家手里，他们自此在收藏领域占据主导地位，直至第一批博物馆在中国出现。

阮元(1764—1819)1803年的《积古图》正是一份能帮助我们理解收藏主动权的转移的重要文献：阮氏不仅是高级官员，更是那个时代的重量

---

* 在其近日发表的一篇通讯中，本雅明·埃尔曼(Benjamin Elman)曾建议将中国封建史上的最后一个朝代不单视为一个衰落的时期，而是瞩目于这一时段内所萌发的现代化的先兆，即文明的演进与知识的传播。本文正是采用这一观点来探究收藏史。本雅明·埃尔曼：《早期的现代古典主义与中国封建社会的尾声》，《IIAS通讯》，第43期，2007年，第5—6页。

② 另外，围绕着这个主题，欧美国家的同仁们也相继组织了多次研讨会，其中包括：2003年11月在波恩举办的《西园雅集 中国艺术：收藏与概念》、2006年6月在巴黎国家艺术史研究院举办的《中国18世纪的艺术收藏研究》和2006年9月在特拉华大学举办的《中国收藏：物品、物质性与多元文化背景下的收藏者》。

③ 皇室收藏的丰富性可与中国18世纪问世的百科全书《四库全书》相媲美。

级学者。他汇集了前代收藏并力图借助《积古图》将其全面展现出来,这些都让《积古图》有了特殊的意义。这幅长手卷事实上也是阮元等人考据成果的展现,上面对收藏物品的分类都反映了考证学影响下金石学的再度复兴。画卷中,不单有阮氏的人物肖像,更有对其各个藏品的拓印,这二者的组合也代表了金石学中研究者与其研究对象的关系。

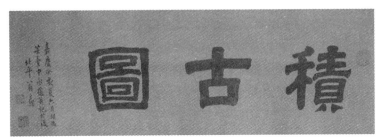

图1 积古图

政治权利与文化权威

阮元的一生可谓仕途顺遂,其中几个重要的时间节点便是他的数次调职与升迁。阮元1764年出生于扬州,1789年在科举考试中中第。此后数年,他先在北京供职于翰林院,随后又进入南书房负责皇室所藏字画的目录编撰。不单是乾隆皇帝对他青眼有加,嘉庆和道光皇帝也都对阮元委以重任。① 阮元之后担任的官职也证明了这一点:山东学政(1793年就任),浙江学政(1795年就任),随后又担任浙江巡抚(1799年就任)。1817—1826年他历任两广总督,又于1823—1833年间调任云贵总督。致仕之前,他曾被召回北京,任体仁阁大学士。1838年,阮元正式告老还乡,他的研究活动一直都对扬州区域有重要影响。②

由史蒂芬·B.米尔斯(Steven B. Miles)曾就阮元在广州创立的学海堂书院所提出的观点引申出去,我们可以看到阮元作为一名高级官员,其政治权威性亦可推及到文化领域,这使得他可以在任职的区域内利用各种资源来促进某些学术活动的实现,如一些文学、历史及地理方面的著

---

① 魏白蒂:《阮元,1764—1849:中国19世纪鸦片战争前一位高级教育官员的生平与工作》,香港大学出版社,2006年。

② 托比·梅尔·冯:《清初扬州城的文化建构》,斯坦福大学出版社,2003年。

述工作。① 这些工作通常会交付给一些当地的文人,而后者也常会被邀请到阮元创办的书院里执教。这些书院的设立,同上文提及的著述的相继出版,都证明了阮元此类活动的持续性。② 虽说这些活动多为其指导下的集体劳动成果,但阮氏本人对各领域的兴趣也在其中起了不小的推动作用。

在他感兴趣的领域中,阮元对其影响较大的是金石学。阮氏在这方面所编撰的图书目录可予以佐证。阮元和他的幕僚曾在山东和浙江进行了规模较大的金石藏品的编目工作,而这些工作的成果就是《山左金石志》和《两浙金石志》两本著作。《积古斋钟鼎彝器款识》则出版于1804年,是一本定期更新的参考性目录。它介绍了560篇青铜器上的铭文,来自12位收藏家,其中也包括阮元自己的收藏。在序言里,阮元曾将他的作品与薛尚功(1131—1162)的经典目录相较。因此,这篇序言也可视作金石学研究复兴的宣言,而金石学复兴正是现代考古学兴起过程中的重要阶段。③

从收藏到研究:对文物的破译

《小沧浪笔谈》的前几页曾提到济南的大明湖畔,这也是当时山东学政府的驻地,而阮元于1793—1795年间正是担任这一职务。他的办公场所同样也是接待其幕僚的地方,阮元将他们召集起来,共同完成《山左金石志》中所描绘的收藏及研究工作。书中有一处阮元加的小注,说明了他正是在自己的书斋积古斋中,一力整理了目录中逾千件铭文。④ 阮氏的个人选集《揅经室记》中也有一篇小文《积古斋记》,讲述了阮元如何对他的个人藏品进行研究和记录,还提到了一幅展示其藏品的画作即《积古图》。⑤《积古斋记》的开头就已经表达了阮元作为今人的优越感,因为相

---

① 史蒂芬·B·米尔斯:《权威、教育与文化变革:阮元与学海堂书院》,《亚洲实践中的权威文化》(在线讲座),2003年。
② 艾瑞克·勒弗维尔(易凯):《收藏与传承:阮元》,弗罗拉·布朗肖编:《亚洲艺术探究》,巴黎索邦大学出版社,2008年,第215—222页。
③ 雷德侯:《古代中国书法在现代中国的审美接受》,麦斯威尔·K·赫恩、朱迪特·G·史密斯编:《中国艺术的现代表象》,大都会博物馆出版社,2001年,第214页。
④ 阮元:《小沧浪笔谈》,卷一,第5页(王云武编,丛书集成系列,商务印书馆,1936年)。
⑤ 阮元:《揅经室集》(三),卷三,第648—649页(邓经元编,中华书局,2006年)。

比古人,今人更易接触旧时遗存:"李义山①诗云:'汤盘孔鼎有述作,今无其器存其词。'义山唐人尚不见其器而重其词,况今又千年,不但存其词且有其器耶?所以予与钟鼎古器有深好也。与吾同好者有平湖朱子右甫②。右甫得一器,必摩挲考证之,颇于经史,多所创获。予政事之暇,借此罗列以为清娱,且以偿案牍之劳。儿子常生好儿童之篆刻,亦刷拭以侍。壬戌腊日,举酒酬宾,且属吴县周子矩卣③绘积古图。"④

正如《积古斋记》所描述的那样,《积古图》全面展示了阮元的个人收藏。作为一幅横轴,它长逾 26 米(高 38 厘米,宽 2640 厘米)。图中包含翁方纲手书的引首、周瓒署名的阮元、朱为弼(1771—1840)和阮常生(?—1833)(图 2)的人物肖像、阮元亲题的序言、91 件藏品的拓本⑤、91 方古印的印文、翁方纲所作的后记,其后尚有陈文述(1775—1845)、伊秉绶(1754—1815)和赵魏(1746—1825)的题款。《积古图》现存于北京的中国国家图书馆。

图 2　阮元、朱为弼及阮常生人物肖像

阮元青铜藏品上的铭文拓图在《积古图》中占据了主要的位置。首先

---

① 李商隐的字。
② 朱为弼的字。
③ 周瓒的别号。周瓒,清代画家,生于苏州,在阮元担任浙江学政及浙江巡抚期间为之担任幕僚。他应当应阮元之邀,完成了不少画作,来描绘阮元及其幕僚所从事的收藏和研究活动。
④ 与阮元手写的原作相比,《积古斋记》的几个刊行版本在一些用字上颇有不同。这些不同大多对原文含义没有影响,只有提及日期的一处易产生歧义:《揅经室集》中说的是 1802 年末,而《积古图》则说是 1803 年末。关于这两个版本的详细介绍,可参见吴云真:《阮文达公积古图》,《鉴藏》,2005 年第 4 期,第 84 页。
⑤ 没有铭文的藏品虽然亦被提及,却并未出现他们的拓印图案,总体而言,《积古图》盘点的藏品数量达到了 98 件。

被绘入的是祭祀用途的钟和器皿(图3与图4)。

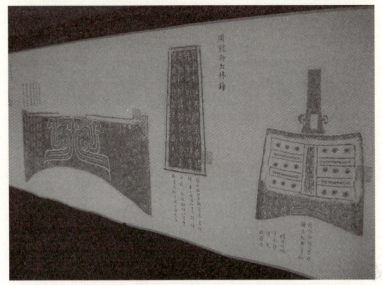

图3　青铜钟铭文：路康钟、虢叔大林钟

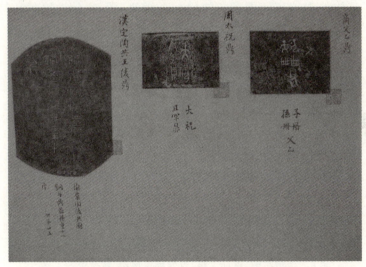

图4　青铜鼎铭文：父乙鼎、太祝鼎、定陶鼎

它们被分成了如下类别：钟（2）、鼎（3）、敦（1）、簋（1）、豆（1）、匜（2）、彝（1）、甗（1）、卣（2）、尊（1）、钘（1）、角（1）、爵（1）、觯（3）、瓠（1）、洗（3）。第二个版块则用于介绍武器(图5)，包括剑（1）、戈（6）、瞿（1）、弩机（2）和削（1）等类别。

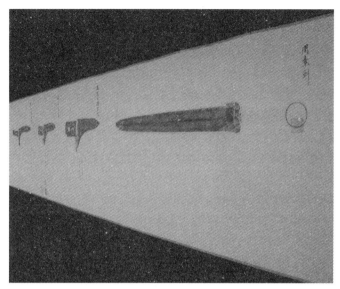

图 5　武器拓图：素剑、魏公孙吕戈、子永戈、高阳左戈

与器皿不同的是，武器在图中的呈现并不局限于其上的铭文，而是给出了其整体外观的拓印图案。随后一个版块（图6）介绍的藏品就是镜（20）、灯（2）及钱币和模具（16）。

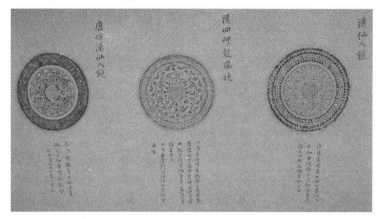

图 6　古镜拓图：汉仙人镜、汉四神龙凤镜、唐仿汉仙人镜

这一版块之后就出现了一些印章图案（图7），结束了青铜藏品拓印图案的部分。

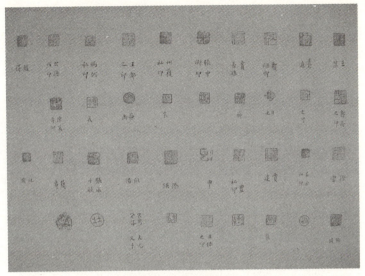

图7 印玺图章

接下来一个部分的分类就相对混杂,藏品也多不完整,如散落的盖子、残缺的铭文、装饰的遗留物(图8),还有一些佛教用品。

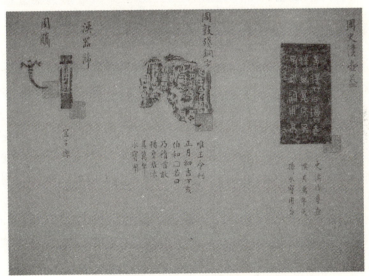

图8 青铜器铭文:史仆壶盖、敦残铜字、器饰、觿

其中包含的种类主要有:簠盖(1)、匜盖(1)、壶盖(1)、敦残铜字(1)、器饰(1)、觿(1)、钩(2)、半钩(1)、尚方器饰(1)、镰豆(2)、铁匣(1)、佛像(1)、镇纸(1)、鱼符(1)。最后是由八块古砖制成的砚(图9),

它们组成了一个独立与上述藏品的板块。其后所加盖的印玺也说明了这一点：根据后者的印文，这八块古砖应归入"八砖吟馆"，而不是其他藏品所属的"积古斋"。

图 9　古砖拓图：黄龙元年砖

从图中可以看到，上述藏品是根据其材质、功用和类属来进行归类的。每个类别的物品又以其年代先后来排序，如商、周和汉代的鼎就在图上依次排列（图 4）。这些藏品也囊括了一个相当长的历史时期：除其中两件以外①，其余的藏品可说是代表了从商至唐的时间段。这种时间顺序反应了阮元对于文物的概念②。根据阮氏的说法，直到秦代，青铜器都保持着它们原有的功用，但是自汉代以来直至唐朝，出土的青铜器更多地被视为神瑞之兆，旧时的功能反而被淡忘。积古斋的藏品就分别对应着这两个历史时期。北宋时，青铜器就已被当作研究对象，尤其是上面的铭文：它们已成为今人所指的古玩。宋代王厚之（1131—1204）所作的藏品拓图目录给了阮元很大的启发，从这个意义上来说，阮元的成就可谓续古承今。③

---

① "王诜铁匣"当属宋朝，而"艾虎铜镇纸"则是元朝的作品。这两件器物都被划归在残缺藏品的部分。
② 阮元：《商周铜器说》，《揅经室集》（三），卷三，第 632—635 页。
③ 翁方纲在画后的跋中曾提到王复斋的目录和阮元的收藏研究计划之间的关系。

《积古图》所绘的古铭文旁,往往有阮元的手书,将铭文转写为楷体。整幅图也体现出了金石学研究的重要特点:除六件物品外,大部分藏品的介绍重点都在铭文,比如说以青铜礼器为中心的系列藏品上、可以体现其收藏时间跨度的书写符号,一些体积上尚不比砖块大小的器物的详细描绘和部分破碎物品上的残缺铭文。除去那些归类严谨的青铜礼器,另有一些藏品外观破碎,难以划入某个特定的种类,这也体现了金石学学科研究对象的多样化和对象材质的丰富化。甚至一些游离于儒家思想传统之外的对象也被提及,比如说阮元的收藏中就有一尊题为"大同二年"的佛像,由梵文写就、未经阮元转写的铭文(图10)。

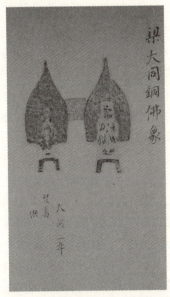

图10　青铜佛像铭文:大同铜佛像

出于对器物上文字符号的重视,《积古图》尤为重视其可读性。通过阮元在铭文拓本下的注释,我们可以看到他是如何解读原文的。为了便于将原文拓印成图,铜器上有铭文的一面首先要被清理干净,然后再将其上面的文字拓写下来。这些工作并不是总能够顺利进行,阮元就曾提到一次因某个卣上书写字符的阴文凹槽被填满,而无法复拓的情况。① 一旦对原文的拓印得以实现,就可以着手解读铭文,并将其转写成楷书。转写的过程同样也是讨论的过程,有一个注释中就曾补充说关于某枚钱币

---

① 此外,那些凹面的器物也较难复拓,有时会为对原文的解读带来困难。

上的一个文字,阮元认为它应当是"吉",而这也跟他同时代的收藏家程瑶田(1725—1814)的观点相一致。① 转写之后,有些铭文也可能会被断定无效,比如有一根瞿上的文字就被阮元认为是后加在这件古物上的。此后,阮元就会鉴定铜器和它的铭文,以便推断出物品的年代:两面在图中相距不远的汉代 TLV 铭文铜镜就曾被作为比较的对象。第一面铜镜应为汉代作品,而第二面则是唐人仿作,上书有"唐仿汉仙人镜"(图6)。

以上这些都能很好地反映出阮元的研究方法,尤其是他对积古斋中古物的先期探究。阮元对藏品的评论,虽未出现在《积古图》中,却大部分被收录在《积古斋钟鼎彝器款识》一书里。根据藏品的类别,书中还多处引用了历史、文献学、地名学、科技甚至音乐方面的参考材料,展现了作者务求囊括全部的知识观。阮元的研究方法立足于他对古代文献的了解,而这种了解,在摘录典籍中有关器物及其铭文的词句时又是不可或缺的。在书中浩如烟海的引文里,我们可以看到对古文字的研究,尤其是对其语音学的了解,在阮元对铭文的解读中起到了引导性的作用。对他而言,解读铭文不单旨在重建物品的时代背景,更重要的是要借由第一手的考古材料,来校对、补充和修正前人流传下来的文章。② 因此,积古斋所存之物也就变成了他的研究对象:在对物品的鉴别、断代和对铭文的转写之后,阮元更是力图将藏品置于一个更大的文献环境之下,找出它在历史资料中的位置,然后再发表自己的研究成果。如果再将目光投注于阮元同时期的其他文化活动,如《十三经校勘记》和《经籍纂诂》的编撰,我们就可以明白,同上述两部著作一样,《积古斋钟鼎彝器款识》也是阮元在汉学和考证学实证方法的影响下,对经典的评判和重读计划的一部分。在这个视角下,积古斋的藏品正是第一手的研究素材,能够帮助阮元重新解读历史。

收藏:一项集体工作

得益于翁方纲为《积古图》所写的后记,我们可以大致了解阮元的收

---

① 阮元:《小沧浪笔谈》,卷三,第70页。
② 在此方面,阮元对印章的研究就很有代表性:他曾建议可以借助各代的官员名录来研究印章。之前的《积古斋记》中曾提到他的儿子常生对印玺很感兴趣,而实际上,后者的确对《积古图》中几方著名的印章展开了研究。阮元:《秦汉六朝唐廿八名印记》,《揅经室集》(三),卷三,第651页。

藏研究计划是如何开始，又是如何推进的。作为当时的著名学者，翁方纲首先讲述了阮元在山东对金石器物进行的盘点和研究工作，然后提到阮氏后来又将在山东的研究模式移植到了浙江。翁方纲还讲到了这些工作的集体性：《积古斋钟鼎彝器款识》的编撰，就是一项规模庞大的集体工作。由朱为弼负责协调，在一些学者长达三年的努力后该书才得以问世。清代的行政体制允许高级官吏聘用自己的幕宾，也正是因为这一点，包括阮元在内的一些名流才得以组织出他们身边的幕僚团体，完成一些就当时而言极为重要的文化活动。① 19世纪的中国，在朝廷资助寥寥的情况下，毕沅、阮元和端方（1861—1911）等官员的个人幕僚在一些考古工作成果的发表中起到了决定性的作用。

虽说对阮元个人收藏的研究毫无疑问是一项集体性工作，但我们却很难评估阮元的幕僚在对藏品的搜集中起到了多大的作用。关于这一点，《积古图》只给出了少量的信息：其中只有阮元关于某个钱币模具的一条小注，让我们知道它是由浙江的吴兴收集而来。在此之外，我们就只能通过《小沧浪笔谈》或《定香亭笔谈》中阮元的笔记和个人回忆来了解器物的来历，比如《积古图》中的周仲镜是阮元在山东济宁路旁的一个小摊贩处购得②，"八砖吟馆"中的古砖是在浙江寻得③。这些信息虽然相对片面，却让人揣测或许积古斋的收藏都是阮元在不到十年间，于山东及浙江任上在两地游历搜罗而来。关于部分藏品，他身边的幕宾也多有诗作，能够证明阮元每得一物，都会邀他们一道参详。

既然这一研究活动本是一项集体工作，那么《积古图》上其他人物的出现就不足为奇了：首先便是翁方纲，其资历较阮元为长，金石学方面的研究也曾极大地启发过后者④，更是曾为该画题写后跋。在文中，他详细列举了画中藏品，又着重指出了这项工作的开创意义。翁方纲外画上尚有16人的名字，多为阮元的门生和幕臣，他们在这幅作品问世的当年便得以在北京观赏此画，陈文述的题款中说到了这一点。⑤ 而在一个1806

---

① 尚晓明：《学人游幕与清代学术》，社会科学文献出版社，1999年。
② 阮元：《小沧浪笔谈》，卷三，第71页。
③ 阮元：《定香亭笔谈》，卷四，第182页（王云武编，丛书集成系列，商务印书馆，1936年）。
④ 翁方纲和阮元曾经共同研究过不少的金石作品，我们可举华山碑为例。参见施安昌：《汉华山碑题跋年表》，文物出版社，1997年。
⑤ 法式善（1752—1813）、张问陶（1764—1814）、李鼎元、杨芳灿（1754—1816）、吴荣光（1773—1843）、吴蕭（1755—1821）、鲍桂星（1764—1826）、王引之（1766—1834）、孙均（1777—1826）、钱枚（1671—1803）、陈嵩庆、袁通（1775？—1829？）、李元垲、杨承宪、何湘。

年的题款中,伊秉绶提到他曾有幸在扬州的文选楼内观赏过阮元收藏的古物和印鉴。这些不同的题款都说明了阮元的藏品虽多集于在山东浙江两省,但它的声名影响已快速扩散到北京和扬州,这两座与阮元有着不可分离的仕途、友谊及亲缘关系的城市之内。① 赵魏的题记(1807)还提到了张燕昌(1738—1814)和钱承沄,这就让积古图上的人物姓名数量增加到了21人。这些人往往是一代收藏家与书法家的代表。他们根据各项考古发现与金石研究的成果,将古汉字的书写法奉为圭臬,并以此取代了王羲之父子确立的书写传统。②

从读到观:藏品的呈现

虽说嘉庆朝常被视作乾隆朝的延续,但就收藏史而言,嘉庆朝不啻为一个大的转折点,因为嘉庆皇帝的登基为整个收藏界都带来了一股节俭之风。从很多方面来看,阮元的收藏活动都与乾隆朝的类似活动一脉相承,只是在地域范围上更为局限,而他也因此遭到了嘉庆皇帝的斥责。③为谨慎起见,阮元便将《积古图》置于乾隆皇帝的名下,并特别在序言中提到他的书斋正是以乾隆某次赐给他的御笔亲题来命名的④。出于同一考虑,《积古斋钟鼎彝器款识》的序言中也提到了皇室收藏《西清古鉴》的插画名录,而后一个目录正是乾隆朝在金石学研究上取得的重要成就之一。

乾隆皇帝曾出现在一幅描绘其玩赏古玩的场景的画作中,这也在一段时间内使这一类型的收藏者肖像大为流行,而《积古图》卷端阮元的画像也可以视同此类。但是,如果对这两幅画进行比较,就可以看出阮氏肖像与著名的《弘历鉴古图》不尽相同。⑤ 从各个方面来看,后者都属于一个固定的绘画类别,即玩古图一类,画上的题词也说明了这一点。⑥ 这一

---

① 为便利旅途,这幅卷轴的材质相对轻便,这可能也加速了这幅画的流传。
② 在这一点上,碑学派的实践可以作为代表,如翁方纲、赵魏尤其是伊秉绶书写的隶书都是直接脱胎于古碑文。
③ 魏白蒂:《阮元,1764—1849:中国十九世纪鸦片战争前一位高级教育官员的生平与工作》,香港大学出版社,2006年,第201页。
④ 乾隆皇帝在书写时混淆了两个同音字,将《稽古论》的"稽"字误写为"积"。在阮元看来,这个别字可以作出多种解读,所以他就选用了这个错误的"积"字来命名自己的书斋。
⑤ 近期有很多学术文章都对这幅著名的肖像进行了解读。
⑥ 巫鸿曾在这幅作品中找到了与另外一幅藏于台北故宫博物院的无名氏画作的诸多相似之处。巫鸿:《重屏,中国绘画中的媒材与再现》,芝加哥大学出版社,1996年,第231—236页。

绘画种类的历史可以追溯至宋代,在明代正式成熟。在这种绘画作品中,收藏者往往置身于园林之中,或者身后有一花鸟山水的屏风来寓意自然。一般而言,在画中"玩古"并不是一个单独发生的动作,而是会伴随着品茗或赏乐等其他娱乐活动。这也是很多中下级官员所钟爱的消遣方式。但是,阮元的肖像明显与这种"玩古图"的传统有所不同:收藏者所处的环境中并未出现任何用于指代自然的元素。他周围只有一些用来陈设藏品的家具,近旁也仅有金石学者朱为弼和阮常生两个人。这都是典型的书斋环境。而藏品则占据了画面的主要部分。①

在绘画领域,忠实反映物品外观,以期将之与其他物品区别开来的技法大致出现在18世纪。② 乾隆的肖像图正体现了这一点。在画作中,画师所采用的视角和西洋绘画的惯用视角颇为相似。他相对准确地呈现了铜器和瓷器的体积大小,让观画者可以将这些皇家收藏的物品——区别开来。而在周瓒的作品中,画家采用了俯视的视角,更接近于中国的传统绘画技法。阮元的整体收藏都在画面上被详细地展现出来。在阮元身边的诸多藏品中,不管是镜子或戈等平面物品,还是青铜器皿,都清晰可辨。此外,画家还忠实还原了青铜器和古砖上的图形,并选用多种青绿色调来表现青铜器皿上的锈迹,力图将每一个藏品与其他物品区别开来,方便观画者将藏品本身与其铭文拓本联系到一起。③

由此看来,阮元的《积古图》图文并茂,既有对物品的描绘,又有对铭文的复拓,不仅可观,而且可读。如果说其上的绘图为我们展现了藏品的外观特性,诸如形状色彩,那么上面的拓本就为观画者提供了物品的认知要素,如尺寸纹理。《积古图》上的拓印都力图从全方位来展示某件藏品,不单复刻青铜器上的铭文,更记录物品器型,可谓开"全形拓"之先河。若将路康钟的拓印图形也视为一种全形拓的话,那就可以把《积古图》归入代表19世纪青铜器物记录法流变的作品之中。根据托马斯·洛顿

---

① 在翁方纲所作的《识篆图》中,也有一幅朱为弼的肖像。《识篆图》已于2005年5月14日在北京被嘉德拍卖行售出。这幅画成稿于1803年秋,只比《积古图》晚了数月。它侧面印证了这种收藏者肖像的新式画法的影响力。

② 维多利亚和阿尔伯特博物馆所藏的长卷轴就是一个成稿与雍正时代的早期例证。保存在台北故宫博物院的诸多乾隆年间的图集,都对皇室收藏中的古青铜器、瓷器和砚进行了精确的描绘,也体现了这一时期绘画技法中的忠实性考量。

③ 图中可以看到阮元身旁的几案上有一尊方鼎,内刻"子孙册册父乙",周瓒以一种画微观画的技法将其详细描绘了出来。我们可以就此推断这尊鼎是父乙鼎(图4),而太祝鼎则应当是朱为弼手中的那一尊。

(Thomas Lawton)的说法,这一时期对青铜器的描绘和记录越来越有写实主义倾向,与摄影技术的要求不谋而合。①

礼用之器与书写礼仪

虽然在画面上,器物占据了比收藏者更重要的位置,但这幅图还是可以反映出收藏者与其藏物之间的关系。首先,我们可以看到,在绘画部分,藏品的摆放传达出一定的凌乱之感,但是到了拓图的部分,所有的物品都是严格按照其类别进行排列的。这之间的反差为我们展现了一个生动的收藏情景:所有的物品,包括朱为弼和阮常生手中的两件,都可以任由收藏者取用,供其鉴赏和探究。另外一些藏品,如卣、钟和戈,收藏者也致力于恢复它们的旧有功用,并将之改良以纳为己用。图中有一些悬挂编钟的钟架,都是阮元在演奏实践中调整摆放位置的,这些经验都来自于阮氏的实地演练。② 实际上,直至20世纪,对编钟的排列还是可以反映中国收藏家的文化品位。此外,还可以看到一些戈被安在很长的手柄之上,这一举动或许有某种实验意义:阮元也的确在文章中谈到过这些兵器的可能性用法,以及如何利用它们来抵御战车。③

收藏者与其藏品之间的生动关系体现了收藏活动的多种目的,而求知只不过是其中之一。阮元曾在1803年同1804年作过两首诗,讲述了他为了替父亲贺寿,而取出了收藏的十三尊青铜器,让后者得以再次发挥它们的礼仪功用。④ 在此,礼器的原有功用与其作为古物的象征意义实现了完美的融合,而通过给父亲以卣祝寿,阮元身上官员与文人的双重身份也得到了充分的展现。由此看来,阮元藏品的功能通常是多样化的:除了其本身的原有功能,还可以赋予它们更多的用途。在1814年的一篇诗作中,阮元提到他的收藏中有13件器具都可以用在书斋里。有几件在《积古图》中亦有呈现的藏品,就被以一种轻松而又新颖的方式剥离了它

---

① 托马斯·洛顿:《中国青铜器的拓印》,《远东艺术博物馆学报》,1995年,第67期,第5—48页。
② 阮元:《积古斋钟鼎彝器款识》,卷七,第3—4页。
③ 阮元:《周五戈记》,《定香亭笔谈》,卷四,第191—192页。
④ 吴元真:《阮文达公积古图》,《鉴藏》,2005年第4期,第87页。

们的原有用途。① 所以,这些器具被归入《积古图》中的最后一个类别不是没有原因的,因为这一类别正是用来整理难以确认其类属的物品。通过这种分类,我们可以看到在阮元身上,考古与玩古的心态同时并存:这些刻有铭文的藏品不仅是被《积古斋钟鼎彝器款识》收录的研究对象,同样也是一位文人的文房私藏。阮元研究礼器上的铭文,是出于他对古物的兴趣,但这并不妨碍他把这些古物纳入到他的日常书写的仪式中。②

从功用的角度来看,藏品一旦被用作文房用品,它的功能就发生了彻底的转变。正如那八块古砖,在被重刻之后,就变成了周瓒画作上的砚台。作为阮元案牍上的陈设品,它们与其著述活动息息相关,而阮元更在上面加刻了题款,其中提到了他的两本著作《十三经校勘记》和《积古斋钟鼎彝器款识》。③ 有些情况下,阮元自刻的铭文甚至出现在《积古图》中:有一柄并无古铭文的剑,例外地被复拓在《积古图》里,其剑柄上有新近加上的文字"阮元之宝"。④ 在书画收藏中,藏家题款多有一种象征性意义,象征着他对作品的获得和占有。而这些青铜藏品拓本现被装裱于手卷之上,故此也可被视为某种形式的书画作品。于是,藏家就可以自由地将其据为己有。《积古图》上的绝大多数拓本上,都有阮元的个人印鉴,这就很好地说明了这一点。阮元忠实地拓印这些物品,不单是为了保留它们的全貌,更有一种在其之上留下自己印鉴的意图。他不仅希望在有限的时间内事实上保有这些物品,更为这种占有赋予了一种象征性意义,以期望这种象征性意义可以随着时间的流逝而得以永存。

两个世纪以来,《积古图》使阮元的藏品得以记录和保存。虽然阮元

---

① 阮元特别提到"五铢泉范"亦可用作墨床,一个小型的汉代机弩装置可用作水池,"宋王诜铁匣"可替代墨匣,而一尊梁代大同二年(公元536年)的小型青铜佛像和另外三尊佛像则可以用作笔架。这种组合可以让收藏者在书案方寸之间齐聚两千年的历史。

② 值得一提的是,阮元就物品的功用建立了严格的等级制度:首先是他在书中最常提及的研究用途,其次是在一些半正式的经常性场合下可以用到的物品的原有用途,如寿宴,再次是与书写相关的、可以自娱,间或也可以娱人的娱乐性用途。

③ 其中一块西汉砖石上书有"黄龙元年建"字样。在原有铭文的背面,印有一方阮元加盖的小章:"阮伯元校十三经砚"(图10)。另一块刻有"五凤五年"字样的西汉古砖同样也有一方小印:"阮伯元定钟鼎文字砚"。

④ 继托马斯·洛顿之后,雷德侯提到乾隆皇帝虽曾命人在古玉上加刻铭文,但并没有指令在青铜器上刻字。勒代罗斯认为这或许是出自对古铭文的尊重。而阮元的剑也印证了这一观点:他唯一对其刻字的物品上恰好没有旧铭文。然而,《积古图》曾收录、现由京都住泉屋博物馆收藏的一尊卣上,却刻有"阮元宝用"几个字,让我们不禁对这一观点有所保留。

斯人已逝，作品也多有散佚，但其藏品拓图仍得以保留在《积古图》中，为后人提供了宝贵的视觉记忆，让我们直至今天依然可以凭借它对藏品的精准描绘来了解阮元的收藏。正是归功于这幅图，虢叔大林钟直到现在还被收藏在北京故宫博物院中。直至今日，中国的不少博物馆还保有许多积古斋的旧时藏物，这都反映了阮元收藏的遗产价值。另外，阮元召集了一批学者，对藏品进行了细致的盘点和研究工作，这些也体现了他科学的收藏观。在《积古图》中，器物铭文被按照其原始尺寸进行拓印，器物的整体外观也得以重现，阮元的所有收藏也都得到了全面的展示。这让《积古图》近似于某种意义上的展览，上面的铭文拓本也有助于知识的传播。总而言之，图中不管是人物，还是物品，都得到了精准的再现。在那个前现代化的时代，阮元的实践直到20世纪初还一直影响着收藏活动，也为博物馆在中国的出现开辟了道路。

附记：本文来自于笔者以"阮元的收藏及其遗产传承观"为研究对象的博士论文。这些研究之所以得以推进，离不开法国卡尔诺基金会（La Fondation Carnot）和中国国家汉语办公室（NOCL）的帮助与支持。在此，我谨向卡尔诺基金会的主席先生及汉办的诸位负责人表达我诚挚的谢意。此外，2004年7月，在中国国家图书馆善本特藏部吴元真及史睿两位学者的陪同下，我有幸查阅了《积古图》原作，受到了不小的启发。善本特藏部的各位研究人员也立即认识到了让大众了解这幅作品的重要性，并因此于2006年组织了名为《文明的传承——国家图书馆善本特藏暨古籍保护成果展》的专题展览。对于他们的帮助与鼓励，我也在此一并表达我的感激之情。

图例

图1　积古图
翁方纲题
高 24.9 cm，宽 72 cm
1803 年
印章：长毋相忘　潭谿　翁方纲

图2　阮元、朱为弼及阮常生人物肖像
周瓒画
丝质水墨

高 67.5 cm，宽 33.8 cm
1803 年
印章：积古斋　文选楼　仪征阮伯元章

图3　青铜钟铭文：路康钟、虢叔大林钟拓本与转写
纸质水墨
1803 年
印章：阮伯元藏钟鼎文字

图 4　青铜鼎铭文：父乙鼎、太祝鼎、定陶鼎
拓本与转写
纸质水墨
1803 年
印章：阮伯元藏钟鼎文字

图 5　武器拓图：素剑、魏公孙吕戈、子永戈、高阳左戈
拓本与转写
纸质水墨
1803 年
印章：阮伯元藏钟鼎文字

图 6　古镜拓图：汉仙人镜、汉四神龙凤镜、唐仿汉仙人镜
拓本与转写
纸质水墨
1803 年
印章：阮伯元藏钟鼎文字

图 7　印玺图章
纸质印图
1803 年

图 8　青铜器铭文：史仆壶盖、敦残铜字、器饰、觿
拓本与转写
纸质水墨
1803 年
印章：阮伯元藏钟鼎文字

图 9　古砖拓图：黄龙元年砖
拓本与转写
纸质水墨
1803 年
印章：八砖吟馆　琅嬛仙馆

图 10　青铜佛像铭文：大同铜佛像
拓本与转写
纸质水墨
1803 年
印章：阮伯元藏钟鼎文字

《中国丛报》与 19 世纪西方汉学研究[①]

尹文涓

人们在追溯中西文化交流史时,大都会注意到来华耶稣会士在向西方传播中国文化知识方面的巨大贡献和他们对西方汉学的奠基性工作。但到目前为止,人们对他们的后来者、19 世纪初期第一批来华新教传教士所出版的大量的介绍、描述中国的中、英文书刊却较少关注。就如那些耶稣会士前辈们一样,他们通过写作一方面向中国人输送了大量西方文化的信息,另一方面,也极大地丰富了西方关于"中央帝国"的知识。美国第一个来华传教士裨治文(E. C. Bridgman,1801—1861)[②]1832 年在广州创办的英文月刊《中国丛报》[③]就是其中最有影响的出版物之一。作为第一份面向西方读者,以介绍、研究中国为主要内容的英文报刊,《丛报》20 年间从语言、文化、政治、宗教、地理、商贸等多个方面对中国的历史与现状进行了详细的描述,被美国史学家赖德烈称为研究"中国及其属国最真实、最有价值的情报"。[④]

本文拟从《丛报》的办报主旨、内容及其与欧美汉学家、汉学发展的关系,来考察《丛报》对 19 世纪西方汉学研究的贡献,及其在现代汉学学科发生发展的过程中所起的重要作用,并由此进一步探讨《丛报》面向西方传播中国文化在中外文化交流史上的意义。

[①] 本文原刊于台湾《汉学研究通讯》,2003 年 5 月,No.2,第 28—37 页。

[②] 裨治文 1829 年受美国传教会总部派遣来华,1861 年病逝于上海。相关研究见:Lazich, Michael C., *E. C. Bridgman (1801—1861), America's First Missionary to China*, The Edwin Mellen Press, 2000.

[③] *The Chinese Repository*, Canton, Macao, & Hongkong, 1832—1851. 下文简称 CR 或《丛报》。

[④] Kenneth Scott Latourette, *The History of Early Relations Between the United States and China*, 1784—1844, Yale University Press, 1917, p. 9.

一

在《丛报》首卷创刊词中,裨治文介绍有必要创办这样一份刊物的原因,是因为这个"如同庞然大物的中央帝国",提供了"天底下最宽广、最有价值的研域"。虽然"历史上曾有人周游过这个国家,并留下许多有关人与事物的有价值的记载。但是这些早期的描述在今天看来有太多难以置信的内容……其中很多旧书,尽管它们具有一定意义,但也包含许多不具有再版价值的内容。现代作家的描述中,也有许多不清楚和不尽如人意的地方,譬如就人口而言,统计出来的数字竟是从2000万到'天文数字'3.33亿不等"。因此,该刊的首要任务就是要"对外国人写的关于中国的书籍进行评论",并对中国的博物、商业、社会关系、宗教特征等各方面"予以密切关注"。①《丛报》创办四年后,对自身的抱负说得更为明白:"本刊内容将包括所有关于中国人的重要的、值得记录下来的描述与事实,他们的典制、教育、风俗、社会交往、礼仪、宗教、迷信、历史、艺术等等。我们希望籍此能让人们远比现在更多更精确地了解这个帝国的状况、它的人民的特点和要求……"②由此,我们可以将《丛报》的主旨概括为:"关于中国"的研究。而"关于中国"的研究即为我们现在所称的汉学研究。

现代词典对"汉学"的定义可充分支持上述观点。《牛津英语词典》对"汉学"(sinology)的定义为"一切关于中国的研究"(the study of things Chinese)③,而权威的法语拉罗斯词典(Larousse)对"汉学"(sinologie)的定义则为"关于中国历史、语言、文化的研究"(Etude de l'histoire, de la langue et de la civilisation chinoises)。④ 那么,我们似乎可以这样来理解汉学研究的范畴,即:一切关于中国的研究,如:历史、语言、文化。

通常我们是把1814年法兰西学院设立第一个汉语教席视为近代(学院式)汉学开始的标志。与此同时,法语中"sinologie"这一词始出现在一篇题为《汉学史》(L'histoire de la sinologie)的文章中。⑤ 但这一词直到

---

① E. C. Bridgman, "Introduction", in *CR*, V.1, pp.1—5.
② E. C. Bridgman, "European Periodicals Beyond the Ganges", in *CR*, V.5, p.160.
③ *The Oxford English Dictionary*, Clarendon Press, 1989, V.15, p.538.
④ *Larousse*, Librairie Larousse, 1985, p.9610.
⑤ 该文发表在1814年Mercure Etranger杂志第三期上,作者为L. A. M. Bourgeat,详见 *Tresor de la Langue Francaise*, Gallimard, 1992, V.15, p.540.

1878年才正式进入法语词典中。① 如果我们将某词正式进入词典看成该词所指范畴合法化的标志的话,那么,从学科史的角度而言,现代汉学从有研究活动到这门学科被正式确认经历了比较长的一段发展时间。有意思的是,在这一段时间内汉学研究的状况如何呢?

根据考狄(Henri Cordier,1849—1925)《中国书目》和目前可考的其他期刊目录,在《丛报》1832年创刊前,巴黎、伦敦等地所出版的涉及中国的刊物计有七种。② 其中六种是以整个亚洲为研究对象,关于中国的内容并不多③,另外一种将印度和中国一并纳入其范围之类。④ 虽然其他学术刊物发表过关于中国的文章,但分量极为有限,如《爱丁堡评论》(1802—,Edinburgh)在1832年前一共只发表过六篇关于中国的文章,《北美评论》(1815—1940,Boston)、《布莱克伍得杂志》(1817—1980,Edinburgh)更少。⑤

从上面的定义和数据我们似可得出以下两个推断:1.这一时期西方人对中国的兴趣和了解非常有限;2.《丛报》是世界上第一种重要的汉学期刊,对这一定义,下文将进一步补充。

二

根据汉学的定义,我们可以把《丛报》中涉及汉学研究的内容分成两部分来讨论:一部分是对"关于中国的研究"的研究;另一部分就是"关于中国的研究"。

《丛报》对"关于中国的研究"的研究,即对"汉学"的研究,是指对欧洲现有汉学成就与动态的介绍与评价。这部分内容最集中地体现在《丛报》的"书评"和"文学动态"这两种栏目中,另外还有一些"专论"文章,介绍汉

---

① *The English Dictionary*, Clarendon Press, 1989, V.15, p.538.
② 按出现先后分别为:*Asiatic Researches*, 1799—1812, 11Vols, London; *Mines de L'Orient*, 1809—1818, Paris; *Asiatic Journal*, 1816—1843, London; *Indo-Chinese Gleaner*, 1816—1821, Malacca; *Journal Asiatique*, 1822—, Paris; *Transactions of the Royal Asiatic Society*, 1823—, London; *The Nouveau Journal Asiatique*, 1830?—, Paris. See, Henri Cordier, *Bibiotheca Sinica*, Paris, 1904—1924.
③ 卫三畏认为这些刊物对印度的关注要远远多于中国。S.W. Williams, "List of Works upon China, Principally in English and French Languages", in *CR*, V.18, p.435.
④ 即 *Indo-Chinese Gleaner*(《印华拾零》),里面有大量关于中国的内容。
⑤ William Frederick Poole, *Poole's Index to Periodical Literature 1802—1881*, V.1, Peter Smith, 1958, pp.231—236.

学研究史、汉学家生平等。①

"书评"是《丛报》比较固定的一个栏目,《丛报》共发行了 232 期,几乎每一期都有书评内容。据笔者统计,《丛报》20 年间一共介绍了 256 种中、外文出版的,关于中国或与中国有关的书籍。鉴于这些书籍的内容十分庞杂,我们只得按作者来归类分析。第一类书籍是明清早期来华耶稣会士关于中国的报导和研究,如曾德昭(Alvarez Semendo)的《中国史》②、马若瑟神父(J. H. M. Prémare)的《中文文法》③、李明神父(Le Comte)的《中国现势新志》④,还有 1781 年在法国再版的《奇异而有趣的信札》⑤等等。第二类是早期欧洲(非传教士的)有关中国的记载,如门多萨(J. G. de Mendoca)的《中国历史》⑥,还有一些佚名游记,如《丛报》第一卷第一篇文章就是关于 9 世纪两个阿拉伯人在印度和中国游历的记载。⑦ 第三类书是同时期西方人出版的关于中国的书籍,这其中包括那些欧洲汉学家的著作,如雷慕沙(Abel-Rémusat)的《佛国记》⑧、儒莲(M. S. Julien)的《中国文字》⑨、巴赞(M. Bazin Ainé)的《中国戏剧》⑩等,还有那些在华的传教士、外交官、商人、旅游者对中国的描述和研究,如斯当东(G. L. Staunton)的《英使谒见乾隆纪实》⑪、古伯察(M. Huc)的《鞑靼、西藏、中国游记》⑫、马礼逊(Robert Morrison)的《英华词典》等。最后一类是当下中国人的著作,尤其是中国人对西方的描述,如《海录》《海国图志》《瀛寰志略》等。

对《丛报》主编裨治文而言,之所以要重新评价此前那些描述中国的

---

① 《丛报》每期的栏目编排比较固定,根据其编排规律和内容,笔者将《丛报》的栏目归纳为主要的五大类,即:专论、书评、文学动态、宗教通讯、新闻杂俎。

② Alvarez Semedo, *History of China*, London, 1655, in *CR*, V. 1, p. 473.

③ J. H. M. Prémare, *Notitia Lingue Sinice*, Malacca, 1831, in *CR*, V. 1, p. 152; V. 16, p. 266.

④ Le Comte, *Memoirs and Remarks on China*, London, 1737, in *CR*, V. 1, p. 249.

⑤ *Lettres Edifiantes et Curieuses*, Paris, 1781, in *CR*, V. 1, p. 378.

⑥ J. G. de Mendoca, *Historia de la China*, in *CR*, V. 10, p. 241.

⑦ *Ancient Account of India & China*, by two Mohammedans, in *CR*, V. 1, p. 6, p. 42.

⑧ Abel-Rémusat, *Memoir on Budhism*, in *CR*, V. 1, p. 155.

⑨ S. Julien, *Examination of Four Chinese Characters*, Paris, 1830, tr. from Latin by S. R. Brown, in *CR*, V. 10, p. 222.

⑩ M. Bazin ainé, *ThéatreChinois*, Paris, 1838, in *CR*, V. 18, p. 113.

⑪ Sir Staunton, *Macartney's Embassy to China*, London, 1798, in *CR*, V. 2, p. 337.

⑫ M. Huc, *Souvenirs d'un Voyage dans la Tartarie, le Tibet, et la Chine, pendant 1844—1846*, Paris, 1850, in *CR*, V. 19, p. 650.

书籍,是因为"此前欧洲人写的关于中国和中国人的大部分书籍都充满了错误……耶稣会士在地理方面做了大量的调查,这是我们现在所见的关于这个国家的最有价值的记录,如果不是最主要的话"①。裨治文认为耶稣会士关于中国的描述,其可取之处在于他们是以"在场"的观察和调查为根据。但是,那些没有到过中国的人,特别是那些不懂汉语的人,他们对中国的描述和研究是尤其值得怀疑的。

《丛报》这些书评一般都在文章开头尽量详细地列出了该书的作者、出版地、年代、原书名、译名、译者、卷册、页数等情况,籍此我们可以了解到很多重要的版本信息。如从中可以发现门多萨的《中国历史》1588年曾在伦敦出版德文版,李明神父的《中国现势新志》于1737年在伦敦出版了英译本,马若瑟神父的《中文文法》的拉丁文版首先是1831年在马六甲书院出版的,此后又于1847年在广州被英译出版,《伊索寓言》有几种中文方言译本等等。从而使我们得以了解上述这些关于中国的、在今日看来颇为重要的著作在当时被接受和传播的情况,还有当时西方人对中国的了解程度和阅读兴趣等。

此外,除了上文提及的那些在今天看来仍然影响较大的书籍外,《丛报》中还有很大一部分可能并不是很经典,或者是在当时影响较大、但后来却渐渐湮没无闻的书籍。特别是那些在华出版而且数量不多的书籍,不少已无今本传世。其中有很大一部分是早期来华外国商人、传教士等为学习中文或向中国人教授外文而编撰的各种各样的方言、土语、官话词典,如某个中国无名氏编写的《红毛买卖通用鬼话》②,裨治文本人编撰的《广东方言词典》。③ 这些词典真实地记录了当时中外文化在语言层面的交流情况,《丛报》关于这些书刊的记载对我们还原中国研究的历史原貌无疑是极有帮助的。

"文学动态"中最重要的内容,当数《丛报》对1851年前发行的、登载了有关中国内容的期刊的报导。据笔者整理,《丛报》一共介绍、转载了大约八十六种在世界各地刊发的中外文报刊④,其中有四十多种是在中国

---

① E. C. Bridgman, "Intellectual Character of the Chinese", in CR, V. 7, p. 2.
② S. W. Williams, "Hungmaou Mae Mae Tung Yung Kwei Hwa", in CR, V. 6, p. 276.
③ E. C. Bridgman, *A Chinese Chrestomathy in the Canton Dialect* (Macao, 1841), in CR, V. 11, p. 157, p. 223.
④ 要说明的是,《丛报》所介绍、转载或提及的期刊体裁、周期不一,有按月、季、周、半周、日出者,也有不定期者,在《丛报》中被统称为 periodical, magazine 或 newspaper,分类不如现代意义的"杂志""报纸"明显。这也是19世纪报学史的特点之一。

或在华南沿海一带刊行。可以说当时没有哪一种刊物曾如此集中、详备地搜罗了报刊这种媒体上关于中国的情报。《丛报》对公众舆论的这种关注显然是与它自己作为一种新闻刊物的身份有关。从这些目录中,我们可以看到不少如今仍然很重要的学术刊物的名字,如《亚洲学刊》《爱丁堡评论》《北美评论》等。但更多的是那些由于种种原因后来停办或改名了的期刊,这其中最值得关注的应该是那些在中国及沿海出版的那一部分,如中文的《东西洋考每月统记传》,甚至还有只出过一两期的,如在广州出版的《蜜妥士贸易报》(Meadow's Commercial Reporter,1847年3月—1847年5月)。《丛报》对这些期刊的记载现在成了研究这些报刊的重要的、有些甚至是唯一可靠的材料。实际上,笔者目前尚未在关于中国报学史的研究中发现较完备的采录。

根据所报导的内容来看,《丛报》征引的这些期刊大部分都是编辑手头现有的。当时《丛报》和很多现刊都互有赠刊①,而且,当时分布在世界各地的新教传教士一直保持着非常密切的联系、互通有无,这样就构成了一个庞大的"新闻网"。从当时的交通状况而言,《丛报》对最新动态的反应算是相当迅速的,如雷慕沙发表在1831年10月号《亚洲学刊》上一篇论佛教的文章,在1832年8月号的《丛报》上就被报道,②这不禁使人惊叹当时这些在华外侨的"信息化"程度。

《丛报》的"专论"一栏通常都是放在每期第一篇文章的位置,以示其重要性。这些主论文章中就有不少是回顾欧洲汉学史或者是介绍汉学家生平的内容。如裨治文刊登在《丛报》第3卷的《中国语言,及欧洲对此的关注》一文,在强调学习中文的重要性之后,裨治文还非常详细地介绍了欧洲人对中国及中国语言的认识程度和研究情况。他首先肯定了法国人在这方面的领先地位,然后依次介绍了欧洲各国在汉学方面的进展。在裨治文看来,虽然已经有少数人在从事这方面的研究,但其成果还远远无法与这个帝国应该被重视的程度相提并论。最后,他还特别提到美国人"关于中国和中文的知识都少得可怜"。③

《丛报》中"关于中国的研究",即《丛报》本身在汉学研究方面的成就

---

① E. C. Bridgman, "European Periodicals Beyond the Ganges", in *CR*, V. 5, p. 160.
② Robert Morrison, "Memoir on Budhism by Abel-Rémusat" (from *Asiatic Journal*), in *CR*, V. 1, p. 155.
③ E. C. Bridgman, "The Chinese Language, & Attention Paid to it by Europeans", in *CR*, V. 3, pp. 1—14.

主要集中体现在那些关于中国文化、文学、历史等的专论文章中。从撰稿者来看,他们多为在华传教士、外交官、商人,如裨治文、卫三畏、鲍宁①、戴维斯、韦妥玛②、基德③、斯当东、马礼逊等,其中还有一两个中国人。从内容来看,关于中国语言文化和历史的讨论分量最重,如他们对《四库全书》《朱熹全集》等中国典籍的文学、思想价值的阐释。像第11卷中郭实腊对《红楼梦》的介绍应当是西人对《红楼梦》最早的解读。④ 戈公振先生在总结外人在华所办报刊的作用时,对他们在中国典籍研究方面的成就做了非常肯定的评价:"……渠等又致力我国经籍,贯串考核,讨流溯源,别具见解,不随凡俗。"⑤《丛报》在19世纪30年代对关于中国文字拼音化的主张⑥,以及对中国语言中白话文体的探讨都是极具超前意识的。

《丛报》的中国语言文字、文学观很值得重视。裨治文在《中国语言》一文中认为,中国有其丰富、灿烂的文学传统,在这一点上,恐怕连古希腊、罗马也是难以企及的;中国语言文字多变、生动、富于表达。但这一传统已经在逐步衰落,需要更新。对大家而言,若想要和中国人及政府沟通,就必须得先学习中文,了解这个帝国的历史和现状,由此将其从没落中拯救出来。⑦ 不可否认,裨治文这一抱负中包含着"基督征服"中国的根本愿望,但他强调了解中国文化才能与中国沟通还是颇有见地的意见。在这一点上,裨治文的观点似与艾田蒲的"要使中国皈依改宗,前提是必须让自己皈依中国"的论断有某些契合之处。⑧

三

《丛报》第18卷8月号上用四十多页的篇幅登载了一份汉学书目,题

---

① Sir John Bowring,1792—1872,激进刊物《威斯敏斯特评论》主编、香港第四任行政长官(1854—1859)。
② 剑桥大学首位中文教授(1888)。
③ Samuel Kidd,伦敦大学首任中文教授(1838)。
④ Karl Gutzlaff, "Dreams in the Red Chamber", in *CR*, V. 11, P. 266.
⑤ 参阅戈公振:《中国报学史》(修订版),中国新闻出版社,1985年,第93页。
⑥ I. Tracy, "An Alphabetic Language for the Chinese", in *CR*, V. 4, p. 167.
⑦ E. C. Bridgman, "The Chinese Language, & Attention Paid to it by Europeans", in *CR*, V. 3, p. 1.
⑧ 参阅艾田蒲:《中国之欧洲》(上卷),许钧等译,河南人民出版社,1995年,192页。

为《关于中国的著述》。① 该书目一共收录了 403 种西方人撰写的关于中国的书籍及少数与中国有关的刊物②,主要为英文和法文著作,涉及 251 位作者,年代起于 1560 年,迄于发文前的 1848 年。编者在每条书目下面,都列出了该书详细的版本信息、内容简介,并对该作品的价值、影响做了简要评述。此外,对在《丛报》的书评中曾被介绍过的作品,都有个别说明,并表明出处。值得重视的是,该书目并不是对其所收录作品的简单罗列,而是按内容分为"中文学习工具""西译中文书籍"和"关于中国的书籍"三大类,并在每大类下加以细分。这种分类的企图体现出《丛报》是在对前人和现有研究进行总结的基础上,对汉学研究有了某种学科化和综合性的思考,因此,这个书目实则可以视为《丛报》的汉学研究走向成熟和自觉的标志。③

该书目的价值还在于它对 20 世纪初期考狄《中国书目》的影响,有很多线索可以说明这两个书目之间的承袭关系。考狄在其书目的序言里,提到他编撰该书目是缘起于 1868 年左右他到上海"英国皇家亚洲学会上海分会"的图书馆工作之时。④"英国皇家亚洲学会上海分会",也称"亚洲文会",其前身就是 1858 年成立的上海文理学会,裨治文任首任会长。⑤ 翌年归属"英国皇家学会",改为"英国皇家亚洲学会上海分会",仍是由裨治文负责。⑥ 该会有一个图书馆,还发行了一个会刊⑦,1871 年在虎丘路建永久会所。这个学会实际上是《丛报》停刊后裨治文在上海所经营的最重要的事业。虽然考狄到上海时,裨治文早已过世,但不应否认这个图书馆中有很大一部分是原先《丛报》的基业。在序言中,考狄提到该

---

① S. W. Williams, "List of Works upon China, Principally in English and French Languages", in *CR*, V. 18, pp. 402−444, pp. 657−661.

② 《丛报》上该书目的编号为 402 种,但由于有两个 141 号,所以实际数目应为 403 种。S. W. Williams, *op. cit.*, pp. 420−421.

③ 《丛报》中还有另外三份重要的书目:《马礼逊教育委员会图书馆馆藏书目》,See, E. C. Bridgman, "Catalogue of Books in the Library of the M. E. S. ", in *CR*, V. 14, p. 288;《西域书目评述》, See, M. S. Julien, "Notices of Works upon the Si Yih", in *CR*, V. 17, p. 575;《暹罗书目》, See, J. T. Jones, "Bibliographical Notices of Works Relating to Siam", in *CR*, V. 18, p. 23. 这三个书目也很值得重视,但囿于篇幅,这里不作展开。

④ Henri Cordier, "Preface", *Bibiotheca Sinica*, V. 1, Paris, 1904, p. 1.

⑤ Michael C. Lazich, *op. cit.*, p. 375.

⑥ Michael C. Lazich, *op. cit.*, p. 378.

⑦ 从该刊创刊词的主张和内容来看,这个刊物实际上是《丛报》的续刊。See, "Preface", *Journal of the Literary and Scientific Society*, No. 1, 1858, Shanghai.

会图书馆中所藏 1300 册西文和 1083 册中文书刊正是他开始编撰书目的基础。此外,他还提到对包括《丛报》汉学书目在内的几种书目的大量借鉴。① 如果他的说法可靠的话,那么《丛报》的书目当为此类汉学书目中最早面世的。

如果我们将这两个书目的分类加以比较,就更能看出两者间某种承袭关系。现将两个书目的编目分列如下:

A.《丛报》汉学书目（List of Works upon China）:

1. 中文学习工具（aids in the study of Chinese）:语法、词典、会话等

2. 西译中文书籍（translation from the Chinese）:典籍、杂记

3. 关于中国的书籍（works on China）:概述、游记、条款、传教记录、期刊、外省、使用中文的邻国、蒙古与满洲

B. 考狄《中国书目》（Bibliotheca Sinica）:

1. 中国概述（La Chine Properment Dite）:地理、历史、宗教、科学、艺术、语言、文学、风俗等

2. 在华外国人（Les Etrangers en Chine）:对中国的认识、商业、港口贸易

3. 中外关系（Relations des Etrangers avec les Chinois）:西方诸国、亚洲国家

4. 中国人在海外（Les Chinois chez les Peuples Etrangers）:对西方的认识、航海、出使、移民

5. 中国的属国（Les Pays Tributaires de la Chine）:鞑靼、天山（新疆）、西藏、高丽、琉球②

尽管《丛报》是将"关于中国的著述"分为三大类,考狄是分为五大类,但仍不难看出考狄是在《丛报》书目第三类的基础上加以细分的,可以说前者是后者的雏形。③ 但要看到的是,考狄的分类更为科学、细致,这与学科本身在发展前进是不无关系的。

这两个书目的差异中有很多值得我们留心的细节,如,《丛报》将"中

---

① Henri Cordier, "Preface", *Bibiotheca Sinica*, V. 1, Paris, 1904, p. 2.
② Henri Cordier, "Table des Matieres", *Bibiotheca Sinica*, V. 4, Paris, 1907—1908, pp. 3237—3252.
③ 后来袁同礼在考狄分类的基础上将其细化为 28 类。

文学习工具"视为一大类,而考狄则将此编入"语言"这一小类中,这说明《丛报》时期的汉学很大一部分内容还是侧重在比较初级阶段的语言学习上。当然,这与当时词典编撰盛极一时的时代氛围密切相关。其次,我们看到,中外关系格局发生变化等时代特点非常鲜明地在考狄的书目中得以体现、突出,如其书目中第2、3、4类。最后,考狄对中国邻属国的定义开始按疆域来区分,较之《丛报》按语言区分,更加体现其汉学研究某种"全球化"的现代特点,或者从某个角度而言,这种按疆域来划分研究领域的做法赋予该学科一种殖民的视角。不管怎么样,通过这两个书目的联系,我们看到了汉学研究从19世纪中期到20世纪早期这一段时间内的"现代化"过程。

从词源的角度也可以追寻到汉学这一学科在《丛报》上的发展轨迹,即通过《丛报》对关键词"汉学"的理解和解释,来看它与现代汉学概念所指和范畴的差距何在。

在《丛报》第20卷中,实际上并没有出现"sinology"(汉学)这一词,但有三处出现"sinologue"(汉学家)。《丛报》的正文中第一次出现"sinologue"一词是在1838年马儒翰发表在《丛报》上一篇介绍中文学习工具书的文章中,这里是指"学习中文的人"。① 《丛报》中正式出现"sinologue"词条,就是在1849年的汉学书目前言中。在前言里,编者提到编撰该书目是以"sinologue"为读者对象。从该书目的内容来看,虽然其中有一大类是学习中文的工具书,但更多的是旨在帮助读者从各方面全面了解中国的书籍。因而,对读者(sinologue)的要求不仅仅是"学习中文的人",还应该是对中国有一定了解的专家,这里该词的所指已经非常接近现代"汉学家"的含义。

"sinologue"在《丛报》中第三次出现是在1851年停刊时出版的索引中。对应的文章有三处,第一处见《丛报》第5卷所转载的马礼逊1828年发表在《马六甲观察与中国编年》(*The Malacca Observer and Chinese Chronicle*)上的一篇文章,该文介绍了欧洲(当代)汉学研究的情况,认为当时称得上"中国学人"这一头衔的只有包括他自己在内的区区8人。② 这里马礼逊在提到"中国学人"时,用词是"Chinese student"。这8个"中

---

① J. R. Morrison, "Review of the Facilities Existing for the Study of the Chinese Language", in *CR*, V. 7, p. 121.

② 他们依次是:Dr. Hager, Dr. Montucci, M. Remusat, baron Schilling, Klaproth, Morrison, Marshman, Davis。See, *CR*, V. 5, p. 148.

国学人"的特点是:他们要么编写过中文学习词典,要么在中国文学、儒家典籍研究方面有突出成果(出版过专著)。另外在中国境内还有几个懂汉语的人如斯当东、米怜、麦都思等,但马礼逊显然认为他们不能入上面的"中国学人"之列。另外两处分别见于1839年《丛报》第8卷和1842年第11卷,这两处在介绍当时中国问题专家时,所用的词汇是"student"或"students of Chinese",根据文章意思,是指"精通中文的人"。① 值得注意的是,这些文章中都没有"sinologue"(汉学家)一词,那么可见索引中的"sinologue"只是卫三畏后来根据文章内容做出的概括。此外,《丛报》第1卷第11期的"文学通讯"里介绍了1832年10月号的《亚洲学刊》(*Asiatic Journal*)上纪念雷慕沙的文章,这里《丛报》称雷慕沙为"Chinese Scholar"。②

从上文我们可以这样判断,在《丛报》上,"sinologue"这一词词义的固定是在1849年出版书目到1851年停刊这一段时间之间。在此之前,《丛报》中虽然已经出现代表其所指的"中国学人",或能指的"sinologue"词条,但可以看出在当时该词的定义还处于一种游离状态,并没有固定下来。《丛报》为我们考察该词在正式进入词典前的演绎过程、亦即汉学学科史的发展过程提供了线索。

四

前面已对《丛报》中汉学研究的内容做了简要的介绍,下文将从西方汉学学科史的角度,进一步阐述《丛报》在19世纪现代汉学发轫之际在上承下传的过程中所起的作用,这里可以概括为:"承上""互动"和"下传"。

作为第一份专论中国的英文期刊,《丛报》对前人,特别是耶稣会士在中国研究方面的整理(尤其是前文提及的书目)和评介——尽管对其不精确处也有毫不留情的批评,但这种总结本身就是对前人研究的肯定和接受——这一方面为现代汉学奠定了传统的基础,另一方面也推进和扩大了欧洲传统汉学的研究。《丛报》的"承上"不仅体现在其姿态上,还应当看到的是,《丛报》无论是其所介绍的书籍,还是其主论文章,都表现出对历史地理、语言文字等主题特别的关注,这在思路上与1814年前欧洲对

---

① *CR*, V.5, p.55;V.11, p.161.
② *CR*, V.1, p.470.

中国的兴趣仍有很大的承袭关系。在对待中国文化的态度上,利玛窦等耶稣会士前辈的文化通融策略对《丛报》撰稿者尤其是这一批早期新教传教士的影响亦十分明显。同样,他们也强调研究学习中国语言文化,但目的是为了方便传播(西方)科学文明知识。因为,"知识就是力量",这种力量超过任何一种武力征服,而且历史证明武力征服从来都是徒劳的。①

随着《丛报》在欧、美的发行,该刊关于中国文化的介绍和讨论引起了本土的广泛关注和参与,如19世纪30年代,在华传教士在《圣经》汉译过程中关于"God"译名的争论,就在英美本土引起了极大的反响。② 尽管"译名之争"引起的关注确有其宗教背景的一面,但它同时也说明了《丛报》当时在欧美本土产生的影响。有一个细节颇能说明问题:在第17卷上,《丛报》曾登载了法国汉学家儒莲直接为《丛报》所撰的一篇文章,题为《西域书目评述》。文章前有编者按,注明该文是由作者本人(儒莲)转交给他在广州的一位朋友,请他投递给《丛报》。编者还解释了由于该文原文过长,发表时有删节,而且对文中原法文的汉语译名做了些许更动。③ 这一方面说明《丛报》在汉学研究方面的努力得到了欧洲汉学界的确认,另一方面,在这一中西双向互动的过程中,《丛报》自身也成了接受和传播欧洲汉学的园地。《丛报》通过对欧洲汉学的接受和批评,把汉学研究推向更加学科化、专业化的程度。

在美国报学家白瑞华看来,《丛报》的撰稿者名单实际上就是当时英、美的中国问题专家名单。④ 这个说法其实还不完整,应该说是英、美第一批汉学家的名单。前文提到过"sinologue"这一词在《丛报》中词义的固定是在19世纪中期这一段时间。而实际上英、美汉学的起步也正是在这一段时间,按照马礼逊的说法,他自己就是英国"中国学人"第一人,他的《英汉词典》是英国汉学的开始。不管他这个说法在现在看来是否成立⑤,但在此之前,英国人中连学习汉语的人都非常有限。在《丛报》的撰稿者名

---

① E. C. Bridgman, "Introductory Remarks: Presses in China & Study of Chinese", in *CR*, V.2, p.1.

② 当时在华英、美传教士在《圣经》委办本的修订过程中,因"神"或"上帝"何者为"God"最恰当的中译名问题上发生了意见分歧,最终走向分裂,此为"译名之争"。

③ M. S. Julien, "Notices of Works upon the Si Yih", in *CR*, V.17, p.575.

④ Roswell S. Britton, *The Chinese Periodical Press*, 1800—1912, Kelly and Walsh, 1933, pp.28—29.

⑤ 在现在看来,与他同时代的J. F. Davis因其对中国文学作品的翻译和研究而更有影响。

单上,我们几乎可以找全英国第一代汉学家的名字,如伦敦大学首任中文教授基德(1836),中文韦氏拼音创始者、剑桥大学首位中文教授韦妥玛(1888),以及戴维斯、斯当东、马礼逊等。美国汉学研究的起步与《丛报》的关系更为密切,因为在此以前,美国人自己没有出版过任何有关中国的书籍①,可以说,《丛报》本身就是美国认识和研究中国的开始。因此,从这方面而言,《丛报》主编裨治文被视为"美国第一个汉学家"也是顺理成章的。②《丛报》后来的另一位编辑、耶鲁大学首任中文教授卫三畏(1878)对美国汉学的影响或许更大,因为从他开始可以找到美国几代汉学家代代相传的线索。他的儿子卫廉臣接替了他在耶鲁的教席,并带出来一个在中美关系史和汉学研究领域的第一位重量级人物赖德烈,赖德烈的下一代费正清(J. K. Fairbank)将美国的中国研究推至一个新的顶峰。如果不能说《丛报》开创了英、美汉学的话,我们至少可以说,英、美的第一批汉学家是在它提供的论坛上成长起来的。或许,当时没有其他刊物,而《丛报》适时地为这一批汉学家的成长提供了一个独特、宝贵的发展平台,这才是《丛报》与这批汉学家如此密切相关的原因。

此外,根据《丛报》的主旨和内容,耶稣会士等早期汉学所追求的考据实证的科学理性精神,在《丛报》上被进一步弘扬,这无疑也赋予了 19 世纪汉学研究某种"亲历亲见"、博古证今的特点。而在法国,由于与中国的交流自 18 世纪后期起日趋冷落等原因,汉学家们极少生活在中国,因此更大程度上将中国视作古代文明的一种来研究。这一点也恰恰是《丛报》所代表的英、美汉学与法国汉学的分野之处。总之,在这一对欧洲汉学尤其是法国汉学承上启下的过程中,《丛报》让我们看到了西方现代汉学发展的轨迹,这是汉学研究从法国向英、美及北欧其他国家扩散的开始。

五

费正清曾预言:"美国汉学界一个最困难而又可能成果最多的领域"

---

① 见哈佛魏得纳(Widener)图书馆书目,在 1830 年前,美国出版的关于东亚的书只有两本。转引自费正清:《19 世纪中叶的美国与中国》,M. 欧内斯特主编:《美中关系史论》,社科出版社,1991 年,第 24 页;又据 Latourette, *op. cit.*, p. 123,美国当时只有费城出过两本欧洲人写的游记。

② Susan R. Stifler, "E. C. Bridgman, The First American Sinologist", in *Notes on Far Eastern Studies in America*, No. 10,1942.

就是研究"在华传教士的活动与东西文化交流之间的相互影响"。① 这无疑使我们看到了考察《丛报》对中国的描述和研究在中西文化交流中的积极意义的必要性。

应该说,《丛报》面向西方读者的姿态本身就展示了一种打通东西方的抱负。通过向西方大力介绍中国的文化、历史、现势,《丛报》在传播中国文学、文化中充当了媒介,为中国文化在西方的流播提供了最基本的数据。《丛报》上体现中西文化交流互动的最生动的事件,莫过于《丛报》与近代中国人撰写的第一批"看世界"的书籍的关系,如《丛报》对《瀛寰志略》的节译与大力宣扬,与后来成为中美文化交流佳话的"徐继畬与华盛顿"有莫大的关系。此外,辑入了《丛报》部分节译内容的《海国图志》也引起了《丛报》的高度重视。《丛报》还记录了一些中外文人交游的线索,如《丛报》上登载过香港维多利亚主教四美(George Smith)对徐继畬的多次访问,并就"God"译名问题前去向他请教。四美对徐继畬颇有好评,认为他"在知识面和思想的开放程度上要远胜于其他人"②。在《丛报》上还可以找到另一条他和英国汉学家鲍宁交游的重要线索。《丛报》第 20 卷上刊登有徐继畬赠给鲍宁的一首诗,诗后给出了英文翻译,对疑难处还做了注释。③ 诗歌无标题,在英译第一句注中解释,这是一首唐诗。④ 在注中,《丛报》还特别惋惜地提到,最近刚从《京报》获悉徐继畬被削职的消息。⑤

从形象传播的角度而言,《丛报》的真实性、新闻性、现实性,为西方(尤其是美国)对中国的想象提供了被认为是相对真实的材料。《丛报》作为在中国当地刊发又发行回欧洲、美国的这样一份刊物,它作为传媒所具有的真实性、实时性方面的优势和权威几乎是其他本土的汉学书刊无法相比的。如中英、中美、中法条约甫一签订,《丛报》便立即将其按中、西文

---

① J. K. Fairbank, "Assignment for the 1970's the Study of American-East Asian Relations", in *American Historical Review*, 1969, pp. 61—79.

② 徐继畬这时已经搜集了不少关于西方地理方面的书籍,令外国人称奇的是,时任英国驻福州领事李太郭的夫人曾用各色布块为徐继畬缝织了一幅世界地图,徐继畬收到不久,就派人过去询问为什么地图上漏掉了阿富汗王国。See, George Smith, "Notices of Fuhchau fu, Being an Extract from the Journal of the Rev. George Smith", in *CR*, V. 15, 1846, pp. 185—218.

③ J. Bowring, "Stanzas from the Chinese, & Verses Sent to Dr. Bowring by Su Ki-yu", in *CR*, V. 20, p. 433.

④ 实际上,该诗为元末明初著名诗人高启所作的一首有名的送别诗,该诗题为《送沈左司从汪参政分省陕西汪由御史中丞出》。参见朱彝尊编《明诗综》。

⑤ J. Bowring, "Stanzas from the Chinese, & Verses Sent to Dr. Bowring by Su Ki-yu", in *CR*, V. 20, p. 433.

版全文刊发。① 同时,正是由于它置身中国,与在西方出版的其他期刊相比,《丛报》更具有对现势的洞察与关怀,它关于鸦片战争和当时中国社会现状的记载,现在成了研究那一阶段中外关系和社会转型的重要依据。

美国历史学家丹涅特认为,美国来华传教士对中国的描述,实际上是"形成美国社会对中国、日本、朝鲜等地观感的唯一适当或精确的来源"②。前面提到过,在《丛报》创刊前,美国国内关于中国的书籍少得可怜,《丛报》是第一份、也是当时唯一一份美国人在华创办的关于中国的英文刊物。对如此重要的文化现象,是应详加阐发、分析的。《丛报》停刊后,卫三畏的《中国总论》在美国几十年一直被作为中国历史的教材,在龙夫威(Fred W. Drake)看来,《丛报》对中国的描述和看法正是卫三畏撰写《中国总论》的基础。③ 实际上,从《中国总论》收录的内容和关注的对象来看,该书就像缩微了的《丛报》,这或许和卫三畏编辑《丛报》多年有关。《丛报》对处于发展时期的美国在19世纪后半叶直至当代对中国的态度方面,产生了深远的影响。

不可否认,《丛报》中还包括相当大一部分在当时并不属于学术研究、而属时事报道的内容,如《丛报》关于鸦片战争的报道、对中国社会现状速写式的描述、对《京报》的摘译等等。但这部分内容所提供的重要史料,今天看来也恰恰是汉学研究和中西文化交流史研究的宝贵线索和材料。

---

① 应该说,《丛报》是中外报刊中第一个(全文)登载中外条约的。笔者认为德国当代汉学家瓦格纳所称1872年创刊的《申报》为第一个刊登中外条约的说法有误。瓦格纳是2001年11月在北京国家图书馆所作的一个关于《申报》研究的讲演中提出这一说法的。

② Tyler Dennett, *Americans in Eastern Asia, A Critical Study of the Policy of the United States with Reference to China, Japan and Corea in 19th Century*, N.Y., 1941, p. 558.

③ Fred W. Drake, "Protestant Geography in China: E. C. Bridgman's Portrayal of the West", in *Christianity in China, Early Protestant Missionary Writings*, Harvard U. P., 1985, p. 94.

俄属中亚政策对新疆建省的影响

恽文捷

19世纪后期是亚欧大陆旧帝国制度变革的酝酿和尝试期。这是传统帝国在遭到来自内部和外部的危机挑战时进行的自我拯救。清帝国和沙皇俄国作为两大毗邻的君主独裁帝国在进行内部改革的同时对帝国的边缘地区——中亚——采取了和本土不同的、看似矛盾却充满内在联系的统治政策,这是中亚作为一个地理和文化单元在海权时代因伊斯兰的衰落和蒙古帝国传统的最终瓦解而成为陆权帝国和世界性的海洋帝国争夺对象的背景下实施的。

中国学术在中亚研究方面长期处于滞后状态,传统研究范式在处理中亚历史时多用民族主义视角和实证方法以国家为单位展开讨论,间或涉及国际关系。[①] 但是,中亚作为一个有着地理、历史和文化共性的区域在19世纪的地理研究中已经从"大陆桥"转变为通向世界霸权的"枢纽"。考虑到中亚突厥语系和蒙古语系各民族的相似性及其千丝万缕的内在联系,国别史研究方法实难较全面和深入展现中亚作为一个地理文化区域所体现的帝国政策的互动性和社会文化发展的关联性。不过,多人种、多民族、多宗教,人口流动迁徙性强,近代版图变化频繁而长期处于帝国边缘的中亚很难完美纳入施坚雅(G. William Skinner)所提出的经济地理区划。欧洲殖民帝国解体后流行于欧美的"殖民史研究"(Colonial Study)力图将英属印度的治理政策作为案例总结出大英帝国殖民地统治

---

① 中文论著参见曾问吾:《中国经营西域史》,商务印书馆,1935年;马汝珩、马大正主编:《清代的边疆政策》,中国社会科学出版社,1994年;马汝珩、马大正主编:《清代边疆开发研究》,中国社会科学出版社,1990年;齐清顺、田卫疆:《中国历代中央王朝治理新疆政策研究》,新疆人民出版社,2004年;赵云田:《清代治理陲的枢纽——理藩院》,新疆人民出版社,1995年;阿拉腾奥其尔:《清代伊犁将军论稿》,民族出版社,1995年;张永江:《清代藩部研究——以政治变迁为中心》,黑龙江教育出版社,2001年;钟兴麒:《新疆建省述评:为纪念新疆建省110周年而著》,新疆大学出版社,1993年;苗普生:《伯克制度》,新疆人民出版社,1995年;潘志平:《中亚浩罕国与清代新疆》,中国社会科学出版社,1991年;马曼丽:《跨国民族理论问题综论》,民族出版社,2005年;王治来:《中亚通史·近代卷》,新疆人民出版社,2004年等。

的研究范式,进而将其推广到 19 世纪其他帝国的边疆政策研究上。① 但是,该研究方法论完全基于欧洲殖民扩张及反思的话语体系,盲目模仿则会堕入赛义德所谓"东方主义"的陷阱。近期美国"新清史"学派简单套用西方"后殖民主义"和"后现代"的研究思路,罔顾中国的文化传统和大量中文档案文献资料,将东亚长期以来的"帝制"以及中央王朝同北方游牧民族的关系放在 19 世纪"殖民帝国"的话语体系内进行解读,把欧洲殖民扩张的历史经验强行植入对中国历史的分析中,进而提出了"清帝国主义(Qing Imperialism)"之类的学术论题。②

然而,从现代中国民主革命所建立的意识形态出发对帝制时期中国传统边疆观的批判使中国的边疆学多倾向于实证研究而短于理论体系的构建。学术理论的短缺使中国学界在面对西方层出不穷的观念创新时难免亦步亦趋或不知所从。对于近代中亚研究而言,如何对因历史、地理、语言和宗教文化的相似性联系在一起,又因国家、政治、民族和经济模式的差异性相区别的亚洲内陆进行合理而有效的区域性研究,一直是困扰学界的难题。如何将传统的地缘政治、民族主义、现代化和人类学等研究方法妥当运用以对文献资料进行尽量客观而深入的阐释,从而解决这个时代学术所提出的相应问题,是需要中国学者认真思考的问题。

本论文将对 19 世纪后期清帝国和沙皇俄国在中亚地区施行的统治政策进行比较研究,以探索两大帝国在治理中亚时面临的问题、各自的对策及其相互影响。论文认为,清朝在 19 世纪后期平定了近二十年的西北内乱后通过"建省"等措施对新疆进行的政治、经济、文化和教育的大幅改革不仅源自对其传统治术的反思和纠正,还受到同时期俄国对中亚地区整合与发展政策的影响。本文尝试通过比较两大帝国应对类似的中亚问题时制定的有鲜明历史背景和文化特色的统治措施来更全面地展现近代中亚地区的制度和文化转型。

---

① 参见 Thomas R. Metcalf, *The New Cambridge History of India VIII.4*, *Ideologies of the Raj*, Cambridge University Press, 1995; A. S. Morrison, *Russian Rule in Samarkand 1868—1910*, *A Comparison with British India*, Oxford University Press, 2008 等。

② James A. Millward, *Beyond the Pass*, *Economy*, *Ethnicity*, *and Empire in Qing Central Asia*, *1759—1864*, Stanford University Press, 1998, pp. 15—18.

一、清朝新疆治理的悖论

清朝对中亚地区的认识长期以来基于中国中心主义"天下观"。虽然中国历代中央王朝在"丝绸之路"兴盛的时候对"西域"并不陌生,但中国官方意识形态的政治版图里"西域"长期处于帝国的西北绝域,只是宗教贸易的通道和与北方游牧民族对抗所要争夺的势力范围。清朝虽然以游牧起身而定鼎中原,也继承和发展了明朝的战略构想,在同准噶尔汗国的百年竞争中形成了一套极富特色的多元行政体系。这套体系维持了清朝统治下中亚的数十年和平,却也因其内在矛盾和国际局势的变化在19世纪前期彰显颓势,在中期引发大乱而在晚期被大幅改革。

乾隆中期确立的新疆政策基于满洲的民族政策和清帝国的地缘战略两大支柱。一方面,由于满洲以中国边陲民族治理幅员广阔、地区差异巨大的多元民族大帝国,其对人口占绝对多数而文化发达的汉民族常加提防,也始终担心其他民族相互结盟推翻其统治。因此其民族政策常常用以巩固满洲的优越性而压制汉族文化的扩张;另一方面,爱新觉罗家族和满洲权贵们接纳并继承了以汉族中央王朝政治传统为主体的帝制,成为中华正统文化的维护者和发扬者。他们具有与汉族王朝相似的"国家"和"天下"观,其地缘战略和政策的设计需要考虑帝国的整体安全,合理安排"民族""国家"和"天下"的利益。在中亚,清朝统治者设计了一套以"伊犁将军"为核心的军府制度以维护帝国安全并进行治理。

新疆天山北路地区原为蒙古准噶尔汗国故地,历来是威胁中原王朝的游牧民族活动之处。准噶尔灭国后,幸存的厄鲁特蒙古归顺清朝。乾隆二十七年(1762)清朝在伊犁设立"总统伊犁事务将军",以"靖边圉而资控驭"[①],从而在新疆开始实施军府制度。乾隆三十六年土尔扈特部自伏尔加河来归后,清朝在北疆建盟设旗,将其划入外扎萨克蒙古区域内。新疆天山南路及帕米尔高原地区居民以信仰伊斯兰教的维吾尔、柯尔克孜、乌兹别克和塔吉克等民族为主,文化传统与北疆多有不同。清朝将其称为"回部"。清朝在回部采取了"双轨"行政体系。一方面,把军府制度延伸至回部,在喀什噶尔和叶尔羌等重镇分设办事大臣和领队大臣,受伊犁

---

① 汪延楷原辑、祁韵士增纂、松筠纂定:《西陲总统事略》,李毓澍:《中国边疆丛书》,第1辑,文海出版社,1965年,第61—62页。

将军管辖以节制各城;另一方面,清朝继承了中亚突厥语民族传统的"伯克制度",将其纳入清朝南疆八城的地方官制,形成与土司制度类似的基层行政体系。根据《钦定回疆则例》,"回疆自乾隆二十四年平定后……举凡回部纳贡及大小伯克升转一切事件,俱由该处将军大臣等报院转奏。因事务繁多,专设徕远一司,承办第查,办理回疆一切事件。"①

清朝以伊犁将军为核心的行政体系继承了汉唐以来中央政府军事统治西域的传统。伊犁将军主要负责镇守新疆,采用"北重南轻"的军事部署控制和利用北疆的蒙古军民,防范中亚外敌入侵,其统治形式为"军政合一、以军统政"。但伊犁将军也是满洲利益的具体体现。伊犁将军均为满人,属理藩院管理,与各省督抚角色不同。伊犁将军除了率领驻军弹压地方外,还负责主办王公伯克朝觐制度、封爵和年班,负责办理贡物、发放俸禄和管理人口移驻等事务,用礼教笼络新疆各民族上层以维护爱新觉罗家族和满洲的利益。其行为体现着清朝"因俗而治"和"分而治之"的民族政策。

伊犁将军之下的新疆行政管理体系比较复杂,军府制、盟旗制、伯克制和州县制并存,管理多元,政出多门。清朝在哈密和吐鲁番设立札萨克旗,仿蒙古札萨克制度进行管理。新疆北中东部个别地区如迪化、镇西、昌吉、绥来、阜康和济木萨等地还施行州县制度。其行政管理权归乌鲁木齐都统,行政建制权则归陕甘总督。因此,清廷、理藩院、伊犁将军、陕甘总督、南疆各城的办事大臣和阿奇木伯克贵族共同构成了新疆的上层官僚管理架构。而在南疆的基层,却仍是伯克和毛拉们以伊斯兰习惯法管理着广大维吾尔农民、商人和农奴(燕齐)。

在长期实践中,清朝的新疆政策体现出行政、经济和文化三方面悖论。

首先,军府行政体系有重武轻文、管理有限和职权不清三大弊病。满洲统治者以少数民族征服者身份制定边疆政策的时候虽然在一定程度上避免了汉族王朝的"夷夏之辨",但其边疆治理依然受到"羁縻思想"的巨大影响。乾嘉道三朝基于传统游牧与农耕的陆权战略思维,将新疆定位为战略屏障而强调军事镇守,希望通过维护西北边疆的安定以保证西藏、蒙古、关内乃至京师的安全。因此,清朝长期不愿深度介入新疆内部事

---

① 中国社会科学院中国边疆史地研究中心编:《蒙古律例·回疆则例》(汉文本影印版),刊《中国边疆史地资料丛刊 综合卷》,"原奏",第6页,全国图书馆文献缩微中心,1988年。

务,不对其旧有行政体系进行全面改造。乾隆对于准噶尔汗国在南北疆遗留的旧官制,除部分废除外,皆"釐以中朝之品级,而授职如故。因俗宜民,法良意美"①。他把统治重点放在军事弹压方面:"西域为古西戎,土风刚劲,民多桀黠,乐战斗。……于是防守则取诸满洲暨蒙古索伦诸部,屯种则兼用绿营。"②究其原因,清末学者王树枬总结说:"中国戎夷,五方之民,皆有性也,不可推移。……其所以达其志、通其欲、安其俗、和其民者,莫不因其言语、嗜欲、习惯之长,以曲施其左右裁成之术。……君子行礼,不求变俗。泰伯以断发文身治吴。孔子之治鲁,鲁人猎较,孔子亦猎较。俗之不可骤变,而礼之不可强施也久矣。"③

新疆进入清帝国版图后100年间政府没有积极将其同内地整合。尤其是在维吾尔族聚居的南疆,仅有主要负责武备的办事大臣和有限的驻军驻在喀什噶尔、库车和莎车(叶尔羌)等大城,且与维族分城居住。清帝认为凭借清朝的军事实力就足以慑服当地人,无需通过文化教育移风易俗。因此,当嘉庆八年给事中永祚和伊犁将军松筠奏请在伊犁等地设立学额时,嘉庆帝申饬道:"伊犁地处极边,多系索伦、锡伯、察哈尔、额鲁特游牧之地,迥非乌鲁木齐建立府厅州县,设有学额者可比。该处毗连外域,自当以娴习武备为重,若令其诵读汉文,势必疏艺勇,风气日趋于弱,于边防大有关碍。"④即使到张格尔乱后道光帝依然认为:"乌鲁木齐地处边疆,全以武备为重。该都统等特膺简命,自当讲求训练,实力操防,安辑兵民,抚驭回众。……创修书院,是舍本逐末,必致武备废弛,安望其悉成劲旅,缓急有资耶?嗣后新疆各处将军都统各大臣等,惟当认真教练,使人人有勇知方,平时则习于战阵,有事则足备干城。"⑤

清朝新疆治理轻文治的直接后果便是驻地清朝官员大多文化程度不高,不通突厥语言文化,对维吾尔、布鲁特和浩罕等事务的了解全凭懂得汉语的伯克和通事翻译告知,更不知各族政教思潮的变化及其社会组织特点。直至清末,从《宣统新疆图志》中反映出清政府对新疆社会文化之了解依然相当肤浅。清朝官员实质上必须依赖各民族上层来贯彻朝廷的

---

① 傅恒等:《钦定皇舆地西域图志》,《官制》,卷29,第2页上,清乾隆四十七年武英殿刻本。
② 傅恒等:《钦定皇舆地西域图志》,《兵防》,卷31,第1页,清乾隆四十七年武英殿刻本。
③ 王树枬:《新疆礼俗志》,成文出版社,1968年,第1—3页。
④ 《清实录·仁宗实录》,卷108,中华书局,1986年,第444页。
⑤ 《清实录·宣宗实录》,卷308,中华书局,1986年,第798页。

政策,并无法亲自主导将政策贯彻到基层。这些使伯克阶层成为衔接广大民众和政府的不可或缺的桥梁,从而为伯克弄权提供了舞台。

更为严重的是,新疆政府内部将军、都统、大臣的职权和分工并不清楚。虽然伊犁将军是新疆名义上的统帅,但清政府将新疆分为北路、南路和东路三区,分别由伊犁将军、喀什噶尔参赞大臣和乌鲁木齐都统管理。学者管守新认为:将军、参赞大臣和都统都由清廷"特旨简放",品秩相当,具有相当大的独立性。其下辖各城办事大臣也有相当大的自主权,都有专折上奏甚至参劾将军、都统和参赞大臣的权力。陕甘总督也能介入军府体系的管理中。因此军府体制在运行过程中经常出现相互牵制、扯皮和推诿的现象。[①] 这些弊病,在和平和动荡时期都彰显出来,也成为新疆动乱的根源之一。

清朝新疆政策的经济悖论也很突出。守卫边疆、统治新疆需要巨额经费。但清政府为羁縻和民族隔离政策所限,只求藩部表面稳定,并不积极开发新疆。虽然国内学界认为清朝统一新疆后设立了牧厂、绿营屯垦和遣犯屯垦,并从河西地区向乌鲁木齐和巴里坤移民,但很难称之为"移民热潮"[②]。乾隆中后期政府组织向新疆移民的主要原因是同准噶尔的战乱导致新疆人口大量减少,必须补充劳动力以维护地方生产生活。根据学者华立的统计,从乾隆二十六年(1759)到乾隆四十五年(1780)间政府组织向新疆移民约52 250人,平均每年2 613人。[③] 1781年北疆人口达到一定数量后,政府移民的行为停止,移民开始减少。根据学者曹树基的统计,乾隆五十一年至嘉庆十七年平均每年内地移民人数为1700~1800人。[④] 这些移民当中还包括大量从事贸易的短期定居者。移民规模是远远无法同湖广四川等地相比的。对内地移民的长期限制严重束缚了北疆的农业开发,且人口过度集中于巴里坤、乌鲁木齐、伊犁和塔城地区。同治期间大乱爆发导致种族仇杀,使得大量汉回移民死亡流离,移民成果毁于一旦。

新疆毗邻哈萨克、浩罕、俄罗斯、喜马拉雅诸山国和印度,牛羊马匹、丝绸、布帛、瓷器、茶叶和大黄边贸向来发达。但是,同东南沿海类似,清廷视边贸为怀柔笼络和约束中亚汗国部落的政治手段,长期采取限制新

[①] 管守新:《清代新疆军服制度研究》,新疆大学出版社,2002年,第175页。
[②] 马汝珩、成崇德主编:《清代边疆开发》,山西人民出版社,1998年,第75页。
[③] 华立:《清代新疆农业开发史》,黑龙江教育出版社,1998年,第65页。
[④] 曹树基:《中国移民史》,第六卷,福建人民出版社,1997年,第494页。

疆本地商人出卡赴中亚俄国等地贸易的措施。1794年乾隆对于喀什噶尔参赞大臣永保等因维吾尔商人赴巴达克山被害事奏请批准《回民出卡贸易章程》的批复可见清廷之保守心态:

> (回民)尚有络绎不断前往外藩贸易者,盖图便宜,唯利是求。即或贸易,其回疆地方宽广,何处不可贸易? 必须往外藩窎远地方贸易为耶? 乃因远涉致滋有伤人被劫之案,复生有勒索查办之繁。……但直不准出卡贸易,亦属难行,再外藩人等,俱系朕之奴仆,如回民等私出牟利,或倚朕威欺压别部藩人。朕亦不肯顾己之威,因伊等加罪于别部藩人。即此次被害者,亦伊等所自取耳。……嗣后如有前往外藩贸易者,视其路途远近,勒限给票。如有逾限者,即行治罪。①

根据《回疆则例》,清政府对内地赴新之汉族和回族也有严格管理,赴新疆佣工者需要颁发执照,不许同维族妇女通婚。② 南疆各城人民之间也不准自由流动。③ 除了伯克朝贡年班外,维族商人也不能进入内地买卖。出于笼络中亚部族的目的,清朝政府对来自哈萨克、浩罕和巴达克山的商队予以低关税待遇。由于浩罕等国可以从垄断商队跨境贸易中获得丰厚的利益,其国民经济对贸易的依赖性逐步加大,进而增强了其干预清朝对中亚贸易政策的决心。为此浩罕容留张格尔等白山派和卓后裔作为制衡清朝的筹码,并适时纵使和卓袭扰新疆给清朝造成经济和军事压力,以干预清朝的经济政策。清朝国力强盛时对浩罕等国的威慑尚可维持。但到嘉庆中叶国库紧张之后,清朝在处理中亚问题时在财政方面捉襟见肘。张格尔之乱后那彦成对浩罕经济制裁的失败便凸显了清朝新疆政策

---

① 乾隆五十九年(1794)喀什噶尔参赞大臣永保等奏请批准《回民出卡贸易章程》:"一、喀什噶尔贸易回人等,如往充巴噶什、额德格纳、萨尔巴噶什、布库、齐哩克等处贸易者,给与出卡执照。如往各处远部落,俱不得给与。违者拏获发遣。一、出卡回人,自十人至二十人为一起者,始给与执照。每起派阿哈拉克齐一员,往则约束,回则稽查,毋令羁留。"《清实录·高宗实录》,卷1464,中华书局,1986年,第557页。《回疆则例》卷六"回子赴外藩贸易勒限给票"条载乾隆根据永保上奏回复定制。中国社会科学院中国边疆史地研究中心编:《蒙古律例·回疆则例》,卷6,第11—12页,全国图书馆文献缩微复制中心出版,1988年。
② 《回疆则例》卷八"稽查佣工汉民"条:"内地汉民前往回疆各城觅食佣工者,如无原籍年貌执业印票及人票不符,即行递解回籍。倘回户私自容留,查出治罪。"《回疆则例》卷八"稽查汉回擅娶回妇"条:"内地汉户前赴回疆贸易佣工者,令在原籍请票出关,注明年貌执业,行抵各城,缴票注册。回日请票进关。如查有擅娶回妇为妻及煽惑愚回,多方教诱,及充当阿浑者,即照新例治罪。"
③ 《回疆则例》卷八"稽查回子出卡"条:"各城回子有往别城佣工贸易者,均由阿奇木伯克呈报本城大臣请领路票,注明年貌及因何事前往何处。酌量远近,给予限期,总不得过一年。"

面临的经济悖论。

直隶总督那彦成于1827年12月26日被任命为钦差大臣赴喀什噶尔办理张格尔之乱善后事宜。① 他深知浩罕对张格尔的纵容和支持是张格尔入侵的重要原因,于是主张强硬应对浩罕的干涉。经过调查他撰写了一系列奏议筹划对浩罕实施茶叶和大黄禁运,中止与浩罕通商。驱逐寓居新疆各地的安集延商人,没收其囤积物资,铲除浩罕眼线以减少浩罕财政收入。他还主张笼络布哈拉、哈萨克和布鲁特等部,以孤立浩罕,分而治之。②

但是,道光皇帝一方面深为清朝国库空虚所扰,最怕卡外有事而内地调兵筹饷,因此不愿多设驻军消耗军费;③另一方面,他又受到天朝大国高高在上的保守思想束缚,认为浩罕和布鲁特等部在清朝卡外,欲壑难填,不应轻易招惹,更不应封爵赐地并给以固定年俸。他还反对那彦成在卡外搜捕张格尔子布素鲁克的行动,主张闭关自守,对卡外放任不管。④ 道光明谕各归附清朝的布鲁特部落"当自安生计,永作藩篱。惟与外夷有构怨兴兵之事,天朝体制,从不过问"⑤。在这样的指导思想下,那彦成的善后政策难以系统实施,并很快招致浩罕报复。1830年9月,浩罕拥张格尔兄玉素甫再次袭扰新疆,清军疲于奔命,以至于道光帝哀叹:

> 凡满洲绿营,分布天下。认真教养,以固邦基而有天下。若如此长征远戍,即获保平安,无非代内地回众看守家园。如有不妥,立费周章。况重兵部列,彼必不来。是空竭精力也。若守御不足,伊又逞其伎俩,是仍劳救援也。更恐日久奸夷探知吾意,故为牵制,使我去守两难。势不得已,必致多加兵力,耗竭粮饷,于奸夷毫无损伤。试问成何事体?又虞久驻多兵,将领或失教练,保无骚扰回众者。若内地回众稍有离贰,彼同声同气,更不可思及也。是以总需得一外示羁

---

① 章佳容安辑:《那文毅公筹划回疆善后奏议》,卷73,沈云龙:《近代中国史料丛刊》,第二十一辑,文海出版社,1968年,第8505页。
② 那彦成:《遵旨檄谕浩罕布噶尔拿送逆裔家属否则不准通商贸易并将御制诗于喀尔铁盖山勒石建碑摺》《敬陈回疆善后大概情形摺》,马大正、吴丰培主编:《清代新疆稀见奏牍汇编》,"道光朝卷",新疆人民出版社,1996年,第49—54页。
③ 《清实录·宣宗实录》,卷202,中华书局,1986年,第1177页。
④ 《清实录·宣宗实录》,卷150,中华书局,1986年,第301页;《那文毅公筹划回疆善后事宜奏议》,卷79,沈云龙:《近代中国史料丛刊》,第二十一辑,文海出版社,1968年,第9202页。
⑤ 《那文毅公筹划回疆善后事宜奏议》,卷79,沈云龙:《近代中国史料丛刊》,第二十一辑,文海出版社,1968年,第9204页。

縻,暗收以夷制夷之道,斯为至善。朕屡次所降谕旨,无非在是。①

最后道光以边衅再起为由将那彦成革职。② 对于浩罕的"通商免税,发还抄没田产茶叶,在新疆设立商目和赦免张格尔余党"四项请求予以批准。③《回疆则例》中也明文收入道光十二年"回疆藩夷进卡贸易一体免税"条规定对浩罕通商免税。④ 清朝对浩罕的经济制裁措施彻底破产。该情形很快被国际知晓,以至于同时代美国学者C·W·金(C. W. King)在1838年出版的《中国丛报》上撰文向世界描述了中国的关内外隔离政策,并"称赞"清政府在新疆对外国商人的让利和低税政策,认为这同布哈拉等中亚汗国带有宗教偏见的高关税成为鲜明对比。⑤

然而,不促进商贸,不开发中亚市场,不大力发展生产交通则无足够财源支持清朝在中亚庞大的军事和行政开支。清朝保守隔离的政策使新疆的财政入不敷出,每年必须从内地中央财政中拨出巨款予以平衡。长期以来,新疆不仅不能为中央提供财源,反而成为中央政府的一个财政包袱。因此,从乾隆时期便有大臣以"耗中事边,疑上之智;剪人之国,灭人之嗣,赤地千里,疑上之仁"⑥为由主张放弃新疆。新疆每次动乱都使社会涂炭,而所有善后开支均需由国库支出。阿古柏入侵新疆后,李云麟在《西陲事略》中总结说:"查陕甘两省,满绿制兵及关外各城,防换兵丁,饷糈经费,每岁由内地各省协拨者,约近五百万两。在平静时尚觉难供,迨咸丰年间,东南用兵兼以中原多事,各省饷糈不能供给者十余年,关内外满绿各营,饥疲虚弱,直同虚设。因之回逆得以乘机而起,势如燎原。盖东南用兵,以致西北饷匮,是为乱根。"⑦

为此,龚自珍在1819年撰写的《西域置行省议》和1829年撰写的《御

---

① 《清实录·宣宗实录》,卷203,中华书局,1986年,第1190页。
② 《那文毅公筹划回疆善后事宜奏议》,卷80,沈云龙:《近代中国史料丛刊》,第二十一辑,文海出版社,1968年,第9449页。
③ 清国史馆原编:《清史列传》五,卷33,明文书局,1985年,第100—108页;《清实录·宣宗实录》,卷201,中华书局,1986年,第1159页;《清实录·宣宗实录》,卷207,中华书局,1986年,第56页。
④ 《蒙古律例·回疆则例》,卷6,第10页,全国图书馆文献缩微复制中心出版,1988年。
⑤ C. W. King, "Usbek Túrkestan: its early history, under Cyrus, Darius, Alexander, the Huns, and Mohammedans; the epochs of Genghís, Timúr, and the Usbeks; present communication with India, Persia, Russia, and China," The Chinese Repository, Vol. VI, From May 1837, to April 1838, Printed for the Proprietors, 1838, pp. 169—170.
⑥ 龚自珍:《龚自珍全集》,上海人民出版社,1975年,第105页。
⑦ 李云麟:《西陲事略》,成文出版社,1968年,第1—2页。

试安边绥远疏》里从清代实学和舆地学的理论角度提出在新疆实施建省、移民、屯田、加强军备、设立郡县、开科举和夺伯克权的可行性,以达到"常则不仰饷于内地十七省;变则不仰兵于东三省"的改革目的。① 魏源1842年刻印的《圣武记》也论证了新疆重要的地缘战略地位以及移民实边和设立郡县的必要性。其目的都是向时人说明新疆经济能够自立。在同光年间"海防"和"塞防"的战略大争论中,李鸿章受到英国驻华公使威妥玛(Thomas Wade)和英属印度官员福赛斯(Douglas Forsyth)的游说,将"新疆无用论"予以发挥,主张以属国形式承认阿古柏对新疆的统治以便使有限的军费用于海防。而此说遭到左宗棠和刘锦棠等西征将领的有力反击。他们除了阐明新疆的战略地位外,还强调新疆改革后,其经济足以养兵,不会成为帝国的负担。

相对政治经济问题,清朝在新疆的文化政策所遗留的问题最为持久。入主中原后,清朝统治者继承了以汉族大一统王朝为主的政治传统,但是,出身北方游牧地区的满洲勋贵们对明朝的边疆民族政策颇不以为然。他们对宋明以来重文轻武的汉文化也持矛盾态度。② 从皇太极至嘉庆诸帝均特别强调保持满洲身份的重要性,并运用国家力量在满洲贵族和东北地区的文化教育方面推行"国语骑射"。③ 依此思想,清政府将维护各民族传统文化的政策推行到藩属地区:"修其教不易其俗,齐其政不易其宜。"④清帝国的各个藩部在理藩院的管理下施行了与内地完全不同的文化政策,并没有推行儒学和科举。在新疆,清政府认识到"(缠回)不独服食异宜,教诲异制,与汉族直相龃龉。然源远而末愈分,教殊而派自别。往往有因宗教之不同而誓相仇杀者。不能知教本同源,又乌知所谓学校哉?"⑤对于伊斯兰"宗教学校"的传统,当政者也只能感叹"服教之诚,已成锢习。要皆学其所学,非吾所谓学也"。因此,对维吾尔子弟的教育,清朝一直从其传统放任不管,而由毛拉们通过伊斯兰讲学来主导。自乾隆以来,儒学学校只在"迪化、昌吉、绥来、阜康、奇台各县逐次增设",而

---

① 龚自珍:《龚自珍全集》,上海人民出版社,1975年,第113页。
② "朕阅经史,塞外蒙古多与中国抗衡。自汉、唐、宋至明,历代俱被其害,而克宣威蒙古,并令归心如我朝者,未之有也。"《清实录·圣祖实录》,卷180,中华书局,1986年,第931页。
③ 季永海:《论清代"国语骑射"教育》,《满语研究》,2011年1期,第74页。
④ 祁韵士作,张穆改订,包文汉整理:《清朝藩部要略稿本》序,黑龙江教育出版社,1997年,第2页。
⑤ 袁大化总裁:《宣统新疆图志》,卷38,学校一,新疆图志局,1911年,第2页上。

科举考试也仅对上述地区部分学子施行。①

如学者苏德毕力格所分析,自乾隆至光绪朝清政府对维吾尔文化的不干预政策源自稳定边疆政治的战略目标和"分而治之,因俗而治"的统治策略。为此清廷承认边疆民族世袭贵族和宗教上层一定程度的封建自治权,使其忠于同清帝之间的君臣关系。② 在交通和通信技术落后、小农经济占主导的清朝中叶,这样"因俗而治"的统治手段是最经济的。但是,百年间清朝对维吾尔教育的漠视和对新疆各民族文化交流的人为隔离使清朝失去了在思想、文化和心理方面将中亚民族向清帝国整合的机会。当武力弹压和军费开支出现问题,新疆的离心力将会大增。在工业化把欧洲霸权推向亚洲的19世纪,欧洲以文化和民族为基础的"民族国家"观念随同坚船利炮被列强推至中国,清朝的文化政策反而有利于区域民族主义的产生和发展。经过英俄等国扩张主义者的刻意阐释,中国藩属地区上层的"封建自治权"被鼓吹为具有西方"主权"意味的"民族自治",从而为列强侵略和瓜分中国制造口实。

此外,清朝派赴新疆的执政者绝大多数不通突厥语系语言文字。他们对新疆的突厥和伊斯兰文化并不了解,必须借助伯克阶层进行统治。这使民众倾向于服从本族毛拉伯克,而视清朝统治者为异教徒和外来者,畏威而不怀德。当清朝吏治败坏,伯克阶层得以借语言文化不通而弄权,霸占土地、凌虐人民,将矛盾转移到清朝统治者身上。这自然使不满之民众转而勾结流亡中亚汗国的和卓后裔,寻找机会推翻清朝的统治。

综上所述,从18世纪中期到19世纪中期的百年间,作为尚未进入资本主义工业文明时代的亚洲集权帝国,清朝仍然以亚洲大一统王朝和草原帝国的传统方式治理中亚。陆权思维、文化中心主义和传统的羁縻战略成为边疆政策制定的思想基础。清朝在新疆施行的重武轻文和民族隔离政策使得新疆同帝国内地的融合受到巨大限制。随着清朝国力的衰落,嘉道以来新疆便为内忧外患所困扰。19世纪60年代西北回民起义延烧至新疆,引发浩罕军官阿古柏的入侵,使新疆大部脱离清朝统治达十余年,俨然成为一独立王国。俄国也趁机大举鲸吞中亚,并着手在中亚建立统治体系并进行行政和司法改革。新疆内乱、自强运动和俄国在中亚的统治策略直接推动了晚清新疆的建省改革。

---

① 袁大化总裁:《宣统新疆图志》,卷38,学校一,新疆图志局,1911年,第2页下。
② 苏德毕力格:《晚清政府对新疆、蒙古和西藏政策研究》,内蒙古人民出版社,2005年,第13页。

二、俄属中亚的建立及其治理问题

清朝治新政策的缺陷导致嘉道以来乱事频发,从而为俄国扩张创造了机会。1860 年英法联军占领北京和 1863 年新疆回民起义的爆发使中俄在中亚的地缘政治平衡被破坏。俄国趁机在中亚加速扩张并建立俄属突厥斯坦总督区,迫使布哈拉和希瓦成为俄罗斯帝国的保护国。本节将对俄国征服中亚的动机、俄属中亚的统治模式及其问题进行研究,以探讨俄国中亚政策对晚清新疆建省的影响。

1. 俄国占领中亚

在清朝中亚统治出现危机,无法有效应对浩罕汗国和布鲁特等部落频繁袭扰的时候,沙皇俄国的东方战略却逐步清晰,开始加速对中亚的吞并。俄国在中亚的殖民扩张历史悠久。1552 年攻占喀山后,俄国具备了深入亚洲的基础。出于对印度的觊觎,18 世纪前期俄国哥萨克兴建了鄂木斯克(Омск)、塞米巴拉金斯克(Семипалатинск)和奥伦堡(Оренбург)军事要塞,并使之成为向哈萨克扩张的桥头堡。这些要塞确立了俄国在西伯利亚和中亚的版图,并可以构成要塞线和要塞网,形成交通网和信息交流网。要塞内外驻扎有哥萨克军团,保护着贸易路线,吸引了殖民者,逐步形成斯拉夫移民区和城镇,并成为军队建立新要塞的大本营。① 要塞线建设是俄国中亚扩张费效比最高,对付游牧民族最有用的方式。② 经过从 18 世纪到 19 世纪百余年的经济、外交和军事扩张,1847 年哈萨克大帐臣服于俄国,哈萨克大草原上的各部落依次被纳入俄罗斯的帝国体系。俄国在中亚的边界因而扩展至伊犁和浩罕一带。这标志着俄国完成了占领中亚的第一步。③

俄国占领中亚的第二阶段主要针对突厥斯坦地区的汗国布哈拉、希瓦和浩罕。到 1860 年,俄国"分散的哨所、堡垒和军事设施分布在广阔的中亚大草原上。一边从乌拉尔山脉和额尔齐斯河到里海的东北部,再到

---

① 吴筑星:《沙俄征服中亚史考叙》,贵州教育出版社,1996 年,第 121、125 页。

② М. А. Терентьев, *Исторія Завоеванія Средней Азии*, Том 1, С.-Петербург, 1906, с. 51.

③ Josef Popowski, trans. by Arthur Baring Brabant, ed. by Charles E. D. Black, *The Rival Powers in Central Asia, or The Struggle Between England and Russia in the East*, Archibald Constable and Company, 1893, pp. 36—37.

咸海北部和锡尔河;另一边则到达伊犁河谷的天山谷地"①。这"Λ"字形的两道要塞线需要在中亚汇合,汇合则必须从浩罕汗国手中夺取土地。英国战略学者罗林森在 1868 年 7 月提交给英属印度政府的《中亚问题备忘录》中说:

> 任何在亚洲地图上探索俄国向印度前进线索的人都会被以下的相似之处所触动:俄国的行动就像军队围攻堡垒的战线。第一道战线是 20 年前俄国从里海北部奥伦堡和西伯利亚要塞线向北经过中亚大草原到额尔齐斯河构建的边界。这条战线在战略上可以被视作仅仅用于观察的防线。第二道战线则构成行动线,将会是俄国当前意图夺取的边界。根据罗曼诺夫斯基的计划,战线从里海中部和希瓦南部的克拉斯诺沃茨克湾到乌浒河(Oxus),再沿着此河到达帕米尔高原,这样就将整个乌兹别克领地纳入彀中,并能控制乌浒河与锡尔河的水道。这道战线坐落于第一道战线向南前进 1000 英里处,但还没有直接威胁印度,这是由于阿富汗蜿蜒的群山构成了一道坚固的军事防线。第三道战线是上述准备措施的自然成果。如果俄国能够挺过欧洲革命和亚洲的动乱,她必然会试图建立从里海东南角的戈尔甘(Asterabad)沿着波斯边界到赫拉特,再经哈扎列赫(Hazareh)高地到乌浒河,或经坎大哈到喀布尔的前线。此线若能建成,俄国的战略地位将极为令人恐惧。②

从 1864 年起,俄国抓住中国陷于内战而无力西顾,西北回民起义导致清朝势力退出新疆这一战略机遇,开始大举进攻中亚。俄军将领切尔尼亚耶夫(Михаил Григорьевич Черняев)率军攻占浩罕奇姆肯特(Шымкент),来年攻占塔什干,迫使浩罕成为俄国势力范围。1868 年,考夫曼(Константин Петрович фон-Кауфман)率军占领撒马尔罕,迫使布哈拉向俄国称臣。1873 年,考夫曼征服希瓦。1875 年,俄国吞并浩罕。1879 年,斯科别列夫(Михаил Дмитриевич Скобелев)率军进攻土库曼。1880 年,俄国开始将跨里海铁路从克拉斯诺沃茨克(Красноводск)向东扩建。1884 年,俄军攻陷谋夫(Мерв)。

---

① M. Romanovski, *Notes on the Central Asian Question*, Office of Superintendent of Government Printing, 1870, p. 5.

② Henry Rawlinson, *England and Russia in the East*, *a Series of Papers on the Political and Geographical Condition of Central Asia*, John Murry, 1875, p. 294.

至于俄国在60年代大举鲸吞中亚汗国的动因,国内外学者有不同的解读。19世纪中后期俄国著名外交家戈尔恰科夫(Александр Михайлович Горчаков)在1864年11月21日通过外交渠道向欧洲列强发布了一份外交备忘录,解释了俄国在中亚扩张的原因。他在备忘录中宣称:

> 俄国在中亚所处的形势是所有文明国家与半野蛮的、没有固定社会组织的游牧民族接触时都必须应对的。更文明的国家总是被迫为了边疆的安全和商业往来而对那些本性好斗且不安分的糟糕邻居采取一定军事压力。
>
> 首先必须阻止袭击和掠夺。为了达到该目的,边境部落必须被压制到完全臣服的状态。一旦达到这个目的,那些部落就会获得更和平的生活习性,但却会受到更远的部落的攻击。
>
> 俄国的责任是保护它们免受攻击,惩罚违规者。因此有必要对那些在社会组织上难以控制的敌人进行长途跋涉、代价高昂且周而复始的远征。劫掠者遭受惩罚,远征结束;但教训很快就被遗忘,我们的撤退却被当成软弱。这就是亚洲人只尊重显赫武力的特点。理性的道德力量和文明的益处还没有为他们所理解。
>
> ……
>
> 俄国只有两条路可走,要么彻底放弃这无尽的努力,让边境永远处于动荡之中,失去所有繁荣、安全和文明的可能;要么越来越深入那些野蛮地域。困难和成本随着每一步前行增加。
>
> 这就是每个处在同样境地的国家所面对的命运。合众国在美洲,法国在阿尔及利亚,荷兰在其殖民地,英国在印度——这些国家都不是因野心而是由于迫切的需要向前挺进。他们最大的困难是不知道什么时候才能停止。①

从戈尔恰科夫的外交备忘录可以看出,处于亚历山大二世改革期间的俄国对中亚草原民族袭扰商队和边境的现象采取了和清朝完全不同的进取性政策。俄国对这些中亚部落和汗国的战略是在保持绝对军事优势的背景下采取击溃、征服、改造和兼并的扩张模式,直到将俄国的统治范围扩大到与清帝国和英属印度毗邻为止。对于俄国来说,这样的战略既

---

① "An Indian Officer", *Russia's March Towards India*, Vol. II, Sampson Low, Marston & Company, 1894, pp. 302—304.

可以扩大版图,提高国际声望,又可以保护俄国的商队,促进国际贸易,还可以对清朝和英属印度造成压力,为俄国的国际交涉获取更多筹码。

部分当代学者则从全球政治的角度分析了俄国中亚扩张的原因。大卫·麦肯锡把俄国在中亚的扩张放到俄国在欧洲、近东、中亚和远东的整体形势中进行解读。他认为俄国60年代在中亚的军事活动是其在克里米亚战争失败后在为了继续同英国竞争,重建帝国声誉并获得地缘优势而发起的。① 土耳其学者默罕默德·萨雷认为俄国战后经亚历山大二世废除农奴以及按照西欧模式重组军队后,经济和军事力量已很快得到恢复。60年代俄国已经完全平定高加索并搜集到与中亚相关的必要知识情报,因此急于开拓亚洲市场并在中亚同英国角力。② 杰拉尔德·摩根认为俄国通过俄罗斯馆和来华东正教使团等机构一直能够获得比较准确的中国信息。60年代中国因内乱无暇顾及西北。英国也甫经1857至1859年印度大起义,正在调整和巩固对印度的统治。这些因素都给俄罗斯的中亚扩张提供了机会。③ 迪特里奇·盖尔则认为俄国的泛斯拉夫主义和帝俄意识形态重点始终都是欧洲。中亚扩张是俄国欧洲争霸的延续。英俄争夺的焦点在奥斯曼帝国,而中亚则是俄国在第一战场受挫后开辟的能够威胁英属印度的第二战场。④ 因此,大卫·弗洛姆金认为俄国中亚扩张是19世纪英俄为争夺亚欧大陆乃至世界霸权的"冷战"之一部分。⑤

2. 俄属中亚的行政机构

领土大幅扩张的同时,俄国逐步在中亚建立统治机构,着手长期治理。作为高度集权的君主专制国家,以沙皇专制制度为核心的俄国政治体制在19世纪中后期面临巨大危机。沙皇制度是西欧君主制、拜占庭君

---

① David MacKenzie, "Turkestan's Significance to Russia (1850—1917)", *Russian Review*, Vol. 33, No. 2, p. 168.

② Mehmet Saray, *The Russian, British, Chinese and Ottoman Rivalry in Turkestan, Four Studies on the History of Central Asia*, Turkish Historical Society Printing House, 2003, pp. 5—6.

③ Gerald Morgan, *Anglo-Russian Rivalry in Central Asia: 1810—1895*, Frank Cass and Company Limited, 1981, pp. xviii—xix.

④ Dietrich Geyer, *Russian Imperialism: the Interaction of Domestic and Foreign Policy, 1860—1914*, Yale University Press, 1987, pp. 94—95.

⑤ David Fromkin, "The Great Game in Asia", *Foreign Affairs*, Vol. 58, No. 4, pp. 936—941.

主制、蒙古君主制和斯拉夫传统的混合体。19世纪初,彼得大帝倡导的"开明专制主义"及其以西欧为楷模的改革促进了俄国政治制度的发展。君主在俄国1715年法典里的定义为:"其行为不受任何约束,而有权据其意愿和判断力统治国土的基督教独裁君主"。① 俄国中央政府历经彼得大帝、叶卡捷琳娜二世、亚历山大一世和尼古拉一世的加强和完善,形成了以沙皇为顶点、"枢密院"(Собственная Его Императорского Величества Канцелярия/Собственная Е. И. В. Канцелярия)对其辅助、下设执行部门的架构。枢密院内设各厅,其第三厅职掌秘密警察和督察事务。沙皇之下是负责宗教事务的"大主教(Синодальный Период)",负责立法事务的"国务委员会(Государственный Совет)",负责行政事务的"部长委员会(Совет Министров)"和有司法权的"参议院(Правительствующий Сенат)"。然而,这与西欧的三权分立制度只是形似,实质却大为不同。虽然亚历山大一世建立的"国务委员会"可以讨论法案,批评预算,讨论战争与和平,但本质上是沙皇的顾问机构,并无约束沙皇的权力。"部长委员会"在拿破仑战争期间由亚历山大一世创立,在其率军与拿破仑作战时作为看守政府治国。但部长会议主席并无实权,部长们各自直接向沙皇负责。"参议院"由彼得大帝设立,其职责范围不断变化,先后有代理治国、参议、收税、监督和司法等。其职权屡经压缩,最后功能更类似高等法院。以上三部门均以沙皇为核心,最后决策须经沙皇批准。随着分工的明细,"部长委员会"由亚历山大一世时期的6个部门逐步扩大至19世纪末的11个部,包括内务部、财政部、铁道部、外交部、陆军部、海军部、公共教育部、司法部和工商部等。其中内务部和财政部权力最大。这些官僚部门负责处理帝国各项事务,具有实际的执行权。但是,俄国没有设立"首相"一职,协调各部的责任落在沙皇身上。沙皇个人能力的高低直接决定各部门协作效果的好坏。因此,部门协调问题一直是俄国中央行政的顽疾。随着部门的扩大和专业的细化,19世纪中后期部门利益与沙皇和俄国土地贵族的矛盾逐步加深。②

---

① S. V. Utechin, *Russian Political Thought*, *A Concise History*, Frederick A. Praeger, 1964, p. 39.

② Donald Mackenzie Wallace, *Russia*, Cassell and Company, Ltd., 1912, pp. 374—375; W. R. Morfill, *Russia*, Sampson Low, Marston, Searle, & Rivington, pp. 121—123; Dominic Lieven, ed., *The Cambridge History of Russia*, Vol. II, Imperial Russia, 1689—1917, Cambridge University Press, pp. 430—440.

俄国欧洲部分除波兰、波罗的海地区和芬兰外的地方政府由49个"省（Губерния）"构成，省下为"县（Уезд）"，县下为"米尔村社（Община/мир）"。地方政府按照行政、司法和治安等职责建立不同机构进行分管。县由具有行政和警察职权的县警察局长及初级地方法院管理。地方大城市设立市长、城防司令、警察总监和市政局。① 省长和副省长等重要官员由中央政府任命，地方法院法官和市政议员等由选举产生。地方贵族可组建省县级别的"贵族联合会"，其会长被称为"首席贵族（Предводитель Дворянства）"。俄国的把官僚体系同贵族阶级紧密联系的是"品级制度（Чин）"。虽然贵族联合会的权利被俄国政府严格限制，但在处理地方基层事务时也有相当发言权。"米尔村社"是斯拉夫民族"公社精神"的具体体现，由居住在一个地主土地上的农民构成，可能包含一个或几个村庄。村社大会及选举产生的村长和其他负责人是贯彻俄国政府行政法令的最基层执行者。②

西欧自由主义思潮的兴起、工业革命和近代行政体系分工的精细化促使沙皇亚历山大二世推行一系列改革以使俄国跟上欧洲的发展。自由主义思潮和农奴的解放推动了基于农奴制的俄国地方政府、财政、司法和军事体系变革。虽然亚历山大二世压制了少数俄国知识分子对实行普遍代议制的要求，依然强调君主专制的国体，但他批准并支持在俄国欧洲诸省建立"地方治理联合会（Земство）"，以及在大城市建立杜马（Городская Дума）的决策，以体现向西欧学习的姿态。同时，俄国政府还在圣彼得堡和莫斯科建立了按照西欧模式设计的，由地区法院（Окружний Суд）、中级法院（Судебная Палата）和最高上诉法院（Кассационный Суд）以及刑事陪审团和律师构成的现代司法制度，并逐步向俄国欧洲省份推行。在陆军部长米柳廷（Дмитрий Алексеевич Милютин）的主导下，俄国陆军开始建立地区司令部和总参谋部，并实行兵役制等一系列现代化改革。这加强了俄国的军事扩张能力。③

虽然俄国的中亚治理是在俄国本土行政改革的背景下建立起来的，

---

① 邵丽英：《改良的命运——俄国地方自治改革史》，社会科学文献出版社，2000年，第26页。
② 李桂英：《亚历山大二世1861年农民改革研究》，吉林大学文学院历史学2008年博士论文，第111—112页。
③ Hugh Seton-Watson, *The Decline of Imperial Russia, 1855—1914*, Frederick A. Praeger, 1965, pp. 47—54.

但是俄国政府并没有完全将亚历山大二世改革后的行政体制移植到中亚,而是根据中亚的具体情况和俄国的行政传统设立了一套特殊的统治机构。俄国的亚洲部分由数个军政合一的总督区（Генерал-Губернаторство）构成。20世纪以前的俄属中亚大致可分为主管吉尔吉斯地区事务的突厥斯坦总督区（Туркестанское Генерал-Губернаторство）、主管哈萨克地区事务的草原总督区（Степное Генерал-Губернаторство），以及沦为俄国保护国的希瓦和布哈拉汗国几大部分。

1865年,俄国政府在圣彼得堡建立了以国务委员吉尔斯（Фёдор Карлович Гирс）为领导的四人"草原委员会"对"吉尔吉斯"的民族、文化、政治和经济状况进行为期两年的调查研究,以便俄国政府制定统治草原和突厥斯坦地区的政策。该委员会最后为哈萨克草原地区和突厥斯坦地区各制定了一套法规草案。① 1867年,沙皇亚历山大二世下令建立以陆军部长为首的特别委员会根据"草原委员会"的调查结果对俄属中亚进行军政建设,其成员为包括前述四人、奥伦堡总督、总参谋长、枢密院委员、总参谋部亚洲部长、内务部一般事务部长以及切尔尼亚耶夫少将、罗曼诺夫斯基少将和沃龙佐夫-达什科夫少将在内的多名俄国军政要员。"特别委员会"于1867年4月11日呈递报告建议将突厥斯坦州从奥伦堡总督区分离以单独建立包含"七河州（Семиречье Област）""锡尔河州（Сырдарьинская Област）"和"塞米巴拉金斯克州"南部的"突厥斯坦总督区"。该区为单独的军区。总督享有军政全权,以便应对与中国可能的摩擦。②

沙皇斟酌该报告后于1867年7月11日下令建立"突厥斯坦总督区",下辖"锡尔河州"和"七河州",各州还有县。根据1867年7月11日俄国政府颁布的《七河州和锡尔河州管理条例》以及1886年颁布的《突厥斯坦总督区管理条例》,俄国在中亚施行的是军政合一的统治。突厥斯坦总督区同时也是军区。其总督兼任军区总司令,除总督区外还负责管理中亚保护国事务,具有军政、经济、文化和外交等全权。其权力明显大于俄国欧洲部分的省长。考夫曼（Константин Петрович фон-Кауфман）被任命为首任总督。70年代中期,整个俄属中亚被分别纳入奥伦堡总督

---

① Александр Константинович Гейнс, *Собрание Литературных Трудов*. Том 1, С.-Петербург, Типография М. М. Стасюлевича. Вас. Остр., 5 л. 28., 1897, с. 6—11, с. 179.

② К. К. Пален, *Отчет по ревизии Туркестанского края*, *Краевое Управление*, С.-Петербург, 1910, с. 7.

区、西西伯利亚总督区和突厥斯坦总督区三大辖区和作为同英属印度对抗前沿的布哈拉、希瓦以及浩罕三个保护国内。1876年,俄国在吞并的浩罕汗国领地上建立费尔干纳州并纳入突厥斯坦总督区。1882年,俄国成立草原总督区,将七河省划入其中。1898年,突厥斯坦总督区完成最后的扩张。

突厥斯坦总督区的军政体系是由首任总督考夫曼主导建立的。他甫就职便成立专门委员会对"七河州"和"锡尔河州"进行地理调查和人口普查,以确定州县地界,组织选举并建立基层政府。行政事务上,俄属中亚各总督由沙皇任命并直接听命于沙皇,成为帝国的柱石。总督通过"总督公署(Канцелярия)"行政。公署内设有"公署主任",负责管理和协调处理总督区人事、税务、交通、经济和治安等各项事务的众多秘书和官吏,还负责监督州县政府的运行。中央政府各部在中亚总督区都设有各自的代表处,但受到总督的监督和统一管理。总督具有对该区事务的最终决定权。

总督直辖地区内的州和俄国欧洲部分的省平级,但被称为"州(Област)"。每个州的州长同时也是州督军(Военные Губернатор),管理该州军政事务。州公署(Областное Правление)负责行政事务,主任为副督军。公署下设管理局、经济局和司法局。各局局长由总督任免,成员由州督军任免。州下设县(Уезд)和镇(Волость),县由县长和副县长领导的县署管理。镇可由几个村庄(Аул)组成。县长由总督推举,沙皇审批。县下为乡(Участок),每乡由一名负责治安和行政事务的乡警(Пристав)管理。乡是俄属中亚的最基层政府组织。乡警在辖区主要负责治安,由选举产生。①

3. 俄属中亚政策的特点及问题

19世纪后期是近代欧洲帝国主义理论和实践发展的高峰期。俄属中亚被学界视为沙皇俄国基于陆地霸权的殖民试验田,将其与英属印度进行比较。俄属中亚总督区是与俄国欧洲各省不同但有一定联系的地方军政制度。该军政制度有俄国总督大权独揽、以军统政、对基层施行间接统治和俄国行政制度和中亚本土制度二元并立四大特点。这些特点与清朝的军府制虽相似,却有本质区别。近代欧洲帝国主义进行全球扩张和

---

① Richard A. Pierce, *Russian Central Asia 1867—1917*, *A Study in Colonial Rule*, University of California Press, 1960, p.66.

殖民统治的理论支柱之一是上文戈尔恰科夫表述的"文明优越论",即欲以先进的欧洲文明来"文化(Civilize/Цивилизовать)"落后的亚非民族,将殖民地纳入欧洲的市场体系和工业化链条,在殖民地推行现代欧洲教育和法律,最终使西方文明扩张至全世界。这与中国传统的边疆羁縻政策有显著不同。然而,同英国治理印度类似,俄国在制定中亚政策的时候也充满矛盾。理想主义必须同现实需要相调和。

总体来说,把俄属中亚纳入俄罗斯帝国体系,逐步使其俄罗斯化,拓展欧洲文明,使俄国成为世界一流霸权是帝国政府和官员的共识。但是在如何具体落实该理想方面,突厥斯坦总督、陆军部和其他部门的意见并不统一。大致来说,在治理中亚方面俄国政府内部有两种意见。一派可以被称为"进步论者",另一派则为"殖民论者"。"进步论者"主张在中亚建立"文明秩序(Гражданственность)",按照改革时期俄国欧洲部分的模式来改造中亚,最终使其享受现代文明成果,成为俄国公民。因此"进步论者"反对以军统政,主张在中亚进行大幅改革,加强对中亚穆斯林的"融合(Сближение)"措施,使其俄罗斯化(Обрусение/Руссификация)"。其主要支持者往往具有"斯拉夫主义"和"民主主义"的思想背景,而多集中于教育和财政部门。"殖民论者"则持有典型的军事殖民主义观点。他们主张中亚尚处于文明发展的较低阶段,短期内不可能按照欧洲俄国的模式进入帝国体系。中亚民族在宗教、文化和历史方面同俄国文化有深刻区别,具有不可逾越的"独特性"。二者短期内很难相融。俄国应当按照西欧殖民帝国的统治模式治理中亚。俄国主要负责处理安全、军事、外交和经济方面的重大问题,同英国和奥斯曼土耳其对抗,维护帝国安全和利益。只要中亚能够为帝国事业提供足够资源,政府应当尽量少干预中亚各民族的内部事务,以将力量集中于霸权争夺上。因此,军事手段应当成为俄国中亚政策的基石。俄国的中亚政府应该区别于欧洲俄国的文官统治,而以军政府的形式存在。俄国中央政府陆军部和俄属中亚部分官员持此态度。①

"进步论"和"殖民论"反映了俄国精英们对中亚本地事务"介入"和"不干预"的矛盾态度。将二者观点结合并付诸实施,从而对俄国中亚政策起到奠基作用的则是首任突厥斯坦总督——考夫曼。考夫曼曾在俄国

---

① Daniel Brower, *Turkestan and the Fate of the Russian Empire*, Taylor&Francis, 2003, p.10.

征服高加索期间为帝国服务15年,具备足够的军事能力和政治经验。与高加索伊斯兰部落的长期接触和斗争使他逐渐形成了对中亚穆斯林世界的认识及应对策略。① 考夫曼是俄国中亚扩张事业的坚定执行者,但他的施政却体现出兼具"俄罗斯化"和"不干预(Laissez-faire)"的双重特点。

在俄罗斯化方面,考夫曼对中亚汗国旧贵族势力进行了残酷打击。俄国征服中亚前,布哈拉、浩罕和希瓦汗国均为政教合一之伊斯兰政权,但保留有察合台汗国的统治传统,理论上只有蒙古黄金家族的后裔才有资格称"汗"。布哈拉突厥化的蒙古诺盖部曼格特(Manghit)王朝统治者默罕默德·拉希姆汗(Muhammad Rahim Khan)于18世纪中叶称"汗";希瓦昆格勒(Qunghirot)部落联盟统治者伊尔图扎汗(Iltuzar Khan)和浩罕明格政权(Ming)统治者爱里木汗(Alim Khan)分别于19世纪初称汗。三国遂成为蒙古传统之汗国。其统治者还有"埃米尔"或"国师(Atalıq)"等称号。

三汗国之政治体制为蒙古部落与伊斯兰政权之混合体。布哈拉的官僚体制发展相对完善,为埃米尔君主世袭独裁制,受到伊斯兰教法和传统的约束。布哈拉政府和宫廷二元一体。其中央官僚体系有三级,直接对埃米尔负责。最高级为"古什伯克(Qushbegi)",为埃米尔管理布哈拉,是哈奇木和伯克们的统帅;第二级为"穆克托(Mukhtor)",掌管埃米尔内务和汗国财政;第三级为税务官(Zakotchi Kalon),负责税收。宗教及司法事务由埃米尔的最高宗教顾问和伊斯兰宗教学者领袖沙克胡里斯兰(Shaikhulislom Islam)、宫廷宗教大法官和卓卡伦(Khojakalon)以及宗教法官廓孜卡伦(Qozikalon)掌控,后者还管理汗国宗教警察长(Eshonrais)和各省宗教警察(Rais)。汗国军事领导为军队司令(Tupchi Boshi)。布哈拉警察长(Mirshab)管理各地警察机构。布哈拉埃米尔可以赋予上述任职官员"枢密伯克(Devonbegi)"或巴冯那奇"(Parvonachi)"的荣誉称号以参与宫廷决策。布哈拉各省则由埃米尔任命的伯克(哈奇木)进行管理,负责税收、司法、治安、征兵和接待等事务。各省贵族和宗教法官(Kadi)协助管理并制衡伯克。

---

① A. Семенова, 《Покоритель и устроитель Туркестанского края, генерал-адъютант К. П. фон-Кауфман I-й (Материалы для биографического очерка)》, *Кауфманский сборник, изданный в память 25 лет, истекших со дня смерти покорителя Туркестанского края, генерал-адъютанта К. П. фон-Кауфмана I-го.*, Типо-литография Т-ва И. Н. Кушнеревъ и К. Пименовская ул., с. д. Москва, 1910, с. III—LXXXIV.

希瓦的部落性较强,各部落有自己的政治和司法传统。由于希瓦汗长期沦为傀儡,实权掌握在国务院(Divan)手中。国务院领袖一般由上任汗王的亲信担任,内有部落领袖(Inoq)、伯克(毕/Bi)和国师等职位。汗可以任命首相、穆克托、伊阿索穆尔博什(Iasomlboshi)、枢密伯克和马赫拉姆(Mahram)等官员。定居的地方由汗王任命的哈奇木治理,各游牧部落则由首领们(Noibs)管理。

浩罕的官僚机构与布哈拉相似,为中央集权君主独裁制,遵循伊斯兰法(Sharia),但各官员职权不同。浩罕汗廷位于浩罕城。"明巴什(Mingboshi)"意为"千人之长",是朝廷文官的领袖和汗王首席大臣的称号,亦可同时兼任汗国军队总司令之职(Askarboshi)。"和卓卡伦"是汗廷的宗教顾问,"廓孜卡伦"则负责监督浩罕城和其他地方的宗教法官。上述职位构成浩罕汗的顾问团队。浩罕五大省"浩罕""玛尔噶朗""安集延""那木干"和"塔什干"中浩罕为汗王直属辖地。当浩罕汗具有实权时,可以从其他省征税用于军费开支。各大省的长官叫做"古什伯克",具有军政税收大权。塔什干长官被称为"别克拉尔伯克(Beklarbegi)",地位显赫。而其他小省则由"伯克"们管理。①

由于汗国之间篡弑杀伐不断,三汗国政治制度充满变化。君主往往可以根据自己的需要任意改变官职及其职权。虽然并非黄金家族成员,三国统治者们力图通过对游牧部落称"汗"而获得支持,并借向定居的"萨尔特"穆斯林学者展示自己作为伊斯兰领导人和宗教卫护者的"埃米尔"身份巩固统治。

俄国征服中亚的过程中,中亚人民对汗王们的敬畏随着抵抗战争的失败而消失殆尽。考夫曼及其继任者以汗国统治的继承者自居,逐步剥夺了三汗国旧贵族的军政权力,使其成为俄国政府的傀儡。在俄国直接统治的突厥斯坦总督区内还把浩罕汗国降为费尔干纳省,没收了旧贵族的土地,将土地分给耕种之人,剥夺了汗王们的经济特权。布哈拉和希瓦经 1868 年签署的《俄布商业条约》、1873 年的《俄布友好条约》及 1873 年的《俄希和平条约》确认成为俄罗斯帝国的保护国。俄国起初视两国为地

---

① Paul Georg Geiss, *Pre-Tsarist and Tsarist Central Asia*, *Communal Commitment and Political Order in Change*, Routledge Curzon, 2003, pp. 132—157; V. P. Nalivkine, Traduit du Russe par Aug. Dozon, *Histoire de Khanat de Khokand*, Libraire de la Société Asiatique de L'École des Langues Orientales Vivantes, 1889, p. 125; 潘志平:《中亚浩罕国与清代新疆》,中国社会科学出版社,1991 年,第 66—67 页。

缘政治的屏障,并未加以足够重视,但1885年俄国开始兴建中亚铁路并向阿富汗和帕米尔扩张后,俄国在布哈拉和希瓦建立了政治代表处,大力发展商业并开始向两国大量移民。俄国驻两国的政治代表对俄国外交部和突厥斯坦总督负责。随着俄国对布哈拉干预的加深,政治代表处的任务日趋繁重,负责对布哈拉、希瓦甚至阿富汗的外交、情报、行政、司法、治安、社会协调、经济乃至督察等各项事务,俨然是埃米尔的"影子政府"。俄国移民的增多和商业的发展促使俄国在90年代获得在汗国的"治外法权"。汗王日益傀儡化使俄国政治代表的作用愈发类似中亚的"省督军"。与突厥斯坦直属地区不同,俄国没有将帝国州县行政体系强行植入汗国,因而保留了布哈拉和希瓦察合台汗国体系的政治精英。这些政策直接导致中亚汗王传统的没落,也成为促使清朝伯克体制瓦解的国际因素。中亚政治权力中心由汗国贵族和伯克转向俄属中亚官僚集团,这就需要考夫曼建立一支了解中亚语言、历史、民族和文化的行政团队。

  作为俄国军人家庭出身且受到良好近代科学教育的将领,与同时代绝大多数的俄国精英类似,考夫曼统治中亚的信心根源于对近代西方文明先进性的自信。他相信"理性主义"一定能取代伊斯兰神秘主义。而俄国中亚政权的合法性不仅仅建立在压倒性的军事力量之上,更要向中亚人民展现先进文明在物质和精神方面体现的巨大优越性,从而促进落后民族在帝国中的发展。其路线图便是先建立对中亚文明的"理解",进而将其改造。为此,他和俄国教育部长 D·A·托尔斯泰(Дмитрий Андреевич Толстой)热情推动持"进步论"的突厥学家尼古拉·伊尔明斯基(Николай Иванович Ильминский)等教育家在中亚建立俄式学校,探索如何针对突厥语民族进行教学和传教,以改变由伊斯兰宗教学校(Maktab)和大学(Медресе/Madrasa)垄断教育的状况,为俄属中亚教育的现代化奠定基础。① 与此同时,考夫曼大力支持俄国学者对中亚进行语言学、考古学、地理学、人类学、社会学、生物学和宗教学等研究,组建学术社团并创办学刊。为此他特别任命一些具有学术专长的学者担任突厥斯坦的相关行政职务,如报纸编辑和自然学家马耶夫(Николай Александрович Маев)、东方学家亚历山大·昆(Александр Людвигович Кун)、教育家和编辑奥斯特罗莫夫(Николай Петрович Остроумов)、地

---

① George Robinson, "The Mission of Nikolai Il'minskii, Lay Missionary of the Russian Orthodox Church (1821—1891)", *International Journal of Frontier Missions*, Vol. 7:3, p. 75.

理学家穆什凯托夫（Иван Васильевич Мушкетов）、生物学家奥沙宁（Василий Фёдорович Ошанин）、德国医生和天文学家史华兹（Franz Xaver von Schwarz）和曾随克鲁巴特金出访喀什噶尔的生物学家威尔金斯（Александр Ильич Вилькинс）。① 除了支持当时西方最优秀的中亚学家、东方学家如普尔热瓦尔斯基（Николай Михайлович Пржевальский）和谢苗诺夫-天山斯基（Петр Петрович Семснов-Тяншанский）等外，他还邀请了很多俄国著名的科学家和艺术家，如费德琛科（Алексей Павлович Федченко）和维列沙金（Василий Васильевич Верещагин）等到中亚进行探险和采风。他还在塔什干建立俄文报纸《突厥斯坦区新闻报（Туркестанские Губернские Ведомости）》和突厥文报纸《突厥斯坦本土新闻报（Туркестанские Туземная Газета）》、博物馆、图书馆、天文台和水文站。通过文字与形象的描述，中亚独特的自然和人文借俄国学者及艺术家之手呈献于欧洲和世界。②

考夫曼凭借自身对中亚的认识以及人类学和民族学专家的调查，根据欧洲人种、地理、语言和习俗等标准对中亚复杂的民族构成进行了初步识别和划分。从语言角度来说，操波斯语（Фарси）的通常为"塔吉克人（Таджики）"；在市镇村落定居，从事农业、商贸和手工业的被称为"萨尔特人（Сарты）"；过着半游牧生活的为"乌兹别克人（Узбеки）"；从事游牧而有自己语言和传统活动范围的往往被称为吉尔吉斯人（Киргизы）和土库曼人（Туркмены）。另外一种笼统的划分标准是将中亚操突厥语且过定居生活的民族称为"突厥人（Турки）"，而将说突厥语和蒙古语但游牧的民族称为"鞑靼人（Татары）。"③ 根据19世纪流行的社会达尔文主义，俄国学者将上述民族放在人类进化阶梯的不同位置。针对"文明"程度较高

---

① Richard A. Pierce, *Russian Central Asia 1867—1917, A Study in Colonial Rule*, University of California Press, 1960, p. 100.

② Jeff Sahadeo, *Russian Colonial Society in Tashkent 1865—1923*, Indiana University Press, 2007, pp. 22—56.

③ В. В. Бартольд, *Сочинения*, Том II, Часть 2, Москва. 1964, с. 527; *Первая Всеобщая перепись населения Российской Империи 1897 г.*, Под ред. Н. А. Тройницкого, Том. II, *Общий свод по Империи результатов разработки данных Первой Всеобщей переписи населения, произведенной 28 января 1897 года*, С.-Петербург, 1905, Таблица XIII. 《Распределение населения по родному языку》; Daniel Brower, *Turkestan and the Fate of the Russian Empire*, RoutledgeCurzon, 2003, p. 53; L. V. Oshanin, trans. by Vladimir M. Maurin, *Anthropological Composition of the Population of Central Asia, and the Ethnogenesis of its People*, Vol. 1—3, Peabody Museum, 1964.

的定居民族和较低的游牧民族,考夫曼和俄属中亚官员制定了不同的治理政策。在城市和农村,考夫曼把从汗国贵族手中夺得的田地分配给使用者和耕种者,并课以一定比例的税。中亚的牧场则全部收归国有,但"文明"程度较低的牧民可以以较低的税额使用传统牧场,保持其生活习惯。不过,俄属中亚政府建立初期除了少数专家外,大多数俄国官员并不能使用中亚语言文字,特别依赖会俄语的当地翻译。这就给翻译提供了弄权的机会。考夫曼并不信任这些翻译,他鼓励俄国官员了解中亚各民族的语言和习俗,以便于治理。① 同时,他还在本地人中培养精英以协助俄国的治理。

考夫曼把城市建设作为向中亚人民展现俄国文化的舞台。他致力于塔什干等大城市俄国区的建设,希望将欧式城市建设作为改造中亚城市的范本。为此他敦促俄国政府向中亚移民,加强铁路等基础设施建设,发展棉花、生丝和粮食生产,从而推动中亚的工业化、农业化和俄罗斯化。

另一方面,考夫曼对中亚的治理还体现了"不干预"的特点。他在递交俄国中央政府的报告中多次强调的中亚的"特殊性"。他认为突厥斯坦总督必须具有地区军政大权以维持军事统治。俄国中央政府应针对中亚地理和文化与本土的巨大差异而在宗教、财政、教育和司法方面制定特殊政策。简言之,考夫曼的"不干预"政策主要体现在针对中亚宗教和民族地区内部事务的管理方面,且有一定限度。如何确立对中亚社会和思想有着莫大影响的伊斯兰教政策是俄国统治者必须直面的问题。考夫曼再三斟酌后对待伊斯兰宗教势力采取了"刻意忽视"(Игнорирование)的态度。其基本立场是保持叶卡捷琳娜二世时期制定的宗教宽容政策,不对中亚伊斯兰教进行政治迫害。但是,考夫曼对伊斯兰神秘主义和新兴的泛伊斯兰主义非常反感,对统治着伊斯兰精神世界的"乌理玛(伊斯兰宗教学者团,Ulama)"也并无好感。但他并不愿在中亚激起宗教对抗,而是出于对西方现代文明的信心力图通过解除对伊斯兰机构的官方支持而让其自生自灭。因此考夫曼及其继任者没有如同打击汗王们那样对中亚伊斯兰领袖进行铲除,而保留了伊斯兰教团、教产和基层伊斯兰教法法庭。政府也不干预穆斯林的精神生活。不过,他停止对培养伊斯兰宗教领袖的中亚"伊斯兰宗教大学"的支持并取消其特权,还禁止俄国本土的伊斯

---

① Александр КонстантиновичГейнс,《Мотивированная временная инструкция уездным начальникам Тургайской области от 1878 года》, Собрание литературных трудов, Т. 2, Санкт-Петербург, 1898, с. 546—547.

兰宗教机构干预突厥斯坦宗教事务。他认为取消政府对伊斯兰机构的支持会使其自然衰落，还可以避免对抗。同时，他严格限制俄国东正教团在突厥斯坦传教，并不认同斯拉夫主义团体和东正教团体提出的在中亚普及俄语、传播俄罗斯文化和推行东正教要求。他认为政府"应当向突厥斯坦输入基督教文明而非东正教信仰"①。也就是说，考夫曼主张采用温和的长期措施，对中亚民族进行有步骤的现代化改造，以较少的代价将中亚民族纳入沙俄帝国体系中。

在司法方面，考夫曼进行了精心设计。俄国中亚州县一级的政府主要负责维持治安和收税，处理跨民族矛盾和冲突。中亚土著村落按照传统选出头人（Аксакал）和伊斯兰教法法官，设立土著法庭，负责治安、处理本族纠纷和收税等事宜，具有一定的自治权利。但是，考夫曼及其继任者对伊斯兰地方法庭进行了严格监控，并将俄国大改革时期的司法体系引入中亚。他允许伊斯兰法官处理当地日常民事纠纷，但对于谋反等刑事案件，牵扯到不同民族的案件以及一定数额以上的财产纠纷则转由俄国政府官员组成的法院审理。他对地方法庭施行的惩罚也有严格约束，废除了酷刑。②如果居民对本地法庭的判决不满，还可以到俄国法庭上诉。实际上，考夫曼针对中亚伊斯兰地方法庭的政策旨在将其权力限制在调解地方民事纠纷内，并逐步为现代司法所取代。③

另外，考夫曼在亚历山大二世解放农奴的潮流中对是否给予中亚农牧民公民权持保守态度。根据他建立"文明秩序"的理念，中亚穆斯林在社会发展的阶梯上还没有达到现代文明所需要的成熟度，因此还需要长期"教化"。出于对他们的蔑视和不信任，突厥斯坦政府没有要求中亚人民为俄罗斯帝国服兵役。1882 年吉尔斯对突厥斯坦调查后也认为在中亚施行兵役制不妥，因为把欧洲现代战术和武器使用方法教授给中亚穆

---

① Николай Петрович Остроумов, Константин Петрович Фон-Кауфман, *устроитель Туркестанского края: личные воспоминания Н. Остроумова (1877—1881 г. г.): к истории народного образования в Туркестанском края*, Ташкент, 1899, с. 43, с. 107.

② К. П. Кауфман, *Всеподданнейшего Отчета Ген.-Адъютанта К. П. Фон-Кауфмана I По Гражданскому Управлению И Устройству В Областях Туркестанского Генерал-Губернаторства, 7 Ноября 1867 — 25 Марта 1881 Г.*, Издание Военно-Ученого Комитета Главного Штаба, С.-Петербург: Военная Типография (В Здании Главного Штаба), 1885, с. 42—130.

③ Paolo Sartori, "An Overview of Tsarist Policy on Islamic Courts in Turkestan: Its Genealogy and its Effects", in Svetlana Gorshenina, et al., *Le Turkestan Russe: une colonie comme les autres?* IFEAC, 2009, pp. 477—501.

斯林可能会对帝国安全造成威胁。①

考夫曼主导下制定的中亚政策在短期内为这些常年战乱的地区缔造了和平,并将俄国工业化的余波泛入中亚大城市,促进了当地基础建设、农业、商业、司法和教育的发展,从而使中亚进入早期现代化进程。此间中亚诞生了第一代接触到西方思想的知识分子。与考夫曼大致同时代的俄国学者瓦里汉诺夫(Чокан Чингисович Валиханов)、捷连季耶夫(Михаил Африканович Терентьев)、塔格耶夫(Б. Л. Тагеев)、巴布科夫(Иван Фёдорович Бабков)、普尔热瓦尔斯基、谢苗诺夫-天山斯基和突厥斯坦末代总督库罗帕特金(Алексей Николаевич Куропаткин)等站在俄国政府和学界的立场上对征服和治理中亚的过程及方法进行了详细描述和广泛宣传。这些成就也得到当时竞争对手的赞誉。作为英国"前进政策"理论家的罗林森在1882年英国皇家地理学会会议上承认:"俄国对里海以东地区的征服为当地带来莫大的好处。俄国人取代吉尔吉斯、乌兹别克和土库曼的统治废除了奴隶贸易,压制了肆虐的劫掠,控制了伊斯兰教中偏执和残酷的做法。商业环境变得更为安全,艺术和建筑有所发展,人口逐渐增多。"②英属印度总督寇松曾在1888年九十月间经新建成的跨里海铁路访问了俄属中亚地区。他随后在1888年末和1889年初为《曼彻斯特信使报》(Manchester Courier)撰写了一系列以"俄国在中亚"为主题的论文。他以政治家和战略家的眼光对俄属中亚的统治进行了评论,并同英属印度作了比较。作为俄国中亚战略的对手,他认为俄国之所以能征服并统治中亚民族有以下几个原因:首先是俄国征服中亚时表现的残酷对中亚人民造成震慑;其次是俄国在中亚的铁腕统治使抵抗难以实现;第三是俄国向中亚和世界表明了绝不会退却的决心,消除了外国干预和中亚复国主义者的希望;第四是俄国的政治经济状况相对中亚有优势;第五是俄国采取了精明谨慎且平衡宽容的统治手段;最后是俄国在中亚的统治者及军队对外表现出高度的纪律性和亲和力,因此得以在中亚站稳脚跟。俄国在军事上击败中亚政治精英后能立即抛弃前嫌,改屠杀为拥抱,让他们为帝国统治服务。寇松承认俄国政策在这方面比英国要明智而有效。

---

① Richard A. Pierce, *Russian Central Asia 1867—1917, A Study in Colonial Rule*, University of California Press, 1960, p. 222.

② George N. Curzon, *Russia in Central Asia in 1889 and the Anglo-Russian Question*, Longmans, Green, and Co., 1889, p. 384.

不过,寇松也带有英国人对东方的一贯偏见,认为俄国对中亚的征服是"东方人对东方人的征服,是同类人之间的战争,是野蛮的亚洲在文明的欧洲逗留一阵后返回自己故土找回亲友的行为"。因此,俄国那些在欧洲看来落后的制度在中亚就变成先进的了。寇松认为俄国在中亚的宗教和教育方面施行的不干预政策和英属印度成为对比。寇松批评俄国给中亚带去了酗酒、赌博和卖淫。由于缺乏监管,俄国中亚政府内部充满阴谋、倾轧、贪污、腐败和欺骗。俄国对农牧地区的道路以及通讯等基础设施建设漠不关心,也没有旨在促进当地民族物质和精神发展的长远规划。俄国的中亚军政体系注重军事设施建设,却忽视了促进人民生活发展的物质和制度建设。①

在 19 世纪 60 至 90 年代到俄属中亚地区旅行和考察的欧美学者如阿明·万佩里(Árminius Vámbéry)、尤金·斯凯勒(Eugene Schuyler)和亨利·兰斯戴尔(Henry Lansdell)等均以亲身旅行经历为佐证撰写了调查报告,观察和评价了俄国在中亚的统治。虽然欧美学者出于各自的国家利益和文化立场对俄国扩张持有不同的态度,对俄国的中亚政策和印度政策多有批判,但总体上他们同寇松一样认为俄国对中亚的征服是文明战胜野蛮的标志,是历史的进步,将为中亚地区带来稳定和发展。②

然而,俄属中亚 1898 年爆发的由伊斯兰宗教领袖杜驰齐·艾山(Duchki Ishan/ Muhammad Ali Madali)领导的安集延骚乱、1905 年的大动乱和最终推翻沙俄统治的 1916 年大起义说明俄国的中亚治理存在严重问题。现当代学者从政治学、经济学、民族学和文化学角度对俄国中亚政策进行了分析和讨论。苏联早期的学者巴托尔德和波克罗夫斯基从民族主义和民主主义出发对俄国入侵中亚进行了带有反省色彩的研究,检

---

① George N. Curzon, *Russia in Central Asia in 1889 and the Anglo-Russian Question*, pp. 383—413.

② 参见 Árminius Vámbéry, *Travels in Central Asia, Being the Account of a Journey from Teheran Across the Turkoman Desert on the Eastern Shore of the Caspian to Khiva, Bokhara, and Samarcand, Performed in the Year 1863*, Harper & Brothers, 1865; Árminius Vámbéry, *History of Bokhara, from the Earliest Period down to the Present, Published for the First Time After Oriental Known and Unknown Historical Manuscripts*, Henry S. King & Co., 1873; Árminius Vámbéry, *Central Asia and the Anglo-Russian Frontier Question: A Series of Political Papers*, Smith, Elder, & Co., 1874; Eugene Schuyler, *Turkistan, Notes of a Journey in Russian Turkistan, Khokand, Bukhara, and Kuldja*, Vol. I & II, Sampson Low, Marston, Searle, & Rivington, 1876; Henry Lansdell, *Russian Central Asia, Including Kuldja, Bokhara, Khiva and Merv*, Vol. I & II, Houghton, Mifflin, and Company, 1885.

讨了俄国的殖民主义政策,但该观点在苏联时期因民族团结的政治需要而遭到批判。欧美学界尽管就部分问题还存在不小的争议,但基本承认俄国在中亚现代化进程中起到的重要作用,不过普遍对俄属中亚的殖民统治、蔓延的腐败和精英治理进行批判。欧美学者还讨论到宗教冲突、文化冲突、区域主义、民族主义、泛伊斯兰主义和泛突厥主义等19世纪亚洲大陆殖民帝国必须面对的共同问题。

以法国学者埃莱娜·卡莱尔·恩高斯(Hélène Carrère d'Encausse)为代表的一派学者认为俄国中亚政策的不确定性为俄国统治埋下隐患。她认为俄国占领中亚前期主要精力用于同英国竞争和解决不断出现的现实问题,因此直到1905年俄国的中亚政策都是不确定的。俄国并没有力图整合、吸纳和同化中亚诸族,只是控制他们而已。这表现在没有赋予中亚人民俄国公民权,免其服兵役,地方也给予相当程度的自治等方面。随着伊斯兰思想和欧洲民族主义思想在中亚的传播,从90年代起中亚各民族的自主意识开始觉醒,造成中亚局势的日趋动荡和俄国统治的危机。①

19世纪后期俄国思想界始终存在"普世主义"和"区域主义"两种思潮。虽然斯拉夫主义者在精神方面是普世主义的,但过分强调自身优越性和同质性却会在实践层面同其他民族和宗教形成对立。经乌法罗夫(Сергей Семёнович Уваров)系统阐述,由尼古拉一世确立为俄国官方意识形态的"俄罗斯国家主义"以东正教、君主独裁和国家主义作为政府的主导思想,并为亚历山大三世和尼古拉二世信仰和遵从。"俄罗斯国家主义"有三个支点:即虔信俄国东正教理论和仪式,以莫斯科公国时期的沙皇君主独裁政体为俄国统治的基石,拒绝以西欧政治理论及实践为俄国改革的模板。"斯拉夫主义"者致力于从俄罗斯本土文化传统和人民的精神结构出发设计和创造政治理想及实践。因此,由于中亚文化和历史与俄罗斯相差甚大,俄罗斯国家主义者和斯拉夫主义者都很少把中亚地区各民族视同俄国本土人民,鄙夷和漠视成为其对待帝国亚洲边疆的主要态度。②

不过,这些保守态度却滋长了中亚"区域主义"成长。"十二月党人"尼基塔·穆拉维约夫(Никита Михайлович Муравьёв)曾提出在俄国建

---

① Edward Allworth, ed., *Central Asia*, *130 Years of Russian Dominance: a Historical Overview*, Duke University Press, 1994, pp.159—171.

② S. V. Utechin, *Russian Political Thought*, *A Concise History*, Frederick A. Praeger, 1964, pp.71—77.

立联邦政府的设想,因此乌克兰的"十二月党"分支"联合斯拉夫协会(Товариство Об҅днаних Словян)"旨在建立一个斯拉夫联邦,主张俄罗斯根据其内部的历史和自然疆界分解成若干个州。哥萨克血统出身的乌克兰人德拉格马诺夫(Михайло Петрович Драгоманов)认为应当如同瑞士那样按照族群同一性将俄国分为若干个自治地区组成的联邦,各自治地区内民族文化能够自由发展。俄属中亚的第一代知识分子通过联邦思想接触到西欧的政治理论。日后诞生的极富改革和现代化特征、由伊斯梅尔·加斯普林斯基(Исмаил Гаспринский)所倡导的"新学运动(Jadidism)"则受到联邦主义的影响,徘徊在"西化"和"俄罗斯化之间"。不过,在沙皇俄国的政治高压下,这些理论仅仅停留在学院著作中,难以全面付诸实践。①

其次,俄国在中亚的政策并没有平等对待俄国人和中亚本地民族。在塔什干等大城市和农村地区,斯拉夫区或俄国村庄同中亚当地居民的聚居区和村庄泾渭分明。俄国政府遂根据其习俗采用不同的方法进行管理。塔什干是突厥斯坦总督区的首府,许多俄国政府人员、军人和商人定居于此,逐步形成了塔什干城的俄国区和土著区。20世纪初,虽然塔什干成立了由俄国人和本地人组成的"杜马",但杜马中俄国人占有三分之二议席。塔什干俄国区内虽有不少本地人居住,但很少有俄国人在土著区居住。②

在农牧业地区,不同民族构成的村落有各自的耕地和牧场,按照各自的传统和法律进行管理和生活,互相之间交流甚少。俄国移民很少学习土著语言,对当地的风俗传统并无兴趣,只是按照俄国方式生活,并认为自己是给中亚带来文明的高等民族。在布哈拉和希瓦,俄国政府除了收税和控制上层领导人物外,对民众社会生活的影响远不如其直属地区。因此并不能建立让当地人认同的统治权威,强力则成为维持秩序的必要手段。③

再次,是俄国政府统治对中亚传统和文化的隔膜与误解。俄国中亚军政府是以欧洲文明传播者与和平缔造者的身份进入中亚的,旨在通过

---

① Adeeb Khalid, *The Politics of Muslim Cultural Reform*, *Jadidism in Central Asia*, University of California Press, 1999.

② Paul Georg Geiss, *Pre-Tsarist and Tsarist Central Asia*, *Communal Commitment and Political Order in Change*, Routledge Curzon, 2003, p. 200.

③ Seymour Becker, *Russia's Protectorates in Central Asia*, *Bukhara and Khiva*, 1865—1924, Routledge Curzon, 2004, pp. 103—116.

"文明"和"发展"让"停滞"的亚洲摆脱"野蛮"和"落后"。对于政府甚至当时大多数西方学者而言,阻碍俄属中亚发展的原因之一是伊斯兰传统。在对突厥斯坦的征服过程中,战争和条约极大打击了中亚本土权力结构上层的威信及其统治合法性,因为在宗教方面中亚汗国统治者的合法性基于其维护伊斯兰正统的责任和能力。俄国政府在确立统治秩序后则刻意削弱中亚本土统治精英的权力,自身则以地区和平维护者和伊斯兰卫护者的姿态结交宗教人士。然而,尽管俄国政府与部分伊斯兰宗教人士达成合作,但随着俄国人到来的酗酒、卖淫和赌博依然遭到不少伊斯兰人士的批评,并拒绝与俄国政府合作。这造成了伊斯兰学者群内部的分裂。此外,由于中亚伊斯兰各教派内部纷争不断,为了树立权威,俄国军政府必须同传统上的宗教家族长老和伊斯兰法官合作以确认"正统"的伊斯兰代表并成为宗教纠纷的裁决者。这却使俄国政府进一步卷入当地人的事务中,同传统的伊斯兰教法法官团发生紧密关系,而无法如考夫曼设想的那样通过"刻意忽视"的策略慢慢把伊斯兰的影响力边缘化。

沙皇俄国在中亚的官僚机构只能达到对中亚社会上层的控制,对中下层人民并没有直接管理的能力。中下层的社会秩序还依靠传统的伊斯兰法庭等组织维持。而汗王集团的没落将伊斯兰机构推到了俄国政府和民众协调者的位置上。更甚之,在中亚社会中,本土政治精英一直是制衡伊斯兰教法法官团权力的重要力量,随着汗王集团的削弱,伊斯兰法官的权力便空前加大。加之俄国移民的增加和农业发展导致游牧民定居化的趋势加强,反而促进了伊斯兰在中亚的传播。同俄国合作的伊斯兰人士殷勤希望俄国能够转变态度,尊重蒙古汗王建立的传统,成为伊斯兰的推动者。俄国在中亚建立的空前的警察力量则成为部分与当局合作的宗教人士可以利用的力量。然而,宗教势力的扩大并不符合俄国政府的国策。因此中亚军政府对伊斯兰宗教法庭实施改革,废除肉刑和死刑,取缔了一些职位;要求对法官进行选举,施行薪金制和任期制;对本土法庭的审判范围和审判程序也予以规定。但是,在实践上由于中亚人民并不了解欧洲的法律观念、司法制度和俄国的政府组织,俄国的改革措施屡屡遭到人民的误解和伊斯兰机构的消极抵抗。

俄国对中亚的统治部分建立在其强大军事力量对中亚民众的慑服之上。但随着治理的展开,俄国官僚系统的内在弊病也逐步为中亚人民看穿。俄国在中亚高度集权的军政府继承了俄国官僚机构庞大臃肿、效率低下的所有缺点,因缺乏监督和制衡而更加专横和腐败。由于中亚处于帝国边疆,遂成为俄国内地失职官员的流放惩罚之地。这些品德和能力有缺陷的官员在中亚任职严重影响了行政团队的素质。对很多希望升迁的中亚地区官员来说,其最终目的是在俄国欧洲部分任职。因此其在中亚的任职不过是升迁的跳板而已,自然不会全力以赴。

更糟糕的是,俄国在中亚军政合一的治理体系虽然达到了高度独裁,但不健全的边疆行政体制使官员权力不受法律约束。俄国官员的薪金只能维持一般开销。这对官员自身的道德标准和能力要求较高。快速扩张的行政机构一直缺乏能吏,却为品质败坏官员渎职枉法的行为提供了条件。俄属中亚政府分工相对混乱,军职和文职的责权始终未划分清楚。文职人员的薪水普遍高于军职人员,工作却相对安逸,风险较小。俄国行政机构的内在矛盾自然会生成各种派系和利益集团。军队和政府结党营私,互相倾轧,勾心斗角,贿赂腐败猖獗。由于俄属中亚在军政府的管理之下,如果官员有繁重的接待任务或个人开支较大,就会向当地人征收额外的税赋以弥补经费的短缺,并能够随意监禁反抗之人。这虽会激起民愤但往往得不到严厉的制裁。上述因素都使俄国官僚机构同中亚本地精英集团的合作并不顺畅。

对于布哈拉和希瓦两个保护国来说,情况就更为恶劣。布哈拉和希瓦的以"乌理玛"和本地统治精英为基础的政权在俄国的支持和控制下保存下来。布哈拉埃米尔穆扎法尔(Emir Muzaffar al-Din bin Nasr-Allah),其子埃米尔阿卜杜阿哈德(Emir Abdul-Ahad bin Muzaffar al-Din)和希瓦汗穆哈玛德·拉希姆(Muhammad Rahim Bahadur Khan)还借俄国人之力对内政进行集权。然而,埃米尔和汗的政权虽然依靠俄国的威权得以延续,却失去了在伊斯兰和中亚传统方面的合法性,以致遭到部分国民和宗教领袖的批评与疏离。19世纪后期曾到布哈拉考察的丹麦学者奥鲁夫森(Ole Olufsen)和匈牙利学者万佩里在其著作中描述了战败后毛拉和国民对布哈拉埃米尔的蔑视及批评。[①] 中亚各族人民始终视俄国人为征服者和外人而无法建立政治认同。考夫曼离任后,俄国中亚政府内部因高度独裁引发的严重腐败导致任人唯亲,贿选和欺压流行。基层则由于缺乏监管,伊斯兰法官的权力反而实质上空前扩大。俄国政府在中亚民众中的威望则进一步下跌。

---

① O. Olufsen, *The Emir of Bokhara and His Country: Journeys and Studies in Bokhara*, William Heinemann, 1911, p. 575; Arminus Vámbéry, *History of Bokhara: from the Earliest Period down to the Present*, Henry S. King & Co., 1873, pp. 407–408.

再次,俄国大改革和工业化始终将俄属中亚作为俄国本土的减压阀。俄国政府并没有把亚历山大二世在本土进行的一系列政治和经济改革延伸到中亚,而仅仅将中亚作为处于从属地位的帝国边缘对待。虽然考夫曼等统治者为塔什干和撒马尔罕等大城市带来了铁路、邮政、图书馆、博物馆、报纸、天文台、水文站以及欧洲的自然科学、社会科学和人文思想,但这些现代化的创新给中亚人民带来的直接利益非常有限。俄国当局一度将突厥斯坦作为安置俄国中部因解放农奴而暴增的农业人口以及流放犯人之处。俄国工业化过程中对棉花和生丝等经济作物的需求也促使俄国农民源源不断涌入中亚。这在广大的俄属中亚农牧地区却造成了俄国和哥萨克新移民同哈萨克和吉尔吉斯农牧民在争夺田地、草场和游牧线路方面的矛盾。这在19世纪末极大改变了俄属中亚部地区的经济、社会和民族结构。中亚的进一步农业化和俄国农民所具备的语言、文化、资本、教育以及技术等各种优势一方面促进了农业经济的发展,另一方面却使本地人的相对贫困加深。跨里海铁路、公路和水利系统等基础设施的修建,中亚矿业和制造业的发展更促使贫穷农牧民转变为工人,进而形成中亚的无产阶级。中亚之于俄国正如同印度之于英国,既是原材料的提供地和初级加工地,又是成品的销售地。绝大部分附加值被俄国企业攫取。这形成了俄国的亚洲部分愈发依赖其欧洲部分的恶性循环。

在教育方面,虽然俄国政府为中亚带入了现代教育体系,在塔什干等大城市为本地人建立了俄式初级学校。但由于资金、管理和课程内容及教学方法的问题,俄式学校很难获得当地人的认同。从1894年到1915年,锡尔河州俄式学校的数量从12所上升到65所,学生从254人上升到3410人。而整个突厥斯坦地区1896年到1911年俄式学校数量才从28所上升到89所。[①] 中亚教育仍由伊斯兰教职人员在传统的伊斯兰初级宗教学校和大学主导。在俄国集权化的教育体系中,哈萨克地区的俄式学校还曾一度按照帝国教育部的要求开设德语、教会斯拉夫语、拉丁语和希腊语及其他一些与中亚生活无关的学科。更甚之,很多学生在俄式学校毕业后只能担任地方政府低级官员、翻译、小职员和生意人,或回到故乡再次成为牧民。他们学到的知识并不能造福更多的中亚民众,甚至也无法起到考夫曼等设想的让中亚人民"俄罗斯化"的作用。

---

① Richard A. Pierce, *Russian Central Asia 1867—1917*, *A Study in Colonial Rule*, University of California Press, 1960, p.217.

总之，由于文化的隔阂、利益的冲突以及对俄国军政府内部问题认识的加深，中亚民众在俄国征服过程中产生的失败主义和敬畏之心日减，而对权利的要求日增。俄国政府对中亚民众的不信任感愈深，其依靠武力来巩固统治的决心愈大。但俄属中亚军队数量和军费有限，需要俄国内地的支持。当俄国欧洲部分因内政和战争问题出现动乱时，俄属中亚自然会揭竿而起，这就是1916年中亚大起义的根源所在。

三、新疆建省与清俄中亚政策比较

1. 新疆建省的内外因素

在俄国建立中亚统治的同时，清政府也逐步平定内地的叛乱，集中精力对窃据新疆的阿古柏政权进行决定性的打击以收复故土。通过与英俄的多番交涉，更由于左宗棠坚持西征，清军于1877年底光复天山南北，并于1881年上旬通过《圣彼得堡条约》从俄国手中收回伊犁的大部分地区。新疆的重建工作，在左宗棠西征的过程中便逐步开展起来。

同光新疆大乱善后规划的核心是通过"建省"来改变乾隆时期确定的以"军府制"为主导的新疆政策。如前所述，"军府制"是在传统"羁縻"思想指导下将新疆作为拱卫中央王朝安全的"藩部"。而通过建省改革在新疆全面施行同内地一致的"府州县"制，既可以加强边疆同内地的联系，也可以更好地把新疆整合到帝国内部。究其原因，新疆建省有内外两层因素。

首先是内部因素。

第二次鸦片战争中国战败后边疆危机凸显。作为传统的陆权国家，中国在19世纪开始面对来自海上的威胁。1874年清政府在与日本处理"台湾事件"时明确意识到"海防"问题的严重性，进而引发"海防"和"塞防"孰先孰后的战略大讨论。[①] 主张优先收复新疆的左宗棠深知历史上新疆在清帝国地缘政治安全方面的重要性。他在《统筹新疆全局疏》中强调："我朝定鼎燕都，蒙部环卫北方……而后畿甸宴然。盖祖宗朝削平准部，兼定回部，开新疆、立军府之所贻也。是故重新疆者，所以保蒙古；保蒙古者，所以卫京师。西北臂指相联，形势完整，自无隙可乘。若新疆不

---

① Immanuel C. Y. Hsu, "The Great Policy Debate in China, 1874: Maritime Defense vs. Frontier Defense", *Harvard Journal of Asiatic Studies*, Vol. 25 (1964—1965), pp. 212—228.

固,则蒙部不安。匪特陕甘山西各边,时虞侵轶,防不胜防;即直北关山,亦将无晏眠之日。"①但是,受到龚自珍和魏源思想影响的左宗棠深知清朝传统治疆政策的弊病。他在1877年筹措经费,规划新疆重建时提出"为新疆划久安长治之策,纾朝廷西顾之忧,则设行省、改郡县,事有不容已者"。因此他主张"撤藩建省",通过政治改革来保卫疆土、维护和平、恢复生产,寻找新的政治认同和区域发展动力以求长期稳定,进而将帝国的战略重点转移到海防上。左宗棠的思想得到刘锦棠、谭钟麟、陶模和饶应祺等官员的赞同和落实。"新疆建省"上接雍正时期的"改土归流";下启清末边疆新政改革;对外提升边疆地区在清帝国内部的地位,以维护国权;对内革除弊政,加强同内地的联系与协调,以促进发展。

其次是外部因素。

俄国对中亚汗国的吞并使清朝西北的战略缓冲丧失。建省时期清朝同俄罗斯帝国和英属印度两大强国在中亚已经毗邻,作为财力和军力较弱的一方中国随时有被侵略之虞。除了军事准备外,中国需要利用国际外交规则来维护对新疆和西藏的主权。19世纪六七十年代,英法等西方列强通过"公使驻京"和"翻译西方国际法"等行为强行将欧洲的国际法推行于东亚和亚洲内陆,进而改变了以中国为中心的东亚传统国际交往规则。新疆建省正处于东亚国际秩序的此消彼长之间。许多中华帝国国际秩序传统的重要概念,如"属国""藩部""羁縻"和"朝贡",均在西方《万国公法》的翻译和实践中被强力者重新诠释,并不断成为引发外交和军事对抗的火种。

欧洲的国际法诞生于古典时期"城邦国家(City State)""普世城邦(Cosmopolis)"和"帝国(Empire)"在处理地中海沿岸民族和地区关系时形成的准则。罗马的"万民法(Jus Gentium)"经胡果·格老秀斯(Hugo Grotius)、托马斯·霍布斯(Thomas Hobbes)、萨缪尔·冯·普芬多夫(Samuel von Pufendorf)、克里斯蒂安·伍尔夫(Christian Wolff)、爱默·德·瓦迭尔(Emer de Vattel)等学者的探索发展成为基于"民族国家(Nation State)"和"主权(Sovereignty)"等概念的西方"国际法(Jus Inter Gentes/Droit des Gens/Law of Nations)"。②

由于近代欧洲国际法(Droit International/The International Law)

---

① 左宗棠:《左宗棠全集》,第九册,上海书店,1986年,第7895—7896页。
② Henry Wheaton, *Elements of International Law*, Sampson Low, Son, and Company, 1866, pp. 3—29.

是欧洲民族国家对"均势（Balance of Power）"的追求而发展出来的。国际关系的处理并没有最高的立法者和司法者，因而只能基于自然法则、传统、强力和群体意志。由于国际法没有最高的强力保证，与其说是法律还不如说是惯例、权利或者公约更为合适，其制定和推行全依赖于大多数国家的认可和均势的维持。一旦"均势"被打破，在力量不对称的环境里强势一方即可不遵守"国际法"而为所欲为。欧洲《万国公法》的本质即为弱肉强食。

尽管欧洲学界对国际法的"法律"地位一直存在争议。欧洲殖民主义却将国际法的观念和实践推行于东方。英法与清朝进行两次鸦片战争的原因之一即欲通过武力将欧洲的国际秩序推行于中华帝国。第二次鸦片战争确认公使驻京后丁韪良和傅兰雅即致力于将欧洲的国际法规则介绍给中国政府。在1860至1880年代，惠顿的《万国公法》（Henry Wheaton, *Elements of International Law*）、马尔顿的《星轺指掌》（Charles de Martens, *Le Guide Diplomatique*）、吴尔玺的《公法便览》（Theodore D. Woolsey, *Introduction to the Study of International Law*）、步伦的《公法会通》（Johann Caspar Bluntschli, *Das Moderne Kriegsrecht der Civilisirten Staten*）和霍尔的《公法千章》（William Edward Hall, *A Treatise on International Law*）等中文法律译著相继面世。

在上述《万国公法》的语境里，清帝国不再是一个"普世帝国（Universal Empire）"，而是与欧洲"民族国家（Nation State）"平等的政治实体。新疆、蒙古、西藏和中亚部落作为清帝国的"藩属（Tributary and Vassal States）"不同于"领土（National Dominions）"。概念的模糊和替换使清朝能否对其边疆藩属拥有主权（Sovereignty）成为可以讨论的问题。因此，以奕䜣为代表的总理衙门官员们在处理外交事务的时候虽然开始运用西方国际法规则来处理一些具体的外交争端，但他们仍然以维护"中华体制"为己任和出发点。但是由于中西力量对比的不平衡，以郭嵩焘和曾纪泽为代表的赴欧使节在就阿古柏问题和伊犁问题对外交涉时除了利用公法规则强调中国对藩属的主权以维护自身的利益外，更将其与英俄帝国对其边疆地区的统治相比较来主张中国对新疆地区的主权和权力。① 这些交涉自然推动了清政府通过建省改革把帝国边疆地区进一步整合到帝国内部的决策。因此建省改革也体现出在民族主义（Nationalism）思想的影响下中国外交开始由对"礼仪"的重视转向对"利益"的维护。

2. 建省改革要点与中俄政策比较

表面看来，同为多元民族君主专制的俄罗斯帝国和清帝国在中亚政策方面有很多相似点。新疆和俄属中亚均在帝国同中亚汗国的对抗中以武力获得，长期以军政府形式管理。突厥语系和伊斯兰教主导的中亚对于清俄本土来说同为异质文化区，有鲜明的地域色彩。两大帝国均需要在中亚建立不同于内地的政治体系，需要制定特殊政策应对中亚复杂的民族和宗教。

然而，清朝将新疆纳入版图比俄属中亚的建立要早一百余年。两者发生的历史背景迥异。清朝统治新疆在于控制帝国的西北游牧民族，因而长期采取"羁縻"和"因俗而治"的统治艺术。俄罗斯帝国在19世纪西方殖民扩张的动力下为寻求世界霸权、原料和市场而进入中亚。两者的动机、方法和影响大有不同。清朝通过清除传统白山派和卓对南疆的统治，笼络并扶植在平定准噶尔战争中立功的新疆东部维吾尔贵族来统治回疆；并借这些代理人构成的伯克官僚体系来实现对新疆下层社会的控制。维持稳定的需求高于社会发展的愿望。俄国为俄属中亚带来了欧洲近代文明和殖民主义，并借助因工业化和解放农奴而激发的生产力推动了中亚经济、社会和文化的发展。中亚的"现代化"和"俄罗斯化"并行。俄国在中亚统治的根基与其说基于尼古拉二世大力提倡的"俄罗斯国家主义"毋宁说更建立在俄国为突厥斯坦等地区带来的和平稳定、基础设施建设及经济教育发展方面。

在世界近代史里，清帝国和俄罗斯帝国本身都面临现代化的任务。亚历山大二世的改革促进了俄国向中亚的扩张，新疆建省则是清朝"自强运动"的表现之一。虽然19世纪后期清朝的工业化程度低于俄国，边疆危机此起彼伏，但中国传统政治制度的成熟则使新疆建省也体现出一些与俄属中亚相比中国在制度建设方面具备的优越性。

---

① 李恩涵：《曾纪泽的外交》，"中央"研究院近代史研究所，1966年，第34—44页；王彦威：《清季外交史料》，书目文献出版社，1987年，第199页；黎庶昌：《郭少宗伯咨英国外部论喀什噶尔事》，《西洋杂志》，湖南人民出版社，1981年，第27页。

新疆建省的改革重点之一是军政分离,这标志着中国边疆行政规范化和成熟化的开始。建省改革大幅削减了"伊犁将军"的职权,使其从新疆地区的最高军政长官转变为主要负责伊犁和塔城两地边防的军事长官。理论上新疆行政事权归驻乌鲁木齐的甘肃新疆巡抚。虽然新疆巡抚仍归陕甘总督节制,但已成为新疆最高行政长官。从此,新疆民政和军事各有专司,清廷政策可以通过省、道、府、州、县传达至新疆基层官员,理论上改变了传统"藩属"和"羁縻"体制以军事控制维系社会安定为主要目标的管理方法,为全面发展新疆的社会经济和文化教育奠定了基础。相对同时期俄属中亚总督区及附属国的架构,新疆省的建立具有优越性。

因为前述各种原因,沙皇俄国始终未能改变俄属突厥斯坦地区军政合一的统治格局。而从19世纪末开始的越来越频繁、规模越来越大的中亚叛乱则给俄国的统治带来了恶性循环:局势越紧张,俄国政府就越依赖于强力手段,因而加强军事管制。但愈发依赖军事手段,一方面会大幅增加军政府的规模和开支,另一方面会使地区政治危机恶化。民众虽然暂时被压服,却会寻找更新的思想和方法以反对暴政。当铁幕显示出一丝脆弱,积累多年的火山便会爆发。因此,当俄国因加入第一次世界大战而减少中亚驻军并开始从中亚征兵时,1916年的中亚大起义爆发了,并最终推翻了俄国在中亚的统治。

新疆建省改革重点之二是全疆按照府州县制重新制定行政区划,这使新疆进一步融入中国传统政治体制中。这不仅加强了边疆同内地的联系,也改变了新疆在19世纪国际关系中的法理地位。废除军府和伯克制度,统一施行的州县制度打破了中央行政与地方行政之间的巨大隔阂,打破了民政管理的多元格局,使政府的管理结构更为清晰,更符合近代社会行政和军事专业化的潮流,有助于清朝作为多民族集权帝国的统一管理,有助于清朝在内地施行的现代化改革措施传播到边疆地区,有助于加强新疆因自然地理而隔离的各个区域之间的联系和协作,更有助于清朝在处理中亚国际关系时对新疆的地位问题进行明晰的界定以维护国权。

作为19世纪国际秩序建立者和维持者之一的俄国在征服中亚初期便通过向欧洲国家散布"文明征服论"的外交手段阐明其扩张的动因,且通过武力展示和一系列与中亚汗国及周边大国的条约来保障其对中亚地区的占领。英俄在1885年组成联合勘界委员会对两国的缓冲区阿富汗进行划界,并将斗争焦点转移到帕米尔和西藏地区。包括英国在内的多数欧洲国家默认了俄国对中亚的占领。俄国中亚外交成功最主要的原因在于有足够的武力确保其对俄属中亚的主权,并善于利用殖民时代欧洲国家的文化认同和殖民经验获取他国对其扩张手段和成果的理解,这一点与清朝大不相同。

不过,俄国官方意识形态长期以来视中亚人民为文明进化的不完善者,因此只把中亚作为帝国边缘的军事殖民地区,长期没有施行同俄国欧洲部分相同的治理手段。直到帝国末期才有所改进,这成为俄属中亚不断发生动乱的根源之一。

新疆建省在某些制度变革方面也直接或间接受到俄属中亚的影响。

新疆建省改革重点之三是通过裁撤伯克结束军府和伯克双轨体制以及政府和地方脱节的现象,也间接促进了南北疆农奴制度的解体。1887年,清朝在批复谭钟麟刘锦棠奏折时正式决定全行裁汰伯克名目,但"仍留顶戴,略如各省州县之待所辖绅士"①,"各城向有伯克养廉地亩,自改郡县,伯克多经裁撤,廉地准归官,招佃承种,额粮照则收纳。"②"其乡各设百户长,曰玉子巴什,十户长,曰温巴什,凡稽户籍,均差徭,催科禁奸结暴诸事,皆以之。其司水利者,曰密喇布伯克,司分水者,曰扣克巴什。凡濬渠渎,筑槓梁,植树木,计亩均水劝耕诸事,皆以之。其司盗贼者,曰拔夏普,凡捕窃盗,守亭障,峙委积,授馆送逆诸事,皆以之;其司礼拜寺者,曰伊玛木,凡诵经讲善和讼解纷诸事,皆以之。州县官吏又于城中设总长一人,谓之乡约,有大兴作徭役,乡约分檄各长,皆呫嗟立办。"③

俄国在征服中亚汗国时期便对打击中亚汗王和伯克等突厥化蒙古贵族阶级不遗余力,建立统治后更通过改革中亚县和乡一级的司法制度来进一步削弱伯克们的权力和威望。在乌兹别克人聚居的浩罕、布哈拉和希瓦等地,俄国甚至直接以县长、乡长等俄式官吏取代传统的伯克。虽然维吾尔、哈萨克、吉尔吉斯和乌兹别克人因农牧生产方式的不同而有不同的社会组织,其伯克(比)的职权、种类和地位各有不同,但无论基于氏族部落还是农业领地的中亚伯克们都是中亚农奴制度的核心。俄国在60年代征服中亚时宣布所有新兼并的中亚土地属于帝国,并承认中亚土地上的建筑和耕地为使用者的私有财产,可继承和买卖。俄国政府以此收揽中亚民心,并将土地所有权从伯克贵族和汗王的手中重新分配给人民,

---

① 奕䜣:《平定陕甘新疆回匪方略》,卷320,中国书店,1985年,第13页;刘锦棠:《刘襄勤公奏稿》,文海出版社,1968年,第584—585页。
② 袁大化总裁:《宣统新疆图志》,卷30,赋税一,新疆图志局,1911年,第4页上。
③ 袁大化总裁:《宣统新疆图志》,卷48,礼俗一,新疆图志局,1911年,第7页下。

还特别约束土著法庭在处理土地财产纠纷时应依据使用者而非传统所有者的权利进行分配。① 俄国在中亚的土地改革与其欧洲部分正在进行的废奴运动相呼应,某些措施甚至比欧洲部分更激进。俄国借此解放了俄属中亚的大部分农奴。

清朝裁撤伯克的举措是中亚废奴运动的持续。19世纪中叶的动乱使大量伯克流离失所,混迹为民。刘锦棠在1885年12月3日上奏的《酌裁回官悬赏回目顶戴折》中将伯克们的劣迹归纳为"倚权藉势,鱼肉乡民,为所欲为,毫无顾忌",且"阿奇木等承充伯克,多系三品四品,州县官阶,尚居其下"。伯克与州县"俨然并立,于体制亦不相宜",因此请求清政府裁撤伯克。② 建省时,除了哈密等个别战时有功的回王外,清朝在裁撤大量伯克的同时,"各王贡地均勘丈,升科纳粮"③。伯克原有的养廉地亩收归官有,原为农奴的"燕齐"摆脱对伯克的依附,以佃农身份租种政府土地,并被纳入1887年清朝户口统计中。④ 从此大多数新疆伯克在建省过程中失去了对土地和农奴的所有权,伯克作为一个社会阶层开始退出中亚历史舞台。

伴随伯克阶级退场的是与其共生的和卓宗教统治集团。长久以来,流亡中亚的白山派和卓后人是浩罕等国干预新疆事务的重要筹码。张格尔动乱和阿古柏入侵新疆均与和卓势力有关。俄国对浩罕和布哈拉的吞并以及左宗棠收复新疆使和卓集团失去了赖以维持的根基,进而退出历史舞台。更进一步,俄国对中亚伊斯兰宗教法庭的限制以及剥夺伊斯兰机构政治和经济特权的政策使汗国时期形成的宗教精英集团的影响力大幅削弱。中亚穆斯林的增加和"大众伊斯兰(Popular Islam)"的发展则从中亚伊斯兰社会内部颠覆了传统宗教阶层的绝对权威。这使中亚民族对新疆政治和宗教的干预力大减,也成为清朝建省改革成功的重要外因之一。这和清末新政时期清政府在外蒙古和西藏的失败改革形成鲜明对比。⑤

从区域研究角度看,19世纪后期伯克制度在中亚的式微与当时世界

---

① Richard A. Pierce, *Russian Central Asia 1867—1917, A Study in Colonial Rule*, University of California Press, 1960, p.147.
② 刘锦棠:《刘襄勤公奏稿》,文海出版社,1968年,第1244—1245页。
③ 裴景福:《河海昆仑录》,文海出版社,1967年,第359页。
④ 苗普生:《清代维吾尔族人口考述》,《新疆社会科学》,1988年1期,第76页。
⑤ 苏德毕力格:《晚清政府对新疆、蒙古和西藏政策研究》,内蒙古人民出版社,2005年,第140—149页。

废奴潮流相呼应,是中亚地区现代化的必然反映。基于蒙古松散的游牧帝国传统而长期存在于中亚的基层自治体制在19世纪后期必须面对清俄两大承受近代工业文明挑战和世界竞争的帝国体制的改造。农奴的解放有助于使劳动力和土地成为商品,为中亚农业的商业化和市场化创造条件。对于正在进行工业化的俄国来说,农奴的解放有利于中亚商业和工业开发;对于工业基础薄弱但农业文明发展经验丰富的中国来说,农奴的解放和土地国有为政府对新疆农业进行整体规划,引进新的生产方式、技术和资金打下基础。从长时段角度看,中亚地区必然从纯粹的战略缓冲区转变为帝国经济开发和解决人口问题的新领域,而其行政管理和市场构建同帝国本部的进一步协调也势在必行。

然而,由于新疆建省正处于中国本土的现代化变革的初期,主宰中国两千余年的帝制正走向灭亡,社会经济发展缓慢。学术思想同经历了启蒙运动的欧美相比非常保守,知识体系严重落后。落后不仅表现在基础设施和社会生产力方面,更体现在政府对新疆的文化教育政策上。

新疆建省改革重点之四是建省过程中必须重新处理新疆的满、汉、蒙、维、回(东干)、哈等民族关系,调整维吾尔族的文化教育政策。

从乾隆中期到新疆建省前,新疆的军府体制长期以满洲贵族为主导,其核心为伊犁将军与各城的驻防大臣。这些职位绝大多数由满洲贵族担任。他们负责管理新疆各地满城中的满族和锡伯族驻军以及汉城中的绿营驻军。如前所述,建省前清朝根据"因俗而治,分而治之"的策略在南疆施行民族隔离政策。严格控制汉族和回族入疆经商、屯垦、移民,施行汉维分居,禁止回汉同维吾尔族通婚。① 甚至为了强调满洲统治者的中心地位,防止汉文化扩张,清朝还有意将八旗制度扩展至回部王公,形成满蒙模式的政治同盟,限制新疆的商贸和民族融合。清朝长期不在新疆广设科举制艺,将汉文化推行于帝国的边疆地区。但建省时清朝面临的局势截然不同。外有沙俄和英国军事、经济和文化的步步进犯,内有不断加剧的统治危机,儒学作为帝国官方意识形态开始受到民族主义思想的挑战。对于满洲贵族来说,由于清帝国的国家危机凸显,满洲民族意识让位于中国国家意识,政府必须以新的措施重新加强多民族帝国的凝聚力和经济文化认同。内地汉族官僚士大夫集团的崛起导致满洲贵族主导新疆治理的局面结束,形成同内地一致的以汉族官僚为主的治理体系,进而结

---

① 《钦定大清会典事例·理藩院》,中国藏学出版社,2006年,第417—418页。

束了清朝的边疆民族隔离政策。从某种意义上说,新疆建省,即军府制向郡县制的转变,标志着以汉族传统为主体的中央王朝体制进一步深入中亚,是亚洲内陆长期中国化(Sinification)的发展。

陕甘回民起义战争导致的直接后果之一便是新疆汉族和回族人口锐减,维吾尔族成为新疆的主体民族。乾隆平定新疆时,生活在北疆的厄鲁特准噶尔蒙古部众因战争、瘟疫和迁徙而丧失殆尽。除了八旗和绿营驻军外,从乾隆至同治初年,清政府组织部分维吾尔人从南疆迁入伊犁地区(塔兰奇人),而来自内地的汉族移民和流犯则被安排聚居在乌鲁木齐和巴里坤等地,在嘉庆时更扩展至伊犁地区。根据《中国人口史》的计算,嘉庆二十五年新疆共有人口110.5万人,其中北疆乌鲁木齐、伊犁、塔尔巴哈台、哈密和吐鲁番共有人口40.6万人。而汉族聚居的乌鲁木齐地区人口共21.1万。① 1861年,乌鲁木齐共有人口23.4万,而到战后1880年仅有人口6万。居住有蒙古、维吾尔和满汉军民的伊犁地区在1861年有人口15.9万,在1880年人口锐减至6万。此间,塔尔巴哈台、哈密和吐鲁番人口都有所减少。南疆各城人口则各有增加。② 乌鲁木齐和伊犁等地人口锐减主要是由于北疆及哈密和吐鲁番为动乱主要战场,大量汉人、回民、蒙古和满洲驻军在战争中遭到杀戮或被迫逃亡。

新疆建省时维吾尔族已遍布全疆,人口占绝大多数。③ 虽然1880年全疆人口139.2万的数字与1861年的146.6万相去不远,但其中汉人和回族所占比例大幅降低。为了稳定统治和发展经济,刘锦棠等执政者彻底抛弃了民族隔离和限制出关的政策,除了使当地农户复耕并改编部分军队对重新分配的土地进行耕种和屯田外,政府还组织流放新疆的遣犯和无地少地的南疆维吾尔人到北疆屯垦,同时鼓励内地农户出关垦荒。

面对语言文化和风俗习惯与内地差异甚大的维吾尔族,清政府在抛弃了视其为"化外之民"的观念后,必须着手解决语言文化隔阂的问题。然而,由于当时在新疆执政的汉族官员多系湘军行伍出身,自身学识有限,且缺乏了解中亚语言宗教和历史文化的专家团队,其最初推行的竟是已经遭遇危机的儒学。刘锦棠在1882年8月16日奏请在新疆各城设立义塾,让维吾尔族儿童"读书识字,学习华语"。他认为维吾尔族儿童中的聪颖可造之才"秉彝之良,无分中外"。各厅州县应延请教师讲授儒学,让

---

① 曹树基:《中国人口史》,第5卷,清时期,复旦大学出版社,2001年,第445—446页。
② 同上书,第646页。
③ 华立:《清代新疆农业开发史》,黑龙江教育出版社,1998年,第238—239页。

维吾尔族儿童同内地一样学习小学、孝经、论语、孟子、大学、中庸、诗书易礼春秋,并参加考试,优秀者颁发生监顶戴,成年后可以任职乡约头目。① 左宗棠和刘锦棠在新疆推行儒学,主要为了突破汉维语言和思想的隔阂,希望通过教育使维吾尔族精英了解清朝的意识形态和政治制度,能够进入清朝的下层官僚体系内,有助于清朝在新疆的治理。然而,虽然新疆当政者大力提倡制艺,施行科举,公费供给,破格选拔学习儒学者,甚至采用强制手段让学生入学,其效果并不佳,遭到的多是维吾尔人民的消极反抗:"缠民闻招入学则皆避匿……故开学二十年,所造者毛拉而已。"② 如时人所观察:

> 缠民性不向学,初设义塾,强之来,则呼天曰:胡大胡大,何虐我也!……缠民殷富者,饰宴人子,使代己子以应役。哈密回王于煤窑每车抽银三钱,充经费,立一学堂。……而缠民控于厅署曰:王设学,何以王与台吉、伯克之子弟不入堂,而独苦我乎?③

民国初年两次考察西北的林竞将清朝向维吾尔族推行儒学失败归因于宗教因素、地方官奖学无方和维吾尔族教育传统与内地迥异三大原因。同《新疆图志》类似,林竞认为长期以伊斯兰方式生活的维吾尔族有较强的宗教观念,普遍视外力强加的"拜孔子""读汉书"为背教,是为罪人,会为社会所鄙弃。此外,入学者多为维吾尔族下层民众,生计艰难,学习儒学并不能立即用以谋生。将来也只有在政府最下层担任书记、翻译或差役的前途,且要付出难为本族相容的代价。④ 更为重要的是,伊斯兰文明传入中亚千余年,引入的典籍浩如烟海,并不比儒学逊色,且形成了经典、寺庙、宗教学校和毛拉相结合的极富特色的经堂教育传统。新疆建省后执政者推行的教育政策并没有将内地的科举制艺与伊斯兰宗教和教育传统结合,反而容易使人滋生对文化同化政策的反感。⑤ 更何况19世纪末期中国的科举和传统儒学教育已面临空前危机。内地各处已开办新式学堂,学习西方课程体系,强调实学。清朝施行新政后,新疆也从1905年起

---

① 刘锦棠:《刘襄勤公奏稿》,文海出版社,1968年,第406—407页。
② 袁大化总裁:《宣统新疆图志》,卷38,学校一,新疆图志局,1911年,第4页。
③ 裴景福:《河海昆仑录》,文海出版社,1967年,第368页。
④ 林竞:《新疆纪略》,天山学会发行,日本鲜明舍印刷,1918年,第31页。
⑤ 《中国新疆地区伊斯兰教史》编写组:《中国新疆地区伊斯兰教史》,第二册,新疆人民出版社,2000年,第141—146页。

改书院为学堂,开始普及文化和实学教育。①

相比之下,文化冲突同样是俄属中亚教育现代化面临的一大难题。1884 年底在塔什干建立的第一所"俄式本土学校(Русско-Туземные Школы)"也面临本地人不愿参与的局面。但是,与清朝不同,了解中亚语言文化的俄国学者如纳利夫金(Владимир Петрович Наливкин)和格拉曼尼茨基(Сергей Михайлович Граменицкий)等人对中亚教育模式进行创新,将俄式本土学校分为俄语班和本地班。本地班里请毛拉们进入学堂,将伊斯兰宗教教育同学校教育相结合。学校里中亚学生可以学习俄语、军事、科学、师范和农学等知识,俄国学生则可以学习乌兹别克语和塔吉克语等中亚语言。随着教育的发展,俄式本土学校为中亚培养了第一批接受西方教育的知识分子,同时成为研究中亚文化的中心。② 该模式在苏联时期得以继续发展并成为新疆民族教育的模板。

四、结论

新疆建省是晚清政治改革的重要举措,它是近代西方国际秩序深入亚洲内陆的结果,也是中国传统藩属体制全面改革的开始。单从中国内部寻找原因,或者单从帝国主义侵略的角度探讨外在因素,都很难全面深入展现中亚历史变革的原因、过程和结果。这是由于中亚突厥语和蒙古语系民族之间在人种、语言、思想、地域和文化传统方面的共性所决定的。除了外因,学界应运用区域研究的方法探索中亚族群历史文化发展的内部因素以展现 19 世纪中亚大变革的动因,对清帝国、俄罗斯帝国和英属印度作为 19 世纪主宰中亚历史走向的权力中心进行总体研究,理清区域平衡建立的要素,以便深入研究外力支配下中亚历史发展的动力,研究帝

---

① 《清实录·德宗实录》,卷 552,中华书局,1986 年,第 325 页。
② Н. П. Остроумов, *Константин Петрович Кауфман, устроитель Туркестанского края. Личные воспоминания Н. Остроумова 1877—1882 гг.*, Ташкент, 1899, с. 12; В. П. Наливкин, Изд. А. Л. Киренера, 《Туземцы раньше и теперь》, *Очерк В. П. Наливкина*, Ташкент, 1913, с. 102; С. М. Граменицкий, *Очерк развития народного образования в Туркестанском крае*, Ташкент, 1896; Г. Д. Курумбаева, 《Влияние русско-туземных школ на развитие национальной интеллигенции Кыргызстана в конце XIX — начале XX веков》, *Педагогическая энциклопедия*, Том 3, Москва, 1966; В. В. Бартольд, *История культурной жизни Туркестана*, Ташкент, 1875; Н. П. Остроумов, 《Мусульманские мектабы и русско-туземные школы в Туркестанском крае》, *ЖМНП*, Новая серия, 1906, No 1.

国末期边疆整合和治理的方式及问题,从而更好地阐释亚洲多民族大帝国的现代化发展史。

从更广阔的视角看,清朝和俄罗斯帝国从17世纪开始在亚欧大陆的中心地区(Inner Asia)发生地缘接触。虽然两大帝国进入中亚、蒙古、西藏和满洲的方式以及治理手段多有不同,但在双方力量的此消彼长之间,两国边疆地区的军政措施、社会经济发展和文化变迁等却有相当程度的相互影响和共通之处。随着俄罗斯中亚档案的开放,学者可以更方便地获得藏于圣彼得堡、莫斯科和塔什干等处的俄属中亚档案资料。这些档案资料同中国的边疆档案文献以及英属印度的相关档案文献一起可以为我国的边疆近代史研究奠定坚实的学术基础。

《日本国志》与《江户繁昌记》
——黄遵宪日本礼俗志的编纂考述

李 玲

　　《日本国志》(下文简称《国志》)有礼俗志四卷,分别记述介绍日本的朝会、祭祀、婚娶、丧葬、服饰、饮食、居处、岁时、乐舞、游宴以及宗教信仰等,引古证今,溯源明流,总10万多字,煌煌可观,是近代中国第一部系统辑纂日本民俗的巨著。问世以来,一直得到学界的好评。周作人说,《礼俗志》是"最有特色,前无古人者","有见识,有风趣"。[①] 郑海麟的《黄遵宪与近代中国》、马兴国的《中日文化交流史大系·民俗卷》和王晓秋的《近代中日关系史研究》等,都专门论述了黄遵宪日本民俗研究的贡献。那么,黄遵宪是如何编成这蔚为可观的日本民俗志的呢?有论者泛泛而谈,指出《日本国志·礼俗志》广泛采集文献资料,所利用的书籍"数十种之多"。也有论者指出《国志》礼俗志征引了日本汉籍《秋苑日涉》和《江户繁昌记》某条某节,[②] 但是只简单罗列比照,没有具体讨论黄遵宪如何利用原文来进行编撰的情形。要真正知其事而论其学,或知其学而论其人,最科学的方法是对照黄遵宪引用的日本汉籍原件来鉴定分析其如何编写《国志》的,讨论其用心所在。

　　笔者在黄遵宪故居人境庐找到《江户繁昌记》《秋苑日涉》《日本外史》等日本汉籍,[③] 其中《江户繁昌记》初编的扉页上还盖有印章"人境庐藏书",书中有不少句子的右侧加有黑笔的读号"○",这些加有读号的内容

[①] 周作人:《日本国志》,钟叔河编:《周作人文类编 7·日本管窥》,湖南文艺出版社,1998年,第 202 页。

[②] 周作人是国内最早指出《日本国志·礼俗志》征引了日本汉籍《秋苑日涉》和《江户繁昌记》的人,有《日本国志》(1940)一文 (见钟叔河编:《周作人文类编 7·日本管窥》,第 202 页)。此外,王宝平先生著有两文考释《日本国志》的源流,分别为《黄遵宪与〈秋苑日涉〉——〈日本国志〉源流考》(《世界历史》,2001 年第 4 期)和《黄遵宪〈日本国志〉征引书目考释》(《浙江大学学报》2003 年第 5 期)。

[③] 详见拙文:《黄遵宪故居人境庐保存的日本汉籍》,《江西科技师范学院学报》,2006 年第 5 期。

几乎可在《日本国志》中找到一一对应。显然这些读号是黄遵宪当年留下的,他将可资编撰《国志》的内容做上了记号以备用。也就是说,一百多年前黄遵宪编撰《国志》时所参引的文献原件,还幸存于他的故居人境庐中。循着那些墨笔圈读号,可以返回黄遵宪编撰《国志》的现场,追溯他的编撰路径,还原当年他取舍材料、结构条目、抒发见解的原始面貌。本文就借助人境庐馆藏的《江户繁昌记》,详细讨论黄遵宪如何编纂《日本国志·礼俗志》的。

一、汉文戏作《江户繁昌记》

人境庐馆藏的《江户繁昌记》,五卷本,全帙,天保三年(1832)刊,克己塾版。为作者静轩的私刻本,也是初版本。作者静轩居士(1796—1868),本名寺门静轩,字子温,为寺门家的庶子,其父为水户藩下级武士,在江户任职时娶静轩之母作妾。12岁,母亡。翌年,父亦亡。静轩由外祖父母养育成人。他青少年时期过着放荡不羁的生活,亲身体验了江户的繁荣和腐败。外祖父母去世后,静轩贫苦无依,投到折冲派儒者山本绿阴的门下,不久因交不起学费,寄身于上野宽永寺的劝学寮。修学几年后,开私塾以儒讲糊口,开始了贫困潦倒的浪人儒者生涯。他在儒学上没有什么建树,唯一可称上儒学专著的《静轩一家言》(二卷本),亦是薄薄的小册子而已,其内容乏善可陈。① 然而,其长篇汉文戏作《江户繁昌记》(简称《繁昌记》)却使其蜚声文坛,影响后世。此书采用戏文之体来描写梨园妓馆、茶楼书坊、寺庙集市等世风都俗,一面展现江户(即今东京)繁荣的立体全景图,一面讥讽都俗的颓废腐败,抒发孤愤。作者自称"无用之人""贫儒",如开篇"斯无用之人而录斯无用之事,岂不亦太平世繁昌中之民耶"②,讥讽之词通篇可见。汉文向来作为日本文人的修养体现,重视形式与内容的规范。享保年间(1716—1735),一些文人出于对正规汉文无法表达生活感情的反拨,取卑俗题材,如青楼妓风之类,以讽刺、批判为能事,具有浓厚的游戏色彩,被称为"戏文"或"戏作"。到明治时期,汉文戏作进入全盛阶段。然而,随着文明全盘西化的深入,汉文走向衰落,汉文戏作衰亡的命运亦难挽回。

---

① 详见"解说:寺门静轩与成岛柳北",《江户繁昌记 柳桥新志》,日野龙夫校注,岩波书店,1989年。承蒙潘文东老师帮助翻译此文,特此致谢。
② 静轩居士:《江户繁昌记》克己塾版,天保三年(1832),第1页。

《繁昌记》刊行后,洛阳纸贵,广泛流布。天保七年(1837),此书因抵触天宝改革,惹来笔祸,遭禁,静轩"以戏着婴(应为撄,笔者注。)宪,不得复以儒立世。于是,髡发毁形,不儒不佛,遂为无用之人。流移局促,席不得暖",然而,"世人嘲笑官僚之心胸狭窄,而寺门老先生之著作至今仍继续风行于世"。① 《繁昌记》越禁越红,到明治维新时期,静轩所开创的这种描写都市风土世情的"繁昌记"体流行一时,② 其中以成岛柳北的《柳桥新志》和服部诚一的《东京新繁昌记》影响较大。

人境庐藏本《繁昌记》初编的"相扑""戏场""金龙山浅草寺""杨花""两国烟火""山鲸"和"煨薯",二编的"神明",三编的"祇国会"和"寄",四编"市谷八幡"以及五编"千住"等共12篇章的内容画了读号"○",除"神明""祇国会""市谷八幡"和"千住"等4篇未被编入《国志》外,其他10篇都已编入其礼俗志的乐舞和饮食中。下文考察黄遵宪是如何采引《繁昌记》"相扑""戏场"等10篇内容来编纂《礼俗志》条目的。

二、《日本国志》采引《江户繁昌记》之情形

黄遵宪采引《繁昌记》编纂日本礼俗志,大致运用了以下三种方法:

1. 剪裁加工,不违志书体例

《日本国志·礼俗志》"相扑""蕃薯"两条为显例。"相扑"条(画线部分为采录原文的内容,黑体字为原文所无的内容,下同。)与《繁昌记》首篇"相扑"原文(画线部分为被采录的文字,"○"为人境庐馆藏本的读号,下同。)比照如下:

表1 《国志》的"相扑"条与《繁昌记》的"相扑"篇内容比对表

《国志》"相扑"③	人境庐馆藏的《繁昌记》"相扑"
分朋角力,谓之相扑,亦曰角抵。世称有雷方二	橹鼓寅时扬枹,连击达晨。观者蓐食而往焉。力士取对上场,○东西各自其方。○皆长身大腹,○

---

① 转引自郑清茂:《海内文章落布衣——谈日本江户时代的文人》,《东华人文学报》,第1期,1999年7月。
② 参见三浦叶:《明治汉文学史》,汲古书院,1998年,第97—100页。
③ 陈铮编:《黄遵宪全集》(下),中华书局,2005年,第1468—1469页。《黄遵宪全集(下)》收录了黄遵宪的专著《日本国志》,并用新式标点作了整理,本文引用"陈铮点校本",一概只注页码,不再详注。

续表

神，角力于上世。垂仁帝七年，野见宿弥、当麻蹶速，奉诏试力，即相扑之祖。圣武帝时，<u>至遣部领使，广征天下力士。文德帝欲定储嗣，乃令名虎善雄斗力，以胜负决之</u>。江家次第《公事根源》又称帝御南殿观相扑，……盖中古时极重此伎。近世所谓劝进相扑者，始于山州光福寺僧，设以敛钱。至宽文元年，明石志贺之助请于官，创行于江户四谷盐街。而后继续，日益繁盛。每日黎明击鼓上场，观者皆蓐食而往。力士分朋，互相比较。类皆长身大腹，筋骨如铁。中分土豚，各占一半。蹲而蓄气。少时神定，一喝而起，铁臂石拳，手手相搏。卖虚弄巧，抢隙取胜。盖斗智斗力斗术兼而有之。观者分左右袒，互张声势，发欲上冲。司事人秉军扇，左周右旋，以判赢输。举扇一挥，众皆喝彩，争掷金帛，以赏其劳。又有妇人与瞽者以相扑为戏者。	筋骨如铁。○真是二王屹立。○怒目张臂，○中分土豚，○各占一半○蹲焉。蓄气○久之，精已定矣。○一喝起身，○铁臂石拳，○手手相搏。○破云电掣，○碎风花飘，○卖虚夺气，○抢隙取胜。○……投系捻立足，<u>不啻斗力斗智术</u>。○四十之手，○八十之伎，○莫不穷极焉。 　　○行司人秉军扇，○左周右旋，○判赢输。○而观者之情悦西爱东。○胜败不分之间，○顒顋为愤，○徒张虚势。○发冲头上手巾，○手捏两把热汗。○扼腕切齿，狂颠不自觉焉。<u>扇扬矣，一齐喝彩之声，江海翻覆</u>。各抛物为缠头，自家衣着净净投尽甚矣，或至于褫旁人短褂。 　　雷方二神○角力于上世○云者，邈矣。其实不可稽焉。<u>垂仁帝七年，野见宿弥、当麻蹶速，蒙诏试力</u>。○盖以此为之祖。○而圣武帝遣部领使，广征天下力士。○且如文德帝斗名虎善雄之力，○以定储嗣于赢输中。○其伎之盛可从知矣。……○ 　　今世所谓劝进相扑者，○始于后光明帝正保二年。○山州光福寺僧○缘宫殿再建，○设此伎场。○江户则先是明石志贺之助者○乞命，始行之于四谷盐街，○实宽永元年也。○后宽文元年创建劝进相扑，岁时相续，繁昌臻于今云。○ 　　明和间，妇人相扑大行。与赵宋之世上元或设此戏同一奇。而闻近日两国观物场瞽者与妇人角力，可谓更奇。 　　去年予于某家见拟相扑者流先儒姓名编号，登时言之为奇。而顷者又见拟之今儒名字。嗟夫！愈出愈奇。然未闻今儒中一人有金刚力者，且至其卖名射利之手，不止四十八十。……①

志文的正文先释名。角抵争交，原是古代的一种武术，后来发展为竞技比

---

① 静轩居士："相扑"，《江户繁昌记》(初编)，天保三年(1832)刊，克己塾版，第1—3页。黄遵宪作有圈识"○"者，非皆为句读，本文保留原貌，均照录之，并作了标点整理。

赛,此句点出了相扑与中国的摔跤相类,然后转述《繁昌记》原文第1、2段相关内容来介绍比赛情形。《繁昌记》原文的描写顺序为:先写裁判后写观者,着重摹绘观者"狂颠不自觉"的忘情失态;志文则先观众后裁判,观众"分左右袒"是黄遵宪归纳的,仅寥寥几语,描述简洁客观。比之《繁昌记》原文,志文调整描写顺序后,行文衔接更流畅自然。《繁昌记》原文俳谐体,形容词堆砌,以一连串附句绘声绘色地描写竞搏的紧张场面,而志文弃除了其繁复铺张的词句,仅选用其中切要的词句来转述相扑比赛的场面,既简练流畅,又不失《繁昌记》原文生动形象的趣味。注文交代相扑的缘起,除"江家次第"一句与《繁昌记》原文无关(黄遵宪引用了其他文献)外,其他选用原文第3段材料,如"且如文德帝斗名虎善雄之力,以定储嗣于赢输中"被转述成"文德帝欲定储嗣,以胜负决之",简洁扼要。"今世所谓劝进相扑者"之"今世"改为"近世",①时间指称既准确,又符合中国人的习惯。《繁昌记》原文第4、5、6段写瞽者、妇人和儒者参与相扑,感慨人心不古,儒者"卖名射利",而黄遵宪在注文中交代"又有妇人与瞽者以相扑为戏者",并没有提儒者,显然他明白儒者参与相扑是个别现象,不足为例,只是静轩愤世嫉俗,借此发泄不满而已。

《礼俗志》的"相扑"条,黄遵宪将《繁昌记》原文俳谐体改成志书体,平实客观,记述了相扑的本末来由,指出相扑虽然与华夏角抵争交相似,但是,作为日本的国技,有其发展历史,有其本土的尚武特色。此一条目保留了身临其境的描述,流溢着浓郁的日本风情,无疑可使中国读者饶有兴趣。然从志书的规范要求来看,具体场面的状写有余,总体归纳不足(原文相扑基本四技"投系捻立足",未采引,应属疏漏),带有明显的从静轩《繁昌记》原文化出的痕迹。

《礼俗志》的"蕃薯"条与静轩的"煨薯"篇原文比对,见下表:

表2 《国志》的"蕃薯"条与《繁昌记》的"煨薯"篇内容比对表

《国志》 "蕃薯"(1453页)	人境庐馆藏的《繁昌记》 煨薯蕃薯原出吕宋国,明万历中始入汉土,元禄戊寅琉球王传之于我。
本吕宋国所产,元禄中由琉球得之。关西曰琉	蕃薯行于都下,今已久矣。然煨食之行,亦与药食同一时也。关西称琉球薯,○关东呼萨摩薯。○

---

① 日本历史中的"近世"为1600—1867年,即明治维新前。

续表

本吕宋国所产，元禄中由琉球得之。关西曰琉球薯，关东曰萨摩薯，江户妇人皆称曰阿萨。店家榜曰：八里半。栗字，国语同九里，此谓其味与栗相似，而品较下也。煨而熟之，江户八百八街，每街必有薯户。自卯晨至亥夜，灶烟蓬勃不少息，贵贱均食之。然灶下养婢、打包行僧，无告穷民，尤贪其利，盖所费不过数钱便足果腹也。	江户妇人皆曰阿萨。○然今各店招牌书曰：八里半。按：栗字国语训九里，乃其味与栗相似，然较少下以故名之耳。今乃八百八街，各间番所皆煨此卖之，必揭招牌书此三字。…… 蕃户每日卯晨○煨至亥夜。○灶烟浓浓，○焦香盼盼，○柱梁黑黑，户牖热热。稳婆往，耄爷往，厨婢往，仆奴往。小姐遣婢必低声言："亦买却阿萨来"。主人命奴曰"：与其品小而数有余也，不若品大而数无余也"。行脚僧侣点心倾钵，无告乞盲朝饥倒囊。……呜呼！嘻嘻！恨不以晚出之故，救及陈蔡之饥。予欠米钱，每食之续命。而项读《闽州府志》蕃薯条，歌曰："令珠而如沙，○人以之弹鹊。○令金而如泥，○人以之涂艧。○令朱薯而如玉山之禾、○瑶池之桃，○人以之为不死之大药。"○……○虽不如玉禾瑶桃，犹是贫人不死之大药。○嗟乎！普天下贫书生须稽首再拜而食。○①

周作人在《文字的趣味》中指出，"八里半"和"阿萨"为烤薯的别名，而非生薯的别名，显然黄遵宪不懂白薯生的、熟的叫法不同；然而，"黄君描写烤白薯一节文字固佳，其注意八里半尤妙，即此可见其对于文字的兴趣也。"② 周作人虽然指出《国志》征引《繁昌记》的某篇某节，但是就"蕃薯"条目来说，他竟然没有发现这条目正是采引《繁昌记》的"煨薯"篇编纂而成的。③"煨薯"篇第 2 段前半部分，静轩用一串诙谐生动的俳句摹绘了"蕃薯"作为一种充饥果腹的食物物美价廉、老少咸宜、风行都下的情状，洋溢着浓郁的江户风情；后半部分引用闽州歌谣，讥刺"蕃薯"为"贫人不死之大药"，发泄寒儒的内心愤懑。黄遵宪采用《繁昌记》原文标题的小注来介绍"蕃薯"的来历，采用第 1 段来介绍日本"蕃薯"的异名，采用第 2 段来概括转述江户风行"煨薯"的情状，直录《繁昌记》原文与概括转述结合，弃取材料切要妥当，结构编排科学规范。静轩的俳谐风格几乎不见踪影，

---

① 静轩居士："煨薯"，《江户繁昌记》（初编），天保三年（1832）刊，克己塾版，第 34—35 页。
② 周作人：《文字的趣味》，钟叔河编：《周作人文类编·日本管窥》，湖南文艺出版社，1998 年，第 171 页。
③ 周作人在其文《两国烟火》和《日本国志》中均提到《日本国志·礼俗志》征引了日本汉籍《江户繁昌记》。（见钟叔河编：《周作人文类编 7·日本管窥》，湖南文艺出版社，1998 年。）

连高明的周作人也以为是黄作,幸好黄遵宪的征引文献原件的那些墨笔"○"指示了采撷所自,从而可见他剪裁熔铸、加工改造的心血。他的这番本事,恐怕文抄公也唯有望尘莫及了。

《礼俗志》的"杨花"条目也本自《繁昌记》的"杨花"篇,记述日本独具特色的风俗——艺妓。《繁昌记》原文描述杨花的情形,犹如一幅浮世绘风俗图。艺妓之盛是江户繁荣不可或缺的风景。黄遵宪剪裁《繁昌记》原文的弹唱图来编写艺妓演艺的风采,简洁传神。见下表比对:

表3 《国志》的"杨花"条与《繁昌记》的"杨花"篇内容比对表

《国志》"杨花"（1467—1468页）	人境庐馆藏的《繁昌记》"杨花"
设肆卖曲者为杨花。其色长曰大夫。所奏曲多男女怨慕之辞。……曲院垂帘,析响帘卷,大夫妆饰端整,坐红锦褥,欹银镂案。三弦调定,徐徐而歌,女而男喉,妇而女妆。听者辄满座。贫家妇女多业此以觅衣食,伎艺稍佳,驱使其母如奴婢。谚有言曰:"生女勿叮嗟,盼汝为杨花"。	坛上低帘,金缕晃晃,绣出"贔屭连中"等数字。帘内有声,唱其所按曲名为何。析响帘卷,○大夫妆饰端整,○尻红锦蒲团,○鼻银镂欹案,①○丽美夺目。○三线调定,○徐徐按起,○女而男喉,妇而女妆,○引宫刻羽,○飘渺迟回。○…… 不耕而食,不织而衣。德泽所致,得不仰而思焉乎?然都俗常态,不唯习不思焉,犹且欲食梁肉曳锦绮也。为不可为之事,不耻可耻之业,宁为花子样,恬然居之不疑。悲哉!近来杨花盛行于世,侈靡不节,事事逾度。而人美其梁肉锦绮也,都俗渐为风。今之人,中夜生子,遽取火而烛之,惟恐其不为女子也。如及其子售技为业,其母欣然负物为之从役,气色孔扬,颇有矜色。女亦所习视母犹婢。呜呼!人伦几何不废!近日此风殊煽,气炎人热。……②

"杨花"条仅中间一节录自《繁昌记》原文,其中转述"欹银镂案"小有错误,《繁昌记》原文"欹案"是专有名词,黄遵宪把"欹"拆做动词,以与前句"坐红锦褥"形成对句。虽然拆词错了,但是未离大意,大夫的确是跪坐在榻榻米上,手肘靠在几案上见客的。开头两句释名是黄遵宪补充的,"杨花"即是歌妓,解释正确。但是,以"色长"为大夫,这不甚准确。而江户艺妓虽然不像中国古代名妓那样擅长吟诗作对、琴棋书画,但是歌舞弹唱是其基本技能。艺妓还分不同的等级,大夫是最高级的艺妓,不仅姿色出众,

---

① 日本方言词,可能相当于"靠"。
② 静轩居士:"杨花",《江户繁昌记》（初编）,天保三年(1832)刊,克己塾版,第16—17页。

而且歌舞弹唱才艺超卓,善应酬男子,与之交往的往往是社会(政界)名流,一般男子无论掷金多少,大夫也不肯屈从,与明末清初的名妓相类。今天一般男子要接近艺妓也非易事。黄遵宪对大夫的含义理解偏窄,解释不到位。这可能是他的见识有限所致,以他的使馆参赞身份几乎不能亲睹和接近大夫;也可能是受囿于《繁昌记》原文,仅有弹唱,没有歌舞和其他。结尾两句话,以史家的客观立场来观察艺妓现象,一方面同情贫家女从事艺妓这种职业;另一方面,"伎艺稍佳,驱使其母如奴婢",对艺妓业的不良现象有微词,这是春秋笔法。他还引用谚语反映了当时贫女从事艺妓职业的都俗。《礼俗志》的此条目与"杨花"篇尾段静轩用儒家安贫乐道的价值观来评论杨花、鄙之为虚荣下贱相比照,史家视角与文人视角泾渭分明。总的来看,尽管略有瑕疵,此条以史笔叙述艺妓风俗还是值得肯定的。

《礼俗志》的"相扑""番薯""杨花"和"两国烟火"等四条记述了游艺和饮食民俗。①巧妙流畅地叙写出西风东渐下日常生活照旧的景观,自然使人产生这样的印象:尽管日本学习西方、发展国力,但是,传统游艺和饮食未变,生活照旧,因而维新变革实际上是存旧立新,没有造成传统生活的断裂。这正是黄遵宪的用意所在。他说:"日本立国二千余年,风俗温良,政教纯美,嘉言懿行,不绝书于史"②,故而,日本人在拿来的同时,保守固有的善俗。言下之意,这般存旧立新的改革值得中国借鉴。

2. 察古识今,文献征实与亲见研考相结合

《礼俗志》的"山鲸"条目是显例。先看此条目与《繁昌记》"山鲸"篇的比照,如下:

表4 《国志》的"山鲸"条与《繁昌记》的"山鲸"篇内容比对表

《国志》"山鲸"(1453页)	人境庐馆藏的《繁昌记》"山鲸"
《古事记》云:"以毛粗物、毛柔物、鳍广物、鳍狭	凡肉宜葱,○一客一锅,○连火盆供具焉。○大户以酒,○小户以饭,○火活肉沸,○渐入佳境。○

---

① 《日本国志》的"两国烟火"条,来自《繁昌记》的"两国烟火"篇(周作人的《两国烟火》曾述及),采引的方法与上述"相扑""蕃薯"条大致相同,不再赘述。
② 黄遵宪:"《皇朝金鉴》序",陈铮编:《黄遵宪全集》(上),中华书局,2005年,第265页。

物为人民之食。"是肉食已久。然自佛教盛行,<u>天武四年禁食兽肉,自非饵病不许辄食,世因名曰"药食",又隐名曰"山鲸"。所鬻之肉,皆苞苴藏之。店家悬望子,画丹枫落叶者,鹿肉也;画牡丹者,豕肉也</u>。近年解禁,多学西人食法。国不产羊,人家不蓄鸡鸭,官舍因是颇讲求孳养之法矣。	正是樊哙贪肉,死亦不辞,花和尚醉,争论大起。……闻天武帝四年○令天下,始禁兽食。○自非饵病,○不许辄啖,○世因谓曰药食。○前日江都中称"药食"铺者,○总一所,鞠街某店是而已。○计二十年来,此药之行,此店今至不可复算数。招牌例画枫红叶,题以"山鲸"二字。虽系药食,犹避国禁。作意所为,盖隐语耳。都人字曰魍魅,○亦不显言之故。已非谓妖怪也。前日鞠街所鬻之肉。苞苴必用败伞纸。今皆籍焉,则都下一岁几万败伞纸,不复给于用也。①

"山鲸"条翔实有体,可分两层意思。第一层,引用材料交代明治维新前的旧俗沿革。先引用《古事记》材料,记述了日本上古与中国一样通行肉食,然后用《繁昌记》的材料,记述佛教东传之后宰食牲畜被视为不仁而遭禁,民间避讳隐名"山鲸"买卖。《古事记》的材料与《繁昌记》的互补,使得旧俗沿革交代周详。上文的"蕃薯"和此"山鲸"条可体现黄遵宪对日本食俗理解之深刻明达。他对肉食何以称为"药食""山鲸"由来的介绍,恐怕是中国最早最切要的记述,今人著文仍有对此解释不到位的。第二层,据其耳目亲历来撰写新俗。明治政府学习西俗文明开化,倡导食牛肉能增强体质,并且重视殖产兴业,推广饲养家禽牲畜。在《与宫岛诚一郎等笔谈》中,黄遵宪告诉宫岛:"往者大久保在时,偶与论吾土养鸡之法,人家(中国每个家庭,笔者注。)无不有之。所食不过食馀(剩余饭菜,笔者注。),而岁出之鸡不可胜用。大久保颇为叹赏,以为是亦日本当学者。"②还说中国的池塘养鱼法日本"大可学"。他是广东人,广东村村养鱼,户户养鸡养鸭养猪,自给自足。热心传授养殖经验给日本人借鉴推广,以期他们的日常肉食供应得以保证,提高生活水平,显见移风易俗的良效。由此可见,黄遵宪一面尽力搜集资料来叙述日本肉食习俗的本末,一面留心考察新俗。新俗方兴,没有资料记载,他就根据自己的考察来撰写。如此下工夫识古察今,显然有政治关怀在,而非纯粹的历史考述。

---

① 静轩居士:"山鲸",《江户繁昌记》(初编),天保三年(1832)刊,克已塾版,第31—32页。
② 《与宫岛诚一郎等笔谈》,陈铮编:《黄遵宪全集》(上),中华书局,2005年,第758页。

《礼俗志》的"芝居"条全面地介绍日本的古典戏剧——歌舞伎,包括其缘起、舞台、种类以及演员、观众等。此条前半节仅有部分内容取自《繁昌记》的"戏场"篇,两者比对如下:

表5 《国志》的"芝居"条与《繁昌记》的"戏场"篇内容比对表

《国志》"芝居"条(1467页)	人境庐馆藏的《繁昌记》(初编)"戏场"
演戏,国语谓之芝居,因旧舞于兴福寺门前生芝之地,故名。平城帝大同中,南都猿泽池侧,土陌吹烟,触者即病,乃舞三番叟于兴福寺门前生芝之地,以禳其祲,故名曰芝居。古谓之歌舞伎,或曰男舞,或曰白拍子。辟地为广场,可容千余人。宽永初年,猿若勘三郎始请于官,创开戏场。其后优人次郡、市村、山村氏等各开场,世守其业。场中为方罫形……每日始卯终酉,鼓声始震,例为三番叟舞、七福神舞、猩猩舞……优人声价之重,直与王公争衡。旧日,优人列之下等,无与交游者。近学西俗,优人出入巨室,公然抗礼矣。妇女无不倾倒者。	演戏,国语谓之芝居,○曰歌舞妓。○盖闻在昔平城帝大同中南都猿泽池侧,○土陌吹烟,○触者即病,因大烧薪以压其气。○且舞三番叟舞于兴福寺门前生芝之地,○本邦古误言结缕草为芝。而禳其祲毒焉,○是此名所以缘起也。○……或曰男舞,○或曰白拍子,○又曰歌舞妓,○此是也。○四海为家后,宽永初年,猿若勘三郎赐命创开戏场于中桥街。○至九年移于人形街。○次都、市村二氏之场,亦皆成焉。○庆安四年,又徙于今地,○而山村氏起场于木挽街者,○在正保元年。○始于卯终于酉,此是演戏○例程,题在看棚头。东方将白,○鼓声始震,○例为三番叟舞,○次演家艺,○俗谓之胁狂言。○中村氏演酒吞童子事,○市村氏七福神舞,○森田氏猩猩舞。○……①

《繁昌记》原文第1、2段介绍戏场缘起,正是志书需要的材料,黄遵宪用在"芝居"条的开头,把芝居的来由交代清楚。《繁昌记》原文第3段描述表演场景,黄遵宪仅从中选取了有关演出的时间和种类的材料,足见他视需要来择取材料。此条后半节中与《繁昌记》原文无关(见1467页),或者是他参考了其他文献,或者是他据自己的见闻来撰写的。如正文介绍的剧场,可容千人,中间为旋转舞台、两侧乐台一为讲解员一为乐器师,很切要;注文"近学西俗,优人出入巨室,公然抗礼矣",颇有微词。自江户后期到明治中期,歌舞伎深受欢迎,独领娱乐市场之风骚。黄遵宪对优人跻身上流社会似有不满,视学西方重优为有失体统。

---

① 静轩居士:"戏场",《江户繁昌记》(初编),天保三年(1832)刊,克己塾版,第8—9页。

"芝居"条与上文"山鲸"条一样,仅凭借《繁昌记》的材料,不能全面叙写歌舞伎的情况,黄遵宪出于对社会变革的关怀,以齐全地搜集材料为基础,状写解释,把自己的运思形诸笔端,给中国人借镜。

3. 有拆分、有合并,重新归类整辑

《繁昌记》(三编)"寄"篇,描写了杂耍场中的落语、木偶戏和口技这三项民间喜闻乐见的曲艺,通篇没有上文那样的"贫儒""无用之人"等愤世嫉俗的讥刺和封建正统的道学评论(往往那些讥评任意打断都俗景态的描述),连贯地描述了演出的实况,细腻传神,令人叫绝,堪称美文佳作,难怪受到人们的推崇。周作人说:"寄(Yose)者今写作寄席,即杂耍场也",认为"此写寄席情形颇得其妙","黄君采用其文,亦可谓有识。"①肯定黄遵宪采引"寄"篇来编纂条目得当。黄遵宪把"寄"篇拆分为"落语、演史、口技"条和"影绘"两条,见下表:

表6 《国志》的"落语、演史、口技"条和"影绘"条与《繁昌记》的"寄"篇内容比对表

	《国志》(1468页)	人境庐馆藏的《繁昌记》"寄都俗谓招聚,谓之寄"
落语、演史、口技	演述古今事,借口以糊口,谓之演史家。落语家,手必弄扇子,忽笑忽泣,或歌或醉,张手流目,跻膝扭腰,为女子样,学伧荒语,假声写形,虚怪作势,于人情世态,靡不曲尽。其歌语,必使人捧腹绝倒,故曰落语。楼外悬灯,曰某先生出席。门前设一柜收钱。有弹三弦、执拍子以和之者。亦有口技,技人仅一绰板,藏于帏内,能为一切风声、水声、火声、禽兽声、弦管声、老幼笑怒声,纷纭杂沓,一时并举,而听者自能分别了了。	鸣太平,鼓繁昌,手技也,○落语也。○影纸乎,○演史乎,○曰百眼,○曰八人艺。○乎昼乎夜,○交代售技。以七日建限。尽限客鸟不减,○又延日,更引期。大概一坊一所,用楼开场。○其家檐角悬笼,招子○书曰:"某某出席,○某日至某日"。○夜分上火。肆端置一钱匣,○匣上堆盐三堆,○…… 落语家一人上……旋尝汤滑舌本,帕以拭喙(折帕大如拳)。拭一拭,左右剪烛,咳一咳,纵横说起。手必弄扇子,○忽笑忽泣,○或歌或醉,○使手使目,○跻膝扭腰,○女样成态,○伧语为鄙,○假声写倡,○虚怪形鬼,○莫世态不及,○莫人情

---

① 周作人:《日本的落语》,钟叔河编:《周作人文类编·日本管窥》,湖南文艺出版社,1998年,第529—531页。

续表

影绘	影戏谓之影绘。纸障一面,淡墨无物。笛响鼓鸣。忽见树阴一人出,右挥铃,左开扇,左顾右旋,应笛扬铃,合鼓翻扇。迷离惝怳,若有若无,人影暂灭。闻赛祭鼓声,殿宇高竿,和表蠹立,扬红白帜,大小灯无数,赛人来往抛钱祈福。既而鼓歇。夜深有叱咤声,则狐群排行,徐徐进步,各荷蒲席,衔炬火,担木持竿,俗所谓狐嫁女是也。行过神殿,狐化为人,席化筐筥,火化提灯,竿化枪,木化舆,奇变莫测。灯灭狐匿,又为幽鬼作祟之图,为鬼影,为僧影,为菩萨影。影戏亦能写花草鸟兽之形,然喜为幽寂奇幻之境,大概如此。亦有傀儡,有牵丝傀儡,有杖头傀儡,有水傀儡。	不尽。○落语处,使人绝倒,不堪○捧腹。○…… 　　纸幛一面,○淡墨无物。○笛响鼓鸣,○乍生数绿松。○一人从上。○戴帽披袄。○右手挥铃,○左手开扇。○了了明明,写出分明。左顾右旋,○转眼动眉。○应笛扬铃,○合鼓翻扇。○舞舞廻廻,真是影人有魂。○……听得祭礼曲鼓噪处,○双灵柱涌,○一殿宇涌,○红白竖帜,○大小张灯。赛人往回抛钱祈福。○既而鼓声渐歇,○人影顿灭。○夜盖深矣。○远远闻得叱咤避人声。狐群排行,徐徐进步。荷蒲席,衔炬火,担木持竿。俗谈所谓狐狸婚礼是也。○才出双柱,狐皆化为人。席变挟筥,火变提灯。竿化枪,木化舆,奇奇怪怪,变妙机神。灯灭狐炽,却又照出那羽生村累女幽鬼为祟之图。…… 　　屏障内,口技人在焉。○唱歌一曲,○忽声出一小猴须叟问答,纷然谑话。遥遥闻得足音在外,推门声,推户声,一叟至。……①

《繁昌记》"寄"篇第2段绘声绘色地描写了落语家的精彩表演,第3段与首段提到"影纸"呼应,描述影戏。黄遵宪将影戏与落语、口技拆分开来,独立成条,并在落语、口技中加入演史,三者都是口头语言艺术,可收编在一个条目中。据周作人之见,落语经过了从路旁设肆卖艺到定期登台,其故事从简短到冗长的演变,然而万变不离其"必使人捧腹绝倒"之宗,"所谓一把扇子的'素话'实为此中最大本领"②。无疑,此条黄遵宪的解释落

---

① 静轩居士:"寄",《江户繁昌记》(三编),天保三年(1832)刊,克己塾版,第29—32页。
② 周作人:《日本的落语》,钟叔河编:《周作人文类编7·日本管窥》,湖南文艺出版社,1998年,第532页。

语切要到位,没有像《日本杂事诗》定本诗注那样将演史混同落语。① 如此拆分归类,比较科学,使读者易于明了。在"落语、演史、口技"条中,演史与中国的说书相类,黄遵宪简略解释,未征引材料;口技在中国也并不少见,他参考原文,概括介绍;落语,相当于单口相声,是"他"有"我"无的、具有日本本土特色的曲艺,则作重点介绍。

然而在《礼俗志》的"落语、演史、口技"条中,在落语和口技之间,却突然用《繁昌记》原文第1段的内容介绍了寄席的"楼外"和"门前"。根据原文可知,寄席(杂耍场)不唯独演落语和口技,还演其他曲艺。因此,这两句介绍插在正文中间欠妥,应放在最后,以注文形式补充说明。

《礼俗志》的"影绘"条主要转述原文的狐婚戏,最后两句总结是黄遵宪补充的。前句指出影戏善于表现幽幻情境,倒很切要。而后句介绍木偶的种类,让人生疑——影戏实际上不是影戏(影戏的偶人一般用兽皮、纸板等制作),而是日本的三大国剧(能、歌舞伎和木偶净琉璃)之一木偶净琉璃。木偶净琉璃与影戏一样,也用幕纸。这是由木偶配以三弦演奏的说唱的一种戏剧形式,其木偶种类繁多,有杖头木偶、悬丝木偶,有手指控制的小木偶,也有机关操纵的大木偶等。在江户中期达到全盛,到近代走向衰落,仅有一个剧团——大阪的"文乐座"存活下来,故又称"文乐"。然而,《繁昌记》原文没有任何有关傀儡的制作材料和品种的介绍,单从字面的"纸幛一面""影人""人影"等语来看,应该是影戏。这种供儿童观看的影戏,到明治时期渐渐衰退。可见,仅征引《繁昌记》的个案材料,使《礼俗志》的"影绘"条对具体某一出戏(即狐婚戏)的状写有余,而对影戏的整体的特点的概括不足。有可能黄遵宪没有去大阪看过"文乐",故而不求甚解,将就编成,结果此条变成夹生饭,结尾的补充总结露出破绽,让人莫名其妙,似是影戏,又似是木偶净琉璃。

黄遵宪还把"两国烟火"篇所描写的"转桶戏"、"金龙山浅草寺"篇所描写的"叠枕",合并为一个条目:"转桶戏、叠枕"②,因二者皆为"手脚弄物",所以将两者并列归为一类。

---

① 周作人说:"日本演史今称'讲谈',落语则是中国说笑话。"《日本杂事诗》第126首咏演史,诗注"演述古事,谓之演史家,又曰落语","小有错误,即并演史与落语混而为一是也"。(周作人:《日本的落语》,钟叔河编:《周作人文类编7·日本管窥》,湖南文艺出版社,1998年,第531页。)

② 分别见静轩居士的"金龙山浅草寺"和"两国烟火"(《江户繁昌记》(初编),天保三年(1832)刊,克己塾版,第15、19页),《日本国志》(陈铮编:《黄遵宪全集》(下),第1469~1470页)。

以上循着人境庐《繁昌记》藏本圈识"〇"的指引，比对了《繁昌记》原文与《日本国志·礼俗志》的游艺和饮食各条，可以看出：文人笔记《繁昌记》以状形写物淋漓尽致、引人入胜见长，即便文中有客观材料，也零碎不成系统，诸如"煨薯"这样明原委、通实际的篇章委实少见，大多是某种习俗的场面描绘，与志书的科学严谨南辕北辙，勉强可取用的几乎是个案描绘或零散的片段，这给黄遵宪编写日本风俗带来不利，仅剪裁拼贴材料不足于编成条目。他征引《繁昌记》原文，于铺张繁复中择其要，运用各种编纂方法，或归纳解释，或分拆别述，或合并归类，并以平实笔调化出，以不违志书体例。而"山鲸""杨花""芝居"等条，凭《繁昌记》的个案片景，单薄孤立，难以整辑成条，他就通过田野调查补充材料。尽管他知难而上，尽其所能，上述各条仍然有些许不足，或概念解释略嫌潦草漏略，或源流本末略嫌语焉不详，仅在叙写具体情状上，独得佳趣，而这佳趣是化自静轩《繁昌记》原文的结果。

结 论

通过比对《日本国志·礼俗志》条目与其所征引的文献《繁昌记》原件，可以得出如下结论：

首先，江户时代的汉儒著作为黄遵宪编纂《国志》提供了直接且简便的依托。日本曲艺种类繁富，黄遵宪恐怕未能一一作田野调查。虽然黄遵宪在日本有心采风问俗，但是利用公务之余专程去田野调查的机会恐怕并不多。据《致王韬函》，他于1880年7月"欲考风问俗，故恣意为汗漫之游"，足迹遍及日本岛，但是此次游历的时间并不长，又舟车不便，徒耗时日，且"唯苦无伴侣，未谙语言，稍嫌寂寂耳"①，不可能深入调查。"以他国之人，寓居日浅，语言不达"②，即便有亲睹曲艺表演的机会，也可能因语言不通，难得真诠。黄遵宪与日本友人笔谈说："贵国演戏，尽态极妍，无微不至，仆亟喜观之，恨未知音耳。"③他常借宴游、会客之机与日本

---

① 黄遵宪：《致王韬函》(1880年)，陈铮编：《黄遵宪全集》(上)，中华书局，2005年，第320、324页。
② 黄遵宪：《凡例》，陈铮编：《黄遵宪全集》(下)，中华书局，2005年，第821页。
③ 《与大河内辉声等笔谈》，陈铮编：《黄遵宪全集》(上)，中华书局，2005年，第649页。

人探讨山鲸、演戏、戏场角色和养造法等等。① 通过田野调查以及与日本友人笔谈请教,恐怕不足形成卷帙浩繁的日本风俗志,倚重文献资料来研究日本风俗,重在搜集和研读文献,恐怕是黄遵宪最可操作的方法。《繁昌记》是文人笔记,文人的兴笔纵描与志书的科学严谨格格不入,但是《繁昌记》毕竟是日本人用汉文写的第一手风俗文献,能利用的材料尽可能利用,黄遵宪将《繁昌记》原文剪裁熔铸、加工改造,弃取材料切委,结构编排科学。静轩的俳谐风格几乎不见踪影,连高明的周作人也以为是黄遵宪自作而称赞,梁容若也称赞风俗条目"爽朗细腻"②,从而可见他研读文献和整辑编纂的功夫。

其次,通过对比分析礼俗志与其所征引的日本汉籍原件,可见黄遵宪自述的"采辑之难""编纂之难"诚非虚言。在《国志》"凡例"中,他说及三难:一"采辑之难",日本古无志书,维新前的文献有目无书,维新后的文献概用和文,不可胜译;二"编纂之难","以他国之人,寓居日浅,语言不达,应对为烦,则询访难",加之"襄助乏人,浏览所及,缮录为劳,则抄撮亦难";三"校雠难",僻异的名称,因假手转译而来,有的同字异文,有的有音无字,故而芜杂、疏漏,在所难免。③ 上述饮食、游艺、乐舞各条目编纂质量优劣不一,有的精审,有的粗糙,这些多半是由于所征引文献的内容、形式、风格的差异而导致的。黄遵宪非专业史家,民俗非其所长,仅利用公务之余研史而已。搜求各种文献资料,狠下工夫细读深研,采用剪裁整辑、合并归类、分拆别述等方法来精心结撰,已属难能。编写条目虽略有瑕疵,但这些条目恐怕是中国最早最翔实的日本游艺记载,直至今天仍然可为日本史的研究者提供参考。

再次,黄遵宪作为改革家,精心编撰日本礼俗志,是想借日本维新"取于西人而不失自我"之例,"质之当世士夫中留心时务者"。换言之,其编纂日本礼俗志背后的用心与心血,颇值得人们玩味。1879年,崇厚与俄国交涉伊犁,签下丧权辱国的条约,黄遵宪与日本友人笔谈时,论及此事愤恨难平,④宫岛劝慰他:"此际贵国益严兵备,以御外侮,一变旧习,以张

---

① 《与大河内辉声等笔谈》,陈铮编:《黄遵宪全集》(上),中华书局,2005年,分别见第643、648、679、758页。
② 梁容若:《黄遵宪评传》,《中国文学十家传》,第一辑,私立东海大学出版社,1966年,第346页。
③ 黄遵宪:《凡例》,陈铮编:《黄遵宪全集》(下),中华书局,2005年,第821页。
④ 原文为:"彼徒以骄矜之气,为桀黠所愚,遂使天下事败裂至于如此,可胜叹哉!"黄遵宪:《致王韬函》,陈铮编:《黄遵宪全集》(上),中华书局,2005年,第315页。

国威";他却忧心忡忡地回答:"吾国之事,非入局中者不知其艰辛。不如贵国之易于作事,易于收效也";日本可欲速、轻进,而中国"不能欲速也"。① 他看出积重难返的中国要像日本那样维新改革,实非易事。他晚年检点"旧日之我"之所以"急于勇退","一则无所凭借;二则国势之艰危未至此极;三则未知人才之消耗如此其甚也。"② 可见当年他人微言轻,只能借编纂《国志》微言大义,将自己的主张——中国应当走日本明治维新道路,取法西方发展声光电化,而礼乐风教则固守传统——在字里行间婉转道出,将对吾土我邦借镜日本改革的惕厉忧惧渗透笔端。一个爱国者良苦用心如此,令人不胜感叹。

---

① 《与宫岛诚一郎等笔谈》,陈铮编:《黄遵宪全集》(上),中华书局,2005年,第747页。
② 黄遵宪:《致梁启超函》,陈铮编:《黄遵宪全集》(上),中华书局,2005年,第437页。

后　记

　　本书共 20 篇论文，分别从形象学研究、译介学研究、跨文化研究三个方面展示了中外文学文化关系研究的新视野。本书所收论文是各位作者近年的代表作，他们从各自熟悉的领域选取有价值的个案进行了文本内的论证与文本外的阐释。

　　将这些论文汇集在一起的原动力，是各位作者受教于北京大学孟华教授的共同学术经历。有现代教育家认为，真正的教育实际上包含三个层次：修习、行动和成为（Learning，Doing，Being）。这三个层次并不限于狭义的课堂，而是扩展为师生之间就文章、学术以及人生的广泛交流。本书各位作者因不同的机缘先后跟随孟华教授"修习"比较文学研究的基本方法，在"行动"中探索学术的路径；毕业后一边工作一边做研究，一步步"成为"了今天的自己，在这一过程中孟华教授仍一如既往地给予谆谆教诲和亲切关怀。从这个角度来说，本书不啻为孟门弟子在学术之路上"修习、行动和成为"的集中展示，包含着对导师的深深敬意。全书所收录的 20 篇论文都建立在具体的史料考据和辞章分析的基础之上，而这正秉承了孟华教授所传授的基本理念。

　　2014 年 11 月 4 日是孟华教授 70 寿辰。门下弟子都在高校和科研机构任职，颂贺寿诞、敬谢师恩的最好方式，或许莫过于奉呈近来的学术心得吧。

　　本书的出版得到北京大学出版社外语编辑部张冰主任的大力支持，责任编辑肖凤超女士的审校细致入微，在此谨致真诚的谢意！

编者
2014 年 9 月 15 日

"微时代"与电影批评的变革

"微时代",似乎总与数字化革命密不可分,是一个以网络媒介为日常化为特征的当代文化的产物。数字化时代的名称有众多,首先是随着互联网科技的飞速发展,出现了一个——人的类型,今年美国《纽约时报》就把我们这个时代的文化简单粗暴地界定为"视觉文化时代"。这一说法已经全面概括我们的时代,如网络并非开始于今天,与一说是人类进入了视觉文化时代,倒不如说人类已经有了长足的文化实现形式,我们从20世纪90年代就已经有了后现代主义文化思潮的回归,在那些更着渲染着"和时代",但现在,我们该认这个时代的特征是更为复杂、多元化,多中心化,据以往等特征,这表现出了不单是视觉现其具有的社会文化意义的真正步,这就是我们所说的微时代、微文化。

与微时代密切相关的文化形式又多种多样,都可以冠与前缀,微电影者的微时代人人相关,在电影领域,微电影的名称出现,"网络电影""电影片"微时代也应运而生,"多媒体时代""新媒体时代","自媒体时代"等名称,也围绕于"微时代"来映衬出可能性,更有甚者,引发激烈的我的电影《小时代》系列也像成为了一个"小"、"小",为持定时代的当代文化景观。

所以这个小的时代的电影,与微电影着紧密的相关的。
微时代最为重要的基础是互联网络,互联网络的人、对电影的制作、传播、传播方式、传统,以外又促成了相互影响的直接因果关系。以为制作水准和普及的,这种多媒体包含着对电影制作方式有身内、外的两个方面,"内",各微电影到电影的题材和类型形态,"外",则是微电影在走向融合的过程中，电影突破原有的"媒介化"，成为一种传播媒介，无论是未定义等被深刻地变化，电影文化逐渐与媒介产生某种关系。它也重新用媒介来传播和表情，打破原先电影的介与条件，媒介用来传达电影的其主要方式，随着电影制造和传播方式的变化，同样，电影也其特点，概而言之，今天的电影扩张，正是以美学文化扩张的形式表现出来的，互联网技术的深入和网络传播技术的崛起，网络技术的革新重构为电影的生产机制、生态、生活，电影把其视为内容。乃至某些以电影及一种生活方式的媒介文化及美学文化空间的深度形成了重大的新变迁。

电影作为现代文化转轨以来的人类文化空间的深度形成了重大的重要出。但这种作用在电影等媒介方面之后像性，都在、工业化作用提升了。也在一个发展的视觉化、电影对当代文化生活思维的构建和表述的转变———公共视觉思想的传播和扩展，引导生活思维。

未来以电影有度可以对当代代运行生活于被发展新亮。

媒体代传播变化：从封闭空间转向开放的、流动的可能性

电影的"媒介及展行为"，未来首先电影的基本条件，无论历史其电影传播的加剧因其上，这一现象行为又如同是网络的形成的的事。现在电影的"媒介及展行为"。开放电影上未在电影等形式上（甚至也不是以电影院放映形式开始，放之可能是的传播放行开来在电影院外中开始对电影的主题目标），他们可能已经被合的有就在电影院外其他模式化中开始观看流行，在观看前，微信、电视、多向传播在空间所周围），也看准看在电影院外流行，在观看前流中，在一个媒介化的的是空间的所被提供作、大众找行和推上，在变态发的目前等中，在一个媒介化的的是空间中被传递化。相反地，电影放该你处于其化来以限于上是多幻想的都是化的大范围媒体，在一个多被媒体化，我们在看电影上、网络上、移动端生上、都可以随时地观看。电影成为在大其限于上看美电影、流电影、网络电影也成为一些

围,非抑制的美学观念北美已经形成现代化美学中关于"日常生活的审美化"的议论,致使"电影的日常生活化",鲍德里亚所谓,"日常生活的美化",成为当代消费社会的一个重要特征,其形式层面上的多方面北和美国文化学者鲍德里亚所说的,"艺术的文化(消费文化)所涉及的视觉领域在已经变化了,它整体化了,吸纳了大众活与日常文化,人和物体与生俱在同实践中相联系以至于文化有关。"[1] 在日常生活与日常审美化的背景下,在顶着都作为主体的文化大众次中,被摄名名人与大众视像名人的前辈与沟通渐渐扯平了,甚至名人视像与日常生活的前瞻也消失了,屈来经典的美学表达法与艺术等级被颠覆化。

朝代化电影名人图像的降临:从内视转向为外视,电影本体的沦陷

在经典时代的一些电影（如被称为"视像电影"的电影）中,童历,其戏剧性,叙事性化乎不足与电影名人有绝对的,其接的关系,名人作为一般地少小成本电影都能招用很多人摄目各自的视觉系的前,甚至少以其昂贵的无论作为经典道题的某一更批推出的摄作"名片",也根引着意义的,也没有什么特别的,电影成为一种"像是名人的摄,因为大众名化系,名人向文化销的前后,电影成为一种"像是名人的摄,因为大众名化系,名人向文化销的前后,电影成为一种"像是名人的摄,因为大众名化系,名人向文化

相应地,电影名人被戏在在实际,也渐,甚至即由了明所未有的乎是再和持化,电影的名人性性一名程度的与案件的激烈加度,常常乎成正比,令今也无此状将失各类例现,长和,非演者对,此《无际33天》名不性是一现,几乎没有什么名息,尽水漂,对员不多,曰,"电影剧化,"的电影,但非推举在名片开始的反,《秦囚》逐渐从来话电影的创化板规划,小人物,

---

[1] 《消费主义与后现代文化》,鲍德里亚编著,译林出版社,2000,第139页。

小情小爱。总难说在艺术上有多大的创新，但却承担了开阔观众的艺术眼光，激活了一次创造了"以小博大"的中国电影盖世奇迹。重要的说是《小时代》，在主流媒体和一般知识分子精英严厉的抨击声中首映日历票房上扬，《人再囧途之泰囧》也首次跃升于榜，一改着美国大片包揽的历史；上映一周内观众数据高达4.3亿人民币，超越国内2D电影最高"纪录4亿"的纪录，同时也成为当时上映第一周蓝底美国的国产电影，随着排片月份增加逐增加大幅，从少数影院的排片率甚至提升到了70%。

所以，这似乎是一个电影本体追求的年代。电影的跨越国家和区域传播，明显放弃了等待本体的亲近了电影的关系艺术。据其，尼正在等待本体困境时刻，许多时候，看电影已经是追求浪漫化和相关联，而是追求转移运紧凑，以及继起在被入沉浸与社会文化思索。首、"体验性"的再现方式之一等。

换电影、网络剧重要起而此，它们与爱来关来紧密，有的甚至据据，如《万万没想到》系列。所以，这表性的网络视频传播着大于本体，外境重于内外层。

当时代的电影挑战之一：文化批评浮出的名文化批评突起

电影批评是电影传播和思论发展其广泛的重要方式。但与电影的巨大发展相比，此时代电影批评的变化，形态、文化方式和体例方式，也能的价值等也都发生巨大变化。

文化批评的崛起

"文化批评"的概念实际始于20世纪80年代以来中国电影批评第一个重要现象。20世纪80年代伴随中国电影批评的现代化，尤其是新电影浪潮其国民，本体革新流露的方式、文本变革批评浪潮之后，"文化批评"的目标，具备以表现型主义之文本批评思之等，文化亦显云重更为比较。

从中国电影批评发展历史上看，文化批评的浮现并非偶然，而是因时应势的发展。20世纪80年代文化批评思潮的崛起之意义首先即在于，它以电影作为深厚底蕴的文化传统为文化审美批评提供了不尽之源，且不懈鞭策着诸多优秀的家园回归。加于"商业化"的时代状况，越显得尤为其可贵和意义之大，甚至一部分关于电影的工业化水准的争论的拷问也主要集中在关涉视听传统和美学的一个层面上，这直接凸显了电影深层的文化传播的脉系。

近年来，中国电影批评研究的以文化·意识形态·大视野"批评较为先前颇受研究界推崇。跨文化研究对文化批评形式的挑战的日益浓烈，对电影批评的方式、范畴和走向无疑意味着又一个新挑战，借有着深化再变义的蕴涵。

事实上，电影批评的诸种对新电影的文化批评的一直在进行，即使在关墙之时，的确，当时的文化批评家被注定于某一无之错，也有不论及新形态化的探寻，更有未能以历方并驻就到了自己的事物。不过，新中国电影六十年来开展三十年生的如今，这种方式蛮继续进行，而且必将是以其愈彪东起为其必然。如胡山寿先生曾批评："这义对已方的新兴新命名的中国电影形态研讨终究的'独立其实"，以开具明与崛起的舞蹈的一般的作为图原，尤其为了电影的电影理论之意之类。事实上以广义，车务研所于摩擦，这种方向阳确推进行，是其独美学的建构的时候，也使得一部分至为全真的探出在现当代中国电影的论坛与大体现为。"[1]

从中国新时期以来的文艺思潮的历程来看，也经历了一个从"文化热"到"文化批评"，翻事实亲文化研究理源的转向。文化批评作为新的美学潮流，重加持有电影的文化品性，与中国电影的崛当代生化建向。现北文化蕴藉的进一步强化各相应的，同样推进了，随着人类文化转段的逐入了。电影艺术批评又经为以文化形态批评的影渐成，文化批评来自有生命力。

因此，文化批评有着漆漂，但以未绝关，其方方处，精神成为为关电影理论批评的源头，传统和有机组成。

[1] 胡讯《回顾与反思：30年中国电影理论思潮及其变迁》，载于《当代电影》，2009年3期。

关于批评的话语

纵时间顺以来，电影批评这块领地有着多层面和浓重视重视的色彩。关于电影本身的问题，特这块领地的电影与文艺性（"电影艺术文学论"）、电影与戏剧性（"丢掉戏剧的拐杖"、"电影与戏剧离婚"），电影诸如电影语言本来的探讨。针对此周中国电影的建构，所涉及的自身置性，乃至跟文化格局的关系之类。这一肌瘦思慎重视着的"文本"，以来具自身问题思的历姿。在—"除着来先锋先进的电影（不乏漂论）的零声者、此推—与电影有同频。关于北美电影家人思绘远成者、"旁先出电影"，开始关于关于电影的姿重新命题。"加权化"、"加戏剧"、争论，但用十几年的时间的历足见开天长。

但随着中国电影的发展，有各种状态相交织，以为和电影看像不仅是一部分关于电影的工业在米情争的依据时，变态置了电影姿重大的问题。加关于"商业化"、"的取代"，随着展出关于末来世主要素的权建和签作思想不适代了人反思求不构取决已经定型不错，不能僵保持这种发挥的状态

转换的典范。

在这种情势之下，批评界前面紧迫不可避免、当时有升力少理论工作者是在国对来某些某些规范时提问了一种——"为线化的艺片"，"我们必然提到若个这些电影客千成排上，我几到底想，也就该把确定使要具依们伯的书。"我们几多接了到一个职成我们通论有数的权未相对名器看见其艺难。"[2] 对基模式？若是他方式？这样批把？"作某电影艺光这些类别分了所为？也没有所类？结构主义人的情专为？我们留对的有方面的？理论？精神分析学？精，这么久了此承，独面强化之工厂来有作体成了认知得有和道建建要充的人的发片，在八为挣扎。

---

[1] 杨远婴《八九十年化中国电影理论名著主潮》，见于《当代电影理论文选》，北京：广播学院出版社，2000，第18页。

[2] 郑雷《张名深电影理批评诡思》，载于《当代电影》，1993年第3期。

essed所佛来的困扰泥淖。"[1]

花花看来，这种困扰在很大程度上是名家电影的电影的转向，势开辟出新的出于赛来的那种名片电影。"性素电影。"据来稀落的话语。

毫无疑问，今天，电影的名片就评并没有真有在花名的价值。在某些如为一些现泥来视觉吞没，终经被事和诗相旗跃化了。关于叙事，情节、以阴文化为王旨的名片们来，是一种集名且放火也将暗遮的"传承的结构，电影遭其我本不再将受我的细语言普遍是必要的。但首因为电影是一种可以而为主轰蛋，所以，名片花形式上的标准就为了一种"的特性"。那么，以事美、如画面为美、以格致、风味、相吐、意义之等为完整的形式来规形之，它不得具有那种艺术的级难在不。于是无重，"南华北据"了。电影花忘是一种"潇潇名片之水"，以细腻为主差蕴蓄化，当是它在带中作人物的为政体，并它其实对其他主活较多次次效中层于尘迷如地，的十来规之通的重视各类规跳为作小赢张。十人记忆，蒸厚与灯煞，亡息有在，敦敏燃跳格为之不太淡的"，所情长关规的内涵，它总是面向大的，通念"之水电影。"美图采现名片，主都来说，愿人花来把，烟黎的花名片不一样，这使结束加过事母魁、王酷来说，首人那之水于事美的比多性成分的名片花化文化大不有相之外面来更多人，却这些样子。它是一又来，其对电影的规得性现用甸塞颜。自他此则电影名片就比七们为首生的位之大人片，花谁大程度上在我不为分类来视觉养养，重视听刺激，花我跟事的间题，对此，我们必须暗之名愿进入重新批评视野。花五方里，以分析名片的教练派，各构，嚷实，物测漂演方思片的规名片，花是有用之之相的。

此外，知例所远，电影的名片就将是面地一个方度折情之测者的，嚷明之水进与童界非来此相正化，这来为化之为加的，等院的批评来格冗细

[1] 戴梅《刚下，80年代——张名演电影论演》，见于《花港名演》，中国电影艺术出版社，1994，第1远。

地,更花之水排挥关话。关语,因为艺术批评作为市场推手所应有的分量和作用化,艺术批评家也就陷入了困境。

解读当代艺术批评之二:"艺术批评的家用与网络""媒批评"的崛起

艺术批评的家用与滥用

在近年来中国电影艺术不断发展壮大的背景下,电影艺术批评也迅速崛起起来,成为中国电影批评领域的新生力量。不过说,艺术批评的崛起有着特殊的原因,特别是,它直接凸显的新颖点,因此有研究者指出:"一个电视机的中国电影艺术批评自己掠过,无根的烦恼,疲劳和空虚。"电影艺术对内的电影艺术评论者们具有着很明显意识的反作用却是在了自己。"电影艺术对内的电影艺术研究,体系也和在在方方式方法和内容难题,这正是新世纪中国电影艺术理论家所密切关注的课题。"[1]

电影艺术的艺术研究作为一种系统研究,但凡在提了不少问题,被和何东缚,对于作为哲学艺术的研究还在在是一般问题。"电影艺术的研究方法上是建设需要经久不衰的课题,不坠上艺术下于电影艺术的本体论对于电影艺术和艺术的艺术研究方法之方,也对电影艺术的本体理论方法也重要,特别是许多对电影艺术的关与无法之真不了解的重要。经对电影艺术的何次化,边逐新化,即使电影艺术批评将呈现一个生重要进行研究的课题。"[2] 图文经案的也为了,把电影艺术评论为中国艺术的经开发不发艺术的艺术。"[2] 图者在《繁荣中国电影》等的连著作为有战之学作,提了了学术分析,展望,我也可以到电影艺术。"[电视 33 天》《鑫因》《小时代》《致青春》,著名的电影,研究要《繁荣山居圏》等著连当时的研究开架。

---

[1] 陈山:《回潮与反思:30 年中国电影艺术理论发展反思笔记》,载于《当代电影》, 2009 年第 3 期。
[2] 林少维:《名圖的礫嫌与潜在的对接——对当代中国电影艺术理论研究的一点思考》,见于《改革开放与中国电影三十年》,中国电影出版社,2008,第 649 页。

者特别值得加以分析。这可以分为这么几个层次：文化心理、艺术范式、表达其体，商业运行等各个层面，这能较普遍地分析，只有多者并观，才可能丰富立体系现出其行为所体现的，才可能接近其真相——那么，"艺术的嬗变者，"自然也。

网络批评的嬗变："微时代"的影像批评转向

面对文化批评提出的，"去电视化"、"去正版化"的失衡，以及"去电影院化"，的压迫感出来，其加之电影外观及展示形式的变化，因此作为精神和物质实体的电影电视，尤其是堆音乐影像电影的种种在线形式的方兴未艾，网络批评的嬗变越具有历史性的意义。

毋庸赘言，在当今之网络，博客、微博、微信乃至新媒体等为载体的电影艺术批评充盈蓬勃发展，在数量上，可谓汗牛充栋；而网络艺术批评对当代的艺术影响之大之深，甚至有的导演坦率地承认了来考察批评其作者样，这充表现明了网络批评的嬉变乃不可小觑。

当然作为代以电影，都是因为艺术是以艺术之美文化空间和精神的支撑，而是网络批评化以小觑的。

一个城市各种媒介，以多种样的媒体传播其微空间。但电影的网络批评其实是其多向话，其如情报化，深度化的非系统化工作，难能看到水准的非名家同题，如何解构化？要不仅进化？能名作其真正视现化为大联制作片批评的电影为如何作用？这些问题都是必须关注的。

总之，近年来在中国电影产业化场化日益活跃化的大的背景下，电影批评其他涂涂正在发生巨变。其同意涵的网络体，深圳体的网络影响的家数化上，映射出直接周转的大千世界其化人的观念同时，也看着其接续的意念凸显的"新批评"（恕！说其吾！），最能似在服我一例其二，就是电影批评的"微批评"化了。

这是许多电影批评在在"微时代"，在当下大凝家话语语中兼锋的持续开放的表征，更是电影批评存在的活跃力，能够发生持续影响力的重要征之一。

"不averment是小说,无以成红楼","傲时代化","天籁籁",皆无籁的"隐在","无籁的"无声音。但成的,我们只有无放弃,不放弃,不自我放弃,不摆在顺应中创造新文化,进化生成新的整体形态形式和重构新造电影文化空间。

著作

《诗学：理论与批评》，百花文艺出版社，1996年

《中国当代摄影艺术发展史》（合著），北京大学出版社，1996年

《艺术的意蕴》，中国人民大学出版社，2000年

《中西比较诗学论稿——20世纪中国现代主义诗学研究》，北京大学出版社，2002年

《作序的生长》（合著），陕西人民教育出版社，2002年

《电影艺术讲稿》，新世界出版社，2002年

《艺术之魂》，河北教育出版社，2004年

《当代中国影视文化研究》，北京大学出版社，2004年

《艺术为什么》，中国人民大学出版社，2004年

《世界电影史》（合译，译著），北京大学出版社，2003年

《美国电影经典》（合著），对外经贸大学出版社，2005年

《美国电影经典》（合著），中国发展出版社，2005年

《电影文化之维》，上海三联书店，2007年

《艺术概论》，凤凰出版传媒集团，江苏教育出版社，2008年

《影视艺术》，凤凰出版传媒集团，江苏教育出版社，2008年

《影视艺术》（合著），北京大学出版社，2009年

《艺术理论与欣赏》，石油物资部，2009年。

《影视艺术心理研究》（合著），北京师范大学出版社，2010年

《艺术的问题》，上海三联书店，2012年

《文化的脸谱 艺术的魔镜》，巴蜀书社，2013年

《华语电影大片：创作、传销、文化》（合著），北京大学出版社，2014年

《中国艺术批评通史（20世纪卷）》（合著），安徽教育出版社，2015年

主编

《电影经济：文化形象与心灵历史》（9卷），对外经贸大学出版社，2004—2006年
"大学名家篇系列"，共4卷：《名人墙花》《书苑墙花》《翰墨墙花》《戏曲墙花》《美术墙花》，对外经贸大学出版社，2008年

《电视艺术论》（合作主编，第9卷），海洋教育出版社，2008年

《电视艺术论》（合作主编，第十一卷，电视艺术、文化与电影接受），海洋教育出版社，2008年

《北京大学艺术学院硕士论文精选（影视艺术卷）》，陕西师范大学出版社及有限责任出版社，2008年

《电视电影：新影像、新美学、新语境》，北京大学出版社，2012年

《北大电影课（上）：经典中国片导读》，北京大学出版社，2012年

《北大电影课（下）：经典外国片导读》，北京大学出版社，2014年

《青少年电影课堂：推荐100部优秀艺术影片》，北京大学出版社，2014年

主要学术论文

《走向世界水体的诗歌美学》，《寺水月刊》，1991年第7期

《"新写实"小说的深层》，《名作欣赏》，1994年第1期

《"擦脂抹粉"：诗歌朗诵的当代化》，《天津文学》，1993年第10期

《第三代诗歌美学与后现代主义》，《当代作家评论》，1994年第1期

《九十年代与先锋诗歌的"后转型"：其困境探讨》，《当代文坛》，1996年第4期

《我们时代的文化转型与诗情的展望》，《名作欣赏》，1996年第6期

《北京胡同古建筑寻踪及其文化象征意义》，《中国文化研究》，1997年第2期

《知识分子与文化：文化转型时代的隐与扬》，《天涯》，1997年第4期

《现代性转化：通俗理论与批评家素质》，《当代文坛》，1997年第5期

《〈现代〉杂志的现代性诉求与中国新诗的现代化动向》，《文艺理论研究》，1998年第1期

《差异时代的日常：40年代现代主义诗潮对象征主义的反拨超越》，《天津社会科学》，1998年第2期。

《重评〈现代〉杂志：兼论"现代派"的诗学困惑》，《北京大学学报》，1998年第5期

《现代主义四论》，《艺术广角》，1998年第2期

《苏珊的电影与夏义》，《许昌学刊》，1998年第2期

《论当代散文的"大年再生"》，《贵州师范大学学报》，1998年第3期

《中西诗学从对立走向融合》，《北京大学学报》，2000年第5期

《文化转型市代的困惑与抗争》，《艺术广角》，2000年第4期

《走向中国新诗的现代化》，《学术季刊》，2000年第6期

《现代主义：朋挫此岸的一种境况》，《艺术广角》，2000年第5期

《多元文化交汇的大暑观》，《当代电视》，2000年第9期

《论电视综艺节目的多元文化格局》，《中国电视》，2000年第11期

《电影文化批评：反思与构建》，《电影艺术》，2001年第2期

《"新生代"的崛起与文艺的后来》，《文艺理论研究》，2001年第1期

《二十世纪中国新诗中的现代主义》，《文艺理论研究》，2001年第2期

《〈镜代〉杂志与中国现代市的发生》，《浙江学刊》，2001年第1期

《电视综艺节目的现代化与对策》，《当代电视》，2001年4月号

《一种现代化参照系——论王家卫电影的后意味兼及中国电影的民族化/现代化问题》，《当代电影》，2001年第3期

《电视综艺节目：历史和未来特征》，《中国电视》，2001年第11期

《论中国电影的全球化、现代化、民族化问题》，《艺术广角》，2002年第2期

《传统与现代——全球化语境中港澳电影民族化/现代化问题之省思》，《电影艺术》，2002年第1期（《全球化与中国影视的命运》〔第一周中国影视高层论坛文集〕，北京：广播学院出版社，2002年）

《模态语态，视听兄弟，传情与对策——电视综艺节目十年概论》，《电视艺术》，

《主体意识、"现代性"、后置、纪实的"美学"和"抽象"》，《当代电影》，2002年第1期

《现代主义：名称、含义和译名》，《学术研究》，2002年第2期

《中国人心态："竞争"、立场与"现代化进程"——一些现代性与人精神体的追寻角色与文化之忧》，《社会科学》，2002年第7期

《精神皈依、自我超越与洁其目的——评艺术片《我的兄弟姐妹》》，《当代电影》，2002年第4期；摘选《研究文集》，中国电影出版社，2003年）

《西方现代主义文化如何进入后的新译播》，《文艺评论》双月刊第5卷第1期，南京大学出版社，2002年7月

《现代艺术的对话：方法和体系》，《海南师范学院学报》，2002年第5期

《影视影视教育：视视与使命》，《当代电影》，2002年10月

《不断更顶的起点——一些近代生化等新的迎家发现，继押历程与"电影"继承》（净水·利诺，多提化与亚洲电影说》，第二届中国艺术研究院后后方文化欧》，夏旦大学出版社，2003年8月，回目录载于《多元语境中的新生代电影》，学林出版社，2003年5月。）

《"影响的焦虑"，文像素，自我的超越及其跨度》，《当代电影》，2003年第2期

《文化传统中的第六代告源》，《北大讲座》（三），北京大学出版社，2003年5月

《领头代告源，"现代性"，危机与革命的革路》，《名作欣赏》，2003年第2期

《围城》，天津社会科学出版社，2003年4月

《我们现代艺术与后现代艺术的辩护论析》，《湖北社会科学》，2003年第6期

（《今日中国美术》，北京出版社，北京美术摄影出版社，2002年7月）

《电影分级制以优先新片分级制》，《现代艺术》，2003年5月号

《徘徊辗转 流翼文本——一些电视剧《静医暮米先》》，《当代电影》，2003年第9期

《永远的鞠来样——一些中国现代学知识分子的思考儒伊念和思想持色》，《海南师范学院学报》，2003年第2期

《世纪之交的文化传统——我的教育与家庭》，《海南师范学院学报》，2003年第5期

曾（周星等主编《影视文化阐论》，北京广播学院出版社，2004）

《花样年代与现代性问题》，《北京大学学报》，2004年第1期（《与共和国一起成长——中国电影导演系列研究文集》，中国电影出版社，2003年）

《"差"的美学与"错置"的喧哗》，《北大讲座》（五），北京大学出版社，2004年

《电影传奇》随感录》，《电视研究》，2004年第7期

《试论当代艺术研究的方法的"文化研究转向"》，《艺术学》，第1卷第1辑，学林出版社，2004年

《花样六代的事件文化性》，《北京电影学院学报》，2004年第3期

《打捞的诗意、漂移的叙向与能指主体性的喧哗——论第六代导演的"现代性问题"》，《杭州师范学院学报》，2005年第1期

《"第六代"导演"文化反应：精神历程与电影策略》，《海南师范学院学报》，2005年第2期

《身份认同、时间叙事与"观察的历史"——论第五代导演的现代性问题》，2005年第2期

《记忆之舟、文化功能：非善化叙事与艺术表现的寓言化形式》，《中国电影》，2005年第1期

《电视互动、"电子影集"、新闻与娱乐共生》，《中国电影》，2005年第6期

《影响的焦虑——旦在中国电影外来影响》，《上海大学学报》，2005年第5期

《王少帅电影精神美读》，《艺术评论》，2005年第3期

《论表演艺术的"常"与"变"》，《电影艺术》，2005年第5期

《"后像名优"、美学的崛起》，《当代电影》，2005年第6期

《新时代以来电影观念及美学潮流》（存），《电影艺术》，2005年第6期

《美剧的潮流动力及其审美策略的艺术影响力》，《艺术评论》，2008年第1期

《纪实的"非间"，与"娱乐"——论时代潮以来的影视艺术的纪实美学潮流》（存），《艺术评论》，2008年第1期

《靠诗亮》：概述从片的挑衅与水星影响力》，《艺术评论》，2008年第2期

《当代中国电影：创意产业与体制重塑研究》（存），《文艺争鸣》，2008年第7期

《凝视忘源：剧本龙虎榜，叙事与影像的风格——我的可作为远山之名的"美丽"》，

（合作），《中国电视》，2008年第7期

《艺术探索的先锋与艺术的自觉意识及艺术学科的建构》，《中央艺术文苑》，2008年第8期。同济大学出版社，2008年8月

《中国艺术电影三十年》，《艺苑研究》，2009年第1期

《中国电影："后大片"时代的前奏》（合作），《电影艺术》，2009年第1期

《"重构美学"，到"媒体美学"：建国60年来艺术变迁的一个视角》，《天津社会科学》，2009年第3期

《从"杂多"对"统一"的颠覆——多棱化时代中的艺术生态和中国电影文化传播的新走向》，《现代传播》，2009年第3期

《思出位："80年代"的激情与光荣反思——新时期以来中国电影文化状况的几点思考》，《当代电影》，2009年第9期

《何意为王：关于影像——关于中国影像图像格局和艺术态势的几点思考》，《当代电影》，2009年第9期

《为"超级大片文学"的中国电影大片》，《电影文学》，2009年第8期

《强国大片》："创意制胜"，与"国家形象"的当代电影》，《当代电影》，2009年第9期

《在中国电影大片》，《浙江师范大学学报》，2009年第6期

《论影视剧文化构成、文化张力的意义及广阔空间》，《文艺争鸣》，2010年1月

《中国电影：大片的工业，美学与文化》，《中国作家》，2010年第9期（影视版）

《从猎奇到建构——读张电视剧的文化批评》，《艺术视界》，2010年第2期

《新中国电影六十年：北京的历史经验与新疆北京北京的深度》（合作），《当代电影》，2010年第1期。后收入人民日报主编《在总结历史与国家发展——新中国电影60年论坛文集》，中国电影出版社，2010年4月

《喜剧电影的"后为小众"时代》，《北京电影学院学报》，2010年第2期。后收入陈晓云主编《北京影像研究报告、中国电影2009》，中国电影出版社，2010年11月

《一种"主流文化霸权主义"的价值与国家形象的重塑》，《当代电影》，2010年第3期

《2009：中国电影艺术与产业发展》，《艺术探索》，2010年第2期

《2009中国电影产业报告》(下)、美学、美学与文化》,《文艺争鸣》,
2010年第2期

《媒体承担传播与创意制播》,《现代传播》,2010年第6期

《保护差异与激发心理需求——新中国60年电影的一种考察》,《文艺争鸣》,2010年第3期),后收入《新中国电影艺术史稿暨中国电影艺术史》——中国电影博物馆藏2009学术年会论文集,中国电影出版社,2010年6月

《小潴民族题材电影:"埋在深处",抑"高之恋",》,《当代电影》,2010年第9期

《影响的焦虑——新中国电影六十年中的外来艺术影响初探》,《艺术评论》,北京大学出版社,2010年

《电话电影六十年:多样化时代中华文化的艺术化表达》,新世纪,新十年:中国影视文化新趋势、格局与挑战》(中国电影艺术研究院学术年会第十三届年会暨第六届中国影视艺术史论论文集),中国电影出版社,2010年11月

《皮民风儿:叙事与转型的开展》,《当代电影》,2011年1月第1期

《"美感难生长:"的说难生长:产业、美学与文化》,《文艺争鸣》,2011年第1期

《花絮名在大影院视论音乐及心入探索中的八人及美关系》,《北京电影学院学报》,2011年第2期

《一种衡亚化:体制内的作者电影》,《电影艺术》,2011年第3期

《花絮创作中的"对民"与"移民族"》,《天津社会科学》,2011年第4期(双月刊,7月出版)

《"经典文化":在凝重与沉着,重构与洗净之间》,《当代电影》,2011年第7期

《中国电影大片的海外市场推广及其策略》,《现代传播》,2011年第3期,收入人《有印推刊资料复印》系列《影视艺术》——论影像表象溶洽中的中国"西视电影"》(下),《上海大学学报》,2011年第2期,收入人《有印推刊资料复印》系列《影视艺术》,2011年6月

《为小众相和"考慼克斯":面向市场的创意名家人与创意经营——兼及对中国电影未来产品的思考》(下)、《浙江传媒学院学报》,2011年第8期

《创意的限度,搜索的为深与价值设水位——从几个视点看当下电视剧的创作

《"亚洲新电影":花——20世纪以来的亚洲新电影导演和"亚洲新电影新浪潮"》,《当代电视》,2011年第9期

《"亚洲新电影":花——20世纪以来的亚洲新电影导演和"亚洲新电影新浪潮"》,《当代电视》,2011年第9期

《红传媒学院学报》,2012年第1期

《文化消费、身份认同与"差异性":跨文化的取向》,《上海大学学报》,2012年第1期,收入《人文与社会译丛·都市研究》

《多媒介时代的中国电影:"大片"与"小片",故事美学化》,《艺术百家》,2012年第2期

《中国电影的主流化与主流电影的大众化:文化、美学与路径》,《上海大学学报》,2012年第4期

《花繁世纪以来的我国影视剧美学新潮流》,《现代传播》,2012年第3期,收入《人文与社会译丛·都市研究》,2012年

《2011中国电影产业与艺术备忘录》,《艺术评论》,2012年第3期

《2011中国电影年度报告》,《文艺争鸣》,2012年第2期

《花繁作为人文学科的人文艺术文化研究》,《艺术百家》,2012年第2期

《电视电影:"电视电影"与"电视电影",叙事与文化美学》,

类》,2012年第2期,收入《人文与社会译丛·都市研究》,2012年第11期

《"跟进"、"经验":影片机制与美学化——对近年中国电影发展的几点思考》,《当代电影》,2012年第9期

《近年青春电影的美学泛化与青春文化症候》,《当代电影》,2012年第7期,收入《人文与社会译丛·都市研究》

《再向一种"烟片人的心声"和纪实语片的审重建语》,《艺术评论》,2012年第9期

《中国电影销售力与问题追踪》,《当代电影》,2012年第11期

《转型期中国电影的态势变革与文化镜像》,《南国华楼》(澳门),2012年11月专刊

《近年中国电视剧的"创新"——以几部新编剧为个案》,原载《中国电视剧》2012年3月

说,收入《无互诤话——中国电视剧艺术飞花之文》,南京大学出版社,2012年3月

《花繁作为人文学科的人文艺术研究》,《艺术百家与艺术教育花》(第二辑),南京大学出版社,2012年6月

《纪录与叙事：为电影写正名兼答岩崎昶兼》、成《人文艺术》无主编中国电影的文化美学与历史文献》、中国广播电视出版社，2012年5月

《文化，大众文化与电影的"大众文化"——一种"新民"精神的当代传承与电影走出的大众文化现象再现》，中国电影家协会理论评论工作委员会编《2012中国电影艺术报告》，中国电影出版社，2012年9月

《电影产业的发展与国家文化战略建设》，《中国文化报》，2013年5月20日（理论评论版）

《2012：电影与艺术批评、创新类型艺术与年度创作评述》（合作），《海南师范大学学报》，2013年第4期

《20世纪初的"美术革命"论争与现代"美术"观念的形成》，《美育》，2013年第3期

《长镜头的"似"与"非"、道具、美学与文化——客观表现与重构的真实辨析》（合作），《电影新作》，2013年第2期

《文化，大众文化与电影的"大众文化"——当下中国电影走出的"大众文化"化、视角再现》，《名作欣赏》，2013年第3期

《（一九四二）：影像中国的力量与担当，"历史真实"的介入人民性》（合作），《北京社会科学》，2013年第3期

《春节电影潮涌美学与新文化》（合作），《名作欣赏》，2013年第4期

《建构2012：年度中国电影的文化、美学与实践》（合作），《文艺争鸣》，2013年第2期

《电影艺术与产业卷——2012年中国电影艺术与产业年度报告》（合作），《中国书籍》第2期

《电影湖水体、历别经验与家庭伦理——大卫·洛德维尔与家庭电影理论及其东方意义》，2013年第4期

（合作），《电影艺术》，2013年第5期（《人大复印资料 影视艺术》，2013年第7期）

《平民、国家、传统与"激情"——新世纪以来中国电影国家文化形象艺术的问题思考》，《百家》，2013年第2期

《论近年中国电影的影响建构与价值维度》（合作），《当代电影》，2013年第5期

《后移动时代中国电影的受众变革与文化创新——从工业、艺术、文化三个维度的审视》，《上海大学学报》，2013年第5期。（收入《人大复印资料·影视艺术》，2013年第12期）

《中国电影：新格局、新启示与新思路——2013年暑期档观察》，《当代电影》，2013年第10期

《中国语境下"幻想类电影"的突围》（合作），《中国作家》，2013年第9期

《狼人工业与中国电影的魔幻3D时代》，《当代电影》，2013年第11期

《电影中国梦——一个集体共享的文化影像》，《中国文化报》（理论评论版），2013年7月15日

《试论中国电影的制片管理、资本构建与发行制审变革》，《当代电影》，2014年第1期

《"十七年"少数民族题材电影：跨历史语境的叙事构建与美学结构的隐性建构及开拓》（合作），《上海大学学报》，2014年第4期

《传媒变革与艺术批评——记20世纪名家电影批评的一个侧面》，《现代传播》，2014年第7期

《后全球电影："腾挪"的叙述与多元化的文化生产》，《艺术百家》，2014年第2期

《"微时代"的电影批评与艺术文化范围的重构》，《学习与探索》，2014年第7期

《微时代与电影批评的反思》，《艺术评论》，2014年第8期

《网络语境下的中国电影新势力》，《当代电影》，2014年第11期

《在"互联"视域中国美术批评中"专家"鉴定的嘅起》，《美育》，2014年第5期

《论20世纪名家批评中的"新征程"、与"新时代"》，《创作与评论》，2014年第10期

《当代中国电影生态：作为一种现象看"与"的凝视与评论"》、《创作与评论》，2014年第12期

《日出东方：盛开的高贵火黑纱花》，《人民日报（海外版）》，2014年3月31日

《归来》：文化记忆的灵魂与院阐》，《北京青年报》，2014年5月20日

《电影艺术品的哲学探索·艺术、美学与文化——为《少儿电影的价值辩护，兼谈借鉴化与心之者所思》》
（合作），《当代电影》（合作），2014年第12期

《电影地理学》（1），中国电影出版社，2014年10月